btb

AMANDA SVENSSON

EIN SYSTEM, SO SCHÖN, DASS ES DICH BLENDET

Roman

Aus dem Schwedischen
von Ursel Allenstein

btb

DER BABYBLUES KAM SCHNELL ÜBER die Mutter der Drillinge. Aber davor kamen, versteht sich, die Kinder. Erst Sebastian, dann Clara, dann Matilda. Vielleicht auch in anderer Reihenfolge – anschließend war niemand ganz sicher, denn kurz nach der Geburt gab es eine große Aufregung, als einem der Neugeborenen plötzlich das Herz stehen blieb und der Atem aussetzte. Ein Arzt stürmte ins Zimmer. Ein Kind wurde blitzschnell hinausgetragen und ein Tablett für die frischgebackene Mutter mit Käsebroten, Preiselbeersaft und drei schwedischen Flaggen aus Holz herein (eindeutig schlechtes Timing), und ein Vater – der Vater der Drillinge – stand plötzlich mit leeren Händen da und wusste nicht, was er tun sollte. Er nahm sich ein Käsebrot, während seine Ehefrau, die beiden übrigen Säuglinge an ihre Brüste drückend, die Nachgeburt abstieß.

Erst später würde er einsehen, dass er stattdessen dem Arzt hätte hinterherrennen sollen, der verschwand, um das dritte Kind wiederzubeleben. Möglicherweise hatte er unter Schock gestanden, das dachte seine Frau jedenfalls später, aber das Kind kehrte ohnehin bald darauf zurück – plötzlich lag es wieder in den Armen des Vaters; klein, verschrumpelt und keuchend, aber eindeutig lebendig. Es war wie eine zweite Chance, dachte der Vater, als er auf den flaumigen Kopf seines neugeborenen Kindes hinabblickte, und er beschloss, diese Chance zu ergreifen. Der Vater der Drillinge war nicht dumm. Schon als er zum ersten Mal seine Hand unter den Rock seiner Dentalhygienikerin schob, hatte er zwei Dinge verstanden. Erstens: dass seine Nerven nicht stark genug waren, um auf unbestimmte Zeit ein Doppelleben aufrechtzuerhalten, und er deshalb gezwungen wäre, die Affäre seiner Frau zu gestehen – die er eigentlich zutiefst liebte oder von der er zumindest zutiefst abhängig war, und war das nicht im Grunde ein und dasselbe?, grübelte der Vater. Und zweitens: dass die beste Gelegenheit für sein Geständnis just der Moment wäre, in der sie die Verantwortung für nicht nur ein, sondern ganze *drei* Kinder erhalten hatte und folglich nicht allein klarkäme und ihn daher auch nicht vor die Tür setzen konnte.

Diese Einschätzung erwies sich als vollkommen zutreffend. Die Mutter der Drillinge, im normalen Leben Pfarrerin in der Allerheiligen-Gemeinde in Lund, erlebte in den zitternden Minuten, nachdem ihre drei Kinder auf einer Woge aus Blut und Schmerz zur Welt gekommen waren, plötzlich eine so intensive Angst vor der Zukunft, dass sich sogar ihr Gottesglaube davonstahl. Kaum verwunderlich nährte es ihre Angst umso mehr, dass eines ihrer Kinder fast wegen etwas, das die Ärzte später als *plötzliche unerwartete Asphyxie neonatorum ohne bleibende Komplikationen* bezeichneten, über den Jordan gegangen wäre. In den knapp zehn Minuten, in denen sie nur noch zwei Kinder gehabt hatte anstelle jener drei, die monatelang ihre zarten Fußsohlen von innen durch die Bauchdecke gegen ihre Hände gedrückt hatten, erlebte sie eine so grausame und abgrundtiefe Sorge, dass alle späteren Sorgen, auch die von ihrem eigenen Ehemann verursachten, dagegen verblassten. In diesen zehn Minuten hatte sie sich bereit gefühlt, Gott mit dem ersten Bade ihrer Kinder auszuschütten – denn welcher Gott entriss ein Neugeborenes den Armen seiner Mutter, noch ehe sie überhaupt dessen schrumpelige kleine Hand berührt hatte?

Verglichen mit diesem göttlichen Verrat erschien der Verrat jenes Mannes, der ihr, den Mund voller Gouda und Weißbrot, hoch und heilig versprochen hatte, bei ihr zu bleiben und sich um sie und die Kinder zu kümmern, wenn sie über seine Fummelei mit der Dentalhygienikerin hinwegsehen könne, wie eine Bagatelle.

Damit war nicht gesagt, dass sie nicht weinte und schrie. Damit war nicht gesagt, dass sie ihm verzieh.

Aber es ging; es ging sogar, glücklich zu sein. Schwindelerregend, jubelnd glücklich über die Kinder, darüber, plötzlich eine Familie zu haben, wenn auch eine etwas angeschlagene und verlogene. Und glücklich über alles Gold dieser Welt, das plötzlich in so strahlenden Farben hervortrat: der Kaffee, die Clementinen, die flatternden Krankenhausgardinen an diesem ungewohnt warmen und sonnigen Herbsttag, als der komplizierte kleine Sebastian endlich richtig an ihrer Brust saugte und sich zum ersten Mal satt trank. Alles schmeckte so himmlisch gut. Alle Farben waren so kräftig. Alle körperlichen Empfindungen, auch die schmerzhaften, erreichten eine neue, beinahe erotische Dimension. In einem Berg aus stark duftenden Blumen – denn zu dieser Zeit, Ende der 1980er Jahre, waren Blumen auf der Entbindungsstation noch erlaubt – erlangte die Mutter der Drillinge im Laufe der Woche, die sie mit ihren drei untergewichtigen Kindern im Krankenhaus bleiben musste, langsam ihren Glauben an Gott zurück, und an die himmlische Liebe, zu der zweifellos auch die Liebe zu den Kindern zählte.

Um die irdische Liebe zum Kindsvater war es eindeutig schlechter bestellt, und dennoch hielt sie es noch über zwei Jahrzehnte mit ihm aus. Sie hatte anderes im Kopf. Mahlzeiten. Musikschulgebühren. Geheimnisse.

Am Ende scheiterte die Ehe natürlich trotzdem.

Erst kamen die Drillinge, dann kamen Dramatik und Geheul und wieder Dramatik. Dann eine fast dreiundzwanzig Jahre während Waffenruhe. Dann schließlich der Tag, als der letzte Drilling von zu Hause auszog; der erstgeborene Sebastian, dem es vielleicht, gerade weil er die Gebärmutter zuerst verlassen hatte, am schwersten fiel, schließlich das elterliche Nest zu verlassen. Auch wenn er nicht weiter ausflog als bis zu einem Zimmer im Studentenwohnheim Delphi in ein und derselben Stadt. Noch am selben Tag zog auch der Vater in ein Einzelzimmer im Hotel Concordia. Es gab nicht mal eine Minibar, aber Sterne vor dem Fenster, genau genommen einen ganzen Weltraum; er sah aus dem Fenster, und zum ersten Mal in seinem Leben wurde ihm bewusst, dass der Weltraum sehr, sehr groß ist und der Mensch, damit verglichen, sehr, sehr klein.

Dies geschah im Jahr 2012. Die Drillinge waren also im Jahr 1989 geboren worden, im Oktober. Zu Weihnachten hatte ihr Vater der Mutter ein Stück Berliner Mauer geschenkt, das er einem Straßenhändler vor dem örtlichen ICA-Supermarkt abgekauft hatte. Es sollte Versöhnung symbolisieren. Sie schleuderte es gegen die Wand und stillte weiter.

Im Sommer 1994 wurde das südliche Schonen von Marienkäfern überschwemmt. Überall kleine rote Punkte, sogar im Fell des Hundes. Daran erinnerten sich alle drei Geschwister, obwohl sie nie darüber sprachen.

Im Sommer 1999 starb der Hund und wurde fast übergangslos durch einen neuen ersetzt. Wie auch sein Vorgänger war es ein Neufundländer, und sie tauften ihn Bernada. Das hatte nichts mit García Lorca zu tun.

1994 war im Übrigen auch das Jahr, in dem Sebastian durchschnittlich zwei- bis dreimal die Woche ins Bett nässte.

Im Oktober 1989 war im selben Krankenhaus auch ein Mädchen geboren worden, das Violetta getauft wurde. Seine Augen waren bemerkenswert blau, seine Glieder bemerkenswert dünn und sein Atem merklich angestrengt.

Im Frühjahr 1995 lernte Clara das Radfahren, Sebastian und Matilda jedoch nicht. Das wurde wiederum dadurch ausgeglichen, dass sowohl Sebastian als auch Matilda im selben Sommer schwimmen lernten, Clara jedoch nicht. Wer motorisch am besten begabt war, blieb damit barmherzigerweise ungeklärt.

2016 reiste Sebastian nach London, Clara auf die Osterinsel und Matilda nach Västerbotten. Anschließend war keiner von ihnen derselbe. Im selben Jahr pachtete ihre Mutter einen Schrebergarten in St. Månslyckan. An einem frostkalten Februartag begegnete sie dort einem Dachs, dessen strenger Geruch und dessen scharfe Krallen sie für einen Moment zu dem Irrglauben verleiteten, sie stünde wie dereinst Luther auf der Wartburg Aug in Aug mit dem Teufel. Anschließend nannte sie ihren Schrebergarten in Gedanken immer Schreckensglück, ein Name, der sie innerlich mit Leben erfüllte. Dieser Moment war auch der Startschuss für den Wunsch, vollkommen rein zu werden vor Gott, ein Wunsch, der das ohnehin schon ziemlich komplizierte Leben ihrer Kinder vollkommen auf den Kopf stellen sollte.

2004 bekamen sowohl Clara als auch Matilda ihre erste Periode, im Januar bzw. Februar. Sebastian bekam eine Playstation 2.

I

LONDON

ALLE LIEBESGESCHICHTEN, SO VERKORKST sie auch später sind, haben einen unschuldigen Anfang, und dies war Sebastians und Lauras.

Er fragte: Laura Kadinsky?

Und sie antwortete: Das bin ich.

DAS MENSCHLICHE GEHIRN IST ZUGLEICH komplizierter und unkomplizierter, als der Durchschnittsmensch denkt. Das Gehirn ähnelt einem Datenprozessor nur flüchtig, es birgt viel mehr in sich als das chinesische Zimmer. Würde man seine Neuronen auf dem Boden ausrollen, reichten sie dreimal um den Äquator herum. Vorausgesetzt, der Durchschnittsmensch würde täglich etwa zehn Kilometer zu Fuß zurücklegen, bräuchte er sein halbes Leben dafür, eine Runde um den eigenen Schädel zu drehen, und diese Berechnung bezieht noch nicht mit ein, dass das Gehirn oberflächlich betrachtet eine Art Labyrinth ist. Andererseits ist die Komplexität des Gehirns so begrenzt, dass es sich anhand eines geäderten Blattes veranschaulichen lässt. Man kann sich das Rückenmark als den Stiel eines Blattes denken und das Gehirn als das Blatt, das auf der eigenen Handfläche liegt. Man kann sich sein eigenes Leben als Wasser vorstellen, die Seele als Zuckerarten und Chlorophyll. In den Wurzeln des Baums herrscht Elektrizität. Wie bei den meisten Wirbeltieren befinden sich die Wurzeln des Menschen im Kopf. Manche Spinnen haben das Gehirn dagegen im ganzen Körper, und der Blutegel hat zweiunddreißig Gehirne. Im menschlichen Darm befinden sich genauso viele Neuronen wie im Kopf einer Katze, aber das wollen die meisten Menschen nicht wahrhaben.

    Alle Wirbeltiere haben ein Gehirn, doch nicht alle Gehirne sind gleich beschaffen. So besteht das menschliche Gehirn beispielsweise aus drei distinkten und genau erforschten Teilen – Zerebellum, Zerebrum und Hirnstamm –, wohingegen das Gehirn des Riesenkalmars eher an einen

Schwimmreifen erinnert, durch dessen Öffnung er die gekaute Nahrung in seinen Körper hineinpresst. In erster Linie unterscheidet sich der Mensch von weniger komplizierten Wesen jedoch durch eine dünne, aber sehr kompakte äußere Schicht, einen goldenen Belag auf der Hirnrinde, den Neocortex. Viele Säugetiere haben ihn, in seiner blanken Oberfläche spiegelt sich der Mensch, wenn er einen scheinbar fröhlichen Delphin im Delphinarium von Kolmården beobachtet. Nichtsdestotrotz besitzt der menschliche Neocortex ein ganz besonderes Extra. Zusammen mit dem frei beweglichen Daumen hat er den Menschen zum Herrn im Haus gemacht, zur Krone der Schöpfung, der einzigen Art auf der Welt, die nicht zur vollkommenen Zufriedenheit in der Lage ist.

Den Preis für dieses zweifelhafte Privilegium bezahlen vor allem die Frauen mit ihren zerfetzten Dämmen, dem heftigen Druck auf die Blase, der vom überdimensionalen Kopf des menschlichen Säuglings verursacht wird. Sebastian Isaksson, sechsundzwanzig Jahre alt, blond, blauäugig, klinisch depressiv, auch wenn er es selbst nicht wusste, Sohn einer Pfarrerin in der schwedischen Kirche und eines Sachbearbeiters beim schwedischen Finanzamt sowie Bruder zweier Frauen, die nicht mehr miteinander redeten, zurzeit wohnhaft in einer erbärmlichen Studiowohnung in einem südlichen Vorort von London, hatte die biblische Erzählung vom Sündenfall stets als Metapher für die Entstehung des grotesk überdimensionierten Neocortex unseres menschlichen Gehirns interpretiert. Eva, dachte er, hatte nach einem kognitiven Vermögen gegriffen, das jenes überstieg, welches sie bei dem glücklichen Schwein namens Adam beobachten konnte, ihrem Lebensgefährten und ihrer einzigen Stimulanz; mit evolutionärem Instinkt streckte sie sich nach dem Apfel, und Gott sagte: Eva, ich werde dir ein Gehirn mit Fähigkeiten schenken, wie du sie dir in deinem derzeitigen halbvegetativen Zustand nicht einmal vorstellen kannst, ich werde dich mit Gaben ausstatten wie abstraktem Denken, räumlichem Vorstellungsvermögen, Zeitwahrnehmung, Todesbewusstsein, generalisierter Angst, ich werde dir alles geben, wonach du verlangst, und sogar noch ein bisschen mehr, und dies alles wird aus etwas entspringen, das da heißen soll NEOCORTEX!

Und Eva sagte: Klingt gut.

Und Gott sagte: Um Platz für all das in deinem Kopf zu schaffen, muss ich ihn wie einen Sauerteig zur doppelten Größe anschwellen lassen, und dasselbe soll auch für deine Nachfahren gelten, aber um ein bisschen bösartig zu sein, werde ich nicht gleichzeitig auch dein Becken und deinen Geburtskanal verbreitern.

Und Eva sagte: *Okay. Fine. Whatever.*

Und Gott sagte: Weil dir bislang die Fähigkeit zum logischen Denken fehlt, kannst du noch nichts aus der Kombination dieser beiden Tatsachen schließen, aber wie ich dir verraten kann, wird es dazu führen, dass du und alle anderen Frauen nach dir eure Kinder unter fürchterlichen Schmerzen gebären werdet.

Und Eva sagte: Ich habe keine Angst.

Obwohl sie eine Scheißpanik hatte.

Und damit erwies sie sich des Geschenks wie auch der Strafe würdig, Ersteres durch ihren Mut, Letzteres durch ihren Übermut.

Bei näherer Betrachtung ist der Neocortex nicht das Einzige im Schädel, das unser menschliches Verhalten bestimmt. Man kann sich das Gehirn als ein raffiniertes Gebäckstück aus der Römerzeit vorstellen, eine Matrjoschka aus mehr oder weniger komplizierten Tieren, einer Maus in einem Fasan in einem Schwein. Ganz außen eine goldene Kruste aus Milch und Honig, ganz innen ein panischer kleiner Vogel, eingekapselt in einem Ei. Ohne das ganze Fleisch in der Mitte würde die Kruste in sich zusammenfallen. Es gibt einen Hirnstamm, ohne den wir nicht atmen und schlucken könnten, ohne den das Herz nicht schlagen könnte. Es gibt einen kleinen Klumpen oberhalb des Nackens, ohne den wir nicht aufrecht stehen oder mit dem Finger über die Haut eines anderen Menschen streichen könnten. Es gibt eine Zwischenschicht aus Funktionen, ohne die unsere menschliche Existenz vollkommen sinnlos wäre: Hippocampus (Erinnerung), Bulbus olfactorius (Geruch) und Ventrikel (Müllbeseitigung). Aber Basisfunktionen hin oder her, am Ende entspringt das Allermenschlichste des Menschen doch aus dem Neocortex, was ihm gewissermaßen auch zu Kopfe gestiegen ist. Er balanciert ganz oben auf der Pyramide. Im Gehirnsystem wird er auch am besten entlohnt und verbraucht 80 Prozent aller Energie. Der Neocortex macht seltsame Fehler bei der Arbeit, schiebt die Schuld aber seinen Untergebenen zu. Der Neocortex ist, mit anderen Worten, der Boss.

Nicht ganz überraschend spiegelt sich die hierarchische Struktur des Gehirns in der physischen Welt, die es mitgeformt hat. Aus Wäldern und Wiesen, trüben Gewässern und halbvermoderten Stegosaurusknochen haben sich Wolkenkratzer und Wassertürme, Laternenpfähle und Ladekräne, Betonpfeiler und Baumkuchen erhoben, alles, was hoch und schön und funktionell ist. Der Mensch hat die Welt vom Boden aus in die Höhe gebaut, so wie auch er selbst aufgebaut ist. Es war also nur natürlich, dass auch das London Institute of Cognitive Science (LICS), eines der führenden Forschungszentren der Welt für alles, was zwischen Synapsen und Syringen geschieht, die Speerspitze der Kognitionswissenschaft, demselben Modell nachempfunden war, das wir im menschlichen Schädel vorfinden.

Das Institut lag im Herzen Londons, einer Stadt, die in der Vergangenheit immerhin einmal einen gewissen Anspruch darauf erheben konnte, der Mittelpunkt der Welt zu sein. Das Gebäude als solches, ein schickes Ziegelhochhaus, das mit der Zeit durch lauter neue Schichten aus Metall und Putz in die Höhe und in die Breite gewachsen war, besaß eine innere Struktur, die so streng hierarchisch wie komplex war. Buchstäblich ganz unten befanden sich die Tiere, und in den vielen Zwischengeschossen die Arbeiter – mit anderen Worten Sebastian und seine Kollegen. Die Besucher wurden durch die Türen auf der Vorderseite hereingelassen und dann mittels eines komplizierten Systems aus Fahrstühlen und Treppen zwischen den Stockwerken hin und her verfrachtet. Es hieß, viele von ihnen würden nie wieder hinausgelangen, würden wie kurzgeschlossene Nervenzellen durchbrennen und verschwinden.

In höchster und vorderster Lage, mit Blick auf den traditionsreichen Russell Square, in jenem Gebäudeteil, dessen Lage dem präfrontalen Cortex entsprach, befanden sich die Büros der Institutsleiter, säuberlich der Reihe nach angeordnet, von den geringsten bis zu den höchsten Befugnissen. Und vor der dritten Tür von unten stand Sebastian Isaksson an diesem blassen Vormittag im Januar und versuchte, sein Haar über der verschwitzten Stirn zu plätten, damit es anständig aussah. Nachdem ihm das zum wiederholten Male misslungen war, was auch eine vorbeikommende Reinigungskraft bestätigte, gab er schließlich auf und klopfte mit zitternden Knöcheln an die Tür.

Warum war Sebastian so nervös? Teilweise beruhte es darauf, dass er seinem Chef zum ersten Mal begegnete. Während des gesamten Bewerbungs- und Auswahlprozesses für das Forschungsprogramm am LICS hatte Sebastian mit einer Vielzahl an Menschen zu tun gehabt, vom akademischen Talentscout, der eines Tages in der Kantine an der technischen Fakultät in Lund saß und ein Schild mit seinem Namen hochhielt, wie die Taxifahrer an Flughäfen, bis hin zu dem Wissenschaftler, der ihn an seinem ersten Tag am Institut empfangen hatte – doch der eigentliche Direktor hatte bisher nur über die Rohrpost mit Sebastian kommuniziert. Dass sein Chef der Einzige am Institut war, der dieses alte System weiterhin benutzte, anstatt seine kleinen Informationsbäuschchen in die berühmte Wolke einzubetten, hatte Sebastian zu der Vermutung veranlasst, sein Vorgesetzter neige zu jener Exzentrik, wie man sie bei begabten Männern häufiger erlebt. Diese vermutete Exzentrik war der zweite Grund für Sebastians Nervosität – ein Leben, in dem er von exzentrischen Frauen umgeben gewesen war, hatte ihm bewusst gemacht, dass dieser Charakterzug überschätzt war.

Die Tür flog auf.

»Endlich begegnen wir uns, junger Freund! Setzen Sie sich, ich beiße nicht«, polterte Rudolph Corrigan, dieser zwei Meter große, rothaarige Mann, der sich nun im Türrahmen auftürmte. Er trat zur Seite und deutete mit der Hand auf einen Stuhl. Die Hand war so groß wie der Kopf eines durchschnittlichen skandinavischen Zweijährigen, und Sebastian gehorchte, plötzlich von jenem heftigen Wohlbehagen erfüllt, das sich einfinden kann, wenn man sich unvorbereitet in eine Situation begibt, die man eigentlich fürchtet, und dann einsieht, dass man wahrscheinlich, trotz allem, überleben wird.

»Na dann... Sebastian Isaksson. Von der Universität Lund.«

»Genau, Sir.«

»Altehrwürdiger Lehrstuhl, *n'est-ce pas*? Nicht wie Cambridge, *mind you*, aber das Beste, was ihr in Schweden habt, oder?«, fragte Corrigan, nachdem er sich hinter seinem Schreibtisch niedergelassen hatte.

»Ich muss leider zugeben, dass Lund vor allem in den geisteswissenschaftlichen Fächern einen guten Ruf genießt. In der medizinischen Forschung ist das Karolinska Institutet in Stockholm führend.«

»Warum haben Sie dann nicht dort studiert?«
»Aus privaten Gründen, Sir.«
»Liebe?«
»Angst.«

Das verbotene Wort rutschte Sebastian heraus, ohne dass er es verhindern konnte, glitschig wie ein Aal schlängelte es sich durch den Raum, glitt in Corrigans Rohrpostfach und von dort weiter durch das Synapsensystem des Hauses, und kurz darauf erreichte es jeden Hirnlappen und jeden Menschen und schickte kalte Schauer über jeden Rücken, denn so ist das mit manchen Wörtern; man sollte sie höchstens beim Psychologen laut aussprechen. Rudolph Corrigan war jedoch ein Gentleman, nicht umsonst hatte er zwölf Jahre an einer exklusiven Prep School in New Hampshire damit zugebracht, Eton Mess zu essen, Konversationsfranzösisch zu üben und seine Schuluniform zu bügeln. Er überhörte Sebastians Fauxpas geflissentlich und wechselte das Thema.

»Wie gefällt es Ihnen bei uns? Inzwischen sind Sie ja schon fast einen Monat hier.«

»Sehr gut, Sir. Ich bin überaus dankbar für diese Chance.«

»Sind Sie das?«

»Ja. Oder, was ich eigentlich meine, ist, dass ich sicher sehr dankbar sein werde, wenn ich einmal verstanden habe, was diese Chance beinhaltet. Was ich zugegebenermaßen noch nicht richtig tue. Bisher. Aber ich bin sicher, dass sie großartig ist. Die Chance, meine ich.«

»Ja, denn es ist ja schon eine Art Mysterium, habe ich recht?«

»Ich verstehe nicht ganz, Sir.«

»Was Sie hier tun, Sebastian. Das ist ein Mysterium, oder etwa nicht?«

»Ich bin mir nicht sicher, ob ich ein so großes Wort wie Mysterium benutzen würde. Aber ein bisschen unklar ist es schon, das muss ich zugeben.«

»Für mich ist es sonnenklar.«

»Ja, das will ich hoffen«, sagte Sebastian und erlaubte sich ein Lächeln, von dem er hoffte, es würde als wohlwollend, womöglich sogar kollegial, aufgefasst. Corrigan biss jedoch nicht an.

»Es ist so, Sebastian, und jetzt müssen Sie gut zuhören, denn ich werde es nur einmal erklären. Die Zeiten, in denen die Hirnforschung ein Nebenschauplatz der medizinischen Wissenschaft war, deren Ziel darin bestand, Krankheiten zu heilen und kleine Alltagsgeheimnisse zu enthüllen, wie beispielsweise, warum manche Menschen homosexuell werden und andere depressiv, sind vorbei. Wir stehen vor einem Paradigmenwechsel. Worin er besteht, verstehen Sie gewiss selbst.«

(Sebastian verstand es nicht.)

»Deshalb glaube ich, Sie werden auch verstehen, dass die Informationen auch da bleiben müssen, wo sie hingehören.«

(Folglich verstand er auch das nicht, genauso wenig, wie man eine Gleichung verstehen kann, deren zugrunde liegender Nenner unbekannt ist.)

»Mit anderen Worten, es gibt einen Anlass dafür, warum ich dieses verlässliche alte System benutze.«

Liebevoll tätschelte Corrigan seine Rohrpoststation und lehnte sich in seinem Bürostuhl aus schwarzem Leder zurück.

»Wir leben in einer Überwachungsgesellschaft, Sebastian. Ich bin keinesfalls rückwärtsgewandt, denn wie Sie wissen, kann man das in diesem Forschungsgebiet gar nicht sein, aber ich glaube an ein gewisses Maß an Integrität, privat wie geschäftlich. Ich habe vergeblich versucht, diese Einsicht auch in den höheren Ebenen zu vermitteln und ihnen das blinde Vertrauen in diese ›Wolke‹ auszureden, aber seis drum. Im Grunde sind wir uns hier in der höchsten Etage alle einig, dass wir die Sekretesse wahren müssen. Deshalb ist dieses Institut nicht länger ein Fürsprecher der Transparenz, und gerade jetzt durchlaufen wir eine strukturelle Neuorganisation nach einem Modell, das sich bereits für kriminelle Netzwerke und Terroristen bewährt hat. Nicht dass wir Kriminelle wären, *mind you*, sondern weil die Kriminellen nun einmal äußerst effektiv vorgehen, wenn es darum geht, das Risiko von Informationslecks zu minimieren. Ich spreche also von einer Aufteilung in Zellen, bei der jede Zelle nur die Information besitzt, die zur Ausführung der ihr zugeordneten Aufgabe notwendig ist. Im Falle einer, sagen wir, Abhöraktion, Entführung oder Ähnlichem hält sich der Schaden in Grenzen, da das Mitglied einer einzelnen Zelle allenfalls ein oder zwei Teilchen jenes Puzzles besitzt, aus dem sich das große Bild zusammensetzt. Verstehen Sie?«

»Ja, Sir.«

»Und Sie verstehen auch, dass wir über ein Puzzle mit tausenden Stücken sprechen? Um so schnell wie möglich zum Punkt zu kommen, ohne selbst das Modell zu unterwandern, das ich Ihnen gerade vorgestellt habe: Ich kann nicht darüber sprechen, was die exakten Gründe dafür sind, warum wir Sie angeworben haben, Sebastian. Vor dem Hintergrund, dass Sie unser Angebot trotzdem angenommen haben, kann ich lediglich den Schluss ziehen, dass Sie das weder abschreckt noch wirklich verwundert. Habe ich recht?«

»Ja, Sir.«

(Das war natürlich weder wahr noch falsch. In der Lage, in der Sebastian gesteckt hatte, als ihn der Talentscout des Instituts ansprach und ihm die Stelle anbot, war es ihm gleichgültig gewesen, was sie beinhaltete; ebenso gleichgültig, wie ob die Sonne am nächsten Tag aufgehen würde oder nicht. Er hätte so ziemlich jedes Angebot angenommen, um aus Lund wegzukommen. Denn in Lund war ihm nichts mehr geblieben; und nichts zu haben, ist in einer neuen Umgebung nicht ganz so quälend. Oder zumindest anders quälend.)

»*Bien!*«

Corrigan klatschte zufrieden in die Hände, ehe er begann, ein paar Papiere auf seinem Schreibtisch zusammenzuraffen.

»Ich habe hier einige Beurteilungen von Barázza... Er sagt, Sie würden sich sehr gut machen. Barázza und Sie gehören zur selben Zelle, aber das haben Sie vielleicht schon verstanden. Bei seinen Lobeshymnen könnte man beinahe denken, Sie wären eine Multibegabung! Aber er ist natürlich auch temperamentvoll, unser Barázza.«

»Eine Multibegabung, Sir?«

»Das sind unsere wertvollsten Mitarbeiter, Sebastian – die Diamanten, die Rosinen, die künftigen Nobelpreisträger. Es ist kein Geheimnis, wer sie sind oder dass sie exakt 4,3-mal so viel verdienen wie Sie, Sebastian. Es handelt sich um Childs, Harvey, Misomoto, Benutti, Jensen... Mich selbstverständlich auch. Und natürlich Travis, unsere entzückende Jennifer Travis! Aber was weiß ich schon, Sebastian, vielleicht schlummern in Ihnen ja verborgene Talente, die wir bislang noch nicht entdeckt haben, das ist durchaus möglich. Ich glaube es allerdings eher nicht, wenn ich ehrlich bin.«

»Nein, sicher nicht, Sir.«

»Wie auch immer: Barázza schreibt hier, dass Sie schnell lernen und kooperativ sind, und vor allem, dass Sie sehr korrekte Schlussfolgerungen aus dem ausgewählten Material ziehen. Ich zitiere: ›Eine gewisse anfängliche Unsicherheit scheint nun einem seltenen Scharfsinn gewichen, was die Diagnostik, Katalogisierung und vorzuschreibenden Maßnahmen für jene Fälle von abnormen zerebralen Prozessen betrifft, die bei den ausgewählten Objekten von Zelle 12 beobachtet wurden. Ich empfehle *mit inbrünstiger Leidenschaft,* Isakssons Verantwortungsbereich dahingehend zu erweitern, dass er neben den diagnostischen Gesprächen auch die weitere Verfolgung, Untersuchung und – falls erwünscht – den Versuch der Behandlung einiger künftiger Objekte in den der Zelle 14s zugeteilten Versuchsgruppen 3A, 3B und 3C übernehmen sollte. Dies, so würde ich vorschlagen, sollte unter der Anleitung des Unterzeichnenden geschehen.‹ Et voilà, Sebastian! Ihre erste Beförderung wird sogleich vollbracht sein, indem ich meinen kleinen Kringel unter dieses Dokument setze…«

Mit klassischem Machthaberschmiss kritzelte Corrigan seine Unterschrift unter das soeben zitierte Schreiben und schob es zu Sebastian hinüber, der nicht genau wusste, was jetzt von ihm erwartet wurde, und es nahm und einfach nur in die Luft hielt. Corrigan entriss es ihm wieder, faltete es zusammen und schob es noch einmal über den Tisch.

»Nehmen Sie das und geben Sie es Barázza. Er wird Sie über Ihre neuen Aufgaben informieren und welche Geheimhaltungsstufe für eventuelle Ergebnisse gilt. Na, was sagen Sie, sollten wir das nicht feiern?«

Aus einem Schreibtischfach holte Corrigan eine Thermoskanne und ein Päckchen Jaffa Cakes hervor. Sebastian, der schon in den ersten Wochen in England eine Vorliebe für just diese Kekse entwickelt hatte, identifizierte sie als eine teurere Sorte als jene, die er sich selbst gönnte, und entdeckte zu seiner Verwunderung – und seinem stummen Entsetzen –, wie eine Woge des Appetits auf das Leben und ebendiese spezielle Keksmarke, die einen außergewöhnlich hohen Kakaogehalt und eine eher bittere als süße Apfelsinenmarmelade versprach, in seinem Bauch aufbrandete. War es wirklich so einfach? War dies alles, was es brauchte, um das emotionale Fasten zu durchbrechen, das er, seit *das, was passiert war, passiert war*, betrieben hatte – ein bisschen Lob, Fett und Zucker?

»Nun greifen Sie doch zu!«, dröhnte Corrigan und wedelte mit der Kekspackung vor Sebastians Nase herum. »Oder gehören Sie zu diesen Fanatikern, die glauben, Zucker wäre mit Speed vergleichbar? Aufgrund meiner ausgiebigen Erfahrungen mit beiden Substanzen kann ich Ihnen verraten: IST ER NICHT!«

»Natürlich nicht, Sir«, sagte Sebastian und legte sich einen Jaffa Cake in jede Hand. Ihr Duft war berauschend; wie der Duft der aneinanderreibenden Oberschenkel einer Frau, die auf der Straße vorüberging. Erschrocken stellte Sebastian fest, dass ihm fast die Tränen kamen, ob aus Dankbarkeit oder Trauer, war schwer zu sagen, aber beschämend war es nichtsdestoweniger, und er musste sich den Mund vollstopfen, um den Kloß in seinem Hals herunterzuschlucken, ehe er an Corrigans Schreibtisch von innen heraus gesprengt würde.

»Und wie läuft's mit der Äffin?«, fragte der Chef und klappte seine Stuhllehne in eine mittlere Position, um betont entspannt mit seinem Untergebenen zu plaudern.

»Gut«, presste Sebastian hervor, als der Keksbrei endlich seine Kehle und Tränenkanäle gereinigt hatte.

»Sie müssen wissen, dass es eine sehr spezielle Äffin ist, Sebastian.«

»Ja, das habe ich verstanden, Sir.«

»Ich glaube nicht, dass Sie das wirklich verstanden haben.«

»Ich meine, die Äffin ist überaus intelligent. Fast wie ein Mensch.«

»Auf keinen Fall! Sie ist auf keinen Fall wie ein Mensch, Sebastian! Jetzt bin ich enttäuscht. Ehrlich gesagt. Das muss ich leider zugeben.«

Corrigan betätigte einen Hebel an seinem Stuhl, und die Rückenlehne schnellte mit einem Knacken wieder in die Senkrechte, wodurch sich der Abstand zwischen seinem und Sebastians Gesicht auf unangenehme Weise verringerte.

»Es ist so, Sebastian: Die Äffin, die Sie in Ihrer Obhut haben, ist interessant, weil sie – trotz einer offensichtlichen, wenn auch nicht einzigartig hohen Intelligenz – Zeichen einer für die menschliche Natur höchst ungewöhnlichen Eigenschaft aufweist. Die Äffin besitzt einen moralischen Kompass, verstehen Sie?«

»Viele Affen –«

»Ja, ja, ich weiß. Aber Sie verstehen nicht: Es ist eine *äußerst* moralische Äffin. Sie hat ihre eigenen Grundsätze, und sie weicht nie davon ab. Ich sage: *Nie!* Ich denke, Sie werden mir zustimmen, dass sich kein Mensch auf dieser Welt mit einer derartigen Konsequenz brüsten kann. Die meisten von uns finden es beispielsweise nicht in Ordnung, sagen wir mal, Menschen zu essen. Und dennoch: Stellen Sie sich vor, Sie sitzen auf einer einsamen Insel ohne Essen fest, zusammen mit einer älteren Dame, die zwei Hüftimplantate und grauen Star und was nicht alles hat. Klar würden Sie die alte Tante umbringen und sie essen, wenn der Hunger zu groß wäre.«

»Nein. Doch. Vielleicht. Vielleicht würde ich es tun. Ich weiß es nicht.«

»Sehen Sie!«, sagte Corrigan zufrieden. »Uns Menschen ist nichts heilig, nicht einmal die allgemein akzeptierte Regel, dass Individuen unserer eigenen Art ein unantastbares Recht auf Leben haben, nicht wahr? Diese Äffin dagegen weicht *nie* von *irgendetwas* ab.«

»Aber, also, was genau sind das denn für Regeln?«, fragte Sebastian mit aufrichtiger Neugier.

»Die Äffin kam vom philosophischen Institut des UCL zu uns. Dort hatte man sie für irgendein moralisches Experiment eingesetzt, verstehen Sie, und sie darauf trainiert, die Mimik von Menschen zu entschlüsseln, die vor verschiedene moralische Dilemmata gestellt wurden. Sie scheint also irgendeine Art von durchschnittlichen, westlichen, jüdisch-christlichen, moralischen Regeln zu besitzen. Nicht töten, nicht stehlen, nicht deines Nächsten Frau begehren und so weiter. Mit dem Unterschied, dass sie diese Regeln sklavisch befolgt. Vorher habe ich mich selbst um sie gekümmert, aber ich konnte dem Druck nicht mehr standhalten. Um ehrlich zu sein, Sebastian: Ich liebe die Frauen. Im Grunde alle Frauen. Verstehen Sie mich nicht falsch, ich bin glücklich verheiratet mit einer ganz außerordentlichen Frau, aber wir führen eine offene Beziehung. Das habe ich der Äffin zu erklären versucht. Ganz oft. Aber sie weigert sich, meine Sicht der Dinge zu akzeptieren.«

Vor seinem inneren Auge sah Sebastian Corrigan und die Äffin in eine lebhafte Gebärdenkonversation vertieft, in der die immer gleiche obszöne Geste wiederholt wurde, bis sich Corrigan resigniert die roten Haare raufte.

»Ich und Temple, Sie wissen schon, Tiffany aus dem Sekretariat, wir treffen uns normalerweise einmal die Woche, um zu... ja. Nicht weiter merkwürdig, denke ich, und ganz im Einklang mit dem Regelwerk, weil die Sekretärinnen in einer eigenen Zelle arbeiten, über die ich keinerlei Macht habe, also wo liegt das Problem?« Hier machte Corrigan eine Pause, als erwarte er eine Antwort. Sebastian, dessen Sexualleben nie anders als problembehaftet gewesen war, wäre auf mindestens ein Dutzend Probleme gekommen, nahm jedoch Abstand davon, sie auszuführen. Stattdessen fragte er:

»Aber was hat sie denn gemacht?«

»Temple? Darüber kann ich doch nicht sprechen, sind Sie verrückt? Noch einmal, Isaksson, die Informationen müssen dort bleiben, wo sie hingehören.«

»Die Äffin, Sir, ich meinte die Äffin! Was hat die Äffin gemacht?«

»Genau dasselbe wie Sie jetzt.«

»Ich mache nichts. Was mache ich denn?«

»Der Blick, Sebastian. Ich konnte es in ihren Augen sehen, immer wenn Tiffany zu Besuch war. Sie wich meinem Blick aus. Weigerte sich, ihre Nachmittagssnacks anzunehmen, warf mir die Gurkenscheiben stattdessen an den Kopf. Allesamt klassisches Affengebaren, nicht besonders raffiniert. Aber trotzdem verletzend.«

»Woher wissen Sie, dass ihre Empörung moralischer Natur war? Vielleicht war sie lediglich eifersüchtig?«, fragte Sebastian.

»Das habe ich natürlich auch in Betracht gezogen. Aber nein. Beispielsweise hat sie nichts gegen meine Frau. Es handelt sich um eine zutiefst moralische Stellungnahme.«

»Wozu wollen Sie sie denn benutzen? Die Äffin, nicht Temple.«

»Darüber kann ich nicht sprechen, fürchte ich. Sie sind nicht dazu befugt, diese Informationen zu erhalten. Sie sind dafür zuständig, sie zu füttern und bei Laune zu halten. Das ist alles. Später werden wir weitersehen. Wenn der Tag kommt, ja ...«

Corrigan ließ seinen Blick finster zum Fenster hinausschweifen, und Sebastian tat es ihm gleich. Von oben sah das dunkle Wasser des Flusses aus wie ein Pinselstrich, die Häuser wie Aschehäufchen. Schön war das Bild nicht, aber es konnte einen erwachsenen Mann zum Weinen bringen, wie zart die milchige Luft zitterte und wie ein einziger Sonnenstrahl sie in tausend goldene Scherben von Smog zersplittern konnte, die sich auflösten, ehe man sie überhaupt wahrgenommen hatte.

Für einige Sekunden bildete Sebastian sich ein, dass er und Corrigan, vereint in blassgrauer Stille, die Augen auf den unförmigen Körper der Stadt gerichtet, etwas erlebten, was die Mädchen in der Oberstufe auf Lund-Englisch *a moment* nannten: einen Augenblick des stillen Einvernehmens, aus gleichen Teilen Furcht und Glück darüber, am Leben zu sein. Doch bald verstand Sebastian, wie unmöglich diese Annahme war, denn ihm wurde bewusst, dass er keinen blassen Schimmer hatte, worüber Corrigan tatsächlich nachdachte, weshalb man auf keinen Fall von echtem Einvernehmen sprechen konnte. Natürlich galt das nicht allein für genau diese Situation, vielmehr war die Chimäre echten Einvernehmens eine menschliche Grundvoraussetzung, die nur in seltenen Fällen von der reinen und ewigen Liebe überwunden werden konnte, die allen weltlichen Gesetzen trotzte, dachte Sebastian, und dass Corrigan und Sebastian keineswegs heftig und unwiderruflich ineinander verliebt waren, schien nicht unbedingt ein Grund zur Traurigkeit. Und dennoch. Die Einsicht, dass sie nichts als zwei Fremde waren, die zufällig auf dieselbe magische Aussicht starrten, sorgte dafür, dass sich Sebastian mit einem Mal sehr, sehr einsam fühlte.

Was ja auch zutraf und gewissermaßen schon immer so gewesen war.

»Na dann«, sagte Corrigan und drückte seine breiten Hände auf die Schreibtischplatte. »Sehen Sie nicht so ängstlich aus, mein Freund. Ich glaube an Sie. Sie werden das Kind schon schaukeln. Sonst wären Sie nicht hier.«

Sebastian schluckte. In seinen Ohren klang das eher höhnisch als aufmunternd.

»Raus!«, brüllte Corrigan, und Sebastian erhob sich ohne ein Wort und verließ den Raum, um wieder in sein Büro zurückzugehen, unsicherer denn je, was er dort eigentlich machte.

ES SPIELTE KEINE ROLLE, DASS es nicht schön war. Das Gebäude an sich beispielsweise, wie es grau vor dem Grau schwankte, als wäre es eins mit dem Himmel. Die Vögel schienen das auch zu glauben, denn sie knallten jeden Tag gegen die Betonfassade und rieselten wie Schnee zu Boden, puderzuckergleich in ihrem zerrissenen Federkleid.

Es war später am selben Nachmittag, und Sebastian stand in seinem Büro, die Stirn ans Fenster gelehnt. Er dachte, er würde sich schon noch daran gewöhnen – an den Vogeltod, den Schreckenslaut, das Geräusch der durch die Luft sausenden Körper, die das menschliche Ohr gar nicht rechtzeitig erfassen konnte, ehe der Schlag kam, der alles beendende Schlag. Die Identifikation mit dem Vogel, die allumfassend war, weil die Empfindungen von berauschender Freiheit und lähmender Trauer den Menschen gleichzeitig erreichten und gemeinsam alles auslösten, was das Gefühlsspektrum überhaupt bereithielt. Er würde sich daran gewöhnen, dachte er, denn das tut man ja. Sich gewöhnen. Man konnte sich an fast alles gewöhnen, den Geschmack von Spinat, den Geschmack von Freiheit und Verlust. Den Geschmack von Untergang. Dies war, kurz gesagt, eine Konsequenz der Plastizität unseres Gehirns.

Es spielte keine Rolle, dass es nicht schön war, dachte er nüchtern und schrieb einen Namen auf die von seinem Atem beschlagene Scheibe; weil das, was schön war, nie lange währte. Daran erinnerten ihn die Vögel: Wie kurz alles war, wie schnell alles, was man aufgebaut hatte, eingerissen werden konnte. *Bang*, und die Federn in die Luft, wie wenn ein Sack Mehl auf den Boden geworfen wurde. Und später, in der Dämmerung, kamen Männer und Frauen in orangefarbenen Westen und fegten die Spuren vom Bürgersteig, und das Leben wurde an anderer Stelle wiedergeboren, Laub raschelte unter Kinderfüßen in Gummistiefeln, die Frühstücksschlange vor dem Sandwichladen an der Ecke bewegte sich ruckartig voran, und ein neuer Arbeitstag am Institut begann.

Nein, in diesem Zusammenhang spielte es keine Rolle, dass das Haus, in dem er sich jeden Tag zwischen neun und fünf aufhielt, dieselbe Farbe hatte wie das bleiche Antlitz des Todes. Immerhin gab es eine Tischtennisplatte im Keller und eine Klimt-Reproduktion in der Mitarbeiterkantine. Es gab Affen und Fische, Bandwürmer und alzheimerkranke Amphibien mit einem Hirngewebe wie knisterndes Zellophan; alles innerhalb der uneinnehmbaren Mauern des Hauses. Es gab Stammzellen. Es gab Arbeit, die organisiert war wie in Terrorzellen. Es gab das Einzige, was die Forschung, genau wie das Leben, wirklich brauchte: eine Vorwärtsbewegung, eine Kreisbewegung, irgendeine Art von Bewegung, an die der Tod nicht heranreichte. Das war es, was er wollte, dachte Sebastian, und selbst wenn es nicht so war, war es zumindest das, was er brauchte.

Mehr als drei Wochen waren vergangen, seit Sebastian, frisch disputiert und gefühlsmäßig amputiert, das Institut für Neurowissenschaften an der Universität Lund verlassen hatte, um diese Juniorstelle am London Institute of Cognitive Science anzutreten. Drei Wochen, die jedoch ausgedehnt waren wie Gummibänder, zum Zerreißen gespannt, jede Sekunde voller Bedeutung – und doch vollkommen bedeutungslos. Drei Wochen und ein Ozean aus niedrigschwelliger Angst, voller Untiefen und Klippen. Auf seinen schmalen Schultern lastete eine so große Verantwortung, dass er sich unter dem Gewicht bog, und zugleich wuchs er daran. Dabei war er ohnehin schon groß, 187 Zentimeter und schön wie

Susanna im Bade. Letzteres laut seiner Mutter, der Pfarrerin. Auch andere Menschen fanden Sebastian ansehnlich, aber davon hatten sie nichts. Sebastian war aus mehreren Gründen nach London gekommen, doch nur einer trug den Namen einer Frau, und dieser Name war buchstäblich in Stein gemeißelt.

Mit einem inneren Seufzer wandte sich Sebastian vom Fenster ab und ging zurück zu seinem Schreibtisch, wo ihn zwischen dem Stapel mit halbfertigen Anamnesen seine offizielle Beförderung anstarrte. Ganz zufrieden war er nicht über seinen Karrieresprung. Es war schon anstrengend genug, sich um die Gespräche mit den Hilfesuchenden zu kümmern. Tatsächlich Verantwortung für sie zu übernehmen war garantiert mehr, als er verkraften konnte.

Zu dem gigantischen und sehr diffusen Forschungsprojekt, an dem Sebastian beteiligt war, gehörte auch eine umfassende, ständig wachsende Gruppe Freiwilliger – von denen die meisten in irgendeiner Form krank waren –, die interviewt, beurteilt und anschließend gründlich untersucht wurden, mittels fMRI wie auch einer persönlich auf sie abgestimmten, experimentellen Testbatterie. Als Neuzugang des Instituts und noch dazu als einer der Jüngsten fiel Sebastian die Aufgabe zu, die einleitenden diagnostischen Gespräche mit den hoffnungsvollen Versuchsobjekten zu führen. Wobei, das stimmte nicht ganz, die allererste Sichtung der Freiwilligen übernahm Benedict Katz, ein stinknormaler Psychologe mit rudimentären Kenntnissen der Neurowissenschaft. Wie Sebastian dem Gespräch mit seinem Mentor Barázza entnommen hatte, beruhte das auf der Einschätzung der Führungsetage, dass diese Arbeit zunächst nur eine Sortierungstätigkeit wie am Fließband sei, bei der die lediglich Mitteilungsbedürftigen von den wahren neurologisch Geschädigten getrennt und schließlich abgewimmelt wurden. An diesem Forschungsinstitut brauchte man keine Menschen, die lediglich Bedarf an einer Gesprächstherapie hatten, man suchte defekte Gehirne, phantastische Gehirne, Gehirne, deren abweichendes Verhalten Lichtjahre entfernt lag von dem, wozu unser Standardgehirn in der Lage war.

Dies bedeutete, dass Sebastian, erst nachdem Benedict ca. 95 Prozent der Bewerber aussortiert hatte, die verbleibenden 5 Prozent zu einem ersten diagnostischen Interview traf. Das war vollkommen neu für Sebastian, der bisher einen gehörigen Abstand zu der zwischenmenschlichen Dimension gehalten hatte, die sich mitunter selbst in den härtesten Naturwissenschaften offenbarte. Natürlich hatte es eine Zeit gegeben, in der Sebastian, wie jeder andere Junge aus Lund auch, davon geträumt hatte, Arzt zu werden – ein Traum, den er in seiner frühen Jugend entwickelt und mit derselben blinden Verzweiflung gehegt und gepflegt hatte, mit der man eine Pflanze gießt, deren Wurzelstock längst vertrocknet ist. Erst als er eine Folge der Ende der nuller Jahre ungeheuer populären Fernsehserie *Grey's Anatomy* gesehen hatte, war ihm klar geworden, dass der Arztberuf, so wie er sich im zwanzigsten Jahrhundert weiterentwickelt hatte, ebenso sehr eine seelsorgerische wie eine diagnostische Tätigkeit war. Und Sebastian wollte seine Arbeitszeit nicht mit Seelsorge verbringen, das hatte er schon als Siebzehnjähriger gewusst – davon hatte er in seinem Privatleben schon mehr als genug, mit einer Schwester, die eine Dauerkarte für die Kinder- und Jugendpsychiatrie hatte, und einer anderen Schwester, die sich sogar vor ihrem eigenen Schatten fürchtete, und einer Freundin, die darauf beharrte, nur an bestimmten Tagen etwas zu essen. Er wollte keine besorgten Angehörigen trösten, weil er selbst ein besorgter Angehöriger mit Trostbedürfnis war.

Also entschied er sich für einen anderen Weg. Anstelle der

Hirnchirurgie würde er sich der Hirnforschung widmen. In jeder anderen schwedischen Stadt wäre er vermutlich für seinen neuen Traumberuf ausgelacht worden – einen Phantasieberuf; er hätte genauso gut Astronaut, Löwenbändiger oder investigativer Journalist werden können. Aber Lund war anders: eine Gelehrtenstadt, eine Wissenschaftsstadt, eine Stadt der Prätentionen und pensionierten Professoren, eine Stadt, in der Akademikersöhne und -töchter Waffeln auf dem Dach des Observatoriums aßen oder in Laubhaufen unter Platanen lagen, ihre Gesichter gegenseitig in ihre weichen Norwegerpullover schmiegten und flüsterten: »Wenn wir das Abi haben, werde ich Hirnforscher und du Dichterin, wir werden Kinder und Hunde und einen Ehrendoktor haben, und uns wird nie etwas Böses zustoßen, solange wir auf der richtigen Seite der Eisenbahnschienen wohnen.« So etwas flüsterten die jungen Leute und ernteten weder Hohngelächter noch eine Klassenanalyse, sondern lediglich ein sanftes Lächeln, eine Fingerspitze an der Wange des anderen und ein heiseres, aber klangvolles: »Sebastian, ich glaube, ich liebe dich.«

Mit anderen Worten: Sebastians Umgebung unterstützte ihn bei seiner neuen Berufswahl, vor allem die Mutter und der Vater, denn seine Schwestern waren weitaus weniger ehrgeizige Naturen – von Sebastians Horizont aus hatte es so gewirkt, als hätten Clara und Matilda ihre gemeinsamen Jugendjahre vor allem damit zugebracht, sich wegzusehnen, und diese Energie hätten sie Sebastians Meinung nach besser für den Versuch eingesetzt, tatsächlich wegzukommen, wenn sie es denn wollten (und früher oder später war es ihnen auch gelungen – Matilda hatte sich nach einigen Jahren als Entwicklungshelferin in Bangladesch schließlich in Berlin niedergelassen, und Clara wohnte schon lange in Stockholm). Er selbst hatte nichts lieber gewollt, als für den Rest seines Lebens in Lund zu bleiben. Halbwegs erfolgreich in seinem Beruf zu werden, zu heiraten, eigene, altkluge Kinder zu bekommen.

Aber dann kam alles anders, nachdem *das, was passiert war, passiert war.*

Es ist allgemein bekannt, dass traumatische Erlebnisse die innere Landschaft, das Spinnennetz aller Impulse und Emotionen des Gehirns, grundlegend neu zeichnen können. Sebastian wusste, dass das, was ihm widerfahren war, zu jenen Lebensereignissen gehörte, die das Gehirn wie Dynamit in Stücke sprengten und danach verlangten, dass man es mühsam wieder zusammensetzte. Die meisten widmeten ihre Trauerjahre dem Versuch, den Menschen wiederaufzubauen, der sie gewesen waren, aber das musste nicht zwangsläufig so sein. Man konnte auch versuchen, aus den Ruinen etwas Neues zu erschaffen. Was wie eine Katastrophe in Sebastians Leben aussah und es zweifellos auch war, würde sich vielleicht – *auch,* denn nichts im Leben ist nur eine einzige Sache – als Katalysator erweisen. Mit seinen vielen von der Trauer verbrannten Synapsen könnte er eine andere Art Mensch werden als der, der er früher gewesen war. Ein Mensch, der voll und ganz für seine Arbeit brannte, für die Wissenschaft, für das, was der Tod nicht erreichen konnte.

Deshalb stellte Sebastian sich jeden Morgen, ehe er sein Zimmer in Tulse Hill verließ, vor seinen Rasierspiegel und wiederholte das auf harten Fakten basierende Mantra, das er zum Leitstern seines neuen Lebens bestimmt hatte:

DENK DRAN
DAS HIRN IST AUS PLASTIK
DAS BEDEUTET
ES IST MÖGLICH
IMMER WIEDER NEU ZU LERNEN
BIS ANS LEBENSENDE

DAS BEDEUTET
KEIN SCHADEN
KANN NICHT UNGESCHEHEN GEMACHT WERDEN

KEINE EIGENSCHAFT
KANN NICHT IN IHR GEGENTEIL VERKEHRT WERDEN

KEINE ANGST
KANN NICHT GEBÄNDIGT WERDEN

UND DAS LEBEN
KANN ANDERS GELEBT WERDEN

Doch es endete jeden Morgen damit, dass er verächtlich schnaubte, sich abwendete und sein Leben genauso weiterlebte wie immer, mit anderen Worten: unsicher und suchend. Das Gehirn konnte umlernen, aber das bedeutete nicht, dass es leicht war.

Trotz seines Unbehagens gegenüber sozialer Interaktion waren die diagnostischen Gespräche zu Sebastians großer Erleichterung jeden Tag besser verlaufen. Es war ein Fortschritt – und sei er noch so klein –, ein Schritt auf dem Weg hin zu einem Menschen, den andere Menschen lediglich in ihrer Eigenschaft als Studienobjekt berührten. Jetzt musste er sich nicht mehr jedes Mal vor Nervosität übergeben, wenn eine neue Person ihr Gehirn in seine Hände legte, auf dass er entscheiden sollte, ob es gesund oder krank war, normal oder unnormal, schön oder grotesk. Er sehnte sich hinab in den Keller, zu den Maschinen, zu den Bildern von den in allen Regenbogenfarben leuchtenden Walnüssen, den Karten unseres Innersten, Äußersten, den Antworten auf die spöttischen Fragen, was ein Mensch eigentlich ist, er sehnte sich also nach den Gehirnen, losgelöst vom Todesfleisch des menschlichen Enigmas; frei von Körpern, Händen, Schweiß, Stimmen, Augen, von Willen, Furcht und Verlangen.

Jetzt nahm Sebastian an seinem Schreibtisch Platz und blickte unglücklich auf seine Beförderung. Er hätte von Anfang an einsehen müssen, was ihm erst jetzt klar geworden war: dass das Spätere – das wissenschaftliche Studium des Gehirns – das Frühere nicht ausschloss, also den zwischenmenschlichen Kontakt und das Verantwortungsgefühl für die Menschen, deren Gehirne er detailliert untersuchte. In seiner neuen Position würde er endlich ins Labor kommen, aber er würde auch eine engere Bindung zu diesen unglücklichen Menschen eingehen. Sie sollten glauben, er könnte ihnen helfen. Und nur er – und vielleicht noch die überaus moralische Äffin, die in der Tat extrem perzeptiv war – würde wissen, dass dies nicht möglich war.

Er wurde aus seinem melancholischen Dahindösen geweckt, als es im Intercom-System piepste (eine weitere Erfindung von Corrigan).

»Isaksson«, sagte Sebastian.

»Hier ist Tiffany aus dem Sekretariat. Ich wurde von höchster Stelle darüber in Kenntnis gesetzt, dass du ab sofort für Objekt 3A16:1 zuständig bist?«

Sebastian sah auf die Uhr. Er war vor exakt zwei Stunden und sieben Minuten befördert worden.

»Ja, hm, das könnte schon stimmen. Wenn du das sagst. Wer ist es denn?«

Tiffany senkte die Stimme.

»Eigentlich dürfte ich so was gar nicht sagen, aber ich war dabei, als Benno das Interview führte, und ich muss ehrlich sagen, mein lieber Scholli, da hat aber jemand einen gehörigen Dachschaden.«

Sebastian starrte an die Decke. *Todesmüd ist's, was ich bin.*

»Mr Isaksson? Soll ich die Patientenakte hochschicken?«
»Ja«, antwortete Sebastian mit einem Seufzer. »Leg sie in die Rohrpost.«

Objekt 3A16:1, genannt »Toilettenkind« (TK)
Gespräch mit Benedict Katz, Dipl.-Psych. (BK), am 7. Januar 2016
Abschrift von Tiffany Temple, Med. Ass.

TK: Ich habe geträumt, ich hätte auf meiner Toilette ein unfertiges Kind geboren. Sie wissen schon, wie diese Tussis, von denen man manchmal liest: »AUFS KLO GEGANGEN – KIND GEBOREN: Bauchfett war normaler Fötus« und man denkt so, o Mann, in welchem krassen *state of denial* hat die Alte denn die ganze Zeit gelebt? Wie kann man ernsthaft neun beschissene Monate lang nicht merken, dass man schwanger ist? Und dann das obligatorische Foto von der frischgebackenen Mutti im Krankenhausbett, die wie eine Banane von einem Ohr zum anderen grinst, mit dieser Wahnsinnsüberraschung von Kind im Arm, und obwohl sie Sachen sagt wie »Klar war das ein Schock, aber, also, als ich da auf dem Boden im Damenklo vom The Fox and Bullhorn zum ersten Mal in seine Augen geguckt habe, hab ich ne Liebe gespürt wie in meinem ganzen Leben nicht, das war total magisch, und ich war so glücklich«, sieht man ihr ja an, dass sie eine Scheißpanik hat und denkt, o Mann, wäre ich nicht so ein konfrontationsscheuer Idiot gewesen, hätte ich doch schon vor acht Monaten gemerkt, dass ich schwanger bin, und dieses kleine Monster abgetrieben, aber jetzt liege ich stattdessen hier und bin Boulevardpressenfutter und kann höchstens darauf hoffen, dass Huggies meine Story ergreifend findet und mir die Windeln sponsert. Also, in meinem Traum war ich ungefähr so eine. Bin mit leichten Bauchschmerzen aufs Klo gegangen und dachte, jetzt blute ich wahrscheinlich, dass es nur so spritzt, und was passiert? Ich spüre, wie irgendwas aus mir rausflutscht wie ein Aal, ganz schleimig und kalt. Und dann gucke ich ins Klo, und da liegt es, und ich kapiere, dass es ein Fötus ist, und dann stehe ich auf, weil ich es nicht aushalte, das zu sehen, aber dann überlege ich es mir doch anders, also, ich hab ja noch nie eine Fehlgeburt gesehen, hab nicht mal abgetrieben, ob Sie's glauben oder nicht. Und ob Sie's glauben oder nicht, das Teil bewegt sich da unten im Wasser! Fuchtelt mit seinen Armen und Beinen und bewegt den Mund wie ein Fisch. Und ich nur so, *shit*, das lebt ja, also stecke ich schnell die Hände ins Klo und ziehe es raus. Es ist ziemlich klein, dreißig Zentimeter vielleicht, und irre dünn, aber im Gesicht sozusagen ganz fertig, also ich meine, so wie die Babys in der Windelreklame aussehen, und ich nur, also, ich kann es kaum sagen, aber, also, was ich gefühlt hab, war... Liebe. Nicht Ekel, obwohl das Kind nur so triefte von Klobrühe und Blut, sondern Liebe. Und da habe ich gestanden und dieses verdammte Kind in meinen Armen gewiegt, von dem ich nicht mal wusste, dass ich es in mir hatte, und für einen kurzen Moment, bevor ich aufgewacht bin, war mein Leben total perfekt.

BK: Ich weiß nicht recht, was ich Ihrer Meinung nach –

TK: Aber, also, was zum Teufel hat das zu bedeuten? Normalerweise träume ich von Delphinen.

BK: Darauf kann ich Ihnen keine Antwort geben. Wir betreiben hier keine Psychoanalyse, und falls Sie das missverstanden haben, tut es mir leid. Wir arbeiten mit neurologischen Problemen, auf einer streng physiologischen Basis, und bei allem, was, o mein Gott, ich bringe es fast nicht über die Lippen, mit »dem Unterbewussten« zu tun hat, müssen Sie sich an jemand anderen wenden.

TK: Nee, nee, ich hab das nicht missverstanden. Ich weiß, was Ihr hier macht, Scanning und so ein Zeug. Genau so was will ich haben.

BK: Die Frage ist aber nicht, was Sie wollen, sondern was Ihr Fall zur Forschung beitragen könnte. Wir untersuchen nur Objekte, Verzeihung, *Menschen*, mit einem sehr speziellen Symptombild. Ich spreche von realen, statistisch gesicherten Abweichungen vom Normalen.

TK: Aber Sie kennen doch noch nicht mal die ganze Story! Die Sache mit dem Traum war sozusagen nur eine blumige Einleitung.

BK: Aha.

TK: Es geht eher um Talent und so, also, ich bin in letzter Zeit plötzlich total *awesome*.

BK: Können Sie das präzisieren?

TK: Tja, ich weiß nicht, wie ich das erklären soll.

BK: Aber können Sie mir ein Beispiel geben für Ihre plötzliche... *awesomeness*?

TK: Na gut, um es ganz direkt zu sagen: Ich bin ein verdammter Picasso geworden. Ich meine, eine echte Künstlerin. Ich meine, eine krass gute Künstlerin. Ich meine, ein übelst künstlerisch geniales Genie. Ich meine –

BK: Ich hab's verstanden. Wann ist das passiert?

TK: Nach dem Traum! Darauf wollte ich ja hinaus. Ich hatte diesen kranken Traum, und am nächsten Tag habe ich all meine Lippenstifte und meine weiße Wand im Schlafzimmer zerstört. Also, ich hab einfach drauflosgemalt, verstehen Sie? Das habe ich schon seit dem Kindergarten nicht mehr gemacht.

BK: Was haben Sie gemalt?

TK: Na, Kunst, Mann!

BK: Könnten Sie das bitte ein wenig spezifizieren? Sie erwähnten Picasso, würden Sie Ihre Kunst also als kubistisch beschreiben? Oder eher klassisch, sprechen wir von Impressionismus, Expressionismus, oder wie?

TK: Wie unwichtig ist das denn! Das Ding ist: Es ist echt fette Kunst. Vorher habe ich nicht mal ein Strichmännchen hingekriegt. Vor dem Traum. Verstehen Sie, was ich meine? Dass der Traum sozusagen symbolisiert hat, was mir gerade passiert. Das Kind war mein inneres Talent, das da auf dem Klo geboren wurde. Und ich denke, dass ich es vielleicht schon immer in mir hatte und nur nicht sehen konnte, verstehen Sie, wie diese Bräute, die nur so: Schwanger, was, ich? Und dass irgendwas passiert sein muss, was das alles getriggert hat. Und ich dachte, das könnte vielleicht interessant für Euch sein, wenn ich sozusagen meinen Beitrag zur Forschung leiste, Euch einen Gefallen tue, aber okay, wenn das nicht passt, kann ich auch wieder gehen. Ich hab ein paar Leinwände zu Hause, die ich heute Abend beenden wollte.

BK: Leinwände?

TK: Also ehrlich gesagt alte Tischdecken. Ich habe ja keinen Arsch voll Geld. Noch nicht. Aber mein Dealer sagt, er wird mich reich und berühmt machen. Bis dahin male ich mit der Fingerfarbe meines Neffen, der interessiert sich sowieso nur für Videospiele. Meine Schwester glaubt, er ist Autist, aber ich glaube, das liegt eher an der Wers-gesagt-hat-wars-auch-Stimmung in der Familie, wenn Sie verstehen, was ich meine.

BK: Sie haben einen Dealer? Einen Kunsthändler? Also wurde Ihr Talent auch von anderen bestätigt? Von fachkundigen Personen?

TB: Ja, Mann! Meine Alte, meine Schwester, der Nachbar, mein Typ, alle nur so: *Shit*, du bist so was von *fucking awesome*! Also hab ich einen angerufen, mit dem ich vor längerer Zeit mal was hatte, und der jetzt bei Goldsmiths arbeitet, also ich schwör, als wir gevögelt haben, war der noch ganz normal, da waren wir vielleicht vierzehn oder so, und dann ist er plötzlich schwul geworden und hat Kunst studiert, aber egal, ich habe ihn angerufen, und er nur so: *Shit*, du bist so was von *fucking awesome*! Und dann hat er seinen Professor angerufen, der irgendeinen Dealer angerufen hat, und na ja, die haben ungefähr dasselbe gesagt.

BK: Dass Sie über Nacht *fucking awesome* geworden sind... auf dem Gebiet der Kunst?

TK: O Mann, Sie glauben mir nicht. Ich sehe es Ihnen an. Warten Sie, ich werde –

BK: Was machen Sie da? Das ist mein Forschungsbericht, den Sie da gerade bekritzeln.

TK: Jetzt nicht mehr. Jetzt ist es Kunst.

BK: *Holy shit*.

Beurteilung und Beschluss gemäß Grundlage 11 b.x: Weiterführende Untersuchung diagnostischer Art.

»Möchtest du rausgehen? Ist es das, was du mir sagen willst?

Die Äffin sah Sebastian mit einem Grinsen auf ihrem haarigen Gesicht an und zog die eine Schulter zum Ohr, eine Geste, die, so hatte Sebastian in den sechs Wochen gelernt, in denen sie nun in seiner Obhut war, »danke« bedeutete (die Äffin war natürlich sehr höflich).

»Aber guck dir vorher bitte kurz das hier an«, sagte Sebastian und tippte mit einem Stift auf seinen Computerbildschirm. »Siehst du, wie viel Aktivität bei ihr im Parietallappen vorhanden ist? Im Ruhezustand ist das nicht normal. Ganz und gar nicht.« Er merkte, dass er fast ein bisschen erregt war. Vor knapp einem Monat war er in den echten Forschungsdienst befördert worden und hatte seine erste richtige Patientin bekommen, Esmeralda Lundy, auch bekannt als Objekt 3A16:1 oder »Toilettenkind«. Drei Tage zuvor hatte er sie endlich in den Scanner schieben dürfen – sie hatte sich merkwürdig dagegen gesträubt. Sebastian verstand nicht, warum. In sein eigenes Gehirn durfte jeder schauen, weil er schon wusste, was dort zu sehen war: ein klaffendes Loch, das wie ein Y geformt war, Zehen, die in die Unterwelt zeigten.

Die Äffin sagte nichts. Als Sebastian seinen Blick vom Bildschirm nahm und auf sie herabsah, hatte sie ihr Gesicht demonstrativ abgewendet. Sebastian hatte etwas vergessen: Die Äffin respektierte die Integrität fremder Menschen. In der Vollmacht, die Ms Lundy unterzeichnet hatte, und die Sebastian dazu befugte, in ihre innersten Ecken und Winkel zu schauen, war nicht von der Beteiligung eines Affen die Rede gewesen. Sebastian klickte die Bilder mit einem Seufzer zu und loggte sich aus, stand vom Schreibtisch auf und holte die Leine hervor, die er in seinem Schreibtischschränkchen aufbewahrte. Er hatte ein seltsames Gefühl in der Brust. Erst als er mit der Äffin auf dem Arm in den Aufzug stieg, um ins Erdgeschoss hinabzufahren, und sein mageres Gesicht im Spiegel sah, grotesk knöchern neben dem runden, ruhigen Gesicht der Äffin, wurde ihm bewusst, dass er sich danach sehnte, mit jemandem zu sprechen. Am liebsten mit einem Menschen.

Der Nachteil an einer Äffin als Pflegetier – verglichen mit Nedjelkos Spülwürmern oder Travis' Zikaden – war der höhere Pflegeaufwand. Meistens bewegte sie sich frei in Sebastians Büro, außer wenn er eine Konsultation hatte und die Äffin aus Sicherheitsgründen in ihrem Käfig bleiben musste.

Aber sie brauchte ihren täglichen Ausgang. Corrigan meinte, man müsse das nicht sklavisch befolgen, aber Sebastian hatte den Eindruck, dass es der Äffin an den Tagen, an denen sie nicht hinausdurfte, merklich schlechter ging. Dann ahmte sie ihn zu sehr nach, oder war es umgekehrt? Er wusste es nicht genau. Er wusste nur, dass solche Tage meistens damit endeten, dass sie beide schweigend dasaßen und an die Wand starrten.

Normalerweise beschränkten sie sich auf den kleinen asphaltierten Wendehammer hinter dem Institut, wo auch die Mülltonnen standen. Eine Äffin in der Stadt erregte selbst in London Aufsehen, und Sebastian mied, wenn möglich, den Kontakt zu fremden Menschen, weshalb sie meistens für sich blieben. Heute beschloss Sebastian jedoch aus einem spontanen Impuls heraus, dass die Äffin einen Ortswechsel brauchte. In den letzten Tagen hatte sie ein wenig unterstimuliert gewirkt. Mit der Äffin, die an der Leine hinter ihm hersprang, trat er deshalb durch den Haupteingang hinaus, überquerte die Straße und ging in den Park mitten auf dem Russell Square. Für Februar in London war es ein außergewöhnlich schöner Tag – kleine, leichte Wolken am Himmel, kleine, dicke Kinder, die mit ihren Nannys und Tretrollern um den Springbrunnen herum und unter den Eschen spielten. Selfiesticks, Studierende vom UCL, die Nasen dicht über ihren Büchern oder iPads, eine Kellnerin, die Krümel von einem Cafétisch fegte. Er drehte eine Runde durch den Park mit der Äffin, die ihm vor den Füßen herumhüpfte. Viele schauten, aber niemand sprach ihn an. Er war erleichtert und enttäuscht zugleich.

Nach einer Weile setzte er sich auf eine Bank am Kiesweg und ließ die Leine so lang, wie es ging, damit die Äffin ein bisschen herumklettern konnte. Er versuchte, seiner Gewohnheit treu zu bleiben und an nichts Bestimmtes zu denken. Das klappte nicht besonders gut. Sowie er sich hingesetzt hatte, rückte etwas in sein Blickfeld, das aussah wie eine wohlgeratene kleine Familie beim Picknick. Wahrscheinlich Touristen, denn sonst hätten die Eltern wohl arbeiten müssen. Sie sahen aber nicht arbeitslos aus. Sie sahen aus, als wären sie glücklich. Mama, Papa, Einzelkind. Hübsche Jacken, die bis zum Hals zugeknöpft waren, jeweils eine Plastiktüte unter dem Hintern – offenbar hatten sie nicht damit gerechnet, dass das Wetter gut genug wäre, um auf dem Rasen zu sitzen. Die Mutter und die Tochter trugen Baskenmützen aus Wolle, der Vater braune Lederhandschuhe, die er auszog, bevor er den Deckel seines dreieckigen Sandwichs öffnete. Sebastian fand, dass es aus der Entfernung aussah wie Ei und Kresse, konnte es aber nicht mit Sicherheit erkennen. Das Kind, ein Mädchen, aß mit bloßen Fingern Mangostückchen aus einer Dose. Die Mutter versuchte, es dazu zu bringen, eine Holzgabel zu benutzen, aber die Kleine weigerte sich einfach, und der Vater lachte und zog ihr die Baskenmütze vom Kopf, um ihr durchs Haar zu zausen. Die Mutter gab auf, lehnte sich zurück und stützte sich auf die Ellenbogen. Sie hatte eine Stupsnase, sie war hübsch, sie wirkte glücklich. Das Kind aß sein letztes Mangostückchen und stürzte sich auf die Mutter. Sie veranstalteten eine Mischung aus Ringkampf und Kuscheln. Sebastian blickte zur Äffin hinauf, die auf den untersten Ast eines Baumes geklettert war. Er musste sich eingestehen, dass er insgeheim hoffte, sie würde herunterkommen und die Aufmerksamkeit des Kindes auf sich ziehen. Vielleicht wäre das Kind aber auch kein bisschen interessiert. Es schien dort drüben alles zu haben, was es brauchte.

Sebastian hatte während seiner Kindheit oft über Einzelkinder wie dieses Mädchen nachgedacht. In seiner Klasse auf der Svane-Schule hatte es mehrere von ihnen gegeben, und Sebastian war immer erstaunt gewesen, dass sie, die im Gegensatz zu ihm, der nicht allein zwei Schwestern hatte, sondern sogar *Drillingsschwestern*, kein bisschen vereinzelt wirkten. Ganz im Gegenteil schien ihre unantastbare Stellung als einziges Kind in ihrer jeweiligen Familie dafür zu sorgen, dass sie extrem umschwärmt wurden, von ihren Eltern und Verwandten natürlich, aber auch von anderen Kindern – als wäre dieses winzige Wort, »Einzelkind«, schon für sich genommen ein so lauter Hilfeschrei, dass die Hilfe anschließend gar nicht mehr nötig sei. Die Eltern der Einzelkinder schienen alle eine so große Angst vor dem Risiko zu haben, das Einzelkind könnte sich allein fühlen, dass sie durch Feuer und Wasser gingen, um ihren Nachwuchs für andere Kinder sozial attraktiv zu machen. Teilweise mithilfe unterschiedlicher Statussymbole, versteht sich, vor allem aber, indem sie ihm einen gesunden Appetit auf neue Kontakte und menschliches Miteinander beibrachten. Das Einzelkind hatte, wie Sebastian als Erwachsener einsah, schon früh das gelernt, was er erst verstand, als er Violetta traf – dass Menschen andere Menschen brauchen, dass die Beziehung zu anderen nichts Selbstverständliches ist, sondern etwas, worum man mit allem kämpfen musste, was man hat, selbst wenn man nichts hat.

    Sebastians Familie war groß und lautstark, aber ob sie glücklich war, stand zu bezweifeln. Auf jeden Fall waren sie keine besonders funktionale Familie. Erst vor einigen Jahren ging die Ehe der Eltern endgültig in die Brüche, war jedoch angeschlagen gewesen, seit Sebastian denken konnte. Seit der Vater ausgezogen war, hatte Sebastian nur äußerst sporadisch mit ihm gesprochen, meistens auf Sebastians eigene, pflichtbewusste Initiative hin.

    Sein Vater taugte nicht groß zum Vatersein. Er war nicht umsonst Sachbearbeiter beim Finanzamt und erwartete – eine Art Berufskrankheit –, dass alles immer genau aufging. Menschen, allen voran Kinder, funktionieren leider nicht so. Sebastians Vater war ein strukturierter Mensch, der immer einen Plan hatte, und wenn der eine Plan scheiterte, konnte er schnell einen neuen entwickeln und so das Gefühl von Kontrolle wiedererlangen. Dass sich seine Kinder häufig auf eine Weise benahmen, die ihm vollkommen irrational erschien, machte ihn nervös und reizbar, und er neigte dazu, sich aus der Familiengemeinschaft zurückzuziehen und sich stattdessen seinen Spitzensteuertabellen zuzuwenden oder, was Sebastian erst kürzlich erfahren hatte – nachdem es ihm seine bedeutend aufmerksamere Schwester Matilda erklärt hatte –, einer seiner weniger komplizierten Geliebten.

Er war jedoch nicht allen Kindern ein gleich schlechter Vater gewesen – Sebastian hatte immer das Gefühl gehabt, sein Vater hätte mit ihm die größten Schwierigkeiten, was unerklärlich war, wenn man bedachte, dass er derjenige war, der sich am rationalsten benahm und noch dazu den Vorteil hatte, der einzige Sohn zu sein. Doch abgesehen von der ein oder anderen Tischtennispartie in der Gerdahallen war Sebastian selten vom Vater bevorzugt worden, ganz im Gegenteil – wenn sie sonntags auf dem Sofa saßen und eine Sendung für die ganze Familie sahen, gab es nur zwei Plätze unter den Achselhöhlen des Vaters, und die gehörten immer Clara und Matilda. Sebastian saß bei seiner Mutter.

Über seine eigene Beziehung zu seinen beiden Schwestern konnte er nicht mit Sicherheit sagen, ob sie gut oder schlecht war, eng oder distanziert. Er hatte immer als Stoßdämpfer für das unvereinbare Temperament seiner Schwestern gedient. Matilda war extrovertiert und aggressiv, Clara nachdenklich und zurückhaltend. Im Vergleich zu diesen beiden Polen hatte Sebastian seine eigene Persönlichkeit immer als ziemlich blass empfunden und den Eindruck gehabt, gerade durch ihr antagonistisches Verhalten hätten Clara und Matilda ein besonderes und unantastbares Verhältnis zueinander.

So wie auch er zu Violetta, als sie auf der Bildfläche auftauchte und *das, was passierte, am Ende passierte*.

Während der Jahre mit Violetta hatte Sebastian immer mehr Zeit bei ihrer Familie verbracht und immer weniger bei seiner eigenen. Vielleicht war es leichter, irgendwo zu Hause zu sein, wo das Zuhausesein weniger selbstverständlich war. Im Übrigen war auch Violetta ein Einzelkind. Sie hatte früh gelernt, die Liebe einzufordern, die Sebastian für gegeben hingenommen hatte, und dafür über Leichen zu gehen.

Sebastian fühlte sich rastlos. Die anscheinend sehr glückliche kleine Familie machte sich zum Aufbruch bereit. Sebastian fragte sich, wo sie als Nächstes hingehen würde. Wahrscheinlich ins British Museum, um sich mumifizierte Katzen anzuschauen. Manchmal ging Sebastian nach Feierabend selbst dorthin. Er mochte Artefakte, je älter, desto besser. Es hatte etwas Berührendes, wie verzweifelt man sich anstrengte, das zu bewahren, was eigentlich vergänglich war. Er mochte die Inuitjacke aus Schweinedärmen, die so vertrocknet war, dass sie zerfallen würde, wenn sie nicht in einer hermetisch abgeschlossenen Vitrine aufbewahrt würde. Die Steinskulptur, die von irgendeiner entlegenen Insel gerettet worden war, damit sie niemals verwitterte. Die rissigen Urnen, die sorgfältig zusammengeleimt und restauriert und auf einem Piedestal platziert worden waren. An einem einsamen Samstag hatte Sebastian einmal den Bus zum Horniman Museum in Forest Hill bestiegen, um sich reihenweise aufgespießte Schmetterlinge hinter Glas anzusehen. Es war phantastisch, wie man so behutsam und zugleich brutal mit etwas so Filigranem umgehen konnte.

Nur um die Kunstmuseen hatte er einen weiten Bogen gemacht. Kunst konnte, so seine bittere Erfahrung, eine vernichtende Wirkung auf sensible Menschen haben. Zwar hielt er sich nicht für ganz so sensibel, nicht richtig, aber das Risiko wollte er lieber trotzdem nicht eingehen.

Die Eltern und das Kind standen auf und klopften sich die Hosen sauber, sammelten sorgfältig ihren Müll in einer der Plastiktüten und sahen sich um, ob sie auch nichts vergessen hatten. Das Mädchen hopste zum Springbrunnen, die Erwachsenen kehrten Sebastian den Rücken zu, setzten sich in Bewegung und riefen den Namen des Mädchens: Chloe! Die Frau stolperte, vielleicht über einen Ast am Boden, und der Mann fing sie auf. Sie lachte. Keiner von ihnen drehte sich um. Sie verschwanden, ohne Sebastian überhaupt bemerkt zu haben.

Er holte sein Handy hervor, spürte dessen Gewicht in der Hand. Er überlegte, seine Mutter anzurufen. Seit seinem Umzug nach London hatte er mit kaum jemandem aus der Familie gesprochen, abgesehen von Matilda. Sie schrieb fröhliche Mails aus Berlin, voller Anekdoten über das anstrengende Leben als Bonusmama; sie berichtete von ihren Plänen, den Sommer in Västerbotten zu verbringen, und erklärte ihm, wie wichtig es sei, bis ins Wurzelchakra hineinzuatmen. Sebastian schämte sich, aber manchmal überflog er die Mails lediglich und zählte die Wörter, um sich zu vergewissern, dass Matilda einfach nur redselig war und nicht manisch, und antwortete dann pflichtschuldig, indem er einige der Fragen beantwortete, die Matilda ihm gestellt hatte, und dann auf »Senden« ging. Dabei war es nicht so, dass er nicht mit ihr kommunizieren wollte, nicht richtig – sie ermüdete ihn nur so sehr, mit all ihrer augenfälligen Sensibilität, während er selbst sich wie tot fühlte. Und vielleicht machte es ihn auch ein wenig neidisch, dieses Leben, das sie sich offenbar geschaffen hatte, gegen alle Widerstände.

Matilda war die Einzige der drei Geschwister, die eine eigene Familie hatte, auch wenn es gewissermaßen eine Familie war, die sie jemand anderem gestohlen hatte. Nein, »gestohlen« war das falsche Wort. Geerbt, vielleicht. Wenn Sebastian es richtig verstanden hatte, war der Mann, mit dem sie zusammenlebte, bereits von der Mutter seines Kindes geschieden gewesen, als sie sich kennengelernt hatten, sodass es moralisch *fair and square* war – selbst die überaus moralische Äffin sah das so (Sebastian, der selbst zunächst unsicher gewesen war, hatte sie gefragt). Hätte Matilda die Wahl gehabt, hätte das Kind wohl nicht unbedingt im Gesamtpaket enthalten sein müssen, dachte Sebastian, obwohl er zugeben musste, dass er sich selbst da nicht ganz sicher war. Wenn Matilda etwas über die Stieftochter schrieb oder redete, tat sie es immer in demselben zynisch-scherzhaften Ton, in dem sie auch über sich selbst sprach, sie erzählte von dem Kind, als sei es ein erwachsener Mensch, dessen Tugenden und Schwächen auch mit dem gleichen Maß gemessen werden konnten. Das war eine fremde Sichtweise für Sebastian, der Kinder als geheimnisvolle Spezies einstufte – und das aus gutem Grund, fand er, nachdem er selbst Einblick in die umwälzenden Prozesse erhalten hatte, die das Gehirn eines Kindes bis in die späte Jugend hinein durchläuft. Manchmal schrieb Matilda auch von Clara – sie wollte wissen, ob er etwas von ihr gehört hätte und ob er wisse, wann Clara auf Matildas Mails zu antworten gedenke. Da die Antwort auf beide Fragen Nein lautete, wich Sebastian ihnen für gewöhnlich aus (er war ein Mensch, der ungern Nein sagte). Er hatte schon seit vielen Monaten nichts mehr von Clara gehört, außer durch vereinzelte Berichte von ihrer Mutter. Und mit ihr, also der Mutter, hatte Sebastian seit seinem Umzug auch erst wenige Male gesprochen. Irgendetwas an ihrer Stimme verkraftete er nicht. Schon als sie ihren Vater vor vier Jahren vor die Tür gesetzt hatte, war sie anschließend verändert gewesen, irgendwie fordernd und ein wenig beschädigt, aber erst, nachdem *das, was passiert war, passiert war*, hatte sie angefangen, Sebastian ein solches Unbehagen zu bereiten. Es war ein Gefühl, als wollte sie etwas von ihm haben, etwas, das er ihr nicht geben konnte, weil er nicht wusste, was es war. Wie immer war es leichter, nichts zu sagen, als Nein zu sagen.

Die Äffin war vom Baum heruntergeklettert und hüpfte mit ausgestreckter Hand auf Sebastian zu. Erleichtert ließ er sein Telefon wieder in die Tasche gleiten und zog stattdessen eine Tüte getrocknete Bananen daraus hervor, angelte ein paar Scheiben heraus und legte sie in die Handfläche der Äffin. Sie zog die Schulter zum Ohr. Da klingelte es in der Tasche. Verblüfft holte Sebastian erneut sein Telefon hervor.

»Mama? Ich wollte dich gerade anrufen«, sagte Sebastian, was ja auch stimmte. Gewissermaßen. Die Äffin reagierte jedenfalls nicht.

»Sebastian! Weißt du, das habe ich gespürt. Telepathie.«

»Telepathie gibt es nicht, und das weißt du auch. Es gibt keinerlei Beweise dafür«, erwiderte Sebastian aus reiner Routine, obwohl er seit seinem Arbeitsantritt am Institut so einiges gehört hatte, das Zweifel an fast allem aufkommen ließ, was er über die Fähigkeiten des menschlichen Gehirns zu wissen geglaubt hatte.

»Nun, das kann schon sein«, sagte seine Mutter unbekümmert. »Aber ich nehme es mit den Gottesbeweisen auch nicht so genau, wie du weißt. Wie geht es dir, mein Schatz? Ich habe nichts mehr von dir gehört, seit, ja, ich weiß schon gar nicht mehr wie lange! Ist es teuer, von England aus anzurufen?«

Sebastian gab der Äffin ein paar letzte Bananenhäppchen und stopfte die Tüte in seine Tasche.

»Mir geht es gut. Alles in Ordnung. Viel zu tun auf der Arbeit, aber es ist spannend. Mein Verantwortungsbereich wurde erweitert, könnte man sagen.«

Er konnte genau vor sich sehen, wie sie vor Freude die Hand vor den Mund schlug.

»Sebastian! Jetzt bin ich aber stolz. Und was machst du dann genau? Ich verstehe es vielleicht nicht genau, aber ich werde es versuchen!«

»Ich ... ich habe nicht die Befugnis, das zu erzählen.«

»Du meinst, es ist geheim?«

»Ja, irgendwie schon. Glaube ich?«

»Glaubst du?«

»Ja«, antwortete Sebastian knapp. »Wie geht es dir? Was macht das Gärtnern?«

»Du bist vielleicht niedlich«, antwortete seine Mutter und lachte. »Die Saison hat noch nicht angefangen, wie du dir vielleicht denken kannst. Aber ich ziehe ein paar schöne kleine Tomatensetzlinge auf der Fensterbank.«

»Tomaten sind gut.«

Dann wurde es still in der Leitung. Sebastian wartete darauf, dass seine Mutter wieder etwas sagte, aber sie schwieg einfach. Dieses Schweigen, dachte er, davor hatte er sich gefürchtet. Er verstand, dass er etwas sagen sollte, aber ihm fiel beim besten Willen nichts ein. Nach ihren Pflanzen hatte er schließlich schon gefragt.

»Und, hast du in letzter Zeit mal mit deinem Vater gesprochen?«, fragte seine Mutter schließlich.

»Nein. Wieso?«

»Ach, nur so. Und mit Clara und Tilda?«

»Nja«, antwortete Sebastian ausweichend. Wenn die von ihm größtenteils unbeantworteten Mails von Matilda dazuzählten, dann schon. Die Äffin schien anderer Meinung zu sein. Demonstrativ begann sie, an Sebastians Bein hochzuklettern. Er versuchte, sie abzuschütteln, während er in seinem erschöpften Gehirn nach irgendetwas kramte, was er ihr erzählen konnte. Zurzeit schlief sie schlecht.

»Tilda beherrscht die Krähe inzwischen richtig gut.«

»Was denn für eine Krähe?«

»Das ist eine Yogaposition, glaube ich. Eine schwierige.«

»Aha. Ja, ich habe mit Zumba angefangen. In der Gerdahallen.«

»Die haben immer gute Angebote.«

»Ja. Hast du alles, um über die Runden zu kommen?«

»Wie bitte?«

»Na, Geld, meine ich. London ist ja teuer.«

»Ich brauche kein Geld, Mama. Ich habe einen Job.«

»Ja, die arme Clara«, seufzte seine Mutter. Sebastian überlegte vergebens, ob er wusste, wovon sie sprach. Er wusste es nicht. Er merkte, wie sein Blick unfreiwillig zu der Äffin wanderte, als könnte sie ihm helfen. Sie starrte unnachgiebig zurück. Wie eine steinerne Statue. Seine Mutter schwieg erneut am anderen Ende. Irgendwann konnte Sebastian nicht mehr widerstehen. Er konnte nicht hören, wie jemand Mitleid äußerte, ohne nachzufragen, weshalb, das war gegen seine Natur.

»Was ist denn mit Clara, Mama?«

Seine Mutter seufzte enttäuscht.

»Also hat sie es dir gar nicht erzählt? Das ist doch schon mehrere Wochen her.«

»Irgendwie war immer so viel zu tun«, sagte Sebastian, und auch das war keine echte Lüge. »Wir haben uns länger nicht gesprochen.«

»Sie ist entlassen worden! Von der Zeitung. Rationalisierung, haben sie gesagt. Wenn das so weitergeht, rationalisieren sie noch das Papier weg, auf dem sie drucken«, sagte seine Mutter desillusioniert. Sebastian brachte es nicht übers Herz, ihr zu sagen, dass es im Prinzip längst so weit war. Stattdessen gab er einen empörten Laut von sich und nahm sich fest vor, sich bald bei seiner Schwester zu melden. Bei seinen beiden Schwestern. Noch an diesem Abend. Oder sobald er es schaffte. Sobald die Abende heller wurden und die Nächte stiller. Sobald er wieder irgendwelche Gefühle hatte, was auch immer, abgesehen von Schuldgefühlen.

»Reden sie miteinander?«, fragte seine Mutter.

Sebastian war so überrascht, dass er im ersten Moment nicht verstand, was sie meinte.

»Wer?«

»Clara und Tilda?«

»Tja, doch... oder...« Die Äffin schlug ihre Krallen in seine Jeansbeine. »Was genau meinst du?«

»Du brauchst mir nichts vorzumachen, Sebastian«, erwiderte seine Mutter ernst. »Tilda versucht, es abzutun, und Clara sagt gar nichts, aber ich weiß, dass es nach Violettas Beerdigung einen Bruch zwischen den beiden gab und sie sich anscheinend immer noch nicht wieder versöhnt haben. Und das ist ja ziemlich lange her. Fast ein ganzes Jahr. Das tut mir so leid, Sebastian. Als ihre Mutter. Sie glauben, ich hätte es nicht mitbekommen, aber das habe ich, mir entgeht nichts.«

Was das betraf, war Sebastian nicht ganz so sicher. Dass im Zusammenhang mit der Beerdigung irgendetwas zwischen Clara und Matilda vorgefallen war, stimmte, so viel wusste er auch, aber brüchig war ihr Verhältnis schon lange gewesen. Wahrscheinlich konnte man etwas so Dauerhaftes, einen Zwiespalt, der schon immer existiert hatte, nicht als Bruch bezeichnen.

Sebastian fixierte einen Baum, der seinen Schatten auf die Bank warf. Er wusste nicht, was es für ein Baum war. Clara wüsste es. Sie kannte die Namen aller Lebewesen. Sie sagte immer, das sei eine Vorsichtsmaßnahme. Was man benennen könne, sei weniger gefährlich, sagte sie. Dieser Baum sah aus, als trüge er Blüten. Er war von kleinen, blassrosafarbenen Knospen übersät, die nicht größer waren als der Nagel eines kleinen Fingers. Und dort, ganz oben, hatte sich schon eine geöffnet. Auf jedem Ast saßen kleine, rundliche Vögel, und eine Hummel hing kopfüber in der bauschigen Blütenglocke. Der Anblick erfüllte Sebastian mit einem Unbehagen, das er sich zunächst nicht erklären konnte. Dann fiel ihm auf, dass Februar war. Die Blüten erschienen ihm irgendwie ungesund. Unnatürlich. Aber auch so schön, dass es fast wehtat.

»Sebastian?«

»Ja, Mama?«

»Du hast nicht mit deinem Vater gesprochen?«

Sebastian wurde aus seinen Gedanken gerissen und richtete sich auf der Bank auf.

»Nein. Das hattest du doch schon gefragt. Was ist denn mit Papa?«

»Habe ich das? Verrückt«, sagte seine Mutter mit einem nervösen Lachen. »Ich werde wohl langsam senil, ich alte Tante. Wahrscheinlich werde ich selbst bald gefeuert! Tja, mein lieber Sohn, aber jetzt musst du ja bestimmt wieder arbeiten. Du bist doch gerade bei der Arbeit?«

Sebastian betrachtete die Äffin, die sich auf die ganze Länge von fünf Metern entfernt hatte, die ihr die Leine erlaubte, und damit beschäftigt schien, ihr eigenes Spiegelbild im Wasser des Springbrunnens zu betrachten.

»Ja, ich bin bei der Arbeit.«

»Dann will ich dich auch nicht aufhalten. Du kannst dich ja bald wieder melden. Und mal ein bisschen erzählen, wie es dir geht.«

»Mache ich«, log Sebastian.

»Okay.« In der Leitung wurde es erneut still. Sebastian wartete darauf, dass seine Mutter auflegte, damit er es selbst nicht tun musste. Am Ende sagte er: »Dann pass so lange gut auf dich auf.« Ein Laut war zu hören, wie wenn jemand, der lange die Luft angehalten hatte, endlich wieder ausatmete.

»Tschüss, mein Schatz.« Und dann ein Klick.

Die Äffin war ihr Spiegelspiel am Springbrunnen leid geworden und watschelte langsam wieder zu Sebastian zurück. Er griff ihr unter die Arme und hob sie neben sich auf die Bank. Er hatte das eindeutige Gefühl, dass sie etwas von ihm wollte und dass es keine Bananenscheibe war. Dennoch versuchte er es erst einmal damit. Sie schleuderte die Scheibe in den Kies.

»Ich weiß nicht, was meine Mutter will«, sagte Sebastian.

Die Äffin kreischte wütend. Zwei ältere Herren, die gerade auf der anderen Seite des Brunnens vorbeispazierten, drehten sich um und glotzten. Sebastian legte einen Finger auf die Lippen, doch die Äffin kreischte weiter.

»Okay, okay«, flüsterte Sebastian. »Sie will, dass ich mich um diese Familie kümmere. Weil sie denkt, ich wäre der Einzige, der das kann. Das will sie, okay, ich weiß es. Aber was soll ich deiner Meinung nach tun? Was?«

Die Äffin antwortete nicht. Natürlich, denn so intelligent sie auch war – sprechen, sodass ein Mensch sie verstand, konnte sie nicht. Das war natürlich frustrierend, aber auf eine gewisse Weise auch schön. Eine einfachere Form der Kommunikation, von jeglicher Vorstellung von Transparenz bereinigt. Sebastians früheres Bedürfnis, mit einem echten Menschen zu reden, war wie weggeblasen.

»Und weißt du was?«, fuhr er wütend fort. »Vielleicht sollte ich das machen, aber ich will es nicht, verstehst du? Weil ich nichts will. Rein gar nichts.«

Die Äffin legte den Kopf schief. Ihre Augen glänzten, als müsste sie weinen. Sebastian wusste nicht, ob Affen tatsächlich weinen konnten oder ob das eine Unart war, die sich nur der Mensch angewöhnt hatte.

»Du glaubst mir nicht?«

Die Äffin rieb ihren Kopf an seiner Schulter.

»Ich bin so müde«, sagte Sebastian zur Äffin und zu niemandem. *Todesmüd ist's, was ich bin*, hörte er es plötzlich in seinem Kopf erklingen, eine Zeile aus einem Gedicht, an das er sich kaum noch erinnerte. Hatte seine Mutter es vor sich hin gesummt, abends, wenn sich das schmutzige Geschirr bis unter die Decke türmte und der Vater nirgends zu finden war, wenn Matilda ihre Schwester mit einer schleimigen schwarzen Nacktschnecke zwischen den Fingern durch den Garten jagte und Sebastian mit einem Donald-Duck-Heft auf dem Sofa kauerte und als Einziger das resignierte Lachen seiner Mutter hörte?

»*Todesmüd ist's, was ich bin, grässlich müd, gänzlich müd, krank und müd und traurig*«, murmelte er jetzt. Die Äffin legte die Arme um seinen Hals, das hatte sie noch nie getan. »*Sag, wo ist mein kleiner Freund, feiner Freund, einz'ger Freund auf der weiten Welt?*«

DAS BILD, WIE ES WAR, wie es an der Wand im Museum seiner Erinnerung hing: Sie hieß Violetta. Das war ihr Name. Sie war seine Freundin, neun Jahre lang. Das, was passierte, war, dass sie starb.

   Auf eine gewisse Weise war es seine Schuld.

   Doch davor: Liebe.

SIEH, DIE SEIFENBLASE.

Laura Kadinsky war, wie alle Menschen, dreidimensional. Eigentlich wusste sie das auch zweifelsfrei. Wenn sie die Hand auf ihren Oberschenkel legte, krümmte sich die Hand, wie Licht in einem Tunnel, wie die Raumzeit um eine Masse. Und wenn sie den Finger ans Ohr legte, genau ins Epizentrum der Windungen, bog er sich nach innen. Es gab schlicht und ergreifend eine Tiefe in ihr, und sie wusste es.

Trotzdem kamen ihr neuerdings jedes Mal Zweifel, wenn sie sich im Spiegel betrachtete.

Dazu musste man erklären, dass Laura Kadinsky eine durch und durch ästhetische – mit anderen Worten: wirklichkeitsferne – Auffassung von der Welt besaß. Sie hatte ihren Körper immer mit Nike von Samothrake verglichen, plus Arme, versteht sich – die wiederum erinnerten sie an die Gliedmaßen der Puppen in den funkelnden Schaufenstern von Selfridges. Mit anderen Worten hatte sie ihren Körper als schön empfunden, als einen Körper mit Raum und Schwere, mit wieder anderen Worten, als einen wirklichen Körper, dessen Kurven man sehen und anfassen konnte. Wie die meisten Frauen hatte Laura Äonen von Jahren im Angesicht ihrer selbst verbracht. Wenn sie sich derzeit morgens im Spiegel betrachtete, wusste sie deshalb ganz sicher, dass sich etwas Entscheidendes in ihrem Gesicht verändert hatte, so sicher, wie sie die genauen Koordinaten der Leberflecke auf dem Rücken ihrer Tochter kannte und sofort merkte, wenn die Sonne einen neuen herbeigelockt hatte. Doch was genau störte sie, was genau brachte sie eigentlich immer häufiger dazu, die Stirn an das kühle Spiegelglas zu lehnen und in ihre eigenen Augen zu starren, als wären sie unheilverkündende Kristallkugeln? Sie wusste es nicht genau, ertappte sich aber oft dabei, an ihre Hochzeitsreise nach Paris zu denken, und wie ihr Mann eines Abends in Montmartre darauf bestanden hatte, dass sie ihr Profil von einem der Amateurkünstler auf dem Place du Tertre aus glattem schwarzen Karton ausschneiden ließ. Wie er den Scherenschnitt, als sie nach Hause kamen, sofort an die Wand seines Arbeitszimmers gehängt hatte und seither tatsächlich mehr Zeit mit ihrer Silhouette verbracht als mit ihrem wahren Gesicht.

Dann kam der Tag, an dem ein vager Verdacht in etwas verwandelt worden war, das zumindest äußerlich an Gewissheit erinnerte. Laura hatte eine wie immer tobende Chloe in der Schule abgesetzt und war gerade durch das Tor der Montessorischule gegangen, das wütende Weinen der Tochter noch immer im Ohr schaukelnd – denn so stellte sie sich Kindergeheul immer vor: schaukelnd wie ein Boot, frei und rebellisch, berauscht. Es hatte geregnet, direkt vor dem Tor hatte sich das Wasser in einer Pfütze gesammelt, und Laura war stehen geblieben, um sich selbst darin zu spiegeln, ihre kurze, kindliche Nase und ihren dunklen Pagenkopf zu betrachten; die von ihrem natürlichen Farbschema abweichenden Sommersprossen und den etwas überdimensionierten Mund, der nicht ganz wirklich schien.

Ihr Mann sagte immer, ihr Gesicht würde wie eine Collage aussehen, die an der Wand eines Teenagermädchens hing. Damals dachte sie noch: Dieser Teenie bin ich.

Ich habe dieses Gesicht für Männer wie dich gemacht.

Die Leute denken, man hat das Gesicht, das man hat, und könnte nicht viel dagegen ausrichten. Die Gene sind das, was man ist. Aber das stimmt nicht. Menschen sind wie Pflanzen, sie sichern ihr Überleben durch Befruchtung; indem sie zu Früchten werden, die gepflückt, gegessen, ausgeschieden werden, und verschiedene Tierarten haben verschiedene Vorlieben: Manche mögen es süß, andere sauer, und manche, wie Lauras Mann, mögen Mädchen mit Körpern wie griechische Göttinnen und Gesichtern wie Picassogemälden (die kubistische Phase). Das wissen alle Teeniemädchen, die mit einer Schere und einem Modemagazin in der Hand dasitzen und Bilder von Frauen zusammenbasteln, die sie vielleicht einmal werden könnten. Die ihr Gesicht verhätscheln wie ein Haustier oder eine Topfpflanze und jene Gesichtszüge düngen, die eines Tages die Männer anziehen werden, die sie haben wollen; sie schmusen mit ihren eigenen Rehaugen und versorgen ihre Cockerspaniellocken mit Feuchtigkeit. Und auf dieselbe Weise radieren sie das aus, was nicht stimmt, hungern ihre Wangen schlank, schließen oder öffnen Lücken zwischen ihren Vorderzähnen – diese Trennlinie, diese magische Trennlinie, die die Männer in zwei Lager spaltet: für oder gegen eine Lücke zwischen den Vorderzähnen (Lauras Mann war natürlich dafür, so wie er Unregelmäßigkeiten ganz allgemein bevorzugte, nur die seelischen nicht) – und die ganz am Ende, wenn alles fix und fertig ist, in die Welt hinausgehen und mit ihren Blütenblättern und Stempeln wedeln, mit allem, was duftet und stäubt.

Dieses Gesicht sah Laura im Spiegel des Wassers, gekrönt von einer grauen Baskenmütze aus Wolle. Und unter dem Gesicht: der lilienweiße Hals, der braunmelierte Strickpulli und der elegant geschnittene Mantel, die schmalen Jeans, die glänzenden Galoschen, die nur als Kräuselung im Wasser erkennbar waren. Dieses Wunschgesicht, an deren Schöpfung sie siebzehn Jahre gearbeitet hatte, um es anschließend weitere siebzehn Jahre zu erhalten und zu verfeinern – plötzlich konnte sie sich nicht mehr davon losreißen.

Der einfachen Mathematik zufolge war Laura also vierunddreißig Jahre alt, keine tauüberzogene Rose mehr, sondern eher eine prunkende Dahlie, irgendwo zwischen *lunch* und frühem *afternoon tea*. Es war ein gutes Alter zum Frausein, man konnte jeden Tag Lippenstift tragen, ohne wie eine Schlampe auszusehen, und sich (wenn man sich ein bisschen angestrengt hatte) endlich ordentliche Strumpfhosen leisten, solche, die eher schimmerten als staubten, wenn durchs Busfenster ein Sonnenstrahl darauf fiel. Laura fuhr jeden Tag mit dem Bus, von Chloes Schule in Camden zu ihrer Arbeit als Bühnenbildnerin an einem Theater in Spitalfields. Es war eine Reise, die im Berufsverkehr exakt siebenunddreißig Minuten dauerte und Laura genügend Zeit gab, um über klassische Dilemmata nachzudenken wie zum Beispiel, wen sie lieber mochte, Goya oder Velázquez, oder welches Gedicht von Philip Larkin ihr Mann lieber nicht auf ihrer Beerdigung lesen sollte. Ihr Mann hieß im Übrigen auch Philip, ein Name, den sie schätzte – er war sowohl vertraut als auch stilvoll, ein Name für einen Mann, der seine Familie und seine Karriere gleichermaßen schätzte und der sich jeden Tag säuberlich rasierte, außer an Sonntagen, dann briet er stattdessen Arme Ritter.

Ihr Philip war tatsächlich auch im Großen und Ganzen ein solcher Mann, aber wie die meisten Männer wollte er sich nicht mit seiner gegebenen Rolle zufriedengeben, sondern sie ständig herausfordern. Da war zum einen die Sache mit der Rasur: Es kam allzu oft vor, dass er während einer intensiven Arbeitsphase darauf pfiff, sich zu rasieren, er nannte es »das Vorrecht des Künstlers«, und dann konnte Laura noch so oft darauf hinweisen, dass ein kreativer Geist und glattrasierte Wangen keinen Widerspruch darstellen mussten, guck dir doch nur dein großes Idol Philip Larkin an! Er machte trotzdem, was er wollte. Außerdem ließ er auch auf dem Gebiet der Erotik einiges zu wünschen übrig – er war bei Weitem nicht so viril, wie es ein Mann mit all seinen übrigen Eigenschaften sein sollte und, so hoffte Laura, vielleicht immer noch werden konnte. Lauras Haut hatte sich während der sexarmen Jahre mit Philip derart elektrisch aufgeladen, dass sich die Spannung nie richtig abbauen ließ. Auch wenn er gerade mit ihr geschlafen hatte und pfeifend in die Küche verschwunden war, um eine ganze Chili zu verschlucken – eine seiner eher exzentrischen Angewohnheiten –, summte Lauras zarte Haut nach wie vor leise vor Verlangen.

Manchmal dachte sie, dass es vielleicht in Wirklichkeit irgendein anderer Mangel war – an Kalium vielleicht, oder an Sonne, vielleicht auch an Katastrophen und Abgründen. Aber nein. Denn was sollte das sein? Es gab keinen Grund, irgendetwas zu fürchten. Sie hatte ein Kind, sie liebte ihr Kind, sie hatte exklusive Galoschen, sie liebte ihre Galoschen, sie hatte ein Gesicht, das sich in einer Pfütze spiegelte, und Philip liebte dieses Gesicht und sie liebte seins. Es gab nichts, wonach sie hätte verlangen müssen, keinen Hunger, der nie gestillt werden würde, keinen Durst, der nie gelöscht werden würde.

Laura wusste, dass sie sich endlich auf den Weg zur Bushaltestelle machen musste, dass es an diesem Tag besonders wichtig war, nicht als Letzte im Theater anzukommen. Heute Abend hatte nämlich ein neues Stück von Marius von Mayenburg Premiere, und Laura hatte gewisse Bedenken wegen des Bühnenbilds. Es gab einige Sachen, die nicht stimmten und korrigiert werden mussten. Vielleicht. Um ganz ehrlich zu sein, kamen die Bedenken vom Regisseur und der Theaterleitung, nicht von Laura, aber seis drum. Sie war nicht so empfindlich, dass sie das Kreuz nicht versetzen würde, wenn es denn unbedingt nötig wäre. Mit anderen Worten, sie hatte es eilig. Warum konnte sie sich trotzdem nicht von ihrem eigenen Gesicht trennen? Was war los mit ihr? Es gab schließlich nichts zu befürchten, warum sah sie in ihren Wasseraugen trotzdem Angst?

Vorsichtig ging Laura in die Hocke, um sich selbst näher zu kommen, und streckte ihre Finger aus, um in ihrem Spiegelbild herumzustochern. Nicht so sehr, um es zu berühren, als vielmehr, um es zu zerstören, den Zauber zu brechen, sich von ihrer bösen Vorahnung einer Nicht-Existenz zu befreien. Was das angeht, ist das Wasser barmherzig, es glättet sich nur vorübergehend, eine Wirklichkeit auf Probe, verhandelbar. Sie streckte die Hand aus, den Finger, und da wurde ihr bewusst, wo der Fehler lag.

Sie war platt geworden.

Durch und durch platt.

Sie betrachtete ihre Hand, und die war zweidimensional – wie bei einer Anziehpuppe. Durchaus sorgfältig ausgeschnitten, vielleicht mit der allerwinzigsten Nagelschere, aus der Nachttischschublade einer Mutter entliehen, aber nichtsdestotrotz: *unwirklich.* Das, was sich in den letzten Monaten bereits im Spiegel angedeutet hatte, war schließlich wahr geworden. Die Glattheit, die Flachheit und die Fügsamkeit, die sich irgendwie um die Nasenflügel und den Frontallappen herum festgesetzt hatte, hatte nun von ihrem ganzen Körper Besitz ergriffen, und seltsamerweise war sie nicht einmal verwundert, sondern lediglich panisch.

Instinktiv schüttelte sie ihre Hand, wie man es macht, wenn man aus einem viel zu tiefen und todesgleichen Schlaf erwacht, sie schüttelte ihre Hand zwei-, drei-, viermal, und jedes Mal schien diese mehr von ihrer natürlichen Kontur zurückzugewinnen. Daumen, Zeigefinger, Mittelfinger, *daddy finger, daddy finger, where are you? Here I am, here I am, how do you do?* Sie hielt sich die Hand vor das Gesicht und betrachtete jeden Finger mit der Neugier eines viermonatigen Babys.

Sie war wieder normal, genau wie ihr Arm, und ihr Spiegelbild auf dem Wasser war zwar platt, wie es Spiegelbilder immer sind, aber dieser merkwürdige Mangel an Schatten, der vorher da gewesen war – das, was Laura jetzt, da die Schatten wieder da waren, als das ausmachte, was sie im Freud'schen Sinne als *das Unheimliche* erlebt hatte, ein Terminus, an den sie sich vage aus ihrem Studium erinnerte, der nun aber wie ein Echo aus den tiefsten Winkeln ihres Gehirns zu ihr sprach, diese beiden mandelförmigen Horrorkabinette, die tief im durchlässigen Gewebe des limbischen Systems eingebettet waren – diese Abwesenheit war jetzt abwesend, mit anderen Worten, die Schatten waren anwesend, und Laura konnte endlich wieder von ihrem Platz vor der Pfütze aufstehen, leicht benommen und beschämt, wie man sich immer nach einer vorübergehenden geistigen Verwirrung fühlt, in der das Unmögliche nicht allein möglich, sondern sogar augenscheinlich wirklich wird.

Dass sie platt geworden sein sollte!

Lächerlich und unmöglich.

Laura Kadinsky, eine Anziehpuppe!

Natürlich war das ein bizarrer Gedanke. Offenbar hatte ihr Gehirn ihr einen Streich gespielt, wie bei einem Déjà-vu vielleicht, so musste es doch sein. Und während sich Laura endlich der Bushaltestelle und damit auch der Premiere von Marius von Mayenburgs neuem Stück näherte, dachte sie an die Bäckerei in ihrer alten Straße in Dalston, die Déjà Vu Bakery hieß, und wie Philip und sie immer darüber gelacht hatten, wenn sie dort vorbeikamen. *Habe ich dieses Rosinenbrötchen nicht schon mal irgendwo gesehen? Nein, warte, das ist ja nur ein Déjà-vu!* Wider Willen musste sie über diese Erinnerung lachen, obwohl sie bei näherem Nachdenken nicht wusste, ob sie real oder erfunden war.

SEBASTIAN LAG IN SEINEM BETT, er war noch nicht richtig wach, und er weinte wie ein Kind. Wie ein Kind, weil er ein Kind *war*, mit der nassen Bettwäsche eines Kindes, die sich um seine nahezu haarlosen Beine wickelte. Violetta hatte ihn immer liebevoll damit aufgezogen, dass er in etwa so behaart war wie ein Fünfjähriger.
Sie selbst war mit der Zeit flaumig geworden wie ein Pfirsich. Dann hatte sie sich für Schwarz-Weiß-Fotografie aus den Sechzigern und Siebzigern interessiert. Dann starb sie. Ende der Geschichte.
Epilog: Sebastian zog nach London und wurde eines Nachts davon wach, dass er ins Bett gemacht hatte.

Als er zum zweiten Mal erwachte, lag er in der Badewanne. Erst wusste er nicht, wo er war. Womöglich war er tot. Dieser Gedanke kam ihm fast jeden Morgen, und dann pflegte er mit einer gewissen lakonischen Traurigkeit festzustellen, dass es nicht die Welt bedeutete. Manchmal, wenn er länger darüber nachdachte, kam er sogar zu dem Ergebnis, dass es etwas ziemlich Positives wäre, aufzuwachen und tot zu sein. Die Angst vor dem Tod war trotz allem nichts anderes als die Angst vor der Auslöschung des eigenen Bewusstseins. Alle Menschen wussten in ihrem tiefsten Inneren, dass genau das passierte; dass es kein Leben nach dem Tod gab, kein Bewusstsein nach dem Tod. Aufzuwachen und zu bemerken, dass man tot war, wäre mit anderen Worten dasselbe, wie aufzuwachen und zu bemerken, dass man unsterblich war.
Das alles dachte er an diesem Morgen nicht, aber es war eine ähnliche Denkfigur des Bildes im Bild im Bild. Er dachte: *Wo*

bin ich? Bin ich tot? Nein. Im Badezimmer. Warum liege ich hier? Wo schalte ich das Licht ein? Es riecht nach Pisse. Ich liege hier, weil ich in mein eigenes Bett gemacht habe. Ich habe ins Bett gemacht, weil ich geträumt habe, ich wäre fünf Jahre alt und müsste dringend pinkeln und hätte gerade geträumt, ich wäre fünf Jahre und müsste dringend pinkeln und immer so weiter bis in alle Ewigkeit, aber irgendwo in weiter Ferne, wo die Ewigkeit aufhört, war ich tatsächlich fünf Jahre alt und habe geträumt, ich wäre fünf Jahre alt und müsste dringend pinkeln und hätte eine Sommerwiese gefunden und darauf gepinkelt, aber als ich aufwachte, war ich ein Fünfjähriger, der ins Bett gemacht hatte, weil er geträumt hatte, er wäre ein Fünfjähriger, der ins Bett gemacht hatte und immer so weiter... Und als ich mich am Ende den ganzen Weg zurückgearbeitet hatte, kam eine Mutter und wechselte die Bettwäsche und trug mich hinüber ins größere Bett, und die Schwestern auch, beide, denn es musste ja Gerechtigkeit herrschen, sonst hat man bald drei Bettnässer anstelle von einem, und das war natürlich das Ende des Traums, denn genau an der Stelle bin ich aufgewacht, und hier gibt es natürlich keine Mutter und keine Schwestern, und ich habe geweint, ist das nicht komisch, ich habe sogar so geweint, als könnte mich jemand hören...

Auf dem Haken des kleinen Badezimmerfensters saß eine Spinne. Soweit Sebastian es beurteilen konnte, war sie das einzig Lebendige in seiner traurigen kleinen Studiowohnung, die eigentlich auch nicht seine war, er wohnte nur zur Miete – so wie wir alles, was wir im Leben zu besitzen glauben, sogar das Leben an sich, nur geliehen haben. Nicht mal eine Maus schien hier wohnen zu wollen, auch keine Zimmerpflanzen oder Schimmelflecken. Die nicht vorhandene Feuchtigkeit war offenbar sehr ungewöhnlich für Londoner Wohnungen in dieser Preisklasse, streng genommen sogar für alle Wohnungen in London.

Als Zugeständnis an seine Mutter hatte Sebastian einen Bogenhanf den ganzen Weg aus Lund hierherbefördert, aber er war bereits verwelkt; eine beachtliche Leistung, wenn man bedachte, wie widerstandsfähig diese Pflanzen normalerweise waren. Er hatte es seiner Mutter noch nicht gebeichtet. Sie würde irgendwann fragen: *Wie geht es meiner kleinen Blume?* Und er müsste antworten: *Sie ist tot.*

Sebastian hatte nicht mehr mit seiner Mutter gesprochen, seit sie ihn einige Wochen zuvor im Park angerufen hatte. Das lag nicht an seiner Mutter, die ihn praktisch täglich zu erreichen versuchte. Es lag an Sebastian, der nicht ans Telefon gegangen war. Auch hatte er sich nicht, trotz seines Versprechens sich selbst wie auch – indirekt – der überaus moralischen Äffin gegenüber, bei seinen Schwestern gemeldet. Er musste sich furchtbar anstrengen, um kein schlechtes Gewissen deswegen zu haben. Denn war es nicht trotz allem eine bewusste Entscheidung, die er getroffen hatte, ein Teil seiner Strategie, sich der Verantwortung für die Lebenden zu entziehen, um auf diese Weise nicht vom Tod betroffen zu sein? Doch. War es eine moralisch richtige Entscheidung? Vielleicht nicht. Ganz sicher nicht. Aber es war eine notwendige Entscheidung. Er musste sich auf Dinge konzentrieren, die zwingender waren, vielleicht auch bedeutsamer, das ließ sich zu diesem Zeitpunkt noch schwer sagen.

Falls Sebastian geglaubt hatte, seine Beförderung würde dazu führen, dass er ein klareres Bild von dem bekäme, was am LICS geschah – und das hatte er durchaus –, erwies sich dies schnell als Trugschluss. Er hatte nach wie vor keine Ahnung, welchen Zweck die Forschung erfüllte, abgesehen von einem Selbstzweck. Wissen um des Wissens willen. Informationsbeschaffung, Organisation, Strukturierung. Systematisierung unbekannter Variablen. Das war schön, aber auch furchteinflößend.

Tief in seinem Inneren hegte Sebastian den Verdacht, dass

am Institut etwas nicht stimmte, dass irgendetwas Dubioses hinter den Kulissen vor sich ging, das er nicht greifen konnte, nicht einmal, wenn er es versuchen würde. Deshalb versuchte er es gar nicht erst. Er beobachtete lediglich das Geschehen, die Versuchsobjekte, die kamen und gingen, die Tiere, die in ihren Käfigen schrien, die versiegelten Dokumente, die durch das Rohrpostsystem auf- und abglitten. Er versuchte, so gut es ging, seine Arbeit zu erledigen und sich damit zu begnügen. Die Strategie ging auf, jedenfalls insofern, dass er beschäftigt genug war, um nicht ans Telefon gehen zu müssen.

Sebastian erhob sich rechtzeitig aus der Badewanne, duschte und wechselte die Hose. Es war ein Werktag. Mit anderen Worten, er musste zur Arbeit gehen. Mit anderen Worten, er musste sich rasieren. Während er mit dem Rasierer am Hals dastand, fiel ihm plötzlich wieder ein, dass am Vorabend etwas Ungewöhnliches passiert war: Clara hatte eine Mail geschrieben. Clara. Im Unterschied zu seiner Mutter und Matilda hatte sie keinen Mucks von sich gegeben, seit er aus Schweden weggezogen war. Konnte das wirklich stimmen? Er erinnerte sich nicht richtig, der Übergang vom Tag zur Nacht war für ihn stets verschwommen. Aber doch. Es war eine Mail von Clara gekommen, eine Mail, die er nicht geöffnet hatte. Er hatte sie gesehen, kurz bevor ihn der tabletteninduzierte Schlaf übermannt hatte, und das Handy war ihm aus der Hand geglitten, als er gerade so die Wörter HALLO // TSCHÜSS im Betreff erkannt hatte.

Während er sich die Wangen mit dem einzigen Handtuch abtrocknete, das er besaß, ein fadenscheiniges Frotteebadetuch mit einem verwaschenen Papageienmuster, das irgendein Vormieter säuberlich zusammengelegt im einzigen Billyregal der Wohnung hinterlassen hatte – als handele es sich um einen lebenswichtigen Bestandteil der Einrichtung, der auf keinen Fall fehlen durfte, wenn der Nächste einzog –, ging er zum Bett und bückte sich. Und richtig, das Handy lag immer noch da, dunkel, stumm und platt wie ein sehr kleiner, geschändeter Grabstein. Er hob es auf, klemmte es sich zwischen die Zähne, während er sein letztes sauberes T-Shirt überstreifte und sich dann rücklings auf den flusigen Diwan legte, dem einzigen größeren Möbelstück abgesehen von seinem Bett. Auf dem Telefon, das über seinem Gesicht schwebte wie eine fliegende Untertasse, öffnete er die Mail. Es war keine bewusste Entscheidung. Es war etwas, das er tat, weil er es nicht lassen konnte.

SUBJECT: Hallo // Tschüss

Clara Isaksson clara_isaksson@kooklaid.com

Sebastian,

wie geht's dir da drüben eigentlich? Tut mir leid, dass ich mich nicht gemeldet habe, aber ich bin ja auch keine, die sich meldet. Wie Mama bestimmt schon erzählt hat, wurde ich gefeuert. So. Deshalb fahre ich nach Südamerika, genauer gesagt auf die Osterinsel, um eine zivilisationskritische Reportage über Konsum, Umweltverschmutzung und den Weltuntergang zu schreiben. Deshalb schreibe ich auch, ich will, dass du das weißt. Falls ich nicht mehr zurückkomme, will ich dir wenigstens Tschüss gesagt haben.

Ich weiß, was du denkst. Du denkst, ich wäre übertrieben dramatisch. Ich meine nur, man weiß ja nie. Wenn ich jemanden hätte, der mich braucht, hätte ich eine Lebensversicherung abgeschlossen. Flugzeuge verschwinden und werden nie wieder gefunden, und wenn sie doch gefunden werden, ist diese schwarze Box weg, und die Angehörigen müssen für den Rest ihres Lebens mit der Ungewissheit klarkommen, was an Terror grenzt. Menschen purzeln von Klippen und brechen sich die Knochen und können noch so sehr schreien, es hört sie niemand, weil der Wind in die falsche Richtung weht, und dann sterben sie dort, mit gebrochenen Knochen und zerfetzten, fingernagellosen Händen, wie in einem Krimi von Elizabeth George. Um gar nicht erst von Autounfällen, Verbrechen und unerkannten Tropenkrankheiten zu reden.

Ich werde zwei Tage in Santiago, Chile, bleiben. Ich weiß nichts über Santiago, außer dass Pablo Neruda ungefähr siebzehn Häuser dort besaß, und ich spreche kaum Spanisch. Ich könnte in eine Todesfalle geraten, die möglicherweise raffiniert getarnt ist, als eines von Pablo Nerudas Häusern zum Beispiel, und nichts Böses ahnen, ehe mir im nächsten Moment schon die Machete im Bauch steckt. Okay, ich weiß schon, dass die Leute vor allem in Kolumbien im Drogenkrieg sterben, aber trotzdem. Und apropos Drogen, man kann auch das Risiko nicht ausschließen, dass man dem Charme eines jungen Mannes mit unnatürlich weißen Zähnen erliegt, der einen bittet, ein kleines Päckchen für seine sterbende Schwester in Münster mitzunehmen, und man tut es, wider besseres Wissen, und landet in einem schmutzigen Gefängnis wie in *Brokedown Palace,* und das Außenministerium rauft sich angeblich die Haare und behauptet in den Medien, es würde alle Hebel in Bewegung setzen, um einen freizubekommen, aber eigentlich ist man nur froh, eine Arbeitslose weniger durchfüttern zu müssen.

Ja, wie gesagt bin ich gefeuert worden. Oder besser gesagt rausgeekelt, die Zeitung wollte mich auf irgendein krankes Projekt ansetzen, und ich dachte, das mache ich nicht mit. Genau das wollte sie natürlich bezwecken. Deshalb dachte ich, um ehrlich zu sein, gar nicht so. Ich habe Ja gesagt und einige Zeit in irgendwelchen Self-Storage-Lagerräumen in Kungens Kurva ausgeharrt. Aber jetzt bin ich Freelancerin. Hast du in letzter Zeit was von Mama gehört? Oder Papa? Und Matilda? Ist sie immer noch mit dem Typ mit dem Kind zusammen? Also, du darfst mich gern zynisch finden, aber ich glaube nicht, dass Kinder die

Zukunft sind, wirklich nicht. Denn die werden doch auch erwachsen, früher oder später, und wo liegt dann der Sinn?

Bis irgendwann,
Clara

Sebastian schloss die Mail und googelte die Osterinsel. Er hatte nicht geglaubt, dass es sie nicht nur bei Donald Duck gab, sondern auch in echt. Aber es gab sie, jedenfalls auf der Karte. Von der Form her erinnerte sie an eine Pirogge. Oder ein auf dem Kopf stehendes Becken, dessen Hüftknochen zwei Vulkane waren. Sebastian ließ die Hand mit dem Telefon auf seinen Bauch sinken und grübelte. Dass Clara freiwillig zu einer 3700 Kilometer vom Festland entfernten Vulkaninsel reiste, bedeutete entweder, dass sie eine einzigartige Persönlichkeitsentwicklung durchlief – oder endgültig verrückt geworden war. Er hoffte Ersteres, doch vor dem Hintergrund, dass die Familie Isaksson dafür bekannt war, fleißig Beiträge zur Geschichte des Wahnsinns zu leisten, erschien Letzteres leider wahrscheinlicher.

Doch was wusste Sebastian eigentlich über Claras derzeitiges Leben? Er hatte sie ein ganzes Jahr nicht mehr gesehen, seit der Beerdigung. Vielleicht hatte sie beschlossen, ihren Phobien den Kampf anzusagen, inklusive der Flugangst, der Angst vor isolierten Plätzen, der Angst davor, dem Äquator zu nahe zu sein (diese Angst war, wie selbst Clara zugeben musste, am irrationalsten), der Angst vor Vulkanen sowie der Angst vor peinlichen Situationen aufgrund von sprachlichen Missverständnissen. Dass sie ihre Angst, als Drogenkurierin verhaftet zu werden, noch nicht überwunden hatte, wurde in der Mail jedenfalls deutlich, aber Sebastian wusste besser als die meisten, dass das Gehirn ein störrisches Tier war, das man nicht im Handumdrehen zähmen konnte. Man musste einen Schritt nach dem anderen machen.

Er nahm sein Handy erneut hoch, sah auf die Uhr und begriff, dass er keine Zeit mehr hatte, weiter darüber nachzudenken. Er musste sich zum LICS begeben – er hatte eine Äffin zu füttern.

DASS ES IHRE SCHULD SEIN sollte. Nein. Das erschien Laura nicht fair, obwohl sie zugeben musste, dass von Mayenburg nicht unbedingt ein Glanzlicht ihrer Karriere gewesen war. Inzwischen konnte sie auch sehen, dass es Dinge gegeben hatte, die während des ganzen Ablaufs im Weg gestanden hatten, Probleme persönlicher und professioneller Natur – wo genau die Grenze zwischen diesen Bereichen verlief, ließ sich in der Kunst ja nie so leicht sagen. Wie dem auch sei, es hatte Probleme gegeben, mit Philip, mit Chloe, mit den Kollegen, mit Marius von Mayenburg persönlich, seinem schön schimmernden Papiergesicht, seinem Welpenblick, der sie schon seit Wochen von einem Plakat anstarrte und es ihr erschwerte, sich auf etwas anderes als sündige Schlendrianschimären zu konzentrieren. Und dann, natürlich, dieses Problem mit ihren Augen und der Welt, das, wie sie jetzt einsehen musste, nicht erst seit gestern da war, es hatte sich schon viel länger angebahnt, als sie es dort bei der Pfütze hatte wahrhaben wollen.

Es tut mir leid, aber die ganze Welt ist plötzlich wie geplättet.

Das konnte sie nicht sagen. Nein, das ging natürlich nicht, trotz der Vorwürfe, die nun vom *artistic director* des Theaters, Karen Buller, an sie gerichtet wurden. Sie saß auf Lauras Arbeitstisch und schüttelte ihr rabenschwarzes Haar.

»Es lässt sich nicht bestreiten, dass das ein Fiasko ist. Jetzt können wir es echt vergessen, in diesem Jahr auf das Edinburgh Arts eingeladen zu werden, und das ist sehr, sehr bedauerlich, muss ich sagen. Sehr, Laura.«

Das war zwei Wochen nach der Premiere, einer Premiere,

die so schlecht gelaufen war, dass sie die Produktion nach nur zehn Vorstellungen einstellen mussten.

»Bei allem Respekt, Karen. Ich glaube nicht, dass das nur mit meiner Leistung zu tun hatte. Es war ganz einfach eine schlechte Produktion, und daran tragen wir alle die Schuld. Wir sind doch ein Team.«

Karen wippte mit ihrem Prada-Zeh.

»Absolut, Laura, absolut. Es freut mich, dass du das sagst, denn wie du ja weißt, lege ich auf nichts so großen Wert wie auf eine gute Zusammenarbeit. Aber auch wenn es wehtut, muss ich trotzdem sagen, dass ich deine Chefin bin und gewisse Pflichten habe, Laura, nicht zuletzt gegenüber unseren überaus großzügigen Förderern.«

»Du findest, dass ich einen schlechten Job gemacht habe, sag es doch einfach, Karen. Ich weiß, dass das nicht erstklassig war, du brauchst also nicht um den heißen Brei herumzureden. Ich... ich hatte in letzter Zeit private Probleme, und möglicherweise hat das meine Arbeit beeinflusst. Aber das wird wieder besser, das kann ich versprechen. Dieses von-Horváth-Stück ist wirklich inspirierend, ich musste sofort an Kokoschka denken, du etwa nicht?«

»Nein, das kann ich nicht behaupten. Aber du. Ich muss darauf beharren –«

»Ich meine, was die Farbe angeht. Ich denke an Blau. Kobaltblau. Yves Klein! Alle Nuancen, die du dir vorstellen kannst. So expressiv wie das Meer!«

»Bitte Laura, streu mir jetzt keinen Sand in die Augen. Es ist schmerzlich, wenn man kritisiert wird, das weiß ich, ich habe selbst gerade mit Leonard vom Fundraising zusammengesessen und ziemlich geschwitzt, eine gewisse Dame, die uns, wie du weißt, jedes Jahr beachtliche Summen spendet, war sehr unzufrieden mit, ich zitiere, ›der vollkommen plumpen Umsetzung von Marius von Mayenburgs neuem Stück‹.«

»Noch einmal, Karen, bei allem Respekt, für die, und jetzt zitiere ich, ›plumpe Umsetzung‹ kann ich doch nun wirklich nicht allein verantwortlich gemacht werden. Du solltest mit Kevin reden, er ist doch jeden Abend über das Kreuz gestolpert, und wenn du mich fragst, hat sich die betreffende Dame vor allem über Kevins Blamage geärgert, weil sie es sich von ihm besorgen lässt.«

»Laura!«

»Aber es ist doch wahr!«

»Das hat nichts mit der Sache zu tun. Ja, Kevin hatte große Probleme mit diesem Kreuz, das stimmt. Dass er bei der Premiere in den Souffleusenkasten gefallen ist, war gelinde gesagt unglücklich. Und ich habe auch mit Kevin über sein Koordinationsproblem gesprochen –«

»Sein Alkoholproblem.«

»Sein Koordinationsproblem. Aber Laura, du weißt, dass es nicht nur an Kevin lag. Alle sind über das verdammte Kreuz gestolpert. Und Masja ist bei der Hälfte aller Vorstellungen gegen das Schreibpult gerannt, und diese Wasserwannen, was hattest du dir nur dabei gedacht? Das Publikum wurde ja nassgespritzt, sobald nur jemand mit den Armen ausgeholt hat, und du weißt genauso gut wie ich, dass man bei den deutschen Dramatikern ständig mit den Armen ausholen muss! Es ist kein Wunder, wirklich gar kein Wunder, dass sich keiner der Schauspieler richtig auf seinen Text konzentrieren kann, wenn sie ständig gezwungen sind, in diesem bühnenbildnerischen Minenfeld zu navigieren.«

»Ich stimme dir durchaus zu, dass es nicht optimal war –«

»Nicht optimal? Es war eine richtige Todesfalle! Wir können froh sein, dass sich niemand ernsthaft verletzt hat. Was ich nicht verstehe, Laura: Warum hast du während der Proben nicht auf Lawrence gehört, ich weiß, dass er dich wiederholt auf die Synchronisierung des Bühnenbilds angesprochen und dich beispielsweise darum gebeten hat, das Kreuz umzustellen –«

»Und das habe ich auch gemacht!«

»Aber nicht so, wie er es wollte, oder?«

»Könnte sein.«

»Ich kann diese Katastrophe nur so deuten, dass du beschlossen hast, einfach stur auf deiner eigenen ästhetischen Linie zu beharren, und so funktioniert das nicht, Laura. Wirklich nicht. Meine Güte, nicht einmal nach dieser verunglückten Premiere hast du etwas gegen das Problem unternommen!«

Laura schluckte. Das war wirklich nicht gerecht.

»Ich habe es versucht«, antwortete sie verbissen.

»Du hast es versucht?«

»Ja, ich habe es versucht. Aber es ging schief.«

»Und wie genau hast du es versucht? Und warum hast du es nicht noch einmal versucht?«

»Das... ich... ich weiß nicht, was ich noch sagen soll. Es ging schief, und das tut mir leid. Ich verspreche dir, in der nächsten Produktion keine Todesfallen aufzustellen. Und nichts, worüber man stolpern oder was man umwerfen oder wo man gegenrennen kann. Es wird eine vollkommen leere Bühne sein, das verspreche ich. Blau. Kobaltblau.«

Karen Buller wirkte unzufrieden.

»Das klingt in meinen Ohren ein bisschen dürftig, Laura. Wenn ich ehrlich bin. Es wäre besser, wenn du einfach lernen würdest, dich nach der Regie zu richten. Das ist doch wohl nicht so schwer?«

»Natürlich nicht«, murmelte Laura.

»Das will ich hoffen. Denn ich muss sagen, Laura, so froh wir auch waren, dass du das ganze letzte Jahr bei uns warst... du weißt genauso gut wie ich, dass es keineswegs selbstverständlich ist, eine festangestellte Bühnenbildnerin zu haben. Ich sage das nicht, um dich unter zu Druck zu setzen, aber, ja. Du verstehst schon. Es ist wichtig, dass die Sache mit von Horváth gut läuft.«

»Sonst werde ich gefeuert.«

»Das habe ich nicht gesagt.«

»Aber gemeint.«

»Morgen findet die Leseprobe statt. An deiner Stelle würde ich pünktlich sein.«

Den ganzen Heimweg über kochte die Wut in ihr. Als wäre es nicht schon fies genug, dass sie sich vor Karen Buller rechtfertigen musste, hatte diese dumme Kuh anscheinend auch mit dem ganzen Theater ausführlich über die ganze Angelegenheit getratscht, so wie die anderen Laura anstarrten, kaum dass sie sich auf den Gängen zeigte. Geradezu bedauernd. Es tat Laura richtig weh, dieses ganze Mitleid brannte wie Chilifinger in Nase und Möse. BÄH. Sie beschloss, auf den Bus zu scheißen und stattdessen nach Hause zu laufen. Sie hatte Angst davor, sich mit fremden Leuten zusammenzudrängen, weil sie nicht wusste, wozu sie fähig wäre, und sie musste die Wut loswerden, bevor sie nach Hause kam, sonst konnte sie nicht mit einem Lächeln auf den Lippen Spinat schleudern und Kichererbsen marinieren.

Es war wirklich nicht gerecht, auf keinen Fall. Niemals nie, und vor allem war es ungerecht, wovon sie heimgesucht worden war, diese seltsame Krankheit, diese Behinderung – was wusste Karen Buller schon über die Angst? Die jedes Mal in Lauras Hals aufstieg, wenn es passierte. Wenn die Welt zu einer Kulisse wurde und Laura plötzlich nicht mehr wusste, ob sie noch real war, falls sie es je gewesen war.

Laura dachte an den Tag vor zwei Wochen, als sie sich nicht von der Pfütze vor der Schule hatte losreißen können, und an den Abend darauf, als es wieder geschehen war. Wie Philip sich ausnahmsweise in der Nacht ihrem Körper genähert und ihre Beine hochgebogen und gespreizt hatte, und wie Laura sie über seine Schultern gelegt und plötzlich in einem Mondstrahl gesehen hatte – ihre Anziehpuppenfüße, die wie zwei platte Silhouetten hinter dem dunklen Schatten von Philips pumpendem Körper tanzten. Wie sie geschrien hatte und er gedacht hatte, sie schreie aus Wollust, obwohl es in Wirklichkeit blanke Angst gewesen war. Jetzt wünschte sie sich, sie hätte recht gehabt. Damit, dass nur sie platt geworden war. Nicht die ganze Welt. Mit einer Anziehpuppe hätte ich leben können, dachte sie, aber ich kann nicht mit einer Welt ohne Tiefe und Schatten leben, ich kann nicht in einer Welt ohne Schönheit und Räumlichkeit leben, das geht nicht, sie müssen das irgendwie reparieren können, es muss etwas mit den Augen zu tun haben. Vielleicht werde ich allmählich blind? Nein!

Atemlos blieb sie stehen und bemerkte, dass sie den gesamten Weg bis zur Old Street im Eiltempo zurückgelegt hatte und nach dieser nicht sonderlich langen Strecke erschöpft war, ihre Beine zitterten, und sie hatte kaum noch Kraft, um den Arm zu heben und den Bus anzuhalten, der gerade im Kreisel auftauchte. Als sie eingestiegen war und auf einen Platz sank, fiel ihr auf, dass der Zorn von ihr abgefallen und durch das für sie nahezu unbekannte Phänomen der Selbsteinsicht ersetzt worden war. Plötzlich war sie nicht mehr wütend auf Karen Buller, sondern nur noch müde. Natürlich war die Chefin gezwungen gewesen, Laura die Leviten zu lesen, meine Güte, ihr Bühnenbild war ja auch wirklich erbärmlich gewesen. Und tatsächlich hatte Lawrence sie mehrmals gebeten, etwas zu ändern, damit die Flächen spielbarer wurden, und Laura hatte es wirklich versucht, aber woher sollten Lawrence und Karen wissen, wie schwer es war, einen Stuhl zwei Dezimeter weiter nach hinten zu versetzen, wenn es kein Hinten mehr gab? Wie unmöglich es war, Positionen mit Klebeband auf einem Boden zu markieren, der sich bewegte? Wie sollte sie auch nur versuchen, es ihnen verständlich zu machen, ohne sofort ihren Job zu verlieren, krankgeschrieben oder gar für tot erklärt zu werden? Es war klar, dass Karen sie für aufsässig hielt oder, schlimmer noch, einfach nur dummdreist, es war klar, dass die Chefin ihre hochhackigen Schuhe anziehen und bei Laura hereinklackern und sie zurechtweisen musste. Und genauso klar war es, dass Laura sich zusammenreißen und eine Erklärung von dieser verdammten Augenärztin mit ihrer verdammt langen Warteliste verlangen musste, sonst war es mit ihrer Karriere vorbei, und im selben Moment, als Laura dachte, dass sie sich jetzt endlich um alles kümmern und ihr Leben wieder auf die richtige Spur bringen würde, während sie entschlossen aus dem Bus auf den Parkway ausstieg und die regennasse Straße überquerte, ohne zu stolpern oder angefahren zu werden, spürte sie auch, wie der Zweifel unter ihren Fußsohlen kitzelte, wie er Wurzeln schlug und von innen ihre Beine hinaufrankte wie die Fäden eines parasitären Pilzes, wie hießen die noch mal, Mü... Myzel. Müsli, sie musste neues Müsli kaufen, weil es morgen fast alle wäre, für morgen früh würde es noch reichen, aber nicht länger, und wenn sie kein Müsli kaufte, würde sich das Kindermädchen beschweren, dass es keine Zwischenmahlzeit gab, die es Chloe am Nachmittag zubereiten konnte, und dann würde es losgehen und selbst etwas kaufen, und es würde Cheerios kaufen, weil Chloe es darum bitten würde, und das Kindermädchen würde sich darauf einlassen, nur um Laura zu ärgern. Laura wusste, dass Giselle ihre Einstellung zum Zucker übertrieben fand, dabei waren Giselles eigene Kinder rund wie Badebälle, das hatte Laura selbst auf Fotos gesehen, also wer lag hier falsch? Laura steuerte auf den Wholefoods zu und ging hinein, schnappte sich einen Korb und eine Mango und eine Tüte schwarze Quinoa und eine Flasche Bio-Bordeaux, der gerade im Angebot war, und dann ging sie zum Müsli, und in dem Moment passierte es plötzlich wieder, die Welt verflachte sich zu einer Fotografie, und sie merkte es nicht rechtzeitig, sondern crashte direkt ins Müsliregal, das viel näher war, als sie gedacht hatte, und schlug sich das Knie auf, von dem Blut auf den Boden tropfte, während sie verzweifelt versuchte, alle Pakete mit Dorsets Cereal aufzufangen, die ihr entgegenflogen.

Vor dem Wholefoods setzte Laura sich auf den Boden und weinte. Sie dachte an ihr Zuhause, in das sie nicht mehr zurückwollte; all das Schöne, das allmählich an Tiefe und Sinn verlor. Sie dachte an die Blockkerze im Fenster, die Giselle sicherlich angezündet hatte, denn es war schon seit einer Stunde dunkel, und sie wartete bestimmt darauf, endlich zu ihren eigenen Kindern nach Hause gehen zu dürfen, und Laura wusste, dass es gemein von ihr war, hier sitzen zu bleiben, aber sie war einfach gezwungen, erst alles durchzugehen, eine Liste zu erstellen, ehe es verschwand.

Es passierte immer häufiger, inzwischen mehrmals am Tag. Wie konnte sich das Leben so schnell ändern? Manchmal hielt es mehrere Stunden an, und sie konnte nicht mehr so tun, als wäre es einfach nur Migräne. Also schrieb sie eine Liste mit allem, was schön und rund und lebendig war. Chloes Wangen, als sie geboren wurde, viel zu spät und viel zu groß, 4,4 Kilo schwer und Wangen wie Apfelsinen. Die Aussicht vom Primrose Hill auf die Stadt, die sich vor den Füßen ausbreitete, so weit in alle Richtungen, dass man nicht glauben wollte, dass sie jemals endete. Vielleicht war es noch nicht zu spät, sie würde morgen dorthin gehen, wenn sie eine Stunde erübrigen konnte, um das alles vielleicht zum letzten Mal zu sehen! Wie lange es wohl dauerte, bis es permanent wurde – Wochen, Monate? Und dann: Wenn es sich verschlimmerte, würde sie dann irgendwann blind werden? Die Feuchtigkeit des Bürgersteigs drang durch ihre Jeans, und die Tränen klebten an ihren Wangen. Dämmerung und Dunkelheit, Hosen mit einem Loch im Knie und geronnenes Blut auf den Stiefeln, niemand, der sich nach ihrem Befinden erkundigte, aber warum sollten sie auch, schließlich hatte das Yummcha immer noch offen, und es war viel gemütlicher, eine Tasse Tee zu trinken.

Sie stand auf und ging langsam heimwärts. Blieb vor dem Tor stehen und betrachtete ihr Haus, die Blockkerze, die im Wohnzimmerfenster flackerte, die Bäume, die ihre gespenstischen Finger zum Himmel streckten. Bald würde ein Frühling kommen und rosafarbene Knospen auf die knorrigen Äste der Magnolie setzen. Wie sie diese Magnolie liebte, wie sie sie liebte, nach wie vor. Sie würde alles dafür tun, sie sehen zu dürfen, diese fetten, tropfenden Knospen, sie wirklich zu sehen, wenn sie aufplatzten.

DER GEBURTSTAGSTISCH WAR VOLLKOMMEN grotesk. Nach dem zwanzigsten Geschenk hatte Laura aufgehört zu zählen, genau wie bei ihren eigenen Geburtstagen – wie alt war sie noch, dreiunddreißig? Vierunddreißig? Vierunddreißig, denn bei Chloes Geburt war sie siebenundzwanzig gewesen, und Chloe wurde heute sieben. Ihr Haar, das dieselbe Farbe hatte wie geschmolzene Butter, war glatt gekämmt und zu zwei gerade noch akzeptabel schlampigen Zöpfen geflochten, und sie trug ein neues Kleid, mit Punkten, das Philip ihr traditionsgemäß gekauft hatte. Er kaufte immer ihre Geburtstagskleider, weil er sich einbildete, dass Väter solche Sachen machten, so wie sie auch einen Bausparvertrag für ihr Kind abschlossen, kaum dass die Nabelschnur durchtrennt worden war.

Wann war eigentlich die Regel abgeschafft worden, sich auf ein einziges Geschenk zu beschränken, wenn man zu einem Kindergeburtstag ging? Wann war es Standard geworden, zwei oder sogar drei Geschenke für das Geburtstagskind dabeizuhaben, und zusätzlich auch noch Wein und Blumen für die Eltern? Laura wusste es nicht genau, aber es wurden jedes Jahr mehr Pakete, obwohl die Zahl der eingeladenen Kinder auf dem gleichen Niveau stagniert war – elf –, seit Philip vor Chloes erstem Geburtstag entschieden behauptet hatte, exakt zwölf Kinder müssten den Geburtstag seiner Tochter feiern, Chloe eingeschlossen, nicht mehr und nicht weniger, denn zwölf sei eine magische Glückszahl, und damit basta, und dann hatte Philip in eine Chili gebissen und Einladungskarten gedruckt. Laura dachte mit Sonne in der Brust daran zurück – es war ein schöner Tag gewesen, Chloes erster

Geburtstag. Philip hatte für alle Babys eine dreißigminütige Puppentheaterversion von *Peter und der Wolf* inszeniert und sich geweigert, die Vorstellung vorzeitig zu beenden, obwohl die Kleinen – natürlich vollkommen desinteressiert – wie epileptische Schleimpilze durch die Gegend gekrabbelt waren und sämtliche Väter und Mütter angestrengt auf den wahnsinnig schicken, aber auch sehr unbequemen Stühlen hin und her gerutscht waren. Es war die Zeit gewesen, als Laura immer noch gedacht hatte, Philip würde so etwas machen, um sie zu amüsieren und alle anderen zu provozieren; ehe sie begriffen hatte, dass Philip nie etwas anderer Menschen wegen tat, weder im Guten noch im Schlechten, sondern nur für sich selbst. Auch das, was nach außen hin wie Fürsorglichkeit wirkte, wie die ewigen Geburtstagskleider, war in Wirklichkeit nur ein Teil seines ständig fortlaufenden Selbstverwirklichungsprojektes, mit dem er die ärmlichen Verhältnisse seiner Kindheit hinter sich lassen wollte.

»Wo hast du denn Philip gelassen?«, fragte Arthurs Mutter Emma jetzt und legte den Kopf schief, was sie offenbar nur tat, damit ihr Haar in einem vorteilhaften Winkel über ihr Gesicht mit der gespielt einfühlsamen Miene fiel. »James hatte eigentlich viel zu viel Stress, weißt du, sie sind gerade dabei, die ganze Redaktion beim Channel 4 neu zu strukturieren, also habe ich gesagt, es ist okay, wenn du nicht mitkommst, James, schließlich ist es ja nicht der Geburtstag deines eigenen Kindes, oder? O Gott, was sage ich denn da, ich wollte gar nicht –«

Emma schlug sich erschrocken die Hand vor den Mund.

»Nein, nein, natürlich nicht!«, sagte Laura. »Um Himmels willen... Tja, Philip hat ja seine Phasen, du weißt schon. Der Inspiration, meine ich, wenn er völlig in seinen Projekten aufgeht. Aber dazwischen, wenn er nicht arbeitet, ist er ein so toller Vater. Ja, er holt Chloe ja oft von der Schule ab, und das, obwohl wir Giselle haben.«

»Ja, stimmt, wirklich oft«, sagte Emma, legte eine Hand bestätigend auf Lauras Arm und strich ein wenig darauf auf und ab, als würde sie ein Brot schmieren, was sie aber garantiert schon seit Jahren nicht mehr getan hatte, falls überhaupt jemals, da war Laura sicher. Im Unterschied zu den meisten Freunden von Philip und Laura bemühten sich Emma und James nicht einmal, so zu tun, als hätten sie einen Bezug zur finanziellen Realität der meisten Menschen in jener Kulturszene, mit der auch sie sich identifizierten. Laura beneidete sie ein wenig darum, hasste sie aus demselben Grund aber auch, da Laura trotz allem die unter den meisten wohlhabenden Bohemiens verbreitete Meinung vertrat, dass Armut veredelt. Nicht langfristig, versteht sich (dann wird man fett, wählt die UKIP und findet es nicht länger peinlich, sondern ganz normal, sein Kind in der Öffentlichkeit hysterisch anzubrüllen), sondern als ein kurzes, bereits abgeschlossenes Stück Lebenserfahrung. Laura war arm gewesen und wäre es vermutlich noch immer, wenn sie Philip nicht geheiratet hätte, und selbst Philip war arm gewesen, bevor er im Jahr 2002 mit nur achtundzwanzig Jahren in ein und demselben goldenen Atemzug seinen großen Durchbruch an der Royal Albert Hall mit der Oper *Laika in Cyberspace* feierte – für die er nicht nur die Musik geschrieben hatte, sondern auch das (wie sogar Laura gezwungenermaßen zugeben musste) unglaublich berührende und dramatisch vollkommene Libretto – und das erste von mehreren gelungenen Immobiliengeschäften tätigte, indem er ihre Bruchbude, die sie fünf Jahre zuvor im damals noch ziemlich heruntergekommenen London Fields gekauft hatten, für die siebenfache Summe weiterverkaufte. Außerdem hatte er im selben Jahr seine Biographie über Philip Larkin abgeschlossen – die natürlich kein Bestseller wurde, aber das großzügige Stipendium, das ihm eine Mäzenin, eine Reederswitwe aus Hull, gezahlt hatte, war nicht von Pappe gewesen. Inwieweit die Armut, die Philips Kindheit und Jugend und seine ersten Jahre als Erwachsener geprägt hatte und die im Unterschied zu Lauras nicht relativ, sondern absolut gewesen war, mit Essensmarken, Besuchen von Sozialarbeitern und mit Zeitungspapier ausgestopften Schuhen, tatsächlich zu einer Veredlung seines Charakters geführt hatte, durfte allerdings bezweifelt werden. Wahrscheinlicher war, dass sie zu dem latenten, aber unheilbaren Egoismus beigetragen hatte, der dafür sorgte, dass er sich heute, eine Stunde bevor der Kindergeburtstag anfing, auf eine seiner äußerst seltenen Laufrunden begeben hatte und nach drei Stunden immer noch nicht wieder aufgetaucht war, entgegen seinem Versprechen, munter und frisch rasiert an der Seite seiner Ehefrau zu stehen, wenn die ersten Gäste ankamen.

Emma warf einen Blick auf die Kinder, die nach dem Verzehr von Minihamburgern, Minipizzen, Minipfannkuchen und einer großen Menge ähnlich diminutiven Backwerks, gefolgt von einer gigantischen Eisbombe (Kinder reagieren positiv auf Gegensätze, das sagten sie jedenfalls in der Montessorischule), müde und aufgedunsen auf dem Wohnzimmerfußboden herumvegetierten und den beauftragten Ballontierkünstler beobachteten, der mit steigender Panik im Blick versuchte, in der richtigen Reihenfolge den immer ausgefalleneren Wünschen der Kinder nachzukommen. Sie schienen das als eine Art Wettbewerb zu betrachten, und warum auch nicht, dachte Laura, sie waren sieben Jahre alt und damit alt genug, um sich daran zu gewöhnen, dass das Leben eine Perlenkette von geglückten oder gescheiterten Leistungen war. Chloes beste Freundin Margoe bestellte voller Entschiedenheit ein Okapi und lachte boshaft, als der Ballontierkünstler sie bitten musste, ihm zu erklären, wie ein solches Tier aussah. Emma wendete sich erneut Laura zu und streckte ihr Glas aus, um sich von dem Gin Tonic nachschenken zu lassen, den Laura in Saftkaraffen gemixt hatte, damit die Kinder nicht verstanden, dass die Erwachsenen Alkohol tranken.

»Also, ich weiß ja genau, wie das mit der Inspiration ist, ich kann mich völlig von der Welt abkehren, wenn ich ein neues Projekt anfange. Ich habe einen Auftrag an der Royal Academy of Arts bekommen, hatte ich das schon erzählt? Ich darf nicht sagen, wer es ist, die Sache ist ein bisschen heikel, also ich meine, ein Politikum, ach, jetzt errätst du es bestimmt sowieso, oder?«, fragte Emma.

»Ja. Doch. Man hat so seine Vermutungen. Wie spannend.«

»Wenn erst mal alles in trockenen Tüchern ist... Ja, das wird *amazing*. Total *amazing*. Übrigens mache ich parallel noch eine andere Ausstellung, du ahnst ja nicht, was für eine irre Geschichte dahintersteckt. Die Künstlerin ist der krasseste Savant. Jedenfalls sagt ihr Agent das, aber was weiß man schon. Storytelling und alles, in diesen post-post-post-modernen Zeiten kann man ja niemandem mehr so richtig vertrauen, oder? Das finde ich ein bisschen traurig. Dass es keine Authentizität mehr gibt, das ist ja beinahe ein Schimpfwort geworden. Aber dieses Mädchen hat absolut null Schulbildung, behaupten sie. Und das braucht man ja auch nicht, manche sind eben einfach nur begabt, man kann sich doch durchaus einen vollkommen ungebildeten Performancekünstler vorstellen, der es einfach draufhat, also, jeder kann ja Ideen haben, aber das Ding mit diesem Mädchen ist, dass es klassisch ist. Ich meine, so wie Caravaggio. Oder Rubens. Oder *fucking* Rembrandt. Man bekommt beinahe... Angst. Wenn es solche Menschen wirklich gibt.«

»Das muss doch ein Fake sein«, sagte Laura und stellte fest, dass sie ein wenig angeheitert war. Ihr Blickfeld war an den Rändern leicht verschwommen, aber es fühlte sich nicht bedrohlich an, nicht wie das, was sie inzwischen für sich als *Auren* bezeichnete, sondern heimisch und geborgen wie ein alter Freund, wie ein vertrauter Körper in der Dunkelheit, der einem trotz all seiner Fehler und Mängel den Eindruck vermittelt, vorübergehend vor der Welt da draußen geschützt zu sein. Sie angelte die Gurke aus ihrem Glas – es muss eine Gurke sein, wenn es Hendrick's ist, sonst kann man genauso gut irgendeinen billigen Fusel kaufen – und knabberte träge daran. Aus dem Augenwinkel sah sie, dass James und irgendeine Mutter aus der Schule, deren Namen Laura immer vergaß – Siobhan? Sheila? Cheryl? –, ein bisschen zu eng nebeneinander auf dem Sofa saßen und sich irgendetwas auf James' Handy anguckten. Ihre Knie berührten sich. Unfreiwillig spürte Laura, wie sie ein bisschen lüstern wurde. Als wäre sie auf irgendeine Weise am sündigen Spielchen der anderen beteiligt, als hätte auch sie eine Rolle inne, weil sie diejenige war, die hier stand und die Gattin aufhielt, die noch lange nicht damit fertig war, von ihrem seltsamen neuen Schützling zu reden.

»Ich glaube wirklich nicht, dass sie ein Fake ist, Laura, ich glaube es nicht. Wir haben das natürlich überprüft, so gründlich es geht. Sie hat an keiner der zweihundert größten Kunstschulen des Landes studiert, jedenfalls nicht unter ihrem jetzigen Namen, der ihr echter ist, ich habe alle ihre Papiere gesehen. Und ehrlich gesagt hat es mich nicht gewundert, als ich das schwarz auf weiß hatte. Wie soll ich das sagen, sie... kommt aus einer anderen Welt. Sozial gesehen, meine ich. Ich kann mir nicht vorstellen, dass jemand eine künstlerische Ausbildung absolviert hat und immer noch so... ungehobelt sein kann. Es ist vielleicht nicht ganz pc, das so zu sagen, aber so ist es.«

»Mhmmmm«, murmelte Laura und versuchte, ihren Blick von James und Charlie abzuwenden – denn so hieß sie, oder besser, so wollte sie genannt werden, eigentlich hieß sie bestimmt Charlotte, wie alle Prinzessinnen, plötzlich war es Laura wieder eingefallen – und sich nicht länger vorzustellen, wie ihnen das Wasser im Munde zusammenlief, wenn sie sich ansahen. Natürlich würde nichts zwischen ihnen laufen, das Leben ist ja keine Seifenoper, und weitaus weniger Menschen, als man glauben sollte, haben die Kraft und den Mut und genügend Angst vor dem Tod, um tatsächlich fremdzugehen, Laura hatte eine Statistik darüber gesehen und sie ebenso tröstlich wie entmutigend gefunden. Wie auch immer. Sie musste sich trotzdem vorstellen, wie die beiden unter dem Vorwand, eine E-Zigarette zu rauchen, in den Garten entschlüpften (Philip erlaubte im Haus nur den Genuss von echtem Tabak, und nur vor elf Uhr vormittags, das war ein Prinzip), und wie James die Tür des Geräteschuppens öffnete und, noch bevor sie die Tür wieder zugezogen hatten, seine Finger in Charlies Möse steckte, und wie kurz darauf eine Spinne über Charlies nur noch halb von ihren Wolfords-Strumpfhosen bedecktes Bein krabbelte und ihre Schenkel kitzelte, während James ...

»Laura?«

»Hä?«

Emma tippte ihr auf den Arm.

»Du warst abgetaucht«, sagte sie beleidigt.

»Oh, entschuldige bitte«, sagte Laura und legte – ganz sanft – ihre Hand auf Emmas Schulter.

»Wo hast du diese Künstlerin entdeckt, sagtest du?«

»Das ist eine richtig lustige Geschichte«, antwortete Emma. »Sie wollte Hilfe in Anspruch nehmen, verstehst du, was ich meine? Bei einem Forschungsinstitut. Am Russell Square, glaube ich. Sie dachte, dass irgendetwas Seltsames mit ihrem Gehirn passiert wäre. Und so war es auch. Ich kenne jemanden, der da arbeitet, einen der höchsten Chefs sogar, er hat mich angerufen. In unserer Branche braucht man ein gutes Netzwerk.«

»Ein Forschungsinstitut?«, fragte Laura. »Das sich womit beschäftigt?«

Sie hätte gern mehr über diesen Ort erfahren, an dem sie seltsame Gehirne erforschten, aber sie kam nicht mehr dazu, Emma weiter auszufragen, und das war vielleicht auch besser so, denn Emma war eine richtige Tratschtante. Im nächsten Moment wurde nämlich die Tür des dreistöckigen viktorianischen Hauses der Familie Kadinsky aufgestoßen, und Philip trat in den Flur. Laura konnte hören, wie er ihn mit drei großen Schritten durchquerte, dann stand er in der Wohnzimmertür.

»Meine Damen und Herren!«, rief Philip und schwenkte zwei Kasperlefiguren, die aussahen, als wären sie aus dem Victoria & Albert Museum entliehen, was Laura nicht einmal für unwahrscheinlich hielt. »Wer hat alles Lust auf Theater?«

Objekt 3 A16:2, genannt »Frau ohne Tiefe« (FOT)
Gespräch mit Benedict Katz, Dipl.-Psych. (BK), am 4. März 2016
Abschrift von Tiffany Temple, Med. Ass.

FOT: Normalerweise übe ich in Hampstead Heath. Tief drinnen, in den verwildertsten Ecken, in die sich nicht mal mehr die Jogger verirren. Es muss vollkommen still sein, sonst verliere ich die Konzentration. Das ist wie mit diesen 3 D-Bildern, die in meiner Kindheit auf den Süßigkeitenverpackungen abgedruckt waren, wir sind wohl ungefähr gleich alt, Sie und ich, oder? Erinnern Sie sich daran? Diese Kartons mit den 3 D-Bildern auf der Rückseite? Etwas Ähnliches muss ich mit meinen Augen machen. Also, irgendwie starren, richtig konzentriert, und gleichzeitig doch nicht starren, es ist mehr wie eine Art Ausklinken der Augen. Als würden die Augen vor mir in der Luft schweben und wären nur mit zwei dünnen Fäden am Kopf befestigt. Langsam, aber sicher bringe ich die Augen dazu, ineinander zu verschwimmen, sich übereinanderzulegen, wobei, eigentlich sind es wohl eher die Bilder, die sich überlappen, ich weiß es nicht genau. Wie auch immer, und wenn ich dieses Stadium erreiche, kann ich sie sehen. Die Bäume, und in welchem Verhältnis sie zueinander angeordnet sind, also, plötzlich kann ich sehen, dass der eine vor dem anderen steht, und der wiederum vor dem dritten und so weiter. Ansonsten muss ich mich auf die Größe verlassen, aber das kann ja irreführend sein. Ein kleiner Baum kann weiter vorn stehen als ein großer, ich meine, die Größe hat ja nicht immer etwas mit der Perspektive zu tun.

    BK: Was Sie nicht sagen, genau das versuche ich meiner Frau immer klarzumachen!

FOT: Finden Sie das lustig? Das ist es aber gar nicht. Ich bin in einem permanenten Trompe-l'œil gefangen. Die Welt ist wie eine Tapete für mich.

BK: Nein, nein, ich verstehe, dass das problematisch ist. Können Sie ein wenig mehr über Ihre Experimente im Wald erzählen? Wie lange hält Ihr räumliches Sehen normalerweise an?

FOT: Das kommt ganz darauf an. Manchmal sogar für einige Minuten, meistens aber nur wenige Augenblicke. Es hat etwas mit der Konzentration zu tun, sie wird so leicht gestört. Ein Vogel flattert auf, oder das Handy klingelt, oder ich muss an irgendetwas Hyperstressiges denken, wie dass ich vergessen habe, meiner Tochter die Regensachen für die Schule einzupacken, oder mein Mann wieder mal mit seinem Philip-Larkin-Fimmel anfängt und jetzt monatelang nicht mehr ansprechbar sein wird, und wer soll dann aufpassen, dass ich nicht verrückt werde? Und schwupps, ist alles wieder beim Alten, oder ich meine, bei dem, was neuerdings alt ist. Alles ist platt. Vollkommen platt. Wie der Teppich von Bayeux. Meter für Meter mit stilisierten Bäumen vor einem Himmel, der keine Tiefe hat.

BK: Ich will ganz ehrlich sein: Mittlerweile bin ich schon ziemlich lange an diesem Institut, aber ich hatte noch nie einen vergleichbaren Fall. Ich würde tippen, dass es mit irgendwelchen Störungen im präfrontalen Cortex zu tun hat, aber woran das liegt... *I'm at a loss.* Was natürlich wiederum eine gute Nachricht für uns ist. Es gibt nur wenige Sachen, die uns hier am LICS so glücklich machen, wie wenn jemand mit einem vollkommen abnormen Symptombild in unser Büro spaziert und sein Gehirn in den Dienst der Forschung stellen möchte. Das ist immerhin etwas, nicht wahr?

FOT: Er weiß nichts davon. Mein Mann, meine ich.

BK: Über Ihr Privatleben darf ich mich ehrlich gesagt nicht äußern, das verstößt gegen unsere Regeln.

FOT: Verstehen Sie, wie anstrengend es ist, Regensachen einzupacken, wenn man nicht erkennen kann, in welchem Abstand zueinander die einzelnen Dinge liegen? Es bereitet mir ja schon Probleme, einfach nur die Hand in die Kommodenschublade zu stecken. Das ist, wie wenn man mit geschlossenen Augen ein Wasserglas auf dem Tisch abstellt. Egal wie vorsichtig man es macht, der Kontakt mit der Tischplatte ist jedes Mal ein Schock. Wenn Sie mich fragen, müsste ich eigentlich krankgeschrieben werden, aber ich kann meinen Job nicht verlieren, das geht nicht. Meine Arbeit ist das Einzige, was mich noch daran hindert, verrückt zu werden. Und mein Mann wollte eigentlich schon immer, dass ich mit Chloe zu Hause bleibe, auch wenn er es nicht direkt ausspricht, weil es nicht, sagen wir mal, sozial akzeptiert ist in unseren Kreisen, eine Hausfrau haben zu wollen. Aber wenn er nur den kleinsten Anlass hätte…

BK: Darf ich kurz etwas fragen. Wenn Sie erlauben, dass ich Sie unterbreche. Was hoffen Sie zur Forschung beizutragen?

FOT: Zur Forschung? Ich pfeife auf die Forschung, ich will nur sehen, wie meine Magnolien aufplatzen.

Beurteilung und Beschluss gemäß Grundlage 11 b.x: Weiterführende Untersuchung diagnostischer Art.

ER FRAGTE: LAURA KADINSKY?
Und sie antwortete: Das bin ich.

SIE MOCHTE SEINE STIMME UND seinen Duft. Für Frauen kann das tatsächlich so einfach sein, das wissen alle, die schon mal eine Mädchenzeitschrift gelesen oder sich, beschämend jung, in den Vater ihrer Kindergartenfreundin verliebt haben, nur weil seine Stimme so klang wie die von Tom Jones. Bei Männern und Frauen funktioniert die Anziehung komplett unterschiedlich, das hat etwas mit dem Gehirn zu tun, womit auch sonst, Laura hatte in einer Ausgabe der *National Geographic* davon gelesen, und mit der Evolution, und dem Überleben der Art, und dem Animalischen. Männer beurteilen die Attraktivität mit dem Blick: den Glanz und die Spannkraft der Haare, die Größe der Brüste, die Breite des Beckens im Verhältnis zur besagten Brustgröße und der Beinlänge; alles nur, um die Chancen zu erhöhen, dass die Frau, bei der er liegt, gesunde Kinder mit starken Zähnen gebären und diese mit Nahrung versorgen kann und noch dazu überleben, um ihm weitere Nachkommen zu gebären.

Wie eine Frau riecht, ist ehrlich gesagt irrelevant, von einem evolutionären Standpunkt aus betrachtet jedenfalls, denn das verrät rein gar nichts über ihren allgemeinen Gesundheitszustand, und früher oder später wird ihr Duft sowieso in dem begehrenswertesten Duft von allen untergehen, dem Duft von Milch und Honig und Karamell und allem anderen, was süß und erquickend ist. Deshalb verwundert es nicht, dass Frauen in ihren fruchtbarsten Jahren, wenn sie überhaupt daran interessiert sind, besonders zu riechen, gern süße Düfte wie Vanille, Kokos und Pfirsich bevorzugen, sozusagen als Vorgeschmack auf das, was kommen wird.

Frauen suchen nach anderen Dingen als rein visueller Befriedigung, das war ebenfalls aus dem Artikel der *National Geographic* hervorgegangen – er hatte etwas bestätigt, das Laura instinktiv bereits wusste, nämlich, dass sich die wahre Natur eines Mannes in seinen Achselhöhlen offenbart und nirgends sonst. Hier wird die höchste Konzentration von Pheromonen abgesondert, dieser testosteronstrotzenden Gesundheitserklärung, die alles über die Kraft, Vitalität und Spermienqualität eines Mannes aussagt. Den Männern muss das unbewusst auch klar sein, denn womit sollte man sonst dieses Bedürfnis erklären, ständig im Freien Sport zu treiben? Warum sollte es sonst all diese Fußballspieler geben, die ihre Trikots über Laternenpfähle werfen, oder die Rockstars, die ihre T-Shirts ins wogende Publikumsmeer schleudern? Warum sollten sie so oft die Hände hinter dem Kopf verschränken und sich auf ihrem Stuhl zurücklehnen, sobald sich eine Frau im Raum befindet? Natürlich ist das nichts anderes als ein Paarungsritual und eine Inhaltsangabe.

Der junge Doktor tat all dies jedoch nicht. Er saß vollkommen reglos hinter seinem Schreibtisch, leicht über Lauras Akte gebeugt, und trommelte mit den Fingern der einen Hand auf die blanke Tischplatte. Er hatte unattraktiv glatte Fingernägel, wie ein Konzertgitarrist – über ihren Mann hatte Laura einen ganzen Haufen Konzertgitarristen kennengelernt und fand diesen Männertyp ziemlich abstoßend –, und eine undefinierbare, trübe Augenfarbe. Davon abgesehen sah er jedoch sehr, sehr gut aus. Vielleicht war er auch einfach nur *nicht hässlich,* Laura konnte sich nicht recht entscheiden. Also: Sie fand, er sah gut aus, irrsinnig gut, allerdings hatte sie ihn auch erst gesehen, *nachdem* er zum ersten Mal ihren Namen gesagt hatte, und da war es sozusagen schon um sie geschehen, die Signale waren bereits von ihrem Gehirn an ihre zerfransten Nerven weitergegeben worden, direkt in diese Tasche in ihrem Brustkorb, wo es immer eine Sekunde vorher schmerzte, wenn sie sich unsterblich verliebte. Das war noch nicht oft vorgekommen, vielleicht drei-, viermal in ihrem bisherigen Leben (der Tom-Jones-Vater und dann ihr Mann, und dazwischen, als sie aufs College ging, ein Zwillingspaar mit fast identischen Stimmen und demselben hinreißenden Sprachfehler, einer Art zurückhaltendem Stottern, und so war Laura nicht sicher gewesen, in wen sie eigentlich verliebt war, was zu einer schmerzlichen Entscheidungsfindung geführt hatte, gefolgt von einem körperlich sehr angenehmen, seelisch jedoch zermürbenden erotischen Experiment. Summa summarum: Inwiefern die Zwillingsverliebtheit einfach oder doppelt zählte, blieb eine vertrackte Angelegenheit), und dennoch wusste Laura genau, dass es ein Anlass war, gegenüber der eigenen ästhetischen Beurteilung des Objekts ihrer Verliebtheit misstrauisch zu sein. Es war vollkommen möglich, ja sogar wahrscheinlich, dass ihre Einschätzung seines Aussehens bereits von der starken erotischen Anziehungskraft gefärbt war, die er auf sie ausübte; dieser schrecklich junge Mann mit den auffällig schönen Unterarmen, der ihr in diesem Moment gegenübersaß und an seiner Unterlippe saugte wie die Stricher am Dalston Junction.

»Wie alt sind Sie?«, fragte Laura schließlich, weil er nichts sagte.

»Sechsundzwanzig.«

»Sie sehen jünger aus.«

»Ich habe mich gerade rasiert.«

»Gerade? Sie meinen eben gerade?«

»Ja. Ich habe zu Hause kein warmes Wasser. Ich wohne in Tulse Hill.«

»Ich wohne in Camden. In der Nähe vom Mornington Crescent. Wir haben massenhaft warmes Wasser.«

»Das klingt wundervoll.«

»Sie haben überaus gepflegte Zähne. So etwas habe ich noch nie gesehen.«

»Das schwedische Zahngesundheitssystem zählt zu den besten der Welt«, erklärte der Doktor und fuhr sich mit der Zunge über die Vorderzähne.

»Ich habe geahnt, dass Sie Skandinavier sind.«

»Ich bin Gastforscher. Aus Lund. Kennen Sie Lund? Das liegt in Südschweden. Tatsächlich hat der dentale Fortschritt Schwedens sogar in Lund seinen Anfang genommen, in der so genannten Vipeholmsanstalt. Anfang des letzten Jahrhunderts hatte die schwedische Bevölkerung sehr schlechte Zähne. Unter anderem führte man bei der Musterung eine Untersuchung aller Wehrpflichtigen durch, bei der sich herausstellte, dass ihre Zähne zu 99,9 Prozent gravierend von Karies angegriffen waren. Kaum ein Zahn ohne Loch in all den untersuchten Mündern. Also wollte man herausfinden, was die Karies verursachte. Eine Theorie, der man nachging, war Zucker. Man stellte das so genannte Vipeholm-Bonbon her, eine Süßigkeit, die hart wie Stein und klebrig wie Superkleber war, und verteilte sie in unbegrenzten Mengen an die Zurückgebliebenen in der Anstalt Vipeholm. Man glaubte, sie seien zu dumm, um Schmerzen zu spüren. Eine Art Tierversuch, man dachte wohl, sie wären wie Tiere. Das waren sie natürlich nicht, und sie bekamen Löcher, so groß wie Mondkrater, und schreckliche Schmerzen. Die Zuckerindustrie war unzufrieden, sie hatten das Experiment großzügig gefördert, um sich reinzuwaschen, und dies war nun das Ergebnis. Eine ziemlich eindrückliche Geschichte aus der Forschung, finde ich.«

Der junge Doktor ließ den Blick aus dem Fenster schweifen.

»Sollten wir jetzt vielleicht ein bisschen über mich reden?«, fragte Laura.

Er sah sie erneut an.

»Ja, selbstverständlich. Laura Kadinsky...«

»So heiße ich«, sagte Laura schnell, denn wenn er ihren Namen noch einmal mit diesem beseelten Vibrato aussprach, würde sie sich über den Schreibtisch beugen und über seinen goldbraunen Arm streichen – der dieselbe Farbe hatte wie frischgebackener Napfkuchen, und Laura liebte Napfkuchen –, und eine solche Geste wäre schwer zu erklären und damit äußerst beschämend, wenn nicht sogar vernichtend, da sie, um die Situation zu entschärfen, behaupten müsste, das Begrapschen gehöre zu den Symptomen ihrer Krankheit, was zu einer Fehldiagnose führen könnte, und dann wäre der ganze Besuch vergebens gewesen. Das Himmelreich berührt zu haben wäre es nicht wert, weiter so leben zu müssen, wirklich nicht, oder doch, sie wusste es nicht, sie war wieder kurz davor, doch da sagte er:

»Ich habe Ihre Akte gelesen, aber es wäre gut, wenn Sie mir noch einmal mit Ihren eigenen Worten schildern würden, warum Sie hier sind.«

Laura atmete aus und rutschte auf ihrem Stuhl zurück.

»Ich kann nicht mehr räumlich sehen. Einfach ausgedrückt.«

»Hm«, erwiderte der Doktor und runzelte die Stirn auf eine Weise, die Laura nicht anders deuten konnte denn als ein bisschen theatralisch. Es war merkwürdig rührend, weil er es ihr zuliebe zu machen schien. »Wann fing das an?«

»Schwer zu sagen. Es war ein schleichender Prozess«, antwortete Laura. »Erst waren es nur kurze Augenblicke, unwirklich, wie wenn man ein Déjà-vu erlebt. Dann kamen sie immer häufiger und dauerten immer länger, und da habe ich natürlich angefangen, mir Sorgen zu machen. Aber ich weiß nicht. Ich habe wohl gedacht, es läge am Stress.«

»Stress?«

»Zurzeit hat ja alles mit Stress zu tun. Man kann doch sogar Krebs davon kriegen.«

»Sind Sie gestresst?«

»Nein«, antwortete Laura.

»Verstehe«, sagte der Doktor.

»Na, wie auch immer. Es wird ständig schlimmer.«

»Der Stress?«

»Nein, die Sehstörungen! Oder was auch immer es ist. Ich dachte, es läge an meinen Augen, deshalb bin ich zu einer Augenärztin gegangen. Aber sie hat gesagt, die wären perfekt. Meine Augen. ›Tatsache ist, dass ich noch nie so außerordentlich wohlgeformte Glaskörper gesehen habe‹, hat sie gesagt. Über meine Augen. Und es gab nichts, was auf einen Nerv drückte oder so.«

»Sie sind braun...«, sagte der Doktor und schaute Laura so tief in die Augen, wie es niemand mehr getan hatte, seit Chloe, neugeboren, mit Käseschmiere überzogen, auf Lauras Brust platziert, zum ersten Mal zu ihrer Mutter aufblickte und das sah, was sie für ein paar kurze Wochen für die ganze Welt halten würde.

»Ja?«, fragte Laura.

»Ihre Augen. In Schweden haben 60% der Bevölkerung Augen, die man ein bisschen ungenau blau nennen könnte. Obwohl sie meistens, wenn man ganz ehrlich ist, eher ins Graue tendieren. Nur den wenigsten ist es vergönnt, richtig blaue Augen zu haben. So wie Kornblumen oder Sommerhimmel. Ich habe in meinem ganzen Leben nur eine Person mit blauen Augen getroffen. Und die hieß lustigerweise Violetta. Aber ihre Augen waren eindeutig blau, nicht lila.«

»Warum müsst ihr immer so exzentrisch sein?«, fragte Laura in einem Versuch, sich zu wehren.

»Wer?«

»Begabte Männer. Denn ich nehme an, Sie sind begabt? Wenn Sie hier sitzen. Obwohl Sie kaum älter sind als meine Tochter.«

»Wie alt ist Ihre Tochter?«

»Sieben.«

»Ich bin sechsundzwanzig.«

»Aber Sie verstehen schon, was ich meine. Mein Mann ist genauso. Unglaublich begabt. Er ist Pianist. Und Komponist. Und Literaturwissenschaftler und Immobilienhai. Und entsetzlich exzentrisch. Anfangs war das ja noch charmant, aber man ist es schnell leid.«

»Ich bin nicht exzentrisch. Ganz und gar nicht. Ich bin einfach nur nervös.«

Tatsächlich sah er sehr nervös aus. Auch das war rührend.

»Das ist eindeutig seltsam. Dass Sie nervös sind. Schließlich bin ich hier die Kranke.«

»Ich meinte es nicht böse, als ich über Ihre Augen gesprochen habe, Mrs Kadinsky.«

»Nein, das will ich auch hoffen«, erwiderte Laura. »Wie gesagt sind sie sogar überdurchschnittlich, wenn Sie meine Augenärztin fragen. Aber was hilft mir das, wenn mein Gehirn kaputtgeht?«

Eine funkelnde Träne, nicht größer als ein Stecknadelkopf, stieg ungebeten in Lauras linkes Auge und legte sich zitternd auf die untere Wimpernreihe. Für einen Moment sah es so aus, als wollte sich der junge Doktor vorbeugen und sie wegwischen. Nur ein leichtes Zucken in seiner Hand.

Aber er tat es nicht. Stattdessen sagte er:

»Nein, Mrs Kadinsky, was hilft das? Kein bisschen, würde ich denken.«

»Nennen Sie mich doch Laura«, sagte Laura, und sie hörte selbst, dass es wie ein Flehen klang.

Als Sebastian fünf Minuten später mit einem Glas Wasser zurückkehrte, hatte Laura Kadinsky ihre Tränen getrocknet und, so ahnte Sebastian, auch den Concealer unter ihren Augen nachgebessert. Er stellte das Glas vor ihr auf den

Schreibtisch und nickte ihr zu, ehe er sich setzte und darauf wartete, dass Laura einen Schluck trank und sie das Interview fortführen konnten.

Normalerweise war Sebastian kein sonderlich redseliger Mensch. Er war ein Zuhörer. Seine plötzlichen Ausschweifungen über die Geschichte der schwedischen Dentalhygiene und die schwedische Augenfarbenstatistik waren natürlich ein Zeichen dafür, dass ihn seine Patientin nicht unberührt ließ. Er wusste nicht, ob das eigentlich etwas mit Lauras relativer Schönheit zu tun hatte (ihr Gesicht sah aus wie eine Collage! Und diese Lücke zwischen den Vorderzähnen!) oder damit, dass sie ihn an den Bright-Eyes-Song »Laura Laurent« erinnerte, den er in der Oberstufe nahezu jeden oder sogar jeden Abend vor dem Einschlafen gehört hatte. *Laura, you were the saddest song in the shape of a woman.* Oder war es im Grunde ein und dasselbe, ihr tatsächliches Gesicht und ihr Popstargesicht, und war ihre Anziehungskraft in diesem Fall etwas, das irgendwo in dem vibrierenden Strang elektrischer Impulse entstand, die diesen Zusammenhang in seinem Gehirn aufzeigten? Seit Sebastian begonnen hatte, sich für die Hirnforschung zu interessieren, war er zunehmend davon überzeugt, dass alles Wichtige in den Zwischenräumen passiert, auf der Brücke zwischen dem einen Gedanken und dem nächsten, zwischen dem einen Signal und einem anderen.

Und nicht zuletzt zwischen einem Leben und einem anderen.

Vielleicht begnügte er sich deshalb damit, ihr einfach nur schweigend gegenüberzusitzen, anstatt das Gespräch wiederaufzunehmen, einfach nur dazusitzen und sie zu betrachten, während sie sich unsicher tastend nach dem Glas streckte und er selbst sich, in Gedanken, mit seinem ganzen Wesen dieser Frau entgegenstreckte, mit der er viel zu viele Assoziationen verband, als sein – halbwegs – junges Herz verkraften konnte. Darüber sollte man nicht spotten. Über die Liebe sollte man niemals spotten.

Fünf Minuten danach war es Laura Kadinsky trotz wiederholter Versuche immer noch nicht gelungen, das Glas mit der Hand zu finden. Sebastian glaubte zu sehen, dass ihre Konzentration wie eine Glorie um ihr dunkles Haar schwebte, ein Kraftfeld, und dennoch griffen ihre Finger die ganze Zeit ins Leere, mal zu weit nach rechts, mal zu weit nach links, mal mehrere Zentimeter zu weit vor oder hinter das Glas, als wäre sie ein sehr kleines Kind. Angesichts der vergebenen Mühen ihrer schmalen Finger musste Sebastian fast weinen, und am Ende war er gezwungen, seine eigene Hand zu heben und dem Glas einen leichten, gezielten Stoß zu verpassen, damit es in ihre Hand glitt. Ihre Finger umschlossen das Glas, und in diesem Moment war es, als spürte er selbst, wie es sich anfühlte – die kalte Konvexität in seiner eigenen Hand anstatt in der ihren, nein, in beiden Händen *gleichzeitig*. Er hatte viel darüber gelesen. Dieses gespiegelte Gefühl war eine Form der Synästhesie – das Gehirn schuf eine Kreuzverbindung zwischen den Sinnen, und das, was man auf der Haut eines anderen geschehen sah, wurde als etwas aufgefasst, das man auf seiner eigenen Haut spürte. Einige wenige Menschen erlebten das dauerhaft, alle anderen konnten es nur als eine Abstraktion begreifen – als eine tiefergehende, empathische Fähigkeit vielleicht, eine Empathie, die eher dem Fleisch entspringt als dem Intellekt. Wenn du leidest, leide ich. Wenn du genießt, genieße ich. Für Sebastian war dieses Erlebnis wie ein sensorischer Schock, nicht unähnlich dem, der auf den ersten wirklichen Orgasmus folgt. Und genauso plötzlich ebbte er auch wieder ab, ließ seine Handfläche empfindlich und einsam zurück.

Es war eine Form von Einsamkeit, von Leere, von der er geglaubt hatte, sie nie wieder erleben zu müssen.

Er räusperte sich und drehte sich einmal mit seinem Stuhl im Kreis herum. Als er wieder bei seiner Ausgangsposition ankam, hatte Laura Kadinsky den Rand des Glases an ihre Lippen gepresst und fixierte Sebastian mit den Augen, vollkommen still. Er klammerte sich an der Schreibtischkante fest, beschämt über seine spontane Frivolität. Er war kein frivoler Mensch. Er hoffte, sie verstand das. Langsam nahm Laura das Glas vom Mund – er konnte sehen, dass sie nichts getrunken hatte – und hob es ins Licht.

»Mit Glas ist es am schlimmsten«, sagte sie. »Dieses Durchsichtige. Ohne Tiefe, wissen Sie, was dann übrig bleibt? Nur Schatten, sonst nichts, Schatten, denen man hinterherjagt.«

»Würden Sie sagen, dass Sie ein Problem mit dem Farbensehen haben?«, fragte Sebastian und zog seinen Notizblock heran.

»Nein, das meine ich nicht«, sagte die Frau, die wollte, dass er sie Laura nannte. Er fand, sie klang enttäuscht. Enttäuscht von ihm? Dieser Gedanke war mehr, als er verkraften konnte, deshalb vergaß er ihn schnell wieder.

»Gut«, sagte er. »Schwierigkeiten damit, Gesichter wiederzuerkennen, auch von nahestehenden Menschen?«

»Nein.«

»Lichtblitze? Flimmern? Plötzliche Blackouts? Ein vermindertes peripheres Sehen? Tote Winkel und so weiter?«

»Nein.«

»Das Kurzzeitgedächtnis?«

»Gut.«

»Und das Langzeitgedächtnis?«

»Auch gut.«

»Kopfschmerzen?«

»Ab und zu.«

»Häufig oder weniger häufig?«

»Weniger häufig. Ungefähr so wie immer.«

»Nervenschmerzen?«

»Was, in den Augen?«
»Egal wo.«
»Nein, nein, das glaube ich nicht. Wie unterscheiden die sich von anderen Schmerzen?«
»Sie sind stechend.«
»Nein, ich spüre nichts Stechendes.«
»Brennend? Beißend? Scheuernd?«
»Manchmal fühlt es sich so an, als würde ich nicht mehr in meine eigenen Klamotten passen.«
»Hm.«

Sebastian lehnte sich auf seinem Stuhl zurück, so, wie er es bei seinen Kollegen beobachtet hatte, wenn sie Vertrauen wecken wollten. Er warf einen Blick auf seinen Bildschirm, weil er unsicher war, ob er überhaupt noch dem folgte, was Barázza »die diagnostische Route« nannte. Er tat es nicht. Laura Kadinsky war zwar erst sein drittes eigenes Versuchsobjekt, aber bei den beiden früheren hatte er die Lage seiner Meinung nach besser unter Kontrolle gehabt. Er hatte die Fragen in der richtigen Reihenfolge gestellt, eine ordentliche kleine Krankenakte angelegt, in weniger als einer Stunde einen Aktionsplan entwickelt. Er verstand nicht, was diesmal anders war. Natürlich fand er Laura hübsch, aber dasselbe galt auch für die Frau in dem kleinen Gemischtwarenladen neben seinem Haus, die ihn jeden Morgen in ihren Laden winkte, wenn er auf dem Weg zum Bus war, nur um ihm wortlos einen Pfirsich zu schenken, und diese Frau machte ihn kein bisschen nervös. Die Welt war voller hübscher Frauen, aber bislang war es nur einer gelungen, ihn bei etwas scheitern zu lassen, was er sich vorgenommen hatte.

Sie war bekanntermaßen gestorben.

Das bedeutete nichts Gutes für Laura Kadinsky, oder Sebastian.

EINE STUNDE UND VIELE FRAGEN später war die Sprechstunde beendet, und Laura wurde von einer Assistentin auf den Flur hinausbegleitet. Sebastian blieb untätig in seinem Büro sitzen. Seine sonst so effektive Arbeitseinstellung war außer Gefecht gesetzt von der verwirrenden – ja geradezu *erotischen* – Stimmung, die seine Begegnung mit Laura geprägt hatte. Für Sebastian waren Verwirrung und Erotik nämlich keine getrennten Bereiche, sondern eng miteinander verbunden. Weil er die Erotik verwirrend fand, aber auch, weil für ihn als durch und durch rationalen Menschen mit einem rationalen Interessengebiet nichts so erotisch aufgeladen war wie Chaos und Unsicherheit, vor allem, wenn sie sich in Gestalt einer sehr schönen Frau manifestierten. Vielleicht war das nur eine frühe Konditionierung. Vielleicht war es ungesund. Es war eindeutig ungesund. Er wusste es, so wie er auch wusste, dass er jetzt seine Notizen in Lauras Akte übertragen und dann mit den übrigen Arbeitsaufgaben für diesen Tag fortfahren müsste. Aber er konnte sich nicht überwinden. Am Ende gab er den Versuch auf, Lauras Gestalt aus eigener Kraft aus seinem inneren Blickfeld zu vertreiben, und beschloss, stattdessen den Versuch zu unternehmen, sie durch ein harmloseres Gesicht zu ersetzen. Er warf seine Aufzeichnungen in eine Schreibtischschublade und begab sich hinab ins Kellergeschoss.

Der Gesang der Zikaden summte in seinen Ohren, es waren keine Hirngespinste, sondern echte Zikaden aus dem Insektenlabor auf der anderen Seite des Gangs. Auf allen Etagen des Instituts gab es Tiere, eine reine Zeitverschwendung, wenn man die Angestellten fragte, die all diese Tiere lieber in einem Labor gesammelt gesehen hätten, katalogisiert nach dem für Versuchstiere gut etablierten Laikasystem. Da die Tiere über zwölf Etagen verteilt waren und in – scheinbar zufälligen – Abständen verlegt wurden, behielt natürlich niemand den Überblick, welche Versuchstiere wo waren, was ständiges Treppensteigen und Aufzugfahren zur Folge hatte. Dieser Umstand war jedoch laut dem Forschungsleiter – also Corrigan – eine Anordnung von höchster Stelle, sie sei, Zitat Forschungsleiter, Zitat höchste Stelle, *ein Beitrag zur Gesundheit des Personals,* Bewegung sei das *A und O* für reibungslos funktionierende Gehirne und daraus resultierende ausgezeichnete Forschungsergebnisse. Sich in der Nähe dieser Tiere aufhalten zu dürfen, sei außerdem, Zitat Forschungsleiter, Zitat höchste Stelle, *wahnsinnig gemütlich.*

Nicht alle am Institut glaubten jedoch, dass die Verlegung der Tiere tatsächlich zu zufälligen Zeiten und nach einem zufälligen Muster erfolgte, obwohl vieles dafür sprach. Die Phalanx, die an eine höhere Ordnung glaubte – zum überwiegenden Teil die englischen Mitarbeiter des Instituts und die japanischen und koreanischen Gastforscher –, argumentierte, der Zufall sei ein so fremdes Phänomen für die regelkonformen Briten, dass ein vom Zufall dirigierter Tierzirkus undenkbar sei. Die einstimmig gewählte Anführerin der Phalanx, Team Bletchley genannt, nach der *finest hour* des britischen Ordnungssinns, war Jennifer Travis, Enkelin mütterlicherseits des Mathematikers Alan Turing und diejenige, die zweifellos – dem internen Rankingsystem der Phalanx zufolge – am dichtesten dran war, den Code hinter den Verlegungsaktionen zu knacken. Diejenigen, die an den Zufall glaubten, hatten natürlich keinen gewählten Anführer, was zweifellos zu einer uneinheitlicheren Argumentation führte. Das stellte aber kein Problem dar, denn dass kein Muster existiert, lässt sich schließlich unmöglich beweisen, solange es keine abgeschlossene Serie von Mustern gab, was das Team Gödel von allen Anstrengungen befreite, genau diesen Beweis zu führen, wie einer der hingebungsvolleren Anhänger dieser These – der spanische Gastprofessor Álvaro Barázza – jedes Mal glucksend feststellte, wenn die Frage in der Kantine diskutiert wurde, also fast täglich.

»Travis?«

Sebastian ging durch den Kellerkorridor, öffnete mit seinem Piepser die Tür zum Insektenlabor und rief mehrmals hintereinander Travis' Namen, um den Gesang der tausenden Zikaden zu übertönen.

Sie waren Jennifer Travis' persönliche Ziehkinder. Als eine der herausragendsten Multibegabungen des Instituts genoss sie gewisse Privilegien, zu denen auch die Zikaden zählten. Travis' Forschung zu ihnen wurde allgemein als exzentrisch betrachtet, eine Sisyphos-, wenn nicht sogar Frankenstein-Arbeit. Aus Gehirnforschungsperspektive betrachtet sind Zikaden nämlich in jeder Hinsicht uninteressant – ihnen fehlt die Veredlung des Primaten, das Potential des Spulwurms und die Flinkheit der Fruchtfliege, und worin sollte dann der Sinn bestehen, sie zu studieren? Jennifer Travis war anderer Meinung, eine Meinung, die äußerst wenig mit Empirie zu tun hatte, aber dafür umso mehr mit Theorie und, vielleicht am allerwichtigsten, mit Travis' Angst, nicht annähernd so brillant zu sein, wie alle dachten.

Travis hatte zunächst eine Lizenz für hundert Exemplare von insgesamt einem Dutzend Arten erhalten, aber nachdem sich die Insekten stark vermehrt hatten, wie es ihnen nun mal eigen war – schnell und zielstrebig –, näherte sich ihre Zahl jetzt dem Unkontrollierbaren. Travis war ständig gezwungen, die Zahl der Terrarien zu erhöhen, um sie alle unterzubringen, und zwar auf Kosten der anderen Insektenarten. Das führte wiederum zu einer gewissen Irritation bei den übrigen Forschern, aber keiner von ihnen wollte petzen, und außerdem käme es früher oder später zu einer erneuten Verlegung, und dann würde Travis' Abneigung gegen eine Geburtenkontrolle bei ihren Zikaden auch von der Führung bemerkt und unterbunden werden. Außerdem herrschte eine stillschweigende Übereinkunft unter den Kollegen, Travis gewähren zu lassen – teils aus Respekt vor ihrer Multibegabung, teils vielleicht auch aus einer Berührungsangst mit den Abgründen in Jennifer Travis' Seele, die zu einer Fixierung auf diese Insekten geführt hatte. Soweit Sebastian verstreuten Gerüchten entnommen hatte, resultierte ihre Besessenheit aus einem psychologischen Problemcluster, das zentriert war um eine Aufgabe, bei der Travis wiederholt versagt hatte, etwas, das die Kollegen nur als »das Puzzle« bezeichneten, in gedämpftem Geflüster wie »Seit der ersten Wendung mit dem Puzzle ist sie nicht mehr sie selbst...« oder »Warte nur, bis es wieder Zeit für das Puzzle ist, dann vergisst sie alles andere.«

Als Sebastian Jennifer Travis am Ende in der hintersten Ecke des Labors fand, schien sie sich nichtsdestotrotz in einem sehr harmonischen Gemütszustand zu befinden. Mit einem neonrosafarbenen Gehörschutz und einer sanften Glut in den Augen stand sie über ein Terrarium gebeugt und betrachtete zwei Zikaden größeren Modells, die sich offenbar gerade paarten. Sebastian räusperte sich und stampfte leicht mit den Füßen auf, um sich aus gehörigem Abstand bemerkbar zu machen, obwohl er wusste, dass er einfach auf sie zugehen und ihr den Gehörschutz vom Kopf hätte ziehen können. Travis gehörte zu den am wenigsten schreckhaften Menschen des Universums, jedenfalls was jene äußeren Stimuli betraf, die bei den meisten anderen die Amygdala triggern: plötzliche Geräusche, unerwartete Berührungen, Schatten an der Wand. Das konnte durchaus etwas mit ihrem offensichtlichen Mangel an Verwunderung über triviale Veränderungen in ihrer Umgebung zu tun haben; im Grunde eine Konsequenz aus einem genauso offensichtlichen, grundlegenden Desinteresse an jener Umgebung. Dass Sebastian ins Labor kam, erstaunte sie ebenso wenig, wie wenn er nicht gekommen wäre, und löste deshalb auch keine irrationalen Ängste aus. Als sie sich umdrehte und ihn entdeckte, lächelte sie nur freundlich und nahm den Gehörschutz ab.

»Sebastian!«

»Travis«, sagte Sebastian, der ungeschriebenen Regel folgend, dass männliche Mitarbeiter des Instituts mit Vornamen angesprochen werden durften, weibliche jedoch nur mit Nachnamen, um ihre von Natur aus bedrohte Autorität nicht noch weiter zu untergraben, eine Regel, die, soweit er verstanden hatte, umso wichtiger war, wenn man jene Kolleginnen ansprach, die wie Jennifer Travis von vorteilhaftem – das heißt im akademischem Kontext unvorteilhaftem – Aussehen waren.

»Komm her und schau dir B2 und B14 an. Sie sind so schön, wenn sie es treiben«, sagte Travis und strich sich ihre blonden Strähnen hinter die Ohren. Als Sebastian nicht reagierte, streckte sie ihre Hand aus und zog ihn zu sich. Laborkittel an Laborkittel spürte Sebastian die Wärme ihres Körpers, der ihn jedoch vollkommen kalt ließ. Die weichen Brüste, die runden, breiten Hüften, die den Unisex-Kittel bis zum Zerreißen ausfüllten, ihr spearmintduftender Atem – keine von Travis' zahlreichen weiblichen Vorzügen vermochte Laura Kadinsky aus seinen Gedanken zu verdrängen. Das hatte er eigentlich auch gar nicht erwartet, aber ganz insgeheim hatte er, als er sie im Keller aufsuchte, vielleicht doch gehofft, die eine Frau ließe sich mit der anderen vertreiben, und die Kräfte könnten sich ausbalancieren. Er hatte weder Zeit noch Lust noch die emotionale Kraft, sich zu verlieben, aber wenn es unbedingt sein müsste, wäre jede andere Frau, das spürte er instinktiv, besser geeignet als eine sehr verzweifelte, verheiratete Frau.

Jennifer Travis war, wie immer, in ihrer eigenen Welt. »Eigentlich sollte man wohl niemanden bevorzugen«, sagte sie mit Wangen, die wie kandierte Äpfel glühten, »aber ich kann nicht umhin, diese beiden besonders zu mögen. *Cyclochila australasiae*. Eines der lautesten Insekten der Welt. Du hättest B2 vorhin mal heulen hören sollen, aber jetzt ist er glücklich. Bald wird sich B14 in diesen Ast hineinbohren und Eier legen. Hunderte. Und wenn die ganzen Kinder dann aus den Larven schlüpfen, in vierzehn Tagen ungefähr, wird hier ein irrsinniger Lärm herrschen, das kannst du mir glauben. Dann muss ich mir wohl ein paar hundert von ihnen schnappen und ihnen den Kopf abschneiden, wenn ich das über mich bringe. Man könnte beinahe glauben, ich hätte eine emotionale Bindung zu ihnen entwickelt!«

Travis lachte laut und knuffte Sebastian mit dem Kopf in den Arm, ehe sie ein wenig Futter zu den liebestollen australischen Zikaden hineinwarf und zur nächsten Einheit weiterging.

»Was machst du denn gerade so, Sebastian? Hast du dich schon gut eingewöhnt? Ach, übrigens, hast du die hier schon gesehen? *Megapomponia imperatoria...* sind die nicht prächtig? U3 hat eine Flügelspannweite von zwanzig Zentimetern, ich hab's nachgemessen.«

»Ich hatte gerade eine Frau zum Erstgespräch da«, sagte Sebastian, der ein zwanghaftes Bedürfnis verspürte, über Laura zu reden. »Sie kann nur zweidimensional sehen. Ein ziemlich merkwürdiger Fall. Ich glaube, es hat mit einem Problem im V2 zu tun, aber sicher bin ich auf keinen Fall.«

»Ich verstehe nicht, wie du das aushältst mit den Menschen«, sagte Travis seufzend. »Das ist doch viel zu chaotisch und vollkommen zwecklos.«

Sebastian hatte durchaus schon ähnliche Gedanken gehegt, musste aber trotzdem protestieren.

»Vollkommen zwecklos?«, fragte er. »Aber genau darum

dreht sich doch alles, oder? Ich meine, um die Menschen. Die menschliche Existenz, nur deshalb beschäftigen wir uns doch mit dem, womit wir uns beschäftigen. Was auch immer es nun ist, jetzt, wo wir sowieso schon beim Thema sind. Eigentlich wollte ich dich fragen, weil du doch schon so lange hier bist und so weiter...«

Travis unterbrach ihn, indem sie eine Hand in die Luft streckte. Dann steckte sie die andere Hand ins Terrarium und zog eine der grotesk großen Zikaden heraus, möglicherweise die berühmte U3, das konnte Sebastian nicht erkennen, und ließ sie zur Decke fliegen. Die Spannweite war wirklich beeindruckend; als sich die braun glänzenden Flügel im Neonlicht entfalteten, sah es aus, als würde ein Buch geöffnet. Und Jennifer Travis folgte ihr mit dem Blick, als würde sie tatsächlich versuchen, etwas darin zu lesen. »Sebastian, das Gehirn ist eine hierarchische Struktur. Wie du natürlich weißt. Was an der Spitze steht, ist das Ergebnis dessen, was sich am Boden befindet, nicht umgekehrt.«

»Schon«, sagte er probehalber, ohne zu ahnen, worauf sie hinauswollte.

»Aber wir hätten so gerne, dass das menschliche Gehirn ein Mysterium ist, oder, wir Forscher wollen das im Grunde doch auch, obwohl wir das Gegenteil behaupten. Wir wollen uns zu einem Punkt vorarbeiten, an dem wir nicht weiterkommen, an dem wir sagen können, okay, hier ist sie, die äußerste Grenze. Hier ist das Mysterium, das goldene Ei, das ultimative Enigma, das Einzigartige. Hier ist die *Seele* des Ganzen. Also wühlen wir im Abnormen, in der Ausnahme, in dem, was allem widersprechen soll, was wir über das Gehirn wissen: Dass es logisch ist, strukturiert, eine Gleichung. Eine ziemlich komplexe Gleichung, das schon, aber doch nur eine Gleichung. Das ist der Mensch. Ein Puzzle aus einer begrenzten Anzahl von Teilen. Sie passen ineinander und brauchen keine klebrige Seele als Kitt.«

Sie zuckte die Achseln, streckte die Handfläche aus. Die riesige Zikade landete darauf wie ein Haustier.

»Es klingt so dürftig, wie du das formulierst«, sagte Sebastian.

»Natürlich siehst du das so, mein Freund«, sagte Travis kichernd und kniff Sebastian mit ihrer freien Hand in die Nase. »Natürlich siehst du das so. Du bist schließlich ein *Mensch*.«

Sebastian musste betrübt ausgesehen haben, denn Travis wurde ein wenig sanfter und legte den Kopf schief.

»Hinter dem Wahnsinn steckt ein System, Sebastian, das ist alles, was ich sage. Ein System, so schön, dass es uns blendet.«

Und mit diesen Worten kehrte sie Sebastian den Rücken und fing an, ein Lied zu summen. Er glaubte den makabren Kinderreim *Ring around the rosie* zu erkennen. Mit dem unerwarteten und überwältigenden Gefühl, von ihrem tadellos weißen Rücken geblendet zu sein, wich Sebastian rückwärts aus dem Labor und in den Korridor und sah sich für einen Moment gezwungen, seinen Kopf an die unterirdisch kühle Wand zu legen.

EINE KNAPPE WOCHE DARAUF LIEF Laura Kadinsky dem jungen Dr. Isaksson im Rosengarten des Regent's Park buchstäblich in die Arme. Laura war aufgewühlt, weil sie gerade mit Philip am Telefon gestritten hatte. Das geschah selten – es war bemerkenswert, fand Laura, dass jemand wie Philip, der in allem so außerordentlich gut war, beim Streiten versagte –, und wenn es dazu kam, ging es in neun von zehn Fällen um Triviales. Diesmal hatte es damit angefangen, dass Philip sie angerufen und ihr mitgeteilt hatte, er wolle heute früh Feierabend machen und Chloe zu einer Stummfilmvorführung im Hackney Picturehouse mitnehmen. Laura hatte gefragt, ob es denn ein Kinderfilm sei. Natürlich nicht, hatte Philip geantwortet. Es sei ein Lois-Weber-Film. In diesem Moment hatte Laura eine außergewöhnlich schöne Rose erblickt und die wie eine Hand gewölbten Blütenblätter betrachtet, und sie hatte das Thema auf sich beruhen lassen. Dann hatte Philip allerdings angefangen, von einer Studie zu sprechen, die er gelesen hatte und die zu dem Ergebnis kam, Kuhmilch wäre schlecht für Kinder. Laura hatte erwidert, wenn es eine Sache gebe, über die auf dieser Welt Einigkeit herrsche, sei es doch wohl die Tatsache, dass Milch gesund für Kinder sei. Philip hatte darauf beharrt und erzählt, die Untersuchung habe gezeigt, dass Milch, ganz im Gegensatz zu allem, was man früher geglaubt habe, nicht zu stärkeren Knochen führe, sondern zu porösen. Das ganze Kalzium in der Milch sei vollkommen wirkungslos, ja, im Gegenteil sogar schädlich: »Milch saugt das Kalzium aus den Knochen.« Ab sofort, befand Philip, solle Chloe ihre Cheerios mit Hafermilch essen, oder besser noch Mandelmilch. Idealerweise selbst hergestellt. Er habe be-

reits zwei Kilo Mandeln und einen Nussmilchbeutel auf dem Borough Market erstanden und werde noch heute Abend die erste Produktion starten. Laura, die auf keinen Fall wollte, dass Chloe sich an etwas so Kompliziertes gewöhnte, dessen Herstellung im weiteren Verlauf in ihren Verantwortungsbereich fallen würde, hatte ihm mitgeteilt, dass das, was ein Kalb ernährte, wohl auch für ihre Tochter gut genug sei.
An diesem Punkt war alles eskaliert.
Laura war gerade auf dem Weg von der Arbeit nach Hause gewesen, als Philips Anruf kam. Sein Plan, den Abend mit Chloe zu verbringen anstatt mit Larkin (er saß gerade an einer Übersetzung von *Whitsun Weddings* ins Persische, über die in der Ehe nicht groß gesprochen wurde, da Philips Persischkenntnisse auf einer dreijährigen Beziehung mit einer iranischen Schönheit beruhte, die er vor Laura hatte), bedeutete, dass Laura plötzlich einen ganzen Nachmittag und Abend zu ihrer Verfügung hatte. Das Freiheitsgefühl war berauschend, wenn auch nicht im üblichen, positiven Sinne – statt sich euphorisiert und genial zu fühlen, war Laura müde und willenlos und wurde von einer leichten Übelkeit geplagt, ungefähr so, wie wenn sie auf leeren Magen zwei Gläser Wein getrunken und versehentlich den Salzstreuer samt Inhalt in den Le-Creuset-Bräter geworfen hätte, kurz bevor die Gäste kamen. Sie setzte sich auf die nächste Bank und nahm eine Rose zwischen Daumen und Zeigefinger. Es war eine Ingrid Bergman, die Blütenblätter waren rot wie Blut und elastisch zart unter den Fingernägeln wie ein neugeborenes Kind. Laura erinnerte sich, wie sie Chloes Nägel mit den Zähnen abgeknipst hatte, als sie ein Baby war, wie sie sich nachts im Dunkeln über Chloes Bett gebeugt hatte, damit das Kind im Schutz des Schlafs nichts bemerkte. Zurzeit knipste Chloe sich die Fingernägel selbst mit den Zähnen ab, obwohl Giselle deshalb mit ihr schimpfte. Das war wohl eine Art Erbsünde, dachte Laura.

Insgeheim fand sie Geborgenheit in dem Gedanken, dass die Tochter noch immer ein Tier war, ein Tier, genau wie sie selbst. Geborgenheit und eine Art Triumph.

Laura ging oft durch den Queen Mary's Rosengarten nach Hause, obwohl es eigentlich ein Umweg war. Am besten gefiel er ihr im Winter, wenn man alle Dornen sah, die blanken, fetten Samenkapseln, die keine eigene Leistung vollbringen mussten, weil Rosen, genau wie Äpfel, gepfropft werden mussten, um lebenstaugliche Nachfahren zu erzeugen. Und manchmal, wie durch ein Wunder (wobei es wahrscheinlich, dachte Laura, nur der Treibhauseffekt war), konnte man eine einsame Rose in wilder, fast verzweifelter Blüte sehen, die ganz am Ende eines unbeschnittenen Zweiges baumelte oder mit verschränkten Ästen auf einer Pergola kauerte. Laura war in ihrer Persönlichkeit hinreichend gespalten, um sich sowohl mit diesen Überlebenden zu identifizieren als auch mit den toten Samenkapseln und Dornen.

Jetzt herrschte Frühling, und die Rosen drängten sich auf den Zweigen, die späten Tulpen richteten ihre knubbeligen Köpfe zur Sonne, und die steinernen Statuen hockten nackt und verschämt auf ihren Säulen, als wollten sie sich vor dem steten Strom selfieverrückter Touristen schützen. Laura ließ Ingrid Bergman los, spürte aber noch immer den Abdruck der Blume auf ihrer Hand. Sie hatte sich jedoch nicht einmal bewusst gemacht, dass sie sich einfach so nach der Rose hatte strecken und sie betasten können, ganz exakt und mühelos, obwohl sie sich dazu, wenn sie näher darüber nachgedacht hätte, nicht mehr in der Lage geglaubt hätte, weil sie im nächsten Moment etwas Seltsames entdeckte – in einem Meer aus fluffigen weißen Klematis, ein Stück weiter den Kiesweg hinab, glänzte etwas wie Gold, etwas, das summte und sich bewegte. Eine Fliege? Zu groß. Eine Libelle? Zu laut. Ein fremder Vogel mit goldenem Schnabel und einem Hütchen mit Federn? Aber wo war die Feder? Überrascht von ihrer eigenen Neugier, einem Anfall kindlicher Entdeckerfreude, ertappte Laura sich selbst dabei, wie sie von der Bank aufsprang und auf die Klematis und das goldene Insekt zustrebte, wenn es denn eins war – immerhin lag Laura der Gedanke nicht fern, dass es eine Sinnestäuschung war, ein tränengetränkter Fleck auf der Hornhaut, ein Nagel, der zwischen ihren Gehirnhälften steckte. Noch ehe sie beim Klematisbogen ankam, war das Insekt davongeflogen, sie sah es durch das Gras schwirren und zum Himmel aufsteigen, dann in einer cremeweißen Pfingstrose versinken, wieder durch die Luft schweben und dort verschwinden, wo der Kiesweg einen Bogen um einen Buchsbaum machte. Sie rannte ihm nach und erblickte es tatsächlich ein letztes Mal, ein kleiner goldener Punkt am Wimpernrand, ehe sie mit einem lauten Schlag in einen anderen Menschen hineinrannte.

Eine Weile später saß Sebastian zu seiner Verwunderung und seinem Schrecken zusammen mit Laura Kadinsky in der einzigen Außengastronomie des Rosengartens, einer glorifizierten Würstchenbude namens Regent's Pork. Wie genau sie dort gelandet waren, wusste Sebastian nicht mehr genau, möglicherweise hatte sogar er die Initiative ergriffen (so war es auch – aber er war dabei so dezent vorgegangen, dass sie ihr erstes Treffen in Zivil anschließend beide als etwas beinahe Schicksalhaftes auffassen würden). Er hatte nicht geglaubt, dass er Laura wiedertreffen würde, ehe es Zeit für ihre erste fMRI wäre, aber hier saßen sie nun also Seite an Seite unter einem grün-weiß gestreiften Sonnenschirm und würden gleich Würstchen essen. Sie hatten sich jeder eins bestellt – dieselbe Sorte, Rosmarin und Trüffelöl, um keine Höflichkeitsphrasen über ihr kulinarisches Erlebnis austauschen zu müssen, wenn die Wurst dann käme und probiert worden wäre – und redeten in der Wartezeit über das Windsorgeschlecht und kamen schließlich auf die Königinmutter.

»Ich glaube, sie war eine richtige Bitch«, sagte Laura Kadinsky. »Wie die meisten Mütter, die gezwungen sind, im Schatten ihres Mannes zu leben.«

»Meine nicht«, erwiderte Sebastian. »Mein Vater war ein sehr erfolgreicher Sachbearbeiter beim Finanzamt, aber meine Mutter ist trotzdem eine sehr freundliche Frau.«

Laura lachte. Es war das erste Mal, dass er sie lachen hörte, und es war sein Verdienst. Konnte man Frauen so leicht zum Lachen bringen? Mit Violetta war es immer ein Kampf gewesen. Aber wenn Laura Kadinsky jetzt glücklich war, warum klang ihr Lachen dann wie Regen auf einem schmutzigen Fenster?

»Hast du Geschwister, Doktor?«, fragte Laura und ließ ihre Finger über den Tisch zum Bierglas krabbeln.

»Zwei. Zwei Schwestern«, antwortete Sebastian.

»Jünger oder älter oder sowohl als auch?«

»Gleich alt. Und genauso alt wie ich.«

Laura stutzte und runzelte ihre hübsche Stirn, als müsse sie darüber erst einmal nachdenken. Sebastian war eine solche Reaktion schon gewohnt. Es schien den Leuten immer schwerzufallen, die Genetik zusammenzubringen, was, so glaubte Sebastian, auch damit zusammenhing, dass er und seine Geschwister ein unterschiedliches Geschlecht hatten. Wenn Leute sich Drillinge vorstellten, dachten sie an Kasper und Jesper und Jonathan, eine homogene kleine Schar von Individuen, die man unmöglich auseinanderhalten konnte. Sie dachten nie an Sebastian, Matilda und Clara.

»Wir sind Drillinge«, sagte Sebastian. »Das ist eigentlich nicht so kompliziert, rein biologisch.«

»Es klingt unglaublich kompliziert«, entgegnete Laura. »Ich meine, rein psychologisch.«

Sebastian hustete. Er hatte sich an seinem Bier verschluckt. Laura streckte die Hand aus und schlug ihm auf den Rücken. Sein zentrales Nervensystem war nicht vorbereitet auf diese

Berührung von der schönsten Frau der Welt (ja, hatte er beschlossen, als sie nur wenige Sekunden zuvor eine Bierperle von ihrer geschwungenen Oberlippe geleckt hatte, sie war zweifellos die schönste Frau der Welt, vielleicht auch die traurigste, vielleicht war das ein und dasselbe), alle Nerven gerieten ins Trudeln, eine Woge der Wärme durchflutete seinen Körper, und er war gezwungen, die Beine unter dem Tisch übereinanderzuschlagen.

»War ich zu grob?«, fragte Laura und legte ihre Hand wieder auf den Tisch. Sebastian bemerkte, dass ihre Nägel abgekaut waren und am Nagelrand des kleinen Fingers ein Tropfen geronnenen Bluts klebte. »Ich würde gern behaupten, dass es nicht beabsichtigt war, aber das wäre wohl gelogen. Vielleicht liegt es daran, dass ich bald sterben muss, aber inzwischen ertrage ich einfach keinen Smalltalk mehr. Man kann doch genauso gut gleich direkt zum Wesentlichen übergehen.«

»Du wirst doch nicht sterben«, sagte Sebastian unsicher.

»Jedenfalls nicht sofort.«

»Nein, heute werde ich wohl nicht sterben«, erwiderte Laura fröhlich. »Aber vielleicht morgen. Sag mir ehrlich – glaubst du, es ist ein Tumor?«

»Das hoffe ich nicht.«

»Aber glaubst du es?«

»Nein«, antwortete Sebastian wahrheitsgemäß. »Das glaube ich nicht. Aber es ist schwer zu sagen, bevor wir eine erste fMRI gemacht haben. Es erstaunt mich ehrlich gesagt, dass du dich nicht an einen richtigen Arzt gewandt hast. Denn das bin ich ja eigentlich nicht.«

»Vielleicht wollte ich keinen Arzt«, sagte Laura. »Ich bin in meinem Leben so vielen Ärzten begegnet, mein Mann kennt eine ganze Kompanie davon. Aber ich kann dir sagen, dass keiner von ihnen an meinem Gehirn interessiert war.«

Und Sebastian dachte: In diesem Moment ist dein Gehirn das Einzige auf der Welt, was mich interessiert.

ES WAR STILL IM HAUS in der Mornington Terrace, als Laura an jenem Abend zurückkehrte. Philip schlief. Chloe schlief. Sie betrachtete sie, als wären sie Glanzbildengel in einem Album. Philip hatte sich rasiert. Seine Wangen schimmerten wie handgespültes Kristallglas. Chloes Wangen waren rosig wie. Wie. Wie. Rosige Kinderwangen. Präziser konnte man sie nicht beschreiben, weil nichts so rosig ist wie rosige Kinderwangen, nicht einmal eine Rose, das ist ein Waterloo des Vergleichs, ein Kind ist ein Kind und kann auch nicht anders beschrieben werden denn als Kind. Alles an einem Kind kommt direkt aus der Ideenwelt, man kommt dem Himmel nicht näher, so viele schöne Wörter man auch zu Hilfe nimmt.

Laura wollte die Wange der Tochter berühren, wagte es jedoch nicht, aus Angst, sie könnte kalt und platt sein. Sie lagen nebeneinander auf dem Sofa, ihr Ehemann und Chloe, und auf dem Fernseher war ein Standbild von Pu dem Bären zu sehen, an einem roten Ballon hängend erstarrt. Laura blickte zwischen dem Fernseher und ihrer Familie hin und her, um einen Unterschied auszumachen. Doch beiden fehlte es an räumlicher Tiefe. Sie betrachtete Pu den Bären, als wäre er ihr eigenes Kind. Sie betrachtete ihren Mann, als wäre er Pu der Bär. Dann machte sie kehrt und ging in die Küche.

Sie brauchte lange, um die Teedose herunterzuheben. Sie musste ihre Hand flach von der Seite darauflegen und vorsichtig um die Ecken krümmen, einen Finger nach dem anderen, ehe sie die goldenen Kanten fühlen konnte und die ganze Dose zu fassen bekam. Dann musste sie den gebogenen Türgriff der Küchenschublade finden, dieselbe vorsichtig tastende Prozedur wiederholen. Anschließend den Griff des Wasserkochers und den Hebel des Wasserhahns, woraufhin sie den Wasserkocher ganz vorsichtig unter den Strahl schob, denn wenn sie das zu schnell tat, bestand das Risiko, ihn zu verfehlen und den Wasserkocher stattdessen direkt gegen die Wandkacheln zu donnern. Und das würde Lärm verursachen und womöglich sogar einen Riss in der glasierten Oberfläche, vielleicht würde Philip aufwachen und in die Küche hinausgehen und ihn sehen; den Riss.

Während das Wasser erhitzt wurde, ging Laura hinaus, um nach Chloes Hamster zu sehen. Philip vergaß ständig, ihn zu füttern, vielleicht, weil er ihn hasste, und Chloe war schließlich nur ein Kind, mit dem für Kinder typischen Hang zur Vernachlässigung. Nicht aus Bösartigkeit, versteht sich, sondern wegen eines grundsätzlichen Unvermögens, lebendige Wesen von Spielsachen zu unterscheiden. Philips Hass auf Essie the Escapist, so hieß der Hamster, war eigentlich auch kein Ausdruck von Bösartigkeit. Er war schließlich nur ein Mensch, allerdings ein Mensch mit absolutem Gehör, und Essie the Escapist fiepste falsch; sehr falsch. Philip zufolge lag ihr Fiepsen irgendwo zwischen einem C und einem D, aber keineswegs auf dem halbwegs erträglichen Halbton Cis, sondern eher in einer unregelmäßigen Pendelbewegung zwischen den beiden Grundtönen, die man schlicht als unerträglich beschreiben musste. Jedenfalls für ein gesegnetes Ohr wie das seine.

Essies Fiepen stellte vor allem nachts ein Problem für Philip dar, wenn es ansonsten still war im Haus. Aus diesem Grund wurde der Hamsterkäfig jeden Abend, nachdem Chloe eingeschlafen war, in den Keller getragen und morgens, bevor Chloe aufwachte, wieder zurück in ihr Zimmer, eine komplizierte Prozedur, von der Chloe natürlich nichts ahnte, und so musste es auch bleiben. Chloes Meinung nach gehörte nicht einmal ein Spielzeug in den Keller; dem gruseligsten Ort auf der Welt, den sie kannte.

Laura hielt es für unwahrscheinlich, dass der Hamster auch diesmal schon in den Keller verfrachtet worden war, da Philip und Chloe gleichzeitig eingeschlafen zu sein schienen. Also ging sie ins Zimmer ihrer Tochter, um nach dem kleinen bronze glänzenden Fellball zu sehen, der Essie the Escapist hieß, weil er mehrmals pro Woche aus seinem Käfig entfloh. Das gelang der Hamsterdame nicht, indem sie sich, wie kleine Nager es sonst zu tun pflegen, durch die Gitterstäbe quetschte, sondern indem sie ganz einfach die Käfigtür öffnete und hinaussprang. Wie sie das schaffte, blieb ein Geheimnis, das nur noch von der Tatsache übertroffen wurde, dass sie keinerlei Interesse zu haben schien, wirklich abzuhauen. Sie rannte lediglich ein paar Runden um ihren Käfig herum, um sich dann ruhig und gefasst in dessen Nähe hinzulegen und über ihre neugewonnene Freiheit zu sinnieren. Laura wurde nicht schlau daraus. Wenn sie selbst ein Hamster wäre, dem die Welt zu seinen kleinen Pfoten lag, würde sie sich doch verdammt noch mal nicht hinlegen und darauf warten, dass man sie wieder einfing.

Tatsächlich stand der Käfig noch auf seinem Platz neben dem Fenster, auf einem gelben Tisch, der mit einer selbstgebastelten Pappbanderole geschmückt war, auf die Chloe mit Lauras Hilfe und verschiedenen bunten Filzstiften und doppelten Ausrufezeichen ESSIE'S HOUSE geschrieben hatte. Der Käfig erschien Laura genauso flach wie das restliche Haus, das schlampig gemachte Bett mit dem pastellgelben Überwurf, die Dinosauriermodelle im Bücherregal. Dennoch bekam sie einen leichten Schwindelanfall, als sie sich ihm näherte. Vor oder vielleicht hinter oder am wahrscheinlichsten *in* ihrem Käfig flitzte Essie nämlich in all ihrer dreidimensionalen Pracht herum. Laura musste sich ihr vorsichtig nähern und wagte es nicht, sie aus den Augen zu lassen.

Aber doch, es stimmte. Essie war in höchstem Maße räumlich. Verwundert kniete sich Laura vor den Käfig, öffnete das Türchen und streckte vorsichtig die Hand hinein. Sie tastete eine Weile im Käfig herum, was sich wie immer anfühlte, als würde sie mit der Hand über Papier streichen, bis sie den weichen Körper des Hamsters zu fassen bekam. Sie zog Essie heraus, hielt sie in ihren gewölbten Händen und verschlang ihre Kurven mit den Augen.

»Ich kann dich sehen«, flüsterte Laura dem Hamster zu. »Ich kann dich sehen, als wärst du wirklich da. Es ist genau wie mit dem Doktor ... Sebastian.«

Und die Hamsterdame sah sie mit ihren blanken, runden Augen an, fragend – denn natürlich wusste sie nicht, wer Sebastian war. Vielleicht fragte sie sich aber auch, warum Laura weinte und sie so zärtlich an ihre Brust drückte.

Objekt 3A16:7, genannt »Der blinde Fotograf« (DBF)
Gespräch mit Benedict Katz, Dipl.-Psych., (BK), am
11. September 2015
Abschrift von Tiffany Temple, Med. Ass.

DBF: Zunächst möchte ich sagen, dass ich Diabetes habe.
BK: Könnten Sie sich vorstellen, Ihre Kamera abzulegen?
DBF: Muss ich?
BK: Ja.
DBF: Ich lasse mir nicht gern von anderen Leuten was vorschreiben.
BK: Nein, das geht vielen jungen Menschen so. Aber ich muss Ihr Gesicht sehen können.
DBF: Es ist ein hässliches Gesicht.
BK: Das zu beurteilen obliegt mir nicht. Sie kommen also aus Deutschland? Dann hatten Sie eine weite Reise.
DBF: Aus Bremen. Aber das ist nicht schlimm. Dass ich weit reisen musste. Seit es angefangen hat, bin ich ständig auf Reisen. Ich will so viel wie möglich sehen.
BK: Und wann fing es genau an?
DBF: Vor zwei Jahren. Als ich mein Abitur gemacht habe. Da ging das mit dem Blindwerden los. Die Visionen kamen später, vielleicht ein Jahr danach.
BK: Verstehe. Haben Sie seither jemals psychiatr...
DBF: Ich bin wegen der Visionen hier, nicht wegen der Blindheit. Die kommt vom Diabetes.
BK: Verstehe.
DBF: Und ich bin nicht vollständig erblindet. Noch nicht. Ich kann Sie sehen.
BK: Das ist gut. Aber, also, darf ich Sie bitten –
DBF: Ich habe gerade ein Foto von Ihnen gemacht.
BK: Für Facebook oder was, hahaha?

DBF: Sind Sie verrückt?

BK: Lustig, dass ausgerechnet Sie das sagen –

DBF: Ich möchte nur wissen, woran das liegt. Dass ich sehe, Sachen die passieren werden, und dann passieren sie. Zum ersten Mal war es Schnee, der in dicken Wattebäuschen fiel, groß wie Sterne. Das war allerdings im April. Und am nächsten Tag hat es wirklich geschneit.

BK: Sie wissen ja, was man über das Wetter heutzutage sagt – unberechenbar! Wenn das so weitergeht, können wir am Hadrianswall Wein anbauen. Aber wissen Sie, zur Zeit der Römer konnte man das auch schon – glauben Sie, sonst hätten sich die Römer für Schottland interessiert? Es gibt für fast alles eine natürliche Erklärung, davon sind wir hier am London Institute of Cognitive Science fest überzeugt.

DBF: Ich habe gesehen, dass meine Schwester eine Fehlgeburt hat, und dann hatte sie eine Fehlgeburt.

BK: Passiert in einem frühen Stadium der Schwangerschaft sehr häufig.

DBF: Sie war in der 27. Woche.

BK: Plazentaablösung?

DBF: Das weiß ich nicht. Ich habe Fotos von ihrem Bauch, als immer noch ein Baby darin war. Sie will sie nicht sehen.

BK: Und was noch? Was haben Sie noch gesehen, was dann... eintraf, sozusagen?

DBF: Ich habe den Überblick verloren. Oft sind das Sachen, die in einer nahen Zukunft passieren, als würde die Zeit hinterherhinken, aber in die falsche Richtung. Wie Déjà-vus, nur in die Länge gezogen, und überwältigender. Aber es gibt auch größere Sachen, die weiter in der Zukunft liegen.

BK: Hm. Sagen Sie, junger Mann, haben Sie schon immer fotografiert?

DBF: Nein. Oder, na ja, doch. Zurzeit fotografieren ja alle, die ganze Zeit. Mit ihren Handys und so weiter. Aber trotzdem sieht niemand etwas.

BK: Aber Sie können sehen?

DBF: Ich sehe mehr, als ich will.

BK: Und was sehen Sie, was Ihnen solche Sorge bereitet?

DBF: Feuer. Es wird ein Feuer kommen, und es wird gewaltig sein. Und ich sehe ein Mädchen, das von den Toten zurückkehrt.

Beurteilung und Beschluss: nur ein total durchgeknallter Jugendlicher. Keine Überweisung in die Psychiatrie erforderlich, weil der Mann mündig ist und zudem ausländischer Staatsbürger. Eventuell Meldung an das National Counter Terrorism Security Office?

SEBASTIAN WANKTE IN EINEM RAUM der Röntgenabteilung des Instituts umher. Er sah auf die Uhr – noch fast eine Stunde, bis Laura Kadinsky auftauchen würde. Er überlegte, was sie in genau diesem Moment gerade tat, ob sie in der U-Bahn saß, im Bus, ob sie durch den Regent's Park spazierte, ob sie zwischendurch in einer italienischen Espressobar einkehrte, beispielsweise in Marylebone, um einen winzig kleinen schwarzen Kaffee aus einer winzig kleinen weißen Tasse zu trinken, ob ihr Mann sie in ihrem gemeinsamen Auto fuhr, ob sie überhaupt eins hatten, und wenn ja, ob es ein Volkswagen war. Er überlegte, wie sie nackt aussah, und damit meinte er hinter dem Schädel, oder nein, meine Güte, natürlich nicht, natürlich meinte er ihren Körper, aber selbstverständlich auch ihr Gehirn, welche Farbe es hatte, ob es unter seinen Fingern silbern strahlen oder grünlich glitzern würde. Das überlegte er, und er überlegte, was er mit der Zeit anfangen sollte, bis Laura auftauchte, er setzte sich in einen unbequemen Lehnstuhl mit einem flusigen, dunkelgrünen Polster und wartete weiter. Vielleicht hätte er zwischendurch der Äffin einen Besuch abstatten sollen, aber er war zu rastlos, um etwas anderes zu tun, als Flusen von der Armlehne zu zupfen und sich immer wieder durchs Haar zu fahren.

Als er nur noch siebenunddreißig Minuten zu warten hatte, begann das Handy in seiner Tasche zu vibrieren. Er erschrak so sehr, dass er es herauszog und den Anruf annahm, ohne zu gucken, wer es war.

»Isaksson?«, fragte er.

Im Hörer war es für einen Moment still.

»Basse? Wahnsinn, ich hätte nicht gedacht, dass du drangehen würdest.«
»Tilda?«
»Ja, verdammt.«
»Nenn mich nicht Basse.«
»Na gut. Was machst du so?«
Sebastian sah sich in dem fluoreszierenden Raum um. Vor ihm stand die Liege, auf der bald Lauras Körper ruhen würde, ein hügeliger Bergkamm vor einem gestochen scharfen Himmel, wie ein Opfer auf einem Altar. Aus dem Tunnel, in den er sie schicken würde, drang Rauschen.
»Ich bin an der Arbeit.«
»Das tut mir leid. Ich bin gerade dabei, Tickets nach Schweden zu buchen, aber die Seite hat sich aufgehängt. Also habe ich stattdessen dich angerufen.«
»Du willst nach Hause fahren? Warum das denn?«
Sebastian wurde wider Willen unruhig. Es sähe seiner Mutter ähnlich, wenn sie genau in dem Moment die Treppe hinunterpurzeln würde, in dem er einen winzigen Splitter von etwas Schönem gefunden hatte.
»Nein, nein, nicht nach Lund. Billys Familie hat doch ein Ferienhaus in Norrland. Västerbotten. Er fährt dort jeden Sommer mit Siri hin. Er will, dass sie erlebt, den Bären und Wölfen nahe zu sein.«
»Wie bitte?«
»Du hast den Bären nie gesehen, aber der Bär hat dich gesehen. Das sagt er immer. Ich habe gesagt, dass Siri sehr wohl schon mal einen Bären gesehen hat, im Zoo, aber das zählt anscheinend nicht.«
Sebastian sah auf die Uhr. Noch einunddreißig Minuten. Es gab keinen Grund, die Gelegenheit nicht zu nutzen, um mit Matilda zu sprechen. Anschließend könnte er es der Äffin erzählen. Es würde sie sicher freuen, und vielleicht nähme sie es mit seinen eindeutig unchristlichen Gefühlen

in Bezug auf Laura Kadinskys entblößtem Schädel dann nicht ganz so genau.

»Du bist echt schlecht darin, Mails zu beantworten, Basse. Sehr, sehr schlecht. Nur Clara ist schlimmer. Ich habe im letzten Monat ungefähr siebzehn Mails an sie geschrieben, und sie hat keine einzige beantwortet. Glaubst du, sie ist tot?«

»Ich glaube, sie ist auf der Osterinsel.«

»Auf der Osterinsel? Du machst Witze. Wo liegt die denn überhaupt?«

»Im Pazifik.«

»Du lieber Himmel. Ich erfahre ja echt gar nichts mehr. Aus irgendeinem Grund ist sie sauer auf mich. Ich habe versucht, mich zu entschuldigen, für alles, was mir einfiel, aber es scheint nicht zu helfen. Also spricht sie mit dir?«

»Sehr selten. Ich habe eine Mail bekommen.«

»Gott.« Matilda verstummte für einen Moment. Sebastian konnte hören, wie sie die Luft durch die Nase einsog und dann lange ausatmete. Als er schon dachte, sie würde gleich etwas sagen, wiederholte sie die Prozedur noch einmal.

»Kathleen sagt immer, das Leben ist ein Fluss, der um unsere Füße fließt. Es steht niemals still, selbst wenn wir glauben, es wäre so.«

Kathleen war Matildas Yogalehrerin, wenn Sebastian sich richtig erinnerte.

»Okay«, sagte Sebastian.

»Ich meine ja nur, wir müssen das Beste aus dieser Energie machen«, sagte Matilda. »Du und Clara ... ihr seid euch so ähnlich. Ihr fresst alles, was anstrengend ist, in euch hinein, anstatt es rauszulassen. Das kann doch nicht gesund sind. Man kann davon bekloppt werden, ganz ehrlich.«

Sebastian wies Matilda nicht darauf hin, dass keiner von ihnen so viel Zeit in der geschlossenen Psychiatrie verbracht hatte wie sie.

»Na, jedenfalls«, fuhr seine Schwester fort, »habe ich nicht wegen Clara angerufen, sondern deinetwegen. Ihr seid, wie ihr seid. *Jeez*, manchmal habe ich das Gefühl, ich wäre gar nicht mit euch verwandt. Ich wollte nur hören, was du zu Mama sagst.«

»Wie, zu Mama?««

»Irgendwas ist doch komisch mit ihr, das musst du doch wohl gemerkt haben? Oder sprichst du mit ihr auch nicht?«

»Doch, zuletzt vielleicht vor einer Woche oder so.«

»Hat sie dich auch nach Papa gefragt?«

»Ja, doch. Zweimal ungefähr.«

»Hm!«, machte Matilda beinahe triumphierend. »Und verwirrt wirkt sie auch, finde ich.«

»Sie war doch schon immer verwirrt«, sagte Sebastian. »Und dann ist es bestimmt auch ungewohnt für sie, allein zu sein, seit ich ausgezogen bin, und so.«

»Genau das meine ich«, sagte Matilda. »Ich habe Angst, dass sie Papa zurückhaben will. Was eine ziemlich dämliche Idee wäre.«

Sebastian musste lachen.

»Papa und Mama? Wieder ein Paar? Das glaube ich nicht. Wirklich nicht.«

Matilda schien weniger überzeugt. Sebastian bildete sich ein, dass ihre grobe Fröhlichkeit angestrengt und nervös wirkte, aber vielleicht lag das auch nur daran, dass sie so viel über ihre Mutter gesprochen hatten – und ihn dieses Gespräch so sehr an das Gespräch erinnerte, das er vor nicht allzu langer Zeit mit der Mutter geführt hatte, dass er ein unangenehmes Déjà-vu-Erlebnis hatte.

»Tilda, ist alles in Ordnung mit dir?«

»Ja, klar, ich atme nur tief.«

»Okay.« Sebastian sah erneut auf die Uhr. Noch siebzehn Minuten. Plötzlich wurde ihm übel.

»Ich muss gleich Schluss machen. Ich habe eine Besprechung. Könnte man sagen.«

»Ist es eine Frau?«

Sebastian sprang von seinem Stuhl auf. Matilda lachte, aber ihre Nase gab dabei ein trauriges Pfeifen von sich.

»Basse...«, sagte sie und klang plötzlich so innig wie ein Kind. »Du weißt schon, diese Sache mit den Farben. Die Synästhesie, meine ich. Also, mal rein hypothetisch, was ist eigentlich normal, wird es mit dem Alter schlechter oder besser? Oder bleibt es gleich?«

»Rein hypothetisch«, sagte Sebastian (noch vierzehn Minuten), »habe ich nicht die geringste Ahnung. Ich glaube, das lässt sich nicht sagen. Warum fragst du dich das?«

Matilda schnaubte verächtlich.

»Geht dich nichts an, Rotzlümmel. Egal, wir legen jetzt auf, oder? Ich muss noch für Siri packen, die fährt heute nämlich zu ihrer Mutter, und Billy scheint zu glauben, sie wäre alt genug, um das selbst zu erledigen, obwohl sie es nicht mal schafft, ihre Unterhosen richtig herum anzuziehen.«

Sebastian hatte das drängende Gefühl, dass es etwas gab, was er sie hätte fragen müssen, aber er konnte sich beim besten Willen nicht zusammenreißen und überlegen, was es war. Das ganze Gespräch mit seiner Schwester kam ihm schon wieder vor wie ein Traum, obwohl es noch nicht vorbei war. Noch zwölf Minuten. Er schwitzte an den Leisten.

»Okay, dann mach's gut, Tilda. Bis bald, ja? Wir hören uns bald.«

»Ja. Und du...«

»Ja?«

»Falls du mit Clara sprichst, sag ihr doch bitte, dass sie sich mal zusammenreißen soll. Ich will mich versöhnen. Kathleen sagt immer –«

Mehr hörte Sebastian nicht, denn plötzlich stand Laura Kadinsky in der Tür. Er drückte das Gespräch weg und ließ das Handy in seine Tasche gleiten.

»SEBASTIAN?«
»Ja, Mrs Kadinsky?«
»Sag doch Laura. Bitte, sag Laura.«
»Laura. Bist du nervös?«
Sebastian sah auf Laura herab, wie sie dort auf der Liege lag, ganz in Weiß, bereit, sich in das tosende Gewölbe des fMRI-Geräts hineinschieben zu lassen. Ein so großes Vertrauen, dachte Sebastian. Wie sollte er dem gerecht werden können?
»Nein«, antwortete Laura. »Natürlich nicht. Aber ich möchte dir eine Sache erzählen. Ehe du mich in dieses Ding beförderst. Ehe du sie zu sehen bekommst.«
»Wen?«
»Meine kranke kleine Seele. Oder was auch immer.«
Sie hob den Arm und klopfte sich auf die Schläfe.
»Seele...«, sagte Sebastian. »Ein Wort, das man innerhalb dieser Mauern nicht allzu oft hört.«
Und das stimmte. Die Frage nach der Existenz einer Seele, nach der Quintessenz eines Menschen, die transzendiert und den Körper infiltriert, ist die neurowissenschaftliche Entsprechung zum theologischen Streit um die Transsubstantiationslehre. Wie Sebastian gegenüber Jennifer Travis angedeutet hatte, gehörte er, vielleicht aufgrund seiner religiösen Erziehung, zu der kleinen, vom Aussterben bedrohten Gruppe, die sich nicht von dem Gedanken befreien konnte, dass es im Menschen etwas gab, das nicht messbar war. Ob es nun Bewusstsein, Seele oder Geist hieß. Er bemühte sich nach Kräften, diesen altmodischen Gedanken zu verwerfen, und meistens gelang es ihm auch. Wenn es ihm nicht gelang,

tröstete er sich für gewöhnlich damit, dass es der Zweifel ist, der die Vernunft definiert – wer nicht hin und wieder an seinen Glaubenssätzen zweifelt, ist mit beinahe hundertprozentiger Sicherheit blind gegenüber allem Rationalen. Dennoch flatterte es in seinem Herzen, als Laura das verbotene Wort aussprach. Ein Flügelschlag der Unruhe, ein Schmetterlingshauch von Ungläubigkeit und Rührung darüber, wie Laura so offensichtlich glaubte, er und die Wissenschaft seien in der Lage, etwas zu sehen, was in Wirklichkeit unsichtbar war – die Seele und ihre Konturen.

Unter ihm befeuchtete Laura ihre Lippen mit der Zunge. Ihr Kopf war an die Liege gefesselt, und ihre Augen fixierten die seinen. Plötzlich sah er, dass sie gelogen hatte. Sie war doch nervös. Nicht allein nervös, sondern panisch, geradezu sterbensbang. Warum? Das konnte er nicht beurteilen und auch nicht fragen. Er legte seine Hand neben ihren Körper auf die Liege und summte. Sie richtete ihren Blick auf seine Hand.

»Hat dir schon mal jemand gesagt, dass du wahnsinnig schöne Hände hast?«, fragte sie. »Und Arme. Du hast sehr schöne Unterarme, wenn du mir diese Bemerkung erlaubst.«

Wieder dieses Flattern, diesmal unter den Rippen, auch in den Kniekehlen, und im Schritt, und zuletzt in der Hand, die von Lauras Worten schön gemacht worden war. Auch eine Art Transsubstantiation, dachte Sebastian.

»Sebastian?«

»Hm?«

Laura Kadinsky zog auffordernd die Augenbrauen hoch.

»Ich wollte wie gesagt etwas erzählen. Hörst du mir zu?«

Sebastian errötete.

»Selbstverständlich, selbstverständlich. Was wolltest du erzählen?«

»Ich habe eine Sache entdeckt. Sie betrifft dich. Und den Hamster meiner Tochter, aber vor allem dich.«

»Mich?«

Laura Kadinsky nickte ernst oder versuchte es jedenfalls – ihr Kopf war ja an die Liege gefesselt und die Bewegung geriet steif und gestutzt.

»Du hast etwas Besonderes an dir. Im ersten Moment war ich mir unsicher, ich dachte, es wäre vielleicht nur ein Zufall, aber jetzt bin ich fast völlig überzeugt. Und mit Essie the Escapist ist es genauso!«, sagte Laura.

»Essie wer?«

»Chloes Hamster. Meine Tochter. Sie kann ich auch sehen. Also, richtig sehen. Ich meine Essie, den Hamster. Nicht Chloe, leider.«

»Ich verstehe nicht richtig«, murmelte Sebastian und suchte nach einem Punkt, den er anstelle von Lauras großen, feuchten, hungrigen Augen fixieren konnte. Er versuchte, an die überaus moralische Äffin zu denken. Für einen Moment wünschte er, sie wäre hier. Ein Versuchstier war in einer klinischen Umgebung wie dieser natürlich undenkbar, aber wenn. Dann hätte die Äffin ganz sicher ein Machtwort gesprochen. Er selbst konnte es nicht. Das Wort ward Fleisch, und das Fleisch war schwach. Er blickte auf seine Hände herab. Schön. Er blickte zu Laura hinüber. Schön.

»Ich sehe dich, Sebastian. Ich sehe dich richtig, im Ganzen. Das wollte ich sagen.«

»Laura ... Mrs Kadinsky ...«

Sebastian konnte kaum reden, sein Hals fühlte sich an wie geschwollen.

»Was hat das deiner Meinung nach zu bedeuten?«, fragte Laura eifrig.

»Zu bedeuten?«

»Ja, dass das, was auch immer in meinem Kopf verkehrt läuft, nicht für *dich* gilt. Mein Mann ist immer ganz flach, ich habe ihn schon seit Wochen nicht mehr richtig gesehen, und Chloe auch nicht ... Aber du bist wie ein gesunder Punkt in meinem Gesichtsfeld, der einzige Schauspieler vor einer flachen Kulisse. Ich habe dich erst dreimal getroffen, und trotzdem ist es so, als wärst du der Einzige auf der Welt, den es wirklich gibt.«

»Und der Hamster«, sagte Sebastian bedächtig.

»Ja. Ist das nicht lustig?«

»Aus neurologischer Sicht völlig unerklärlich.«

Sebastian starrte auf seinen Notizblock. Er tat, als würde er etwas aufschreiben, um nicht mehr in Lauras eifriges Gesicht sehen zu müssen, sie wollte, dass er ihr das erklärte, aber er konnte es nicht, genauso wenig, wie er sich selbst erklären konnte, warum ihm die mystische Dreieinigkeit, die sie zwischen ihm, ihr und dem Hamster beschrieben hatte, so natürlich vorkam.

»Weißt du«, fuhr Laura fort, »wenn Philip und Chloe eingeschlafen sind, schleiche ich immer in den Keller, wo Essie nachts ist, und sitze da und halte sie in den Händen. Manchmal lasse ich sie auch herumrennen, und dann fange ich sie wieder ein, nur um diesen perfekten Zusammenhang zwischen dem zu empfinden, was man sieht, und dem, was man fühlt. Dass die Welt sozusagen ganz ist, verstehst du? Ich glaube, du verstehst es. Du musst es verstehen.«

Und da war sie wieder, die Angst, oder was auch immer es war – vielleicht auch die Not. In ihren Augen. Sie brauchte sein Verständnis, aber er verstand es nicht, nicht richtig. Dagegen verstand er durchaus, dass etwas in Laura Kadinsky ihn brauchte, ihn dazu auserkoren hatte, sie zu retten. Wovor? Unklar. Vielleicht wäre eine Hypothese möglich, wenn er die ersten Bilder von ihren Gehirnwindungen erhalten hatte.

»Bist du bereit?«, fragte er und deutete mit dem Kopf auf die Maschine. Ein schwer zu deutendes Lächeln breitete sich auf Lauras schiefem Gesicht aus. Dann streckte sie ihre Hand aus und legte sie beinahe ehrfurchtsvoll um seinen linken Unterarm. Ihre Finger waren kalt und ein wenig feucht, wie bei einer Nikotinabhängigen.

Für einen Sekundenbruchteil spürte er eine brennende körperliche Erinnerung – Violettas Finger, die sich genauso kalt und feucht angefühlt hatten, als sie sich zum letzten Mal sahen. Damals war sie spindeldürr gewesen, hatte nur noch von Zigaretten und Echinacealimonade gelebt. Sie standen vor der Wrangelbibliothek. Violetta studierte Kunstgeschichte, sei aber eigentlich gar nicht daran interessiert, sagte sie, es wäre eher ein Zeitvertreib für sie. Sie saß da und fingerte an diesem fadenscheinigen Maßband, das sie inzwischen ständig mit sich herumtrug, er hatte natürlich gefragt, warum, mehrmals hatte er sie gefragt, aber sie hatte nur die Achseln gezuckt und dieses neue Lachen gelacht, glänzend wie ein Messingknopf. Erst nachdem *das, was passiert war, passiert war,* erinnerte er sich wieder, wie sie es um ihr Handgelenk gewickelt und abgelesen hatte, so wie andere die Uhrzeit ablesen. Doch als sie sich zum letzten Mal sahen, vor der Wrangelbibliothek, als sich der Winter ausgetobt hatte und der Flieder zu blühen begann, maß sie nicht mehr ihren eigenen, immer geringeren Umfang, sondern seinen, sie band seine Hände mit ihrem Maßband zusammen, und dann legte sie ihre kalten Finger auf seine Wange und sagte: »Hör niemals auf, die Welt zu vermessen, Sebastian.« Dann küsste sie ihn auf den Mund und ging davon. Aus irgendeinem Grund war er ihr nicht gefolgt, hatte nicht einmal nach ihr gerufen, vielleicht, weil sie ausnahmsweise einmal glücklich gewirkt hatte.

»Glaubst du an Zwillingsseelen?« Sebastian fuhr zusammen. Laura Kadinsky hatte die Finger von seinem Arm gehoben. Erst jetzt sah er, dass sie fest zugepackt hatte, so fest, dass für einige Sekunden ein weißes Muster dort aufleuchtete, wo ihre Finger gewesen waren. Es hatte die Form einer

Pirogge, oder vielleicht auch eines auf dem Kopf stehenden Beckens, dessen Hüftknochen zwei Vulkane waren.

»Die Osterinsel«, sagte Sebastian und zeigte auf seinen Arm.

Laura lachte. Regen auf schmutzigem Fenster. Katze auf heißem Blechdach.

»Nicht ablenken, Sebastian. Beantworte meine Frage.«

»Gewissermaßen ja, gewissermaßen nein«, sagte Sebastian.

»Eine sehr unbefriedigende Antwort«, sagte Laura.

Er zuckte mit den Schultern und stand auf.

»Ich glaube, es wird Zeit, einen Blick auf Ihre Seele zu werfen, Mrs Kadinsky.«

»Sag meinen Namen«, bat sie. »Sag meinen ganzen Namen.«

Er zögerte einen Moment.

»Laura«, sagte er dann. »Laura Kadinsky.«

»Danke«, sagte sie, und schloss die Augen über allem, was dahinter lag, der Hunger und die Not und vielleicht – auch wenn Sebastian stark daran zweifelte – *die Gnade*.

Er ging zur Instrumententafel, prüfte die Einstellungen. Dann nahm er einen Gehörschutz und befestigte ihn vorsichtig auf Lauras Kopf, wobei er peinlich darauf achtete, nicht ihre Wange zu streifen. Sie lächelte matt mit geschlossenen Augen.

»Zwanzig Minuten«, sagte er und ging in den Kontrollraum. Erst als er hereingekommen war und die Maschine angestellt hatte, wurde ihm bewusst, dass sie ihn gar nicht hören konnte. Vertrauen, dachte er erneut. Ein so schönes, gefährliches, provozierendes Ding in seinen Händen; seinen schönen Händen. Durch die Glasscheibe beobachtete er, wie sich Laura auf ihrer Liege langsam auf den weißen Tunnel zubewegte, wie eine Leiche, die in ein Krematorium befördert wurde. Dieser Vergleich drängte sich ihm jedes Mal auf, wenn jemand in den Scanner glitt, und in Stunden des Zweifels überlegte er manchmal sogar, ob dieser Vergleich nicht nur auf der rein visuellen Ähnlichkeit zwischen den beiden Situationen beruhte, sondern tiefer ging, bis zum zitternden Kern der Sache, der Materie und der Nicht-Materie und der dazwischen liegenden Schwelle.

Auch dies war einer von Sebastians verbotenen Zweifeln: Dass es uns nicht notwendigerweise klüger macht, mehr zu wissen.

Er betrachtete Laura Kadinsky. Ihren kleinen, unregelmäßigen Kopf auf dem Weg in den großen, perfekt zirkulären Tunnel. Er legte die Stirn an die Scheibe und lauschte dem Tosen. Es klang wie das Meer.

IN DER PERSONALKANTINE DES INSTITUTS herrschte eine aufgeheizte Stimmung. Es war Freitag, eine knappe Woche nachdem Laura Sebastians Arm berührt und ihn gebeten hatte, ihren Namen auszusprechen. Seither hatte er ihn tausendmal gesagt, aber nur in seinem Kopf. Er wusste genau, wie gefährlich das war. Nichts verzwirnt die Neuronen so fest miteinander wie verbale Aussagen, und wer den Namen eines anderen Menschen in sein Hirngewebe einritzt, wird diesen Menschen nie vergessen. Gesichter verschwimmen und verschwinden, aber Namen sind wie Urgestein und Narbengewebe, unauslöschlich.

Sebastian nahm ein Tablett, bestückte es mit Essen und sah sich nach einem Sitzplatz um, wo sich niemand daran stören würde, wenn er nicht redete. Es war nicht so, dass er seine Kollegen nicht mochte, aber er fühlte sich gerade so seltsam und unberechenbar, bis zum Bersten gefüllt mit größeren und kleineren Sorgen, die er vor der Welt preiszugeben fürchtete, sobald er seinen Mund aufmachte. Da war zunächst natürlich Laura, deren sprühendes Gehirn er eine ganze Woche lang in Augenschein genommen hatte, ohne daraus schlau zu werden, er war lediglich mehr und mehr davon überzeugt, dass dieses Gehirn seine Verantwortung und Rettung war, eine Strafe und ein Geschenk gleichermaßen. Da war die Äffin, die offenbar alles, was er tat, verwerflich fand. Da war das Institut als solches, diese mysteriöse Maschinerie mit ihren vielen Zahnrädchen und Knöpfchen, den unausgesprochenen Drohungen und Versprechen, die er nicht auseinanderhalten konnte, dem Gefühl, dass direkt vor seinen Augen irgendetwas vor sich ging und er zu müde oder feige oder dumm war, um es zu durchschauen. Da waren der Schmerz und die Erinnerung, die baumelnden Zehen, die blausten Augen der Welt, die zehntausend Glühbirnen, die in seinem Brustkorb explodiert waren. Und da war seine Familie, dieses unlösbare Puzzle, das keinen Rahmen zu haben schien. Matilda hatte erneut angerufen, sogar mehrmals, sie weigerte sich, ihn in Ruhe zu lassen. Sie erzählte von den kleinen, blauen Fröschen im Berliner Zoo und von einem Film mit dem ehemaligen Kinderstar Dakota Fanning, den sie gesehen hatte; über den größten Käsehobel der Welt, der sich anscheinend in Västerbotten befand, und von ihrem Vater, der nicht ans Telefon ging. Darüber, warum Matilda sich überhaupt die Mühe machte, ihren Vater anzurufen, wollte Sebastian lieber gar nicht erst nachdenken.

Sebastian verstand schnell, dass der Tumult in der Kantine etwas mit dem Streit zwischen Team Bletchley und Team Gödel zu tun hatte – die markantesten Stimmen beider Seiten hallten zwischen den Wänden wider, und Sebastian schnappte Phrasen auf wie »reductio ad absurdum« und »Hilberts zweites Problem«. Die Einzige, die nicht weiter aufgeregt schien, war Jennifer Travis. Sie roch nach Pears Glyzerinseife und Orangenmarmelade und nassen Wollstrümpfen und wirkte allenfalls gelangweilt, wie sie dort allein an einem Tisch saß und lauthals ihren Tee schlürfte, während sie eine Locke um einen Finger kringelte. Ihre gesamte Erscheinung erinnerte an ein Orakel, weise und selbstgenügsam.

Er setzte sich zu ihr.

»Jaffa?«

Travis schob eine Schale mit Keksen zu Sebastian und betrachtete ihn unter ihrem feuchten Pony.

»Wo ist das Problem, Sebastian?«

Er zog die Schultern bis zu den Ohren und starrte an die

Decke. Seufzte und ließ seinen Blick erneut auf Travis fallen. Ein Mensch, der ihn fragte, wo das Problem war, ein Mensch, der ihm nichts schuldig war, der nichts von ihm verlangen würde, ein Mensch, den er nicht verletzen konnte, egal was er sagte. Das schien unwiderstehlich.

»Ach, es ist meine Familie«, sagte er zögernd. »Sie wollen so vieles von mir, was ich ihnen nicht geben kann. Hast du eine Familie?«

Travis ließ ihren Kopf auf den Tisch fallen, sodass ihre breite Stirn mit einem dumpfen Knall aufschlug. Sebastian konnte nicht erkennen, ob sie ihn, als sie den Kopf wieder hob, amüsiert, verärgert oder einfach nur verwirrt ansah.

»*Sorry*«, sagte Travis und legte den Kopf schief. »Ich hätte mich klarer ausdrücken müssen. Ich meinte nicht, was *dein* Problem ist. Denn ein Problem hast du garantiert, das haben ja die meisten. Ich meinte, ob du siehst, wo das Problem in ihrer Argumentation liegt?«

Sie wedelte mit der Hand in Richtung Childs, Jensen und den anderen im Team Bletchley, die sich jetzt nicht mehr kreischend mit dem Team Gödel stritten, sondern an einen eigenen Tisch zurückgezogen hatten, wo sie mit Ketchup eine Art Flussdiagramm direkt auf die Platte zeichneten. Sebastian konnte es unmöglich deuten, es erinnerte in erster Linie an ein Gemälde von Joan Miró, aber Travis schüttelte nur argwöhnisch den Kopf.

»Sie liegen vollkommen falsch.«

»Ich dachte, du würdest ihnen zustimmen, dass es ein Muster gibt?«, fragte Sebastian.

Travis zog einen Schmollmund.

»O ja«, sagte sie. »Klar. Ganz eindeutig. Aber die da drüben beschäftigen sich die ganze Zeit mit den *ungeraden* Daten. Sie haben noch nicht verstanden, dass die Verlegungen, die an den Tagen mit ungeraden Zahlen stattfinden, einem rein zufälligen Verlegungsmuster folgen. Nur die *geraden* Daten sind statistisch interessant. Das habe ich schon lange ausgerechnet.«

»Willst du es ihnen denn dann nicht erzählen?«, fragte Sebastian und warf einen beklommenen Blick zum Tisch der anderen.

Travis wirkte aufrichtig erstaunt.

»Warum sollte ich?«

»Weil es ein netter Zug wäre?«

»Ach, so meinst du das! Aber sie brauchen doch auch eine Aufgabe. Sonst werden sie ganz rastlos.«

Travis nahm einen Keks und knabberte vorsichtig daran. Zum Teil erwartete Sebastian, dass sie wieder auf seine Familie zurückkäme, jetzt, da das Thema Team Bletchley offenbar abgehakt war, doch sie fragte nicht mehr danach. Sebastian hatte zwar inzwischen verstanden, dass Jennifer Travis nicht immer so reagierte, wie man es normalerweise von Menschen erwartete, aber gewöhnt hatte er sich noch nicht daran. Er versuchte es von der anderen Seite.

»Stimmt es, dass Alan Turing dein Onkel war?«

»Für wie alt hältst du mich eigentlich? Der Bruder meines Großvaters. Aber ja. Wobei er schon tot war, als ich geboren wurde, Alan meine ich. Ich glaube, wir hätten uns auch überhaupt nicht verstanden, meinst du nicht auch? Du weißt ja, er war unglaublich begeistert davon, Dinge zu beweisen, die unbeweisbar waren.«

Travis blies eine Haarsträhne beiseite.

»Und dieses Institut hätte er verabscheut, viel zu chaotisch«, sagte sie und sah aus, als wollte sie aufstehen und gehen. Sebastian streckte die Hand aus und packte ihr Handgelenk, in der plötzlichen Überzeugung, dass Travis, auch wenn sie nicht die Absicht hatte, seinen Familienproblemen zu lauschen, nichtsdestotrotz wenigstens ein paar andere Dinge aufklären könnte, über die er gerade grübelte. Travis blickte auf seine Hand um ihr Handgelenk, schien aber nicht empört. Sebastian ließ sie los und beugte sich stattdessen vor, um zu flüstern.

»Du, ich frage mich eine Sache. Ich meine, mehrere Sachen. Die anderen sagen, du hättest einen guten Draht zu Corrigan und so weiter. Ich meine, ich habe gedacht, du wüsstest es vielleicht. Was dahintersteckt. Hinter allem.«

»Was meinst du?«, fragte Travis und sah ihn misstrauisch an.

»Na, du weißt schon... die Arbeit.«

»Die Arbeit?« Travis sah sich verstohlen um. »Du weißt, dass die Zellen nicht untereinander kommunizieren dürfen«, flüsterte sie.

»Aber warum eigentlich nicht?«, fragte Sebastian. »Das ist doch völlig unsinnig. In der Forschung geht es schließlich immer darum, die Ergebnisse miteinander zu teilen. Das wirkt vollkommen verkehrt. Um ehrlich zu sein, wirkt alles an diesem Ort verkehrt.« Travis sah ihn an und biss sich in die Unterlippe. »Aber sag Corrigan bloß nichts davon, okay?«, fügte Sebastian hinzu. »Es ist ja nicht so, dass ich die Chance nicht zu schätzen wüsste, meine ich. Ein bisschen handfeste Erfahrung zu sammeln.«

»Aber Erfahrung worin?«, erwiderte Travis sehr, sehr leise. »Du hast vollkommen recht, das ist die Frage. Kann ich dir vertrauen, Isaksson?«

Sebastian nickte vorsichtig, auch wenn er sich selbst schon lange nicht mehr als vertrauenswürdige Person einstufte.

»Gib mir dein Telefon. Komm schon, her damit.«

Er zog sein Handy aus der Tasche, entsperrte es mit dem Daumen und reichte es Travis. Mit gespreizten Fingern begann sie blitzschnell darauf zu tippen. Sie saßen einige Minuten schweigend da, während sie fortfuhr.

»Ich liebe Candy Crush einfach, du nicht auch?«, fragte Travis laut und trat ihm gleichzeitig unter dem Tisch gegen das Schienbein. »Du hast recht, die 372 ist schwer, aber... jetzt haben wir's.«

Mit einem milden Lächeln reichte sie ihm das Telefon wieder. »Corrigan helfe ich auch immer, er ist ein hoffnungsloser Fall.«

Sebastian warf einen Blick auf das Handy in seiner Hand. Auf seinem Bildschirm stand eine kurze Nachricht, die sie in der Notizen-App geschrieben hatte: SEI STILL. VERMUTL. VERWANZT. WEISS NICHT AUS WELCHEM GRUND ABER SICHER EIN ZWIELICHTIGER. DIE ANTWORT LAUTET ZIKADE. WARTE AUF WEITERE ANWEISUNGEN. RUF MICH NICHT AN ICH RUFE DICH AN. PS: DU BIST ECHT EIN LOSER IN CANDY CRUSH PS2: LÖSCHE DIESE NACHRICHT

Sebastian sah zu Travis auf, die mit dem Tablett in der Hand aufgestanden war. Vielleicht täuschte er sich, aber er hatte das Gefühl, dass sie irgendwie beschwingt aussah.

»Ach übrigens«, sagte Travis und nickte zum Telefon. »Du hast gerade eine Mail von deiner Mutter bekommen. Es sieht so aus, als wäre dein Vater verschwunden. Am besten, du liest es selbst, mit Google Translate war das kaum zu verstehen.«

Sebastian blickte hinab auf sein Handy, das in den Ruhemodus gefallen war, es lag dunkel und tot wie ein platter schwarzer Fleck auf dem weißen Laminattisch.

»Meine Mutter? Aber, wie, du hast die Mail gelesen? Was –«

Travis zuckte nur mit den Schultern, zog ihren Laborkittel glatt und kräuselte verächtlich die Nase.

»Sie reden von der Singularität, aber eins kann ich sagen: Solange die Menschen weiter mit dem kommunizieren, was wir ›Sprache‹ nennen, haben die Algorithmen ein Problem.«

Und mit diesen Worten ließ sie Sebastian mit der neuesten Depesche seiner Mutter allein.

SUBJECT: »Lasset die Kinder zu mir kommen« (bzgl. eures Vaters)
annika.isaksson@svenskakyrkan.se

Geliebter Sohn,

ich will nicht lange herumreden: Dein Vater ist verschwunden. An deiner Stelle wäre ich nicht beunruhigt, er ist ja eine launische Natur. Du weißt es wahrscheinlich noch nicht, aber er hat eine Frau in Berlin. Eine jüngere Frau, nebenbei gesagt, auch wenn ich nicht genau weiß, wie viele Jahrzehnte es sind. Sie trinkt, was ein Teil der Erklärung sein könnte. Als Seelsorgerin habe ich die Erfahrung gemacht, dass Frauen mit Alkoholproblemen oft eine sehr komplizierte Beziehung zu ihrem Vater haben.
 Wie auch immer, Sebastian, ich versuche seit mehreren Wochen, ihn zu erreichen, und Gott ist mein Zeuge, dass ich es wirklich versucht habe. Ich wollte eine Sache mit ihm besprechen, es geht um dich und deine Schwestern. Ich möchte nicht übertrieben dramatisch klingen, aber das lässt sich schwer vermeiden, weil das, worüber ich mit ihm und euch sprechen wollte, nun einmal höchst dramatisch ist.
 Er weiß, worum es geht, hat es immer gewusst – was das betrifft, tragen wir die gleiche Schuld. Wobei ich mich manchmal gefragt habe, ob seine Schuld nicht doch schwerer wiegt. Seit ihr alt genug wart, will ich mit euch über die betreffende Sache sprechen, aber er hat das immer abgelehnt. Und ich habe ihn bestimmen lassen. Vielleicht, weil ich dachte, er hätte recht. Vielleicht war ich auch einfach nur feige – in diesem Fall würde meine Schuld schwerer wiegen. Ich entscheide mich einfach dafür zu glauben, dass er es gut meinte,

dass er dachte, es wäre am besten so, wie es kam. Ich dagegen war immer überzeugt gewesen, dass wir falsch handelten. Aber was rede ich! Du musst glauben, deine Mutter wäre kurz davor, den Verstand zu verlieren. Dabei ist es eher so, dass ich ihn langsam, aber sicher zurückgewinne. Ein Kind zu bekommen heißt, zu einem Tier zu werden, Sebastian. Alle Werte, alle moralischen Prinzipien, die man früher im Leben hochgehalten hat, werden dieser einen Sache untergeordnet: die eigenen Kinder vor allem Bösen zu schützen. Das ist ein Paradox, denn sobald man sich von dem abkehrt, von dem man tief in seinem Inneren weiß, dass es richtig und gerecht ist, wird man selbst böse. Ich weiß, dass ihr eine seltsame Kindheit hattet, das sehe ich auch daran, wer ihr geworden seid, und an den Problemen, mit denen ihr zu kämpfen habt. Matilda und Clara sind ganz eindeutig keine harmonischen Persönlichkeiten, aber du sollst wissen, dass ich dasselbe auch bei dir beobachtet habe, mein Sohn – diese Hilflosigkeit, diese Geborgenheitsgier. Deine Beziehung zu Violetta war nicht gesund. Ich weiß, dass es dir nicht gefällt, wenn ich das sage, aber es stimmt. Du hast ihr alles gegeben, ohne je etwas zurückzubekommen, und ich habe es geschehen lassen, weil ich es nicht übers Herz gebracht habe einzugreifen. Um ganz ehrlich zu sein, wollte ich mich selbst nicht von ihr trennen. Ich habe mit ihr mitgelitten, fast wie eine Mutter. In gewisser Weise habe ich wohl auch immer gehofft, ihr würdet das, was ihr suchtet, in Jesus finden, so wie ich selbst.

Hast du inzwischen mit deinen Schwestern gesprochen? Clara behauptet, sie sei auf der Osterinsel. Osterinsel! Das erstaunt mich – wo sie doch immer so ängstlich war. Und Matilda geht es gut in Berlin, soweit ich das beurteilen kann. Billy scheint ihr gutzutun, und offensichtlich gefällt ihr sogar die Rolle als Bonusmutter. Ihr hört nie auf, mich zu erstaunen, meine wunderbaren Kinder.

Ich habe mit dem Gedanken gespielt, Matilda zu bitten, euren Vater dort unten in Berlin aufzustöbern, aber das erscheint irgendwie aussichtslos – ich weiß nicht, wie seine neue Frau heißt, und außerdem habe ich mich schon entschieden. Sechsundzwanzig lange Jahre hat er mich zum Schweigen gezwungen, und jetzt reicht es. Lieber Himmel, jetzt bin ich schon wieder dramatisch. Aber so ist das Leben wohl – dramatisch, schmutzig und manchmal auch schrecklich chaotisch. Die wahre Sünde begeht, wer sich nicht zu ihr bekennt.

In letzter Zeit habe ich viel an Luther gedacht – das Jubiläumsjahr steht ja vor der Tür, und außerdem hatte ich vor einiger Zeit ein seltsames Erlebnis im Kleingarten. Ich erzähle bei späterer Gelegenheit mehr davon. Aber dieses Erlebnis führte jedenfalls dazu, dass ich über die Sache mit dem Tintenfass nachgedacht habe. Dass der Teufel aus der Kammer verschwunden ist, sobald Luther seine Existenz wahrgenommen hatte; nachdem er von seinen Schriften aufblickte, ihm ins Auge sah und sein Tintenfass nach dieser bösen Gestalt warf. Ich denke, dass diese Mail, auch wenn sie mit Einsen und Nullen geschrieben wurde und nicht mit der Feder, als mein Tintenfass dienen muss. Ich werde auch deinen Schwestern schreiben, aber dir wollte ich zuerst schreiben, damit du mir vielleicht helfen kannst, sie dazu zu überreden, wieder miteinander zu sprechen, und mit dir und mir. Ich weiß, dass sie sich nicht immer gut verstehen, und ich fürchte, das, was ich zu berichten habe, wird diese Situation noch verschlimmern. Sie werden deine Ruhe brauchen.

Ich verstehe natürlich, dass es ein eitler Gedanke ist, ich könnte euch alle hier bei mir versammeln, auch wenn mir das natürlich am liebsten wäre. Aber mit drei Kindern in unterschiedlichen Erdteilen sehe ich ein, dass ich zu modernen Mitteln greifen muss. Ich habe gelernt, Skype zu benutzen, weißt du – das ist sehr praktisch, wenn man die Verantwortung für so weit verstreute Seelen trägt, teilweise wohnen die Gemeindemitglieder sogar in Torna Hällestad. Ich würde also vorschlagen, dass wir uns bald zu einem Gruppengespräch zusammenfinden. Du kannst mich mithilfe meiner Mailadresse hinzufügen, aber das weißt du sicher schon. Ich verstehe, dass sich in deinem schönen Kopf jetzt die Fragen überschlagen, aber du musst auch verstehen, dass ich auf diesem Weg, in schriftlicher Form, nicht mehr sagen kann. Bitte antworte mir doch und bestätige, dass du mit mir reden kannst, aber stell keine Fragen – ich weiß noch nicht genau, wie ich sie beantworten können soll. Dafür, und auch für anderes, werde ich in den kommenden Tagen beten.

Denk daran, dass Gott dich ebenso vorbehaltlos liebt wie

deine Mutter

PS: Die Sache mit Clara und der Osterinsel ist wirklich unglaublich. Ich kann beim besten Willen nicht verstehen, was sie dort will.

II

OSTERINSEL

DIE OSTERINSEL. DER EINSAMSTE ORT der Welt. Ein Dreieck aus Vulkanen und eine Menge Libellen, 3501 Kilometer vom chilenischen Festland entfernt, 2075 Kilometer von der nächstgelegenen bewohnten Landmasse. Wenn man bedenkt, dass die Schallgeschwindigkeit in der Meeresluft irgendwo zwischen 330 und 340 Meter pro Sekunde liegt, je nach Lufttemperatur, kann man leicht ausrechnen, dass ein Hilfeschrei von der Felsenküste der Osterinsel erst ungefähr eine Woche später das Festland erreichen würde. Zu diesem Zeitpunkt ist es vermutlich schon zu spät, um den, der fällt, aufzufangen.

Außerdem gibt es 887 gigantische Steinstatuen, eine jede mit Augenhöhlen von der Größe eines Himmelskörpers. Vor mehreren hundert Jahren beschlossen die Inselbewohner, diese Statuen zu erbauen, anstatt Nahrung zu sammeln, und füllten ihre leeren Mägen stattdessen mit Wahnsinn. Götter waren im Spiel, und Besessenheit; der Glaube an eine höhere Ordnung. Wenig verwunderlich, starben sie alle.

JEDER EINZELNE!

Bis auf drei oder vier vielleicht.

Sie bekamen Kinder, die Kinder bekamen, die aufwuchsen, nur um die Statuen dabei zu beobachten, wie sie verwitterten und zusammenstürzten. Und dann? Den Rest kann man auf Wikipedia nachlesen. Genau das tat Clara Isaksson noch am selben Abend, als sie gefeuert wurde, sie las, bis ihre Augen vertrocknet waren wie Rosinen. Dann weinte sie so lange, bis sie wieder glänzten, und buchte Flugtickets, Arlanda – Frankfurt – Buenos Aires – Santiago de Chile – Rapa Nui. Eine Woche in Buenos Aires, um sich zu akklimatisieren, zwei Tage in Santiago, dann drei Wochen am einsamsten Ort der Welt, an dem sich die Sonne vor ein paar Jahren für dreißig lange Minuten ganz verdunkelt hatte und den Tourismus gedeihen ließ wie nie zuvor.

Es gibt nämlich nur wenige Dinge, die Touristen so anlockten wie der Vorgeschmack auf einen Weltuntergang.

ES GIBT NUR EINEN EINZIGEN Ort auf der Osterinsel, und das ist Hanga Roa. Hier wohnen sechstausend Menschen, und hier liegt der Flughafen: der feuchte Nebel, die schwachen Lichter entlang der Landebahn, wie Glühwürmchen mit ihren kleinen, leuchtenden Hinterteilen. Von oben sah die Landebahn aus wie ein Klebebandstreifen, der die südwestliche Spitze der Insel vom Rest abtrennte. Clara Isaksson – sechsundzwanzig Jahre alt, dunkelhaarig, blauäugig, so ziemlich alles fürchtend und sich dessen äußerst bewusst, Schwester einer Schwester, die keine besonders gute Schwester war, und eines Bruders, der das Zentrum von allem war, derzeit auf der Flucht vor einem Leben, das kein besonders gutes Leben war – drückte ihre Nase gegen die Scheibe und versuchte zu erkennen, was jenseits der breiten Pinselstriche der Landebahn lag, sah aber nichts.

Alles war einfach nur schwarz.

Als Clara in das grelle Licht der Ankunftshalle trat, überkam sie – nicht zum ersten und definitiv auch nicht zum letzten Mal – ein starkes Gefühl der Entfremdung von ihren Mitmenschen. In diesem Fall ihren Mitreisenden; es waren nur wenige, hauptsächlich abgebrühte Backpacker, mit denen Clara sich in keiner Weise identifizieren konnte. Es roch nach Luftreiniger, und der kalte Kachelboden war geschrubbt, sogar in den bröckeligen Fugen, aber der Boden war trotzdem nicht sauber, nicht richtig. Denn er bewegte sich. Er war bedeckt von einer Schicht kakerlakengleicher Käfer, sie waren bronzefarben und träge und überall, ein lebender Teppich aus Ungeziefer. Clara blinzelte, fing an zu schwitzen, blinzelte erneut. Wie war das möglich? Es war nicht möglich, aber wahr. Natürlich hatte sie vor ihrer Abreise Albträume von Ungeziefer aller Art gehabt; Parasiten und handtellergroße Spinnen mit raschelnden Pfeifenreinigerbeinen, natürlich hatte sie alles über Schlangenbisse gelesen, und wie man reagieren sollte, wenn man in eine Horde wild gewordener Zwergaffen geriet, natürlich war sie sowohl gegen Malaria als auch FSME und ein paar weitere Krankheiten geimpft, die sie nicht aussprechen konnte. Aber dieses Inferno, so schnell? Und warum reagierte außer ihr niemand darauf?

Clara stand regungslos hinter der Drehtür zur Ankunftshalle und suchte vergebens nach einem Weg durch das Insektenmeer. Sie atmete durch die Nase, wie Matilda es ihr beigebracht hatte, ehe sie aufgehört hatte, mit Clara zu reden und ans andere Ende der Welt geflüchtet war, um den Mädchen der Zukunft das Lesen beizubringen. Sebastian sagte immer, man könne dem Gehirn alles Mögliche abgewöhnen, nicht zuletzt Panikreaktionen, die nichts anderes seien als eine physische Reaktion auf ein destruktives kognitives Muster, also atmete Clara durch die Nase und dachte konstruktive Gedanken, wie dass ein vitales Insektenleben ein natürlicher und notwendiger Teil eines funktionierenden Ökosystems war und deshalb eigentlich ein Grund zur Freude, ja, ein Grund zur wahren Freude war dieser offenbar so lebenstüchtige Stamm von... tja, von was eigentlich? Clara versuchte erneut, die Augen zu öffnen und ein einzelnes Individuum in diesem Käfergewimmel zu fokussieren, aber es war beinahe unmöglich, sie waren ja überall. Ihre winzigen Füße auf dem Boden, Tausende und Abertausende, pfiffen wie der Wind. Sie lagen bergeweise unter den Stühlen, trugen einander unfreiwillig auf dem Rücken, streiften Flipflopfüße und Turnschuhe.

»*Señora?*«

Clara schrie auf, als jemand eine Hand auf ihre Schulter legte.

»*Señora, is there problem?*«

Neben ihr stand ein Mann in Uniform, die wie eine Militäruniform aussah, und Clara mochte das Militär nicht, sie war Pazifistin, außer vielleicht in extremen Krisensituationen, war dies eine extreme Krisensituation?
Ihr Herz sagte Ja, aber auf ihr Herz war kein Verlass.
»*No*«, flüsterte Clara. »*No, no problem.*«
»Warum stehen Sie dann hier?«, fragte der Sicherheitsmann auf Spanisch weiter. Clara konnte nicht gut Spanisch, aber es gelang ihr dennoch, eine verständliche und ihrer Meinung nach angemessene Erklärung zu formulieren.
»Ich ... Ich warte auf Koffer.«
»Die Koffer sind schon da«, erwiderte der Uniformierte barsch und deutete mit dem Kopf auf das eine von zwei Gepäckbändern in der Ankunftshalle. Er hatte lichtes Haar und bösartige Augen, registrierte Clara, und dann schämte sie sich. Vielleicht waren sie nicht bösartig, vielleicht waren sie einfach nur schwarz.

»*Of course, yes*«, murmelte Clara und streckte ihren Rücken durch, strich sich die verschwitzten Locken aus der Stirn. »*Muchas gracias.*«

Der Sicherheitsmann, oder was auch immer er war, brummte nur zweideutig und wich zurück, ließ Clara jedoch nicht aus den Augen. Sie war gezwungen, sich zu bewegen, das war ganz eindeutig. Vorsichtig machte sie einen ersten Schritt. Das Käfermeer teilte sich, verschwand aber nicht. Sie trat einen weiteren Schritt vor, suchte nach Menschenaugen, die ihr bestätigen konnten, dass dieses Ungeziefer tatsächlich existierte und eine Anomalie war, etwas, über das man sich wunderte und vor dem man sich ekelte, aber vergeblich, alle anderen gingen einfach weiter Richtung Ausgang, Richtung Cafeteria, sie bestellten Café con leche in kleinen weißen Pappbechern und trockene Sandwiches in mehreren Plastikschichten, sie tranken Kaffee und wickelten ihre Brote aus dem Plastik aus und aßen und redeten, ließen das Plastik auf den Boden fallen, schalteten ihre Handys ein, wühlten in ihren Taschen, als wäre der Boden nur ein Boden und kein Inferno. Also ging Clara weiter. Sie ging so schnell, dass die Käfer nicht rechtzeitig entkamen und unter ihren Füßen zerquetscht wurden, sie knirschten und lieferten damit einen Beweis für ihre Existenz, und das war eine kleine Erleichterung. Clara war vieles, zum Beispiel ängstlich – sie hatte panische Angst vor fast allem, inklusive Käfern, Männern in Uniform, festen Beziehungen, dem Weltuntergang und allen Formen von Unwettern –, aber wenigstens war sie nicht psychotisch. Beinahe triumphierend riss Clara ihren alten Rucksack vom Gepäckband, warf ihn über die Schulter und ging mit möglichst großen Schritten zum Ausgang. Die Türen standen offen zur dichten, dunklen Nacht, es roch nach Meer und feuchtem Grün und einem Hauch von Müll, und der Käferteppich wanderte weiter, durch die Türen hinaus, er hörte nicht auf, ehe die Natur, das Unbekannte, anfing. Clara bereute bereits, dass sie hergekommen war, aber für Reue gab es keinen Platz und keine Zeit.

Immerhin hatte Clara eine Eigenschaft, die man auch als Stärke bezeichnen konnte, und zwar, dass sie immer zu Ende brachte, was sie sich vorgenommen hatte. Eigentlich war es nicht so sehr eine Stärke, sondern vielmehr eine Überlebensstrategie. Die von Natur aus Ängstlichen und Unentschlossenen, zu denen Clara sich schon von Kindesbeinen an zählte, besitzen nicht das Talent, sich zu ändern oder Kompromisse zu schließen, denn dann würden sie ja ihr Leben lang nichts anderes tun, als sich zu ändern und Kompromisse zu schließen, und so kann kein Mensch leben. Clara wusste, wenn sie nicht *alles* zu Ende brachte, würde sie gar nichts zu Ende bringen. Dank dieser Gewissheit hatte sie in den letzten Jahren eine ganze Reihe von Wagnissen unternommen, nicht zuletzt diese Reise, nicht zuletzt, dass sie sich in ein Bett aus

Glas legte und einen Hobbyfakir auf ihren Kopf steigen ließ, nicht zuletzt der Sprung im Steinbruch von Dalby und der ganze schlechte Sex mit potentiellen Überträgern von Geschlechtskrankheiten, nur weil sie ein Paar schöne Augen erblickt und sofort beschlossen hatte, diese Augen müssten sie nackt sehen.

Sie atmete tief durch und ging auf die Türen zu.

In dem Moment fing es an, in ihrem Nacken zu kitzeln. Oder eher zu kribbeln und krabbeln, ein Tipp-Tapp-Tippe-Tippe-Tipp-Tapp, von der Achselhöhle über die Schulter hinauf bis zum Ohr. Zwischen Empfindung, Einsicht und Reaktion verging weniger als eine Sekunde. Clara riss sich den Rucksack herunter und schleuderte ihn auf den Boden, schlug sich mit den Händen auf Nacken, Hals, Kopf, Gesicht, Körper, schlug so lange auf sich ein, bis ihre Handflächen brannten. Es half aber nicht, irgendjemand bewegte sich nach wie vor über ihre Haut, jetzt unter dem Pullover, sie dachte nicht nach, sondern riss ihn sich vom Leib und warf ihn neben den Rucksack auf den Boden. Jetzt konnte sie nicht mehr so atmen, wie sie es von Matilda gelernt hatte, sie atmete so, wie sie es von der blinden Panik gelernt hatte – hart, schnell, flach. Der Sauerstoff gelangte nie weiter hinab als bis zu den oberen Rippen, blieb dort hängen und schlug Blasen, während der Kopf anschwoll und alle anderen Körperteile zitterten. Sie konnte immer noch spüren, wie sich etwas bewegte, und jetzt sah sie es auch, das Insekt, es kroch unter ihrem BH entlang, war wieder auf dem Weg zu ihrem Rücken. Es musste in ihrem Rucksack gewesen sein, vielleicht gab es dort noch mehr von ihnen, sie warf einen hastigen Blick auf ihre spärlichen Habseligkeiten, das Einzige, woran sie sich an diesem merkwürdigen neuen Ort festhalten konnte, und sie begriff, dass sie verloren war, sie hatte nichts mehr, ihr Rucksack und ihr Pullover lagen ja auf dem Boden, sie gehörten nicht länger ihr, sondern einem Gewimmel aus Beinen und Armen und Panzern, die aus allen Falten und Taschen hervorkrabbelten. Clara kratzte sich am Rücken, sie öffnete den Mund, um zu schreien, doch es kam kein Ton heraus, und genau da landete wieder diese Hand auf ihrer Schulter, wie ein Rabe, schlug ihre Krallen kollektiv in die Grube zwischen Schlüsselbein und Schultergelenk, und sie konnte sich nicht befreien.

»*Señora, señora?*«

Sie bekam eine Ohrfeige.

»*Señora, you on drugs? Narcotics? Señora, you have to come with.*«

Clara schüttelte verwirrt den Kopf. Der uniformierte Sicherheitsmann mit den schwarzen Augen ließ ihre Schulter los, aber nur, damit er sie zu sich drehen konnte. Jetzt packte er sie stattdessen an beiden Schultern und las mit den Augen ihr Gesicht ab, als würde er ein Sudoku lösen.

»*Señora, look me in the eye. You okay?*«

»*No, no*«, war alles, was Clara hervorpressen konnte.

»*You on drugs, right? We don't accept drugs. You come with me now.*«

»*No, no drugs, just bugs. Cucaracha, no sé? Cucaracha?*«

Clara atmete immer noch heftig, gestikulierte mit den Händen und deutete auf den Boden, so gut es ging. Sie spürte immer noch dieses Krabbeln, aber sie war zwischen den Händen des fremden Mannes gefangen wie in einem Achterbahnwagen und kam nicht an ihren Rücken.

Der Sicherheitsmann schürzte die Lippen und schüttelte den Kopf, warf einen Blick auf den Boden und kickte zerstreut gegen ein paar Insekten. »*No cucaracha.* Das sind Zikaden. Jetzt ist die Paarungszeit. Aber die hier sind tot, sehen Sie das nicht? *No flying, no singing.* Keiner weiß, warum. Sie sterben einfach. *Big problem.*«

Clara hatte keine Zeit, diese Information zu verarbeiten, denn jetzt packte der Sicherheitsmann ihren Oberarm und führte sie zu einer Tür mit der Aufschrift *ADUANAS – CUSTOMS*.

Clara kam ein fürchterlicher Gedanke. Was, wenn in ihrem Rucksack tatsächlich Drogen waren? Wie konnte sie sicher sein? War es nicht möglich, oder sogar wahrscheinlich, wenn man das absurde Interesse dieses Sicherheitsmanns für sie bedachte, dass dies alles nur ein Täuschungsmanöver war, dass irgendetwas in ihrer Tasche platziert worden war, von, sagen wir mal, einem chilenischen Zöllner, der mit der Polizei unter einer Decke steckte, damit ihnen ein Schlag gegen den internationalen Drogenhandel gelang und ihre Statistik geschönt wurde? O mein Gott. Clara spürte, wie ihr der Schweiß ausbrach, ein kleines Rinnsal lief über ihr Kinn, ein anderes zwischen ihre Brüste, o mein Gott zum zweiten, sie war ja halb nackt, wie hatte es so weit kommen können? Sie hatte ihren Pullover ausgezogen. Welcher Idiot zieht sich an einem südamerikanischen Flughafen den Pullover aus, welcher Idiot verliert seinen Kopf angesichts einer – wenn auch sehr dicken – Schicht toter Insekten auf dem Boden? Welcher Idiot reist allein an den einsamsten Ort der Welt und lässt sich von der Polizei abführen?

»*You don't understand*«, presste sie zwischen ihren stark klappernden Zähnen hervor. »*I have panic attacks, is medical, okay? Not drugs. I am fine now, I am fine, please. Please!*«

Der Sicherheitsmann antwortete nicht, er stieß lediglich die Tür auf, und Clara erhaschte einen Blick auf den Raum dahinter, er war leer und kalt, blassblaue Wände mit Feuchtigkeitsrissen, ein wackeliger Tisch mit einer Melaminplatte, ein bauchiger Computer und eine Kaffeemaschine, ein Plakat von einer einsamen Moai-Statue, die Nase breit, die Brustwarzen zwei abstehende Knöpfe; Clara legte automatisch ihren freien Arm über den Brustkorb, versuchte, die Brust zu verdecken, die Flucht ihres Herzens zu verhindern. Was würde jetzt passieren? Würde sie ins Gefängnis gesteckt oder abgeschoben oder gar vergewaltigt werden? Der Gedanke lähmte Clara. Ihr Leben in präventiver Angst hatte sie auf vieles vorbereitet, aber sexuelle Gewalt war in ihren Albträumen merkwürdigerweise nur selten aufgetaucht. Vielleicht, dachte sie, während sie versuchte, ihren Blick von den vulgär strotzenden Brustwarzen der Moai-Skulptur abzuwenden, war ihr das zu banal vorgekommen. Zu vorhersehbar. Einfallslos. Sie hatte sich nie mit dem Schlüssel zwischen den Fingerknöcheln bewaffnet, wenn sie abends von der U-Bahn nach Hause ging. Hatte sich nie vor männlichen Taxifahrern gefürchtet oder im Treppenhaus kehrtgemacht, um zu prüfen, ob die Haustür auch wirklich zu war und niemand einen Schuh Größe 42 oder größer dazwischenschieben konnte. Sie hatte nicht einmal Angst gehabt, während dieser deprimierenden Woche in den unterirdischen Shurgard-Lagerräumen überfallen zu werden.

Und dies war also die Strafe.

»*Please*...«, wimmerte sie ein letztes Mal, ehe sie der Sicherheitsmann durch die Tür schubste. Sie schloss die Augen und sah ihren eigenen, nackten Oberkörper vor sich, jetzt mit zerrissenem BH und zerschundenem Brustkorb, sie sah ihren Brustkorb wie einen Gefängnisgang, eine Tür nach der anderen, die zuschlug, eine lange, schmale, endlose Dunkelheit, und wie sie für den Rest ihres Lebens jeden Tag durch diesen Korridor wandern musste.

Doch keine Tür schlug zu.

Stattdessen hörte sie eine Stimme, die nicht ihre eigene war und auch nicht die des Sicherheitsmannes. Es war eine amerikanische Stimme, heiser und belegt, wie von einem altmodischen Filmstar. Sie konnte nicht erkennen, ob sie einem Mann oder einer Frau gehörte.

»*Mister? Wait a second. Wait a second. I know this woman.*«

Clara spürte, wie der Sicherheitsmann seinen Griff lockerte, wenn auch nur ein kleines bisschen. Es reichte jedoch dafür, dass sie ihren Oberkörper drehen und einen kurzen Blick auf die Frau werfen konnte, die höchstens einen Meter entfernt stand und die sie trotzdem mit einer anderen Person verwechselte. Clara war irritiert. Sie hatte keine Lust, jetzt auch noch auf die Katastrophe warten zu müssen, die sowieso unausweichlich schien.

»*Excuse me?*«, sagte der Sicherheitsmann. »*This woman belongs to you?*«

»*Well, I wouldn't say she belongs to me*«, sagte die Person (Clara war sich inzwischen ziemlich sicher, dass es eine Frau war) und lächelte mit ihren signalroten Lippen. »Ich besitze niemanden. Aber sie ist meine Freundin. Gibt es ein Problem?«

Clara suchte den Blick der Fremden, bekam ihn jedoch nicht zu fassen, sie trug eine undurchdringliche Sonnenbrille im alten Hollywoodstil und stand mit einer eingeknickten Hüfte da, die spitz war wie ein Ellenbogen. Ihre Arme und Beine waren lang und erinnerten Clara an weiche, kalte Pommes frites, sie wirkten irgendwie schlaff, hatten eine kränkliche, gelb-blaue Farbe und waren so dünn, dass sie aussahen, als würden sie beim kleinsten Windstoß wegflattern. Um ihren Kopf lagen schwarze, glänzende Locken, die sicher mit Arganöl eingerieben worden waren. Ihre Stirn war hoch und weiß, die Wangen puderrosa. Ihre Schultern waren breit wie die eines Mannes, die Hände schmal wie die eines Kindes.

Der Sicherheitsmann blickte verwirrt zu Clara hinüber, ehe er sich wieder der Fremden zuwandte.

»*What is your name, señor...a?*«
»*Elif.*«
»*Is that first or last name? What is your friend's name?*«

Clara schluckte. Sie überlegte, ob diese Person, diese Elif, möglicherweise selbst unter Drogen stand. Ansonsten hätte sie doch spätestens jetzt merken müssen, dass sie Clara für die Falsche gehalten hatte. Natürlich hatte Clara nicht sonderlich viel Erfahrung mit berauschten Menschen, aber sie war immerhin Journalistin – und in Innenräumen eine Sonnenbrille zu tragen musste als potentielles Drogenkonsumentenverhalten eingestuft werden.

Statt die Fragen des Mannes zu beantworten, trat die Frau einen Schritt auf Clara zu, legte die Hand auf ihre Schulter und lächelte sanft.

»*Honey, why don't you tell the gentleman your name?*«

Clara wich verwundert vor der Berührung zurück, bemerkte aber schnell, dass sich eine seltsame Ruhe in ihrem ganzen Körper ausbreitete, von der berührten Schulter bis in jeden zum Zerreißen angespannten Körperteil. Sie öffnete ihren Mund wie ein Fisch, und ihr Name kullerte hinaus.

»Clara. Clara Isaksson.«

Elif wandte sich erneut an den Sicherheitsmann. Jetzt sprach sie plötzlich Spanisch, ein fließendes, knatterndes Spanisch weit über Claras Konversationsniveau.

»Verstehen Sie doch, meine Freundin leidet unter Panikattacken. Das ist nichts Gefährliches, sie wird nie gewalttätig. Nur ängstlich. Sie hat auch eine Insektenphobie, und als sie all diese... Zikaden – sind das Zikaden? Als sie all diese Zikaden gesehen hat, wurde sie panisch. Aber wie Sie selbst sehen können, ist sie inzwischen wieder ruhig. Wir müssen jetzt in unser Hotel. Wir wohnen im EcoVillage, das kennen Sie doch bestimmt? Ein tolles Hotel, richtig toll. Ich heiße Elif, Elif DeSanto. Vielleicht haben Sie schon mal von mir gehört? Einen meiner Filme gesehen? Ich bin hier, um ein Musikvideo zu drehen, Clara leistet mir Gesellschaft, wir sind schon seit der Kindheit befreundet, ich kenne sie besser als...«

»Sie wirkt so, als würde sie unter Drogen stehen, *señora*.«

»Nein, nein, doch nicht Clara. Claralita, *are you on drugs?*« Clara schüttelte automatisch den Kopf.

»*She would never*«, fuhr Elif fort und schüttelte dabei auch emphatisch den Kopf. »Ihr Bruder, verstehen Sie...« Elif fuhr sich mit dem Zeigefinger über ihren schmalen Hals. Der Sicherheitsmann wand sich unangenehm berührt.

Selbst ohne Absätze wäre Elif zehn Zentimeter größer als er gewesen, und mit ihren hochhackigen, dünnen Absätzen hätte sie bequem ihr Kinn auf dem Kopf des Mannes ablegen können. Clara sah, wie sie die Hand in die Tasche ihrer stonewashed Jeansshorts schob und mit gespielter Diskretion etwas herauszog, das sie dem Mann dann, in der Handfläche versteckt, entgegenhielt.

»Wir haben es ziemlich eilig, und ich würde es sehr zu schätzen wissen, wenn Sie meine Freundin jetzt gehen ließen. Wo ist ihr Gepäck?«

Der Sicherheitsmann streckte zahm die Hand aus und ergriff Elifs ausgestreckte. Seine war groß und grob, Elifs klein, sie legte ihre andere Hand auf den haarigen Handrücken des Sicherheitsmannes, sodass sie vollkommen umschlossen wurde, und schüttelte sie herzlich.

»*Muchas gracias, señor*. Ich verspreche, dass meine Freundin keine weiteren Probleme bereiten wird.«

Hastig zog der Mann seine Hand zurück und steckte sie knisternd in die Tasche. Er kräuselte die Nase und nickte Clara kurz zu.

»*Señora*, Sie dürfen mit Ihrer Freundin mitgehen. Aber ziehen Sie sich etwas über.«

Clara rührte sich nicht von der Stelle. Die fremde Frau streckte ihre Hand aus, als wäre Clara ein Kind.

»Komm, Clara. Wir fahren ins Hotel. Das ist garantiert insektenfrei, jedenfalls würde ich doch stark davon ausgehen, bei den Preisen!«

Elif lachte lauthals, hakte sich bei Clara ein und zog mit ihr davon, Richtung Ausgang.

»*My bags*...«, flüsterte Clara.

Elif deutete mit der Hand auf einen Gepäckwagen. Dort lagen Claras Rucksack und Pullover säuberlich auf drei Reisetaschen mit dem charakteristischen Louis-Vuitton-Muster. Sie erreichten den Wagen, und Clara schnappte sich den Pullover, sie war viel zu verwirrt, um überhaupt daran zu denken, ihn auszuschütteln, ehe sie ihn anzog.

»Keine Sorge, der Pullover ist saniert«, erklärte Elif, ihre knochige Hüfte wiegte beim Gehen. Zum ersten Mal schien ihre unbekannte Wohltäterin Clara direkt anzusehen, auch wenn das hinter der Sonnenbrille schwer zu erkennen war.

»Kannst du nicht mal die Brille abnehmen? Es ist unhöflich, seinem Gesprächspartner nicht in die Augen zu schauen«, sagte Clara.

»Ich schaue dir sehr wohl in die Augen«, erwiderte Elif und legte den Kopf schief. »Wenn, dann bist du unhöflich, weil du mir nicht in die Augen schaust. Aber ich finde, wir sollten uns nicht gleich streiten, wir haben uns doch gerade erst kennengelernt.«

Clara folgte Elif aus dem Terminal und sah zu, wie sie sich eine Zigarette ansteckte.

»Danke«, sagte Clara und sog die feuchte Abendluft, den Zigarettenrauch und den Gesang der noch lebenden Zikaden in ihren Körper ein. »Wie viel hast du ihm gezahlt? Ich kann das zurückzahlen. Glaube ich.«

Elif lachte und setzte sich auf eine steinerne Bank.

»*Don't worry, sister.* Ich bin reich.«

»Bist du wirklich Schauspielerin?«

»Hat man das denn nicht gemerkt? Jetzt bin ich fast ein bisschen beleidigt.«

Clara blickte in die Dunkelheit. Ein paar Taxis krochen

langsam die Kiesstraße entlang, die im Mondschein zu leuchten schien.

»Warum hast du mir geholfen?«

Elif drückte die Zigarette an der Bank aus.

»Ich habe in meinem Leben schon viel Angst gesehen, und ich weiß, wenn jemand anfängt, sich die Kleider vom Leib zu reißen, ist es wirklich schlimm. Außerdem kaufe ich gern Sachen. Freiheit ist eine Ware wie alle anderen.«

»Ich habe gedacht, er wollte mich vergewaltigen«, sagte Clara.

Elif zuckte mit den Schultern.

»Gut möglich. Wahrscheinlich eher nicht, aber es hätte Ärger nach sich gezogen, und Verspätungen und Anrufe bei Botschaften und Papierkram und solche Sachen, und das ist schlimm genug. Wo kommst du her?«

»Aus Schweden.«

»Wie exotisch.«

»Für manche Leute vielleicht.«

»Für eine Amerikanerin ist alles exotisch. Wohnst du im EcoVillage?«

»Nein«, antwortete Clara, die nicht einmal wusste, was das war. »Irgendein Hotel, ich erinnere mich nicht mal an den Namen. Ich glaube, ich nehme mir jetzt ein Taxi. Vielen Dank noch mal. Für... die Rettung, oder wie man es nennen soll.« Sie merkte selbst, wie reserviert sie klang, und fügte hinzu: »Ich meine es ernst. Das war eine feine Sache von dir.«

»Auch böse Mädchen machen ab und zu gute Sachen. Wollen wir uns nicht ein Taxi teilen? Ich habe schon einen Wagen vorbestellt, der müsste jeden Augenblick kommen.«

Aber Clara war bereits auf dem Weg zu einem Taxi. Sie schüttelte den Kopf, ohne sich umzusehen, und sprang hinein.

SIE HATTE DAS ALLERBILLIGSTE HOTEL gebucht. Es war trotzdem schön, jedenfalls aus der Ferne, wenn man in der Abenddämmerung die Augen zusammenkniff und aus einem Land kam, in dem alles, was in laue Dunkelheit gehüllt war, als schön galt. Als Clara aus dem Taxi stieg, war der Boden starr und stabil. Keine Insekten, weder lebende noch tote. Die Palmen und die weiß verputzten Mauern schwankten im Wind, ein Pool leuchtete türkis im Licht einiger bunter Lampions, und in einem Liegestuhl lag ein ausgestreckter Tourist und sah dekadent und unschuldig zugleich aus, mit der typischen Miene alkoholisierter Schläfer. Im Inneren des niedrigen Hotelgebäudes verströmten die kahlen Klinkerböden einen stechenden Chlorgeruch. Clara zählte zehn kleine Kopien von Moai-Statuen allein in dem Bereich, der wohl die Rezeption darstellen sollte, wie sie aus der kleinen Messingglocke auf dem Tresen schloss, und aus dem geöffneten Minikühlschrank mit Bierflaschen und Zahncremetuben dahinter. Clara bimmelte mit der Glocke. Währenddessen sah sie, dass ihre Hand noch immer zitterte – und mit einem Mal sah sie auch die ganzen Risse in der Wand, die dünne Politur des Hotels, die abblätterte wie alter Nagellack, die Ameisen, die bei näherer Betrachtung doch in den Fugen umherkrabbelten, die Schimmelflecken, die auf den Wangen der Rezeptionistin erblühten, als sie hinter einem verblichenen Vorhang auftauchte und herbeischlurfte.

Man erschafft sich seine eigene Hölle, hatte Matilda einmal gesagt, als sie am offenen Fenster des gelben Einfamilienhauses im Professorenviertel saß. Wahrscheinlich hatte sie es ernst gemeint. Matilda war immer der Meinung gewesen, dass man erntete, was man säte, und lag, wie man sich bettete, dass Karma etwas war, was man in seine persönliche Kalkulation mit einfließen lassen musste, und die äußere Welt eigentlich nur eine physische Manifestation der inneren darstellte. Das erklärte auch, meinte Matilda, warum Menschen so unterschiedliche Weltauffassungen haben konnten. »Ganz konkret«, hatte sie gesagt und an ihrer American Spirit gezogen, »leben wir alle in unterschiedlichen Welten. Wie diese Welt aussieht, kann jeder Einzelne selbst bestimmen.« Sebastian, der an diesem Abend ein bisschen angetrunken gewesen war, hatte in der Küche einen Skateboardtrick ausprobiert, war aber auf die Nase gefallen. »Das klingt doch kein bisschen konkret«, hatte er gesagt. »Es klingt wie der letzte Müll. Das unwissenschaftlichste Gefasel, das mir seit Langem untergekommen ist.« Aber er hatte gelacht, und Matilda hatte gelacht, ja sogar Clara. Die Sonne war vor dem Fenster aufgegangen, und sie hatten Eis direkt aus der Großpackung gelöffelt und Matildas letzte Zigaretten geraucht, Matilda und Clara lagen mit ineinander verschränkten Beinen auf dem Küchensofa, und Sebastian hockte auf dem Herd, er war damals schon so groß gewesen, dass er sich ducken musste, um nicht mit den Haaren in der Dunstabzugshaube hängen zu bleiben. Damals waren sie sechzehn Jahre alt und ein ganzes Wochenende allein zu Hause, ihre Mutter war auf einer Konfirmandenfreizeit, der Vater »auf einer Konferenz« mit einer rothaarigen Schäferhundzüchterin aus Söderslätt, und Clara dachte oft, dass sie einander weder davor noch danach je wieder so nah gewesen waren, und wenn nicht alles, was später passiert war, passiert wäre, wenn es Violetta nicht gegeben hätte, und Matildas Dauerkarte in der Psychiatrie, und Clara selbst, die sich ihre eigene Hölle schuf, würden sie heute vielleicht immer noch dort sitzen und einfach nur zusammengehören, so ganz allgemein. Stattdessen: Briefe und Rauchsignale,

Kaffeesatzlesen und Internethistorik. Stattdessen die Osterinsel, dieses Hotel, das Claras ganz eigene Hölle darstellte, da war sie sich zunehmend sicher, als sie der mürrischen Rezeptionistin durch einen dunklen Gang mit flackernden Glühbirnen folgte.

Sie erbettelte sich dreimal hintereinander einen Zimmertausch. Da sie nicht besonders gut Spanisch sprach und die Rezeptionistin nur sehr schlecht Englisch, lief das so ab, dass Clara, nachdem sie in das zugedachte Zimmer gestiegen war und eine neue, aber nicht mehr ganz so schlimme Panikattacke von dem strengen Schimmelgeruch bekommen hatte, wieder in den Flur hinausrannte und gestikulierend auf die anderen Zimmertüren zeigte. Die Rezeptionistin – die eine solche Reaktion offensichtlich schon kannte – schlurfte daraufhin langsam in einen anderen Raum, wo sich die gleiche Prozedur wiederholte. Das geschah noch zwei weitere Male, ehe sich Clara mit einem müden Nicken geschlagen gab und der Rezeptionistin erlaubte, ihr den Schlüssel in die Tasche zu stecken und ihr mit einer trockenen und runzeligen Hand das Gesicht zu tätscheln, was überraschend tröstlich war.

Anschließend hockte sich Clara, die jetzt wirklich allein war, auf den Boden und weinte. Sie wusste, dass ihre Schwester so etwas gar nicht gekratzt hätte. Matilda war zwei Jahre in Bangladesch gewesen und hatte dort unter viel schlimmeren Umständen gelebt. Sie hatte sich tagelang nicht waschen können, war nur ein Mückennetz davon entfernt gewesen, am Denguefieber zu sterben, hatte einen Skorpion in der Tasche ihres Kleides gefunden. All das wusste Clara, denn auch wenn sie nie antwortete, so las sie Matildas Mails dennoch mit einer beinahe religiösen Sorgfalt. Sie wusste alles über den Mann, den Matilda geliebt und im Stich gelassen hatte, über den Aufbruch in Bangladesch, den Umzug nach Berlin, den neuen Mann, das Bonuskind, den Caféjob, die giftig blauen Frösche im Berliner Zoo, die farbenfrohen Papierdrachen auf dem Tempelhofer Feld. Sie folgte dem Leben ihrer Schwester wie einer Seifenoper, aber sie wollte nichts damit zu tun haben, nicht in echt. Hier zu sein, war genug, am apokalyptischen Ende der Welt, mit dem Schatten eines Buchstabens, eines Hilferufs in der Handfläche. J wie Jammertal. J wie Jünger.

J wie Jordan.

Am Ende verkrampften sich ihre Waden und Tränenkanäle. Clara stand auf, wischte sich mit dem Pulloverärmel den Rotz von der Nase und beschloss, jetzt die Zähne zusammenzubeißen. Sie war nicht Matilda, aber sie war verdammt noch mal Journalistin. Journalistinnen lieben Notlagen und persönliche Entbehrungen. Journalistinnen fühlen sich lebendig, wenn die Bomben vor ihrem Hotelfenster vorbeifliegen, ein bisschen Schmutz in den Ecken stört sie nicht die Bohne. Mit verspanntem Kiefer und weit aufgerissenen Augen stieß Clara die Tür zu der kleinen Toilette auf, inspizierte gefühllos die grünspanüberzogene Badewanne und die Dusche in Form eines verschimmelten Schlauchs ohne Duschkopf, den nicht geleerten Mülleimer, aus dem es verdächtig nach der Menstruation einer anderen Person roch, den unheilverkündenden Sprung mitten im Spiegel, der ihr Gesicht in zwei Hälften teilte. Sie wusch sich das Gesicht mit dem chlorhaltigen Wasser aus dem Hahn, das ihre Nasenlöcher betäubte, putzte sich die Zähne mit lauwarmem Mineralwasser aus einer mitgebrachten Flasche und ging wieder ins Zimmer, um sich auf das Bett zu legen. Hier verließ sie für einen kurzen Moment der Mut, und sie legte sich auf den Überwurf. Ehe sie einschlief, tauchte der vorhersehbare Gedanke auf: *Was mache ich hier?* Die Panik überkam sie jedoch erst, als ihr bewusst wurde, dass sich *hier* nicht auf diesen Ort bezog, die Osterinsel, das Hotel aus der Hölle, sondern auf das Leben im Allgemeinen.

Und in dem Moment hörte sie die Ratte. Es musste eine Ratte sein, dem Geräusch nach zu urteilen, auch wenn Clara sie nicht sah. Clara fand, dass auch Ratten ein Recht auf Leben hatten, das fand sie wirklich, aber sie wollte nicht mit ihnen in einem Zimmer schlafen. Ohne eine bewusste Entscheidung zu treffen, sprang sie aus dem Bett, riss ihr Tuch an sich und rannte in den Flur hinaus, durch die Tür, um das Haus herum zum Poolbereich, wo der betrunkene Mann noch immer wie ein erschöpfter Engel in seinem Liegestuhl vor sich hin dämmerte. Sie strich ihm vorsichtig über die unrasierte Wange, ehe sie sich neben ihn legte. Morgen, dachte sie, morgen würde die Sonne aufgehen, und alles würde im blendenden Licht reingewaschen. Morgen würde sie jemanden aufsuchen, der ängstlicher war als sie und der vielleicht, oder vielleicht auch nicht, dasselbe verloren hatte wie sie. Sie schlief ein, mit ihrem Tuch unter der Wange wie einer Schnuffeldecke.

AM NÄCHSTEN MORGEN WURDE SIE von einem SMS-Signal wach. Ihr Gehirn reagierte auf den Ton wie das einer frischgebackenen Mutter, die vom Schrei des Neugeborenen aus dem Schlaf geholt wird; durch Angst und zwingende Liebe gleichermaßen konditioniert. Vielleicht funktionierten alle modernen Menschen so, das wusste sie nicht, aber sie hatte den Verdacht, dass es eher mit den vergangenen Jahren zusammenhing, als die Hiobsbotschaften unregelmäßig, aber häufig auf ihrem Telefon eingegangen waren, fast immer mit ihrer Mutter als Absenderin, fast immer mit Matilda als Thema, und wenn nicht Matilda, dann Sebastian und seine spindeldürre Freundin.

Schlaftrunken setzte sie sich auf und sah sich um. Die Alkoholleiche war verschwunden, Clara war allein mit dem trüben Wasserspiegel des Pools. Sie presste ihr Tuch gegen die Nase, sog den Duft ein. Es roch schon weniger nach ihr selbst, mehr nach Sonnencreme und Schweiß und vergossener, lauwarmer Milch. Sie hatte wie geplant sieben Tage in Buenos Aires verbracht, dann drei in Santiago, alles in allem zehn Tage mit der Casa Rosada und Café con leche und langen, einsamen Nächten auf Hotelbalkonen. Sie hatte Pablo Nerudas Haus La Chascona gesehen; angesichts der komplizierten Innenaufteilung war ihr ganz schwindelig geworden. Sie hatte Pisco Sour getrunken und sich vor einem Straßenhund versteckt. Und jetzt war sie hier. Die erste lange Reise, die sie je unternommen hatte, und sie hatte nur deshalb beschlossen, bis ans Ende der Welt zu reisen, weil die Welt untergehen würde und Clara wollte, dass jemand, der ihre Schwester kannte, währenddessen ihre Hand hielt.

Seufzend kramte Clara ihr Handy aus dem Jutebeutel, den sie beim Schlafen unter ihre Achselhöhle geklemmt hatte. Sie holte tief Luft, ehe sie es entsperrte. Sie konnte ausatmen, keine Nachricht von zu Hause. *Sry but must take care of someth. Same time tomorrow? X Jordan.* Clara bekam sofort wieder Bauchschmerzen. Das Einzige, was sie noch schlimmer fand, als Menschen zu interviewen, war die Angst davor, Menschen zu interviewen. Jetzt würde sie also noch einen ganzen Tag warten müssen, bis sie dieses Treffen endlich überstanden hätte. Sie hatte es zwar nicht eilig, aber dennoch. Außerdem mochte sie keine Menschen, die inkonsequente SMS-Abkürzungen benutzten, es wirkte bemüht und schlampig zugleich, als würden sie sich anstrengen, möglichst nonchalant zu wirken, ohne kapiert zu haben, dass sie sich gar nicht hätten anstrengen müssen, weil die Tatsache, dass sie diese Farce nicht konsequent durchzogen, ohnehin von einer extremen Nonchalance zeugte. Clara tippte nur ein kurzes OK und warf das Handy dann erneut in die Tasche. Es würde ein weiterer Tag in Einsamkeit werden.

Clara war kurz nach Weihnachten gefeuert worden. Nicht nur die Welt befand sich in einem prekären Zustand, auch die Zeitungsbranche war in ihrer Existenz bedroht. Zusammen mit einem Drittel der übrigen Angestellten der Boulevardzeitung war Clara deshalb – indirekt – gebeten worden, ihre Sachen zu packen und sich zum wachsenden Prekariat der Freelancer zu gesellen, ihren eigenen kleinen Beitrag zu leisten, um den gedruckten Journalismus vor dem sicheren Untergang zu bewahren.

»Sie verstehen das ja sicher selbst...«, hatte der Chef gesagt, der überhaupt nicht aussah wie ein Chef, denn in der neuen Medienlandschaft waren alle Zeitungschefs richtige Chefs und keine Publizisten, und aus diesem Grund waren sie gezwungen, sich besonders anzustrengen, um nicht so auszusehen wie das, was sie waren, nämlich Chefs, die aus der freien Wirtschaft angeheuert wurden, um mit dem Schlachtermesser feinstes Gold zu schnitzen.»Sie verstehen doch sicher selbst«, sagte der Chef,»dass wir es uns nicht leisten können, weiterhin Qualitätsjournalismus zu produzieren, wenn wir einen Haufen Leute dafür bezahlen müssen?«

Das Traurige war, dass Clara das tatsächlich verstanden hatte. Vielleicht nicht gerade dieses spezifische Beispiel, aber das Prinzip an sich: Dass man immer eine Kosten-Nutzen-Analyse durchführen musste. In einer Situation, in der die Ausgaben höher sind als die Einnahmen, ist das Risiko auch höher als die Chance, und mit Risiken musste man äußerst vorsichtig umgehen. Man sollte sie mit Samthandschuhen anfassen – oder besser gar nicht. Der Chef hatte also beschlossen, dass Clara und ihr mittelmäßiger Einsatz als Reporterin ein zu großes Risiko für den Fortbestand der Zeitung darstellten. Das war natürlich zutiefst verletzend und bedenklich für ihre privaten Finanzen, Empörung hatte es bei Clara jedoch nicht ausgelöst.»Wir haben eine Verantwortung gegenüber unseren Leserinnen und Lesern, in dieser infantilen Landschaft aus Fake News und Amateurbloggern ums Überleben zu kämpfen, ich weiß, dass Sie das auch so sehen«, hatte der Chef gesagt und sich über den Bart gestrichen. Anschließend hatte er eine Weile darüber geredet, wie die Zeitung in diesen schweren Zeiten ihren Blick auf den Journalismus, und was er sein konnte, erweitern musste. Was war ein Journalist? Musste es unbedingt jemand sein, der die Journalistenschule abgeschlossen hatte, oder durfte es auch eine aufgeweckte Unternehmerin aus dem Haarpflegebereich sein, die ein brennendes Interesse an Konsumentenfragen hatte? Konnte es nicht vielleicht auch ein Kind sein, mit seiner natürlichen Neugier und seiner Tendenz, ständig»Wieso? Weshalb? Warum?« zu fragen.»Entschuldigen Sie, wenn ich ein bisschen vor mich hin philosophiere«, sagte der Chef, »aber bedeutet das Wort ›Journalist‹ nicht im Grunde ein und dasselbe wie ›Mensch‹? Sollte sich nicht jeder, der ein Hirn und ein Herz besitzt, als Journalist bezeichnen dürfen?«

Der Meinung war Clara ganz und gar nicht, aber was sollte sie sagen? Sie brummte bejahend und wurde vor die Wahl gestellt: Entweder kündigte sie aus freien Stücken, oder sie würde in ein neues Projekt außerhalb der Redaktion versetzt. Ziel dieses Projekts war es, sämtliche nicht veröffentlichten Einsendungen aus den Jahren 1972–2002 zu digitalisieren, die im physischen Archiv der Zeitung aufbewahrt worden waren. All diese jahrzehntealten Leser- und Drohbriefe von Scientologen, Rechthabern und angeblichen Palme-Mördern sollten später für alles Mögliche genutzt werden können: von Quizspielen, die Clicks generieren sollten, über Podcasts bis hin zu Sonderbeilagen. »Denn Wahnsinn«, sagte der Chef, »verkauft sich genauso gut wie Sex, wenn nicht sogar besser.« Diese Arbeit werde voraussichtlich zwölf bis achtzehn Monate in Anspruch nehmen und solle vor Ort in den vier unterirdischen Self-Storage-Lagerräumen in Kungens Kurva vorgenommen werden, die seit 2003 als Notarchiv der Zeitung angemietet worden waren. Natürlich werde niemand dazu gezwungen, diese Aufgabe zu übernehmen, falls sie wider Erwarten nicht attraktiv erscheine. Wollte man sofort mit der journalistischen Arbeit fortfahren, die »immer noch das Herzstück der Zeitung bildete«, stehe es einem frei, dies zu tun – als Freelancerin.

Von den insgesamt zweiundsiebzig Angestellten, denen mit der Verlegung in das Industriegebiet von Kungens Kurva gedroht worden war, hatten einundsiebzig abgelehnt und damit gekündigt. Nur eine Mitarbeiterin war auf das Angebot eingegangen: Clara. Das lag teilweise daran, dass sie panische Angst vor dem Leben als Freiberuflerin hatte, teils daran, dass sie so uneitel war wie sonst kaum eine Journalistin, und teils daran, dass sie sich aufrichtig für die Irren und Besessenen interessierte. Dennoch hatte sie es nicht länger als eine Woche in Kungens Kurva ausgehalten. Zu viele Schatten in den Ecken, zu viel Asbeststaub in der Nase, zu wenige Fluchtwege, wenn das Dach einstürzte. Sie war zum Chef gegangen und hatte sich feuern lassen. Dann hatte sie sich entschieden. Sie hatte einen eigenen Verschwörungstheoretiker, auf den sie sich stürzen konnte, einen eigenen Zufall, dem sie folgen konnte, einen eigenen Kaninchenbau, in den sie sich Hals über Kopf werfen konnte.

Clara widerstand dem Impuls, den Ort aufzusuchen, wo das Zeltlager lag, um dort zu spionieren, und verbrachte den Tag stattdessen damit, durch Hanga Roa zu flanieren. Als respektlose Schnüfflerin enttarnt zu werden war kein guter Weg, um eine Beziehung zu diesen Menschen einzuleiten. Jedenfalls redete Clara sich das ein, dabei war es wohl eigentlich so wie mit fast allem: dass sie in erster Linie eine anstrengende zwischenmenschliche Situation vermeiden wollte.

Manche Menschen hätten Clara als schroff beschrieben, aber im Grunde war es eher eine notdürftig getarnte Schüchternheit. Clara mochte keine neuen Menschen, vielleicht mochte sie auch schlicht und ergreifend gar keine Menschen, sie war sich nicht sicher. Die Crux dabei, keine (neuen) Menschen zu mögen, war allerdings, dass es auf Dauer ziemlich einsam wurde. Es sei denn, man schaffte sich ein Haustier an, aber Tiere mochte Clara auch nicht. Sie mochte das Meer, den Wind, die Bäume, die Steine und Mineralien. Die großen Bewegungen, die Kontinentalplatten, die Welt als System und als unsterblichen Organismus.

Und jetzt würde sie sterben. Die Welt. Davor konnte man nicht die Augen verschließen. Oder besser gesagt, man konnte schon, und viele taten es auch, und genau da lag das Problem. Clara konnte es nicht. Der ökologische Kollaps war, trotz starker Konkurrenz, ihr größter Schmerzpunkt, ihr härtester Angstknoten, der kleine Klumpen Bodenfrost, der – im Unterschied zum sibirischen Permafrost – nie aus dem Boden wich. Sie war sich nicht sicher, wann es angefangen hatte, zu einem gewissen Maß war es wohl schon immer da gewesen, in den letzten Jahren dann aber eskaliert; seit sie zum ersten Mal den blauen Fleck gesehen hatte. Den blauen Fleck unter Grönland. Blau war Claras Lieblingsfarbe, aber es gab Regeln dafür, was blau sein durfte und was nicht – der runde Bauch eines Vogels, ja, die dünnen Adern an den Handgelenken eines schönen Mannes, auf jeden Fall. Aber nicht dieser Ort inmitten des Golfstroms. Dort hatte man ihn gefunden, den geheimnisvollen blauen Fleck, der natürlich nicht in echt blau war, sondern nur auf dem Diagramm über die Erderwärmung. Überall leuchtete es rot, denn die Welt wurde wärmer, das war schließlich nichts Neues, aber dort, unterhalb von Grönland, war das Meer tatsächlich kälter geworden. Eine gute Nachricht? Natürlich nicht. Es war eine furchtbare Nachricht, denn das konnte nur eines bedeuten: Die Gletscher schmolzen so sehr und so schnell, dass ihr Schmelzwasser das komplizierte System der Unterwasserströme in einem solchen Maße beeinflusste, dass selbst der Golf kälter wurde.

Auf diese Weise, als sie wieder einmal zwanghaft nach dem blauen Fleck googelte, kam sie mit Jordan in Kontakt. Er hatte ein Blog, das aussah wie aus dem Jahr 2007 (und auch eine MySpace-Seite, vielleicht war seine Uhr irgendwann in dieser Zeit stehengeblieben, vielleicht war es eine Art anachronistischer Protest), und schrieb dort über den Weltuntergang. Dieses Wort benutzte er nicht, er drückte sich raffinierter aus, aber darum ging es im Kern. Er schrieb über die Furcht; die Sorge, wie schwierig es war, sich mit dem Gedanken zu versöhnen, dass unsere natürliche Welt dabei war zu sterben. Clara hatte viel über all das gelesen, mehr, als gut war, alles Wissenswerte über das Anthropozän, das sechste Massenaussterben, das Bienensterben und einen ganz neuen Kontinent aus Plastikmüll, der im Stillen Ozean umhertrieb. Aber sie hatte noch nie so etwas gelesen wie dies, etwas so Resigniertes, so Schmerzliches, so vollkommen Auswegloses.

Dieser Jordan glaubte ganz eindeutig, dass es bereits zu spät war, dass keine der so genannten klimafreundlichen Lösungen die Katastrophe aufhalten konnte, dass der Technikoptimismus und die hochgekrempelten Ärmel nur eine neue Phase der gleichen Illusion waren, die den Menschen erst an genau diesen Punkt gebracht hatte: die Überzeugung, dass er Macht hatte, obwohl er eigentlich – schon immer – vollkommen machtlos war. Das Einzige, was den Menschen in Jordans Augen von anderen Arten unterschied, war die Fähigkeit, sich selbst zu betrügen: eine Stärke und Schwäche zugleich. Er hatte sie in jenen Jahren, in denen er als Umweltaktivist und Entwicklungshelfer gearbeitet hatte, an sich selbst beobachtet, und irgendwann hatte er es nicht mehr ausgehalten. Er hatte aufgegeben. Jetzt wollte er nur noch Frieden mit seinen eigenen Ängsten schließen, seinen eigenen Sorgen. Er wollte der Natur im Kleinen nah sein, nicht weil es einen Unterschied für die Welt machen würde, sondern weil es das einzige würdige Ende war, das er sich vorstellen konnte. Das Rennen war gelaufen – da war es besser, stehen zu bleiben und die Aussicht zu genießen, als weiterzuhetzen. Also zog er in eine Hütte in Vermont, schrieb sein Blog, kochte seinen Tee auf einem Herd mit Holzfeuerung und lernte die Namen aller Fische im Fluss. Er angelte mit Würmern und schlief unter dem Sternenhimmel. Er war ein Thoreau ohne Ideale oder Zukunftshoffnungen, ein Prophet ohne Versprechen, ein Apostel der Angst. Und nicht nur

Clara schien einen gewissen Trost in dieser trostlosen Existenz zu finden – sein Blog hatte eine kleine, aber treue Gemeinde von Jüngern, mit denen er sporadisch interagierte. Clara war Jordans Blog seit knapp einem Jahr gefolgt, als drei Dinge geschahen. Als Erstes verließ Jordan Amerika. Welcher Grund dahintersteckte, wurde nie ganz deutlich, aber Clara las zwischen den Zeilen, dass es mit Steuerschulden zu tun hatte (nicht umsonst war sie die Tochter eines Steuereintreibers). Zur selben Zeit verschwand auch das Blog. Wie sehr sie es brauchte, war Clara erst bewusst geworden, nachdem es nicht mehr existierte, und nach drei Wochen war ihre Sehnsucht so groß gewesen, dass sie auf gut Glück an die Adresse mailte, die sie ganz unten auf einem Screenshot von einem Beitrag über entwurzelte Bäume gefunden hatte – und er antwortete ihr. Sie korrespondierten. Sie hatte erklärt, sie sei Journalistin, denn sie wusste nicht, was sie sonst für einen plausiblen Grund haben sollte, ihn zu kontaktieren. Was sie von ihm wollen sollte. Denn es stimmte natürlich: Sie war Journalistin. Es stimmte genauso, wie dass sie einsam und ängstlich war und den starken Verdacht hegte, dass dies nicht das Einzige war, was ihr eigenes, erbärmliches Leben mit Jordans verband. Sie hatte gesagt, sie wolle ihn interviewen. Er hatte eingewilligt, aber dafür müsse sie dorthin kommen, wo er sich derzeit befinde.

Er befinde sich auf der Osterinsel, und er sei nicht allein.

Sie hatte gesagt, das sei unmöglich. Doch dann geschah die zweite Sache: Clara wurde gefeuert. Und die dritte: Sie bekam eine Mail von Matilda, die fordernder war als alle früheren: *Jetzt wird es verdammt noch mal endlich Zeit, dass wir uns versöhnen. Komm nach Berlin, sonst spüre ich dich in Stockholm auf.*

Clara war aber noch nicht bereit, sich zu versöhnen. Vielleicht würde sie es nie sein. In Wahrheit war sie ziemlich überzeugt davon, dass auch dieses Rennen gelaufen war.

Besser, man blieb stehen und genoss die Aussicht, besser, man versöhnte sich mit seiner Trauer. Und ließ sich auf das ein, was einem die größte Angst bereitete.

Sie hätte nach Berlin reisen können, um ihre Schwester zu treffen. Stattdessen reiste sie auf die Osterinsel, um in den hoffnungslosen Augen eines Fremden nach ihr zu suchen.

Hanga Roa erinnerte an keinen anderen Ort, den Clara kannte, allerdings hatte sie auch noch nicht sonderlich viele gesehen. Lund, Stockholm. Paris, einmal. Den Gipfel des Kebnekaise, in ihren Träumen. Den Bhairab-Fluss und die Spree, im Internet.

London, im Internet.

An keinem dieser Orte hatte Clara eine Kirche gesehen, die mit einem Leopardenmuster bemalt war. An keinem dieser Orte hatte sie Blumenkelche gesehen, die so groß waren wie Handflächen und so pink wie Nagellack. An keinem dieser Orte hatte die Luft geschmeckt wie Grillhähnchen, Coca-Cola, Salzwasser und Passionsfrucht. Das alles hatte sie nicht geahnt. Gegen Nachmittag fiel ihr auf, dass es ziemlich spannend war, Wegen zu folgen, die zu einem unbekannten Ziel führten.

Gegen Abend fiel ihr allerdings auch auf, dass sie ängstlich war. Immer noch. Ängstlich und einsam. Sie dachte an die Mail, die sie Sebastian vor ihrer Abreise geschickt hatte. Sie hatte versucht, witzig zu sein, ahnte jedoch, dass ihre Unruhe dennoch daraus hervorgeleuchtet hatte. Leider. Sie wollte Sebastian nicht belasten, hatte es noch nie gewollt. Im Unterschied zu Matilda hatte sie nie versucht, einen Anspruch auf Sebastians Fürsorge zu erheben. Deshalb hatte sie ihn in Ruhe gelassen, seit *das, was passiert war, passiert war*. Er hatte genug mit seiner Trauer zu tun, und wenn er Clara brauchte, würde er sich schon melden. So war das.

Nein, so war es natürlich überhaupt nicht.

Clara hatte Angst.

Vor der Trauer in Sebastian, vor der Trauer in sich selbst. Deshalb war sie geflohen, nach Stockholm, auf die Osterinsel.

Als es dunkel wurde, ging Clara zum Meer hinunter. Dort schimmerten die Quallen. Es sah aus, als hätte jemand einen Eimer Sterne ins Meer gekippt. Clara murmelte diesen Satz mehrmals vor sich hin, als wollte sie sich durch Suggestion in einen Zustand der Zuversicht versetzen. Es klappte eher mäßig. Sie wusste nur zu gut, dass die Sterne eigentlich Quallen waren, die sie mit ihren bösen Augen anstarrten. Sie musste daran denken, wie sie einmal am Strand in Falsterbo eingeschlafen war, damals waren sie vielleicht zwölf oder dreizehn gewesen, die Hormone hatten sie müde gemacht, und das Wachstum, all die neuen Zellen, die gebildet werden, und die Muskeln, die sich ausdehnen mussten, und dann kam Matilda, es musste Matilda gewesen sein, auch wenn sie es nie zugegeben hatte, nicht einmal als Erwachsene, und legte sie dort ab: eine Ohrenqualle in jedes Stoffdreieck ihres Bikinioberteils. Matilda war schnell wie der Teufel davongewetzt, und als Clara zu sich kam, von der schleimigen Kälte der Quallen geweckt, die ihre Brustwarzen hatte steif werden lassen (eine Scham, die in ihrer präpubertierenden Intensität schlimmer war als die Angst und der Ekel), war niemand mehr da. Nur ihre Eltern und tausend andere Urlauber, die sich wunderten, warum sie so hysterisch schrie.

Jetzt schrie sie nicht. Sie konnte auch erkennen, dass sie schön waren. Schön und furchteinflößend, und deshalb lag der Vergleich mit den Sternen gar nicht so fern, denn wie jeder intelligente Mensch weiß, gibt es nichts, was so phantastisch und furchteinflößend ist wie der Gedanke an den enormen Abstand der Sterne zueinander. Außerdem wusste sie aus Erfahrung, dass man mit seinen Schreien sparsam sein musste. Sonst hatte man womöglich keine mehr übrig, wenn die wahre Angst am Schädel anklopfte und um Einlass bat. Dann musste man sich damit abfinden, ihr stumm die Tür zu öffnen. Zu spüren, wie sie das Gehirn zerfetzte, ohne mit der Umwelt kommunizieren zu können, ohne dass einem auch nur ein einziger Hilferuf über die rissigen Lippen kam. Wenn die Angst mit dem Gehirn fertig war, widmete sie sich dem restlichen Körper. Den Armen, Beinen, der Kehle, dem Herzen. Alles wurde bis in seine kleinsten Bestandteile zerrissen. Sie wusste ja, dass man das Panikattacken nannte und dass die nicht gefährlich waren. Aber was heißt gefährlich? Wer entscheidet das?

Auch in dem, was einen nicht umbringt, liegt eine Gefahr. Fragt mal die Krüppel. Fragt die Tauben und die Blinden und die Stummen. Fragt die Aussätzigen und die Armen. Fragt die Einsamen und Elenden. Fragt alle, die in Trauer sind. Fragt alle, die gezwungen waren, ein totes Kind zu gebären. Fragt all jene mit posttraumatischem Stress. Fragt die Verwahrlosten und die Vergewaltigten. Fragt diejenigen, die jemanden lieben, den sie nie bekommen werden. Fragt diejenigen, die jemanden haben, den sie nie lieben werden. Fragt diejenigen mit Fibromyalgie oder Endometriose oder Gelenkrheumatismus oder Symphysenlockerung oder Herpes genitalis oder irgendeinem anderen der zahlreichen Schmerzzustände, die für sich genommen nicht zum Tod führen. Fragt die Obdachlosen. Fragt die Schlaflosen. Fragt die Arbeitslosen. Fragt sie: *Auf einer Skala von eins bis zehn: Wie sehr tröstet dich das Wissen, dass dich dieses Leid wenigstens nicht umbringen wird?* Werte die Antworten aus. Erstelle ein Diagramm. Schreib einen Forschungsbericht oder eine investigative Reportage. Und versuche dann, all diesen Menschen in die Augen zu blicken und zu sagen: *Es gibt keinen Grund, Angst zu haben.*

Die Quallen blinkten wie Blaulicht. Das Wasser war

schwarz. Der Himmel weit. Der Horizont fern. Die Dunkelheit allumfassend und warm. Der Sand weich wie feinporige Babyhaut. Sie hätte zu ihrem Hotel zurückgehen sollen, wagte es jedoch nicht. Sie hätte hier schlafen können, direkt am Strand, wagte es jedoch nicht. Es könnte ja ein Mann kommen. Oder eine Frau. Oder eine Katastrophe. Ein Tsunami. Wobei, in diesem Fall wäre es vielleicht besser hierzubleiben. Dann wurde sie immerhin nicht überrascht. Wenn Clara mitunter überlegte, warum sie die Entscheidungen in ihrem Leben getroffen hatte, die sie trotz allem getroffen hatte, beispielsweise warum sie Journalistin geworden war, obwohl sie solche Angst vor anderen Menschen hatte, dass sie sich selbst beigebracht hatte, sie nicht zu mögen, kam sie zu dem Schluss, dass sie viele Entscheidungen getroffen hatte, um nicht überrascht zu werden.

Trotzdem wurde sie alle naselang überrascht. Schließlich gab es so viele andere unausweichliche Dinge. Man musste den Rücken immer in irgendeine Richtung drehen und sich dadurch angreifbar machen. Musste seine blassen, verkümmerten Flügel dem Unbekannten zuwenden.

So wie jetzt.

Jemand näherte sich ihr von hinten auf dem feuchten Hang, der zum Strand hin abfiel, und sie hatte keine Chance, es zu hören. Ein paar moschusduftende Hände landeten auf Claras Augen. Sie schrie und drehte sich fuchtelnd um.

»Hey! Hey!«, sagte Elif kichernd und wehrte Claras um sich schlagende Hände ab. »Ich bin's doch nur. Elif. Sag jetzt nicht, dass du dich nicht an mich erinnerst?«

Clara, die rücklings in den Sand gefallen war, japste nach Luft und rappelte sich wieder auf.

»Was fällt dir ein!«

»Ich hab dich vom Hang aus gesehen. Du hast einsam ausgesehen.«

»Wir sind alle einsam.«

»Oh, *snap*! Eine Pessimistin und Misanthropin. Ich wusste es. Ich werde von euch angezogen wie ein Junkie vom Stoff. Negative Energie ist wie Zucker für mich. Destruktiv, *I know*, aber sieh mich an, ich bin ein wandelndes Paradox. Was andere umbringt, macht mich unbesiegbar.«

Elif öffnete die Arme, als wollte sie Clara dazu einladen, ihren mageren Körper zu begutachten. In ihrem nicht ganz so panischen Zustand sah Clara, was sie am Vorabend nicht bemerkt hatte, nämlich, dass Elif zweifellos schwer anorektisch war. Obwohl sie aufrecht stand, war ihr Bauch, der unter dem Rand ihres bauchfreien Pullovers vollkommen sichtbar war, nach innen gewölbt wie eine tibetische Gebetsschale. Ihre Arme und Beine klapperten und rasselten, als Elif sie in der Luft bewegte wie eine Bauchtänzerin.

»Was wiegst du eigentlich? 45 Kilo?«, fragte Clara, die als die Journalistin, die sie trotz allem war, gern erst einmal alle Fakten sammelte, bevor sie eine endgültige Einschätzung traf.

»42«, antwortete Elif zufrieden. »Aber gut geraten.«

»Mein Bruder war mit einer Anorektikerin zusammen.«

»Und was ist passiert?«

»Sie wurde pelzig im Gesicht. Dann ist sie gestorben.«

»Warum hat sie sich denn nicht rasiert? Das mache ich auch. Die Haut rötet sich ein bisschen, aber das lässt sich überschminken.«

»Vielleicht fand sie es nicht so wichtig.«

Elif und Clara standen sich einen Moment schweigend gegenüber und betrachteten einander. Clara fiel auf, dass sie Elifs Augen immer noch nicht gesehen hatte. Aus irgendeinem Grund fühlte sie sich dadurch sicher. Anonym. Als würde sie selbst nichts von sich preisgeben, obwohl es eigentlich umgekehrt war.

»Ich habe mir die Quallen angeschaut. Hast du sie gesehen? Sie phosphoreszieren.«

»Das ist ja scharf.«

»Na ja, nicht wirklich. Die Quallen sind dabei, die Weltherrschaft zu übernehmen, wusstest du das? Jedenfalls im Meer. Sie fühlen sich im überdüngten Wasser wohl. Bald wird alles nur noch ein Teppich aus Gelee sein.«

»Auch scharf.«

Elif schob die Hand in die Tasche ihrer Jeansshorts und zog eine Schachtel Zigaretten heraus. Mit zwei Zigaretten auf einmal zwischen den rot bemalten Lippen setzte sie sich in den Sand und klopfte mit der Hand neben sich auf den Boden.

»Setz dich, Baby. Oder musst du gleich weiter?« Elif lachte aus vollem Hals, als hätte sie einen Scherz gemacht, was ja gewissermaßen auch stimmte. Denn es lag auf der Hand, dass Clara nicht gleich weitermusste. Man kommt nicht an den einsamsten Ort der Welt, wenn man gleich weitermuss. Clara setzte sich, lehnte aber die bereits angezündete Zigarette ab, die Elif ihr hinstreckte.

»Lass mich raten: Dein Bruder hatte noch eine andere Freundin, die an Lungenkrebs gestorben ist.«

»Nein, das war meine Tante«, erwiderte Clara.

Obwohl es stimmte, lachte Elif erneut.

»Der Tod ist echt beschissen«, sagte sie dann und wandte Clara ihre Sonnenbrillenaugen zu. »Aber weißt du, was noch beschissener ist? Das Leben. Deshalb bin ich aus Protest gegen das Leben in den Hungerstreik getreten. Natürlich werde ich gewinnen, solange ich nur ausdauernd genug bin und nicht einen Mundvoll vor den Forderungen des Lebens zurückweiche. Außerdem muss man nicht so viel kacken, wenn man nichts isst. Nichts hinein, nichts hinaus. Reinheit, verstehst du?«

Elif drückte ihre Zigarette im Sand aus und fing an, auf ihrer gespannten Bauchhaut herumzutrommeln.

»Übrigens bin ich auch eine überzeugte Anhängerin von Einläufen.«

Anschließend erzählte sie ohne Umschweife von ihren bislang sechs Begegnungen mit dem Tod. Das dauerte ziemlich lange, aber Clara war froh um jeden Vorwand, nicht wieder in ihr Hotelzimmer zurückkehren zu müssen.

»Jetzt erzähl du mal«, sagte Elif, als sie fertig war. »Was machst du eigentlich auf dieser Insel mitten im Nirgendwo?«

»Ich bin Journalistin«, antwortete Clara. »Das ist mein Job.«

»Das gibt's ja nicht. Reisejournalistin, oder was?«

»So in der Art. Wobei, nein, eigentlich gar nicht. Ich werde ... hier ein paar Leute treffen.«

»Aha.«

»Sie warten, könnte man sagen.«

»Wie? Jetzt?«

»Nein, nein, morgen. Ich werde sie morgen treffen. Aber deshalb sind sie hier, sie warten auf ... tja, keine Ahnung, den Untergang, glaube ich.«

Wegen der Sonnenbrille war es unmöglich zu erkennen, aber Clara hatte das starke Gefühl, Elif würde die Augen aufreißen, jedenfalls zuckten ihre dünnen Augenbrauen.

»Du meinst, wie eine Sekte?«

»Nein«, antwortete Clara und wand sich. So hatten alle Redakteure reagiert, denen sie die Reportage angeboten hatte, und sie fühlte sich unbehaglich. Sie zweifelte nicht daran, dass Jordan die ein oder andere Schraube locker hatte, konnte – oder wollte – sich aber nur schwer vorstellen, dass er ein Sektenführer war.

»Sie machen einfach ... Ich weiß es nicht genau. Was sie eigentlich machen. Ich glaube, sie trauern vor allem. Das muss ich wohl rausfinden. Warum bist du hier?«, fragte Clara und bohrte ihre Zehen in den Sand.

»Ich nehme ein Musikvideo auf. Erbärmliche Band, aber was tut man als abgehalfterter Kinderstar nicht alles. Man spielt in Musikvideos von Bands mit, die einen abgehalfterten Kinderstar dabeihaben wollten, das tut man. Oder man wird so wie Macaulay Culkin. Aber wer zum Teufel will so sein wie Macaulay Culkin, *am I right*?«

»In welchen Filmen hast du denn mitgespielt?«

Elif steckte sich eine neue Zigarette an und lehnte sich auf ihre Ellenbogen zurück.

»Meine erste und größte Rolle war *Racing for Rhonda*. Von dem Geld habe ich ein Jahrzehnt lang gelebt. Den hast du bestimmt gesehen, oder? Sag jetzt nicht, du hättest ihn nicht gesehen. Darin bringe ich mich um.«

Racing für Rhonda – Clara erinnerte sich vage aus ihrer Kindheit daran, er ging um eine Schlittschuh laufende Familie in Saskatchewan, Kanada, die an irgendeinem Rennen teilnahm, um von dem Preisgeld die eskalierenden Tierarztrechnungen ihrer Bernhardinerin Rhonda zu bezahlen (die unter Diabetes litt, wenn Clara sich richtig erinnerte). Es war kein besonders guter Film, und er konnte es nicht ansatzweise mit *Ein Schweinchen namens Babe* aufnehmen, das hatte sie jedenfalls damals gedacht. Und Sebastian hatte gesagt, es wäre ein Mädchenfilm, und sie hätten stattdessen *Mighty Ducks 3D* gucken sollen. Sebastian zog immer den Kürzeren, wenn sie sich einen Film ausliehen, Matilda und sie wollten fast immer dieselben Filme sehen, es sei denn, Matilda wollte Clara ärgern und verbündete sich nur aus diesem Grund mit Sebastian. Auf diese Weise war es unter anderem dazu gekommen, dass sie sich *Jumanji* ausgeliehen hatten, der Clara eine Heidenangst einjagte. Sie hatte wochenlang nicht richtig schlafen können. Robin Williams, der jahrzehntelang in einem Brettspiel gefangen war. Eine Metapher für das Erwachsenenleben, wie Clara im Nachhinein verstand.

»Es war ein guter Film«, sagte Clara in einem Versuch, nett zu sein. Elif zuckte die Achseln.

»Es war ein Film. Nichts Echtes.«

Clara wusste nicht, was sie auf diese unumstößliche Feststellung erwidern sollte. Das Gespräch schien im Sande zu verlaufen, und Clara begriff, dass sie eine panische Angst hatte, es könnte enden. Sie wollte nicht, dass diese fremde und ehrlich gesagt ziemlich anstrengende Person wieder ging, denn dann konnte sie es nicht länger aufschieben, in ihr trauriges Hotel zurückzukehren. Sie kramte in den üblichen FAQs.

»Bist du auch einsam?«, fragte sie am Ende.

Elif schwieg einen Moment. Dann sagte sie:

»Das kommt darauf an, wie man es sieht, *Señorita*. Es kommt ganz darauf an.«

»Wirklich?«, fragte Clara aufrichtig erstaunt. Sie selbst hatte die Einsamkeit immer für einen ziemlich absoluten Zustand gehalten.

»Ich warte auch, könnte man sagen.«

»Auf das Filmteam?«

»Das auch. Aber vor allem warte ich auf meine Nemesis.«

»Deine was?«

»Glaub mir, du wirst ihrer schon noch gewahr werden. Wenn du noch ein bisschen bleibst. Wie lange wirst du denn bleiben?«

»Hier auf der Insel?«

»Ja.«

»Eine Weile. Ich habe einen Flug nach Santiago gebucht, der in drei Wochen geht.«

»Wirst du es denn innerhalb von drei Wochen schaffen, eine Sekte zu infiltrieren?«

»Ich werde sie nicht infiltrieren. Ich werde nur ein paar Interviews mit ihnen führen. Und es ist keine Sekte.«

»Boring, boring.«

»Außerdem wissen sie sowieso schon, dass ich Journalistin bin, daran kann ich nicht mehr viel ändern.«

»Jetzt musst du aber mal in etwas unkonventionelleren

Bahnen denken, finde ich. Guck mich an. Guck mich einfach nur an. Sehe ich etwa nicht aus wie ein dem Untergang geweihtes Wrack? Bin ich etwa nicht die einzige dreifache Emmy-Gewinnerin der Welt, die all ihre Statuen abgestaubt hat, noch bevor sie vierzehn war? Baby, diese Leute werden mir im Nu aus der Hand fressen. Sie werden all ihre kranken Geheimnisse preisgeben, ihre Pläne für einen kollektiven Selbstmord und ihre Sexorgien und was nicht alles. Ich berichte es an dich, und du schreibst.«

»So was interessiert mich nicht«, erwiderte Clara. »Sensationsjournalismus. Ich möchte einfach nur wissen, was sie denken. Über alles. Sie dazu bringen, sich ein bisschen zu öffnen.«

»Freaks öffnen sich doch nicht Journalisten«, schnaubte Elif verächtlich. »Glaub mir. Freaks öffnen sich nur anderen Freaks. Das ist genau wie in Hollywood.«

»Ich glaube aber nicht, dass es Freaks sind. Wenn das Freaks sind, bin ich auch ein Freak.«

»Das bist du auch, da bin ich mir ziemlich sicher. Nur von der falschen Sorte. Der wohlerzogenen Sorte. Das wird mit diesen Untergangspropheten nicht funktionieren. *Just sayin'*.«

»Danke, aber ich glaube, ich komme schon zurecht. Und du hast doch bestimmt genug mit deinem eigenen Kram zu tun. Wann fangt ihr an zu drehen?«

»Jeden Moment. Eigentlich sollten die Filmleute heute ankommen, aber sie haben ihre Reise verschoben, weil die Band noch nicht hier ist. Anscheinend hängen sie in Katmandu fest. Ein Erdbeben, sagen sie. Dämliche Amateure, sage ich. Man bleibt immer in Katmandu hängen, Erdbeben hin oder her. Saudumm, nicht genug Umsteigezeit einzuplanen. Aber die Leute, ich sag's dir. Die Leute sind im Allgemeinen nicht besonders schlau. Jetzt wird es aber Zeit, in die Falle zu gehen. Was ist, kommst du mit?«

Noch ehe Clara überhaupt blinzeln konnte, war Elif vom Strand aufgesprungen, hatte den Sand aus ihren Jeansshorts geschüttelt und begonnen, den Hang hinaufzusteigen. Clara blieb einen Moment unschlüssig im Sand hocken, warf einen Blick auf die Quallen – dann folgte sie Elif. Als sie die Straße erreicht hatten, ging Elif in Richtung des Ortskerns. Clara, die in die andere Richtung musste, blieb stehen und stampfte mit dem Fuß auf.

»Was stehst du denn da rum?«, schrie Elif, als sie sich nach ungefähr zweihundert Metern umdrehte und entdeckte, dass Clara ihr nicht folgte.

»Ich wollte mich verabschieden!«, schrie Clara zurück, erstaunt über die Kraft ihrer eigenen Stimme.

»Warum das denn?«, schrie Elif zurück.

»Ich wohne da drüben!«

»Ach ja, verdammt. Ist das Hotel gut?«

»Nein, ich habe eine Ratte in meinem Zimmer.«

»Machst du Witze?«

»Nein. Und das Menstruationsblut von irgendjemand anderem in meinem Badezimmer.«

»Scheiße, wie deprimierend!«

»Ja. Aber jetzt muss ich los. Wir sehen uns!«

Clara drehte sich um und wollte weiter, spürte aber kurz darauf eine knochige Hand auf ihrer Schulter.

»Du kannst doch nicht mit einer Ratte zusammenwohnen. Ich weiß, wie es ist, mit Ratten zusammenzuwohnen, das ist echt nicht schön. Komm und schlaf doch wenigstens heute Nacht bei mir, ich habe eine Suite. Du kannst auf dem Sofa schlafen, das ist ziemlich bequem. Dann kümmern wir uns morgen um alles Weitere.«

Clara zögerte. Clara zögerte immer. Aber für ihre Verhältnisse zögerte sie diesmal nicht besonders lange. Zehn Sekunden, höchstens zwanzig. Dann sagte sie: »Wirklich? Ich schulde dir doch sowieso schon einen Gefallen. Für gestern.«

»Quatsch. Das ist egal. Aber mach dir bloß keine Hoffnungen. Ich lebe zurzeit im Zölibat.«
»Warum rettest du mich die ganze Zeit?«
Elif grinste.
»Wir kennen uns doch schon seit Kindertagen, erinnerst du dich nicht? Wir sind praktisch Schwestern.«

ES WAR NICHT ÜBERTRIEBEN, DASS Elif dem Tod gegenübergestanden hatte, von leichenblassem Angesicht zu Angesicht, sechs Mal!

Es war vollkommen wahr, durch und durch, *jeez* ...
So kommt das, wenn man schon in jungen Jahren mit Filmstars und Koksschlampen abhängt, so viele Dramen, so viele Rettungswagen, Rotlicht, Blaulicht, so viel Blut und Erbrechen und Würgemale an bleichen Hälsen, was soll man machen.

So viele schwarze Dahlien, so viele weiße Schwäne, die in Swimmingpools treibend gefunden wurden ...
Elif beschloss schon früh, nie eine von ihnen zu werden, weshalb sie harte Drogen und Pilates immer abgelehnt hatte. Man musste sich nur mal Kasey anschauen, ihre beste Freundin, die war von ihrem Pilateslehrer erpresst worden.

Elif hatte sie gefunden, Kasey hatte sich mit einem Selbstlader in den Mund geschossen, *bam,* hatte dem Druck nicht mehr standgehalten, so verdammt unweiblich, das Blut soll unten rauskommen und nicht aus den Ohren, Elif lachte laut, als sie es sagte, *jeez,* vielleicht ein bisschen unsensibel, aber Kasey, Mann, die war echt *fucked up* und *all over the place* und dabei so verdammt wunderbar ...

Und Marisha, die sich bei wer weiß wem – okay, alle wussten, bei wem – mit HIV angesteckt hatte und siebzig V mit Mountain Dew schluckte, Mountain Dew light natürlich, prinzipienfest bis in den Tod, Hut ab! Und Brust ab vor Masja, Elifs norwegischer Waldkatze, die ebenso liebeshungrig war wie groß und haarig, sie bekam Krebs in den Zitzen, deshalb musste Elif sie von einem Promitierarzt in Malibu

einschläfern lassen, das kommt davon, wenn man Katzen die Pille zu fressen gibt, aber das konnte Elif ja nicht ahnen! Sie wollte nur, dass Masja ein schönes freies Leben ohne unerwünschte Folgen vergönnt war. Und wer weiß, vielleicht war es das trotzdem wert gewesen, für Masja. Ein kurzes, aber glückliches Leben. Das ist mehr, als man über die meisten Leute in Hollywood sagen kann...
  Kuck dir nur mal Blanco an! Der ist breit wie ne Natter im Holland Tunnel gegen die Wand gecrasht, das war im Grunde das Schlimmste, so ein krass klischeehaftes Ende, aber er war auch ein krasses Klischee, ein krasses Klischee mit einem großen Arsch, den hätte man als Kopfkissen nehmen können... Feiner, feiner Blanco... So eine Riesenschande, so ein feiner Mensch... Er engagierte sich beim WWF, engagierte sich für die Pandas... Für seine Karriere engagierte er sich leider weniger, aber so ist das ja oft, wenn der Stoff die Macht übernimmt...
  Es sei denn, man ist so wie Lucky! Lucky Lucky...! Der mit einem goldenen Löffel zwischen den Beinen geboren wurde! Ja, er war in der Pornobranche, aber er fühlte sich wohl da... Wollte nirgendwo anders arbeiten, *nope*... Wurde übermäßig gut bezahlt und konnte schon nach ein paar Jahren ein Modell seines Penis in Platin gießen lassen und ihn auf den Kaminsims in seiner Alpenhütte in Chamonix stellen, und er konnte koksen, so viel er wollte, das beeinflusste weder seine Potenz noch seine Kompetenz, echt wahr. Dieser Glückspilz, aber klar musste ihn der Tod irgendwann einholen, eher früher als später... So viel Glück muss verdammt noch mal irgendwie ausgeglichen werden, sonst entsteht eine kosmische Ungerechtigkeit, das ist so was von traurig, dass es in dieser Welt kein ungebrochenes Glück geben kann, nicht mal für die schönen Menschen, wonach soll man denn da noch streben... Luckys Schönheit wurde ihm zum Verhängnis, er hatte einen eifersüchtigen Freund, der ihn

mit diesem Platinpenis totprügelte, poetische Gerechtigkeit könnte man das vielleicht nennen, aber es war weder poetisch noch gerecht, also...

Nennt es doch bitte anders, *plz*.

Na, jedenfalls waren sie eine kleine Gang... Elif, Casey, Marisha, Blanco und Lucky, sie waren eine Gang, hatten sich bei den Aufnahmen zu *Rhonda* kennengelernt... So was von traurig eigentlich, das war jetzt zwanzig Jahre her, aber Elif war nie wieder so verhätschelt worden wie bei dem Dreh damals, man durfte so viel Snapple trinken, wie man wollte, und wurde die ganze Zeit gepudert... Hatte sie da ihre Vorliebe für Puder entwickelt, kann sein; so matt und so hübsch, man sah aus wie eine Puppe...

Und Dakota war gerade erst geboren worden, und Ava, die schöne, schöne Ava zu Hause in Brawley, Kalifornien, war noch am Leben... Also, wenn man ehrlich sein wollte, ist sie es vielleicht sogar bis heute, aber...

Jetzt reden wir von was anderem, *plz*.

ZUM HUNDERTSTEN MAL IN VIEL zu kurzer Zeit erwachte Clara in einem neuen Zimmer und wusste im ersten Moment nicht, wo sie war. Dann kehrten die Wirklichkeit und ihre Umstände langsam in Form einfacher Substantive zu ihr zurück. Insel. Meer. Ratte. Kinderstar. Hotel. Sofa. Auf Letzterem hatte Clara gelegen, wie sich herausstellte, und jetzt setzte sie sich kerzengerade auf und sah sich mit klopfendem Herzen um. Es war eine Suite, die Tür zum Schlafzimmer stand offen, und sie schlich darauf zu und spähte hinein. In einem Himmelbett, das breiter war als lang, mit langen weißen Leinenvorhängen, die nur halb zugezogen waren, schlief Elif. Ein glänzendes Bein hing über die Bettkante. Sie trug immer noch ihre Shorts, den bauchfreien Pulli und die Sonnenbrille, das schwarze Haar lag über ihrem Mund, sie schnarchte. Clara stellte beruhigt fest, dass auch sie vollständig bekleidet war, und dann trudelten ohne allzu große Verspätung die restlichen Erinnerungen herein.

Sie waren beim Hotel angekommen. Elif hatte den Arm um sie gelegt und sie durch die Eingangshalle geführt. An der Rezeption war sie stehen geblieben, hatte ihre flache Hand auf die Glocke gedonnert, um die Aufmerksamkeit des Rezeptionisten zu erlangen, und dann mit Vibrato in der Stimme verkündet: »Ich wollte nur zu Protokoll geben, dass diese Frau eine Journalistin ist und keine Prostituierte. Sie schreibt für *Esquire* eine Reportage über mich und wird in meinem Zimmer schlafen. Gute Nacht.« Dann hatte sie die leicht verlegene Clara zu ihrem Bungalow hinter dem Gebäude geführt. Er hatte eine sorgfältig geölte Holzterrasse, und sie hatten noch eine Weile dort gesessen und Bier getrunken und über die kalbenden Gletscher in Grönland geredet. Streng genommen hatte vor allem Clara geredet – Elif war nach und nach in einen meditativen Zustand übergegangen. Jedenfalls vermutete Clara das, denn sie hatte einen Lotossitz eingenommen und angefangen, zu keuchen wie ein Luftfilter. Als Elif nicht mehr ansprechbar gewesen war, hatte Clara sich hineinbegeben und auf das protzige weiße Sofa gelegt. Kaum hatte sie die Schuhe ausgezogen, war sie auch schon eingeschlafen.

Clara kehrte wieder in das größere Zimmer zurück und fing an, nach ihrem Rucksack zu suchen. Sie fand ihn unter dem Couchtisch und angelte ihr Handy heraus. Es war zwanzig Minuten nach elf. Es hätte schlimmer sein können. Sie hätte richtig verschlafen können. Für einen kurzen Moment überlegte sie, ob sie Elif wecken sollte, die immer noch lautstark im Schlafzimmer schnarchte, entschied sich jedoch dagegen. Vielleicht hätte das für eine komische Stimmung gesorgt. Und Clara wollte keine komische Stimmung, sie wollte Kaffee, und wenn sie den trinken wollte, bevor sie Jordan in der Siedlung traf, oder im Lager oder wie auch immer sie es nannten, musste sie jetzt aufbrechen. Sie band sich die Schuhe, kritzelte schnell einen Zettel, auf dem sie sich für die Gastfreundschaft bedankte und vorschlug, dass sie heute Abend gemeinsam essen gehen könnten, hinterließ ihn neben einer Vase mit extravaganten Schnittblumen und schlich sich dann aus dem Bungalow.

Es war seltsam, was eine ganze Nacht mit ruhigem Schlaf bewirken konnte. Sie würde das hier schaffen. Ob man es Ahnenforschung nennen wollte oder Journalismus, Besessenheit oder Wahnvorstellung. Was es auch war, sie würde es schaffen.

Zwanzig Minuten später fühlte sich Clara jedoch nicht mehr ganz so entschlossen. Sie saß auf einer Mauer vor dem Campingplatz und blinzelte in die Sonne, mit einer Hibiskusblüte zwischen den Zehen. Die war dort hängen geblieben, als sie auf die Mauer geklettert war, und Clara brachte es nicht übers Herz, sie zu entfernen, denn die schrumpeligen, rosafarbenen Blütenblätter bewegten sich so sanft im Takt ihrer wackelnden Zehen. Sie kaute an einem Nagel und versuchte, ihren Puls zu beruhigen. Sie wusste nicht, wie Jordan aussah, rechnete aber damit, dass sie ihn erkennen würde, sobald sie ihn sah. Matilda hatte von großen Händen und breiten Schultern geschrieben, von einer goldenen Aura, von braunen Augen mit Sprenkeln von Kurkuma und Bernstein. Dieser Mann konnte natürlich auch ganz anders aussehen, das war sogar am wahrscheinlichsten, redete Clara sich selbst ein und flocht ihr Haar nervös zu einem Zopf, löste ihn wieder, flocht ihn erneut und drehte ihn auf dem Kopf zu einem Knoten und befestigte ihn mit drei Haarnadeln, die wie Katzengold in der Sonne glitzerten.

Als sie den Kopf vorbeugte, um ein paar lose Strähnen im Nacken einzufangen, hörte sie ein leises Rascheln und sah etwas zwischen den Mauersteinen schimmern, einen kleinen Schwanz und zwei kleine, feuchte Augen. Eine Eidechse. Clara verabscheute Eidechsen. Sie sprang von der Mauer, landete schief auf ihrem Hibiskusfuß und fiel der Länge nach hin.

In dem Moment kam Jordan. Er tauchte zwischen den beiden niedrigen Holzgebäuden auf, in der vermutlich die Rezeption und die Sanitäranlagen untergebracht waren, er war fast zwei Meter groß und hatte breite Schultern, nackte Füße, braun gebrannte Zehen, Lachfalten in den Augenwinkeln oder vielleicht auch diese Falten, die man von einem Leben in der Sonne bekam. Clara schoss durch den Kopf, dass er für jemanden, der sich privat und beruflich mit der Angst vor dem Klimawandel beschäftigte, erstaunlich glücklich aussah.

Sie hob die Hand zu einem unbeholfenen Gruß, während

sie gleichzeitig versuchte, wieder auf die Beine zu kommen. Jordan winkte lächelnd zurück und joggte auf sie zu. »Clara!«, rief er herzlich, zog sie vom Boden hoch und legte ihr in einer Art halben Umarmung die Hand auf den Rücken. Sie erhaschte den Duft seines Haares und Bartes und Holzfällerhemdes: ungewaschen, aber nicht unangenehm. Ein Duft der Geborgenheit, nach Schweiß und Bärenfallen und Waldleben bei Walden. Mannsduft, Vatersduft, Duft von Gewalt und Wärme. Clara dachte, dass es sie nicht wundern würde, wenn all seine Anhänger Frauen wären. Wie bei Charles Manson. Oder Helge Fossmo. Was, wenn er tatsächlich ein psychotischer Sektenführer war, was, wenn er sich nicht im Geringsten für die Flora und Fauna interessierte und seine Anhänger nur hier versammelt hatte, um das Unrecht zu vergelten, das ihm seiner Meinung nach von anderen Frauen angetan worden war, möglicherweise auch von Matilda, denn wenn sie genau hinsah, konnte sie in seinen Augen Sprenkel von Bernstein und Verlust erkennen, oder nicht? Und sah er nicht aus wie ein Mann, der die ganze Welt besessen und auf einen Schlag verloren hatte? *Ach und weh, ach Milch und Honig, bin ich nicht des Landes König...* Clara brachte die Stimme in ihrem Kopf zum Verstummen, setzte ein Lächeln auf, das sie für professionell hielt und sagte:

»Na dann... Duscht ihr hier?«

So hatte sie sich den Einstieg ihres so genannten Interviews nicht vorgestellt. Wirklich nicht. Genervt von ihrer welpenhaften Unbeholfenheit, einem Wesenszug, der nur zum Ausdruck kam, wenn sie ihren Beruf ausüben wollte, und der sie um den Verstand brachte, stiefelte sie in schnellem Tempo auf die niedrigen Holzgebäude zu, während sie mit der ganzen Hand darauf zeigte.

»Ich meine, in diesem Haus. Gehört das zum Campingplatz? Oder, ich meine, wie lebt ihr hier denn so? Hast du

Lust, mir ein bisschen davon zu erzählen? Was ihr hier eigentlich macht? Warte, ich muss nur schnell mein Handy herausholen, damit ich das Gespräch aufzeichnen kann. Hältst du den bitte mal kurz?« Sie blieb auf dem Kies stehen, drückte Jordan ihren Rucksack in die Hand und fing an, nach ihrem iPhone zu wühlen. Es entglitt ihren Fingern wie ein Fisch, und Jordan fragte:

»Brauchst du Hilfe?«

»Hier!« Triumphierend zog Clara das Handy hervor. Sie hätte es fast wieder fallen lassen, konnte es jedoch im letzten Moment schnappen, riss mit der anderen Hand ihren Rucksack an sich und warf ihn sich über die Schulter.

»Ist das wirklich nötig?«, fragte Jordan mit einem Blick auf das Handy. »Ich bin kein großer Freund von Technik. Sie stresst mich. Und dich auch, scheint mir.« Er lächelte still und jesushaft.

»Ich könnte natürlich stattdessen auch Notizen machen… aber davon tut mir die Hand immer so weh. Ich habe ein schwaches Handgelenk. Eine alte Tennisverletzung«, log Clara und wedelte zur Veranschaulichung mit der rechten Hand.

»Tja, das wäre natürlich schade«, erwiderte Jordan. »Ach egal, dann nimm es eben auf. Aber meine Freunde musst du erst fragen, ob das in Ordnung ist, bevor du mit ihnen redest. Einige von ihnen haben das digitale Zeitalter schon komplett hinter sich gelassen.«

»Du aber nicht«, sagte Clara. »Wir hatten ja gemailt.«

»Ja«, sagte Jordan und zuckte die Achseln. »Was das angeht, bin ich kein Purist. Aber ich finde, man darf sich nicht davon abhängig machen. Sodass man davon blind wird. Wir können auf fast alles verzichten, was wir in unserer modernen Welt besitzen, wir erkennen es nur nicht.«

Jordan und Clara gingen auf den eigentlichen Campingplatz zu. Auf dem kurzen Stoppelrasen, der bis zum Meer reichte, stand eine kleinere Gruppe von Zelten, in der, soweit Clara es beurteilen konnte, normale Touristen wohnten, und tatsächlich sagte Jordan dann auch mit einer Handbewegung:

»Wir sind weiter unten am Wasser. Die Zelte da drüben, siehst du die? Aber ich dachte, wir könnten uns erst ein bisschen unterhalten. Einander kennenlernen, was meinst du? Ich wohne da drüben.«

Er deutete auf einen Hain aus zarten Bäumchen, kaum mehr als Weidenzweige, die um ein selbstgenähtes Zelt aus weinrotem Segeltuch standen. Davor lagen ein paar kurze Hosen auf einem Handtuch ausgebreitet, um in der Sonne zu trocknen. Drei Campingkocher verschiedener Modelle standen säuberlich nebeneinander aufgereiht.

»Die Bäume habe ich selbst gepflanzt«, erklärte Jordan. »Zaubernuss. Es war die Hölle, die durch den Zoll zu schmuggeln. Möchtest du einen Blick hineinwerfen?« Mit einer einladenden Geste zog er den Vorhang vor dem Zelteingang beiseite. Clara machte unwillkürlich einen Knicks, als würde sie ein Heiligtum betreten, und trat geduckt ein. Es war ein ziemlich großes Zelt, vielleicht drei mal drei Meter, mit zwei mückennetzüberzogenen Fenstern an der hinteren Wand und einer so hohen Decke, dass der fast zwei Meter große Mann aufrecht darunter stehen konnte. Clara atmete schwer in das Mikrophon ihres Handys. Von innen wirkte das Zelt wie ein Boudoir aus der vorletzten Jahrhundertwende. Der Boden war mit gewebten Orientteppichen bedeckt, und die breite Luftmatratze, auf der Jordan anscheinend schlief, war von Kissen mit roten und goldenen Bezügen bedeckt. Von der Zeltdecke hingen mehrere Leuchter an Messingketten sowie ein alter Vogelkäfig, der als Bücherregal diente.

»Ich habe viel Zeit in Südostasien verbracht«, sagte Jordan. »Das prägt einen. Und ich glaube nicht, dass Schönheit an sich etwas Schlechtes ist.« Er öffnete eine Lederkiste und holte zwei kleine Goldschalen heraus, reichte Clara die eine und bedeutete ihr, wieder mit hinauszukommen. Sie setzten sich auf den Boden, Jordan schaltete einen der Campingkocher ein und gab Teeblätter, Wasser und eine Zimtstange in einen Topf.

»Warum hast du drei davon?«, fragte Clara und deutete auf die Campingkocher.

»Wusstest du nicht, dass Untergangsbereitschaft ein Materialsport ist?«, fragte Jordan mit einem schiefen Grinsen.

»Nein, Spaß beiseite. Wenn man so lebt wie ich in den letzten Jahren, legt man auf andere Sachen Wert als früher. Einen guten Campingkocher beispielsweise. Aber es gibt nun mal kein Universalmodell, weißt du, alle Modelle haben ihre Vor- und Nachteile. Will man möglichst schnell Wasser erhitzen oder ein Stück Fisch appetitlich durchbraten? Um so etwas geht es.«

»Wie lange bist du jetzt noch mal hier?«, fragte Clara, obwohl sie es natürlich genau wusste. Es war eine Aufwärmfrage, die Jordan dazu bringen sollte, sich zu entspannen und zu öffnen. Doch die Frage war deplatziert und überflüssig – denn eigentlich hatte er sich längst warmgeredet, und die Unterbrechung schien ihn eher zu ärgern.

»Fast sieben Monate. Und du?«

»Ich?«

»Ja, du. Wie lange bist du schon hier auf der Insel? Einen Tag? Zwei?«

»Ja, so ungefähr.«

»Und wie fühlt es sich so an?«

»Fühlen?« Clara begriff mit wachsender Panik, dass sie Jordan verlor, noch bevor sie ihn überhaupt richtig am Haken hatte. Er seufzte laut und, so erschien es ihr, demonstrativ. Dann schüttete er große Mengen an braunem Zucker in den Teetopf und seufzte noch einmal, ehe er fortfuhr.

»Ich hatte gedacht, du wärst auch aus einem privaten Beweggrund hier. Und nicht nur, um eine Reportage über ein paar Freaks am Ende der Welt zu schreiben. Du darfst mich gerne korrigieren, wenn ich falschliege, aber in der Medienwelt herrscht derzeit wohl gerade nicht ein Geldüberschuss für extravagante Reportagereisen dieser Art? Deshalb nehme ich an, du investierst selbst einiges an Geld. Und Zeit. Und das für eine Geschichte, mit der du garantiert keine Preise gewinnst, das würde noch nicht mal ich mir einbilden. Ich meine, du arbeitest doch anscheinend im Printbereich, oder? Und Print ist gestorben. Du solltest einen Podcast machen. Durchgeknallter Typ mit verdächtig vielen Campingkochern lockt Frauen auf die einsamste Insel der Welt. Den Rest kannst du selbst dazudichten.«

»Ich will aber keinen Podcast machen!«, piepste Clara, wider Willen gekränkt.

»Was willst du dann?«

Ich will, dass du mir in die Augen schaust und sagst, die Welt sei verloren, aber das wäre nicht schlimm. Ich will, dass du mir von meiner Schwester erzählst, die ich schon verloren habe, und mir sagst, auch das wäre nicht schlimm.

»Bist du ihr Guru? Bitte sag Nein.«

Jordan fing an zu lachen.

»Ach, Clara... Ich bin froh, dass du diese Frage gleich am Anfang einfach so stellst. Damit wir sie aus der Welt räumen können. Nein. Ich bin niemandes Guru. Ich bin niemandes Gott. Ich bin kein Sektenführer. Alle, die hier sind, sind aus ganz eigenen, persönlichen Gründen hergekommen und nicht, um bei mir zu sein.«

»Aber du hast sie angelockt.«

»Weder durch Zwang noch Versprechungen. Ich war hier, *minding my own business*. Ich bin mit diesen Menschen über das Internet in Kontakt gekommen, wie du weißt. Die meisten von ihnen standen schon untereinander in Verbindung. Und ich nehme an, sie waren fasziniert von diesem

Ort. Wie ich, bevor ich herkam. Wie du bestimmt auch. Es ist natürlich eine symbolische Handlung. Wir hätten uns genauso gut irgendwo anders begegnen können. Aber jetzt gab es nun mal zufällig einen Ort auf der Welt, wo die Zivilisation schon einmal untergegangen war, und wo man die äußersten Konsequenzen der menschlichen Kultur noch immer bezeugen kann. Ich glaube, das gibt ein Gefühl von Sinnhaftigkeit. Und ist auch gut für die Kreativität. Als würde man auf eine Deadline hinarbeiten, verstehst du? Das hier ist unsere Deadline, wir sehen die Beweise dafür, dass sie näher kommt, jeden Tag.«

»Und wie ... wie viel Zeit bleibt noch? Bis zur Deadline?«

»Willst du, dass ich dir ein Datum nenne? Und eine Uhrzeit? Mein Gott, du bist dermaßen vorhersehbar.«

»Eine Schätzung reicht auch«, antwortete Clara. Jordan brach wieder in Gelächter aus. Er schenkte den heißen Tee in die beiden Schalen und reichte eine davon Clara, die sie mit den Händen umschloss.

»Okay. Eine Schätzung – es wird noch im Laufe deines und meines Lebens geschehen, vorausgesetzt, wir erreichen ein durchschnittliches Alter. Da ist zunächst einmal das Ölfördermaximum, das irgendwann in zehn oder fünfzehn Jahren erreicht sein wird. Dann bricht die Weltwirtschaft zusammen. Und das wäre wahrscheinlich auch okay, wenn die Klimaerwärmung zu diesem Zeitpunkt nicht bei fast zwei Grad angelangt wäre. Die Party ist vorbei, das Geld ist weg – und was glaubst du, passiert dann? Eine gemütliche Katerstimmung mit Pizza und Knutschen? Wohl kaum. Krieg. Klimaflüchtlinge. Hungersnöte. Die Leute reden von der Zombieapokalypse und lachen höhnisch, als wäre das ein Witz. Aber ganz ehrlich, hast du schon mal hungernde, durstende Menschen gesehen? Ich nämlich schon. Und sie verhalten sich genau wie Zombies.«

»Du hast Menschen sterben sehen, meinst du?«, fragte

Clara und versuchte, sich zu erinnern, ob Matilda je etwas von toten Menschen geschrieben hatte. Natürlich hatte sie das nicht. Matilda konnte der Tod nie etwas anhaben.
»Ja, in der Westsahara. Und ich kann das nicht wieder ungesehen machen. Das will ich auch nicht, denn es hat mir die Augen geöffnet für eine Sache, die ich, glaube ich, immer schon gewollt, mir aber nie eingestanden habe.«
»Dass wir untergehen werden.«
»Ja.«
»Und du glaubst nicht, dass du einfach nur unter posttraumatischem Stress leidest?«
»Was glaubst du?«
Clara schwieg und biss auf einem Nagelbett herum.
»Wie lange kaust du schon Nägel?«, fragte Jordan und führte ihre Hand vorsichtig vom Mund weg.
»Solange ich denken kann«, antwortete Clara und erlaubte es sich, für einen Moment in der Wärme von Jordans braunen Augen mit Sprenkeln von Kurkuma und Bernstein auszuruhen.
»Das habe ich geahnt«, sagte er. »Und trotzdem fragst du mich, warum ich hier bin.«

Nach dem Tee machten sie einen Spaziergang und entfernten sich vom Campingplatz. Jordan wollte noch mehr reden, ehe er Clara den anderen in der Gruppe vorstellte. In sicherem Abstand vom Zeltplatz holte er eine Pfeife aus seiner Schultertasche, setzte sich auf eine Holzbank mit Blick auf das Meer und fing an zu rauchen. Seine Beine waren so lang, dass er sie fast zweimal um sich selbst wickeln konnte, wenn er sie überkreuzte. Clara fragte sich, ob er wohl Yoga machte. Es erschien ihr aus vielen Gründen wahrscheinlich.
»Möchtest du Sex mit mir?«, fragte Jordan plötzlich und paffte eine kleine Rauchwolke aus. Clara zuckte zusammen.
»Was? Nein. Bitte nicht«, sagte sie und hasste sich selbst

dafür, dass sie rot anlief, obwohl sie wahrheitsgemäß geantwortet hatte. Clara schlief nur mit Männern, die sie im Grunde uninteressant fand. Das war eine Art Schutzmechanismus – so brauchte sie keine Angst zu haben, sie würden sie für eine schlechte Gesprächspartnerin halten. Sie verliebte sich nur in Männer, die sie nicht kannte – zum Beispiel in Justin Trudeau oder den sommersprossigen Nahostexperten, der manchmal in den SVT-Nachrichten zugeschaltet wurde – auf diese Weise brauchte sie keine Angst zu haben, eine Beziehung kaputtzumachen, weil es genau genommen gar keine Beziehung gab. Manch einer hielt das bestimmt für traurig, aber sie selbst empfand es nicht so. Wenn sie an die Liebe dachte, dachte sie an ihren Bruder; wie die Liebe ihn schlimmer verletzt hatte, als es die Einsamkeit je gekonnt hätte. Das war Grund genug für sie, lieber misstrauisch zu sein.

»Gut. Ich habe nämlich den Verdacht, dass mehrere Mädchen aus der Gruppe gern mit mir ins Bett gehen würden, und es ist so anstrengend, sie zu enttäuschen. Denn ich gehe nicht mit ihnen ins Bett, verstehst du, aus Prinzip – ich brauche deutliche Grenzen. Und ich habe auch nicht vor, mit dir ins Bett zu gehen.«

»Nein, das ist wie gesagt kein Problem«, sagte Clara, die sich nicht neben Jordan auf die Bank gesetzt hatte, sondern neben ihm stand und überlegte, wie sie ihre Arme möglichst unverkrampft halten konnte.

»Nachdem wir das geklärt hätten: Darf ich mit in dein Hotel kommen? Ich müsste mal ins Internet.«

Jordan paffte ein letztes Mal seine Pfeife und klopfte sie dann an der Bank aus. Ein wenig glühende Asche rieselte die Klippe hinab.

»Achtung, das kann zu einem Waldbrand führen«, sagte Clara.

»Wie du vielleicht bemerkt hast, gibt es hier keinen Wald.

Das ist ja das Problem an dieser Insel, ich dachte, das wüsstest du.« Jordan beugte sich vor, spuckte einen ordentlichen Flatschen auf das kleine Aschehäufchen und vermischte alles zu einem feuchten Brei. »Zufrieden? Darf ich jetzt mitkommen?«

»Na gut«, sagte Clara und zuckte mit den Schultern. »Aber es ist eine richtige Bruchbude.«

»Wie gesagt war ich in der Westsahara. Und in Bangladesch. Ich glaube, ein mieses Hotel kann ich gerade noch verkraften. Welches ist es denn?«

»Hare Miru Lodge. Oder so ähnlich.«

»Gut. Gehen wir.«

Schweigend legten sie den zwanzigminütigen Fußmarsch zum Hotel zurück. Dort angekommen, war Jordan Feuer und Flamme, als er den Pool sah, und Clara bot ihm ein Handtuch an, falls er hineinspringen wollte – aus reiner Höflichkeit, weil sie überzeugt war, er würde das Angebot ablehnen, wenn er die vielen Insekten sähe, die auf der Oberfläche herumtrieben. Doch er nahm es freudig an, und sie verbrachten den restlichen Nachmittag im Hof des Hotels, Jordan auf dem Rücken im Pool, Clara zusammengekauert auf demselben Liegestuhl, wo sie auch die erste Nacht verbracht hatte und jetzt eifrig alles mitschrieb, was Jordan in seinen Pausen zwischen Rückenschwimmen und Kraulen erzählte.

»Ich nenne das Totalwelt. Diesen Zustand, in dem wir uns gerade befinden. Wie die Totalkunst, nur betrifft es die ganze Welt, verstehst du. Der Mensch ist ein destruktives Wesen, das war er schon immer. Was ist die erste Geschichte in der Bibel? Der Sündenfall.«

»Bist du Christ?«

»Darum geht es nicht. Es geht darum, dass die Christen vor mehreren tausend Jahren –«

»Als sie streng genommen noch gar keine Christen sein konnten –«

»Du weißt, was ich meine. Diejenigen, die die Bibel geschrieben haben. Die wussten, dass es zu den tiefsten menschlichen Instinkten gehört, alles zu zerstören, was gut und schön ist. Und sie hatten recht. Man muss sich nur die Geschichte ansehen, wir haben es wieder und wieder getan. Man muss sich nur diese Insel ansehen. Zivilisationen kamen und gingen, und der Mensch war immer ebenso sehr an ihrem Niedergang beteiligt wie an ihrem Aufstieg. Die menschliche Geschichte ist zyklisch – man kann jeden Fehler voraussagen. Aber der Unterschied, Clara, der Unterschied besteht diesmal darin, dass der Umfang der Katastrophe größer sein wird als je zuvor. Ich meine geographisch, kulturell, wirtschaftlich – heute ist die Welt durch ein so kompliziertes Netz miteinander verbunden, dass sie, wenn nur einige wenige Maschen darin kaputtgehen, komplett zerstört wird. Das meine ich mit Totalwelt. Wir ziehen uns gegenseitig in den Dreck. Wenn einer fällt, fallen alle. Und wir werden alle fallen. Bald.«

Jordan stieß sich vom Beckenrand ab und schoss davon, wie ein haariger Torpedo verschwand er unter der Wasseroberfläche. Um die Welle der Übelkeit zu dämpfen, die Jordans unbekümmerte Bestätigung all ihrer tiefsten Ängste in ihr ausgelöst hatte, nagte Clara an ihrem Stift. Es war ein Tintenroller, ein ganz normaler aus Plastik, auf dem man nur schwer herumkauen konnte. Sie sehnte sich nach einem gelben Bleistift mit einem kleinen hellbraunen Radiergummi, nach Crayola-Wachsmalstiften in einer ebenso gelben Schachtel, nach Malpapier und einem großen, festgeschraubten Spitzer ganz vorn auf dem Pult. Wenn man auf einen solchen Bleistift biss, konnte man die Zungenspitze auf den Kreis aus Blei legen, der immer kalt schmeckte, wie Schnee. Für so einen Stift hätte sie alles gegeben. Sie hätte alles dafür gegeben, noch einmal acht Jahre alt zu sein und am Tag der Vereinten Nationen »Heute Nacht hatte ich einen Traum« zu singen und mit großen, ernsten Buchstaben »KAMPF DER UMWELTVERSCHMUTZUNG!« in die Rubrik »Was ich hasse:« in das Poesiealbum ihrer Freundinnen zu schreiben. Der Krieg war wie ein Schnuffeltuch für Kinder, die in den 90er Jahren in Lund aufwuchsen. Etwas, was der eigenen Geborgenheit Konturen verlieh, eine zusätzliche Tiefe. Wusste man überhaupt, wo diese abstrakten Kriege vor sich gingen? Clara konnte sich nicht erinnern, dass das je diskutiert worden war. Als Kind erlebte sie die Landschaft des Krieges als etwas Mystisches und Fremdes, etwas Nicht-Irdisches. Und die Umweltverschmutzung war etwas Konkretes. Plastikflaschen in der Natur, ein Ölteppich auf der Ostsee, ein säuberlich abgegrenztes Loch in der Ozonschicht.

»Was ist eigentlich aus dem Ozonloch geworden? Ist das wieder zusammengewachsen?«, fragte Clara, als Jordan zum Luftschnappen auftauchte.

»Nein. Natürlich nicht. Es wurde nur von der Klimafrage verdrängt.«

»Das hatte ich befürchtet.«

»Du wirkst traurig.«

Clara warf ihren Block beiseite und zog ihre Beine an den Körper. Ihr wurde bewusst, dass sie den ganzen Tag noch nichts gegessen hatte, und der Hunger machte sie schlapp und gereizt. Diese Ruhe vor dem Sturm war doch nicht normal. Jordan war vielleicht nicht psychotisch, aber auf jeden Fall emotional gestört. Warum wunderte sie das eigentlich? Gleich und gleich gesellt sich gern.

Clara beugte sich zu ihrem Rucksack herab und holte erneut das Handy hervor. Arbeit war die einzige Möglichkeit, einen kühlen Kopf zu bewahren. So war es schon immer gewesen. Sie drückte auf den Aufnahmeknopf.

»Empfindest du denn gar keine Traurigkeit? Du hast doch eine Menge darüber geschrieben. In deinem Blog. War das alles nur gelogen? Du hast geschrieben…«, sagte Clara und merkte, dass ihre Stimme ein wenig zitterte. »Du hast geschrieben, du hättest geweint, als du das erste Mal den blauen Fleck unterhalb von Grönland gesehen hast. War das nicht wahr?«

Jordan legte die Handflächen auf den Beckenrand und zog sich daran hoch. An jedem seiner Brusthaare hing ein Wassertropfen. Clara überkam eine plötzliche Lust, die Hand auszustrecken und einen Tropfen auf ihren Finger zu nehmen. Sie liebte Wasser, sie liebte es so sehr, dass sie gleichzeitig Angst davor hatte, vor der Meerestiefe, vor dem Tod durch Ertrinken, vor dem Seemannsgrab, und sie hatte enorme Angst vor dem Mangel an Wasser, der Dürre, der rissigen Erde, dem Durst. Sie liebte jeden einzelnen Tropfen und fürchtete jedes Meer.

Aber sie ließ ihre Hand auf dem Knie liegen.

»Natürlich war es wahr«, sagte Jordan und strich sich das Wasser aus Haar und Bart, es prasselte auf die Steinplatten und spritzte gegen Claras Bein. »Ich bin Amerikaner und nicht Buddhist, ich habe mich wahnsinnig schwergetan mit dem Gedanken, nichts tun zu können. Wie du weißt, sind wir ein tatkräftiges Volk. Weshalb wir es auch geschafft haben, innerhalb von so kurzer Zeit so viel Verheerung auf der Welt anzurichten. Ich war unglaublich lange Optimist. Ja, sogar Idealist. Aber der Idealismus ist eine Droge, Clara, das moderne Opium für das Volk. Man kann die Welt nicht mit LED-Lampen retten. Man kann die Welt nicht mit Technik retten. Man kann die Welt nicht einmal mit drastischen, allumfassenden politischen Maßnahmen retten. Möglicherweise würde das klappen, wenn wir die halbe Bevölkerung erschießen und eine strenge Geburtenkontrolle einführen und wieder in Höhlen ziehen würden. Aber das wäre ja faschistisch. Summa summarum, Clara, es ist zu spät. Wir haben in den Apfel gebissen und müssen die Konsequenzen daraus ziehen. Als ich das eingesehen habe, habe ich aufgehört, da-

gegen anzukämpfen. Ehrlich gesagt habe ich keine Angst mehr, nicht, seit ich hier bin. Aber traurig bin ich immer noch. Ich bin traurig darüber, diesen Planeten nicht an die Kinder weitergeben zu können, die ich nie haben werde.«
»Redet ihr über solche Dinge? In der Gruppe, meine ich? Eure Gefühle angesichts dessen ... was bevorsteht?«
»Ja, natürlich. Aber nicht nur. Wir reden auch viel darüber, was danach kommt.«
»Danach?«
»Nach dem Anthropozän. Es ist ja nicht so, dass die Welt mit einem Knall explodieren und verschwinden wird. Es wird immer noch Leben auf der Erde geben, nachdem wir Menschen einander vernichtet haben. Anpassungsfähigere, nicht ganz so unbeirrbare und übermütige Lebensformen. Wir haben mehrere Leute in der Gruppe, die richtig viel von Evolutionslehre verstehen, ein paar Philosophen – und auch den ein oder anderen Trottel. Normalerweise entstehen abends am Lagerfeuer richtig spannende Diskussionen, du wirst schon sehen.«
»Wann denn?«
»Heute Abend, wenn du willst. Wir essen immer eine Stunde vor Sonnenuntergang. Und sehen uns immer zusammen den Sonnenuntergang an. Das ist eine Art Ritual, im Grunde das einzige, das wir haben. Wie gesagt, wir sind nicht religiös. Wir haben verschiedene Meinungen über verschiedene Dinge, Ursache und Wirkung, den Sinn des Ganzen. Aber wir haben gemeinsam, dass wir es nicht länger schaffen, in dieser heuchlerischen Gesellschaft zu leben, die uns glauben machen will, dass sich alles regeln wird, obwohl es ganz eindeutig nicht so ist. Du, bekommt man hier eigentlich irgendwas zu essen? Ich bin völlig ausgehungert.«

Erst als sie auf dem Rückweg zum Lager waren, oder zum »Garten«, wie Jordan es in einer ironischen Anspielung auf sich selbst als Hirten nannte, dachte Clara wieder an Elif und dass sie ihr vorgeschlagen hatte, zusammen zu essen. Na ja, vielleicht war Elif ja ein Mensch, der erst spät aß – oder was auch immer sie mit ihren Mahlzeiten machte, denn zu essen schien sie sie ja gerade nicht. Sebastians Freundin hatte das Essen immer so lange auf ihrem Teller hin und her geschoben und verteilt, bis es gegessen aussah. Elif schien ihre Essstörung hingegen gar nicht groß verbergen zu wollen. Vielleicht baute sie einen Turm aus dem Essen. Ja, bestimmt baute sie einen Turm und ließ ihn dann einstürzen.

Die Sonne stand tief über den Klippen und dem Gras, der stoppeligen Vegetation, die die ganze Insel aussehen ließ wie einen knubbeligen Skalp. Clara fiel auf, dass sie schon seit zwei Tagen auf der Insel war und noch keine Moai gesehen hatte. Vielleicht morgen. Vielleicht konnte Jordan sie ihr zeigen. Bisher hatte er nicht über die Statuen gesprochen, aber irgendeine Beziehung musste er dennoch zu ihnen haben.

Gitarrenmusik plätscherte durch die Luft, als sie sich dem Lagerplatz am Wasser näherten. Sie klang spanisch.

»Wer spielt denn da?«, fragte Clara.

»Keine Ahnung. Bernie hat eine Gitarre, aber der spielt immer nur Creedence.«

Um eine Reihe von Campingkochern saß etwa ein Dutzend Menschen unterschiedlicher Hautfarbe und Größe und unterschiedlichen Geschlechts versammelt. Wie auf ein Signal hoben sie alle ihre Köpfe, als Jordan und Clara näher kamen. In dem Moment sah Clara, dass die Person, die Heitor Villa-Lobos' Präludium in e-Moll spielte, niemand anderes war als Elif.

»Clarita!«, rief sie fröhlich, als sie Clara erblickte. »Wir sind zum Essen eingeladen!«

NACH DEM SONNENUNTERGANG ZOGEN SICH die meisten Zeltlagerbewohner zurück in ihre provisorischen Unterkünfte – dünner Zeltstoff, zerbrechliche Stangen. Clara konnte nicht umhin, diese Menschen dafür zu bewundern, wie unberührt sie der Gedanke an einen möglichen Sturm anscheinend ließ. Einige blieben noch wach und entfachten ein kleines Feuer. Unter anderem ein rothaariges Mädchen aus Irland, das nur knapp dem Schutzalter entwachsen sein konnte und vermutlich zu denen gehörte, die angeblich mit Jordan ins Bett wollten. Clara war sich da nicht so sicher, vielleicht, weil die Rothaarige einen so introvertierten Blick hatte, als würde sie alles, was sie brauchte, innerhalb ihrer eigenen Schädelwände finden. Sie hieß Siobhan, ein Name, der zusammen mit ihrer weltabgewandten Körpersprache und ihrem Funken sprühenden Haar Assoziationen zu Jeanne d'Arc weckte. Außerdem gab es noch eine jüngere kroatische Frau, Vedrana, die Bäume, Postdramatik und Sufjan Stevens liebte. Bernie, der nicht Bernie Sanders war, es aber hätte sein können. Und dann eine Australierin mit einer Haut wie ein Krokodil und mit großen, tabakfleckigen Zähnen – Grace. Irgendwann zog sie ihren Pullover hoch und zeigte, dass sie vier Messer in ihren vier Messerscheiden am Gürtel trug. »Das hier ist am schärfsten«, sagte sie und zeigte auf das Messer ganz links. Dann deutete sie auf das erste von links: »Und das am stumpfsten. Wie du siehst, habe ich ein System.«

Keines der Gruppenmitglieder schien sich daran zu stören oder darüber zu wundern, dass Elif aufgetaucht war, und zwar kurz nachdem Clara und Jordan zum Hotel aufgebrochen waren, wie sich später herausstellte. Elif hatte sich als ein angsterfüllter, ehemaliger Kinderstar vorgestellt, der auf die Insel gekommen war, um mit Gleichgesinnten auf den Weltunterhang zu warten, und die anderen hatten sie aufgenommen wie ein verlorenes Lamm. Einige, darunter Grace, hatten sogar *Racing for Rhonda* gesehen und den Tag vergnügt damit zugebracht, Elif ausgiebig über das Leben in Hollywood zu löchern. Dass niemand schon früher zu Elif Kontakt gehabt hatte, schien sie nicht groß zu kümmern. Obwohl viele von ihnen jung waren, sogar jünger als sie selbst, und außerdem in der Lage, einen Computer zu bedienen, fiel Clara bald auf, dass sie dieselbe Sicht auf die Informationsgesellschaft hatten wie sehr alte Menschen. Sie schienen zu glauben, das Internet sei eine Art telepathische Standleitung zu sämtlichen Informationen auf der ganzen Welt. Wenn man »online« sei, so erzählte ihr ein junger Mann aus Bremen, würde man ganz unbewusst eine Menge Information absorbieren. Das Gehirn sei wie ein Schwamm, der sich ausnahmslos mit allem vollsauge, bis er nichts mehr aufnehmen könne und anfange zu tropfen. »Und dann wird man verrückt«, flüsterte er Clara zu, und Elif, die neben ihm saß, nickte bekräftigend und sagte, ganz genau, man müsse sich nur mal Kanye West angucken. Clara hatte den Eindruck, dass der junge Deutsche selbst ziemlich verrückt war – zum Beispiel behauptete er ständig, er könne Sachen sehen, die anderen verborgen blieben.

Mehrere Bewohner schienen auch davon auszugehen, dass ihre kleine Kolonie Gegenstand der Medienberichterstattung und deshalb inzwischen weltweit bekannt sei, ein Irrtum, den Clara lieber nicht aufklären wollte, denn dann hätte sie selbst zugeben müssen, dass sie nicht über irgendeine transmediale Dschungeltrommel davon erfahren hatte, sondern weil sie den Kontakt mit Jordan aktiv gesucht hatte, nachdem er sein Blog aufgegeben hatte.

Dass sie mit anderen Worten zu ihnen gehörte, der Schar der Trauernden.

Im Gegensatz zu den anderen schien sich Jordan über Elifs Anwesenheit zu wundern, machte aber nicht viel Aufhebens darum. Offenbar konnte kaum etwas seine natürliche Gutmütigkeit erschüttern. Obwohl inzwischen viele der anderen schlafen gegangen waren, wimmelte er Clara und Elif nicht ab, sondern ermunterte sie, noch zu bleiben, bot ihnen seine Pfeife an und einen süßen Madeira aus einer Flasche, die er aus seinem Zelt hervorzauberte, und gegen Mitternacht kochte er Reis für sie, den sie mit den Fingern direkt aus dem Topf aßen.

»Hast du schon Statuen gesehen?«, fragte er Clara und deutete mit dem Holzlöffel auf sie. Sie musste es verneinen.

»Ich wollte vielleicht so eine Bustour machen«, sagte sie.

»Und den Katastrophentourismus unterstützen? Kommt nicht in die Tüte. Ich bringe dich hin. Morgen.«

Elif räusperte sich vernehmlich.

»Euch beide natürlich«, korrigierte Jordan. »Will noch jemand mit?«

Doch niemand antwortete, denn keiner von den anderen – weder Siobhan, Grace, Bernie, Vedrana noch der junge Mann aus Bremen – war noch wach. Sie hatten sich einfach um das Feuer herum hingelegt und waren eingeschlafen wie Kinder, wenn die Lampe ausgeschaltet wird, mit dem Himmel als Decke und den Sternen als Nachttischlampe und dem fernen Meeresrauschen als einer mütterlichen Stimme, die langsam verklingt.

SIE HATTE EINEN TRAUM UND in diesem Traum war sie eine Wüste...
 Eine Naturgewalt...
 Es war ein Albtraum.

Und noch einen...
 Sie war ein Mädchen, ein flaumiger Kopf auf einem Schoß mit einem karierten Große-Schwester-Rucksack als Kissen, sie lachten in die Kamera...
 Ava! Elif!
 Es war ein Mann, der sie rief, mit breiten Schultern...
 Es war ein Vater! Er war normal! Hatte Kirschen in einem Korb!

»Da drinnen steht ein Glas mit Ambient.«

Mist, jetzt verschwand er...
 Und Ava...
 Aber Dakota war noch da!
 Sie guckten *Star Wars VIII: The Last Jedi*, Achtung: Traumlogik! Das war doch ein viel zu neuer Film...
 Dakota war Rey, Elif war Kylo Ren, sie konnten über Zeit und Raum hinweg miteinander in Verbindung treten.
 Das war größer als die Liebe...
 Größer als alles.

»Also Zigaretten, die ich mit Butter bestrichen hatte.«

Hört auf zu reden, ihr macht den Traum kaputt...
Habt ihr nie solche Träume...
Die sich anfühlen wie kühle Kleider auf der Haut!
Wer seid ihr? Was wollt ihr von mir? Was will ich von euch?
Will nur was Ewiges haben.
Ihr seid nicht ewig...
Ihr werdet euch verlieben, das ist alles.

AM NÄCHSTEN TAG KAM JORDAN gegen Mittag vorbei und holte sie in einem alten, schmutzig weißen Land Rover Defender ab, den er sich von dem Ehepaar geliehen hatte, dem der Campingplatz gehörte. Elif schlief noch, als es an der Tür der Hotelsuite klopfte, in der Clara noch einmal auf dem himmlisch weißen Ledersofa hatte schlafen dürfen. Clara öffnete Jordan die Tür und ließ ihn herein, während sie resigniert in Elifs Richtung deutete.

»Sie schläft noch«, erklärte sie. »Unmöglich, sie zu wecken.«

»Schlaftabletten?«, fragte Jordan.

»Kann sein.«

Jordan ging zu dem Bett und zog nacheinander Elifs Augenlider hoch. Dann ging er ins Badezimmer, Clara konnte hören, wie er Schränke öffnete und schloss. Kurz darauf kam er wieder heraus.

»Da drinnen steht ein Glas mit Ambient. Wir können sie hinten auf die Rückbank legen. Man soll Leute, die so was genommen haben, nicht wecken, man kann sich nie sicher sein, ob sie tatsächlich wach sind. Ich habe diese Tabletten auch eine Zeitlang konsumiert, das war total bizarr. Ich habe im Schlaf Sachen gemacht, die ich sonst nie machen würde. Eines Morgens hat meine damalige Freundin erzählt, sie hätte mich in der Küche gefunden, wo ich gerade gebutterte Zigaretten gegessen habe. Also Zigaretten, die ich mit Butter bestrichen hatte.«

Clara zuckte zusammen.

»Freundin?«, fragte sie, ehe sie sich beherrschen konnte.

Jordan betrachtete sie mit einer hochgezogenen Augenbraue.

»Ja? Hatte ich. Sogar mehrere. Bist du etwa schon eifersüchtig?«

Clara kehrte ihm den Rücken zu und sank neben Elif auf die Knie, hielt die Hand vor ihren Mund, um zu prüfen, ob sie noch atmete. Das tat sie natürlich; warmer, feuchter Atem an der Handfläche. Clara ballte ihre Hand und suchte krampfhaft nach einer Antwort, nach einer möglichst unschuldigen Detektivfrage, um die Ermittlungen voranzubringen. Das ging ihr alles zu schnell. Sie war noch nicht bereit.

»Wie finden deine ganzen Freundinnen es denn, dass du mit einem eigenen Harem auf die Osterinsel gezogen bist?«, war das Einzige, was sie hervorbrachte. Das klang nicht im Geringsten unschuldig. Es klang wie eine Anmache.

»Nicht schlimm, denke ich. Mit der letzten war es schon eine ganze Weile aus, bevor ich herkam. Ehrlich gesagt hat sie mir das Herz gebrochen. Wir haben eigentlich überhaupt nicht zusammengepasst, in manchen Dingen waren wir zu ähnlich, in anderen zu verschieden. Sie wollte die Welt retten, aber nicht sich selbst, bei mir war es umgekehrt. Und sie war rücksichtslos, schrecklich rücksichtslos, wenn es um die Gefühle anderer Menschen ging. Ich glaube, sie hat es nicht absichtlich getan, sie war einfach so. Aber mal ganz ehrlich, das ist nicht der Grund dafür, warum ich nicht vorhabe, mit dir ins Bett zu gehen. Das ist wirklich eine reine Prinzipiensache, eigentlich bist du ziemlich süß. Wenn ich es mir recht überlege, erinnerst du mich an sie. Genauso kantig.«

Clara schnaubte verächtlich.

»Du brauchst dir gar keine Sorgen zu machen«, erwiderte sie, »ich mag dich mit jeder Stunde, die vergeht, weniger.«

Gemeinsam gelang es ihnen, Elif auf den Rücksitz des Autos zu bugsieren. Zu Claras großer Verwunderung schlief sie einfach weiter. Ihr Schnarchen erfüllte das Auto und machte das Schweigen weniger angestrengt. Sie rollten vom Hotelparkplatz.

Nach einer Weile fragte Clara Jordan nach dem Vogelmann. Jordan interessierte sich nicht für den Vogelmann. Er wollte lieber über das Bienensterben sprechen. Clara wusste bereits alles über das Bienensterben, vielleicht wusste sie sogar mehr als Jordan, aber sie ließ ihn trotzdem reden – anscheinend hatte das eine therapeutische Wirkung auf ihn, seine Gesichtszüge wurden weicher, wenn er Worte wie »zum Tode verurteilt« und »unwiderruflich« aussprach. Sie fuhren einen Kiesweg entlang und überquerten eine felsige Anhöhe, und dann noch eine. Clara hatte auf der Karte gesehen, dass der Weg nach Ahu Akahanga über den höchsten Punkt der Insel führte, 507 Meter über dem Meer.

»Was ist sie eigentlich für eine?«, fragte Jordan mit einer Kopfbewegung in Richtung Elif.

»Keine Ahnung«, sagte Clara, was ja nur teilweise gelogen war. »Hattet ihr vorher keinen Kontakt?«

»Nein«, sagte Jordan. »Die ist gestern einfach aufgetaucht. Ich habe sie noch nie gesehen.«

Er strich sich mit einer Hand über sein bärtiges Kinn.

»Weißt du, ich hätte nie gedacht, dass es so käme«, sagte er. »Dass die Leute herkommen würden. Das war nicht geplant. Ich war zwar mit ihnen in Verbindung geblieben, nachdem ich mein Blog aufgegeben hatte, es ist nicht so, dass ich ihnen verheimlicht hätte, wo ich bin. Aber es war nie so gedacht, dass sie herkommen würden. Und trotzdem kamen sie. Einer nach dem anderen. Wie Sirenen, die aus dem Meer stiegen. Keiner hatte sich vorher bei mir gemeldet. Außer dir.«

»Wer ist zuerst gekommen?«

»Siobhan. Dann Sytze. Als Letzter Horst. Ja, wenn man dich nicht mitzählt.«

»Zähl mich nicht mit.«

Jordan warf ihr einen amüsierten Blick zu.
»Du glaubst wirklich, du wärst anders, oder?«
»Nein«, antwortete Clara nach einer Weile. »Eigentlich nicht. Aber ich werde nicht bleiben, das ist der Unterschied.«
»Warum nicht?«
Sie zuckte mit den Schultern.
»Du willst ja nicht mit mir ins Bett, wo ist dann der Sinn?«
Genau in dem Moment erwachte Elif, vielleicht, weil die Autoscheiben von Jordans schallendem Gelächter bebten. Wie eine Puppe schlug sie beide Augen gleichzeitig auf, öffnete den Mund zu einem O – und schrie. Jordan schrak zusammen, das Auto geriet kurz ins Schleudern, doch dann brachte er es wieder unter Kontrolle und lachte weiter. Clara war von innen gegen die Tür geschleudert worden und fluchte hysterisch, sie klang wie Matilda, wenn sie einen ihrer schlechten Tage hatte. Sie hätte Jordan gern einen Schlag auf den Hinterkopf verpasst, wagte es jedoch nicht, weil sie Angst hatte, sie könnten wieder ins Schlingern geraten. Elif wirkte dagegen amüsiert. Sie lehnte sich zwischen den Vordersitzen hindurch und stieß einen Pfiff aus.
»*Jeez*, ihr seid das. Ich habe gedacht, ich wäre entführt worden. Ich hatte einen so kranken Traum, das könnt ihr euch nicht vorstellen.«
Sie ließ sich wieder zurückfallen.
»Ihr kamt übrigens auch darin vor, ihr beide. Ihr hattet euch verliebt und dreizehn Kinder bekommen.«
»Das ist wirklich krank«, sagte Clara. »Zwölf würden mir reichen.«
Elif kicherte. »Du bist lustiger, als du glaubst, *Sister*. Du könntest glatt Komikerin werden.«
»Nenn mich nicht so.«
»Komikerin?«
»Schwester.«

Zwanzig Minuten später bogen sie auf einen kleinen Kiesplatz ein, der anscheinend als Parkplatz diente. Ringsherum standen vereinzelte Büdchen, wo Kunsthandwerk und Passionsfruchtsaft feilgeboten wurden und Eis am Stiel aus Gefrierboxen, an denen mit Klebestreifen sonnengebleichte Schilder befestigt waren.

»Das ist mein Lieblingsort auf der Insel«, sagte Jordan und schaltete den Motor aus. »Also, nicht der Parkplatz. Aber das da drüben.« Clara blickte durch das heruntergelassene Fenster in die Richtung, in die Jordan zeigte. Dort sah es aus wie überall sonst auf der Insel auch: grünes Gras, das vom Wind zu kurzen harten Stoppeln zerschlissen worden war und weiter unten am Meer in Felsen und Klippen überging. Kleine, kleine Pferde, großer, großer Himmel.

Sie stiegen aus und begannen, geradewegs ins Nichts zu gehen.

»Wo sind sie?«, fragte Elif, als sie eine Weile einen ausgetretenen Pfad entlanggegangen und fast an der Bruchfläche angekommen waren, an der das Land auf das Meer traf.

Clara konnte sie auch nicht sehen, nicht einmal, als Jordan darauf zeigte. Sie konnte lediglich eine Sammlung von Steinbrocken erkennen, die in einem wilden Haufen auf einer Felsenspitze verstreut lagen.

»Etwa die Steine da drüben?«, fragte Elif. »Sorry, aber das ist ein bisschen enttäuschend.«

Clara schirmte ihre Augen mit der Hand ab und blinzelte.

»Ich hatte sie mir etwas größer vorgestellt«, sagte sie.

»Und stehend«, ergänzte Elif.

»*That's what she said.* Aber schön ist es. Richtig schön. Das hier ist echt. Oder habt ihr gedacht, sie hätten die ganze Zeit über gestanden? In Wahrheit waren die meisten zusammengestürzt, mit der Zeit stürzt alles ein. Erst in der zweiten Hälfte des zwanzigsten Jahrhunderts hat man sie allmählich wieder aufgebaut. Und eine Touristenattraktion aus allem gemacht. Aus dem Stein Geld gehauen, buchstäblich. Aber nicht hier. Hier hat man sie in Ruhe gelassen. Außerdem sind es die Einzigen, die man anfassen darf. Man denkt wohl, sie wären nicht genauso wertvoll. Aber dann hat man nichts verstanden.«

Jordan schwang seinen Rucksack über die Schulter, und sie gingen auf die Steine zu. Als sie näher kamen, bemerkte Clara, dass das, was aus der Ferne bloß aussah wie eine organische Struktur aus zufälligen, auf den Boden gespuckten Steinen, in Wirklichkeit ein Muster bildete. In einer großen Formation lag eine Reihe von Steinen mit vagen menschlichen Umrissen. Jordan erklärte, dass sie »die Plattform des Königs« hießen. Ringsherum lagen weitere Figuren, einige von kleineren Steinen eingerahmt, andere allein, kaputt, ausgerenkt. Sie sahen aus, als wären sie gestolpert, auf dem Weg aus der Dusche ausgerutscht und gestolpert. Clara war gezwungen, den Blick abzuwenden; irgendwie wirkte es so intim. Als würde man einen sehr alten Menschen angaffen, der sich hinter einem Rollator den Bürgersteig entlangschleppt, oder einen stark erkälteten Menschen in der U-Bahn, dessen Nase ununterbrochen läuft, die er unauffällig mit seinem Pulloverärmel abwischen will.

Nur eine der Statuen hatte ein Gesicht mit menschlichen Zügen. Sie lag auf dem Rücken und starrte mit Augen wie Bombenkratern direkt in den Himmel. Sie war mollig und pausbäckig wie ein sechs Monate altes Baby, doch anstelle eines neuen Lebens sprach aus ihrem Blick der alte Tod. Jordan setzte sich auf den Bauch der Statue.

»Was machst du?«, rief Elif. »Zeig doch ein bisschen Respekt, *please!*«

Jordan lachte nur.

»Respekt«, sagte er, »ist ein verdammt abstrakter Begriff.«

Dann erzählte er etwas, das Clara tröstlich fand, weil es ziemlich schön war, symbolisch, Ausdruck für eine übergreifende Ordnung, und zugleich unheilverkündend, weil es um den Tod ging, und um Beerdigungen, und begrabene Menschen, die sich nie begegnen werden. Er erzählte, dass der König, nach dem dieser Ort benannt war, Hotu Matu'a, eine Schwester gehabt hatte. Sie wohnten in unterschiedlichen Himmelsrichtungen, und ihre Wege kreuzten sich nur selten. Als Hotu Matu'a starb, wurde er hier begraben. Seine Schwester, Ava Rei Pua, wurde in ihrem Heimatort auf der anderen Seite der Insel beerdigt. Wie sich herausstellte, war das kein Zufall. Später hatte man entdeckt, dass es einen astronomischen und geographischen Zusammenhang zwischen diesen beiden Orten gab. An der Grabstätte der Schwester ging zur Sommersonnwende die Sonne auf, an der des Bruders versank sie zur Wintersonnwende.

Jordan strich mit seinem Finger über den Himmel, der blau war, unglaublich blau.

»Schwester, Bruder, Sommer, Winter«, sagte er. »Für immer zusammen, für immer getrennt.«

»Hast du gerade gesagt, dass sie Ava hieß?«, fragte Elif.

ZWEI TAGE UND ZWEI NÄCHTE nach ihrem Besuch bei den umgestürzten Statuen stellte Clara ihren Wecker auf drei, drei Uhr nachts, denn sie wollten die Sonne hinter den Königsrücken aufgehen sehen, und das, hatte Jordan gesagt, würde das Schönste sein, was sie je gesehen hatten. Clara war sich nicht sicher. Immerhin hatte sie in ihrem Leben schon viele schöne Sachen gesehen, das hatten ja die meisten. Und ein Sonnenaufgang? Das klang billig. Claras Erfahrung nach war Schönheit etwas, das keine Abnutzung vertrug, das ständig neu erfunden werden musste. Und vor allem war es etwas, das nur wenig mit dem Bildschönen, Rosafarbenen, Goldumrandeten zu tun hatte.

Das Schönste, was Clara je gesehen hatte, war eigentlich zutiefst abstoßend. Damals war sie vielleicht fünfzehn oder sechzehn. Sie hatte es in der Ecke eines Fensters gesehen. Ein Schmetterling und eine Wespe. Sie klebten aneinander, in ein Spinnennetz gewickelt. Beide waren tot. Es war schön, weil sich nicht erkennen ließ, wer wen zu töten versucht hatte und wem es, wenn überhaupt, am Ende gelungen war. Es war schön, weil niemand es auf eine Postkarte gedruckt hätte. Es war schön, weil es Clara den Magen umdrehte.

Nichtsdestotrotz stand sie jetzt auf, weckte Elif, zog ihren besten Pullover an, ockergelb, flusig, auf seine eigene Weise schön, weil er sie an Matilda erinnerte, alles an diesem Pullover erinnerte sie an Matilda, die Farbe, die Flusen, die Tatsache, dass er einmal – ja – ihr gehört hatte.

Natürlich war es schmerzlich. Natürlich war es deshalb schön.

Elif und Clara fuhren mit Jordan, Horst und Siobhan im Defender. Die anderen hatten sich in einen gemieteten Minibus gezwängt. Wie ein zweigliedriges Tier glitten sie durch die Dunkelheit, den ganzen Weg bis zur entgegengesetzten Spitze der Insel. Dort lag Ahu Tongariki, die prächtigste aller Moai-Plattformen. Während der Fahrt erzählte Jordan Clara etwas, das sie noch nicht wusste: dass alle 180 Statuen auf der Insel mit dem Gesicht landeinwärts platziert worden waren, und nicht Richtung Meer, wie Clara spontan angenommen hätte.

»Aber warum?«, fragte sie.

Jordan zuckte die Achseln. »Der Nabel der Welt«, sagte er. »Das bedeutet Rapa Nui. Vielleicht blicken sie zur Mitte, um zu sehen, ob er hält.«

Was er natürlich nicht getan hatte und niemals tun würde.

Es war immer noch dunkel, als sie ihr Ziel erreichten, inzwischen war es kurz vor fünf, und nur ein winziger Streifen Licht, dünn wie ein Pinselstrich, ließ sich über dem Meer erahnen. Sie parkten, kletterten über eine Mauer, hielten sich an den Händen und rannten über das abgekaute Gras.

Tiefer hinein in die Schatten, das besonders dunkle Dunkel, das ein Teil der gewöhnlichen Dunkelheit war, und doch wieder nicht, nein, eher wie die Dunkelheit in einer Kirche, oder in den Armen eines anderen Menschen. Es waren die Statuen, die die Schatten warfen, es waren fünfzehn, und sie waren riesig. Grotesk. Genau diese Art von Schönheit war die einzige Schönheit, die Clara interessierte. Die brutale, beeindruckte Schönheit, die Schönheit und der Ekel des Untergangs, die einzige Art von Schönheit, die etwas mit der Wahrheit zu tun hatte.

Die Statuen warfen Schatten, weil jetzt allmählich die Sonne aufging. Die Sonne ging auf, weil sie das nun einmal tat, und sie würde es weiter tun, noch viele Millionen Jahre, egal, welch hohe Gebäude man errichtete, um sie zu verdecken.

Erst setzten sie sich ins Gras. Dann legten sie sich hin. Dann lagen sie auf dem Boden und sahen die Sonne aufgehen.

Und Clara hatte das Gefühl, dass dies – vielleicht wegen der neuen alten Sonne oder vielleicht aufgrund des Schreckens, der jedem wirklich schönen Erlebnis auf den Fuß folgt wie ein Neufundländer dem anderen, der Schrecken darüber, dass all dies bald vorbei sein würde – ein Augenblick war, in dem alles, was gesagt wurde, eine absolute Wahrheit war. Sie holte ihr Handy heraus, drückte auf Aufnahme und streckte es einer Frau entgegen, mit der sie noch nicht gesprochen hatte.

»Erzähl«, sagte Clara. »Was auch immer.«

ALICIA, 53 JAHRE, *Salamanca, Spanien:*
Wenn ich an das Ende denke, denke ich an Feuer. Ein großes, prasselndes Feuer. Weißt du, wie Feuer klingt? Es wird tosen. Das ist übertrieben, ich weiß, aber ich stelle mir vor, dass Vögel vom Himmel fallen werden. Ich möchte mich nicht im Inneren eines Hauses befinden, wenn es passiert. Stell dir das Geräusch vor, wenn ihre Schnäbel und Krallen an den Fensterscheiben heruntergleiten. Stell dir das nur mal vor.

Vedrana, 29 Jahre, Zagreb, Kroatien:
Ich möchte Bäume pflanzen. Was kann ein einzelner Mensch sonst noch machen? Eigentlich? Ich werde Bäume pflanzen. Dafür möchte ich mein Leben nutzen. Ich bin nicht naiv genug, um zu glauben, es würde einen Unterschied machen. Man kann die Welt nicht »Baum für Baum« retten, das ist ein Slogan, der genau wie alle anderen Slogans gelogen ist. Meine Mutter sagt, ich wäre zynisch. Mein Bruder auch. Aber ganz ehrlich. Ich liebe Bäume. Das muss doch bedeuten, dass ich nicht ganz verloren bin.

Siobhan, 24 Jahre alt, County Galway, Irland:
Eigentlich sollten wir nicht hier sein. Das ist nicht unser Ort. Alle Menschen haben einen Ort. Es ist der Ort, an dem man geboren ist. Mein Ort ist Galway. Nicht die Stadt, sondern alles ringsherum. Die Bäume. Die Klippen. Die Steine. Die Wildpflaumen. Die Salzwassergischt. Die Kissing Gates. Kennst du dort, wo du aufgewachsen bist, alle Bäume? Ich kenne meine. Pappel. Esche. Eibe. Und die Blumen. Und die

Vögel. Bevor ich herkam, war ich eigentlich nie an einem anderen Ort als im Westen Irlands. Trotzdem habe ich mich in der Landschaft wiedererkannt, als ich herkam. Wenn ich die Augen ein bisschen zusammenkneife, sieht es aus wie an den Klippen von Connemara. Ich hätte an meinem Ort bleiben sollen, denke ich. Wobei ich es nicht genau weiß. Ich weiß nicht mehr, ob ich noch irgendwo zu Hause bin, so richtig.

Jordan, 35 Jahre, Berlin, VT, USA:
Es gibt einen amerikanischen Denker, der Wendell Berry heißt. Auf gewisse Weise ist er Philosoph, auf gewisse Weise auch Künstler. Er beackert den Boden immer noch mit Pferden.

Er hat einen phantastischen kleinen Text über einen Eimer geschrieben. Einen Eimer, der an einem Zaun auf seinem Grund und Boden hängt. Dort hing er bereits, als Berry das Land kaufte, und vermutlich schon seit Jahrzehnten. Im Laufe der Zeit ist allerlei biologisches Material in den Eimer gefallen – Laub, einzelne kleine Äste, das ein oder andere tote Insekt. Regenwasser, das durch drei kleine Löcher im Boden wieder abläuft. Und dort, ganz unten, befinden sich, als er den Text schreibt, drei Zentimeter perfekter Humusboden.

Drei Zentimeter, in vielleicht hundert Jahren.

Jedes Kind kann ausrechnen, dass wir verloren sind.

Rosa, 26 Jahre, Viña del Mar, Chile:
Ich bin Meeresbiologin. An der Universidad de Valparaísos, Facultad de Ciencias del Mar, in Viña del Mar. Das ist zurzeit ein wahnsinnig deprimierender Beruf. Anstatt neue Arten zu entdecken, verzeichnen wir ihren Tod. Das ist nicht das, was ich mir schon als kleines Mädchen erträumt hatte. Ich wollte mit Delphinen schwimmen. Ich bin in Valpo auf-

gewachsen. Dort gibt es Seelöwen, unglaublich viele Seelöwen. Abgesehen von den schiefen bunten Häusern, den Seilschwebebahnen und Pablo Nerudas Haus La Sebastiana sind sie unsere größte Touristenattraktion. Man fährt mit tuckernden kleinen Booten hinaus und glotzt sie an, als wären sie Prostituierte. Das ist unwürdig, aber so ist es nun mal. Aber wir haben keine Delphine, erst als ich neunzehn Jahre alt war, habe ich meinen ersten wilden Delphin gesehen. Das war in Mexiko. Die kleinste Delphinart der Welt lebt in Mexiko, ganz weit oben im Golf von Kalifornien. Sie heißen Vaquitas und sind kleiner als ein Mensch. Es gibt kaum noch welche davon. Wenn du mir, als ich elf Jahre alt war, gesagt hättest, dass es in fünfzehn Jahren nur noch dreißig Vaquitas auf der ganzen Welt gibt, hätte ich einen anderen Beruf gewählt. Wirklich, das schwöre ich.

Horst, 19 Jahre, Bremen, Deutschland:
Ich hoffe, ich werde nicht blind. Oder wenn ich es werde, dann bald. Das hoffe ich. Dass das Ende kommen wird, und dann ist alles vorbei.

Clara, 26 Jahre, Stockholm, Schweden:
Das hoffe ich auch. *(Schweigen.)* Und irgendwie doch nicht.

IN DEN TAGEN NACH DER gemeinsamen Exkursion nach Ahu Tongariki hielt Clara sich von der Gruppe fern, um ihre Gedanken zu ordnen und das, was sie als ihr »Material« zu betrachten versuchte. Inzwischen war sie schon sieben Tage auf der Insel und immer noch unsicher, wovon ihre Reportage eigentlich handeln sollte, wenn sie denn überhaupt eine schrieb. Elif hatte mit der Hotelrezeption verhandelt und Clara als offiziellen Gast in ihrem Zimmer mit einquartiert, weshalb sie das Rattenhotel verlassen konnte und Tag und Nacht in einem Luxus schwelgte, der im Widerspruch zu der Erzählung stand, der sie sich allmählich annäherte, während sie ihre Gespräche mit den Mitgliedern der Gruppe transkribierte, und der diese Erzählung zugleich verdeutlichte. Sie arbeitete auf der Terrasse, und Elif ließ sie die meiste Zeit in Ruhe. Was genau Elif tagsüber machte, war unklar, aber Clara hatte den Verdacht, dass sie ziemlich viel Zeit mit Jordan und den anderen im Zeltlager verbrachte. Von dem angeblichen Musikvideodreh war nicht mehr die Rede, und Clara fragte auch nicht nach.

Am dritten Tage auferstanden, hatte Elif Claras neue Arbeitsmoral anscheinend leid und verkündete beim Frühstück – bestehend aus Papayastücken am Spieß, Zigaretten und Kaffee –, sie wolle ein Boot mieten, und das Boot solle Dakota heißen.

»Man kann unten am Hafen welche leihen. Die sind richtig hübsch, sehen aus wie Bonbons.«

»Kannst du denn segeln? Ich nicht«, erwiderte Clara und kam sich vor wie ein Angsthase.

»Man kann doch wohl stattdessen rudern.«
»Auch wenn es stürmt?« Clara blickte auf die Böschung, den Steilhang und den Wind, der an den Palmen rüttelte.
»Komm schon«, sagte Elif und kniff in die lose Haut an ihrer rechten Kniescheibe. »Leb mal ein bisschen.«

Beim Bootsverleih angekommen, nahm Elif sich viel Zeit, um das richtige Gefährt auszuwählen. Die Flotte bestand aus kleinen, farbenfrohen Jollen, deren Farbe und Form tatsächlich entfernt an Bonbons erinnerte, und offenbar hatte man freie Wahl. Elif ging von einem Boot zum nächsten, bis sie vor einem türkisfarbenen Exemplar stehen blieb. Es hatte ein kleines, schmuddeliges, rot-weißes Segel und Holzruder, die von vielen Händen glattgeschliffen worden waren.

»Da ist sie! Dakota!«, jauchzte Elif zufrieden und warf ihre Handtasche achtern. Clara fragte nicht, warum sie bei der Namensgebung so entschieden war, und sie wies Elif auch nicht darauf hin, dass dieses Boot streng genommen, wenn man den handgemalten Buchstaben an der Seite glaubte, bereits einen Namen hatte, und zwar Bernada. Ebenso wenig erzählte sie, dass sie einmal einen Hund mit just diesem Namen gehabt hatte, ein Hund, der mit furchtbaren Magenschmerzen starb, verursacht durch eine 200-Gramm-Tafel Marabou Frucht & Mandel, die ihre Schwester Matilda versehentlich offen zugänglich im Wohnzimmer liegen lassen hatte. Sie sagte einfach nur »okay«, ein Wort, das ihr immer leichter über die Lippen kam, je mehr Zeit sie in der Sonne verbrachte, und dann kletterte sie in die türkisfarbene Wanne. Elif hob den Arm zu einem kecken Signal in Richtung Bootsverleiher, und noch ehe er sie erreicht hatte, um ihnen beim Ablegen zu helfen, hatte Elif bereits ein Ruder ins Wasser getaucht, sich vom Boden abgestoßen, und sie aus der Traube der anderen Boote hinausmanövriert aufs offene Meer. Sie machte keine Anstalten, das Segel anzufassen, war aber eine erstaunlich starke und geschickte Ruderin. Schon bald waren sie weit vom Land entfernt. Clara versuchte, nicht daran zu denken, dass es weder einen Motor gab noch Schwimmwesten. Immerhin hatten sie ein Schöpfgefäß. Clara hielt es auf ihrem Schoß fest wie ein Katzenjunges und betrachtete es als eine Metapher für die Zerbrechlichkeit des Lebens.

»Wo hast du Rudern gelernt?«, fragte sie Elif.

»In Kanada. Du hast doch gesagt, du hättest *Racing for Rhonda* gesehen? Darin gibt es auch eine Ruderszene.«

»Ich dachte, es ginge um Schlittschuhlaufen.«

»Das auch. Kanadische Kinder sind sehr sportlich.«

»Kann ich mir denken.«

Clara berührte mit einer Hand den Mast, der zwischen ihr und Elif aufragte und Elif in zwei Hälften spaltete.

»Wer ist eigentlich diese Ava?«, fragte Clara.

Elif hörte auf zu rudern.

»Darf ich fragen, warum du dich das fragst?«, sagte sie.

»Manchmal sagst du ihren Namen. Im Schlaf. Du brauchst es nicht zu erzählen, wenn du nicht willst. Ich dachte nur ... ich weiß auch nicht.«

Clara zuckte die Achseln. Sie drehte das Gesicht zum Himmel. Sie sah keine Vögel. Es erschreckte sie, dass sie keine Vögel sah. Es erschreckte sie, dass das Meer so still war. Es erschreckte sie, dass sie nicht wusste, ob sie das Land noch im Rücken hatten oder ob sie sich davon entfernten, um nie wieder zurückzukehren. Sie stellte sich vor, in einem milchig weißen Raum aus Strand, Meer, Himmel und zerfließendem Horizont zu laufen. Jordan hatte davon erzählt, wie es war, hier joggen zu gehen, an diesen Tagen, wenn der Sand unten am Wasser fest und vollgesogen war und der Himmel so nass, dass man das Gefühl hatte, er würde im Haar kleben bleiben. Er sagte, es sei so, als laufe man im Nichts. Wie in einer Wolke. Wie in einem Tunnel durch seinen eigenen

Kopf. Er sagte, es sei eine unbeschreibliche Freiheit. Clara fand, es klang schrecklich.

»Sie war meine erste Nemesis«, sagte Elif plötzlich und ließ das Ruderblatt ins Wasser fallen. Die zwei synkopischen Platscher rissen Clara jäh aus ihren Gedanken, sie stieß einen kleinen, erschrockenen Schrei aus.

»Jesus! Was war sie, hast du gesagt?«

»Meine Nemesis.«

Elif fing wieder an zu rudern, und Clara bekam das vage Gefühl, dass sie die Richtung änderte, war sich aber nicht sicher, am Horizont gab es nichts, woran man sich orientieren konnte.

»Du meinst, als eine Feindin?«

»Nein. Eine Nemesis ist mehr als eine Feindin. Eine Nemesis ist ein Teil von einem selbst, vor dem man nicht fliehen und von dem man sich nicht befreien kann. Die dunkle Seite von einem selbst, diejenige, die man hätte werden können, es aber nicht wurde.«

»Verstehe«, sagte Clara und führte automatisch die Nägel der einen Hand zu ihren Zähnen, wie immer, wenn sie an Matilda dachte. »Ich glaube, ich habe auch eine. Meine Schwester. Sie ist ziemlich bösartig. Aber ich liebe sie natürlich, irgendwie, deshalb zählt das vielleicht nicht.«

»Falsch!«, rief Elif aufgeregt. »Nur dann zählt es! Man muss seine Nemesis lieben und hassen. Ansonsten hat sie keine Bedeutung. Hass ohne Liebe geht schnell in Gleichgültigkeit über, genau wie Hass ohne Erkenntnis.« Elif tat mehrere kräftige Ruderschläge und stieß einen theatralischen Seufzer aus. »Du weißt gar nicht, wie gut du es hast. Ich habe mein ganzes Leben lang nach einer neuen Nemesis gesucht. Seit ich Ava verloren habe. Ich hatte so viele Kandidatinnen, aber sie haben mich alle früher oder später enttäuscht. Sogar Lana.«

»Del Rey?«

»Mhm. Sie ist einfach nicht gut genug.«
»Ich dachte, du hättest gesagt, eine Nemesis müsste böse sein.«
»*Girl*, denk doch mal ein bisschen nach. Beide auf einmal können nicht der böse Zwilling sein, daraus entsteht doch keine fruchtbare Beziehung, sondern nur eine Abwärtsspirale. Und weil ich natürlich nicht der gute Part sein kann, muss ich jemanden finden, der wie ich ist, nur besser. Jemand Reineres. Jemanden wie Ava. Jemanden wie Dakota Fanning.«
»Wer ist das?«
»Meine Nemesis.«
»Ich dachte, du hättest keine?«
»Ich habe Dakota Fanning. Und ich werde sie für den Rest meines Lebens haben«, sagte Elif und streichelte den Steven des Boots, sehnsüchtig, wie es Clara schien. Elif senkte ihre Stimme zu einem vertraulichen Flüstern:
»Weißt du noch, wie wir uns an dem einen Abend am Strand getroffen haben? Als ich gesagt habe, ich würde auf meine Nemesis warten. Ich meinte Dakota. Sie ist auf dem Weg hierher. Ich schwöre.«

Clara wusste nicht richtig, wie es dazu gekommen war, aber plötzlich befanden sie sich wieder an Land, nicht an derselben Stelle, an der sie abgelegt hatten, sondern am Strand unterhalb des Campingplatzes. Am Rande des Wassers stand Jordan, die Hose bis über die Waden hochgekrempelt, eine Harpune in der einen Hand und einen Eimer über dem Arm. Elif winkte mit ihren Streichholzarmen, warf den Tampen über die Reling und sprang ins knietiefe Wasser. Jordan und sie begrüßten sich mit Küsschen. Clara blieb im Boot sitzen. Sie wusste, dass in Jordans Eimer tote Fische lagen, und die wollte sie nicht sehen. Weiter oben am Strand saß Horst und hatte die Zehen in den Sand gebohrt, er balancierte die

Kamera auf seinen spitzen Knien. Sie verstand nicht, wie er es schaffte, dass sie nicht herunterfiel. Vedrana lag neben ihm auf dem Rücken und las ein Buch von Naomi Klein.

Elif kreischte. Jordan jagte sie mit einem Fisch, der noch zwischen seinen Fingern zappelte. Die Augen sahen grotesk aus, wie Seifenblasen kurz vor dem Platzen. Clara verkroch sich tiefer in ihrem Pullover und legte sich auf die Planken des Bootes. Es war eng, aber nicht klaustrophobisch. Beinahe gemütlich, auf eine etwas triste Weise. Sie schloss die Augen und fragte sich, ob das Tau hielt oder ob sie die Augen erst auf dem offenen Meer wieder öffnen würde. Beide Seiten könnten der böse Zwilling sein, hatte Elif gesagt. Dieser Gedanke gefiel Clara, ihrem Sinn für Ordnung und Gleichgewicht. Aber wenn Matilda die Böse war, würde das bedeuten, sie wäre die Gute. Das war wiederum schwer zu verdauen. Sie hatte sich selbst nie als gut oder böse betrachtet, nie danach gestrebt, eins von beidem zu sein. Ganz im Gegenteil, sie hatte stets nichts sein wollen. Höchstens eine kleine Kräuselung auf der Wasseroberfläche, eine kleine Knospe am Ende eines winzig kleinen Zweiges. Und gleichzeitig – sie wusste, dass es wahr war – hatte sie immer auch Matilda sein wollen. Denn das so genannte Böse war auch eine Art Naturgewalt.

Sie spürte die Nähe des Fisches, kurz bevor er auf ihrem Bauch landete, aber da war es zu spät. Als sie die Augen öffnete, lag er dort und starrte sie an, es war eine Art Aal, lang und glatt und noch lebendig. Aus seinem Blick sprach Verzweiflung. Ohne nachzudenken, packte sie den glitschigen Körper und warf ihn ins Wasser. Es dauerte nicht länger als eine Sekunde, und dennoch meinte sie zu sehen, wie er kurz die Zähne bleckte, ehe er ins Wasser tauchte und verschwand.

»Was machst du da?«, fragte Jordan. »Den wollten wir noch essen.«

Er hatte eine Hand auf das Boot gelegt und die andere in die Taille gestemmt. Sein Hemd war schief geknöpft, genau dort, wo sich das Herz befand, hatte er einen Knopf übersprungen, und Clara glaubte zu sehen, wie es in der Öffnung im Stoff pochte, wie sich die braun gebrannte Haut bewegte. Sie legte ihre Hand dorthin und drückte fest zu. Er schwankte, fiel jedoch nicht um.

»Du bist echt krank im Kopf«, zischte sie und versuchte, aus dem Boot zu klettern. Er reichte ihr seine Hand, aber sie schlug sie weg. Er lachte, und dieses Lachen räumte Claras letzte Zweifel daran aus, dass dieser Jordan derselbe Mann war, dem ihre Schwester das Herz gebrochen hatte – auch wenn es so schien, als hätte er es ziemlich gut wieder gekittet, sie hatte es jedenfalls immer noch unter ihrer Handfläche gespürt. Sie waren desselben Geistes Kind, Matilda und er. Kein Wunder, dass es zwischen ihnen nicht funktioniert hatte.

»Hattest du wirklich Angst? Es war doch nur ein Fisch. Und bilde dir bloß nicht ein, du hättest ihn gerettet. Der war schon halbtot.«

Clara antwortete nicht, sondern watete einfach nur die wenigen Meter Richtung Strand. Das schien Jordan zu ärgern.

»Wo willst du hin?«

»Das geht dich einen Scheiß an.«

»Clara, sei doch nicht so kindisch. Das war ein Scherz, okay?«

Clara blieb stehen. Vedrana lag immer noch da und las, völlig unberührt von dem kleinen Streit. Elif hockte auf einem Stein und sah aus, als würde sie Popcorn essen. Horst hatte das Gesicht hinter den Händen verborgen wie ein sehr kleines Kind, das sich verstecken will, indem es die Augen zusammenkneift. Clara drehte sich um.

»Nein, nicht okay. Du fasst mich nie wieder an, kapiert?«

Jordans Arme fielen herunter. Die Sonne brach durch eine einsame Wolke und legte sich wie ein goldenes Cape um seine Schultern. Für einen Moment schien es, als wollte er etwas sagen, dann erschlaffte sein Kiefer, und er zuckte stattdessen die Achseln.

»Sorry.«

Clara schlang die Arme um ihren Oberkörper und stapfte davon, stemmte sich gegen den Wind, den es nicht gab.

Sie hatte nicht aktiv beschlossen, ins Internetcafé zu gehen. Später am selben Abend, als sie wach auf dem weißen Sofa lag und sich einredete, sie wäre niemandem eine Antwort schuldig, dachte sie, es sei der Zufall gewesen, eine Laune, die sie dazu gebracht hatte, das Café zu betreten, eine kleine bauchige Glasflasche mit Cola zu bestellen, den Browser des uralten Compaq-Rechners zu öffnen und sich zum ersten Mal seit zehn Tagen in ihre Mails einzuloggen. Sie hatte nur nachsehen wollen, ob jemand ihr einen Freelance-Auftrag angeboten hatte, ob es eine Chance geben würde, sich selbst zu versorgen, wenn sie diese Insel wieder verließ. Vielleicht, so musste sie sich eingestehen, hatte sie auch nachsehen wollen, ob von ihren Stockholmer Bekannten jemand bemerkt hatte, dass sie aus der Stadt verschwunden war, und sich jetzt meldete. Es war wohl nicht weiter merkwürdig, dass man ein wenig vermisst werden wollte.

Doch niemand hatte sich gemeldet, außer Matilda.

Womit Clara natürlich gerechnet hatte. Warum sollte sie sich sonst in die Anonymität des Internetcafés geflüchtet haben, wenn sie in Elifs Bungalow ein WLAN der Spitzenklasse hatte? Um ihre Ruhe zu haben, ihre Ruhe mit den Erzählungen ihrer geliebten, vermissten Schwester über deren Leben in der Ferne.

Es waren vier Mails, die im Abstand von jeweils zwei Tagen gekommen waren. Alle hatten denselben Betreff: *Sorry* *oder so (*NOCH EINMAL... *jetzt mal ehrlich, kannst du bitte antworten?)* Sie presste sich die kalte Colaflasche an die Wange, während sie sich selbst gegenüber so tat, als würde sie überlegen, ob sie sie öffnete oder nicht. Plötzlich kam es ihr ermüdend vor, ein Mensch zu sein, der andere ständig dazu brachte, sich entschuldigen zu wollen. Als wäre sie ein kleines schutzloses Tier und keine erwachsene Frau. Sie näherte sich mit dem Mauspfeil der ersten Mail, doch noch ehe sie diese öffnen konnte, zuckte sie zusammen. Direkt vor ihren Augen war eine neue Mail eingetrudelt und hatte sich über die anderen gelegt.

Sie war nicht von Matilda. Sie war von ihrer Mutter.

Später würde Clara sich wünschen, sie hätte sie nie geöffnet. Es war eine seltsame Mail, mit so vielen beruhigenden Phrasen, dass Clara sofort unruhig war. *Meine geliebte Tochter, jetzt wirst du etwas erfahren, das ein wenig seltsam ist... Du brauchst dir keine Sorgen zu machen, aber du solltest trotzdem wissen, dass ich in letzter Zeit einige Schwierigkeiten damit hatte, euren Vater ausfindig zu machen.*

Clara hatte in den letzten Wochen wenige Gedanken an ihren Vater verschwendet, und dass er sich offenbar zurückgezogen hatte, beunruhigte sie nicht – vermutlich hatte er einfach nur eine neue Frau kennengelernt und sich auf eine Liebesreise begeben, von der er mit großer Wahrscheinlichkeit zurückkehren würde, sobald er gelangweilt war.

Viel mehr beunruhigte Clara die Einsicht, dass dies erst der Anfang war. Irgendetwas an den verzweifelten Versuchen ihrer Mutter, Unruhe zu verbreiten und es gleichzeitig zu überspielen, sagte Clara, dass etwas aus dem Gleichgewicht geraten war. Dass etwas Kleines geschehen war, was etwas viel Größeres bewirken würde: der so genannte Schmetterlingseffekt. Puste gegen eine Feder, und schon hast du einen Sturm.

Und tatsächlich traf kurz darauf eine neue Mail ein. Sie

war von Matilda und an Clara und Sebastian adressiert. *Ist sie jetzt total durchgeknallt, oder worum geht es hier? Dabei bin ich ja wohl diejenige, die in dieser Familie psychisch krank ist! Aber klar habe ich mich schon immer gefragt, wo das eigentlich herkommt – vielleicht ist das die Antwort? Plötzlich gibt es irgendwie zwei Möglichkeiten. Erstens: Unsere Mutter ist gestört. Zweitens: WIR HABEN EINEN ANDEREN VATER, UND ER IST GESTÖRT!!! Denn das muss sie doch wohl meinen? Was könnte es sonst sein?*

Clara ging auf die Toilette und kotzte Coca-Cola ins Waschbecken. Dann betrachtete sie sich selbst im Spiegel. Dann kehrte sie wieder zum Computer zurück.

Sie blieb stundenlang davor sitzen und sah die Mails hereinflattern, von Sebastian, von Matilda, wieder von Sebastian.

Von Matilda.

Clara, wo zum Teufel bist du?

Und sie fing an zu schluchzen, denn sie wusste es nicht. Ganz konkret, wo sie war. Wo bei der Erde oben und unten war, was es eigentlich für einen Sinn hatte, auf eine Karte zu zeigen und zu sagen, da, da bin ich, an diesem Punkt auf der Welt, wenn jede Karte eine Lüge war, eine mangelhafte Abbildung von etwas, das zu groß war, als dass ein Mensch es je hätte verstehen können.

»WER IST EIGENTLICH DIESE AVA?«

Ja, verdammt, das würde sie erzählen! Oder auch nicht, manche Sachen kann man nicht einfach so erzählen... Wobei, wenn doch, hätte sie gesagt: Ava war das hübscheste, reizendste, liebenswürdigste Täubchen auf der ganzen Welt... Trotzdem hat sie Prügel einstecken müssen, von ihrem Vater, so schrecklich viele Prügel, dass sie sich fast nie draußen zeigen konnte. Blau wie ein Schlumpf! An solchen Tagen kletterte Elif normalerweise durch das Fenster, um Ava Gesellschaft zu leisten, wenn der alte Dreckskerl im Delirium war.

Meistens spielten sie Spiele, na ja... abgesehen von einem Monopoly, wo fast alle Chance-Karten fehlten – irre Symbolik, was? –, gab es in Avas Familie nur ein Trinkspiel mit Simpsons-Gläsern, aber sie dachten sich andere Varianten aus, ohne Alkohol, das nennt man intelligent.

Einmal schlug Avas Vater sie so sehr zusammen, dass sie einen Beckenbruch erlitt, Elif fand sie in ihrem Zimmer auf dem Boden in einer Lache aus Pisse und Kacke, das war Elifs erste Begegnung mit dem Tod. Okay, damals verschonte der Tod Ava zwar gerade noch mal, er drehte sich in der Tür um und ging wieder, vielleicht in die Kneipe, aber Elif kapierte trotzdem, dass er da gewesen war... Sein Schatten hing noch dort, er hing und schaukelte in den sonnengebleichten Baumwollgardinen... Und Elif rannte los und holte ihre Mutter, Ava kam ins Krankenhaus und ihr Vater in den Knast, immerhin etwas, aber anschließend rasselten Avas Hüften bei jedem Schritt wie Kastagnetten.

Damals waren sie erst elf Jahre alt, und dann bekam Elif

ja die Rolle in *Racing for Rhonda* und verschwand sozusagen, mit Schmetterlingsflügeln, flapp... Und Ava blieb bei einer Pflegefamilie in Brawley.
Wo war das schöne Täubchen jetzt? *No idea.* Aber Elif schrieb Avas Namen ab und zu in das kleine Google-Fenster, ungelogen, sie hatte bis jetzt nur noch nie auf »Suche« geklickt.
Also war Ava so was wie Schrödingers Katzenvieh! Gleichzeitig tot und lebendig... solange Elif nicht auf Enter drückte.
Und vielleicht war das auch besser so, oder, denn, also – nenn es doch bitte einfach nur Selbsterhaltungstrieb, *plz.*

»WIR WOLLEN DIR ETWAS VON unermesslicher Bedeutung zeigen.«

Vor der Veranda von Elifs Bungalow standen Jordan, Vedrana und der junge Mann aus Bremen, dessen Name, wie Clara jetzt wusste, Horst Herbert Jacob war.

Clara klappte den Laptop zu und betrachtete die kleine Gruppe, die geradezu feierlich auf dem sonnenverbrannten Rasen stand. Es war mitten am Tag, und die Sonne hatte kleine Schweißperlen auf Claras Oberlippe gestreut. Sie leckte sie mit der Zungenspitze ab, trank den letzten Rest aus ihrem Matebecher und ging mit dem Laptop ins Haus.

»Was für Schuhe soll ich anziehen?«

Sie streckte den Oberkörper halb durch die Tür, hielt ein Paar Espadrilles in der einen Hand und ein Paar Wanderstiefel in der anderen.

»Hast du kein Mittelding?«, fragte der junge Mann aus Bremen unerwartet empört.

»Nein.«

»Nimm die Stiefel«, sagte Jordan. »Wir fahren in die Berge.«

Berge war natürlich übertrieben – es gab auf der Osterinsel genauso wenig richtige Berge, wie es in Schonen Rodelhänge gab, was Clara schmerzlich bewusst geworden war, als sie einmal Besuch von ihren Kusinen aus Jämtland gehabt und ihnen stolz den so genannten Himmelsberg gezeigt hatte, einen Hügel vor der Stadtbibliothek in Malmö, der jedes dritte Jahr von einer dünnen, schmutzigen Schneeschicht bedeckt war, die für Schneerutscher und Snowracer gerade so taugte. Erst in diesem Moment verstand Clara, dass man sich für die flache schonische Landschaft schämen musste. Die Landschaft der Osterinsel war in vielerlei Hinsicht ähnlich, ohne Wälder, Bergketten und tiefe Täler. Zwar gab es die Vulkane mit ihren leichten Hängen, ja, und Klippen, die ins Meer abfielen, klar, aber die Landschaft ließ sich lesen wie ein offenes Buch – keine Geheimnisse. Im Auto auf dem Weg zum höchsten Gipfel der Insel, dem Cerro Terevaka, versuchte Clara, sich vorzustellen, wie die Insel ausgesehen hatte, als sie noch bewaldet gewesen war. Der Gedanke ließ sie erschaudern, aber gleichzeitig löste er auch eine gewisse Erregung in ihr aus, wie alles, was richtig unbehaglich war: Quallen, die so groß waren wie drei Fußballfelder, Männer mit Elephantiasis, Spiegelneuronen, solche Sachen.

Im Auto war es still. Vedrana sah aus dem Fenster, Horst saß vorn auf dem Beifahrersitz neben Jordan und schrieb etwas auf einen Notizblock, der auf seinen hochgezogenen Knien lag, die Füße stemmte er gegen das Armaturenbrett. Den Nacken hatte er so stark gebeugt, dass sein Haarschopf auf das Papier hing und einen fegenden Laut machte, sobald er seinen Kopf bewegte. Clara stellte sich vor, sie wären eine kleine Familie auf einem Ausflug. Es war ein schreckeinflößender Gedanke.

Eine Familie reichte definitiv.

Inzwischen waren mehrere Tage vergangen, seit wie durch eine Kettenreaktion am laufenden Band Nachrichten von ihrer Mutter, ihrem Bruder und ihrer Schwester in ihren Posteingang gespuckt worden waren. Sie hatte immer noch nicht geantwortet und wusste auch nicht, ob sie es je tun würde. Ob sie jemals zurückkommen würde oder einfach verschwinden. Versinken wie eine Insel im Meer, eine verlorene Stadt. Für einen Moment erlaubte sie sich die Frage, ob die anderen sie vermissen würden, wenn sie nie wieder zurückkäme. Wenn sie vielleicht für immer auf dieser Insel bleiben würde. In jeder Familie, dachte Clara, gab es jemanden, der unersetzlich war, und jemanden, den man sowohl haben als auch verlieren konnte.

»Was schreibst du denn da?«, fragte sie Horst und beugte sich zwischen den Sitzen vor. Er fuhr erschrocken hoch und stieß dabei mit dem Kopf gegen die Rückenlehne.

»Nur eine Liste«, sagte er und strich sich den Haarschopf aus den Augen. Clara sah sie zum ersten Mal, sie hatten eine trübe, milchig graue Farbe, wie Regenwasser. Seine Wimpern waren durchsichtig und sein Gesicht sommersprossig. Alles in allem erinnerte sein Gesicht Clara an einen Meeresboden.

»Eine Liste mit was?«, fragte sie und versuchte, einen Blick darauf zu erhaschen.

»Einfach nur mit dem, was ich sehe. Während der Fahrt kann ich nicht fotografieren.«

Horst klopfte auf die Kamera, die neben ihm auf dem Sitz lag. Es war eine edle Kamera in einem schwarzen Lederetui mit Band.

»Horst ist unser Haus- und Hoffotograf«, erklärte Jordan. »Ich weiß aber nicht, ob er gut ist, weil er uns noch nie Bilder gezeigt hat.«

»Hast du einen Laptop?«, fragte Clara. Horst nickte.

»Aber ich habe ihn nur, um die Bilder zu speichern«, sagte er beinahe entschuldigend. »Und dann maile ich ab und zu meinem Vater. Meine Mutter lebt nicht mehr. Deshalb.«

»Das tut mir leid.«

»Sie ist an einer Glyphosatvergiftung gestorben.«

»Das ist doch wohl noch gar nicht erwiesen?«, fragte Vedrana mürrisch. »Dass man an Glyphosat tatsächlich sterben kann.«

Horst zuckte nur mit den Schultern und widmete sich wieder seiner Liste.

»Wo fahren wir eigentlich hin?«, fragte Clara.

»Hierhin«, sagte Jordan und bog scharf links in einen kleinen Weg ein. Dann parkte er am Rand und öffnete die Tür. »Wir wollen uns unser kleines Versöhnungsprojekt ansehen, unseren Versuch der Buße und Besserung, unsere symbolische Wiederherstellung der natürlichen Ordnung. Wir wollen unseren kleinen Wald begutachten.«

Clara blickte aus dem Autofenster. Sie sah keinen Wald. Sie sah nur einen Hang mit zwanzig seltsamen Steinformationen. Sie sahen aus wie kleine Feuerstellen, Kreise von Steinen auf Kreisen von Steinen, einen halben bis einen Meter hoch.

»Du musst näher herangehen«, sagte Vedrana und schubste sie irritiert. Clara öffnete die Tür und stieg aus. Vedrana, die ihr folgte, ergriff entschlossen ihre Hand und zog sie zum nächstgelegenen Steinkreis.

»Da. Baum!«, sagte sie und deutete in den kleinen Krater. Und tatsächlich, innerhalb der Ringmauer aus Steinen stand ein kleiner Baum, nicht länger als ein Unterarm, und verbreitete mit seinen spärlichen Blättern eine wilde Lebensfreude.

»Sie sind so zerbrechlich, verstehst du«, erklärte Vedrana. »Wie Kinder. Ein Windstoß, und sie würden sterben.«

»Echt?«

»Hast du dich hier mal umgesehen?«, fragte Vedrana. Clara hob den Blick. Tatsächlich gab es weit und breit keine Gewächse, die mehr als eine Handbreit hoch waren.

»Früher war hier alles voller Bäume. Vor allem Palmen«, sagte Vedrana.

»Ich weiß.«

»Aber das ist vierhundert Jahre her. In vierhundert Jahren passiert viel mit der Erde. Die Erosion hat die Böden ausgehöhlt, die kleine Menge an fruchtbarer Erde, die es vor langer Zeit einmal gab, ist schon ewig weg. Die Bäume können hier nur schwer Wurzeln schlagen, vor allem, weil es so stürmisch ist. Sie müssen ganz ruhig stehen, um eine Chance zu haben. Deshalb die Mauern. Wir haben Gruben gegraben und sie mit Humus vom Festland gefüllt, und die Bäume haben wir von Trees for Life bekommen.«

»Was sind das für Bäume?«

»Sie heißen Aito. Vertragen gut Sandböden. Und bilden keine Monokulturen wie der Eukalyptus, den es unten an der Küste gibt.«

Clara warf einen Blick zum Auto. Horst war weg. Sie entdeckte ihn weiter entfernt am Hang, er hielt die Kamera ans Auge, die Linse auf Vedrana und sie gerichtet. Sie hob zögerlich die Hand und winkte ihm linkisch zu. Er drehte sich weg.

Jordan, der eine Runde um die Pflanzung gedreht hatte, kehrte zu ihnen zurück.

»Sieht gut aus«, sagte er zu Vedrana, die verbissen nickte. Clara hatte sie bisher nur ein einziges Mal lachen sehen. Trotzdem wirkte sie nicht unglücklich, nicht direkt.

»Komm, dann lass uns mal gießen.«

Clara blickte sich verwirrt um. Nirgendwo auf der Osterinsel gab es Wasserquellen. Jordan verstand ihre Verwirrung und deutete mit dem Kopf auf das Auto.

»Wir haben da hinten Kanister. Man muss sie so lange gießen, bis sie eine Chance haben, selbst zu überleben. Aber die Aitos sind gut, ihnen wächst schnell ein verhältnismäßig tiefes Wurzelsystem. Wir rechnen damit, dass wir noch ein oder zwei Monate nachhelfen müssen, dann kommt der Winterregen. Und nächstes Jahr schaffen sie es allein.«

Jordan fuhr das Auto ein Stück näher heran, und Vedrana ging nach hinten und öffnete den Kofferraum. Tatsächlich standen dort zehn Fünfzigliterkanister und drei Gießkannen.

»Gießt ihr mit der Hand?«

»Ja«, sagte Vedrana.

»Man hätte bestimmt ein Pumpsystem installieren können, aber ehrlich gesagt tut es der Seele gut, mit der Hand zu gießen. Und darum geht es ja eigentlich«, sagte Jordan.

»Ich dachte, es ginge darum, den Wald wiederaufzuforsten«, erwiderte Clara.

»Hast du die Bäume mal gezählt?«, fragte Jordan. »Es sind zweiundzwanzig. Man bräuchte zweihunderttausend Bäume auf der Insel, um die Erosion zu stoppen und das natürliche Ökosystem wiederherzustellen, wenn man damit das Ökosystem meint, das vor seiner Zerstörung durch den Menschen im 18. Jahrhundert hier existierte. Zweihunderttausend. Wir können keine zweihunderttausend Bäume pflanzen. Die chilenische Regierung könnte das vielleicht, aber sie ist nicht daran interessiert. Die Leute kommen auf die Insel, um sich die Statuen anzugucken – die Hälfte sind Weltuntergangstouristen, die Hälfte Indiana-Jones-Fans. Keiner kommt, um sich Bäume anzusehen. Also, warum machen wir das hier?«

»Ja, warum?«, fragte Clara und wühlte in ihrer Handtasche nach dem Handy, während sie Jordan nachlief, der zwischen den Bäumen umherschlenderte. Sie war nach wie vor selbst erstaunt darüber, was für eine unglaublich schlechte Journalistin sie war. Sie schaffte es nicht einmal überzeugend, eine Journalistin zu *spielen,* dachte sie, denn zu diesem Zeitpunkt hatte sie allmählich akzeptiert, was diese Reportage schon immer gewesen war. Nichts als ein Vorwand, eine Ankertrosse.

Vedrana hatte die Gießkannen mit Wasser aus dem Hahn des einen Kanisters gefüllt und schleppte sie nun zu den am weitesten entfernten Steinen. Sie stemmte die Kanne mit ihrem Knie hoch, lehnte sie gegen die Steinmauer und ließ das Wasser auf die feinen Wurzeln des Baumes rieseln. Endlich fand Clara ihr Telefon und drückte auf Aufnahme. Wie auf ein Gegenkommando marschierte Jordan wieder los, zurück zum Auto.

»Warum?«, wiederholte Clara und machte sich Sorgen, dass das plätschernde Wasser Jordans Stimme übertönen könnte. Vielleicht sollte sie sich auch lieber Notizen machen. Aber wo hatte sie ihren Block? In der Stofftasche, die noch zwischen den Bäumen lag. Clara seufzte laut. Jordan lachte.

»Du hast doch gesagt, dein Bruder wäre Hirnforscher, oder?«

»Ja?«, sagte Clara. Hatte sie das gesagt?

»Dann weißt du, was Neuronen sind. Wie es aussieht im Gehirn eines Menschen.«

»Ja.«

»Aber du hast es natürlich noch nie richtig gesehen, du kannst es dir nur vorstellen.«

»Ich habe Bilder in der *National Geographic* gesehen«, sagte Clara und kam sich sofort dämlich vor.

»Ja, klar«, sagte Jordan. »Über so etwas schreiben die, weil sich so etwas verkauft. Wir sind alle so wahnsinnig beeindruckt von uns selbst, so eingenommen von uns selbst, und nichts fasziniert uns so sehr wie unser Gehirn, weil es gewissermaßen der einzige Beweis für die Komplexität des Menschen ist, für unsere Überlegenheit und rechtmäßige Herrscherrolle.«

»Ja, ja«, brummelte Clara. Ihr taten schon die Arme weh, weil sie die ganze Zeit das Handy hochhielt, außerdem war es heiß. Ein Rinnsal aus Schweiß lief ihr zwischen die Brüste; es fühlte sich unangenehm an, wie Blut. »Können wir uns hinsetzen?«

»Nein, verdammt, wir müssen doch gießen. Leg das beiseite und hilf uns.«

Jordan deutete auf das Handy, und Clara ließ es in ihre Shortstasche gleiten. Sie nahm die letzte Gießkanne, füllte sie – jedoch nicht bis zum Rand, aus Angst, sie dann nicht mehr tragen zu können – und folgte Jordan.

»Wenn Menschen an Bäume denken, denken sie an Baumkronen«, sagte er. »Uralte Stämme, Rinde, Laub. Vogelnester. Aber Bäume sind wie Eisberge, sie wachsen fast genauso sehr unter der Erde wie über der Erde. Glaubst du, die Menschen würden anders über die Natur denken, wenn wir uns das Wurzelsystem eines Baumes genauso leicht vorstellen könnten wie die elektrischen Impulse in unserem eigenen Kopf? Bäume sind auch intelligent. Sie kommunizieren unter der Erde, ihre Wurzeln strecken sich einander entgegen wie Neuronen, berühren sich wie die Fingerspitzen zweier Liebender, wie Gott, als er Adam berührte. Die allermeisten Menschen heutzutage haben gar keine Ahnung von all dem. Wenn du am einen Ende des Waldes an einem Blatt zupfst, birgt diese Handlung das Potential, einen Busch am anderen Ende zu beeinflussen, sie birgt das Potential, alles zu beeinflussen – auch dich selbst. Man berührt einen anderen Menschen nicht, ohne selbst ein anderer zu werden, oder etwa nicht? Aber wir glauben, wir könnten uns durch die Natur bewegen, ohne dass die Abdrücke, die wir hinterlassen, mindestens ebenso tiefe Abdrücke in uns hinterlassen.«

Jordan verstummte und stellte seine leere Gießkanne ab. Er zog sein zerschlissenes, blassrotes Baumwollhemd aus und wischte sich damit die Stirn ab. Clara hatte das Gefühl, er würde diese Geste als Geschenk für sie betrachten. Sie wandte den Blick ab.

Man berührt einen anderen Menschen nicht, ohne selbst ein anderer zu werden.

Wer wurde man dann, wenn einen nie jemand richtig berührt hatte, nie das eigene Herz berührt hatte?

»Wo ist eigentlich Horst geblieben?«, fragte sie, um sich auf andere Gedanken zu bringen.

»Der rennt immer weg«, sagte Jordan. »Er ist ja noch ein Kind.«

»Neunzehn, oder?«
»Wie warst du denn mit neunzehn? Ich war jedenfalls noch ein Kind.«
»Ich hatte Angst im Dunkeln.«
»Siehst du.«
Sie gingen noch einmal zum Auto, um Wasser zu holen, und dann noch mal und noch mal. Währenddessen redete Jordan weiter über den Baum als äußerstes Symbol dafür, dass der Mensch die Verbindung zur Natur verloren hatte.
»Du weißt doch, dass ich aus Vermont komme. Für mich ist es eine Herausforderung, an einem Ort wie diesem zu leben, praktisch ohne einen Baum. Ich glaube, es ist für alle Menschen schwer – in den Städten, in den Agrarlandschaften, überall da, wo es mal einen Wald gab, der jetzt verschwunden ist. Mein Gott, wir sind schließlich Primaten. Wir sind aus den Bäumen geboren. Man denke bloß mal an die vielen Religionen, in denen die Bäume im Zentrum stehen – sogar im Christentum. Mitten im Garten Eden stand ein Baum, der eine Frucht trug, und Eva aß von der Frucht und kehrte dem Baum den Rücken zu. In diesem Moment hörte sie auf, Affe zu sein, und wurde Mensch. Aber wozu? Manchmal denke ich, wir hätten nie von den Bäumen herunterkommen sollen. Das war unser Eden. Alles, was danach kam, war nur ein einziges langes Diminuendo.«
»Und jetzt versucht ihr also, euch ein neues Eden aufzubauen? Hier? Mit zweiundzwanzig Bäumen.«
»Jetzt hast du mir nicht zugehört, Clara. Wir versuchen nicht, uns ein Eden aufzubauen, das ist hier keine bescheuerte Dokusoap. Wir versuchen nur, zu einer Form von Versöhnung zu gelangen.«
»Wie eine Art Ablass? Oder wie heißt das noch mal, in der katholischen Kirche, du weißt schon?«
»Mit der Kirche habe ich nichts am Hut.«
»Aber du bist religiös?«

»Das kommt darauf an, was man darunter versteht. Ich glaube, dass wir die Religion brauchen.«

»Religion wie in ›Glaube an etwas Größeres‹?« Clara zeichnete Anführungszeichen in die Luft.

Zum ersten Mal wirkte Jordan ehrlich entrüstet. »Ja. Genau das meine ich. Du findest das vielleicht affig, oder was auch immer du mit dieser ironischen Geste sagen wolltest, aber mal ehrlich, was bedeutet das? An etwas Größeres zu glauben? Größer als was?«

»Als man selbst, nehme ich an.«

»Richtig. Größer als der Mensch. Wenn wir es mal so sagen: Seit mehreren tausend Jahren glauben wir an den Menschen als das Höchste und Größte –«

»Also«, Clara war gezwungen, ihn zu unterbrechen, »die allermeisten Menschen haben die allermeiste Zeit über ja wohl doch an irgendeinen Gott geglaubt?«

»In der Theorie, ja. Gott als ein himmlisches Wesen, ein Leben nach diesem Leben, blabla, aber trotzdem stand doch immer der Mensch im Zentrum. Jedenfalls im Judentum, im Christentum und im Islam. Und wohin hat uns das geführt? Hierher. In eine Welt, in der wir riskieren, in dreißig Jahren in Flammen aufzugehen, wenn der Sommer in New York außergewöhnlich heiß wird. Wo es in sechzig Jahren nicht mehr genug fruchtbaren Boden geben wird, um auch nur die Hälfte von uns zu ernähren. Und so weiter und so fort, du kannst bestimmt genauso viele Katastrophenszenarien aufzählen wie ich –«

»Noch mehr, würde ich denken«, erwiderte Clara und meinte es ernst.

»Also, ja und nein: Ich glaube, dass wir wieder an etwas Größeres anknüpfen müssen. Aber damit meine ich etwas, das wirklich größer ist. Ich meine unsere fucking Erde, die Weltmeere, die Gletscher. Ich glaube, wir müssen sie auf uns stürzen und uns von ihnen zerstören lassen.«

Clara stellte keuchend ihre Gießkanne neben einem Baumkreis ab. Sie blickte auf den Baum herab. Obwohl er keine Augen hatte, stellte sie sich vor, dass er sie schloss wie ein neugeborenes Kind, das die Wärme an der Brust seiner Mutter sucht. Seine feinen Blätter reckten sich zum Himmel, und als es Clara endlich gelang, die Gießkanne auf den Rand der Mauer zu stellen und das Wasser hinunterplätschern zu lassen, hätte sie schwören können, dass sich die Blätter vom Strahl wegdrehten, damit das Wasser bis zu seinen Füßen gelangte.

»Stell dir vor, wir könnten hier tatsächlich zweihunderttausend Bäume pflanzen«, sagte sie. »Das wäre so, als würde man eine Wunde heilen.«

»Quatsch«, sagte Jordan. »Du weißt genau, dass es keine richtige Veränderung geben kann, bevor das System zusammenbricht. Es kann sein, dass wir als Art ausgelöscht werden, aber dann beginnt der Heilungsprozess. Das ist schon einmal passiert, und es wird wieder passieren. Wir werden nur nicht dabei sein. Aber so ist das. Wenn man die Party sprengt, kann man nicht erwarten, dass man beim nächsten Mal wieder eingeladen wird.«

»Ich mag Partys sowieso nicht besonders«, sagte Clara.

Jordan schwieg für einen Sekundenbruchteil. Dann sagte er mit einer Stimme, die plötzlich ganz fern klang: »Ich schon, leider. Das ist auch das Problem. Ich habe dieses Leben viel zu sehr geliebt, und jetzt weiß ich nicht mehr, wo ich hinsoll.«

Es dauerte fast eine Stunde, die vielen Wasserkanister zu leeren. Als sie ihr Werk beendet hatten, war Clara so durchgeschwitzt, dass ihre Shorts vorn und hinten große nasse Flecken hatten und ihre Füße in den schweren Stiefeln eine schwammähnliche Konsistenz annahmen. Es juckte in ihren Achselhöhlen und schmerzte im Kreuz. Trotzdem musste sie zustimmen, dass der Gedanke an das Wasser, das jetzt gerade durch die verschiedenen Erdschichten sickerte, etwas Zufriedenstellendes an sich hatte. Während Jordan und Vedrana losgingen, um Horst zu suchen, folgte Clara einem Impuls, kletterte über die Mauer zu einem Baum hinein und steckte ihre Hand in die jetzt feuchte Erde. Sie knetete den matschigen Lehmboden, ließ ihn zwischen ihren Fingern hervorquellen. Hinter der kleinen Mauer war kaum Platz, sie musste ihre Beine um den zierlichen Baumstamm legen, um sich hinzusetzen. Sie lehnte die Stirn gegen den blassen Stamm und atmete den salzigen Duft des Baumes ein, der so anders war als der vertraute Geruch der süßen Birke und der klebrigen Ulme und dennoch Geborgenheit verströmte. Ihr Herz schlug hart und schwer vor Anstrengung und Erleichterung. Sie hatte das Gefühl, sie könnte ihre Nerven spüren – in der Kühle der Steinmauer und der Nässe zu sitzen, war so, als würde sie jeden kaputten Nerv mit seinen zerfaserten Enden in klares, lauwarmes Wasser tauchen.

»Wir sind fertig und wollten jetzt baden fahren. Hier, trink.«

Clara blickte verwirrt und beschämt auf. Vor der Mauer stand Vedrana und hielt eine halbvolle PET-Flasche mit sonnentrübem Wasser in der Hand. Wie immer sah sie aus wie sieben Jahre Leid. Clara versuchte, wieder auf die Füße zu kommen, doch es gelang ihr erst, als Vedrana ihre freie Hand ausstreckte, um ihr zu helfen. Sie musterte Claras lehmverschmierte Beine und feuchte Shorts, nahm selbst einen Schluck aus der Flasche und sagte:

»Als Kind war mein bester Freund ein Baum. Ich würde gern in einem Baum wohnen.«

»Ernsthaft?«

»Ja. Hast du *Der Baron auf den Bäumen* von Calvino gelesen?«

»Nein.«

»Egal. Eigentlich handelt dieses Buch auch davon, die Natur zu zähmen, und das ist widerlich.«

»Hm«, sagte Clara und verschloss ihren Mund wieder mit der Plastikflasche. Das Wasser schmeckte nach Kies und Gras und Zufriedenheit.

»Habt ihr Horst gefunden?«, fragte sie, als sie sich schließlich von der leeren Flasche trennen musste.

»Ja, er ist mit Jordan im Auto. Und jetzt komm.«

»Hilft er euch nie beim Gießen? Oder, ich meine, macht er nur Fotos?«, fragte Clara, während sie über die Mauer kletterte. Vedrana seufzte.

»Horst ist schon in Ordnung, aber er ist fast blind.«

»Ich hatte gedacht, das würde er nur behaupten.«

»Nein, es stimmt. Blind. Wie ein Hundewelpe, nur in der umgekehrten Reihenfolge. Bald sieht er nur noch schwarz.«

Vedrana knautschte die leere Plastikflasche zu einem Ball zusammen und stopfte sie in ihren Rucksack.

»Außerdem hat er Visionen. Er glaubt, er könnte hellsehen.«

Sie fuhren nach Anakena, um zu baden. Nach der Begegnung mit dem kahlen Berg und den kleinen, kleinen Bäumen war es ein seltsames Gefühl, wieder unter Menschen zu sein. Touristen mit verspiegelten Sonnenbrillen und Sportrucksäcken und Sonnenbrand und funkelnden Zähnen und E-Zigaretten, braun gebrannte Kinder in Unterhosen, Kokosnussverkäufer und Fischer in ihren Booten, die gerade hinausfuhren, um die Netze auszuwerfen. Es herrschte Seewind, und die Wellen waren hoch. Vedrana und Horst, *die ernsten Kinder,* wie Clara sie mittlerweile insgeheim nannte, obwohl Vedrana fast dreißig war und damit älter als Clara selbst, zogen sich langsam und methodisch um, während Jordan einfach nur sein nasses Hemd abwarf und auf das Wasser zurannte. Sein Enthusiasmus färbte auf Clara ab, die sich hastig Shorts und Shirt entledigte und ihm folgte. Sie badete nicht gern allein, aber wenn sie Gesellschaft hatte, gab es kaum etwas, was sie so gerne machte, wie sich wieder und wieder und wieder von einer Riesenwelle umwerfen zu lassen.

Das Wasser war kühl an den Beinen. Während sie rannte, konnte sie sehen, wie Erde und Lehm weggespült wurden, wie sie sich in dem schäumenden Wasser auflösten und verschwanden. Eine Welle türmte sich auf. Das Salzwasser würde immer da sein, dachte Clara. Trotz allem. Die Meere würden größer werden, nicht kleiner, würden langsam anschwellen und Inseln verschlucken wie diese, Inseln wie Manhattan, Inseln wie Jersey und die Caymaninseln, die ganze Welt, die der Mensch mit Gold und Wolkenkratzern zerstört hatte, das ganze Glas, es würde zerbersten und ins Meer geschwemmt werden, würde vom Sand weichgeschliffen werden und zu Boden sinken wie dunkle Juwelen. Und die Wellen würden sich nach wie vor bewegen, vor und zurück, in vorherbestimmten Mustern. Das war es, was Jordan gemeint hatte, mit *dem, was danach kommt*. Clara wurde vom Lachen gepackt, einem wilden, rebellischen – beinahe glücklichen – Lachen.

Sie ließ sich von der Welle umwerfen.

Die Welle zog weiter, und Clara kam wieder auf die Füße, rieb sich das Wasser aus den Augen, streckte ihr Gesicht zur Sonne.

In dem Moment spürte sie einen Griff um ihre Fußgelenke.

Sie schrie in wilder Panik, ein Schrei, der noch anschwoll, als sich Jordans und ihre Blicke trafen – er stand mehrere Meter entfernt in Richtung Strand, also war er es nicht, und Vedrana und Horst staksten gerade vorsichtig aus dem Wasser an Land. Für einige panische Augenblicke spürte Clara den Tod durch Ertrinken wie eine Hand an ihrer Kehle. Diese unbekannte Person würde sie unter die Oberfläche ziehen und nicht eher loslassen, bis ihre Augenhöhlen voller Borstenwürmer und Quallen waren. Sie verfluchte sich selbst dafür, einmal mehr auf die verräterisch zärtliche Stimme des Schreckensglücks hereingefallen zu sein. Es war genau wie mit ihrem ersten Hotel – unter einer bildschönen Oberfläche lauerte ihre persönliche Hölle und wartete nur darauf, sie willkommen zu heißen. Sie japste nach Luft und streckte ihre Arme dem Meeresstrand entgegen und Jordan, der sie ansah, und den ernsten Kindern, die verständnislos auf ihre eigenen Füße starrten, so wie es ernste Kinder immer tun.

Da durchbrach ein schwarz gelockter Kopf die Wasseroberfläche.

»Du Miststück!«, schrie Clara und schlug im Wasser nach Elif. Elif lachte so sehr, dass das Wasser aus ihren eingesunkenen Nasenlöchern spritzte.

»Hattest du Angst?«

Clara schlang die Arme um ihren Körper und zog einen Schmollmund.

»Was machst du hier?«, fragte sie.

Elif hob die Hände und wich beleidigt zurück. Durch das Meeresrauschen konnte man nur schwer hören, was sie sagte, aber es klang wie: »*Fuck you too.*«

Eine neue Welle erfasste Clara, und als sie sich wieder aufrappelte, war Elif verschwunden. Clara entdeckte sie drüben am Strand, sie war ein Stück von den anderen entfernt an Land gegangen. Sie sah nicht so aus, als würde sie auf sie zugehen, sondern von ihnen weg.

Clara empfand etwas, das an ein schlechtes Gewissen erinnerte. Wusste der Geier warum, aber Elif war bisher immer nett zu ihr gewesen, und sie hatte nicht viel getan, um sich zu revanchieren. Hatte sie Elif womöglich verletzt? Clara watete mit großen Schritten an Land und rannte ihr nach.

»Du«, sagte sie und legte die Hand auf ihre Schulter.

Elif drehte sich langsam um.

»Entschuldigung«, sagte sie. »Dass ich dich an den Beinen gezogen habe. Das war kindisch. Aber du musst verstehen, dass ich keine nennenswerte Kindheit hatte. Maiskolben?« Sie nickte in Richtung eines Maisverkäufers. Clara war überrumpelt.

»Warum nicht«, sagte sie.

Elif kaufte zwei Maiskolben, und kurz darauf saßen sie im Sand. Elif zupfte die gelben Körner von ihrem Kolben und balancierte sie auf ihren Zehen. Clara aß die ihren, weil sie Hunger hatte.

»Ist kein Problem«, sagte sie versuchsweise zwischen zwei Bissen. »Ich habe mich nur so erschrocken. Ich ... erschrecke mich schnell.«

Elif gluckste.

»Das ist ja was ganz Neues. Nimm's mir nicht übel, wenn ich das sage, aber du wirkst etwas überspannt, Mädchen.«

Clara war ein bisschen gekränkt. Schließlich war sie nicht diejenige, die rund um die Uhr eine Sonnenbrille trug und Stalker-ähnliche Wahnvorstellungen über eine amerikanische Schauspielerin hatte.

»Mir geht nur gerade so viel im Kopf herum«, sagte sie und legte den abgenagten Maiskolben neben sich. »Familienprobleme, könnte man sagen.«

Elif nickte.

»Damit kenne ich mich aus. Oder besser gesagt kannte, als ich noch eine hatte. Familie, meine ich.«

Elif schnickte mit dem großen Onkel, sodass ein Maiskorn durch die Luft flog.

»Wir sind uns ziemlich ähnlich, wir beide, ist dir das klar?«, sagte sie und richtete die dunklen Flächen vor ihren Augen auf Clara. »Das habe ich schon gespürt, als ich dich zum ersten Mal gesehen habe. Du hast auf dem Flughafen gestanden und ausgesehen, als wäre jemand gestorben.«

Es war jemand gestorben, aber das sagte Clara nicht. Jemand war gestorben und hatte ihre Familie mitgerissen. Das sagte sie auch nicht. Stattdessen brummelte sie auf eine Weise, die weder bestätigend noch ablehnend klang. Eigentlich war es absurd, dass ausgerechnet Elif, die Clara an keinen anderen Menschen erinnerte, dem sie je begegnet war, Anspruch auf eine Seelenverwandtschaft erhob. Aber irgendwie war es auch schön.

»Was ist mit deiner Familie passiert?«, fragte Clara vorsichtig.

»Tja, alle gestorben. Jeder Einzelne. Also, meine wahre Familie, meine ich, von der habe ich dir doch schon erzählt, hörst du denn gar nicht zu? Und die anderen sind auch tot. Meine Mutter und mein Vater. Geschwister hatte ich nie. Partner, Kinder, all das – pfft!«

Elif machte eine flatternde Geste mit den Fingern.

»Habe ich auch nicht, wie du dir sicher vorstellen kannst«, fuhr Elif fort.

»Hm«, machte Clara.

»Aber du, hast du Geschwister?«, fragte Elif. »Mama, Papa, die ganze Chose?«

»Ja«, antwortete Clara widerwillig.

»Wo liegt dann das Problem?«

Clara zögerte einen Moment. Dann sagte sie: »In der Kommunikation. Könnte man sagen. Und in den Unterschieden. Da auch.«

»Und?«

»Dinge, die man nicht ungesagt machen kann. Dinge, die man nicht ungeschehen machen kann.«

»*Sister*, reiß dich zusammen«, sagte Elif und verpasste ihr einen leichten Schlag auf den Hinterkopf. »Solange es Leben gibt, gibt es Hoffnung. Sag einfach nur Entschuldigung. Das ist kinderleicht.«

»Entschuldigung«, sagte Clara, und Elif lachte; lachte und sprang über den Sand zu den anderen.

Als Clara sich später am Abend auszog, entdeckte sie, dass sie immer noch das Handy in ihrer Shortstasche hatte und dass sie vergessen hatte, die Aufnahme zu beenden. Sie hatte von allein aufgehört, als ihr Speicher voll war, aber es waren trotzdem mehrere Stunden mit Geräuschen, ein fernes Meeresrauschen, Stimmen, Gelächter. Sie steckte sich die Kopfhörer in die Ohren und nahm das Handy mit ins Bett. Wenn sie die Augen zusammenkniff, klang es fast wie Regenwaldgeräusche, Liebesgeräusche.

Und dann drei Sätze, die sich deutlich vom Hintergrundrauschen abhoben:

Man berührt einen anderen Menschen nicht, ohne selbst ein anderer zu werden, oder?

Das wäre so, als würde man eine Wunde heilen.

Solange es Leben gibt, gibt es Hoffnung.

Sie öffnete eine neue Mail und schrieb: Ich bin hier. Dienstag reden?

DER TOD. ALLGEMEIN ALS GEGENTEIL des Lebens angesehen. Die Götter: unsterblich. Die Menschen: ganz eindeutig sterblich. Die Pandas, die Tiger, die Orcas. Die Zikaden auf der Osterinsel, die einfach so starben und starben, unerklärlich. Ein Hund starb. Eine Frau, eigentlich noch ein Kind, starb. Alle starben und starben, einfach so.

Bis auf die, die es nicht taten.

Es war einmal ein Neugeborenes, dem der erste Schrei im Halse stecken blieb.

Aber der Schrei kam, er kam später. Nur ein bisschen verzögert.

Es waren einmal drei Geschwister, die nie gewusst hatten, auf wen die Geschichte zutraf.

Wer dieses Kind gewesen war, wer es vielleicht bis heute war. Wer dem Tod um eine Haaresbreite entkommen war und von Gottes Gnaden lebte.

Das Meer: unsterblich.

Das, was im Meer lebt, dagegen: in höchstem Maße sterblich.

AM ABEND VOR DEM TELEFONAT mit ihrer Familie war Clara so nervös, dass sie in Elifs Bungalow buchstäblich die Wände hochging. Sie hatte oben in einer der weiß verputzten Zimmerecken eine Spinne erblickt, möglicherweise giftig, und wollte keine Ruhe geben, bis das Untier aus dem Haus vertrieben war. Als Elif mit einigen klirrenden Flaschen von einem Spaziergang zurückkam, versuchte Clara gerade, sich an einem Bücherbord hochzuziehen. Ihre Fingernägel waren zersplittert und weiß von Putz.

»*Girl*, ich weiß ja nicht, was du da machst, aber du musst dringend auf andere Gedanken kommen«, sagte Elif und rief Jordan an.

Sie nahmen ein Taxi zum Playa Ovahe an der Nordseite, denn Elif hatte auf Tripadvisor gelesen, das wäre der schönste Strand auf der ganzen Osterinsel. Sie war entsetzt, als Jordan erzählte, er sei noch nie dort gewesen, obwohl er sich schon seit Monaten auf der Insel aufhielt. »Ich vertrage keine irdische Schönheit mehr«, war alles, was er zu seiner Verteidigung gesagt hatte.

Jetzt hatte er offenbar die Grenzen dessen verschoben, was er vertrug, denn kaum war das Taxi auf den Kiesplatz gefahren, der als Parkplatz diente, war es, als wäre etwas in seinen Augen entzündet worden. Der Strand, umgeben von vulkanischen Klippen, war nur wenige hundert Meter breit und vor allem vollkommen leer. Kein einziger Mensch, kein einziger Sonnenschirm, keine zurückgelassene Eisverpackung, so weit das Auge reichte, und es reichte weit, weil das Meer dort anfing, wo der Sand endete; natürlich, gewaltig, in so perfekten Wellen schäumend, dass Clara an die Fibonacci-Folge und an Schneckengehäuse denken musste, und an den schweren Kopf einer Sonnenblume, kurz bevor sie ihre Blütenblätter abwirft.

»*This beach is no good*«, sagte der Fahrer, während er das Geld zählte, das Elif ihm hinstreckte. »*Falling rocks. Hit your head, you know? Not always, but sometimes. Go look fifteen minutes at sunset. Then I drive you back.*«

Elif lachte und gab dem Fahrer einen weiteren Geldschein. »*We'll be okay. You can go.*«

»*But it will get dark and in dark you don't see the rocks.*«

»Dann sterben wir unvorbereitet«, sagte Elif und öffnete die Autotür. »Kommt, Kinder!«

Kaum hatte Jordan das Auto verlassen, riss er sich auch schon die Schuhe von den Füßen und sprang zum Wasser. Elif rannte ihm nach, und nur Clara blieb alleine stehen, während der murrende Taxifahrer den Motor anließ und davonfuhr. Clara machte sich keine übertriebenen Sorgen wegen der herabfallenden Steine, dafür aber umso mehr darüber, wie sie später wieder von hier wegkommen würden. Das Telefonnetz war schwankend, und sie vermutete, dass an diesem Ort nachts nicht zufällig Taxis vorbeikamen, vermutlich sogar gar keine Autos. Aber was sollte sie machen? Sie hätte vorher daran denken müssen. Ehe sie die relative Sicherheit von Hanga Roa verließ. Oder vielleicht noch früher, schon ehe sie Schweden verließ, Europa, oder warum nicht noch weiter zurück: ehe sie ihr Mädchenzimmer verließ, den Bauch der Mutter.

Sie verpasste sich selbst eine leichte Ohrfeige und ging los.

Am Wasser holte sie die anderen ein. Der unterste Punkt der Sonne berührte gerade die weiche Horizontlinie, und ein sanftes rosafarbenes Licht floss über die Meeresoberfläche wie Zuckerguss. Mehr oder weniger schweigend betrachteten sie den Sonnenuntergang und ließen die Wellen über ihre Zehen, Flipflops und Fesseln spülen. Jordan hatte eine Flasche Bourbon in seinem Rucksack, die er jetzt herauszog und ihnen anbot, während ihm die Tränen die Wangen herunterliefen. Clara war gezwungen, noch einmal genau hinzusehen, um sich zu vergewissern; aber tatsächlich, er weinte.

Er sah aus wie einer, der trauerte, und das war mehr, als Clara verkraften konnte.

»Komm«, sagte sie und knuffte ihn sanft gegen die Schulter. »Wir gehen baden.«

Als sie wieder aus dem Wasser kamen, saß Elif im Schneidersitz da und produzierte Seifenblasen. Aus ihrer ausgebeulten Tasche holte sie ein weiteres Seifenblasenröhrchen und warf es Clara zu, die sich bibbernd im Sand niedergelassen und ein Badetuch über die Schultern gezogen hatte.

»Aufmachen«, befahl Elif.

Clara schraubte den Verschluss des bunten Röhrchens auf und bemerkte verwundert – vor allem über ihre eigene Verwunderung –, dass es keine schmierig schimmernde Seifenlösung enthielt, sondern ein feines weißes Pulver. Clara war nicht so dumm, dass sie sich nicht denken konnte, was es war, nämlich Kokain, und nicht so unschuldig, dass sie die besagte Substanz nicht schon einmal probiert hatte, in einer Zeit, als die Angst davor, für langweilig gehalten zu werden, größer gewesen war als die Angst vor dem Drogentod.

»Komm schon, nicht so schüchtern«, sagte Elif und nickte auffordernd.

»Ich weiß nicht…«, sagte Clara und drehte sich halb flehend zu Jordan um, als suche sie nach Orientierung. Er zögerte keine Sekunde, sondern streckte sich leichtfertig nach dem Röhrchen, schüttete einen kleinen Zuckerhut aus Pulver auf seinen sonnengebräunten Handrücken und sog es ein, ohne überhaupt eine Line gezogen zu haben. Und es war klar, dass er so reagierte, dachte Clara, denn Jordan wirkte wie ein Mann, der die ganze Welt liebte, und Menschen, die die ganze Welt liebten, liebten normalerweise auch Drogen.

»Soll ich dir eine Line ziehen?«, fragte Jordan, und Clara nickte stumm. »Eine kleine«, fügte sie hinzu. »Ist lange her.«

Jordan lächelte sein vertrauenswürdiges, allwissendes Lächeln und schüttete ein neues, kleineres Häufchen auf seinen Handrücken. Dann zog er eine Nadel aus Claras Haaren und benutzte sie erstaunlich geschickt dazu, eine ansehnliche Line zu ziehen und streckte ihr die Hand entgegen, als sollte Clara sie küssen. Verlegen strich Clara die Strähne, die sich durch die fehlende Nadel gelöst hatte, hinter das Ohr und beugte sich vor. Auf halbem Weg stellte sie fest, dass etwas nicht stimmte.

»Hast du keinen Geldschein?«, fragte sie.

»Du brauchst keinen Geldschein.«

Clara fühlte sich dumm, aber gleichzeitig war sie sich sicher.

»Ich brauche einen Geldschein. Ich kann das sonst nicht.«

»Doch, kannst du. Das ist nicht schwer. Man braucht sich nicht übertrieben anzustrengen. Mach einfach die Augen zu und atme ein, dann kommt das Pulver von selbst zu dir.«

»Kann sein. Aber ich will nicht.«

»Warum denn nicht?«

»Kontrollbedürfnis«, antwortete Clara. Für einen Moment wurde es still, dann ertönte Elifs glucksendes Lachen. Sie kramte in ihrer scheinbar unerschöpflichen Handtasche und angelte ein Portemonnaie aus babyblauem Kalbsleder daraus hervor. »Ich habe Scheine, Baby. Welchen möchtest du? 10000 Pesos? 20000?«

Jordan gestikulierte mit seiner freien Hand gereizt in Elifs Richtung.

»Scheiß auf den Schein, Elif. Sie schafft das auch so.«

Clara zögerte immer noch. Dann spürte sie eine Schwere

und Wärme auf ihrem Hinterkopf. Jordan hatte die eine Hand in ihren Nacken gelegt, und jetzt führte er ihren Kopf zu seinem Handrücken. Sie stellte sich ihr Gesicht vor wie das einer Sonnenblume, alle Gedanken und Ängste waren Blätter, die zu Boden fielen, und ihr Gehirn war eine perfekte Schnecke, mit Perlmuttschimmer ausgepinselt, sie hörte die Wellen, die durch ihren Körper wogten und ungeplant einen feuchten Fleck in ihren Bikinishorts hinterließen.

»Es ist okay«, flüsterte Jordan. »Ich halte dich. Schließ einfach die Augen und atme ein. Das ist alles, was ein Mensch je tun muss. Die Augen schließen und einatmen.«

Und Clara schloss die Augen und atmete ein, und als sie sie wieder öffnete, waren die Konturen der Welt etwas klarer, Jordan hielt ihre eine Hand und Elif die andere, und sie sprangen gemeinsam über den Sand, noch einmal ins Wasser. Es umfing ihren Körper wie ein Mund mit Zunge und Zähnen, und sie hatte keine Angst. Sie dachte: Wenn man sich dem Wasser voll und ganz hingibt, kann man sich viel besser darin treiben lassen.

Und dann trieben sie. Es gab keinen Grund zur Sorge, hatte nie einen gegeben. Natürlich bekamen sie ein Taxi. Natürlich kamen sie unversehrt zurück in Elifs Bungalow, und natürlich stellten sie den Whirlpool im Badezimmer an und tauchten mit ihren leichten Köpfen unter.

Clara trank mehr als normal und mehr, als sie sollte, aber nicht so viel wie Elif. Elif trank, bis sie nicht mehr stehen konnte. Da packte Clara sie unter ihren knochigen Armen und führte sie ins Schlafzimmer. Legte sie in Embryonalstellung auf dem strammen Bettüberzug ab, der blendend weiß im Mondschein strahlte.

Für einen kurzen Moment saß sie neben Elif und lauschte ihrem rasselnden Atem. Sie fragte sich, ob es sich so anfühlte, am Bett eines Kindes zu wachen. Ob es für Sebastian so gewesen war, bei Violetta zu wachen. Sie fragte sich, warum Menschen dachten, es würde einen Unterschied machen, wenn sie bei jemandem wachten.

Elif öffnete die Augen und sagte kaum hörbar: »Dakota, bist du das? Bist du endlich gekommen?«

»Pssst«, sagte Clara und strich Elif vorsichtig eine klebrige schwarze Locke aus dem Gesicht. »Schlaf jetzt.«

Als sie aus dem Schlafzimmer kam, stand Jordan da und blickte aus dem Fenster. Der Himmel sah aus wie eine Gardine, dachte Clara, ein Vorhang. Wenn man ihn wegzog, würde das ganze Weltall auf sie herabfallen. Obwohl sie wusste, dass es nicht stimmte, wurde sie dieses Gefühl aus ihrer Kindheit nicht los, die Erde wäre eine Schneekugel, nicht rund wie ein Ball, sondern platt wie ein Pfannkuchen, und von der Himmelskuppel geschützt.

Ein Radiowecker leuchtete rot in der Dunkelheit. 2:17 Uhr. Noch weniger als sechs Stunden. Plötzlich fühlte sie sich bedeutend nüchterner, und müder.

»Hey«, sagte sie und legte eine Hand auf Jordans Schulter. »Sie schläft jetzt. Ich habe sie in die stabile Seitenlage gelegt.«

Jordan hob seine Hand und ergriff Claras. Für einen Augenblick standen sie so da und schauten in die Dunkelheit wie ein altes Ehepaar vor dem Grabstein ihres zu früh verstorbenen Kindes. Jordans Hand war groß und warm, und Clara fühlte sich schläfrig. Voller krabbelnder Insekten, aber dennoch, auf gewisse Weise, ruhig und vorbereitet. Sie ging ins Schlafzimmer, um sich die Zähne zu putzen und die letzten Reste der Mascara abzuwaschen, die sich als dünner Rand unter ihre unteren Wimpern gelegt hatte. Als sie den Kopf vom Waschbecken hob, sah sie Jordans Gesicht schräg hinter ihrem eigenen im Spiegel.

Er zog sich aus, schon wieder.

»Was machst du da?«, fragte Clara und ließ ihr Haar fallen, das sie in der einen Hand gehalten hatte, als sie sich das Gesicht wusch; versuchte, leicht wie ein Vogel zu lachen. »Komm, wir baden noch mal.« Jordan deutete auf den Whirlpool, der immer noch blubberte. »Ich nicht«, sagte Clara und streckte die Hand zum Regler, um ihn auszustellen. »Ich muss schlafen.« Aber Jordan ließ sich nicht überzeugen. Noch ehe Clara sich wehren konnte, hatte er (halbnackt) sie (noch immer im Kleid) in seine Arme gehoben und in den Whirlpool gesteckt. Und jetzt lachte Clara tatsächlich, allerdings automatisch, wie Mädchen lachen, wenn Jungs sie ärgern; dieser eingeübte Reflex, der dafür sorgt, dass man »hihi« sagt statt »aua«, wenn einen ein männliches Wesen an den Haaren zieht.

Aber es war nicht besonders lustig. Das Wasser, das seit mindestens einer Stunde in einem eigenen geschlossenen System vor sich hin geblubbert hatte, war nur noch lauwarm, oder besser gesagt eher kalt als warm, und Jordan trug plötzlich keine Unterhose mehr. Sein Schwanz, der im Beisein von Elif und einem halben Gramm Koks ein Neutrum gewesen war, schien jetzt akut präsent, beinahe bedrohlich, zumal er sich im nächsten Moment vor Claras schläfrigen Augen hob wie eine Zugbrücke.

»Kurbel den wieder runter«, murmelte sie und wedelte mit der Hand vor seinem Schritt herum. »Ich dachte, wir wären uns einig.« Sie legte die Hände auf den Rand des Whirlpools, um wieder auf die Beine und aus dem Wasser zu kommen, hielt jedoch inne, als Jordan ohne Vorwarnung seinen Schwanz auf ihrem Handrücken platzierte. Er legte ihn einfach dort ab und ließ ihn so liegen. Die sanfte Schwere war absurd. Nicht unangenehm, keinesfalls, aber wen kümmerte das? Das war nicht so geplant.

Sie sagte nichts. Jordan auch nicht. Die Situation erschien Clara unhaltbar. Sie wurde wütend; nicht unbedingt, weil Jordan überhaupt einen Annäherungsversuch gestartet hatte, sondern weil er dabei so plump vorgegangen war, dass keiner von ihnen darauf eingehen *und* gleichzeitig sein Gesicht wahren konnte. Einige Sekunden verstrichen. Sie hörte Jordan keuchen, ob aus Erregung, Spannung oder gewöhnlicher Trunkenheit, konnte Clara nicht sagen. Vielleicht taten ihm auch die Knie weh, schließlich war er groß und musste sie beugen, um bei seinem merkwürdigen Manöver in die richtige Position zu gelangen.

Allmählich fühlte sich Claras Handrücken verschwitzt an, und sie empfand die Situation als unangenehm. Es war seltsam, dachte Clara, während Jordan fast unmerklich begonnen hatte, seinen Schwanz über ihre Hand zu reiben wie eine Wurst in einem Brötchen, dass sie das nicht vorausgesehen hatte. Was hatte sie geglaubt? Dass sie als Zuschauerin am Leben ihrer Schwester hierherkommen würde, ohne dabei in ihre Welt und ihren Wahnsinn hineingezogen zu werden? Das hatte noch nie funktioniert. Und hatte sie sich nicht gerade deshalb von Anfang an zurückgezogen? War all das – die Reise, die Jagd – nicht nur eine Studie ihres eigenen Hochmuts? Und dies womöglich die logische Strafe? Schaffte sie es deshalb nicht, ihre Hand zurückzuziehen, aus dem Whirlpool zu steigen und resolut das Badezimmer zu verlassen?

Sie hätte nicht herkommen sollen.

Peinliche Situationen, Verwirrung, Durcheinander und Schmuddeleien, all das lässt sich vermeiden, wenn man einfach die Augen zumacht.

Sie wollte das hier nicht sehen. Es war unwürdig. Ihrer unwürdig. Matildas unwürdig. Seiner unwürdig.

Trotzdem konnte sie den Blick nicht davon abwenden, wie er dahinglitt, vor und zurück, wie alles glitt und in Bewegung war, auch die Kontinentalplatten. Sie wünschte, er würde wieder sein Hemd anziehen, auf einer Klippe stehen und frisch aussehen. Sie wünschte, er wäre kein Mensch, mit menschlichem Begehren, sie wünschte, er hätte sich nicht auf diese Weise erniedrigt, hätte Clara nicht dazu gezwungen, die Verantwortung für die Wiederherstellung ihrer beider Würde zu übernehmen.

Dann stand er plötzlich vor ihr in der Badewanne. Er packte ihre Handgelenke und zog sie hoch. Sie schwankte und wäre fast ausgerutscht, doch er hielt sie fest. Instinktiv hielt sie sich an seinen Oberarmen fest. Er schien es als Zeichen ihrer Begeisterung zu werten und presste sofort seinen Mund auf den ihren, woraufhin er ihr mit einer einzigen, geschmeidigen Bewegung das nasse Kleid herunterzog, sodass es sich wie eine Seerose um ihre Knie herum auf das Wasser legte. Lippen, Ohrläppchen, Hals, Schlüsselbein, Brust, er drückte ihren Körper an sein Gesicht und leckte sie ab wie ein tapsiger, stöhnender Hund, fiel im Wasser auf die Knie. Bauch, Leisten. Das Bild von einem Hund, der sich ihrem Schritt näherte, ekelte Clara so sehr an, dass es ihr gelang, seinen Kopf wegzuschieben. Der Blick, der ihr begegnete, war so jämmerlich, dass sie am liebsten geweint hätte.

»Was? Willst du nicht?«, fragte er, halb enttäuscht, halb misstrauisch, und strich ihr mit der Hand über die Innenseite der Oberschenkel. »Ich dachte, du wolltest.«

»Nein.«

»Bist du sicher?«

Sein Gesicht befand sich noch immer auf Höhe ihres Geschlechts, sein warmer Atem hauchte Feuchtigkeitsperlen in ihre dunklen, drahtigen Kräuselhaare. Für einen Moment schien es verlockend, einfach nachzugeben. Hatte sie es sich nicht zum Prinzip gemacht, nur mit dummen Menschen zu vögeln? Tja, hier kniete einer vor ihr, der anscheinend dumm genug war zu glauben, dass sie ihn haben wollte und dass das irgendetwas besser machen würde, für einen von ihnen. Also *müsste* sie ihn haben wollen. Also *wollte* sie ihn haben? War das logisch? In ihrem benebelten Zustand konnte Clara das nicht entscheiden. Sie zog das Sichere dem Unsicheren vor, schob sein Gesicht mit der Hand weg und machte einen großen Schritt aus dem Whirlpool hinaus. Mit zitternden Fingern streckte sie sich nach einem Handtuch und berührte den weichen Frottee mit den Fingern. Die Begegnung mit der Wirklichkeit war wie Elektrizität, wie das ganze verdammte Leben in einer Sekunde kondensiert, und ihr aufgestauter Zorn brach wie ein rauschender Adrenalinschwall aus ihr heraus.

»Was zum Teufel?«, schrie sie und warf eine lächerlich kleine Shampooflasche nach Jordan, der verwirrt in der Badewanne sitzen blieb, mit tropfendem Bart und ihrem nassen Fetzen von Kleid in den Händen. »Was zum Teufel machst du da?«

Jordan ließ ihr Kleid fallen, wehrte mit einer Hand das Fläschchen ab und fing an zu lachen.

»Beruhige dich. Okay, du willst nicht. Ich habe es verstanden.«

Jovial stieg er aus dem Whirlpool, streckte sich nach einem eigenen Handtuch und trocknete sich gemächlich und methodisch ab.

»Du hast es verstanden? Jetzt hast du es verstanden?«, fragte Clara und presste sich das Handtuch fest gegen den Körper.

»Ja. Du hast gerade etwas nach mir geworfen. Das habe ich als deutliches Nein aufgefasst.«

»Und dass ich Nein gesagt habe? Das war nicht deutlich, meinst du? *Bist du sicher?*«, fragte Clara und äffte unbeholfen seine brummende Stimme nach. Dann schnaubte sie verächtlich. Für einen Moment sah Jordan tatsächlich ein wenig beschämt aus.

»Na ja, es kam halt nur ein bisschen plötzlich. Dass du nicht wolltest.«

»Plötzlich? Weißt du, was plötzlich kam? DEIN SCHWANZ AUF MEINER HAND!«

Jetzt sah er richtig beschämt aus.

»Gut, das war vielleicht nicht ganz so geschickt. Aber es ist einfach passiert, verstehst du? Sachen passieren eben. Unerwartete Sachen.« Er suchte nach seiner Hose und fand sie auch, knöpfte flink einen Knopf nach dem anderen über seinem haarigen Bauch zu. »Ich habe die Situation falsch interpretiert und bitte um Entschuldigung. *Fine*?«

»Du bist krank im Kopf«, sagte Clara und öffnete die Badezimmertür mit einem kleinen Tritt.

»Ja, was du nicht sagst«, erwiderte Jordan seufzend und zog sich das Hemd über. »Aber immerhin bin ich mir dessen bewusst. Und ich schwöre, ich dachte, du wärst dabei. Jetzt weiß ich es, also...«

»Verschwinde.«

Jordan seufzte noch einmal, warf das Handtuch in den dafür vorgesehenen Bambuskorb und ging gehorsam zur Tür.

»Clara, es tut mir leid, okay? Ich lege mich jetzt auf das Sofa. Ich werde dich in Ruhe lassen, das schwöre ich. Herrgott, ich bin doch kein Monster.«

»Verschwinde. Ich meine es ernst. Geh zurück zu einer dieser ganzen Frauen im Zeltlager, von denen du glaubst, sie wollen mit dir ins Bett. Du kannst ja mal testen, ob es wirklich stimmt. Jedenfalls bleibst du nicht hier.«

»Aber Clara«, stöhnte er, »es ist immer noch dunkel! DU kannst doch gehen, wenn du nicht mit mir in einem Zimmer bleiben willst. Streng genommen wohnst du schließlich auch nicht hier.«

»Und Elif mit dir allein lassen? Vergiss es.«

»Jetzt mach aber mal halblang, was denkst du denn? Dass ich ein Psychopath bin?«

»JA!«

Jordan hob entnervt die Arme und verließ wortlos die Suite. Dann setzte er sich demonstrativ auf das Sofa. Clara stürmte an ihm vorbei, ohne ihn eines Blickes zu würdigen, riss ihre Tasche an sich und ging zur Tür.

»Ich bin nicht sie, okay?«, sagte sie, ehe sie die Tür zur Dunkelheit aufstieß.

Er sprang auf und eilte ihr nach.

»Clara!«, rief er ihr nach, während sie die Treppe der Veranda hinab verschwand auf eine Straße aus Mondschein. »Was zur Hölle redest du da? Komm zurück! Du hast nur ein Handtuch um!«

Clara musste einsehen, dass er recht hatte, und blieb stehen. Geschlagen wandte sie sich wieder zum Bungalow, der mit seinen flackernden Öllampen und seinen Schattenspielen auf der Terrasse wie eine Bastion in der Finsternis aussah. Jordan stand da, und wie ihr jetzt auffiel, war er der einzige Mensch, den sie bisher kennengelernt hatte, der genauso große Angst vor der Dunkelheit hatte wie sie selbst. Mit dem Sternenhimmel über sich wie einer Dornenkrone, in seinem schmutzigen, schief geknöpften Flanellhemd, die Arme in gespielter Untertänigkeit ausgebreitet, erinnerte er Clara an Jesus am Kreuz. Erst als sie zu Elif hineingegangen war, um sich zu vergewissern, dass sie nicht an ihrem eigenen Erbrochenen erstickt war, fiel ihr auf, dass sie selbst in diesem Gleichnis dann Gott wäre.

Irgendwann schliefen sie ein. Über Matilda sprachen sie nie.

DIE SONNE WAR NOCH NICHT aufgegangen, als Clara aus dem Bett krabbelte. Sie musste über Elif klettern, die ihre Arme über dem Kopf ausgestreckt hatte wie ein Baby. Auf dem Sofa im Wohnzimmer lag Jordan. Nach den nächtlichen Exzessen schliefen die beiden tief und fest, während Clara nur ein paar Stunden nervöser Schlaf vergönnt gewesen waren. Sie hatte von Pfauen geträumt, ohne zu wissen, warum.

Ihre Haut war klebrig von Schweiß, sie konnte am Duft nicht erkennen, ob es ihr eigener war. Diese Unsicherheit bereitete ihr Unbehagen, und sie ging ins Badezimmer, um sich zu waschen. Als sie den Hahn aufdrehte, kam kein Wasser heraus. Sie drehte und drehte, doch es kam kein Tropfen. Sofort wurde sie durstig. Sie ging zur Minibar und riss die Tür auf, doch abgesehen von einer Tafel Schokolade stand nur noch eine Flasche mit irgendeinem Saft einer unbekannten Frucht darin, vielleicht Guave. Sie schüttete ihn in sich hinein, bereute es jedoch sofort. Die Wände im Zimmer bogen sich nach innen, und sie war gezwungen, auf die Holzveranda zu gehen.

Der Sonnenaufgang war funkelnd rot. Schon zwei Wochen war sie jetzt hier, aber sie hatte sich immer noch nicht an dieses apokalyptische Licht gewöhnt, das jeden Morgen das Meer in Brand steckte. Sie wollte weinen, war aber noch nicht dafür bereit. Die Sturmvögel kreischten, als ihr Gefieder von den roten Strahlen durchbohrt wurde. Sie bewegten sich in einem Schwarm, Clara zählte vierzehn Tiere, die in den Windströmen über dem Meer aufstiegen und sanken, stiegen und sanken.

Im Gegensatz zu fast allen Menschen auf der ganzen Welt hatte Clara nie davon geträumt, ein Vogel zu sein. Frei in der Luft zu schweben, schutzlos, ausgeliefert.

Danke nein, nein danke.

Um Punkt acht Uhr begann das Telefon in ihrer Hand zu zappeln. Sie setzte sich im Schneidersitz auf die Holzplanken und betrachtete den blinkenden Bildschirm. Sie hatte schon lange nicht mehr mit einem Familienmitglied gesprochen, und jetzt sollte sie mit fast allen gleichzeitig sprechen. Wem zuliebe machte sie das eigentlich? Erst dachte sie, sich selbst zuliebe, aber inzwischen war sie sich nicht mehr sicher. Ihrer Mutter zuliebe? Vielleicht. Was auch immer ihre Mutter bedrückte – in gewisser Weise war es die Verantwortung der Drillinge, als Kinder, ihr diese Bürde abzunehmen. Clara wusste, dass es in jeder Familie eine Verschiebung gab, zum Beispiel nachdem die Kinder das Haus verlassen hatten; eine Umkehr der Rollen von Beschützern und Beschützten. Die Verantwortung der Eltern für ihre Kinder geht über in die Verantwortung der Kinder für ihre Eltern. Sie hätte nicht erwartet, dass es so schnell geschehen würde, aber vielleicht war das der Beginn.

Also lasset es beginnen.

Sie drückte auf den grünen Hörer. Sie tauchten in ihren Ecken auf – die Mutter, Sebastian, Matilda. Der Bildschirm war so klein, dass ihre Gesichter nicht größer waren als ein Daumennagel. Trotzdem trieb der Anblick der drei bekannten Gesichter in ihren notdürftigen grobpixeligen Repräsentationen sofort Claras Puls in die Höhe.

»Clara?«, fragte ihre Mutter. »Bist du da?«

»Ich bin hier. Könnt ihr mich sehen?«

»Kaum«, sagte Sebastian. »Aber trotzdem krass. Dass wir dich überhaupt sehen.«

»Ja, krass«, sagte Clara, die nicht im Geringsten das Gefühl hatte, gesehen zu werden.

Matilda sagte nichts. Sie wirkte abgelenkt. Irgendwo im Hintergrund hörte Clara ein Kind brüllen. Matilda verschwand aus dem Viereck, eine Tür wurde zugeschlagen. Dann war sie plötzlich wieder da.

»Siri ist anscheinend krank, deshalb ist sie nicht in der Schule. Ihrer Energie tut das leider keinen Abbruch. Wie um alles in der Welt habt ihr es mit drei Kindern ausgehalten?«

»Ihr wart sehr wohlerzogen«, antwortete die Mutter.

»Pfft, Bastian und Clara vielleicht. Ich war doch wohl krass anstrengend.«

»Du bist es immer noch«, sagte Sebastian lachend. Clara bekam dagegen sofort Atemnot.

»Dann erzähl doch mal«, fuhr Matilda fort. »Wer ist unser richtiger Vater?«

»Tilda!«, zischte Clara, die nie aufhören würde, sich über die brutale Unverblümtheit ihrer Schwester zu wundern. Oder auch ihre eigene. Immerhin war dies das Erste, was sie nach über einem Jahr zu ihrer Schwester gesagt hatte.

»Was denn?«, fragte Matilda seufzend. »Wir können doch genauso gut gleich zur Sache kommen? Ich habe in einer Stunde Yoga.«

Jetzt meldete sich die Mutter zu Wort.

»Ich kann euch versprechen, dass es nichts mit eurem Vater zu tun hat. Oder natürlich doch, aber –«

»Wo steckt er?«, fragte Matilda.

»Wie?«

»Na, Papa. Sebastian hat gesagt, er wäre in Berlin.«

»Nein, das weiß ich nicht so genau. Aber ich vermute es.«

»Was ist das für eine Frau, die er da kennengelernt hat?«

»Ich weiß gar nicht viel über sie, wirklich nicht. Ich weiß, dass sie jünger ist, viel jünger, und dass –«

»Was heißt das denn, zweiundzwanzig oder wie?«

»Nein, nein, nicht ganz. Aber vielleicht fünfunddreißig? Ich bin mir nicht sicher.«

»Kennt er sie schon lange? Und warum hat er sich nie bei mir gemeldet, wenn er hier in der Stadt ist?«

»Ich weiß es nicht, Tildalein, ich weiß es nicht. Wir haben ja nicht mehr so wahnsinnig viel Kontakt seit der Scheidung. Er lebt sein eigenes Leben, und ich glaube, das ist auch gut so. Aber –«

»Und trotzdem willst du ihn unbedingt erreichen?«, bohrte Matilda nach. »Geht es um ein Erbe?«

»Um ein Erbe?«

»Ja, eine tote Tante, von der wir nichts wissen? Das ist Bastians Vermutung, oder?«

»Das war nur eine Hypothese«, protestierte Sebastian.

»Ach so. Nein, nein.«

»Aber was ist es dann? Mama, erzähl schon. Wir hören zu«, hörte Clara sich selbst sagen. Matilda hatte ihre Unverblümtheit von der Mutter geerbt, und dass es ihr jetzt so schwerfiel, mit der Sprache herauszurücken, ließ Clara nichts Gutes ahnen. Es wurde still in der Leitung. Keiner sagte etwas. Dann räusperte sich die Mutter.

»Ja, Kinder... Ich muss euch etwas erzählen, das euer Vater und ich schon lange wissen, das wir euch aber aus unterschiedlichen Gründen nicht mitteilen wollten. Ihr werdet sicher verstehen, warum. Wir lieben euch wirklich sehr, das müsst ihr wissen. Gleich viel. Lieben wir euch. Alle drei. Daran dürft ihr niemals zweifeln, das müsst ihr mir versprechen. Dass ich beschlossen habe, jetzt mit euch darüber zu sprechen, ist keine impulsive Handlung, nein, ich habe lange darüber nachgedacht, sehr lange, und habe das Gefühl, jetzt wäre endlich die Zeit gekommen, es zu erzählen. Ihr seid erwachsen und habt euer eigenes Leben, ihr scheint euch zurechtgefunden zu haben, nach allem... na, ihr versteht. Als es dir so erging, wie es dir erging, Tilda, ehe du nach Bangladesch gegangen bist... das wäre ja nicht gegangen. Und dann das alles mit Violetta, Sebastian, das war ja ein ganz eigenes, trauriges Kapitel ... Aber jetzt habe ich das Gefühl, ihr habt trotzdem euren Weg im Leben gefunden, nicht wahr?«

Clara sah sich um und dachte: Ich sitze verkatert am einsamsten Ort der Welt und warte mit einem abgedankten Kinderstar und einem minderbemittelten jungen Thoreau mit unkontrollierbarer Libido auf den Weltuntergang. *Peak life.*

Wieder wurde es still in der Leitung. Clara vermied es, ihre Geschwister anzusehen. Stattdessen betrachtete sie ihre Mutter. Zählte deren grauen Haare. Wartete.

»Mama?«, fragte Sebastian schließlich.

Da brach sie in Tränen aus. Ihre Mutter, die noch nie über etwas anderes geweint hatte als die Geschichte von Moses im Schilf, heulte wie ein Martinshorn.

»Ach, Kinder! Ich muss es sagen. Ich muss es einfach nur sagen, jetzt sage ich es«, schluchzte sie, sagte aber nichts.

»Und?«, fauchte Matilda. »Dann sag doch endlich!«

»Setz mich nicht unter Druck, bitte, Tilda«, flehte die Mutter.

»Mama«, sagte Clara, die das Gefühl hatte, das alles nicht länger auszuhalten. »Kümmere dich nicht um Tilda. Es ist schon in Ordnung. Was auch immer du sagen willst, du kannst es sagen. Ist es ... ist es so, wie Tilda glaubt? Dass Papa nicht unser biologischer Vater ist?«

Die Wörter fühlten sich absurd an im Mund, nicht wie Wörter, sondern wie etwas Fremdes, Gezacktes, wie Seegurken oder Kastanien mit dicker grüner Schale. Nachdem sie ihren Mund verlassen hatten, erschienen sie ihr aber nicht mehr besonders bedrohlich.

Sie erschienen ihr logisch. Angemessen, in all ihrer Unangemessenheit. In jeder Familie, dachte Clara, gab es jemanden, der unersetzlich war, und jemanden, den man sowohl haben als auch verlieren konnte, hatte sie das nicht gedacht?

»Nein, nein, das habe ich doch schon gesagt«, sagte ihre

Mutter seufzend und sammelte sich schniefend.»Oder besser gesagt, er ist der biologische Vater von... zweien von euch. O mein Gott, jetzt habe ich es gesagt. Wer hätte das gedacht, es fühlt sich schon viel besser an. So. Puh.«

Wieder wurde es still, doch diesmal war es eine andere Art der Stille. Clara spürte, wie das Telefon zwischen ihren Fingern hindurchgleiten wollte. Sie verstand nichts, und sie verstand es doch. Sie verstand alles.

Jemanden, den man sowohl haben als auch verlieren konnte. Ja.

Aber es war nicht ihr Vater.

Natürlich war Matilda die Erste, die ihre Sprache zurückerlangte.

»Was zur Hölle meinst du damit? Mama, man kann doch nicht von zwei Männern gleichzeitig schwanger werden, das ist unmöglich. Glaube ich jedenfalls? Oder doch? O Gott, ich dachte, ich würde mich damit auskennen... Sebastian, du bist der Naturwissenschaftler. Wenn man kurz hintereinander mit zwei Männern schläft und... du liebe Güte, Mama!«

»Aber Tilda, ich habe mit niemandem außer eurem Vater geschlafen, das ist nicht das, was ich sage.«

»Echt, nie? Wow.«

»Tilda, halt jetzt einfach die Klappe!«

Es war Clara, die das geschrien hatte. So, wie sie auch damals geschrien hatte, nach der Beerdigung. So wie sie nicht geschrien hatte, als sie geboren wurde.

Eine dritte Art von Stille senkte sich über sie herab. Clara wandte ihren Blick vom Bildschirm ab.

»Mama, jetzt erklär schon«, hörte sie Sebastians ferne Stimme, eine Stimme, die sehr, sehr müde klang.

»Ihr wisst ja, dass es bei eurer Geburt ziemlich dramatisch zuging. Einer von euch hat ja nicht geatmet, wie ihr wisst, und dann kamen die anderen beiden schrecklich schnell, und es war ein riesiges Durcheinander, Blut und

Schreie, und wir waren natürlich wahnsinnig besorgt, denn die Hebamme, eine der Hebammen, ist ja sofort mit einem von euch auf die Intensivstation gerannt, und dann kam sie zurück, und dem Kind ging es wieder gut, euch allen ging es gut, und wir konnten endlich wieder ausatmen... Und ihr wart so wunderbar, so wunderbar! Das Schönste, was wir je gesehen hatten...«

»Ich verstehe immer noch nicht, wie ihr nicht wissen könnt, wer von uns nicht geatmet hat«, sagte Matilda, die schon immer Schwierigkeiten gehabt hatte, diese offenkundige Nonchalance – ihnen als Individuen gegenüber – zu akzeptieren.

»Drei Kinder hintereinander auf die Welt zu bringen, ist eine sehr spezielle Situation, Tildalein. Geburten sind ja immer animalisch. So erinnert uns der Herr an die Vergänglichkeit allen irdischen Lebens, aber Mehrlingsgeburten sind noch mal etwas ganz anderes – man denkt in diesem Moment nicht an die Kinder als einzelne Kinder, genauso wenig wie eine Hündin oder eine Sau es tun würde. Man denkt an den ganzen Wurf. Dass alle überleben. Das war das Einzige, woran wir gedacht haben, euer Vater und ich.«

Ihre Mutter machte eine Pause und holte Luft.

»Oder«, fuhr sie fort, »jedenfalls war es das Einzige, woran ich gedacht habe. Euer Vater... ja, ich hätte mir gewünscht, er wäre dabei, damit er euch das alles in seinen eigenen Worten erzählt, denn ehrlich gesagt weiß ich nicht richtig, wie das alles vor sich ging, das habe ich nie verstanden, obwohl ich weiß Gott versucht habe, ihn zum Reden zu bringen, oder jedenfalls, er meint... ja, also er meint, dass, ja, die Krankenschwester mit demjenigen von euch zurückkam, der nicht mehr geatmet hatte, dass es... ein anderes Kind war.«

»Was um alles –«, sagte Matilda.

»Ein *anderes* Kind?«, fragte Sebastian.

Clara sagte nichts.

»Aber warum –?«, fuhr Matilda fort.

»Ich weiß, es klingt komisch, aber das hat er gesagt. Ein bisschen später. Dass das Kind, mit dem sie zurückkam, nicht dasselbe war, das sie hinausgetragen hatte. In dem ganzen Wirrwarr hatte er nichts erzählt, weil er unsicher war und glaubte, er würde nur unter Schock stehen, wegen allem, aber später hat er dann gesagt, er wäre sicher, ganz sicher.«

»Aber wer…?«, fragte Matilda.

»Wir wissen es nicht. Oh, mein liebes Kind, wir wissen es nicht!«

»Aber das ist doch vollkommen unmöglich. Natürlich müsst ihr es wissen!«, sagte Matilda.

»Nein, tun wir aber nicht. Ich habe doch schon erklärt, wie es war, so ein riesiges Chaos. Das ganze Blut, und einer von euch, der nicht geatmet hat, und dann ihr beiden anderen, ihr musstet gewogen und gemessen und gefüttert werden, und ja, es war ganz einfach viel.«

»Es war viel? Ist das alles, was du zu sagen hast? Mein Gott, hatten wir denn nicht solche… Armbänder zur Erkennung?«, fuhr Matilda fort.

»Doch, doch, später schon… aber damals haben es die Krankenhäuser mit so was nicht so genau genommen, man hatte noch nicht dieselbe Sorgfaltskultur wie heute, versteht ihr. Und da war noch etwas…«

»Was?«, fragte Matilda. »Raus mit der Sprache.«

»Man könnte wohl sagen, dass eurem Vater die Ehe nicht unbedingt heilig war. Wenn ihr versteht. Ich war ziemlich mitgenommen wegen etwas, was er mir erzählt hatte, schon vorher. Also. Wir befanden uns in stürmischen Gewässern, das Meer war in Aufruhr, könnte man sagen.«

In Claras Kopf rauschte es. Das Meer war in Aufruhr, in Claras Kopf. Das Salzwasser kam ihr zu den Augenhöhlen heraus. Sieben Tage. Sieben Tage würde es dauern, ehe sie es hören würden, wenn sie schrie.

»Clara?«

Das war Matilda. Oder? War sie es? Wer war sie überhaupt? Und wo war sie überhaupt?

»Ja?«

»Warum sagst du nichts?«

»Ich...«

»Clara?«

ES WAR IHR ENTGLITTEN. DAS. Alles. Aber zuerst das Telefon. Wie ein glitschiges Seifenstück war es zwischen den Dielen der Holzveranda hindurchgeflutscht, aber die Stimmen waren weiter aus dem Lautsprecher durch den Boden geströmt. *Clara? Warum sagst du nichts? Clara?* Was sollte sie sagen? Sie hatte es dort gelassen, das Handy, und war gegangen. Es hatte so beruhigend in den Palmen gerauscht. Und die Blüten der Frangipani hatten im Morgenlicht mit ihren demütigen Köpfen genickt. Für einen kurzen Moment hatte sie sich berauscht gefühlt, erhaben, ekstatisch. Nach dem ersten Schock – der Rausch. *Die Augen schließen und einatmen. Das ist alles, was ein Mensch je tun muss.*

Und nichts war Einbildung gewesen, alles war wahr! Logisch, deutlich, einleuchtend. Sie, die anderen, waren die lächerliche Familie – Clara war der Schwarze Peter, das hässliche Entlein, das Aschenputtel mit Ruß auf der Nase. Sie gingen auf Kopfsteinpflaster, Clara bevorzugte die Klippen und Wiesen. Sie liebten einander, Clara liebte niemanden. Sie gehörten zusammen, und Clara war ein Himmelskörper; allein, aber strahlend. Clara konnte jetzt machen, was sie wollte. Sie konnte für immer hierbleiben oder an einen anderen Ort reisen. Sie konnte verschwinden, ohne eine Lücke zu hinterlassen, im Gegenteil: Vielleicht würde die Lücke dann endlich heilen. Oder wenigstens vergessen werden, durch etwas Akuteres ersetzt.

Die Euphorie hielt an, bis sie den Strand erreichte. Dann kam die Angst, sie brach mit den Wellen herein, die sich niemals beruhigten. Sie legte sich auf den Strand und blickte in den wolkenlosen Himmel, von dem sich die Leute gerne einredeten, es wäre ein anderer als jener, der von der anderen Seite der Welt zu sehen war. Man konnte den Himmel hinter sich lassen und sich einem neuen zuwenden, es war nur sehr, sehr schmerzhaft. Sie wusste es, weil sie es versucht und dabei versagt hatte. Aber jetzt? Der Himmel zu Hause war auch nicht mehr derselbe.

Sie vergrub die Finger im Sand, bis sie zu der kalten, feuchten Schicht vordrangen. Sie hatte das Gefühl, sie könnte spüren, wie die Erde bebte. Sie legte die Stirn auf den Boden und weinte.

Als sie zurückkam, hatte sie sich entschieden. Sie konnte nicht hierbleiben. Sie war an den einsamsten Ort der Welt gefahren und hatte trotzdem nie zuvor so schnell so viele zwischenmenschliche Probleme am Hals gehabt.

Sie dachte an ihren Vater, oder wie auch immer man ihn jetzt nennen sollte, sie dachte daran, wie abwesend ihr Vater in diesem Gespräch gewesen war, nicht nur, indem er nicht, daran teilgenommen hatte – auch über sein Verschwinden hatten sie so gesprochen, als wäre es nichts Verwunderliches, nichts, über das man sich aufregen musste. Clara fand das traurig. Aber vielleicht hatte er genau das gewollt? Er war verschwunden, und keiner schien eine größere Anstrengung zu unternehmen, um ihn zu finden. Wenn sie verschwinden würde, sich verstecken, ganz unverhohlen, würden die anderen dann nach ihr suchen?

Clara blieb auf dem Pfad stehen, der zu Elifs Bungalow führte. Ihr wurde bewusst, dass sie nicht wusste, wen sie gemeint hatte. Wer nach ihr suchen sollte. Ihre Familie, die letzten Endes doch nicht ihre Familie war – oder die bunt gemischte Gruppe von Menschen, die in den letzten Wochen ihre Freunde geworden waren?

Zu Claras Erleichterung schien Elif allein im Bungalow zu sein. Sie saß auf der Holzveranda und ließ ihre Beine über den Holzstuhl baumeln, in dem Clara noch vor wenigen Stunden gesessen hatte. Mit einem gestreiften Papierstrohhalm trank sie Kokoswasser direkt aus der Nuss. Clara versteifte sich sofort auf dieses Detail. Normalerweise tröstete sie der Gedanke, dass es Papierstrohhalme, Bambuszahnbürsten und Tampons aus Naturschwamm gab. Jetzt hatte sie das Gefühl, es würde keine Rolle mehr spielen, dass die Leute sich überhaupt bemühten. Was nutzten all diese schäbigen kleinen Veränderungen, die man vornahm, um die Kontrolle zurückzuerlangen, wenn doch sowieso alles kaputtging, im Kleinen wie im Großen.

»Ist Jordan schon weg?«, fragte Clara und stieg auf die Veranda.

»Ja, ja, der ist sofort abgehauen, nachdem er aufgewacht war. Er sah aus, als hätte er einen tierischen Kater. Wie geht es dir?«

Clara blickte auf ihre Hände. Sie zitterten.

»Beschissen«, antwortete sie.

»Das sieht man. Hier, nimm eine Kokosnuss.«

Clara setzte sich auf die Holzveranda und nahm die Nuss entgegen. Das Wasser war lauwarm und schmeckte ekelhaft. Kokoswasser war ekelhaft – eine Tatsache, die sich viel zu wenige Menschen eingestanden.

»Warum trinkt man diesen Mist?«, fragte Elif. »Schmeckt wie Katzenpisse. Ich würde jetzt einen Bullen abknallen für eine Flasche Cola.«

»Elif, ich muss nach Hause.«

Mit einer blitzschnellen Bewegung schleuderte Elif die Kokosnuss in einen blühenden Oleanderstrauch und schob ihre Sonnenbrille in die Stirn hinauf. Zum ersten Mal sah Clara ihre Augen. Es waren die blauesten Augen, die sie je gesehen hatte, abgesehen von Violettas vielleicht. Clara wurde so sehr davon ergriffen, dass sie im ersten Moment gar nicht bemerkte, wie aufrichtig empört Elif war.

»Was zum Teufel sagst du da?«, kreischte sie.

»Ich muss nach Hause. Es sind Dinge passiert. In meiner Familie.«

»Ist jetzt jemand gestorben?«

»Nein. Das heißt, keine Ahnung. Mein Vater ist verschwunden.«

»Und du willst ihn aufspüren? Das ist gut. Väter, die verschwinden, sollte man aufspüren.«

»Vielleicht. Ich weiß es nicht. Da sind auch noch andere Sachen. Anderer Mist. Ich kann es nicht erklären, es ist ein großes Durcheinander.«

»Raus damit, *please*, ich liebe Durcheinander.«

»Ich nicht.«

Elif war aufgestanden und schritt aufgebracht auf der Veranda hin und her. Ein Kakadu flatterte lärmend aus einem Busch auf. Eine einsame Zikade wanderte über die Holzbohlen und glänzte golden in der Sonne. Sie zog das Bein nach, ihre Flügel hingen.

»Siehst du, genau das ist dein Problem. Und meins, das muss ich wohl zugeben«, sagte Elif und holte ihre Zigaretten und ein Feuerzeug hervor. »Bis zu einer gewissen Grenze liebe ich Durcheinander. Bis zu einer gewissen Grenze. Aber wenn die Grenze erreicht ist, *bam,* dann tue ich alles dafür, um ein bisschen Ordnung in mein Dasein zu bringen. Vorzugsweise, indem ich aufhöre zu essen.«

»Du hast eine bewundernswerte Krankheitseinsicht«, sagte Clara müde.

»Das haben alle Anorektiker. Oder glaubst du, wir sind dumm? Glaubst du, wir würden ernsthaft denken, wir wären wertlose Fettsäcke, obwohl wir weniger wiegen als das, was ein Amerikaner im Durchschnitt zum Frühstück isst? Wir wissen, dass es um Kontrolle geht. Aber eins sage ich dir«, sagte Elif, während sie ihr Gesicht über ihre gewölbten Handflächen beugte und sich die Zigarette ansteckte, »das ist mehr, als man von den meisten anderen Menschen behaupten kann. Du zum Beispiel, mit deinen ganzen Phobien und deiner Untergangssehnsucht, hast ein irres Kontrollbedürfnis. Das du nicht länger erträgst. Was auch der Grund dafür ist, dass du hier bist und insgeheim hoffst, dass deine Sektenkumpel recht haben. Du wünschst dir Schwefel und Asche. Sonst schaffst du es nicht, dich loszureißen aus diesem, diesem ... SYSTEM aus verketteten Phobien, das du dir selbst geschaffen hast, damit du nicht wie ein selbstständiger Mensch leben musst.«

»Und warum sollte ich das getan haben, wenn ich fragen darf? Ich meine, ganz am Anfang. Vielleicht kannst du mir das erklären, nachdem du ja so eine große Menschenkennerin zu sein scheinst.«

»Was weiß ich. Mangelnde Geborgenheit im Kindesalter? So was hinterlässt Spuren, glaub mir.«

Elif war plötzlich ganz aufgekratzt, sprang von ihrem Stuhl auf und gestikulierte mit ihrer halbgerauchten Zigarette. Die Bewegung erinnerte Clara an ein Möbiusband.

»Du musst so denken, Claralita: Was ist eine Familie?«

»Menschen, die ... blutsverwandt sind?«

»Falsch! Die Kernfamilie ist ein Schutznetz, eine Art System, das aufgebaut und institutionalisiert wurde, um Pflege, Fürsorge, Unterhalt und diesen ganzen Scheiß zu sichern, und zwar schon lange bevor es einen Staat gab, und –«

»Jetzt klingst du wie Jordan.«

»Wolltest du hören, was ich zu sagen habe oder nicht? Und heute, also ich spreche ganz allgemein, über zivilisierte Länder wie das, aus dem du stammst, und nicht mein eigenes Drecksloch von Heimatland, heute braucht ihr dieses System nicht mehr, weil ihr ein staatliches Grundeinkommen und staatliche Bordelle habt und –«

»Wir haben weder ein staatliches Grundeinkommen noch staatliche Bordelle.«

»– die Leute sich eigentlich nicht mehr zu kleinen Kernfamilien zusammenschließen müssen, um zu überleben. Aber das hat keine Bedeutung, weil die Familie auch ein *anderes* Sicherheitssystem ersetzt hat, nämlich die Religion, und statt aus praktischen Gründen werden Familien jetzt aus ideellen Gründen gebildet. Eigentlich versuche ich nur zu sagen, dass die Familie heute noch das vorherrschende Sicherheitssystem auf dieser Welt ist. Und wenn dieses System schon in jungen Jahren versagt, muss der kleine Mensch woanders Geborgenheit suchen. Ich habe meinen Hungerstreik gegen die Welt, Clarita, eine eindeutige Spiegelung des emotionalen Hungers, dem mein Vater mich ausgesetzt hat, und du, du hast versucht, ein einengendes und tyrannisches System, also die glückliche Mittelklassefamilie, durch ein anderes zu ersetzen, nämlich durch deine, Verzeihung, geisteskranken Phobien.«

Elif beendete ihren Vortrag und stemmte zufrieden die Hände in die Hüften. Clara wusste nicht, was sie sagen sollte. Elif fing so sehr an zu lachen, dass sie gezwungen war, ihre Augenwinkel mit dem Zipfel ihres cerisefarbenen Fransentuchs trockenzutupfen.

»*Oh my god, oh my god.* Du hättest mal dein Gesicht sehen sollen! So ein dummes Gewäsch... Das war eine kleine Variation von einem Stück, dass ich mal fürs Vorsprechen eingeübt habe, ein total affiger Film von fucking Almodóvar. *Oh my god.* Pop-Psychologie also, ich liebe diesen Dreck. Aber mal im Ernst: Das Leben ist ein einziges Durcheinander. Man muss lernen, damit umzugehen. Du, Clarita, musst lernen, damit umzugehen. Ansonsten kannst du genauso gut sterben.«

»War das auch von Almodóvar?«

»Original Elif. Also bleibst du?«

»Was? Nein.«

Elif legte den Kopf in die Hände und seufzte laut.

»Clara! Du darfst nicht fahren! Ich brauche dich.«
»Nein, du brauchst mich nicht. Ich bin nicht deine Nemesis, falls du das glaubst.«
»Das glaube ich nicht. Meine Nemesis ist Dakota und niemand sonst. Aber bis dahin bist du ein guter Ersatz.«
»Na, vielen Dank. Du rührst mich zu Tränen.« Clara stand auf. »Es tut mir leid, dass ich so überhastet aufbrechen muss, es war schön, dich... kennenzulernen? Und danke für alles, was du für mich getan hast. Dass du mich hier schlafen lassen hast und so weiter. Ich schulde dir immer noch einen Gefallen. Aber ich kann wirklich nicht hierbleiben. Es ist einfach zu viel anderes.«

»Na gut. Wenn ich dich richtig verstanden habe, bist du vor deiner Familie geflüchtet, weil es kompliziert war, und jetzt hast du vor, wieder zurückzufahren, weil es noch komplizierter ist? *Makes no sense, señorita.*«

»Hier ist es ja auch kompliziert, deshalb denke ich, es wird sich schon ausgleichen.«

»Wie, kompliziert? Das ist doch das Paradies! Wir beide haben doch wohl kein Problem miteinander, oder? Schnarche ich? Ich kann dir ein eigenes Zimmer bezahlen, wenn du willst.«

Plötzlich sah Elif ganz jämmerlich und allein aus. Clara spürte, wie sie ganz weich wurde, als wäre sie ein Schokokuchen und Elif das dicke, einsame Kind, das ihn viel zu fest in seiner Hand zerquetschte.

»Es liegt nicht an dir... Also gut. Es ist Jordan.«
»Wie, Jordan?«
»Er wollte mit mir ins Bett. Gestern.«
»Und?«
»Na, ich wollte nicht.«
»Aha.«
»Es war unbehaglich.«
»Wie meinst du das? Hat er dich bedroht?«

»Nein.«

»Aber was meinst du dann?«

»Er hat seinen Schwanz auf meine Hand gelegt.«

Elif brach in schallendes Gelächter aus.

»Das ist nicht lustig!«, rief Clara. »Ich war überhaupt nicht darauf vorbereitet. Und plötzlich lag er da. Was denkt er denn, wie ich darauf reagiere?«

»Begeistert?«

Clara seufzte.

»Ich dachte, du magst ihn«, erwiderte Elif.

»Tu ich ja auch. Gewissermaßen.«

»Ich meinte, ich dachte, dass du auch scharf auf ihn wärst.«

»Vielleicht bin ich das. Aber was spielt das jetzt für eine Rolle? Er hat alles kaputtgemacht! Weißt du, was das größte Problem mit den Männern ist?«

»Es gibt so viele Probleme mit den Männern, dass ich sie gar nicht mehr zählen kann, Baby.«

»Das größte Problem ist, dass sie so unglaublich *dumm* aussehen, wenn sie geil sind.«

»Also hast du ihn abblitzen lassen, weil er dumm ausgesehen hat?«

»Nein, du doofe Nuss, weil er seinen Schwanz auf meine Hand gelegt hat.«

»Wie lange hat er denn da gelegen?«

»Mehrere Sekunden!«

»Aber dann hat er ihn weggezogen?«

»Ja, am Ende. Da war es ihm dann ziemlich peinlich.«

Elif lachte japsend und hielt sich den Bauch wie ein Großhändler in einer alten Klamotte.

»O mein Gott, ich kann nicht mehr…!«

»Na, wie auch immer«, sagte Clara und stand wieder auf, diesmal entschlossen. »Ich verstehe ja, dass du denkst, das wäre keine große Sache, aber ich bin hergekommen, um

einen Job zu erledigen, und diesen Job kann ich jetzt nicht mehr länger machen, im Hinblick auf… alles, eigentlich, alle, dich, Jordan, ich habe mich zu sehr in diese, tja, wie auch immer man es nennen soll, in diese Gruppe verstrickt. Das wird eine schlechte Reportage werden.«
»Aber ein verdammt guter Podcast!«
»Ich will aber keinen dämlichen Podcast machen! Ich will von hier weg. Und das mache ich auch. Jetzt.«
»Jetzt? Wie, *jetzt*?«
»Ja. Ich habe umgebucht. In vier Stunden fliege ich zum Festland.«
»Aber du wolltest doch bleiben! Du hast gesagt, dass du bleiben wolltest! Damals am Strand hast du das gesagt. Ich hätte dich nie in meiner Suite schlafen lassen, wenn ich gewusst hätte, dass du eine bist, die einfach wieder abhaut. So ein Mädchen bin ich nicht.«

Letzteres brüllte Elif hinter Clara her, die im Bungalow verschwunden war, um ihre wenigen Sachen zu holen. Mit dem Rucksack auf dem Rücken und dem Laptop unter dem Arm sah sie sich ein letztes Mal in dem kleinen Luxusbunker um, der ihr immer mehr wie ein bewohntes, dauerhaftes Zuhause vorkam. Was es vielleicht auch war. Vielleicht wusste Elif, genau wie sie selbst, nicht, wo sie sonst hinsollte.

Wer von ihnen war dann die Stärkere, Elif, die gar nicht mehr so tat, als hätte sie ein Ziel, oder Clara, die es wenigstens versuchte? Sie wusste es nicht.

Elif saß auf der Veranda und weinte theatralisch. Clara stupste sie mit dem Fuß an, um ihren Aufbruch anzukündigen. Elif sah auf. Jetzt trug sie wieder ihre Sonnenbrille.

»Was soll ich Jordan sagen? Dass seine Männlichkeit zu groß für dich war? Sein Pferdepimmel hat dich so schockiert, dass du davor fliehen musstest?«

Clara schnaubte verächtlich.

»Du nimmst wirklich nichts ernst. Ich nehme alles viel zu ernst. Das ist eine ziemlich schlechte Dynamik, wie ich eingesehen habe. Tschüss, Elif.«

»Tschüss, du alte Schmollmöse. *Vaya con dios.*«

Clara beschloss, nicht am Lager vorbeizugehen, um sich zu verabschieden. Von den anderen hätte sie sich durchaus gern verabschiedet, aber beim Gedanken daran, Jordan bei Tageslicht zu begegnen, zitterte es unangenehm in ihrem Magen. Sie fand es schlimm genug, einem Mann am Morgen nach dem grenzüberschreitenden Zustand in die Augen zu sehen, diesem einzigen – in Claras sonst so kontrolliertem Leben (ein Punkt an Elif/Almodóvar) jedoch überaus wichtigen – Nutzen einer flüchtigen sexuellen Verbindung. Einem Mann in die Augen zu sehen, mit dem sie einen sexuellen Austausch gehabt und doch nicht gehabt hatte, einem Mann, der der Ex ihrer Schwester war und doch nicht war, erschien mehr, als eine kategorische Person wie Clara verkraften konnte. Sie wagte es nicht, darauf zu vertrauen, dass er so tun würde, als wäre nichts. Sie wagte es nicht, darauf zu vertrauen, dass er es nicht noch einmal versuchen würde. Sie wagte es ganz einfach nicht, ihm zu vertrauen; so wie sie niemandem vertraute, am allerwenigsten sich selbst. Stattdessen ging sie direkt von Elifs Bungalow zur Hotelrezeption und ließ sich ein Taxi rufen.

Fünfundzwanzig Minuten später betrat sie wieder die Halle, die zugleich Abflug- und Ankunftshalle war. Diesmal war der Boden insektenfrei, frisch gebohnert und blank wie Eis. Die Halle war fast leer, und der einzige Flug des Tages, den auch sie nehmen wollte, ging erst in mehreren Stunden. Tatsächlich gab es hier neben Claras altem Freund, dem Sicherheitsmann, einigen Leuten vom Flugpersonal und einer Putzfrau in einem knisternden rosafarbenen Kittel nur einen weiteren Menschen. Er saß reglos auf einer Bank zwischen den zwei Gepäckbändern und hielt seine schwere, glänzende Systemkamera in der Hand. Clara hob die Hand zu einer unbeholfenen Geste, sah dann aber doch ein, dass sie gezwungen war, zu ihm zu gehen und etwas zu sagen. Adieu, zum Beispiel.

»Du willst abreisen«, stellte Horst fest, nachdem sie die zehn Schritte zur Bank gegangen war. Sie setzte sich nicht.

»Ja. Es war ein ziemlich spontaner Entschluss, aber. Ja. Du auch?«

»Nein. Ich habe nichts dergleichen vor.«

»Aber warum …?«

Clara richtete den Blick auf die Tafel mit den Ankünften, aber sie war leer. Sie versuchte es dennoch.

»Wartest du auf jemanden?«

»Auf dich natürlich.«

Clara hatte das Gefühl, ihr würde etwas den Rücken herunterlaufen, ein so genannter kalter Schauer vielleicht, oder auch nur die Erinnerung an die tausend Füße einer Zikade.

»Ich habe mit Elif gesprochen«, sagte Horst. Clara hörte sich selbst ausatmen. Natürlich.

»Es tut mir leid, dass ich nicht vorbeigekommen bin, um mich zu verabschieden«, sagte sie. »Aber weißt du, es …«

»Manchmal ist es besser so. Es kann schwer sein, sich zu verabschieden.«

»Ja.«

»Das macht nichts«, sagte Horst. »Du wirst wieder zurückkommen.«

Clara lachte.

»Nein, das glaube ich nicht. Das glaube ich nicht. So eine Reise unternimmt man nur einmal.«

»Du wirst zurückkommen. Das ist längst passiert, weil ich gesehen habe, wie es passiert ist. Und wenn du zurückkommst, wird alles aufhören, und alles wird weitergehen und von Neuem beginnen. Darf ich ein Foto von dir machen?«

Clara blickte auf Horsts Hände herab. Sie lagen so unnatürlich still rechts und links von der Kamera auf seinen Beinen, wie zwei tote Vögel. Dann wurden sie plötzlich wach, bewegten sich, sperrten ihre Münder auf zur Welt.

Er hob die Kamera, und sie blickte direkt hinein.

III

ZIKADE

KATHLEEN SAGTE IMMER: STELL DIR vor, auf deiner Nase würde eine Farbe balancieren. Es ist die Farbe des Lebens. Sie ist wie ein Schmetterling. Du kannst sie nicht berühren, ohne sie zu töten. Du kannst dich lediglich selbst öffnen, um dich von der Farbe berühren zu lassen. Stell dir vor, du würdest den Duft der Farbe riechen, sie würde durch deine Nasenlöcher hereinschweben und sich wie Wärme über dein ganzes Gesicht ausbreiten. Von der Nase über die Wangen über die Stirn und nach unten über Kiefer und Hals. Lass los. Spür in deinen Ohren nach, spür, wie die Farbe deine Ohren wärmt, deine Kopfhaut, wie sich dein Gesicht nach innen bewegt, zur Innenseite deines Schädels, und das Rückgrat nach oben verlängert wird. Stell dir vor, die Farbe wäre ein Insekt, das in deinem Hirn umhersummt.

ANFANG JUNI WURDE Jennifer Travis verrückt. Für Sebastian war ihre Verwandlung nicht sofort deutlich gewesen, was vielleicht daran lag, dass er genug damit zu tun hatte, die in ihm selbst aufkeimende Geisteskrankheit zu dämpfen, die sich sexuelle Besessenheit nennt. Als wäre das für einen Menschen mit einer latenten niedrigschwelligen Depression nicht schlimm genug, verbrauchte Sebastian außerdem viel Kraft für die Überlegung, wie er seine eigene, krisengebeutelte Familie retten könnte – die Krise hielt zwar schon lange an, aber die kleine Enthüllung seiner Mutter vor einigen Wochen hatte sie zweifellos auf ein ganz neues Niveau gesteigert.

Das heißt, nicht ganz neu.

Eines daran war nicht neu, sondern so alt wie die Sonne: Dass es Sebastian war, von dem alle erwarteten, er würde das Problem lösen. Aber wie sollte er das bewerkstelligen? Er war sich nicht einmal sicher, was das Problem genau war.

Als Travis eines sonnigen Montagmorgens in seinem Büro auftauchte, die Augen groß wie Untertassen, die Arme mit Chiffren übersät, vermutlich mit Kajalstift gekritzelt, hatte Sebastian dennoch erkannt, dass das geheimnisvolle so genannte *Puzzle* jetzt begonnen haben musste und für Jennifer Travis' Verwandlung verantwortlich war. Ihr in voller Blüte stehender Wahnsinn wurde zusätzlich dadurch verstärkt, dass sie als Erstes sagte, nein, *fauchte:* »Ich bin nicht verrückt, Sebastian!«

Sebastian, der gerade vollauf damit beschäftigt war, die neurologischen Bahnen umzupolen, die Laura Kadinsky mit Phantasien über Oralsex und Kirschblüten assoziierten –

und zwar mithilfe von affirmativen Sätzen, die er ernst und präzise aussprach, gemäß der Theorie, dass Sprache ein reversibles Werkzeug ist, das die Impulse des Gehirns nicht nur übermittelt, sondern auch verändern kann –, freute sich über die Ablenkung, die Jennifer Travis' zweifelhafte Aussage über ihren seelischen Zustand bot.

Dass Travis in seinem Büro auftauchte, war eigentlich ein sehr atypisches Verhalten für sie – eine Anomalie in einem strukturierten Wirbel organisierten Wahnsinns. Normalerweise flatterte sie wie ein Schmetterling durch die Gänge des Instituts, scheinbar ziellos, aber niemals sinnlos; so wie allem Schönen immer ein eigener, unantastbarer Sinn innewohnte, der mit einem klareren Licht leuchtete als Glühwürmchen in der warmen, feuchten Dunkelheit. Travis schien zu den wenigen Menschen zu gehören, die sich selbst tatsächlich genug zu sein schienen, eine unnahbare, unbesiegbare Nähe durch Abwesenheit, elastisch wie ein Gummiband, leicht wie eine Feder, spöttisch wie ein Schatten, der aus einem Block Licht gehauen wird. Sie war eine Seifenblase, die niemals zu platzen schien, ein Paradox aus Fleisch und Äther, deren überirdische Dimension im Einklang stand mit der brutalen Präsenz ihrer Hände, die ständig in Bewegung waren.

Und jetzt saß sie hier vor Sebastian und behauptete steif und fest, sie wäre nicht verrückt. Als wüsste er das nicht schon längst, als könnte er den wahren Wahnsinn nicht erkennen, nachdem er jahrelang darüber geforscht hatte.

»Nein, Travis, ich glaube eher, dass *ich* verrückt bin. Lächerlich, unberechenbar und verrückt auf einmal. Verwirrt«, sagte Sebastian und fuhr sich müde mit den Händen durchs Haar.

»Es reicht!«, sagte Travis und hob die Hand. »Es tut mir leid, Sebastian, aber wir haben jetzt keine Zeit, über dich zu reden. Vielleicht später, wenn ich am ersten Torwächter vorbeigekommen bin, aber momentan steht einfach zu viel auf dem Spiel. Verstehst du?«

»Nein«, antwortete Sebastian und seufzte erleichtert. Denn wo hätte er anfangen sollen, wenn Travis ihm zugehört hätte? Eigentlich war es ein Segen, seine Aufmerksamkeit einer Außenstehenden widmen zu dürfen.

»Du kennst das Puzzle nicht?«

»Nicht so richtig. Das ist eine Art Hacker-Wettbewerb, oder?«, fragte Sebastian.

»NEIN!«, schrie Travis und stieß sich so heftig mit dem Bürostuhl ab, dass sie fast in die Tür auf der anderen Seite geknallt wäre. »Ach, entschuldige. Es tut mir wirklich leid, Sebastian. Ich werde mich jetzt beruhigen. Diese Stimmung überkommt mich immer von Neuem, jedes Jahr, jedenfalls am Anfang, aber meistens gibt sie sich nach einer Weile wieder. Frag mal Jensen, der hat sich letztes Jahr eine heftige Ohrfeige eingefangen.«

Travis drehte sich langsam auf ihrem Stuhl im Kreis und hob pädagogisch ihren Zeigefinger.

»Die erste Version des Zikade-Puzzles wurde vor vier Jahren entwickelt. Das war während meines letzten Jahres in Cambridge. Plötzlich tauchte im Internet ein Puzzle auf. Dessen ausgesprochenes Ziel war die Anwerbung von *überdurchschnittlich intelligenten Individuen* für… tja, was oder wen? Keiner wusste es. Oder richtiger: Keiner weiß es! Bis heute nicht. Vielleicht steckt die NSA dahinter. Oder das FBI oder die CIA oder sogar der MI5. Das war ein großes Thema unter Mathematikern. Ja, also, damals habe ich abstrakte Mathematik studiert. Und so was hatte ich noch nie gesehen. Dermaßen raffiniert! Wir waren eine Gruppe, die es versuchte, Childs war auch dabei, wir waren gleichzeitig in Cambridge, wusstest du das? Deswegen hasst er mich. Wir sind nie über das dritte Puzzle hinausgekommen. Wir steckten fest. Eigentlich war es gar nicht so kompliziert, eine einfache Gartenzaun-Transposition, aber wir hatten die Korrelation übersehen. Dass dieses Puzzle auch *in der physischen Welt* existierte. Da wurde es natürlich unmöglich. Und was wussten wir schon von William Blake? Nichts. Childs hat mich für die Niederlage verantwortlich gemacht, und er hatte natürlich recht. Ich kenne niemanden, der so intelligent ist wie ich, und trotzdem bin ich daran gescheitert. Manchmal macht mir das Angst. Richtig große Angst. Vor dem, was da draußen alles existiert. Aber das ist ja lächerlich.«

»Finde ich nicht«, sagte Sebastian höflich. »Und diesmal wirst du es bestimmt schaffen.«

»Weißt du was«, sagte Travis, und ihre Augen und Wangen leuchteten wieder, »das glaube ich auch! Ich bin jedes Jahr ein Stück weitergekommen. Und letztes Mal war ich kurz vor dem Ziel, da bin ich mir ganz sicher.«

»Was passiert denn, wenn man es schafft?«

»DAS WEISS NIEMAND!« Jetzt sprühten ihre Augen Funken, und ihre Brust hob und senkte sich erregt unter dem Laborkittel. »Keiner hat es je offiziell geschafft. Vielleicht mussten die, denen es gelungen ist, ein Schweigegelübde ablegen. Vielleicht befinden sie sich gerade an einem geheimen Ort und lösen... *alles.* Den ganzen Mist!«

»Oder alles ist nur ein Bluff.« Sebastian dachte laut. »Vielleicht gibt es keine Lösung.«

»Es gibt eine Lösung.«

»Woher weißt du das?«

»Es gibt immer eine Lösung, Sebastian. Man muss seinen Blick nur hoch genug ansetzen. Hast du jemals die Welt von oben betrachtet?«

»Du meinst, wie von einem Flugzeug aus?«

»Ja, genau so.«

»Ich glaube, ich verstehe nicht ganz?«

»Das macht nichts. Das geht vielen so.«

Travis erhob sich vom Stuhl und zog ihren Laborkittel glatt, als wollte sie wieder aufbrechen. Sie warf der überaus moralischen Äffin einen gleichgültigen Blick zu und ging zur Tür.

»Warte!«

Sebastian erhob sich hinter seinem Schreibtisch, weil er Angst hatte, mit seinem gedanklichen Leerlauf allein gelassen zu werden. »Was wolltest du eigentlich? Warum hast du mir das erzählt?«, sagte er zu Travis' weißem Rücken, der schon auf dem Weg hinaus in den Gang war.

Sie drehte sich erstaunt um.

»Das ist doch wohl eindeutig? Ich brauche deine Hilfe.«

»Meine?«

»Ja. Deine.«

»Aber warum?«, fragte Sebastian. »Wir kennen uns doch kaum.«

Travis zuckte die Achseln und blies sich einige Haarsträhnen aus dem Gesicht.

»Weil ich dir vertraue. Und weil ich jemanden zur Unterstützung brauche, der weniger ruhmsüchtig ist.«

Er wusste nicht, was er antworten sollte.

»Ehrgeiz ist eine Strafe, mit der man sich nur selbst schadet, Sebastian. Sei froh, dass du davon vollkommen verschont geblieben bist«, sagte Travis und flatterte aus dem Zimmer.

Am selben Nachmittag bestellte Corrigan Sebastian zum zweiten Mal überhaupt in sein Büro. Nach einer Sitzung mit einem seiner weniger interessanten Versuchsobjekte, einer älteren Dame mit einem heftigen Euphorie-Überschuss, nahm Sebastian den Aufzug in die höchste Etage des Instituts und klopfte diskret an die Tür.

»Herein!«, brüllte Corrigan, und Sebastian gehorchte.

Corrigan saß mit einem Telefonhörer zwischen Ohr und

Schulter eingeklemmt hinter seinem Schreibtisch und bedeutete Sebastian mit einer Geste, dass er sich setzen sollte. Während er zustimmend in den Hörer brummte, schob er Sebastian eine Schale mit Jaffa Cakes hin. Sebastian nahm sich einen und ließ ihn auf der Zunge schmelzen.

»Ja, selbstverständlich. Natürlich. Er ist jetzt hier. Das werde ich ihm ausrichten. Auf jeden Fall. Das Vergnügen ist ganz meinerseits, rufen Sie mich gern wieder an! Wirklich. Überaus angenehm. Mhm. Ja. Ja, auf Wiederhören!«

Corrigan knallte den Hörer auf – es war ein Bakelit-Telefon – und betrachtete Sebastian nachdenklich. Er sagte nichts, und Sebastian hatte das Gefühl, die Keksmasse würde in seinem Mund anschwellen. *Er ist jetzt hier?* Wer hatte angerufen? Die Möglichkeiten flatterten in Sebastians Kopf vorüber. Sein erster Gedanke – der ihm derzeit immer als Erstes in den Sinn kam – war Laura Kadinsky. Hatte sie sich beschwert? Dabei war doch eigentlich gar nichts passiert? Überhaupt nichts! Sebastian schwitzte. Wobei Corrigan ja nicht böse aussah, sondern eher ... vergnügt?

»Nun denn«, sagte Corrigan am Ende. »Wenn ich es richtig verstehe, haben Sie ein kleines Familienproblem?«

Sebastian verschluckte sich fast an seinem Keks.

»Verzeihung?«

Corrigan deutete zerstreut mit dem Kopf auf das Telefon.

»Das war Ihre Mutter. So eine unglaublich sympathische Frau. Warum haben Sie mir nie erzählt, dass Sie ein Drilling sind, Sebastian? Da könnten wir doch ungeheuer interessante Beobachtungen machen. Wobei, vor dem Hintergrund dessen, was Ihre Mutter zu berichten hatte –«

»Entschuldigen Sie, aber ... meine Mutter? Ist etwas passiert? Ist jemand –«

Sebastian tastete hektisch nach seinem eigenen Handy, das er ausgestellt hatte, gerade weil er den Anrufen seiner

Mutter für einen Moment entgehen wollte. Corrigan wedelte nur abwehrend mit der Hand.

»Immer mit der Ruhe. Es ist niemand gestorben. Sie wollte sich nur vergewissern, ob ich über Ihre Situation im Bilde bin. Sehr umsichtig. Wie auch immer, Isaksson, das wäre doch interessant? Zu wissen, wer nicht dazugehört? Drillinge sind natürlich am besten, aber Zwillingsstudien sind auch interessant, und schwerer zu bewerkstelligen, als man meinen sollte... Glauben Sie, dass Sie es sind? Oder eine Ihrer Schwestern?«

Sebastian saß reglos mit dem Telefon in der Hand da und versuchte zu begreifen, wovon Corrigan eigentlich gerade sprach.

»Ihre Mutter hat behauptet, sie wüsste es nicht? Das erscheint einem ja ziemlich unwahrscheinlich, aber na ja, Frauen... Ein Mysterium.«

»Ein Mysterium«, wiederholte Sebastian verwirrt. »Meine Mutter? Hat das erzählt? *Ihnen*?«

»Nun schauen Sie doch nicht so verwundert, Ihre Mutter ist wahnsinnig mitteilungsbedürftig, das müsste Ihnen doch wohl bekannt sein. Und Sie macht sich wirklich große Sorgen um Sie, Sebastian, Sie sollten sie häufiger anrufen. Ich weiß, wovon ich spreche, wenn ich sage, dass kaum etwas so verletzend für Eltern ist, wie wenn das eigene Kind sich zurückzieht.«

Corrigan lehnte sich hinter seinem Schreibtisch zurück, griff nach einer Thermoskanne mit Kaffee, knallte sie auf den Tisch und schraubte den Deckel ab.

»Sie haben Kinder?«, fragte Sebastian, der sich das kaum vorstellen konnte, es erschien ihm geradezu widernatürlich.

»Nicht in meiner Nähe, nein«, antwortete Corrigan und schenkte Kaffee in zwei Tassen ein. »Prost!«

Sebastian hob linkisch seine Tasse.

»Wie auch immer. So spannend diese kleine Geschichte mit Ihrer Familie auch ist, Sebastian, ja, ehrlich gesagt sollten Sie die ans Fernsehen verkaufen, das ist besser als *Coronation Street* ... es ist trotzdem nicht das, worüber ich mit Ihnen reden wollte.«

Sebastian richtete sich instinktiv auf seinem Stuhl auf. Ging es vielleicht doch um Laura Kadinsky?

»Travis«, sagte Corrigan und fixierte Sebastian. »Sie scheint etwas neben der Spur zu sein. Ich möchte, dass Sie sie im Auge behalten.«

»Travis?«, fragte Sebastian.

»Ja. Dieses Puzzle, von dem sie so besessen ist. Das ist eine Sackgasse. Es führt zu nichts.«

»Ich weiß nicht richtig, was ich –«

»Ach was. Das setzt nicht viel voraus. Beobachten Sie sie einfach ein bisschen. Das ist alles, was ich verlange. Erzählen Sie mir, wenn sie zu sehr durchdreht. Paranoid wird. Verstehen Sie, was ich sage?«

»Nein.«

»Das ist gut. Ausgezeichnet.«

Sebastian war besorgt.

»Sie meinen, ich soll ihr hinterherspionieren?«, wagte er zu fragen.

»Nein, nein, nein! Natürlich nicht. Nichts ... Böses. Sie sollen einfach nur ein guter Freund sein. Das ist alles. Ein guter Freund mit Meldepflicht. Travis ist begabt, Isaksson, aber das ist auch ihr Fluch. Ich möchte nicht tatenlos zusehen, wie sie sich völlig disqualifiziert, um mehr geht es nicht.«

»Disqualifiziert?«

Corrigan seufzte schwer. Dann sagte er, übertrieben artikuliert:

»Ein gewisses Maß an Diskretion. Ein gewisses Maß an Unwissenheit. Die ein oder andere Scheuklappe. All das kann manchmal nicht schaden, Isaksson. Sonst wird man schnell verrückt. Wenn man Ihre neue Familiensituation bedenkt, würde ich annehmen, dass Sie mir zustimmen. Also. Sind wir uns einig?«

Sebastian nickte langsam, und Corrigan machte eine Geste in Richtung Tür, als wollte er signalisieren, dass das Gespräch jetzt beendet sei. Als Sebastian gerade aufstehen wollte, schien Corrigan doch noch etwas einzufallen.

»Ihre Schwester«, sagte er. »Matilda, heißt sie nicht so? Ihre Mutter hat erwähnt, dass sie sowohl bipolar ist als auch Synästhetikerin? Sie sollten sie herbringen. Ich würde lügen, wenn ich behaupten würde, dass ich sie mir nicht gern einmal ansähe.«

KATHLEEN SAGTE IMMER: DER KÖRPER ist eine Metapher.

Matilda vermisste Kathleen. Eigentlich nicht Kathleen als Person – Matilda kannte sie im Grunde nicht besser, als sich alle Menschen irgendwie kannten, also im Geiste, oder wie auch immer Kathleen es selbst ausgedrückt hätte. Sie vermisste Kathleens Stimme: amerikanisch, ein bisschen schrill, aber melodisch und voller Humor. Streng genommen war sie gar keine Amerikanerin, sondern Kanadierin, aber welcher Europäer hörte schon einen Unterschied?

Und sie vermisste Kathleens Hände. Es klang erotisch, jemandes Hände zu vermissen, dachte Matilda. Und vielleicht war es das auch. Sinnlichkeit hatte keine bestimmte Farbe und kein bestimmtes Ziel. Kathleen würde ihr zustimmen. Sie hätte gesagt, es wäre eine westliche Konvention, Sex und Erotik gleichzusetzen. Nein, das hätte sie nicht gesagt. Nicht während des Unterrichts. Aber vielleicht außerhalb des Yogastudios, wenn sie Freunde gewesen wären und mit ineinander verschränkten Beinen auf ihrem Sofa auf der Sonnenallee gesessen hätten, oder wo auch immer sie wohnen könnte, Brennnesseltee trinkend. Dann hätte Kathleen gesagt, dass es bei der echten Sinnlichkeit nicht um Sexlust, sondern um Lebenslust ginge. »Alle Lust, die aus dem Körper entspringt, ist sinnlich«, hätte sie gesagt, »und es gibt keine Lust, die nicht dem Körper entspringt, weil Körper und Geist eins sind. Wenn du dein Herz beim *Chakrasana* zum Himmel hebst, empfindest du den gleichen Genuss, wie wenn dein Liebhaber deine Augenlider berührt.« Und Matilda würde sagen: »Mein Liebhaber berührt nie meine Augenlider.« Und Kathleen würde sich vorbeugen und vorsichtig mit den Daumen über Matildas geschlossene Augen streichen. Es wäre keine große Sache. Nichts als das Leben, und wie es sich vor und zurück bewegt, wellengleich.

Matilda presste ihre Fußsohlen gegen das Holz, spannte die Oberschenkel und den Bauch an, hob ihre Hüften zum knallblauen Himmel, schloss die Augen, um ihn nicht sehen zu müssen. Die Hände hinter den Ohren, die Arme eng am Kopf. Die Schultern, die sich vom Untergrund abhoben, und für einen Moment fühlte sie sich wie ein Baum, der aus dem Boden hervorbrach. Noch waren ihre Arme stark wie Stämme und biegsam wie Weidenruten. Sie schloss die Augen und atmete mit dem Zwerchfell, wie sie es vor langer Zeit einmal gelernt hatte, von einer Person, die nichts mehr mit ihr zu tun haben wollte.

Es war nicht Kathleen.

Matilda Isaksson, sechsundzwanzig Jahre alt, dunkelhaarig, blauäugig, Hundstöterin, Mörderpuppe und vermutlich auch Kuckuckskind, normalerweise in Berlin zu Hause, befand sich derzeit in den Schären von Västerbotten. Es war verdammt anstrengend, sich dort aufzuhalten, mit dem Körper und der wiedergeborenen Unruhe, die sie zu gut kannte, und der neugeborenen Farbe, die etwas Fremdes war, aber Matilda tat, was sie konnte, um sie in Schach zu halten. *Halasana*. Hintern in die Luft, Zehen hinter den Kopf, bis sie den warmen Holzboden berührten. In schwierigen Positionen musste man sich daran erinnern, dass sie nicht ewig dauerten. Ein Sommer, nur ein Sommer, dann würden sie wieder nach Hause fahren. Kein weiterer Streit, keine Migräne, keine überhasteten Autofahrten zum Konsum in Robertsfors, weil Billy vergessen hatte, beim Großeinkauf Snus zu besorgen. Es war in vielerlei Hinsicht ironisch, dachte Matilda und atmete aus dem Herzen heraus, dass sie diejenige in der Beziehung war, die einen Führerschein besaß. Obwohl er doch in Norrland aufgewachsen war, obwohl er der Mann war, und zwar ein richtiger. Ein Mann, der schwere Sachen trug, schon von Berufs wegen her. Verstärker; schwer, schwerer, am schwersten. Instrumente. Mischpulte. Manchmal auch betrunkene Teenager, wenn es ganz dicke kam. Aber er sagte, er hätte nie selbst Auto fahren müssen. Es gab immer Kumpels, die einen mitnahmen. Und wenn man nicht fahren konnte, brauchte man auch nie nüchtern zu sein. Das sagte er immer grinsend, wenn ihn jemand fragte. Der Witz war schon beim ersten Mal nicht lustig gewesen, und seitdem hatte sie ihn viel zu oft gehört. Sie selbst hatte einen Führerschein gemacht, als sie nach Bangladesch ging. Das war keine Voraussetzung gewesen, aber erwünscht, und Matilda wollte immer so viel wie möglich tun, immer. Worin sollte sonst der Sinn liegen, der Sinn des Lebens, der Sinn, ein Mensch zu sein?

Ihre Arme begannen zu zittern, und sie spürte die Milchsäure. Sie atmete ein, aus, ein, aus. Dann ließ sie langsam die Beine wieder heruntergleiten, bis ihr ganzer Rücken auf dem warmen Holz lag. Sie streckte die Beine und Arme aus und ließ sich zerlaufen wie ein aufgeschlagenes Ei. *Shavasana.* »Es gibt eine Sonne am Himmel und eine hinter dem Schambein« – das hatte Kathleen tatsächlich einmal gesagt. Wahrscheinlich empfand Matilda sie deshalb als sexuelle Person. Zwar hatte Kathleen damals über den *Mula Bandha* gesprochen, den Wurzelverschluss, und wie er, sonnengleich, tief aus dem Becken aufsteigt und sich mit seiner lebensspendenden Kraft durch den Körper hinaufbewegt. Aber trotzdem. Ziemlich sexualisiert ausgedrückt. Matilda spürte einen Wind, der wie eine Hand über ihre empfindlichen Brustwarzen strich, und einen anderen, der ihr Haar streichelte, und die Sonne, wie sie die Innenseite ihrer Oberschenkel wärmte. Eigentlich hatte es nur ein Gutes, hier zu sein, an dieser nahezu verlassenen Bucht, und das war die Möglichkeit zum Nacktyoga. Natürlich nicht, wenn Siri in der Nähe war, das hatte Billy ausdrücklich verboten, aber die beiden waren oft mit dem Boot unterwegs oder auf langen Wanderungen im Wald, und dann konnte sie ihre Kleider abwerfen. Matilda mochte keine Klamotten, hatte sie nie gemocht, mochte es nicht, wie sie auf der Haut scheuerten. Vielleicht zog es sie deshalb in wärmere Gefilde. Was das anging, war Bangladesch phantastisch gewesen. Nackte Nächte zwischen dünnen, dünnen Laken. Tagsüber Kleider, die kaum mehr waren als ein Stofffetzen, über der Schulter von ein paar Nadelstichen zusammengehalten. Oft trug sie nicht einmal Unterhosen. Einmal hatte sie das Billy erzählt, was ein Fehler gewesen war. Jetzt wollte er beim Sex ständig darüber sprechen dabei war es gar nichts Sexuelles! Oder jedenfalls nicht so. Nicht aufs Vögeln bezogen, auch wenn sie das in Bangladesch auch getan hatte. Nein, vor allem war es eine Befreiung. Überhaupt war Bangladesch eine Befreiung gewesen. Es hatte etwas mit der Farbskala zu tun, Beige, Gelb, Gold, Braun, das waren Farben, die ihr guttaten. Die Farbe sonnengebräunter Haut. Die Farbe trockener Erde. Kurkuma, Kreuzkümmel, gute Taten. Denn auch Taten hatten Farben, nicht nur Gefühle – und die guten befanden sich immer im gelb-braunen Bereich. Als könnte man die Farbtöne in seinen Händen halten wie warme, erdnahe, pochende Kugeln.

Die bösen Taten dagegen waren blau.

Deshalb war sie hier so bösartig, es musste daran liegen. Das Meer, das Meer, sie wusste, dass sie nicht am Meer leben konnte, und trotzdem hatte sie sich darauf eingelassen hierherzukommen. »Nur den Sommer über«, hatte Billy gesagt. »Siri zuliebe«, hatte Billy gesagt. Und sie hatte nichts dagegen einwenden können, denn Siri war schließlich nicht ihre

Tochter, und sie weigerte sich, die Rolle der egoistischen Stiefmutter einzunehmen. Wenn Billy meinte, Siri müsste jeden Sommer nach Schweden fahren, um Blaubeeren zu sammeln und nach Bärenlosung zu suchen und im strömenden Regen Mittsommer zu feiern und was noch alles zu ihrer Familienkultur gehörte, dann war das *fine*. Sie kam mit. Sie selbst hatte ja plötzlich so viel Stoff zum Nachdenken, so vieles, was sie zu verstehen versuchte. Vielleicht war so ein Ortswechsel ja gut. Eine neue Perspektive. Hatte sie gedacht.

Aber – vielleicht war das auch ein Trugschluss gewesen, dachte sie jetzt. Immerhin hatte es ja einen Grund, dass sie nach Berlin gezogen war, ja, natürlich hatte es viele Gründe, aber einer davon war die Abwesenheit des Meeres gewesen. Dort gab es lediglich die Spree mit ihrem graubraunen Wasser. Dem Ganges nicht ganz unähnlich, wenn man die Augen ein bisschen zusammenkniff.

»Tilda, verdammt noch mal...«

Plötzlich stand Billy in der Tür. Matilda schlug die Augen auf, kehrte wieder in die Wirklichkeit und auf die Holzterrasse zurück, derart brutal. Nicht gerade der optimale Abschluss für eine Yogaeinheit, wirklich nicht. Aber so war das Leben mit Billy, hitzig und impulsiv, und im Grunde mochte sie das auch. Hatte es immer gemocht. Überrumpelt zu werden, gar keine Zeit zu haben, um Nein zu sagen. So hatten sie sich ja auch kennengelernt, eine Begegnung, die eher an einen blutigen Verkehrsunfall erinnerte als an den Auftakt einer – bis dato – elf Monate langen Liebesbeziehung. Matilda war am Landwehrkanal Joggen gewesen, als ihre Knie plötzlich einknickten, woraufhin sie der Länge nach auf den Bürgersteig fiel.

Der Sturz war relativ glimpflich verlaufen, doch dann kam das Nachbeben.

Sie war von einer Fünfjährigen auf einem Roller zu Fall gebracht worden, und die Fünfjährige war natürlich von ihrem Fahrzeug gekullert und hatte sich die Knie aufgeschlagen, und Matilda war kaum auf die Füße gekommen, als auch schon ein Mann mit Hipsterbart und – Matilda hatte ihren Augen kaum getraut – Nietenarmband, als wäre sie beim Sweden Rock in Svedala, vor ihr stand und auf ziemlich schlechtem Deutsch brüllte, sie sollte gefälligst keine kleinen Kinder umrennen, sie dämliche Joggingschlampe, was glaubte sie eigentlich, wer sie war, glaubte sie, Neukölln würde ihr allein gehören oder was zum Teufel hatte sie sich dabei gedacht, ob sie eine Kinderhasserin wäre? In diesem Fall könnte er ihr sagen, dass Kinder reine, unzerstörte Seelen hätten, und vielleicht würde sie sie deshalb hassen, weil sie selbst so eine egoistische dumme Kuh wäre, die glaubte, dass ihre eigenen, zugegebenermaßen ziemlich geilen Wadenmuskeln ein größeres Recht dazu hätten, einen Platz auf dieser Welt einzunehmen, an diesem Ufer, als die seiner engelsgleichen Tochter, oder was? Und Matilda hatte auf genauso schlechtem Deutsch zurückgeschrien, dass es in Wirklichkeit seine Tochter gewesen wäre, die *sie* umgefahren hätte, und dass er sich stattdessen vielleicht lieber einmal Gedanken über seinen Erziehungsstil machen sollte und es kein Wunder wäre, dass die Tochter einen so aggressiven Rollerfahrstil hatte, da ihr Vater ja ganz offensichtlich auch ein Aggressionsproblem hätte. Und Billy, denn es war natürlich Billy, war so empört Schrägstich erregt gewesen, dass er gar nichts mehr sagen konnte, sondern lediglich schnaubte, dass die Spucke nur so spritzte, und erst als Matildas Wange von einem mit Snus vermischten Speichelflatschen getroffen wurde, hatte sie verstanden, dass er ein Landsmann war, und dann war ihr klar geworden, dass sie noch am selben Abend mit Billy ins Bett gehen würde.

Letzteres erwies sich allerdings als falsch, weil die kinderlose Matilda natürlich vergessen hatte, Siri in die Gleichung miteinzubeziehen – in Wirklichkeit waren sie dann erst drei Tage später miteinander ins Bett gegangen, als Siri bei ihrer Mutter in Reinickendorf war. Zwei Wochen darauf hatte Matilda ihre Wohnung gekündigt und war bei Billy und Siri am Weichselplatz eingezogen. Das war im September gewesen, und nachts hatte sie immer auf dem französischen Balkon gestanden und heimlich Gras geraucht und zugesehen, wie der Rauch gemeinsame Sache mit dem feuchten Nebel machte, der sich unten auf dem Spielplatz schlafen legte.

Jetzt landete ein Kleid auf Matildas Gesicht.

»Zieh dir was an, Siri ist im Anmarsch.«

»Habt ihr einen Bären gesehen?«

»Nein, nur Johansson. Er hat sich eine neue Motorsäge gekauft.«

»Was wollen wir zu Mittag essen?«

»Weiß nicht. Siri wünscht sich Pfannkuchen.«

»Ich weiß nicht, wie man Pfannkuchen macht«, sagte Matilda und zog sich das Kleid vom Gesicht.

»Wie kann jemand nicht wissen, wie man Pfannkuchen macht?«

»Ich kann gebrochene Beine schienen, Häuser bauen und einen Marathon laufen. Ich habe nicht vor, mich dafür zu rechtfertigen, dass ich keinen Pfannkuchenteig machen kann, wirklich nicht.«

»Eins zwei.«

»Hä?«

»Ein Ei, ein Teil Mehl, zwei Teile Milch.«

»Aha?«

»Und es ist auch die Notrufnummer. So was muss man wissen, wenn man Kinder hat.«

»Welches von beidem?«

»Ich mache jetzt Pfannkuchen. Vergiss deine Unterhose nicht. Ich glaube, Siri möchte, dass ihr Radschlagen übt.«

»Kannst du mir eine holen?«

»Nein.«

Im Gegensatz dazu, was Billy vielleicht glaubte, liebte Matilda Siri. Jedenfalls, wenn sie wie jetzt zu Matilda kam und an ihrem Kleid zog und wollte, dass sie ihr all ihre Zirkus- und Überlebenskünste beibrachte. Matilda hatte noch ganz schwache Arme vom Yoga, konnte Siris eifrigem Gehüpfe jedoch nicht widerstehen, sie sprang von der Terrasse herunter und schlug drei Räder hintereinander auf dem sonnenvergilbten Rasen, der in den Sandstrand überging.

Es hatte bestimmt auch damit zu tun, dass Siri einem leidtun konnte. Ihre Mutter war eine Alkoholikerin und Streberin zugleich, eine seltsame Mischung, wie man sie sonst eigentlich nur bei Männern in der Finanzbranche findet. Im Grunde war es beinahe tragisch, dass sie sich so gut anpassen konnte. Sie ging zur Arbeit, verdiente Geld und putzte jeden Freitag ihre Wohnung, und dann fing sie an zu trinken. Käthe, so hieß sie, war Maskenbildnerin, was voraussetzte, dass sie allzeit auf Abruf bereit sein musste, weshalb sie nie unter der Woche trank. Sie arbeitete schon seit Jahren beim ZDF, hatte fast alle berühmten Deutschen geschminkt, sogar Angela Merkel – die nach zu viel Eyeliner verlangt hatte, da hatte Käthe Einspruch erheben müssen. »Das muss man können, wenn man seinen Job wirklich ernst nimmt«, hatte Käthe gesagt, als sie es Matilda erzählt hatte. »Man darf vor niemandem Angst haben. Nicht mal vor der Kanzlerin.« Für Alkoholiker war es gut, beim Fernsehen zu arbeiten – die meisten Produktionen wurden unter der Woche aufgenommen, und Käthe musste nur in Ausnahmefällen am Wochenende arbeiten, und dann wusste sie es mehrere Wochen im Voraus und konnte den Schnaps und Siri auf passendere Tage verlegen. Als Selbstständige wäre es genau umgekehrt. »Viele Hochzeiten und so. Und wer heiratet schon an einem Dienstag?« Nicht viele, da hatte Matilda ihr recht geben müssen, als sie Siri zum ersten Mal bei Käthe gelassen und ihre Hand gedrückt hatte.

Die Sache mit dem Schnaps hatte Käthe natürlich nicht selbst gesagt. Das war Billy gewesen, später am Abend, als Matilda ihm das Gespräch wiedergegeben und ein bisschen geweint hatte. »Sie trinkt doch wohl nicht, wenn Siri da ist?«, hatte Matilda gefragt und blaue Flecken vor ihren Augen herabschneien sehen. »Wann sollte sie es sonst machen?«, fragte Billy und schnaubte verächtlich. »Meine Ex ist sehr effektiv, sie erledigt niemals nur eine Sache auf einmal. Aber Siri kommt schon klar. Sie ist ja damit aufgewachsen, sie weiß, wann es Zeit ist, ins Bett zu gehen und Käthe in Ruhe zu lassen. Und wenn etwas sein sollte, kann sie anrufen.« Matilda hatte eingewandt, dass Siri erst fünf Jahre alt war, da konnte sie wohl kaum anrufen, doch da hatte Billy nur noch einmal verächtlich geschnaubt und gesagt, dass Matilda anscheinend gar keine Ahnung von der Telefonkompetenz Fünfjähriger hätte. Und das konnte Matilda nicht bestreiten.

Wie auch immer, Siri konnte einem leidtun, weil sie eine Mutter hatte, die trank – aber nicht genug, als dass Billy ihr das Sorgerecht hätte entziehen können. Zwei von vier Wochen wohnte Siri bei Käthe, und während dieser zwei Wochen war Käthe also mindestens vier Tage blau, und Matilda fand, das waren vier Tage zu viel. Matilda schämte sich, weil sie Siri nicht helfen konnte, aber so war es nun einmal, das war allein Billys Entscheidung, und Matilda konnte nichts anderes tun, als Siri ein starkes weibliches Vorbild zu sein. Eine Frau, die Räder schlagen konnte und sich nicht viele Gedanken um ihr Aussehen machte, die Bionade statt Wein trank und gegen alle Widerstände versuchte, ein guter Mensch zu sein. Es war leicht, ein guter Mensch zu sein, wenn Siri es brauchte. Mit Billy war es umso schwieriger – denn er musste einem ja nicht leidtun.

»Tilda, weißt du was, Papa hat gesagt, du könntest auf einem Seil tanzen, aber ich habe gesagt, dass ich das nicht glaube, oder stimmt es wirklich?«, fragte Siri und tat so, als würde sie auf dem Tau des Motorboots balancieren, das im Sand lag, weil sie das Boot an den Strand gezogen hatten.

»Das stimmt wirklich, Siri.«

»Bist du auf die Zirkusschule gegangen?«

»Ja, tatsächlich. Als ich klein war, wollte ich Akrobatin werden. Ich habe versucht, mit meinen Geschwistern Figuren zu turnen, Pyramiden und so was, aber sie waren unglaublich schlecht, und ich bin immer wütend geworden.«

»Bist du deshalb keine Akrobatin geworden?«

»Nein, nicht deshalb«, antwortete Matilda. »Ich habe mich einfach umentschieden.«

»Und warum?«

»Einfach so. Das machen Menschen eben.«

»Hmm«, sagte Siri und gelangte mit einem Hüpfer ins Boot. Sie kletterte auf die Kante und balancierte auf der schmalen Plastikreling entlang. Dann hielt sie inne, als wäre ihr etwas eingefallen.

»Warum habe ich deine Geschwister noch nie getroffen?«, fragte Siri. »Sind die tot?«

Matilda erstarrte von Kopf bis Kreuzbein. Billy. Dieser Mistkerl. Diese Petze. Als wäre das so einfach. Ein Kind als Boten zu missbrauchen war richtig hässlich. Hässlich und gleichzeitig elegant.

»Sie wohnen nicht in Berlin«, sagte Matilda schnell. »Das weißt du doch. Sebastian lebt in London, das ist weit weg. Und Clara ist sogar gerade am anderen Ende der Welt. Glaube ich.«

»Aber wo liegt das Problem? Wir sind doch auch hergeflogen, und fliegen ist PIPILEICHT!«, kreischte Siri und sprang mit flügelschlagenden Armen vom Boot. Matilda fing sie auf, wirbelte sie ein-, zwei-, dreimal durch die Luft und ließ sie in den Sand fallen, wo sie lachend in sich zusammenfiel.

Matilda sank neben ihr auf die Knie und kitzelte sie. Das

war die einfachste und beste Möglichkeit, eine Diskussion zu beenden... handgreiflich und mit einem Lachen.

Doch nein. Was zur Hölle.

Es stach in ihren Leisten, zuckte irgendwo in ihrem beeindruckenden Körpergedächtnis. Das Spannungsgefühl von Bändern, die gedehnt wurden. Instinktiv führte sie ihre Hand zu dem Punkt über ihrem Schambein, ehe sie sich selbst ertappte – das konnte doch wohl nicht... Nein. Oder? Du liebe Güte, nein. Ihr Mund war plötzlich so trocken. Sie vergaß sich selbst, richtete ihren Blick aufs Meer, spürte, wie ein blauer Blitz ihren Schädel spaltete. Spürte, wie Siri an ihrem Kleid zerrte.

»Tilda! Tilda, was ist denn?«

»Nichts, mein Schatz, ich glaube, ich habe mir nur eine kleine Zerrung geholt. Es ist schon viel besser.«

Matilda schob ihre Hüften versuchsweise ins Kamel, *Ustrasana*. Ließ den Kopf nach hinten sinken, berührte ihre Sprunggelenke mit den Händen. Spürte, wie die Haut über dem Bauch spannte wie über einer Trommel.

Das war nicht möglich. Und trotzdem war es genau das: möglich und allzu bekannt.

Verdammter Mist.

Als hätte sie nicht schon genug anderes zu begrübeln.

ES WAR EINIGE TAGE NACH Sebastians Termin mit Corrigan; ein Donnerstag mit schweren Wolken und einer unnatürlichen Hitze. Auf den Fernsehbildschirmen und den Titelseiten der Boulevardzeitungen prangte das Wort EXTREMWETTER. Die Institutsmitarbeiter schwitzten unter ihren Laborkitteln und drängten sich um die Wasserautomaten. In Kensington Gardens, im Victoria Park, in der Olympiastadt Stratford und außerhalb vom Somerset House wurden die Wasserfontänen eingeschaltet, damit die Kinder darin spielen konnten, obwohl die Sommerferien erst in ein paar Wochen begannen. Sebastian stand in seinem Büro und beobachtete, wie auch am Russell Square leichtbekleidete Kindermädchen mit Sonnenbrillen im Haar verzweifelt versuchten, Dreijährige in ausgebeulten Windeln davon abzuhalten, sich die Sonnenhüte vom Kopf zu reißen, als er plötzlich selbst nass wurde. Verwirrt hob er den Blick zur Decke. Das Sprinklersystem spie Wasser aus, und in der nächsten Sekunde ertönte das einsame Schrillen des Feueralarms, das zur Handlung mahnte, doch Sebastian konnte sich nicht rühren – irgendwie hatte sie etwas geradezu Magisches an sich, diese plötzliche Erfrischung; eine unerwartete Gabe. Er fing das Wasser mit den Augenlidern auf.

Die Stille währte nur kurz, denn bald darauf ertönten hastige Schritte auf den Gängen, ein, zwei, drei, vier Feuerwehrsirenen, eine Durchsage vom Band: PLEASE EVACUATE IMMEDIATELY PLEASE EVACUATE IMMEDIATELY PLEASE EVACUATE ... und Sebastian begriff, dass er retten musste, was zu retten war. Er warf eine Löschdecke über seinen Arbeitsrechner, allerdings eher zum Schutz vor der Nässe denn vor einem eventuellen Feuer, weil gegen ein Feuer sowieso nichts half, und dann schnappte er den Käfig der überaus moralischen Äffin – sie kreischte schlimmer als der Feueralarm – und eilte in den Gang hinaus, wo Childs gerade auf einem Roller heransauste.

»Brennt es wirklich?«, rief Sebastian.

»Weiß der Teufel«, antwortete Childs und bremste. »So oder so eine tolle Gelegenheit. Wir wollten ins Pub gehen, kommst du mit?«

Sebastian schüttelte den Kopf. »Hast du Travis gesehen?«

»Als ich sie zuletzt gesehen habe, war sie im Insektenlabor. Aber kümmere dich nicht um sie, sie ist eine Katze. Neun Leben.«

Childs rollte weiter in Richtung Notausgang, und Sebastian folgte ihm, so schnell das mit dem Affenkäfig möglich war. Als er im Erdgeschoss angekommen war, gelangte er durch einen der Notausgänge auf der Rückseite ins Freie, wo sich bereits große Teile des plötzlich von der Arbeit befreiten Personals in ausgelassenen Clustern zusammengeballt hatten – Sebastian sah Zigaretten und nackte Haut und die ein oder andere Wasserpistole.

Erst als er die Äffin neben einem Müllcontainer abgestellt hatte und sich die Haare aus dem Gesicht strich, sah er, dass es ein echtes Feuer war – aus einem der Kellerfenster quoll dicker schwarzer Qualm. Drei Feuerwehrautos standen in einer Seitenstraße aufgereiht, aus den ersten beiden schlängelten sich gelbe Wasserschläuche über den Boden, aber er konnte die Feuerwehrmänner nicht sehen, die sie hielten, weil sie vom Rauch verhüllt wurden. Panisch zählte Sebastian die Fenster – es brannte in Travis' Labor, er war sich fast sicher, und als er in der Rauchwolke einen Streifen Gold und einen Streifen Silber sah, zwei transparente Flügel, vom Feuer durchstochen, verschwand auch sein letzter Zweifel.

»Travis!«

Sebastian stürzte sich in die Rauchwolke und zerrte am Arm eines Feuerwehrmannes.

»Da drinnen ist ein Mensch, ein Mensch!«, rief er. »*Ein lebender Mensch!*«

Der Feuerwehrmann schubste Sebastian gereizt zur Seite. »*Stay back, Sir!*«

»Aber ihr müsst jemanden hineinschicken, sie stirbt!«, schrie Sebastian. Mehr konnte er nicht mehr sagen, ehe ihn zwei starke Hände unter den Achseln packten und aus dem Rauch hoben. Als es Sebastian gerade gelungen war, sich aus dem Griff dieses zweiten Feuerwehrmannes zu befreien, sah er, wie im Erdgeschoss ein Fenster geöffnet wurde.

Jennifer Travis kletterte hinaus, sie hatte ein rußiges Gesicht und zerzaustes Haar, schien ansonsten aber vollkommen unverletzt.

Sie stellte sich auf den Bürgersteig und hustete ein wenig in ihren Ärmel hinein, ehe sie Sebastian erblickte. Sie sah nicht sonderlich erschüttert aus, sondern vor allem nachdenklich.

»Mein Gott, Travis!«, rief Sebastian und versuchte, zu ihr zu gelangen, wurde jedoch erneut von einem Feuerwehrmann aufgehalten. Im selben Moment bog ein Rettungswagen um die Ecke, und zwei Sanitäter sprangen hinaus und nahmen Travis in Beschlag.

Sebastian blieb verwirrt auf seinem Platz stehen und wusste nicht, was von ihm erwartet wurde. Sollte er darauf bestehen, Travis ins Krankenhaus zu begleiten? Er konnte sich nicht vorstellen, dass sie ihn wirklich bei sich haben wollte. Sollte er versuchen, bei den Löscharbeiten zu helfen? Vermutlich wäre er nur im Weg.

Mit einem Gefühl, das beinahe an Gelöstheit erinnerte, wurde Sebastian klar, dass er in dieser Situation nichts tun konnte. Für niemanden. Also nahm er seine Äffin und ging.

Aber wo sollte er hin? Der Gedanke, nach Tulse Hill in

seine finstere Mansarde zurückzukehren, wo es vermutlich brütend heiß war und die Luft stickig, erschien nicht gerade verlockend. Mit der überaus moralischen Äffin im Schlepptau waren seine Möglichkeiten jedoch eingeschränkt. Am liebsten wäre er ins British Museum gegangen und hätte seine Wange an den kühlen Marmor der Pantheonskulpturen gelegt, aber das war natürlich undenkbar, und dass er die Äffin in der Garderobe der British Library abgeben konnte, die seine zweite Wahl gewesen wäre, war wohl genauso unwahrscheinlich. Außerdem roch er nach Rauch. Und wie er da so unschlüssig auf der Great Ormond Street stand und den Affenkäfig auf seiner Hüfte balancierte, bog ein Bus in die Straße ein. Es war ein Bus nach Camden.

Es war heiß, dachte Sebastian. In Camden gab es Getränke.

Er stieg am Mornington Crescent aus. Ein Dalmatiner hob sein Bein an einem Laternenpfahl, die Kacheln der U-Bahn-Station gegenüber glitzerten kobaltblau in der Sonne. Es roch nach Abgasen und kandierten Mandeln und teurem Parfüm, das auf verschwitzter Frauenhaut verdunstete, es roch nach Marihuana. Sebastian war von Natur aus ehrlich, er belog nur selten jemanden, nicht einmal sich selbst. Natürlich wusste er, warum er hergefahren war. Er wollte ihr Haus sehen, ihre Tür, ihre Fenster, er wollte die Magnolie in ihrem Garten sehen, von der sie mit einer besonderen Zärtlichkeit in den Stimmbändern gesprochen hatte. Er wollte ihr Kind sehen. Vielleicht. Ihren Mann, ihre Kochbox, ihre Zimmerpflanzen, falls sie welche besaß. Er versuchte, sich einzureden, dass sein Verhalten nicht pathologisch war, ohne ganz sicher zu sein. War es wirklich so seltsam, alles über einen anderen Menschen wissen zu wollen? War das nicht der Kern der Liebe?

Und dennoch liebte er Laura Kadinsky nicht, da war er

ziemlich sicher. Er wollte nur wissen, was sie zum Frühstück aß, wie es in ihrem Flur roch, ob sie Teppichboden hatte oder Parkett und mit wie vielen Kopfkissen sie schlief. Er wollte nur etwas über sie wissen, was niemand sonst wusste. Wollte eine Spur hinterlassen, welche auch immer, ein unauslöschliches Namenszeichen im Kleinhirn.

Eines wusste er: ihre exakte Adresse. 42, Mornington Terrace. Er wusste, dass ihre Haustür lindgrün war, weil er sie sich auf Google Street View angesehen hatte. Er wusste auch, dass das Risiko, von Laura höchstpersönlich erwischt zu werden, äußerst gering war, weil sie vermutlich gerade arbeitete. Zum Glück – wenn man bedachte, dass er immer noch die Äffin mit sich herumschleppte. Das hätte sich nur schwer erklären lassen. Die Äffin war rastlos, sie hatte schon viel zu lange in ihrem Käfig gesessen und kratzte immer gereizter an den Gitterstäben. Bald würde er sie hinauslassen müssen, sie füttern und ihr Wasser geben. Er verließ den Mornington Crescent und ging die Querstraße hoch, in die Laura an jenem Abend verschwunden war, als sie im Regent's Park gemeinsam Würstchen gegessen hatten. Die Straße führte zu etwas, das aus der Ferne aussah wie eine Promenade an einem kleinen Kanal, eigentlich aber nur eine Mauer war. Sie trennte diese Straße, die Mornington Terrace hieß, von der Bahnstrecke, die aus Londons nördlichen Vororten nach King's Cross führte. Sebastian stellte den Affenkäfig auf die Mauer und knöpfte seinen Laborkittel auf; ihm war erst jetzt aufgefallen, dass er ihn immer noch trug. Er blickte über die Schienen zum Zentrum Londons, das sich auf der anderen Seite ausbreitete. Im Vordergrund stach der British-Telecom-Turm ein Loch in den Himmel, eine ältere, aber nicht ganz so stolze Schwester des Berliner Fernsehturms.

Er dachte an Matilda.

Sie hatte ihn tags zuvor angerufen. Anscheinend verbrachte sie den Sommer in Schweden, gemeinsam mit Billy und seiner Tochter, wie hieß sie noch, Siri? Wie diese Frau aus dem Handy, die für einen irgendwo anrief, wenn man sie darum bat. Intelligent, aber nicht menschlich – Sebastian wusste nicht, ob er diese Singularität faszinierend oder nur traurig finden sollte. Jedenfalls hatte er Matilda erzählt, dass ihre Mutter auf die irrationale Idee gekommen war, seinen Chef anzurufen – *seinen Chef!* – und sich über die ganze heikle Familienproblematik auszubreiten. Das alles war einfach viel zu abstrus und seltsam. Erst hatte er vorgehabt, mit der Mutter zu sprechen und sie zu fragen, was sie Corrigan eigentlich erzählt hatte, sie vielleicht sogar vorsichtig zu bitten, dass sie in Zukunft nicht ganz so freizügig Informationen über Sebastians Familienangelegenheiten mit Leuten teilen sollte, die das nichts anging. Bisher hatte er sich aber nicht überwinden können. Sie würde ihn sicher nach Clara fragen, und dann müsste er zugeben, dass auch er und Matilda die Schwester seit ihrem Gruppengespräch nicht mehr erreicht hatten, und das würde ihre Mutter bestimmt beunruhigen. Sie bildete sich ein, die Geschwister würden in ständigem Kontakt zueinander stehen, eine zusammengeschweißte dreieinige Gemeinschaft bilden; dabei war das nie so gewesen, nicht mal im Kleinkindalter. Als Erwachsene hatten sie eine stumme Übereinkunft getroffen, diese Illusion aufrechtzuerhalten, weil sie den individuellen Druck auf jeden Einzelnen von ihnen seitens der Mutter minderte. »Ihr kümmert euch umeinander, das ist gut«, pflegte die Mutter mit vertrauensseliger Stimme zu sagen, dabei konnten sie sich in Wirklichkeit nicht einmal um sich selbst kümmern.

Mit dem zusammengeknäulten Laborkittel unter dem einen Arm und dem Affenkäfig unter dem anderen begann Sebastian, die Straße entlangzugehen. Er ging langsam, um die Tür nicht zu verpassen. Matilda schien nicht sonderlich besorgt darüber, dass Clara schwieg und weder auf Mails noch auf Telefonanrufe reagierte, seit die Mutter die Bombe hatte platzen lassen. Stattdessen war sie hauptsächlich wütend und hatte gesagt, Clara sei schon immer zu empfindlich und sogar feige gewesen, und es sähe ihr ähnlich, sich aus dem Staub zu machen, wenn die Lage zu brenzlig wurde. Ob Sebastian denn nicht versuchen könne, sie zu finden, wo auch immer sie sich gerade verstecke? Nein, das konnte er nicht, und er hatte versucht, Matilda zu erklären, dass Clara auch nicht mit ihm sprechen wolle und er nun einmal keine übernatürlichen Kräfte besitze, mit denen er Clara *zwingen* könne, ans Telefon zu gehen. Aber, hatte Matilda gesagt und aufrichtig verblüfft geklungen, du bist doch *du*.

Was auch immer das bedeuten sollte.

So oder so hatten sie nicht über des Pudels Kern gesprochen – die Frage, wer von ihnen der Eindringling, der Betrüger, der Schatten des verlorenen Kindes war. Vielleicht glaubte Matilda, sie wäre es. Vielleicht glaubte Sebastian, er wäre es, er wusste es nicht. Was ihre Mutter glaubte oder wusste, würden sie wohl nie erfahren. Es sei denn, sie hatte es Corrigan erzählt, dachte Sebastian in einem Anflug von Galgenhumor. Herrgott, eigentlich hätte er sich gern die Schläfen gerieben, die in der Sonne zu pochen begonnen hatten, aber er konnte es nicht, weil er die Arme voll mit absurdem Arbeitszubehör hatte. Er blieb stehen.

Da war sie – Laura Kadinskys Haustür. Da war die berühmte Magnolie, die zu diesem Zeitpunkt schon all ihre Blüten verloren hatte – die kleine Rasenfläche unter dem Baum war ein Beet der blassrosafarbenen Fäulnis, die in der Hitze dampfte. Am Eisenzaun lehnte ein kleines Fahrrad mit einer Schiebestange. Auf der Eingangstreppe standen Töpfe mit Lavendel und verkümmerten Kräutern. Auf der Straße vor dem Tor stand ein leuchtend blauer BMW. Sebastian fragte sich, ob er Laura und ihrem Mann gehörte und ob er damit leben könnte, es womöglich nie zu erfahren.

Die Äffin begann erneut, in ihrem Käfig zu protestieren, und er musste sich bücken, um sie zu beruhigen. Als er sich wieder aufrichtete, entdeckte er Laura. Sie schlenderte die andere Straßenseite entlang, langsam wie eine Seiltänzerin. Sie war allein. Er beugte seinen Kopf herab und tat so, als würde er sich erneut mit der Äffin beschäftigen. Wenn er schnell und diskret vorbeiginge, würde sie ihn vielleicht nicht bemerken, vielleicht würde sie nicht über die Straße schauen, und selbst wenn, würde sie ihn vielleicht nicht wiedererkennen, oder die Äffin, vielleicht würde sie denken: Da geht ein ganz normaler junger Mann, der seinen Chinchilla zum Tierarzt bringt. Er beschleunigte seine Schritte, und als er das Ende der Straße erreicht hatte, erblickte er ein Pub mit einem wundervollen Garten, und damit hatte er auch gerechnet, weil er ihn bereits auf Google Street View gesehen hatte. Er öffnete die Tür und schlüpfte in der festen Überzeugung hinein, unentdeckt geblieben zu sein.

Die Kellnerin, die hinter dem Tresen stand, als er durch das Lokal ging, um in den Garten zu gelangen, war nicht erfreut darüber, dass er einen Affen mitbrachte. Sebastian warf einen Blick zurück auf die Tür.

»Hier steht aber, Hunde wären willkommen.«

»Der Hund ist der beste Freund des Menschen«, erwiderte die Kellnerin, ohne eine Miene zu verziehen.

»Aber der Affe ist der nächste Verwandte des Menschen«, konterte Sebastian, und als das nicht half, flehte er: »Ach bitte!«

»Was willst du trinken?«, fragte sie knapp.

Sebastian setzte sich in eine Ecke des Gartens, von der aus man die Straße im Blick hatte. Als die Kellnerin sein Bier brachte, hatte sie auch eine Hundeschale mit Wasser dabei. Sie deutete mit dem Kopf auf die Äffin.

»Ich dachte, der hätte vielleicht Durst.«

Sebastian bedankte sich und wagte zu fragen, ob er das Tier ein bisschen hinauslassen dürfe. Die Kellnerin zuckte nur mit den Achseln, was er als Ja interpretierte. Er öffnete die Käfigtür, woraufhin die Äffin den Zaun erklomm, der den Garten von der Straße trennte. Sie klammerte sich an eine Kletterrose und baumelte dort eine Weile, offensichtlich zufrieden, trotz der Dornen. Dann breitete sich plötzlich ein Ausdruck tiefster Unzufriedenheit auf ihrem Gesicht aus, und sie kehrte Sebastian den Rücken, entfernte sich auf dem Zaun, sprang herunter und hockte sich schmollend zwischen zwei Blumenkübel mit Salbei.

»Dieser Affe kann mich nicht leiden.«

Sebastian drehte sich blitzschnell in die andere Richtung um. Laura Kadinsky hatte die Sonne im Rücken und Sebastian vor sich. Sie trug eine Sonnenbrille, die sie sich ins Haar hinaufschob, ehe sie sich nicht besonders graziös auf den Stuhl gegenüber plumpsen ließ.

»Mrs Kadinsky...«

»Ich habe dich gesehen«, sagte Laura. »Hast du mich auch gesehen?«

»Ja«, antwortete Sebastian wahrheitsgemäß.

»Bist du hergekommen, um mir nachzuspionieren?«

»Ja«, sagte er, obwohl er eigentlich Nein sagen wollte.

»Hab ich's mir doch gedacht«, sagte Laura. »Kannst du mir ein Bier kaufen? Du weißt ja, ich kann nicht so gut mit Gläsern umgehen.«

Sebastian nickte und stand auf. Er ging zum Tresen, um die Bestellung aufzugeben, und erst als er schon dort stand, wurde ihm klar, dass er überhaupt nicht wusste, was für ein Bier Laura haben wollte, und weil er es sich auch nicht annähernd vorstellen konnte, machte er wieder kehrt.

»Ich wusste nicht, was für ein Bier du willst.«

»Alles, nur kein Lager.«

Sebastian trug diese Mitteilung zurück zum Tresen, als

wäre sie sein wertvollster Besitz. Ab jetzt würde er diese kleine, aber unbestritten private Information über Laura Kadinsky nie wieder vergessen: dass sie alles trank, nur kein Lager.

Als er zurückkehrte, weinte Laura. Es war das Zweittraurigste, was er je gesehen hatte.

»Du brauchst mich nicht zu fragen, warum ich weine«, sagte Laura und trocknete sich mit dem Ärmel ihrer Bluse die Augen. »Ich werde es dir ganz freiwillig erzählen, weil ich sonst niemanden habe, mit dem ich darüber sprechen kann. Ich sitze hier und weine, weil ich gerade gefeuert wurde.«

»Gefeuert?«

»Theoretisch ja.«

Sebastian wusste nicht, was es bedeutete, theoretisch gefeuert zu werden – auf welche Weise, wenn überhaupt, es sich davon unterschied, praktisch gefeuert zu werden, und welche Antwort in dem einen oder anderen Fall von ihm erwartet wurde. Deshalb tat er das, was er am besten konnte: Er sagte nichts.

Laura ergriff das Bierglas mit beiden Händen und nahm drei durstige Schlucke. Sie hatte die Beine unter dem Tisch übereinandergeschlagen, er spürte ihre spitzen Schuhe an seinem Schienbein, wenn sie mit den Zehen wippte, und das tat sie frenetisch.

»Ich wurde von Horváth abgezogen. Genauso hat sie es gesagt: ›Laura, es tut mir leid, aber ich muss dich von Horváth abziehen, das wird nicht funktionieren.‹ Womit sie natürlich vollkommen recht hatte. Es hätte nicht funktioniert. Nichts funktioniert mehr. Ich kann mir nicht mal mehr ein Brot schmieren. Und Philip merkt gar nichts. Er hat keinen blassen Schimmer. Er denkt, ich würde mir immer noch die Beine rasieren. In Wirklichkeit habe ich mir schon seit drei Wochen nicht mehr die Beine rasiert, Sebastian. Warum, glaubst du, würde ich bei dieser Hitze sonst Strumpfhosen anziehen. Eigentlich hatte ich immer schöne Beine.«

»Du hast bestimmt immer noch schöne Beine.«

»Danke.« Laura strich sich eine Strähne aus dem Haar. »Aber habe ich noch eine Karriere? Offenbar nicht. ›Bezahlte Freistellung.‹ Das ist keine Karriere. Das ist eine Kündigung. Theoretisch.«

Verblüfft beobachtete Sebastian, wie sich Laura auf dem Stuhl zurücklehnte und den obersten Knopf ihrer Bluse öffnete.

»Warum hast du mir nachspioniert?«, fragte sie.

»Um etwas über dein Leben zu erfahren«, antwortete Sebastian, obwohl er eigentlich gerade das Thema wechseln wollte.

Laura öffnete den Mund, und für einen Moment sah es so aus, als hätte sie vergessen, wie man ihn wieder schloss. Auch ihre Augen waren weit geöffnet und strahlend blau. Dann schloss sich ihr Gesicht wieder um den harten Kern, den Sebastian von Anfang so herzzerreißend und unwiderstehlich gefunden hatte.

Es erforderte trotz allem doch eine besondere Stärke, Jahr für Jahr auf etwas zu verzichten, ob es nun Essen war oder Glück.

»Ehrlich gesagt«, sagte Laura und lachte ihr raues Lachen, »glaube ich, du weißt schon mehr über mein Leben als irgendein anderer lebender Mensch. Ist das nicht ziemlich traurig?«

»Doch«, sagte er. »Das ist ziemlich traurig.«

Er beugte sich über den Tisch und berührte zum ersten Mal ihre Wange, und sie ließ seine Hand exakt vier Sekunden lang dort verweilen, ehe sie sie vorsichtig wegnahm und wieder zurück auf den Tisch legte.

»Danke«, sagte sie, und das Wort klang ungewohnt und plump aus ihrem Mund.

ALS LAURA SPÄTER AM SELBEN Nachmittag in das Haus in der Mornington Terrace zurückkehrte, wurde sie vom Anblick ihrer Tochter empfangen, die in einem Meer aus Tränen ertrank; einer kleinen Alice, die gar nicht mehr so klein war – wann und wie war sie so groß und feingliedrig geworden? Und wo war Laura zu diesem Zeitpunkt gewesen? Laura blieb eine Weile in der Tür stehen und bezeugte stumm das verzweifelte Schluchzen der Tochter. Chloe saß im Flur an der Wand und hatte den Kopf auf ihre Knie gelegt, ihr langes, buttergelbes Haar wehte wie eine Gardine aus Seegras direkt über dem Boden. Ihre Handgelenke waren so schmal, ohne auch nur einen winzigen Rest von Kleinkinddellen, und für einen kurzen Moment sah Laura nicht länger eine Siebenjährige, sondern eine Siebzehnjährige, verschmäht und verzweifelt, die Kinderseele verdorrt und verkümmert. Welche der vielen Gefahren, die Laura seit dem Tag ihrer Geburt in Chloes Zukunft voraussahnte, hatte sie nun tatsächlich getroffen und gebrochen? War sie abgewiesen, betrogen, verlassen worden? Verletzt, vergewaltigt, verprügelt? War sie durch eine Prüfung gefallen? Hatte sie eingesehen, dass sie nicht unüberwindbar war? Dass sie nicht in allem die Beste war? Hatte sie ihre Rolle nicht gut genug gespielt? Hatte sie ihr wertvollstes Eigentum verloren? Hatte sie verstanden, dass ihr Körper sie eines Tages gnadenlos im Stich lassen würde? Und die Psyche? Dass auch sie eines Tages ein Puzzle sein würde, dessen Teile nach und nach zwischen den Dielenbrettern verschwinden würden, wo man sie nie wiederfinden könnte?

»Chloe...«, sagte Laura leiser, als sie gedacht hatte, aber die

Tochter hörte sie trotzdem und blickte auf, und Laura spürte die Erleichterung wie Regen durch ihren Körper strömen, als sie Chloes Gesicht sah, das noch immer eindeutig das Gesicht eines Kindes war, pausbackig, kläräugig, stupsnasig.

»Mama! Mama!«, rief Chloe und warf sich so voller Vertrauen in Lauras Arme, dass die fast selbst in Tränen ausgebrochen wäre – noch einmal –, doch dann musste sie sich zu stark darauf konzentrieren, ihre Arme um den Körper ihres Kindes zu legen, seine Konturen zu finden. »Essie ist weg! Sie ist abgehauen!«

Laura tätschelte Chloe sanft über das Haar und ließ zu, dass die Tochter ihre Rotznase an ihrer Bluse abputzte, die gerade frisch aus der Reinigung gekommen war.

»Essie haut doch ständig ab, Liebes. Sie ist bestimmt im Keller. Hast du schon hinter dem Käfig nachgesehen? Manchmal legt sie sich einfach dort schlafen.«

»Ich traue mich doch nicht, in den Keller zu gehen, aber Giselle hat schon gesucht, und sie sagt, Essie ist bestimmt tot, weil sie schon seit gestern weg ist und Robertsons jetzt eine Katze haben und Katzen Meerschweinchen FRESSEN!«

»Sie ist schon seit gestern weg? Warum hast du nichts gesagt?«

»Na ja, Giselle meinte, Essie würde bestimmt wieder auftauchen, so wie immer, aber als es nicht so war, hat sie gesagt, okay, dann ist sie bestimmt tot, und dann müssen Papa und Mama dir ein neues Meerschweinchen kaufen, aber ich werde kein neues Meerschweinchen bekommen, oder? Weil Papa Meerschweinchen hasst!«

»Chloe, Essie ist ein Hamster, das weißt du doch...«, murmelte Laura und stand auf, um Giselle zu suchen. Mit Chloe im Schlepptau ging sie in die Küche, wo Giselle an der Spüle stand und mit dem Geschirr klapperte.

»Giselle, Chloe sagt, Essie wäre weg, und das schon seit gestern?«

»Stimmt.«
»Aber das ist doch total merkwürdig!«
»Eigentlich nicht.«
»Warum hast du nichts gesagt?«
»Ich hatte es gestern Philip erzählt.«
»Und?«
»Und was?«
»Habt ihr wirklich überall gesucht?«
»So gut wie. Jetzt gehe ich nach Hause.«
Giselle stellte die Spülmaschine an, knotete die Schürze auf, küsste Chloe auf den Kopf und sagte wie immer »Bye, bye, Liebchen!«, ehe sie in den Flur ging. Als sie schon fast zur Tür hinaus verschwunden war, rief Laura:
»Giselle? Möchtest du morgen frei haben?«
»Frei? Gern.«
»Ich arbeite von zu Hause aus, also kann ich Chloe auch abholen. Kannst du am Montag wiederkommen?«
»Ja, natürlich. Dann ein schönes Wochenende.«
»Schönes Wochenende.«
Laura und Chloe blieben in der Küche stehen und hielten einander an den Händen. Laura befreite sich behutsam aus dem Griff der Tochter, hob das noch immer aufgewühlte Kind auf die Arbeitsplatte und begann, unter sinnlosem Geplapper und großer räumlicher Anstrengung eine nahrhafte Moussaka zuzubereiten.

Als Philip um halb zehn nach Hause kam, war Chloe endlich eingeschlafen, nachdem Laura wiederholt versprochen hatte, dass Essie wieder auftauchen würde, und wenn nicht, tja, dann könnten sie vielleicht auch überlegen, ob sie sich eine Katze anschafften, und wenn ja, dürfe Chloe sie auch »Marmelade« taufen. Französisch ausgesprochen, natürlich, wenn Chloe das gerne wolle. Und noch beim Einschlafen übte Chloe – die gerade eine frankophile Phase hatte, ausgelöst durch den Kinderfilm *Ernest et Célestine* – das rollende R (*Marrrrrrrmelade, Marrrrrrrmelade!*), bis die rollenden Rs irgendwann in Schnarcher übergingen.

Philip pfiff im Flur und schüttelte sich die Schuhe von den Füßen, wie er es immer tat, wenn er gute Laune hatte, und dann sprang er – ja, buchstäblich – ins Wohnzimmer, wo Laura auf dem Sofa saß und in großen Schlucken Amaretto trank. Philip brachte den Sommer mit herein, den Duft von Grillhähnchen und Gladiolen und schalem Bier, von reifen Pfirsichen und Wasserpfeifen und Pimm's Cup und halbherzig pedikürten Frauenfüßen in Schuhen mit offener Spitze. Es war erst Mitte Juni, aber in Camden herrschte schon Hochsommer, denn der kam immer früher hier an als im Rest der Stadt – diese Tatsache war bekannt und vielleicht ein Grund dafür, dass die Immobilienpreise stiegen, seit Frank Auerbach begonnen hatte, den Mornington Crescent in unterschiedlichen Gelbtönen zu malen.

»Gute Nachrichten!«, brüllte Philip und ging in die Küche, um sich ein Glas zu holen. »Hast du je andere?«, brummelte Laura halblaut und ging an den Barschrank, um die Amarettoflasche hervorzuholen. Der Likör war Philips Lieblingsgetränk, nicht ihres, sie bevorzugte einen ehrlichen Gin Tonic, aber seit sie die Kontrolle über die dritte Dimension verloren hatte, neigte sie immer mehr dazu, die einfachen Dinge den komplexen vorzuziehen. Ein Gin Tonic beinhaltete ganz einfach zu viele Flaschen, Messer, Eiswürfel und Zitronen. Sie nahm die Flasche wieder mit zur Sitzgruppe, wo es ihr gerade noch gelang, sie vorsichtig auf dem Teaktisch abzustellen, ehe sie zu spät bemerkte, dass sie den Abstand zwischen ihrem Hintern und dem Sofa falsch eingeschätzt hatte. Genau in dem Moment, als Philip ins Wohnzimmer zurückkehrte, jetzt mit nacktem Oberkörper und einem glimmenden Zigarillo im Mundwinkel, stürzte Laura zu Boden und landete mit einem dumpfen Knall auf ihrem Po wie ein Windelkind, das gerade laufen lernte. Philip grinste und streckte die Hand aus, um ihr aufzuhelfen.

»Bist du an einem Donnerstag betrunken, Liebling?« Sie schlug seine Hand weg und kam wieder auf die Beine.

»Nein«, fauchte sie und ließ sich auf das Sofa fallen, diesmal mit einem glücklicheren Ausgang. »Ich bin wütend.«

»Du bist in letzter Zeit immer wütend«, sagte Philip seufzend, ohne wirklich besorgt oder verbittert zu klingen. »Was habe ich denn getan?«

»Essie.«

»Ja?«

»Sie ist weg.«

»Das wäre ja zu schön.«

»Das ist nicht lustig! Giselle sagt, sie hätte dir das gestern schon gesagt. Warum hast du mir nichts erzählt, als ich nach Hause kam? Dann hätten wir sie vielleicht noch finden können. Jetzt scheint es zu spät zu sein.«

»Hat Giselle das gesagt? Gestern? Ja, kann schon sein. Weißt du, ich verstehe sie oft nur schwer. Sie lispelt ja so stark.«

»Giselle lispelt nicht.«

»Bist du sicher? Aber irgendeinen Sprachfehler hat sie doch.«

»Das ist verdammt noch mal ihr Akzent! Ein Akzent ist kein Sprachfehler. Meine Güte.«

»Ihr Akzent? Wo kommt sie denn her?«

»Aus Brasilien, das weißt du doch wohl.«

»Ich dachte, sie wäre aus Newcastle.«

»Also wirklich.«

Philip zuckte mit den Schultern und füllte sein Glas mit Amaretto. Laura schwieg und betrachtete die Brustbehaarung ihres Mannes, wie er dort vor ihr stand, mit seiner kriegerischen Körperhaltung. Er sah zweifellos gut aus, die dunklen Haarsträhnen verteilten sich so wunderbar symmetrisch auf seinem breiten Brustkorb, aber gleichzeitig machte er sie wahnsinnig. Sie schnappte sich ein Sofakissen und schleuderte es gegen seinen Bauch. Er warf es zurück.

»Willst du Sex?«, fragte er und knallte das Glas mit einem so perfekten Schwung auf den Tisch, dass Tisch und Glas dramatisch widerhallten, ohne Schaden zu nehmen.

»Ob ich Sex will?«

»Ja, du wirkst so angespannt.«

»Und dann kannst du dich opfern, meinst du?«

»Ja. Immerhin bin ich dein Mann.« Philip grinste erneut breit und begann ohne Umschweife, seine Hose aufzuknöpfen. »Außerdem«, fuhr er fort und schlüpfte erst aus dem einen Hosenbein, dann aus dem anderen, »habe ich gute Laune wegen meiner guten Nachrichten, nach denen du dich noch gar nicht erkundigt hast. Deshalb werde ich sie dir ungebeten erzählen: Mir wurde der königliche Verdienstorden verliehen. Höchsten Ranges. Und wenn es einen guten Grund gibt, um seine Ehefrau zu beglücken, dann ist es ein Titel.«

»Meinst du das ernst? Du wurdest geadelt?«

»Warum klingst du so erstaunt? Wo es doch sogar einen Sir Paul McCartney gibt, war das ja nur eine Frage der Zeit. Aber wer ihn mit unter fünfundvierzig bekommt, ist schon ein ziemlicher Überflieger, das wirst du doch sicher auch so sehen.«

Philip streifte seine Unterhose ab und erklomm triumphierend das Sofa, wo er methodisch begann, Laura die Jeans und rotzverschmierte Bluse auszuziehen. Laura bemerkte, dass er immerhin einen halben Ständer hatte, und obwohl ihr der Gedanke, nur zum Trost von einem Mitglied des britischen Ritterordens gevögelt zu werden, grundsätzlich zuwider war, konnte sie sich nicht dazu aufraffen, wieder aufzustehen und zu gehen. Sie wollte so gern getröstet und gevögelt werden, wen kümmerte da schon die Ehre. Laura Kadinsky jedenfalls nicht, und als sie ihre Augen schloss und ihre Hüften hob, damit ihr Mann ihr den Slip auszog, konnte sie nicht anders, als sich zwei andere Hände, einen anderen Mund und eine andere Zunge vorzustellen, einen Körper, der so goldgelb war wie Biskuitboden und so haarlos wie eine Schaufensterpuppe. Philip hielt sie unter dem Rücken, und sie umschlang ihn mit ihren Beinen wie ein Fuchseisen.

Am nächsten Morgen brachte Laura ihre Tochter zur Schule, und dann ging sie nach Hause, um den Hamster zu suchen. Es war zum Verzweifeln. Tief in ihrem Inneren wusste sie, dass sie Essie nicht finden würde – weil Essie nicht gefunden werden wollte. Nur wer selbst im Käfig sitzt, kann das Glück dessen verstehen, der daraus entkommen ist. Dennoch suchte Laura, tastend und stolpernd, unter den Treppen und hinter den Buchreihen im Regal, unter, in und auf den Schränken, draußen im Garten, im Gästezimmer, zwischen Wäsche und Kabeln, zwischen Kübeln, Geschirrtürmen und Crèmebrûlée-Formen von Pillivuyt, zwischen Fetzen und Fummeln und Lilien und Rosen und unter dem Feuerrost eines jeden offenen Kamins. Sie hörte nicht auf, ehe sie auf der Kellertreppe ausrutschte und sich mit schmerzenden Handflächen und Knien auf allen vieren vor Essies leerem Käfig wiederfand, während ihr die Tränen die Wangen herunterströmten.

Das Hamsterrad stand still, und die Luft, und die Zeit. Sie war nur ein kleiner Splitter von Mensch, und sie wusste es.

Es gab keinen Grund, wirklich keinen, sich etwas anderes einzubilden. Also kam sie auf die Beine, klopfte sich den Hamsterstaub von den Händen, malte sich mit fester Hand die Lippen rot, sprühte sich den Duft ihrer eigenen Angst hinter die Ohren, öffnete die Tür und trat hinaus in ihren letzten Sommer. Und durch den Park – den großen grünen mit seinen säuberlich geharkten Wegen und seinen goldenen Insekten, seinen puderrosafarbenen Wicken und seinem gluckernden Wasser – ging sie raschen Schrittes ihrem schäbigen, pompösen Untergang entgegen.

SIEH DEN TRAUM

Du träumst von ihm, und im Traum ist er ein gutaussehender Verbrecher, der ganz oben auf einem Turm aus Papier thront. Er rauft sich das Haar und reibt sich die Wangenknochen, er liebt dich, obwohl er es nicht sagen darf. Vielleicht besteht sein Verbrechen auch nur darin. Zu lieben, obwohl er es nicht darf, und sich fast die Zunge abzubeißen, um die Worte zurückzuhalten.

Und die Wände machen ihn schmaler und schmaler, bis er nur noch ein Duft ist, und, als du aufwachst, nur noch Staub.

Du träumst von ihm, und im Traum ist er ein schöner Meeresbiologe. Er schwimmt mit den Fischen und die Fische schwimmen mit ihm. Er schwimmt in den Bauch des Wals, und der Bauch des Wals gehört ihm. Er klettert in den Schlund des Wals und streckt den Zeigefinger aus und sagt: Hat man je ein so komplexes Darmsystem gesehen. Ich wohl kaum.

Du träumst von ihm, und im Traum ist er ein schöner Panda. Du streichelst sein Fell und sagst: Bald ist es vorbei. Bald gibt es euch nicht mehr, und dann seid ihr den Stress darüber los, dass es euch bald nicht mehr gibt.

Du träumst von ihm und im Traum ist er dein, aber er ist auch ein Haus, in dem jemand eine Handgranate auf den Kaminsims gelegt hat.

AM INSTITUT STAND DIE LUFT hinter verschlossenen Türen. Es war der Tag nach dem Großbrand, aber der Betrieb lief schon wieder normal. Am Vorabend hatten die Mitarbeiter eine von Corrigans seltenen Mails erhalten, in der er das gesamte Personal darauf einstimmte, bereits am nächsten Tag die Arbeit wieder aufzunehmen: »*Keep calm and carry on!*« Das Feuer, erklärte er, sei lokal begrenzt gewesen und in einem Putzverschlag in der Nähe des Tierlabors ausgelöst worden, vermutlich von einem durchgebissenen Kabel, und die heftige Rauchentwicklung sei darauf zurückzuführen gewesen, dass ein Lager mit Hamsterfutter in Brand geraten war. Dank des schnellen Ausrückens der Feuerwehr und der hervorragenden Sprinkleranlage hätten sämtliche Tiere überlebt – mit Ausnahme einiger von Jennifer Travis' Zikaden, die sich im Labor in unmittelbarer Nähe des Feuers befunden hatten. Dass nicht noch mehr Tiere in den Flammen umgekommen waren, sei wiederum einzig und allein Travis' tollkühnem Rettungseinsatz zu verdanken; sie hätte unter Lebensgefahr mehrere hundert Zikaden aus der Gefahrenzone gerettet. Für diese Leichtsinnigkeit werde sie nun mit einem einwöchigen Arbeitsverbot belegt, eine Strafe, die der jungen Arbeitssüchtigen, davon war Corrigan überzeugt, ordentlich zu schaffen machen würde. Die Feuerwehr hatte das übrige Gebäude inspiziert und den schuldigen Kabelnager identifiziert (es war eine von Childs Ratten gewesen) – mit anderen Worten gebe es keinerlei Grund dafür, nicht unverzüglich wieder an die Arbeit zu gehen.

Sebastian hatte die Nachricht mit Erleichterung aufgenommen, weil er die überaus beschwerliche Äffin nur eine

Nacht bei sich zu Hause hatte beherbergen müssen. Jetzt saß er wie immer an seinem Schreibtisch und arbeitete emsig an einer Aufstellung aller Daten darüber, wie die überaus moralische Äffin auf sämtliche Reden von Winston Churchill, Clement Attlee, Margaret Thatcher und Tony Blair reagierte. Dass die Sympathien der Äffin eher der Labour Party galten, hatte Sebastian schon früher festgestellt – das Ziel dieses spezifischen Experiments bestand jedoch darin, genauer herauszufinden, was genau in diesen ideologisch gefärbten Litaneien zu einem Ausschlag auf dem moralischen Kompass der Äffin führte und ob eventuell auch andere Faktoren – so wie Geschlecht, Alter, Stimmlage usw. – eine Rolle spielten und zunächst justiert werden mussten, ehe man endgültige Schlüsse aus einem Zusammenhang zwischen Politik und Moral ziehen konnte.

Es war schön, dachte Sebastian, sich wieder mit handfesten Dingen zu beschäftigen, mit Graphen und Statistiken, mit der mechanischen Aufzeichnung von Ziffern in Spalten. Es erzeugte ein Gefühl von Ordnung und Kontrolle. Er fragte sich, ob sein Vater die Arbeit beim Finanzamt auch so empfunden hatte – er hatte immer gesagt, das Studium von Jahresabschlüssen berge eine besondere Schönheit in sich, die ein Laie niemals verstehen könne. Und Sebastian hatte es tatsächlich nicht verstanden. Bisher. Ihn schauderte, als er daran dachte, was das bedeuten konnte – denn offenbar hatte er von seinem Vater nicht nur die Vorliebe für Zahlenspiele geerbt.

Sebastian konnte diesem Gedanken über einen Zusammenhang zwischen Statistik und Sexualmoral aber nicht weiter nachgehen, denn jetzt fegte ein kräftiger Windstoß durch den Raum, der alle Papiere vom Schreibtisch aufwirbelte, woraufhin sie sich wie klebrige Handflächen auf alle Wände und Flächen des Raumes legten.

Sebastian sah auf. In der Tür stand Laura Kadinsky, mit beinahe fiebrig glänzenden Augen.

DU TRÄUMST VON IHM, UND eine halbe Sekunde später ist der Traum Wirklichkeit.

DAS MEER GLITZERTE BLAU, EIN Bildrauschen in Blautönen und Goldflitter. In den dunkelgrünen Büschen hingen saftige, blaue Beeren, die überraschend schwer waren, wenn man seine gewölbten Hände damit füllte. Und der Himmel war blau, und das Fahrrad drüben auf der Straße blau, und die Erinnerung an die Giftfrösche im Berliner Zoo – so unbarmherzig nagellackblau – und die Ringe unter den Spiegelaugen, und die Hausecken, und die Knoten an den Seilen der Hängematte, und die Perlen in Siris Haar, alles war so verflixt blau! Auch ihre Kopfschmerzen waren blau, sie waren immer blau, genau wie der Menstruationsschmerz braun war und der Herzschmerz grün, und der bewusste Atem goldfarben, und wie immer fragte Matilda sich, was zuerst da gewesen war: Hatte sie Kopfweh, weil alles so blau war, oder war alles so blau, weil sie Kopfweh hatte?

»Hier steckst du also?«, fragte Billy und spuckte seinen Snus über ihre Schulter, sodass dieser in hohem Bogen in die Blaubeerbüsche flog. Er trocknete seine Wange mit dem Handrücken und setzte sich neben sie auf die Terrasse. Wieso war ihr vorher nie aufgefallen, wie blau seine Augen waren? Wie kam es, dass dieser Blick keine ständige Migräne bei ihr ausgelöst hatte?

»Dieser Ort ist viel zu blau für mich«, sagte sie und wendete das Gesicht ab.

»Du bist doch krank im Kopf«, sagte Billy halb amüsiert, halb zärtlich.

»Mein Bruder sagt, das wäre normal. Es ist ein neurologischer Zustand. Frag ihn – man nennt es Synästhesie, und es kommt gar nicht so selten vor.«

»Frag ihn? Wann sollte ich das denn bitte tun? Ich habe diesen Heini doch noch nie kennengelernt. Soweit ich weiß, gibt es ihn vielleicht nicht einmal«, sagte Billy.

»Schnauze«, erwiderte Matilda.

Siri sprang mit einem aufblasbaren Delphin über den Strand, ein Scheißdelphin, blau natürlich, und ihre dünnen Lippen waren blau, so wie die Lippen aller Kinder im Sommer, weil sie so dumm sind und im Juni im Meer baden.

»Wusstest du, dass Delphine ritualisierte Gruppenvergewaltigungen durchführen?«, fragte Matilda. »Sobald ein Weibchen geschlechtsreif ist, schwimmen alle Männchen mit ihr ins Meer hinaus und vergewaltigen sie nacheinander, um das zu feiern.«

»Nein, das wusste ich nicht.«

»Ich hasse Delphine.«

»Na ja, aber es sind doch Tiere? Was sollen sie denn machen? Das ist doch wohl in ihrer DNA einprogrammiert oder *whatever*«, sagte Billy.

»Menschen sind auch Tiere. Wir sind auch programmiert. Wir wollen es nicht wahrhaben, aber so ist es. *What the fuck?* Jetzt KNUTSCHT sie den Delphin auch noch ab. Du musst etwas unternehmen. Ich finde es wirklich nicht in Ordnung, dass deine Tochter einen Serienvergewaltiger abknutscht«, sagte Matilda und kräuselte angewidert die Nase.

»Was ist eigentlich gerade los mit dir?«, fragte Billy und sah sie an. »Du bist zurzeit immer so wahnsinnig schlecht gelaunt.«

»Das habe ich doch gerade gesagt, hier ist es einfach zu blau für mich. Mein Kopf zerspringt fast.«

»Dann geh doch rein und ruh dich ein bisschen aus. Das Schlafzimmer ist ja schließlich nicht blau.«

»Die Bettwäsche ist blau, hast du das schon vergessen?«

»Das kommt wohl darauf an, wie man es sieht. Also, die Grundfarbe ist Weiß.«

»Die Grundfarbe ist mir so was von egal! Da sind doch wohl höllisch viele kleine blaue Punkte zwischen den Blumen, Punkte, das ist das Schlimmste, die blinken wie Lampen in meinem Kopf.«

»Wenn du willst, kann ich sie wechseln. Aber dann müssen wir Siris Barbie-Bettwäsche nehmen. Eine andere haben wir nicht.«

»Bist du bescheuert? Wir können doch nicht auf einer Barbie-Bettwäsche vögeln!«

»Okay, ich gebe auf«, sagte Billy mit einer resignierten Geste. Wann hatte er eigentlich damit aufgehört, sich auf einen Streit einzulassen? Matilda wollte sich jetzt gern streiten.

»Gut, ich gehe rein und ruhe mich aus«, erwiderte sie bockig. »Vielleicht kannst du Siri dazu bringen, dass sie nicht mehr mit diesem Sexvorbroohordelphin knutscht, das ist echt pervers.«

»Du bist pervers«, sagte Billy grinsend und hob die Hand, um sie zu berühren.

Sie wollte seine Hand nicht wegschlagen, aber sie tat es. Irgendetwas in ihr konnte nicht anders, ein Wille zur Gewalt, ein Wille zur Zerstörung. Er wollte so viel Gutes und kannte so wenig Böses. Das reichte ihr, um wütend ins Schlafzimmer zu stürmen, obwohl alles ihr eigener Fehler war.

Sie legte sich mit dem Gesicht aufs Kissen und schob die Hände unter den Bauch. Drückte prüfend auf der Symphyse herum. Erst ein paar Tage. Es konnte immer noch ein Irrtum sein. Es gab keinen Grund, es zu erzählen.

Dies war etwas anderes als das Telefongespräch, das nur eine knappe Woche vor ihrer Abreise aus Berlin stattgefunden hatte. Das Gespräch, das zugleich alles erklärte und alles unklar machte.

Wenn man gerade erfahren hat, dass man vermutlich nicht das Kind seiner Eltern und nicht die Schwester seiner

Geschwister ist, wäre es wohl natürlich, seinem Partner davon zu erzählen. Vor allem, wenn der Partner so gutherzig und hellsichtig ist und so extrem begabt darin, jeden Tag, und das ganze Leben, so zu nehmen, wie es kommt.

Matilda war aber nicht natürlich. Matilda war, und das hatte sie auch immer schon gewusst, höchst unnatürlich – halb Mensch, halb Monster, zur Grausamkeit fähig, aber auch dazu, sich anschließend dafür zu schämen. All diese guten Männer, die sie geliebt hatte. Alles, was sie ihnen vorenthalten hatte; aus Angst, ihnen zu schaden. Alle, denen sie geschadet hatte, ohne es zu wollen. Kein Wunder, dass ihre Schwester und Nemesis ihr den Rücken zugekehrt hatte und sich weigerte, auf ihre Mails zu antworten. Erst war sie ans Ende der Welt verschwunden und dann, wenn man Sebastian und ihrer Mutter glauben konnte, völlig vom Erdboden verschluckt worden. Sie hatten versucht, mit ihr in Verbindung zu treten, doch auch sie hatten nie eine Antwort erhalten.

Matilda seufzte in ihr Kopfkissen. Nichts von alldem konnte sie Billy erzählen. Er würde die Probleme kleiner machen, als sie tatsächlich waren. Normalerweise wusste sie diese Eigenschaft an ihm zu schätzen, aber jetzt ging es um ihre Existenz: Wer sie war, wer sie im tiefsten Inneren ihrer verrotteten Seele *war*. Nein. Daran war nicht zu denken. Vielleicht, dachte Matilda, war Billys Fähigkeit, Probleme zu verharmlosen, eine Konsequenz daraus, Kinder zu haben. Vor Kindern durfte man nicht zugeben, dass irgendein Problem nicht zu lösen war. Nicht einmal saufende Mütter, falsche Geschwister, nicht mal der verfickte *Tod*.

Und auch nicht Farben, die es nicht gab und die trotzdem da waren. Die über einem Sarg geschwebt waren, die in der Seele Wurzeln geschlagen hatten, vielleicht auch in der Gebärmutter. Geisterfarben. Unnatürliche Farben.

Sie ließ die eine Hand unter ihrem Bauch liegen, zog die

andere darunter hervor und legte sie auf den Hinterkopf. Dann presste sie ihren Kopf so tief in das Kissen, dass alle Farben der Welt, natürliche wie unnatürliche, verschwanden.

DIE KASTANIEN UND DIE KIRCHEN, die Syringen und Sirenen. An Letztere würde er sich nie gewöhnen. Die Brutalität ihres Heulens; wie sie bezeugten, dass das Unglück niemals endet, sondern lediglich umverteilt wird, von einem gebrochenen Bein zum anderen, von einem ausgeraubten Ladenbesitzer zum nächsten, von einer blau geschlagenen Frau zu einem blau geschlagenen Kind zu einem blau geschlagenen Greis zu einem blau geschlagenen Herzen, von einem Blaulicht zum nächsten und nächsten und nächsten, wie ein Staffelstab. Er durfte sich nicht von der Schwere des Flieders und ihrem betäubenden Duft ins Wanken bringen lassen. Es geschah dennoch. Er wurde in einen Bus gespült und wieder hinaus, und dann auf einen Friedhof, wo die Kastanien eine Allee sauerstoffgesättigter Seligkeit bildeten. Das Geräusch der Sirenen drang bis hierher, aber nur entfernt. Er wankte auf einem Kiesweg entlang, der bald unter seinen Füßen verschwand, bald gab es nur noch verfallene Grabsteine, die mit Efeu überwuchert waren, er stolperte über einen davon und fiel der Länge nach hin, zog sich eine Platzwunde am Kopf zu.

Er betastete seine Stirn mit den Fingern, und es war echtes Blut. Trotzdem tat es nicht weh. Er zog einen etwas zweifelhaften Schluss: *Endorphine sind schmerzstillend. Ich empfinde keinen Schmerz. Deshalb ist mein Körper wahrscheinlich voller Endorphine. Also bin ich vermutlich glücklich, jedenfalls vorübergehend. Für diese Theorie spricht außerdem, dass ich gerade mit einer schönen und überaus leidenschaftlichen Frau geschlafen habe, die...*

Sebastian konnte nicht daran denken, ohne rot zu werden.

Er hing gebeugt über einem verfallenen Grabstein und versuchte, die Blutung an seiner Stirn mit einem Farnwedel zu stillen, er versuchte, seinen galoppierenden Puls mit Gedanken an das in dieser Umgebung Unausweichliche zu stillen, *den Tod,* wie es ihm sonst immer so gut gelang.

Ein Kirchturm warf seinen Schatten auf seinen Bauch, auf den weißen Laborkittel, den er wieder einmal auszuziehen vergessen hatte. Er war zerknittert und fleckig, der Kragen voller rostroter Lippenstiftabdrücke, ein Knopf abgerissen, und statt einer furchterregenden Leiche mit violetten Lippen sah er einen lebendigen Körper vor sich. Lauras Leib, obenauf, über ihm, wie ein Zeppelin schwebend, aber weniger rund. Er spielte die Details wieder und wieder aus dem Gedächtnis ab, zwanghaft – es half nichts, dass er versuchte, dem Gewürm unter ihm zu lauschen, die Bilder holten ihn trotzdem ein, zerfetzt, blutend, wie aus dem Fleisch der Zeit gerissen. Mit bloßen Fingernägeln. Wie sich ihre Nägel in seinen Bauch gebohrt hatten! Hatte es geblutet? Im Mund ganz sicher. Oh, der Mund. Der Mund! Und die Augen, als er die Tür geöffnet hatte, ihr klares Weiß und die dunklen Pupillen, mit Teufelstinte tätowiert. Die Kraft in ihren Armen, Oberschenkeln, die Kraft in ihrem Verlangen, und in seinem.

Aber wonach? Vermutlich nach dem, worum es beim Sex zwischen Fremden immer ging, die Sehnsucht danach, eine Verbindung zu schaffen, wo es noch keine Verbindung gegeben hatte, eine neue Linie auf der Karte zu zeichnen, die Sehnsucht danach, an etwas anzuknüpfen, das jenseits des Vertrauten, Gewohnten, Tödlichen lag.

Von all dem wusste Sebastian natürlich nichts, weil er für gewöhnlich nicht mit Fremden ins Bett ging, und wie alle, die eine Entdeckung machen, dachte er, sie wäre neu und müsste zu Protokoll gegeben werden, mit einem Fragezeichen am Ende. Also schrieb er ihren Namen mit einem Farnblatt, das er in altes Regenwasser getaucht hatte, auf seinen Arm. Nach einigen Sekunden waren die Buchstaben in die Haut eingezogen und nicht mehr sichtbar, und trotzdem wusste er, dass der Schaden irreparabel war. Was hatte er eigentlich getan? Laura Kadinsky war eine verheiratete Frau, eine Frau mit einem Kind, eine Frau mit Familie. Dass Sebastian keine eigene besaß außer jene, in die er zufällig hineingeboren war – oder besser gesagt, in die er durch einen dramatischen Zufall hineingeraten war, wenn er sich diesen überraschend befreienden Gedanken einmal erlaubte, gab ihm noch lange nicht das Recht, einfach so in ihre hineinzutrampeln. Aber was hatte er getan? Oder wirkten hier andere Kräfte? Und war es nicht so, dass sie – Laura Kadinsky! – zu ihm gekommen war, in sein Büro, erst vor Kurzem? War es überhaupt passiert?

Aus dem Gestrüpp ertönte ein Räuspern und ein leises Summen. Sebastian richtete sich kerzengerade auf dem Grabstein auf.

»Travis? Was um alles –«

Zwischen Büschen und Bäumen tauchte ein Kopf auf, ein blonder Kopf mit rosafarbenen Wangen, und er gehörte tatsächlich Jennifer Travis. Auch sie trug nach wie vor ihren weißen Kittel, obwohl die Regeln besagten, dass man ihn nur in einem Radius von fünfhundert Metern um das Institut tragen durfte. Ein paar Zweige einer blühenden Hecke hatten sich in ihrem Haar verhakt, und einige Knöpfe des Kittels waren aufgesprungen und enthüllten ein lilafarbenes *My little pony: Friendship is magic*-Shirt mit dem Text »*Daddy, I want a pony*«. Die eine Kitteltasche war ausgebeult, aus ihr drang das Surren. Jennifer Travis kletterte aus den Büschen und strich sich das Haar aus den Augen.

Sie sah latent wahnsinnig aus.

»Sebastian, bist du allein?«

»Ja«, antwortete Sebastian und blickte sich verwirrt um.

»Das dachte ich jedenfalls... Wie lange bist du schon hier? Warum –«

»Nur einen kleinen Moment. Genauso lange wie du. Ich war gezwungen, mich im Gebüsch zu verstecken, für den Fall, dass du dich hier mit jemandem verabredet hast. Hast du das denn?«

»Nein. Ehrlich gesagt weiß ich noch nicht mal, wo wir genau sind.«

Jennifer Travis lachte ihr schnurrendes Lachen.

»Er weiß nicht, wo wir sind! Du bist mir vielleicht ein Witzbold, Sebastian. Im Abney Park natürlich. Aber das ist nicht der richtige Zeitpunkt für Scherze.«

Als ob ihm das nicht klar wäre. Er legte den Kopf in die Hände und stöhnte.

»Travis, ich habe etwas richtig, richtig Dummes getan. Etwas, wofür man mich entlassen könnte. Möglicherweise, oder sogar ganz bestimmt. Und noch dazu war es unmoralisch.«

»Das musst du mit jemand anderem besprechen, ich habe keine Ahnung von Moral. Aber du, guck mal hier –«

Travis holte ein Glas aus ihrer ausgebeulten Tasche. Darin saß eine zusammengekauerte Zikade, eine kupferfarbene mittlerer Größe. Sie klopfte mit den Fingern gegen das Glas, und die Zikade breitete ihre Flügel aus.

»Willst du mal sehen?«

Sie streckte Sebastian das Glas entgegen, der nicht verstand, was er sehen sollte.

»Erkennst du das Muster auf dem linken Flügel? Wenn du zwei linke Flügel nebeneinanderlegst, bilden sie ein M. Das ist das erste Symbol im Zugangscode. Ich habe noch vier weitere gefunden, ein kleines x, ein kleines q, ein kleines n, ein großes A. Noch drei, und ich bin bereit, zur ersten Chiffre weiterzukommen. Dieser erste Schritt ist wahnsinnig frustrierend, so banal, ich glaube, damit wollen sie uns nur ermüden, oder ärgern... Aber genug davon. Ich bin dir gefolgt, weil ich für den Rest der Woche Hausverbot am Institut habe. Darüber möchte ich unter anderem auch mit dir sprechen. Ich habe Bananen dabei. Das potenteste Lebensmittel der Welt.«

Travis steckte das Insektenglas erneut in die Kitteltasche, setzte sich und zog wie angekündigt eine Traube Bananen aus einer Stofftasche, die sie über der Schulter getragen hatte. Sie brach eine für sich und eine für Sebastian ab, platzierte die restlichen Bananen fein säuberlich neben ihnen auf dem Grabstein und aß ihr Exemplar dann in drei großen Bissen auf. Sebastian aß seine ebenfalls. Sie schmeckte wie ein Sonnenaufgang, wie die erste Frucht im ersten Garten.

Mit anderen Worten, wie die Sünde.

Sebastian blinzelte den Gedanken weg. Berauscht, wie er von seinem Liebesdrama war, hätte er beinahe vergessen, dass Travis am Tag zuvor fast verbrannt wäre.

»Was ist eigentlich passiert? Gestern?«, fragte er.

Travis kaute nervös auf ihrer Unterlippe herum. Sie drehte den Kopf, sah erst über die linke, dann über die rechte Schulter. Als es einige Meter entfernt im Laub raschelte, hob sie witternd die Nase, aber es war nur ein Vogel. Offenbar hatte er sich am Flügel verletzt, er schleifte ihn hinter sich her wie eine Fußfessel.

»Wusstest du, dass sie den Tower-Raben die Flügel stutzen?«, fragte Travis, anstatt auf seine Frage einzugehen. »Damit sie nicht wegfliegen. Du weißt doch, was sie sagen? Wenn die Raben den Tower verlassen, ist es aus mit der Monarchie und der ganzen hohen britischen Kultur.«

»Das machen sie doch nur für die Touristen. Aber du –«

»Das wollen sie uns nur einreden! Vielleicht glauben sie es sogar selbst. Dass es nur mit der Tradition zu tun hat. Aber eigentlich glaube ich, dass sie Angst haben. Das Königshaus und all seine Schergen. Ich glaube, sie haben wirklich Angst vor ihrem eigenen Untergang. Ihrem Verfall. Ein paar Raben die Flügel zu stutzen ist jedenfalls kein hoher Preis dafür, nachts ruhig schlafen zu können«, sagte Travis, und jetzt flüsterte sie beinahe. »Wenn die wüssten...«

Die Junisonne erreichte den Friedhof nicht ganz, und Sebastian fror allmählich am Hintern.

»Wollen wir irgendwo anders hin?«, fragte er.

»Ja, gleich. Wir werden in ein Pub gehen und uns so richtig die Kante geben, Sebastian, aber erst muss ich zum Punkt kommen. Okay. Jetzt bin ich bereit.«

Sie holte tief Luft, dann rückte sie näher an Sebastian heran und flüsterte ihm ins Ohr:

»Ich habe bestimmte Sachen bemerkt. Unregelmäßigkeiten. Am Institut. Sachen, die mich tief in meiner Seele erschüttern, und das will schon etwas heißen, denn erprobten Testmethoden zufolge besitze ich nicht mal eine. In letzter Zeit bin ich zunehmend davon überzeugt, dass wir nur Figuren in einem schrecklichen Spiel sind, Sebastian. Du und ich und alle anderen, wir wissen nicht, was wir tun. Nur die dort oben wissen es, und selbst bei ihnen stellt sich die Frage, ob sie das Ausmaß in vollem Maße erkannt haben. Bitte, du darfst nicht glauben, ich wäre verrückt, denn das bin ich nicht. Corrigan und ich haben ein spezielles Verhältnis –«

Sebastian schreckte unfreiwillig vor dem Gedanken eines »speziellen Verhältnisses« zwischen Travis und Corrigan zurück, ein Gedanke, der doppelt anstößig wurde, als er sich mit Szenen seines eigenen »speziellen Verhältnisses« mit Laura Kadinsky überblendete. Travis kicherte und boxte Sebastian gegen den Arm, ehe sie weiterflüsterte:

»Aber doch nicht so, du Idiot! Es gibt eine intellektuelle Verbindung zwischen Corrigan und mir, ein bisschen so wie zwischen Vater und Tochter, es ist nur so, dass... oder...«, jetzt klang Travis' Stimme belegt, »jedenfalls hatte ich das geglaubt. Bis er versucht hat, meine Zikaden zu verbrennen.«

»Corrigan? Nein. Nein, Travis. Das war ein Unglück.«

Travis verdrehte die Augen.

»Ein sehr gelegenes Unglück. An einem sehr gelegenen Ort.«

»Aber warum sollte er –«

»Das Puzzle, Sebastian. Das Puzzle.«

»Ich verstehe nicht…«

»Pfeif drauf«, sagte Travis. »Das ist vielleicht auch besser so. Sicherer, vorerst. Das Wichtige an der Sache, und der Grund, warum ich deine Hilfe brauche, ist nämlich, dass Corrigan versucht, mich auszugrenzen. Er vertraut sich mir nicht mehr so an wie früher, und er hat angefangen, seine Unzufriedenheit mit mir zu äußern. Wenn ich an Orten bin, wo ich seiner Meinung nach nicht sein soll, faucht er: ›Travis, zurück in den Keller!‹ Das ist verletzend, ich meine, rein theoretisch, aus einer menschlichen Perspektive betrachtet aber beunruhigend. Irgendetwas passiert gerade, und ich habe nicht länger die praktische Möglichkeit, es aufzuhalten.«

»Was soll ich deiner Meinung nach tun?«, fragte Sebastian, der zunehmend befürchtete, er wäre auf dem Weg in ein neues Leben als Doppelagent.

»Tu doch nicht so! Corrigan mag dich, das ist offensichtlich. So schnell, wie du aufgestiegen bist. Wenn du mein neues Ich wirst –«

»Aber ich bin keine Multibegabung.«

»Ist auch nicht nötig. Du bist ein Mann.«

»Außerdem –«

»Hat er dir Kaffee und Kekse angeboten?«

»Ja.«

»Genau so geht er vor. Aber das ist gut, Sebastian, das ist sehr gut. Jetzt heißt es: ich und du gegen sie. Ich werde

einen Code erstellen, mit dem wir kommunizieren können, so ist es am besten. Den Schlüssel musst du auswendig lernen, aber das ist nicht so schwer, ich kann dir ein paar Techniken beibringen. Du machst deine Notizen in dem Code, dann schickst du deine Nachrichten mit der normalen Post, ich meine Royal Mail, an eines meiner Postfächer –«
»Aber was genau soll ich –«
»Alles, Sebastian. *Alles*.«

Es war spät geworden. Sebastian und Jennifer Travis saßen im Garten des Jolly Butcher und tranken Kriek. Das Bier hatte dieselbe Farbe wie Travis' angeheiterte Wangen und Sebastians rauschendes Blut. Sie tranken schon seit Stunden, ausschließlich Kriek, und allmählich verursachte der süßsaure Kirschgeschmack Sebastian eine leichte Übelkeit. Vielleicht war es aber auch nur das Gefühl des Kontrollverlusts, das alles um ihn herum ein wenig schwanken ließ.

Aber es war schön! Die Kontrolle zu verlieren, und das Urteilsvermögen; sich zu verplappern, keinerlei Verantwortung für irgendetwas zu übernehmen, nicht einmal für Travis. Schließlich war alles, worüber sie redete, ein Spiel, ein verführerisches Spiel, sie glaubte doch wohl nicht selbst daran? Unmöglich. Verschwörungstheorien. Brandanschläge. Haha! Sebastian war betrunken. Er konnte sich nicht mehr erinnern, wann er zuletzt richtig betrunken gewesen war. Es war lustig, betrunken zu sein. »Ich habe etwas so wahnsinnig Verantwortungsloses getan, Travis, wenn du wüsstest... so verdammt *verantwortungslos!*«, sagte er, lachte laut und gestikulierte dabei so wild, dass er Travis beinahe eine gescheuert hätte. Sie wich ihm aus und kicherte, ehe sie ihren Kopf auf die Tischplatte schlug.

»Wenn überhaupt, war das eben verantwortungslos!«, sagte sie lachend. »Aber weißt du was, ich bin nicht interessiert!«

»An mir?«, lallte Sebastian, plötzlich fast ein bisschen beleidigt.

»Nein, das auch nicht. Aber ich meinte eigentlich, ich bin nicht daran interessiert, was du getan hast.«

»Auch wenn es etwas so Schlimmes ist, dass ich sofort entlassen werden würde, wenn jemand Wind davon bekäme? Auch wenn es etwas so *Skabiöses* ist, wie meine Mutter, ich meine Vielleicht-Mutter, sagen würde? Guck mal! Der Himmel!«

Travis drehte den Kopf zum Horizont, wo gerade die Sonne hinter den Häusern auf der Stoke Newington High Street versank. Die Ziegelfassaden glühten, die Glocke von St Marys schlug zehnmal, die Kastanien warfen ihre Blüten wie Konfetti in einen Windstoß, und der Himmel hatte eine Farbe, die nicht mal Matilda in Worte fassen könnte. Es war so schön, dass es Sebastian fast den Atem raubte, aber Travis zuckte nur die Achseln.

»Siehst du das nicht?« Sebastian schrie beinahe. »Diese SCHÖNHEIT! Es ist verdammt unverantwortlich von der Welt, so schön zu sein, wo sie doch gleichzeitig so voller Dreck und Angst ist, wenn man nur mal ein bisschen an der Oberfläche kratzt. Findest du nicht? Spürst du nicht, wie es *schmerzt,* all das anzusehen und zu wissen, dass es irgendwann vorbei ist? Die Liebe, das Leben. Alle, die lügen und betrügen und verletzen und verletzt werden. Dass wir alle sterben müssen... und so weiter?«

Travis zuckte nur noch einmal die Achseln und trank einen Schluck Kriek.

»Ich habe schon lange damit aufgehört, über solche Sachen nachzudenken, Sebastian. Über so einen Kitsch.«

»Kitsch? Wie kannst du so etwas sagen? Hast du nie geliebt, nie –«

»Nein«, erwiderte Travis sachlich, als wäre das kein Grund zur Aufregung, die Liebe, der Tod *und so weiter.* »Nicht alle

Menschen sind so wie du. Nicht alle Menschen sind wirklich Menschen.«

»Jetzt mach aber mal halblang! Okay, du bist ein bisschen verrückt, Travis, aber du –«

»Genau das bin ich nicht. Verrückt. *Ex-zen-trisch*. Das ist ganz einfach nicht wahr.«

»Bitte entschuldige, ich meinte es nicht so...«

»Schon in Ordnung. Ich weiß schon, dass ich nicht so bin wie andere, aber das liegt nur daran, dass ich *kein richtiger Mensch* bin. Biologisch vielleicht schon, ja. Ich wurde von einer Frau geboren. Aber irgendwas hier oben«, sagte Travis und klopfte gegen ihren Schädel, »irgendwas da oben ist *zutiefst unmenschlich*. Weißt du, woher ich das weiß? Ich habe den Test gemacht und bin durchgefallen.«

»Den Test? Welchen Test?«

Sebastian kam nicht mehr mit.

»Den Turing-Test natürlich«, sagte Travis.

»Aber der ist doch dazu da, um –«

»Künstliche Intelligenz zu beurteilen, ja. Aber warum sollte er nicht auch in die andere Richtung funktionieren? Weißt du, wenn man den Begriff künstliche Intelligenz verwendet, meint man eigentlich *das Gegenteil* von Intelligenz. Man meint das Emotionale, das Irrationale – das Menschliche. Damals war ich vielleicht vierzehn Jahre alt, du weißt ja, wie das ist, mit vierzehn denkt man viel an diesen ganzen Kitsch. Existenz, Identität, die Seele, all das. Wer bin ich? Ich hatte so ein Gefühl, das ich nicht loswurde, das Gefühl, irgendetwas mit mir wäre nicht so wie bei den anderen –«

»Das geht in dem Alter wohl allen so.«

»Was nicht bedeutet, dass es nicht zutrifft. Bei manchen. Ich war immer schon seltsam, aber damals kam es mehr zum Vorschein, in meiner Jugend, meine ich. Ich sah Muster, wo andere Leben sahen. Ich sah Kausalzusammenhänge, wo andere Bewegung sahen. Wenn sich ein Junge für mich interessierte, wusste ich nicht, ob ich glücklich oder sauer sein sollte, weil ich nicht wusste, welche Ursache dahintersteckte, also, was er wollte, und ohne einen logischen Grund, auf dem ich stehen kann, kann ich auch keine Gefühle empfinden. Ich war zunehmend beunruhigt, dass ich vielleicht, trotz allem, doch kein Mensch war. Denn was ist der Mensch eigentlich? Die Summe aus verschiedenen Teilen, aus gewissen neurologischen Mustern, und ich war überzeugt, dass bei mir mehrere Teile fehlten. Da spielt es irgendwie auch keine Rolle, dass mein Körper aus Fleisch und Blut ist und dass ich die gleichen körperlichen Bedürfnisse habe wie andere. Nicht der Körper macht uns zu Menschen.«

»Aber…« Sebastian war aus der Tiefe seiner christlich-humanistischen Seele heraus entrüstet. »Das ist ja eine faschistoide Denkweise. Dass der menschliche Wert reine Willkür ist.«

»Gewissermaßen schon. Aber ich sage ja nicht, dass ich weniger Recht zum Leben hätte, weil ich so bin. Nicht menschlich. Dass ich weniger wert wäre. Es gibt viele Menschen, die streng genommen keine Menschen sind. Komapatienten. Menschen mit anderen Hirnverletzungen. Säuglinge. Ich sage nicht, dass wir keine Existenzberechtigung hätten. In diesem Fall hätte ich mich ja umgebracht. Ich sage nur, dass es einen Unterschied zwischen dir und mir gibt, und das hat der Test auch bewiesen: Ich bin kein Mensch. Ich bin eine *Maschine*.«

Sebastian betrachtete Travis. Sie erwiderte seinen Blick, lächelte ein wenig. Er versuchte zu lachen. Doch sie lachte nicht mit.

»Siehst du«, sagte Travis stattdessen leise. »Ein *Mensch* wäre verletzt gewesen, weil du gerade gelacht hast. Ich aber nicht. Ich kaufe dir stattdessen ein Bier. Noch ein Kriek?«

DREI TAGE NACH LAURAS UND Sebastians erster fleischlicher Vereinigung platzten die Knospen der Magnolie auf. Zum zweiten Mal.

Das war nichts anderes als ein Wunder, denn die Magnolie war schon einmal er- und verblüht, ihre Zeit war längst vorbei. Laura saß auf der Treppe vor dem Haus und balancierte eine Teetasse auf ihrem Knie; verzweifelt fasziniert davon, wie leicht es plötzlich war, das Porzellan von den Sonnenstrahlen zu unterscheiden, die es streichelten, die Hand zwischen den Spalt aus Licht und Materie zu schieben und die Tasse an den Mund zu führen, der erst vor Kurzem Löcher in die Haut eines anderen Menschen gerissen hatte.

In Lauras Nasenlöchern entfaltete sich die ganze Welt. Ihre Welt war menschenleer. Chloe war in der Schule, Giselle hatte einen Arzttermin, Philip war an irgendeinem Ort, wo sich Männer mit Dreitagebärten gegenseitig auf den Rücken klopften und Teile von Marylebone kauften oder verkauften. Alles war Sommer und Wärme. Zum ersten Mal, seit die Probleme am Theater angefangen hatten und Laura gefeuert worden war – gefeuert! –, kam es ihr nicht bedrohlich vor, nichts Besonderes zu tun zu haben.

Vielleicht konnte man auch so leben – von Augenblick zu Augenblick, ohne Plan oder Ziel oder etwas Größeres im Blick als das, was man gerade in den Händen hielt, ob es nun eine Teetasse war oder die Genitalien eines schönen Mannes. Was bedeutete es schon, dass alles andere flach war, wenn es einen bodenlosen Quell der Befriedung und Sinnhaftigkeit im Hier und Jetzt gab? Ungefähr so dachte Laura Kadinsky, während sie dort auf ihrer Treppe saß und plötzlich ein saftiges Ploppen hörte, und dann noch eins und noch eins. Sie hob den Blick, und dort, direkt vor ihren Augen, wie Farbflecken auf einem himmelblauen Tafelbild, wurde eine knubbelige Knospe nach der anderen zu einer kleinen rosafarbenen Wolke, zu einem abstrakten Postkartenmotiv, zu einem Jackson Pollock in Mädchenfarbenskala.

Zuerst war Laura erstaunt. Dann war sie den Tränen nah, aus Trauer, aber auch demütiger Verzückung. Fünf Frühjahre in Folge hatte sie die Magnolie blühen sehen, aber nie so. Dies war die reinste Magie, ein neuer Frühling, kaum dass der alte vorbei war. Vielleicht handelte es sich um eine Art Kompensation, dachte Laura, für den Frühling, den sie verpasst hatte. Dass die Szene keine Tiefe hatte, kam ihr plötzlich nicht wie eine Einschränkung vor, sondern wie ein Geschenk. Die Welt von Neuem erleben zu dürfen! Wie ein Kind oder ein Tor! Wie ein Künstler! Sollte sie dafür nicht dankbar sein? Überwältigt vor Ehrfurcht angesichts der Geheimnisse dieser Welt, sprang Laura von der Treppe auf – die Teetasse fiel von ihrem Knie und zerschellte auf den Bodenfliesen, aber es war sowieso nur ein hässliches Ding aus Ton gewesen, das Chloe in ihrem ersten Jahr an der Montessorischule bemalt hatte – und streckte die Arme zum Baum, tastete sich voran, bis sie in seinen rauen Stamm hineinstolperte. Sie schlang die Arme um den Baum. Sog seinen säuerlichen Duft ein. Weinte und kratzte sich die Wange am Stamm auf.

»Mrs Kadinsky? Laura?« Sie schlug die Augen auf. Vor dem Gartenzaun saß Mr Robertson, Nachbar mit Katze und Katheter, in seinem Rollstuhl und sah Laura fragend an. »Ist alles in Ordnung?«

»Mr Robertson! Ja, alles in Ordnung. Das heißt, eigentlich nicht. Ich suche nach Essies Hamster, wissen Sie«, log Laura. »Essie. Sie ist abgehauen.«

»Ich glaube, Hamster können nicht auf Bäume klettern«, sagte Mr Robertson.

Laura blinzelte ihre Tränen weg und schob die Hüfte ein wenig vor, weil sie wusste, dass ältere Menschen das keck fanden. »Das habe ich Chloe auch gesagt. Aber sie hat darauf bestanden. Sie ist ganz vernarrt in diesen Hamster und völlig außer sich, seit er weg ist. Ach übrigens, haben Sie das gesehen? Die Magnolie. Ist das nicht komisch?«

Laura nickte in Richtung der Blüten, doch Mr Robertson reagierte nicht wie erwartet. Da hob sie den Kopf und sah, dass die Blüten verschwunden waren. Jede einzelne, als wären sie noch im selben Moment auf den Boden gefallen, in dem sie sich geöffnet hatten. Die kürzeste Blüte der Welt.

»Ist wirklich alles in Ordnung, Laura? Sie sehen ein bisschen blass aus«, sagte Mr Robertson.

»Ach, wir haben nur gerade Probenwochen am Theater«, antwortete Laura langsam. »Ich muss jetzt auch gehen.«

Ersteres war vielleicht gelogen, Letzteres nicht. Laura hatte einen Termin mit Sebastian am Institut.

Sie dachte an seine Hände, wie sie sich blütengleich für sie geöffnet hatten.

Als sie eine knappe Stunde darauf im Institut ankam, hatte sie immer noch Asphaltkrümel auf der Stirn. Um nicht weiter von Mr Robertson aufgehalten und in Frage gestellt zu werden, hatte sie versucht, einen möglichst schnellen Abgang hinzulegen, die Scherben von der Teetasse hinter einen Blumenkübel gefegt und die Haustür abgeschlossen, und dann war sie den Gartenweg entlang- und durch das Tor hinausgeeilt. Anschließend hatte sie sich noch einmal umgedreht und ihrem Nachbarn zugewinkt, der gerade die Rampe zu seiner Tür hinaufrollte. Letzteres erwies sich als viel zu gewagtes Unterfangen – als sie den Kopf wieder nach vorn richtete, schlug ihr die Welt wie eine Tür ins Gesicht, und sie fiel der Länge nach auf den Bürgersteig. Noch im Fall meinte sie, aus dem Augenwinkel etwas Braunes, Pelziges zu sehen und streckte sich danach, aber es war zu spät. Essie, wenn sie es überhaupt wirklich gewesen war, hatte sich schon in eine Hecke geflüchtet.

Das Missgeschick war jedoch im Nu vergessen, als sich Sebastians und ihre Blicke vor seinem Büro trafen, nachdem er aus der einen Richtung herbeigeeilt war und sie vorsichtig und zögernd, im Herzen stolpernd, aus der anderen. Wortlos öffnete er die Tür zu seinem Büro und bat sie herein. Sie glitt durch das angespannte Schweigen und sank auf den Stuhl vor seinem Schreibtisch. Als ihr Knie den Schreibtisch streifte, strömte schlagartig ihr ganzes Blut in ihr Geschlecht. Sebastian kam und setzte sich auf die andere Seite des Tischs. Noch immer schweigend, beugte er sich vor und zupfte behutsam einige schwarze Krümel von ihrer Stirn. Er strich mit dem Finger über ihre Wange, dort, wo die Rinde der Magnolie ein Spinnennetz aus Schrammen und Wunden gerissen hatte. Laura blinzelte. Der Raum war von einem so dichten erotischen Nebel erfüllt, dass man nicht mehr hindurchsehen konnte. Alles war verschwommen, als wären sie beide ertrunken, aber im Schmutz des Lebens flirrte noch ein Hauch von Gold, kleine Körnchen von etwas Ewigem, Unsterblichem und Reinem.

Lass es erblühen, dachte Laura.

Dann wandte Sebastian sich mit einem Mal ab, tippte mehrmals auf seine Tastatur und räusperte sich.

»Irgendwelche neuen Beobachtungen, Mrs Kadinsky?«

»Sebastian, hör auf.«

»Laura«, sagte er knapp.

»Ja?«

»Was zwischen uns passiert ist, hätte nicht passieren dürfen.«

»Doch«, erwiderte Laura entschieden. »Doch.«

»Als Angestellter dieses Instituts muss ich gewisse Regeln befolgen, und eine davon lautet, keine intimen Beziehungen mit den Versuchsobjekten einzugehen. Das steht ausdrücklich in meinem Vertrag. Das gilt für Menschen und Tiere. Ich glaube, die Regel wurde vor allem geschaffen, um Letztere zu schützen, aber Tatsache bleibt: Du stehst in einem Abhängigkeitsverhältnis zu mir, und es wäre falsch, wenn ich das ausnutzen würde. Noch dazu bist du verheiratet.«

»Seb –«

»Stopp.« Sebastian hob die Hand in die Luft. In einer Ecke des Raums hörte Laura ein gellendes und empörtes Kreischen. Als sie dorthin blickte, entdeckte sie den verdammten Affen.

»Kannst du den nicht zum Schweigen bringen?«, fragte Laura.

»Nein«, sagte Sebastian. »Genau das kann ich nicht. Genau das ist das Problem. Laura –«

»Hör auf, meinen Namen zu sagen, wenn du nicht vorhast, mich wieder zu vögeln. Das ertrage ich nicht.«

»Für mich ist das doch auch nicht leicht. Ich würde nichts lieber als –«

»Ja?«, fragte Laura und fixierte ihn. »Was?«

Der Affe schrie. Sebastian hielt sich die Ohren zu. Dann stand er wortlos auf, ging zum Käfig und trug ihn hinaus. Einige Minuten später kam er mit leeren Händen zurück, oder nein, nicht mit leeren Händen, er hatte seine Hände mit ihr gefüllt, sie konnte es sehen, sie stand auf, ging zu ihm, schlug die Tür hinter ihm zu.

Er hob ihre Hände, küsste ihre Finger. »Fühlst du dich denn gar nicht schuldig?«, murmelte er.

Schuldig? Vielleicht ein bisschen. Aber was war schon ein bisschen Schuld? Nichts als Schmutz unter den Fingernägeln, ein kleiner Trauerrand in einem Dasein, das ansonsten gar keine Konturen hätte.

Langsam schob sie ihre Finger tief in seinen Mund.

DAS FENSTER DES CAFÉS IN Dalston, das Jennifer Travis als Treffpunkt vorgeschlagen hatte, war schon lange nicht mehr geputzt worden – als Sebastian davorstand und zu ihr hineinblickte, sah sie durch die Schlieren hindurch aus, als hätte jemand Streifen aus ihr herausgerissen wie aus einer alten, verblichenen Tapete.

Er konnte nur die eine Hälfte ihres Gesichts sehen. Das eine Auge war geschlossen, ihr Kopf ruhte auf der Lehne des roten Samtsessels. Sie hatte ein Knie zur Brust gezogen und trug eine schief geknöpfte, Oma-rosafarbene Seidenbluse, auf ihrem Finger konzentrierte sich das Glitzern eines Sonnenstrahls, von einem Ring reflektiert. Später erzählte sie, der Cafémitarbeiter hätte ihn ihr geschenkt. Der Ring hatte zusammen mit anderem Schnickschnack an einer Kette auf dem Tresen gehangen, und er hatte einfach nur die Hand ausgestreckt, das Schmuckstück losgerissen und es ihr gegeben. Gesagt, es sei antik, obwohl jeder Idiot sehen konnte, dass es aus Plastik war. Dann hätte er ihr den Ring über den Finger geschoben. »Warum hat er das wohl getan?«, fragte sie Sebastian und schien ernsthaft verwirrt. Weil du schön bist, natürlich, dachte Sebastian, denn so etwas tun junge blasse Männer, die in ironisch-unkonventionell eingerichteten Cafés arbeiten, wenn sie plötzlich dem wahren Schönen und Schrägen gegenüberstehen. Sie starten eine Charmeoffensive, und sei sie noch so unbeholfen. Einen Annäherungsversuch. Aber Sebastian sagte nichts, denn Travis brauchte nicht noch ein Raster, durch das sie die Welt filtern konnte.

Als Sebastian die läutende Tür zum Café öffnete, hob sie sofort ihren Kopf von der Lehne und winkte mit ihrem ringgeschmückten Finger. Ihre Finger hinterließen Spuren in der Luft, Kratzer im Staub, der schwer und dicht in der stickigen Luft hing. Außerdem roch es auch seltsam. Als hätte jemand versucht, den Gestank von verwesenden Leichen mit großen Mengen an Duftpotpourri zu überdecken. Travis hatte einen ihrer Pumps auf dem Boden verloren, und als sie sich bückte, um ihn aufzuheben, entdeckte Sebastian eine marmeladenfarbene Katze, die unter Travis' Sessel saß und desinteressiert zu ihm aufglotzte. Sebastian konnte sich nicht entscheiden, ob dieses Café gemütlich oder grauenhaft sein wollte. Er setzte sich in den Sessel gegenüber von Travis und fragte, ohne lustig sein zu wollen:

»Kommst du oft hierher?«

Travis sah ihn verständnislos an.

»Hierher? Natürlich nicht.« Sie sah sich in dem vollgestopften Zimmer um, als würde sie erst jetzt darüber nachdenken, dass sie rein physisch an einem anderen Ort war, und dass dieser Ort durch seine plüschige Einrichtung mit okkulten Ziergegenständen, ausgestopften Tieren, Kissen mit Katzenmustern im Kreuzstich, angeschlagenen Kaffeetassen und pornographischen Aquarellen aus unbestimmbaren Epochen förmlich nach Aufmerksamkeit schrie.

»Und jetzt werde ich dir was zeigen…« Travis wühlte in ihrer Handtasche und signalisierte dem anämischen Kellner gleichzeitig mit den Augenbrauen, dass er kommen sollte. Dann bestellte sie, ohne Sebastian zu fragen, Cream Tea für zwei Personen und scheuchte den Jüngling wie eine Katze wieder weg. Endlich fand sie in ihrer Handtasche das, wonach sie suchte, und zog triumphierend ein dickes Taschenbuch hervor, das so groß war, dass Sebastian sich wunderte, wie sie es nicht gleich hatte finden können. Sie warf es Sebastian hinüber, und er fing es kurz vor dem Regal mit den verstaubten und klebrigen Apothekengläsern, das direkt über seinem Sitzplatz hing. Der Band, *The Complete Poems:*

Philip Larkin, edited by Archie Burnett, Farrar, Straus and Giroux, war eine moderne Ausgabe, die allerdings, vermutlich aufgrund eines sehr gründlichen Studiums, fast auseinanderfiel.

»Larkin ...«, murmelte Sebastian und versuchte, den entfliehenden Namen mit irgendetwas in Verbindung zu bringen. Hatte Violetta nicht ...? Nein. Vielleicht nicht.

»Larkin ist erst einmal irrelevant. Passé, sozusagen. Ich wollte nur, dass du mich verstehst. Siehst du –«

Travis beugte sich vor und blätterte hastig bis zur Seite 84. Die Ränder waren mit langen Ketten aus Ziffern und Buchstaben vollgekritzelt. Sebastians Augen huschten über das Gedicht, auf das die Chiffrenketten in Form von Pfeilen, Unterstreichungen und kleinen Herzen Bezug nahmen. Es hieß »The Building« und handelte offenbar von einem Krankenhaus, doch nachdem Sebastian angefangen hatte zu lesen, war ihm plötzlich, als würde es von seiner eigenen Umgebung handeln:

Higher than the handsomest hotel
The lucent comb shows up for miles, but see,
All round it close-ribbed streets rise and fall
Like a great sigh out of the last century.
The porters are scruffy; what keep drawing up
At the entrance are not taxis; and in the hall
As well as creepers hangs a frightening smell

There are paperbacks, and tea at so much a cup ...

»Sebastian! Konzentrier dich! Siehst du das da?« Travis klopfte mit dem Finger ganz unten auf die Seite, wo jemand – sie selbst? – unter die Seitenzahl und den Titel des Gedichtbands, 84 HIGH WINDOWS, in Blockbuchstaben gekritzelt hatte; 48 BALLS POND RD. 48 Balls Pond Rd war die

Adresse des Cafés, und für einen sehr kurzen Moment, ehe er einsah, dass er nur Travis' Worten glauben konnte und keinen anderen Beweis dafür hatte – denn er selbst konnte die mathematischen Muster nicht deuten, die Travis anscheinend dort erkannte, wo er bloß Lyrik sah –, dass jemand versuchte, anhand eines Buchs mit ihr zu kommunizieren, spürte Sebastian ein leichtes Kitzeln im Spannungszentrum seines Gehirns.

»Es hat mehrere Tage gedauert. Aber ich habe es geknackt, Sebastian. Ich bin weitergekommen. Hier in London! Bislang gab es nie Spuren, die hierhergeführt haben. Was hat das wohl zu bedeuten? Vielleicht nichts. Vielleicht alles. Das muss sich noch herausstellen. Hier kommen unsere Scones. *Thanks, love.*«

Wieder speiste Travis den anämischen Jüngling mit einer Handbewegung ab und schob einen Teller mit fotttriefcn den Rosinenscones zu Sebastian hinüber. Er wollte gerade widerwillig einen Bissen nehmen, als Travis sagte: »Was weißt du über Francesca Woodman?«

Als er den Namen hörte, schreckte Sebastian zusammen und verlor aufgrund der spastischen Zuckungen in seinen Beinen und Handgelenken seinen Scone. Bestürzt, wie er war, ließ er den Scone dort liegen, ließ ihn dort liegen und seinen fettigen Schatten auf der Hose ausbreiten wie den gemalten Körper auf einem Dielenboden, auf einem Bild, das Sebastian einmal gesehen hatte, ohne sich klar und deutlich daran zu erinnern, weil dieses Bild, wie alle anderen, die Violetta ihm gezeigt hatte, vom allerletzten überschattet worden waren, das in einem kleinen Umschlag mit der Post kam, am Tag, nachdem *das, was passiert war, passiert war*, und die, die ging, gegangen war, und hing, einfach nur hing, mit den Zehen zur Unterwelt.

»Ich finde diesen Ort gruselig«, sagte Sebastian. »Er kommt mir vor wie eine Grabkammer. Oder die Unterwelt.

Dieser Blumengeruch erinnert mich an Hades und Persephone und alles, was verfault und zerfällt.«

»Dann solltest du erst mal das Kellergeschoss sehen! Da kann man so richtig sehen, wie die Feuchtigkeit hinter der Tapete herunterrinnt. Aber weißt du, Künstler mögen so was. Anscheinend gibt es da unten auch Ausstellungen. Und ein Aquarium ohne Fische. Das finde ich merkwürdig. Aber ich habe das Bild dort gefunden.«

»Das Bild?«

»Das Woodman-Bild. Du hast mir nie geantwortet. Weißt du, wer das ist? Francesca Woodman?«

»Ja«, sagte Sebastian. »Ich weiß es besser, als mir lieb ist.«

»Ich musste das erst mal googeln«, erwiderte Travis und tippte zweimal mit dem Zeigefingernagel auf ihr Handy, das zwischen ihnen auf dem Tisch lag. Es leuchtete auf, und Sebastian spürte, wie sich all seine Muskeln versteiften, als würde er auf einen Schmerz warten. Doch auf dem Handy erschien nur ein Bildschirmschoner mit dem Foto eines schlafenden Babys, dessen Backen so dick waren wie Milchbrötchen. Sebastian fragte nicht, wessen Baby es war. Travis lieferte ihm die Information trotzdem, während sie das Handy in die Hand nahm und anfing zu tippen.

»Ist die nicht süß? Na? Der erste Treffer, wenn man ›süßes schlafendes Baby‹ googelt. Ich weiß nicht, wie sie heißt, aber ich nenne sie Beanie. Ich denke, so ein Baby sollte gewisse Gefühle in einem wecken, du weißt schon? Also habe ich mir gedacht, ich versuche das mal eine Zeitlang und gucke, was passiert. Wenn ich sie jeden Tag mehrmals angucke. Bisher läuft das Experiment ganz grandios, danke der Nachfrage. Aber ich werde nicht aufgeben.«

»Was hat das mit Woodman zu tun?«, fragte Sebastian ungeduldig.

»Nichts. Woodman ist das Wichtige. Dies war nur eine

Nebenspur. Woodman ist der nächste Schritt. Nicht nur, versteht sich, aber zusammen mit dieser Chiffre.«
Sie hielt Sebastian den Bildschirm vor die Nase. Vor einem schwarzen Hintergrund offenbarte sich eine große Menge von Zeichen, größtenteils solche, wie sie auf den Tasten am äußeren Rand eines komplizierten Minitaschenrechners angeordnet sind. Zusammen bildeten sie eine schiefe Y-Form, deren unterer Teil in einem organischen Bogen nach links verlief, wodurch die Form eher lebendig aussah als tot, mehr wie Kunst denn wie Mathematik.
»Verstehst du?«, fragte Travis. »Das ist Schritt drei, aber es war vollkommen unnötig, das überhaupt lösen zu wollen, ehe ich die Korrelation gefunden habe. Man muss immer erst die Korrelation finden. Und die Korrelation ist Woodman. Vielleicht das Bild dort unten, vielleicht ein anderes. Aller Wahrscheinlichkeit nach ein anderes. Möglicherweise eins, das mit dem Tod, mit Engeln oder Birken zu tun hat. Das steht zur freien Interpretation, und doch nicht. So etwas ist schwer für mich, ehrlich gesagt ist es das Allerschwerste. Die emotionale Intelligenz, wie man so sagt, aber ich weiß nicht, ob ich es überhaupt Intelligenz nennen wollen würde. Sebastian«, jetzt beugte Travis sich vor und packte mit beiden Händen Sebastians Knie, als würde ihr Leben davon abhängen, als wäre er ein Rettungsboot und nicht ein Schwächling, »gibt es in der Kunst eine Logik? Bitte sag Ja! Sonst bin ich verloren.«
Beinahe aggressiv stieß Sebastian ihre Hände weg, denn jetzt verstand er genau, von welchem Bild sie sprach. Wortlos stand er auf und ging durch das verschlafene Café, folgte dem Schild DOWNSTAIRS SEATING AND GALLERY SPACE, eine schmale Treppe hinab und in einen Raum, in dem die Decke fast seinen Kopf berührte und ein Aquarium in einem anderen Takt blubberte als das Zischen einer Air-Wick-Dose, die in regelmäßigen Abständen einen Stoß synthetischen

Liliendufts versprühte. Überall gab es etwas, das fehlte. Die Fische im Aquarium. Die Glühbirne in der gesprungenen Tiffanylampe, die auf einem Piedestal in der Ecke stand. Die Menschen in der pervers protzigen Sitzlandschaft aus Omarosafarbenem Samt, in demselben Ton wie Travis' Bluse – wenn sie darauf Platz nähme, würden ihr Kopf und ihr Hals nicht mehr mit dem Oberkörper zusammenhängen. Doch niemand saß dort, und der Staubschicht auf dem Couchtisch mit seinen vergilbten Ausgaben der *National Geographic* und den alten Penguin-Taschenbüchern nach zu urteilen, hatte es auch schon lange niemand mehr getan. Entlang der einen Wand, gegenüber von einem Bücherregal voller Schlafpuppen mit Kleidern aus Crêpe de Chine und einer Plastikpalme in einem alten Bierfass stapelten sich Vinylplatten in einer Kiste, die Sebastian erst nach einer Weile als weißen Kindersarg erkennen und akzeptieren konnte, mit Rissen in der hellrosafarbenen Innenverkleidung.

Und über dem Sarg hing es, das Bild.

Genauso klein wie beim ersten Mal, als er es gesehen hatte, vielleicht zwölf mal zwölf Zentimeter. Eingeklemmt zwischen dutzenden grellen Fotografien, Plakaten und Illustrationen leuchtete es in seiner schwarz-weißen Schärfe. Alles war so, wie er es in Erinnerung hatte. Die dunklen Sechsecke des Bodens, dessen Marmorkälte man beim Betrachten des Bildes unter den Füßen spürte. Das glänzende Holz des Stuhls, dessen schweren, dunklen Schnitzereien, die aussahen, als wären sie für einen Beichtstuhl angefertigt worden. Der Lichtschalter, das Kabel, der Tisch, das Bild, der Zettel an der Tür, und auf diesem Zettel stand: nichts.

Und dann der Körper, der im Rahmen der verschlossenen Tür hing – die schiefe Y-Form des Körpers, dessen untere Hälfte sich nach links neigte.

Die Zehen, die zur Unterwelt zeigten.

»TILDA?«

»Ja?«

Matilda blickte von der Schale mit Süßigkeiten auf. Billy stand in der Tür des Schlafzimmers und rubbelte sich mit einem Handtuch das schulterlange schwarze Haar trocken. Er trug nichts als Shorts, Shorts und Tattoos.

»Siri möchte zu meinem Vater fahren, anscheinend hat er ein Trampolin gekauft. Ich habe gesagt, dass er es noch bereuen wird, wenn alle Nachbarskinder davon Wind bekommen, aber tja. Er hat es für Siri getan. Kommst du mit?«

Matilda war verwirrt.

»Mit?«

»Zu meinem Vater? Mandeltorte essen? Du magst doch Mandeltorte.«

»Ach so, ja. Nein danke.«

Billy runzelte die Stirn.

»Was ist denn los? Du wirkst so abwesend.«

Matilda schob die Schale weg und lehnte sich auf dem Sofa zurück. Es kostete sie all ihre Energie, wie ein normaler Mensch zu lächeln.

»Das ist nur Migräne«, sagte sie. »Grüß Greger von mir.«

Erst als sie gehört hatte, wie Billys und Siris Fahrräder auf den Waldweg abgebogen waren, zog Matilda die Schale wieder zu sich. Sie war immer noch da. Die Farbe. Oder wie auch immer man sie nennen sollte. Es war ein Bonbon, das zwischen einem altmodischen Lakritzboot und einem überdimensionalen Zuckerwürfel aus Mäusespeck klebte. Matilda steckte ihren Finger zwischen die anderen Süßigkeiten und angelte das enigmatische Bonbon heraus. Es fühlte sich an wie ein stinknormales Bonbon mit schönen regelmäßigen Kanten, glänzend und ein bisschen klebrig. Es roch nach Zitrone. Also würde man annehmen, dass es gelb war. Doch das war es nicht. Es war auch nicht grün, weiß oder orange, was ebenfalls denkbare Zitrusfarben gewesen wären. Und auch nicht rot, rosa, lila, blau, braun oder schwarz, was immerhin Farben gewesen wären, die tatsächlich existierten. Durchsichtig war es allerdings ebenso wenig, keine Seifenblase, kein Regenbogen, kein schwarzes Loch.

Es hatte die Farbe des Lebens, vielleicht auch des Todes. Weiß der Geier.

Zum ersten Mal hatte Matilda die Farbe auf dem Friedhof gesehen, als der Sarg, in dem sich die Leiche eines Mädchens befand – ein Mädchen, das ironischerweise nach einer Farbe benannt war –, in die kalte Erde hinabgesenkt wurde. Die Farbe schwebte darüber wie eine kleine Wolke.

Sie hatte sofort verstanden, dass die Wolke etwas von ihr wollte, aber nicht gewusst was. Anschließend war es zu Streit und Tränen gekommen, und Matilda hatte sie fast wieder vergessen.

Das war das erste Mal. Das zweite Mal war mehrere Monate darauf, als sie nach Berlin gezogen war und Billy getroffen hatte. Sie waren zusammen im Kino gewesen, in irgendeinem Film, dessen Titel sie sofort vergessen hatte, und vermutlich wäre er ihr auch nicht wieder eingefallen, hätte es der Zufall nicht gewollt, dass die Schauspielerin in der Hauptrolle – Dakota Fanning – später just in die Bar hineinspaziert war, in der Matilda und Billy anschließend ein Bier getrunken hatten. Sie trug ein Kleid, ein gepunktetes Kleid, in genau dieser Farbe. »Guck mal«, hatte Matilda gesagt und auf Dakota Fanning gezeigt, und Billy hatte gesagt, wie krass ist das denn, und Matilda hatte Billys Stimme deutlich angehört, dass er Dakota Fanning krass fand und nicht ihr überirdisches Kleid – denn dafür klang er nicht erschrocken genug.

Das dritte Mal war in einer Nacht gegen Ende des vergangenen Frühjahrs, als Billy und sie auf dem Sofa in ihrer gemeinsamen Wohnung miteinander schliefen. Die Fenster waren zu den Kastanien hin geöffnet gewesen, und die Farbe hatte sich hineingeschlichen wie ein Nebel, der den großen Terrakottakübel der Monstera einhüllte. War es vielleicht in dem Moment gewesen? War es da passiert?

Das waren alle Male, aber jetzt konnte sie erkennen, dass ihre Beziehung zu allen anderen Farben der Welt in den Monaten vor dem Telefonat, vor der großen Enthüllung der Mutter, immer angestrengter geworden war. Dann waren sie in dieses Ferienhaus gekommen, und plötzlich ploppte die merkwürdige Farbe überall auf.

Jedes Mal, wenn die Mutter anrief, und das war oft, fast jeden Tag.

Jedes Mal, wenn Matilda eine Mail an Clara schrieb und keine Antwort bekam.

Jedes Mal, wenn sie sich übergeben musste, jedes Mal, wenn sie ernsthaft darüber nachzudenken versuchte, was sie eigentlich machen sollte, mit diesem möglichen Kind im Bauch und dem Kind, das möglicherweise sie selbst war. Dem verwechselten Kind. Die Mutter stritt nach wie vor alles ab. Oh, Tilda, ich habe wirklich keine *Ahnung.*

Um nicht von dem Kind namens Clara zu reden, diesem verdammten kleinen Kinderarsch.

Matilda saß mit dem Bonbon in der Hand auf dem Sofa. Mandeltorte. Klar mochte sie Mandeltorte, sirupgelb und zart. Dieses Bonbon dagegen. Ein beschissener Hohn. Was wollte es? Was? Sie starrte es an, als könnte sie es kraft ihrer Gedanken dazu bringen, seine Farbe zu ändern. Das ging natürlich nicht. Sie ertappte sich selbst dabei, dass sie sich nach Sebastian sehnte, wirklich sehnte. Billy würde das allerdings nie verstehen – wenn sie ihm erzählte, dass sie eine Farbe sah, die es nicht gab, würde er sie geradewegs in die Klapse fahren. Matilda hatte es nie bereut, dass sie Billy von ihrer Krankheit erzählt hatte, von ihrer epischen Geschichte der psychischen Zusammenbrüche, aber natürlich war sie dadurch nicht unbedingt glaubwürdiger geworden.

Sebastian dagegen – er würde es verstehen, vielleicht sogar wissen. Warum ihr Gehirn das mit ihr machte, warum es sie derart quälte, obwohl sie schon genug Qualen durchlitt. Sebastian, dachte sie und hob die Hand mit dem Bonbon auf die Höhe ihres Gesichts, konnte alles lösen, wenn er nur wollte.

Aber er war nicht da. Nur sie war hier. Sie versuchte, den Mund zu öffnen, und obwohl es sie Überwindung kostete, steckte sie das Bonbon hinein und biss die Zähne aufeinander und kaute, dass es nur so krachte.

EINES SAMSTAGS KURZ NACH IHREM Treffen in dem merkwürdigen Café in Dalston kam ein Brief von Travis, der vollkommen unbegreiflich war. Sebastian stand vor seinem Briefkasten im Treppenhaus und drehte und wendete das Blatt in einem Versuch, der Nachricht, die säuberlich in einer rundlichen Schulmädchenschrift verfasst worden war, irgendeine Bedeutung abzuringen. Nach einigen Minuten gab er auf, steckte das Blatt wieder in den Umschlag und wollte gerade zu seiner Wohnung hinaufgehen, als es an der Haustür klopfte. Draußen stand Travis in einem Salwar Kamiz, was Sebastian zwangsläufig als Versuch der Tarnung auffassen musste.

»Hast du meinen Brief bekommen? Schnell, lass mich rein.«

Travis drängte sich an Sebastian vorbei ins Treppenhaus, nahm die filmstargroße Sonnenbrille ab und ließ den Schal fallen, den sie sich um den Kopf geschlungen hatte.

»Jetzt findest du mich lächerlich«, sagte Travis und sah ihn schmollend an.

»Ich habe doch gar nichts gesagt.«

»Auf der Peckham Rye bin ich so einem komischen Mann begegnet. Der hat mich angestarrt. Richtig lange. Ich wurde den Gedanken nicht los, dass er mir irgendwie zwielichtig vorkam. Er hatte einen roten Bart.«

»Einen roten Bart?«

»Wie Corrigan.« Travis stieg die Treppe zu Sebastians Wohnung hinauf und schälte sich währenddessen aus dem bestickten Oberteil des Salwar Kamiz. Als sie drinnen angekommen waren, stieg sie auch aus den weiten Hosen und legte alles in einem säuberlichen Stapel neben Sebastians zwei Paar Schuhe.

»Hast du Tee da?«

Sebastian füllte den Wasserkocher, während Travis sich auf den Diwan warf. Es war ein warmer Tag, noch einer, und sie trug lediglich Shorts und eine halb durchsichtige, geraffte Bluse, unter der Sebastian ein Bikinitop mit Kokospalmenmuster erahnen konnte. Wie immer, wenn er Travis in Zivil sah, fragte er sich, nach welchen Prinzipien sie ihre scheinbar vollkommen zufällige Garderobe zusammenstellte. Er warf Teebeutel in zwei verfärbte Tassen und sagte: »Du meinst also, dieser rothaarige Mann wäre ein von Corrigan entsandter Spion, weil sie dieselbe Haarfarbe haben? Oder glaubst du, es ist ein Verwandter von ihm? Hast du schon mal darüber nachgedacht«, fuhr er gereizt fort, »dass das vollkommen durchgeknallt klingt? Und dieser Mann dich bestimmt nur so angestarrt hat, weil du Kokospalmen auf deinen Titten hast?«

»Kann man das sehen?«, fragte Travis erstaunt.

Sebastian knallte die Tassen so energisch auf seinen einzigen Tisch, dass der Tee einen Regenbogen in die staubige Junisonne spritzte.

»Travis, warum bist du hier? Warum schickst du mir erst einen vollkommen unbegreiflichen Brief und klopfst dann im selben Moment an die Tür, in dem er geliefert wird? Warum bist du von der Station in Peckham Rye weggelaufen und hast einen Salwar Kamiz gekauft, um nicht von einem Mann mit einem roten Bart beschattet zu werden?«

Travis erhob sich vom Diwan und setzte sich zu ihm an den Tisch. Sie seufzte schwer.

»Ich habe den Brief gestern losgeschickt. Als ich ihn gerade eingeworfen hatte, ist mir dann eingefallen, dass wir ja noch gar nicht den Code durchgegangen sind. Und da habe ich gedacht, ich könnte dich genauso gut besuchen und ihn dir beibringen. Also, den Code. Und später am Abend ist mir dann ein Durchbruch in Sachen Woodman gelungen. Ich habe tatsächlich die Korrelation gefunden! Das richtige Bild. Und dann –«

»Ist es das aus der Kolonie? *Untitled?* Das mit den Armen und der Birkenrinde?«

Er hatte sich nicht zurückhalten können. Travis schlug sich die Hand vor den Mund.

»Sebastian!«

»Ja?«

»Genau das ist es. Woher wusstest du das?«

»Wegen allem, was du vorher gesagt hattest… Birken, Tod, Engel, ich weiß nicht, ich bin alle Bilder durchgegangen, die ich im Netz finden konnte, und hatte das Gefühl, das müsste es sein. Irgendwie. Und ich hatte mich von dem Gefühl leiten lassen, weil es mich an jemanden erinnerte. Aber du meinst, das ist es?«

»Ja. Das Muster… so schön. Genau genommen genial. Aber verstehst du, dass ich ein bisschen paranoid geworden bin? Ich muss dir nämlich eine Sache erzählen, die ich dir vorher nicht erzählt habe. Ich habe einen Verdacht.«

Sebastian seufzte.

»Lass mich raten: Dass es eine Verschwörung von rothaarigen Männern gibt, die eine faschistische Weltordnung einführen wollen, basierend auf mathematischen Prinzipien?«

»Haha, sehr witzig. Aber mal im Ernst. So in die Richtung. Ich glaube… Guck mich nicht so an. Ich glaube, Corrigan ist das *Gehirn* hinter dem Puzzle.«

»Corrigan?«

»Natürlich nicht er allein, aber das Institut. Die Chefs. Die Leute in der oberen Etage. Die führen irgendwas im Schilde, das ist ja offensichtlich, bei der ganzen Arbeit, die wir machen. Ich würde meinen gesamten Besitz darauf verwetten, dass es irgendetwas höchst Verdächtiges ist. Ein exzep-

tionelles Gehirn ist ein mächtiges Werkzeug, Sebastian. Was die Rassenbiologen in Nazideutschland versucht haben, ist nichts im Vergleich zu dem, was die Neurowissenschaft zum Thema Menschenveredlung beitragen könnte. Und ich persönlich finde, das klingt sehr, sehr unheimlich –«
»Travis, hör auf. Hör einfach nur auf.«
»Denk doch mal richtig darüber nach. Niemand weiß, was wir am Institut eigentlich machen. Niemand weiß, wozu das Puzzle eigentlich dienen soll –«
»Das ist doch aber noch nicht ansatzweise ein Zusammenhang!«
»Er hat versucht, meine Zikaden umzubringen.«
»Das glaubst du, ja. Hast du Beweise?«
»Noch nicht, aber bald. Du und ich, wir werden das gemeinsam lösen, glaube mir. Wusstest du übrigens, dass Corrigan ab und zu Tee mit der Königin trinkt?«
»Jetzt ist die Königin also auch eine Faschistin? Travis, halt mal den Ball flach.«

Sebastian erhob sich vom Tisch und ging zu seinem provisorischen Schreibtisch – vier leere Holzkisten, die er aus einem Container hinter dem Borough Market gezogen hatte, sie hatten einmal Salami enthalten und rochen immer noch ein wenig ranzig, und eine alte Holztür ungewisser Herkunft, die schon bei seinem Einzug dort gestanden hatte – und fing zerstreut an, zwischen den Stiften und Post-it-Zetteln zu suchen. Rosa, gelb, rosa, gelb, er ordnete die Zettel in einer Reihe auf dem Schreibtisch und überlegte, ob er sie Travis zeigen sollte oder nicht. Eigentlich hatten sie keine Bedeutung, es waren nur Worte, Namen, Kringel, eine kleine Bleistiftskizze von Laura Kadinskys Augenbrauen – lose Gedanken, die wie Regen aus seinen Händen geströmt waren, während er sich mit etwas anderem beschäftigt hatte, mit seiner Mutter oder Matilda telefoniert, in der Küchenecke Spiegeleier gebraten, morgens um vier den Kopf gegen die Wand geschlagen, wenn der

Schlaf nicht kommen wollte, obwohl er die Schlaftablettendosis auf ein Maximum erhöht hatte.

Aber er wusste, dass Travis das nicht so sehen würde. Sie würde auf die Zettel schauen, auf die bleistiftverschmierten Birkenstämme und die durcheinandergewirbelten Buchstaben in den Namen seiner Schwestern, auf die Zehen zur Unterwelt und die Notiz *als Papa damals sagte: Immerhin haben sie ja alle blaue Augen,* auf die Fragezeichen und die vier Striche, die dafür standen, wie oft er bei Clara angerufen hatte und nur die Mailbox dranhatte – und sie würde etwas sehen, was er nicht sehen konnte.

Vielleicht spielte es keine Rolle, dachte er, dass es eine Lüge wäre. Travis war zwar wahnsinnig, aber es war ein Wahnsinn, den er beneidete. Irgendwie war es schön, wenn man alles, was aus dem Rahmen fiel, in eine ständig expandierende Erzählung einfügen konnte, wo nichts jemals Zufall war. Travis würde einen Blick auf seine Post-it-Sammlung werfen und dann zweifellos eine Antwort auf alles geben, ganz gleich, welche Frage er stellte. *Wer muss weg, ich oder eine meiner Schwestern? Das liegt doch wohl auf der Hand, guck mal hier. Warum interessiert sich Corrigan so sehr für meine Familienprobleme? Weil er in Wirklichkeit dein biologischer Vater ist, ganz klar! Aber wer ist dann meine Mutter? Die Königin. Warum hat Violetta sich umgebracht? Weil in ihrem Gehirn eine Glühbirne explodiert ist, weil du sie nicht daran hindern konntest, weil sie kein Unterhautfett mehr hatte, in das sie kneifen konnte, um zu spüren, dass sie echt war. Wird Laura wieder mit mir ins Bett gehen? Ja. Wird sie ihren Mann für mich verlassen? Nein. Wird Clara jemals zurückkehren? Wenn du sie findest. Werde ich sie finden? Wird am Ende alles wieder zusammenpassen, wie die Teile eines Puzzles?*

»Sebastian?«

Travis stand neben ihm.

»Was ist das?«

Er schob eine alte Gratiszeitung darüber, damit wenigstens die kryptischsten Zettel bedeckt waren, und zuckte mit den Schultern.

»Nichts. Ich habe nur nachgedacht.«

»Denk stattdessen lieber über Folgendes nach: Du weißt doch noch, dass ich gesagt habe, Corrigan würde mich ausgrenzen?«

»Ja«, antwortete Sebastian und überlegte – nicht ohne Schuldgefühle –, ob er Travis erzählen sollte, dass Corrigan ihn gebeten hatte, ihr nachzuspionieren, aber die Angst davor, was Travis mit dieser Information anstellen würde, hinderte ihn daran.

»Rate mal, wann das anfing?«

»Wann... das Puzzle anfing?«, riet Sebastian.

Travis nickte ernst.

»Genau.«

Sebastian kratzte sich am Kopf. Er hatte zweifellos einiges an Erfahrung mit Frauen am Rande des Nervenzusammenbruchs gesammelt, aber Travis spielte in einer eigenen Liga. Er konnte sich nicht entscheiden, ob es besser war, sie rücksichtsvoll darauf hinzuweisen, dass es vielleicht nur ihre Puzzlenerven waren, die sie ein wenig empfindlich machten, oder ob er bei ihren Wahnvorstellungen mitspielen sollte. Die erste Möglichkeit war möglicherweise die richtige, die zweite wirkte jedoch erstaunlich verlockend. Alles in allem erschien es ihm leichter, mit Travis' Wahnsinn umzugehen als mit dem seiner eigenen Familie. Er spürte, wie er in ihm versinken wollte, darin verschwinden; nächtelang in Travis' Labor sitzen und mit aus Dosen gekratzten Resten von weißen Bohnen in Tomatensoße Gleichungen an die Wände malen.

Wird sich meine Familie je wieder fangen, wenn ich auch durchdrehe? Werden sie ihren Mist selbst klären? Die Äffin sagt Nein.

»Was ist denn?«, fragte Travis ungeduldig und stemmte die Hände in die Hüften.

Sebastian wurde bewusst, dass er die Luft angehalten hatte. Er stieß sie mit einem Seufzer wieder aus und wählte, seinen Gewohnheiten folgend, einen Mittelweg – diese abwägende, besänftigende, leicht nachlässige Haltung, die, so hatte er gelernt, den geringsten Schaden anrichtete, zumindest kurzfristig.

»Ich glaube ehrlich gesagt nicht, dass Corrigan etwas mit dem Puzzle oder irgendeiner faschistischen Konterrevolution zu tun hat, aber ich werde ihn im Auge behalten, okay? Ich stimme dir zu, dass er suspekt ist. Alles ist suspekt.«

»Alles ist sehr, sehr suspekt«, sagte Travis beinahe belehrend. »Ich habe irgendwo gelesen, dass das die Grundbedingung menschlichen Lebens ist.«

»Wie... wie läuft es denn? Mit dem Puzzle, meine ich? Wirst du gewinnen?«

Travis lachte lauthals.

»Gewinnen! Darum geht es doch wohl nicht. Aber wenn du schon fragst, sollst du auch eine Antwort erhalten. Sie steht in diesem Brief da. Und der Codeschlüssel ist hier. Lerne ihn auswendig und verbrenne ihn dann.« Travis drückte ihm einen zusammengefalteten Zettel in die Hand, streckte sich nach dem Salwar Kamiz und zog sich das Oberteil über den Kopf. »Triff mich, *du weißt wo*, zur selben Zeit wie letztes Mal. Verhalte dich unauffällig und erzähl Corrigan nichts.«

»Wovon soll ich nichts erzählen?«

Travis' Kopf tauchte aus dem Kamiz auf.

»Nichts über alles«, antwortete sie und kräuselte die Nase. Dann schnappte sie ihre Tasche, warf Sebastian einen Luftkuss zu und verschwand zur Tür hinaus.

Er blieb in dem winzigen Flur stehen, lehnte den Kopf gegen den Türrahmen und seufzte noch einmal tief. Es war erst elf Uhr vormittags, es war Samstag, es dauerte noch fast 24 Stunden, bis er sich wieder vom Institut vereinnahmen lassen konnte, bis er sich im Surren des fMRI-Scanners treiben lassen konnte und an nichts anderes mehr denken musste als an schöne, hässliche, schimmernde Hirne. Er fragte sich, wie er die Zeit herumbringen könnte. Er sollte noch einmal versuchen, Clara anzurufen. Er sollte mit seiner Mutter reden und ihr – noch einmal – versprechen, dass sich nichts geändert hatte und alles wieder so werden würde wie immer, wenn sich seine Schwestern nur ein bisschen beruhigten. Er sollte seine Tassen spülen und sein Gesicht mit eiskaltem Wasser waschen.

Aber er tat nichts dergleichen (bis auf Letzteres – und seine Unterhose wechselte er auch), denn das Handy auf dem Fensterbrett begann zu rasseln, und als er den glänzenden Bildschirm zum Gesicht hob, sah er eine unbekannte Nummer.

»*Hello?*«

»Sebastian?«

Noch ein Wahnsinn, um den er sich kümmern, in dem er versinken und verschwinden konnte.

»Laura?«

»Es ist dumm von mir, dass ich anrufe. Ist es dumm?«

»Nein.«

»Philip, also mein Mann, ist spontan weggefahren. Er hat Chloe mitgenommen. Nach Warwickshire. Er kennt jemanden, der ein Gut mit vier Tennisplätzen hat. Er möchte seine Rückhand trainieren.«

»Aha.«

»Was gar nicht nötig wäre, wenn du mich fragst, er ist ein richtiges Ass im Tennis.«

Es wurde still. Sebastian betrachtete seine nackten Füße auf dem Dielenboden. Er würde nichts sagen. Wenn er einfach nur schwieg, wäre nichts sein Fehler.

»Sebastian? Lass mich zu dir kommen.«

WIE EIN FIEBER, UND DOCH nicht. Sie musste die Handfläche auf die feuchte Einfachverglasung des Schlafzimmerfensters legen, um ihre eigene Körpertemperatur richtig einschätzen zu können. Lag er wirklich neben ihr, waren dies wirklich seine Hände, wessen Hand lag auf dem Fenster, war es wirklich ihre? Ja. Dieses fremde Zimmer, das sie so sehr an ein anderes Zimmer erinnerte, ihre erste eigene Studiowohnung in Dalston, auf der Balls Pond Road, damals eine günstige Wohnlage, der Verfall und der Mangel an Biomilchprodukten war augenscheinlich, in ihrer Küche gab es Mäuse, und ihr Gasofen hatte dasselbe Temperament wie sie, verzagt bis wild aufflammend, unerhört launisch. Und jetzt: dieselbe Hand auf derselben Art von Fenster, sie war nur etwas trockener und sehniger, die Hand, mit Gold geschmückt, genauer gesagt einem Goldring, der gegen das Glas klirrte. Was, wenn er aufwachte? Sie wollte nicht, dass er aufwachte. Trotz der Sommerwärme draußen war das Fenster kalt, das Kondenswasser rann über ihre Finger. Sie wollte nicht, dass er aufwachte, sie wollte, dass er im Schlaf nach ihr tastete, mit ihr schlief, ohne die Augen zu öffnen, dass er *überirdisch* war, nur ein Strahl, nur ein Strahl aus pulsierender Wärme. Sie wollte, dass er wirklich und unwirklich zugleich war, genau wie alles andere auf dieser Welt, das war doch wohl nicht zu viel verlangt? Dass die Liebe, die Geilheit, die Verzweiflung, was auch immer es war, denselben Gesetzen folgte wie der ganze andere Dreck, aus dem ein Menschenleben besteht.

 Er wachte nicht auf. Allerdings deutete auch nichts darauf hin, dass er sich in der Grauzone der Morgendämmerung mit ihr vergnügen wollte. Schließlich war Laura gezwungen, sich im Bett aufzusetzen, über die Wahl seiner Bettwäsche nachzusinnen und sich selbst in seinen kahlen Wänden zu spiegeln. Sie waren weiß und etwas schmuddelig, in der einen Ecke entdeckte sie Kratzspuren, zweifellos die Folge eines Mäuseangriffs. Dort stand auch das schmale Bett, in dem sie berauscht geschwebt waren wie in einem Boot. Sie wollte nicht darüber nachdenken, seit wann und für wie viele stinkende Körper diese Matratze schon als Schlafstätte und Fickunterlage gedient hatte, sie tat es dennoch, tippte auf fünfzehn bis zwanzig Jahre und ungefähr genauso viele Körper. An einem solchen Ort wohnt man nicht länger als unbedingt nötig. Auch er würde von hier verschwinden, auch er würde früher oder später einen Kredit aufnehmen und sich eine Frau und einen Springer Spaniel zulegen. Jemand anderes würde einziehen und seine Hose auf den staubigen Diwan werfen. Jemand anderes würde seine Milchpackungen in den vergilbten Kühlschrank werfen.

Der Kühlschrank. Sie betrachtete den Kühlschrank.

Da stand er. Der Kühlschrank, neben der winzigen Pantryküche, unter einem vergilbten Rechteck in der Tapete, wo vermutlich die meiste Zeit des neunzehnten Jahrhunderts ein Porträt der Königin gehangen hatte. Sie musste blinzeln, den Blick auf Sebastians schlafenden Körper richten und dann wieder zurück, auf den Kühlschrank, der sich wie ein Klotz von der Wand abhob, vor dem moosgrünen Hügel und Tal des Diwans, vor den rostigen Schnörkeln des Heizkörpers, vor dem gewölbten Kübel mit der toten Topfpflanze, der Ausbuchtung des Erkers, seiner *Ausbuchtung!*

»Sebastian!«

Laura rüttelte an seiner Schulter. Plötzlich sehnte sie sich verzweifelt danach, dass er aufwachte und das Wunder bezeugte, das Wunder, bestehend aus ihr und ihm und der offensichtlichen Kraft ihrer vereinten Körper.

Er schlug die Augen auf. Und schrie. Laura wich ans Fußende des Bettes zurück, und Sebastian setzte sich mit einem Ruck auf, sein Brustkorb hob und senkte sich wie eine Ziehharmonika, für einen Moment, aus dem zwei wurden, und dann noch mehr, waren seine Augen an einem anderen Ort, und Laura konnte nicht umhin, verletzt zu sein.

»Sehe ich morgens wirklich so schlimm aus?«, hörte sie sich selbst murmeln, während Sebastian allmählich wieder zurückzukehren schien – in das Zimmer, die Gegenwart, zu ihrem halbnackten Körper.

»Ich dachte... entschuldige... Laura. Du bist es. Du bist hier. Wir haben... hm.«

»Ja«, sagte Laura und steckte nachlässig die Hand in ihre Handtasche. »Schon wieder. Aber ich bin mir nicht sicher, ob es nicht das letzte Mal war, wenn du nicht aufhörst, dich so merkwürdig zu benehmen.«

Laura hatte eine Handvoll flusiger Gummibärchen gefunden, mit denen sie einmal Chloe hatte bestechen wollen, und steckte sich ungeduldig eines nach dem anderen in den Mund.

»Hast du geglaubt, ich wäre jemand anderes, oder wie?«

»Nein, natürlich nicht. Oder nicht *geglaubt*, aber –«

»Du hast im Schlaf von ihr geredet. Viola oder *whatever*.«

»Violetta. Sie hieß Violetta«, sagte Sebastian.

Laura gefiel es nicht, wie seine Stimme klang, als er ihren Namen aussprach.

»Hieß? Ist sie tot? Möchtest du ein Gummibärchen? Eigentlich gehören sie Chloe, aber ich esse sie auf. So eine Rabenmutter bin ich.«

»Nein, danke.«

Sebastian erhob sich hastig aus dem Bett. Hatte sie ihn verletzt, als er von dieser Frau gesprochen hatte? Dabei war es doch wohl ihr gutes Recht zu wissen, von wem ihr Liebhaber nachts träumte, dachte Laura sauer.

»Wir sollten das nicht noch mal machen, Laura«, sagte er. »Es ist nicht richtig. Möchtest du einen Kaffee? Jetzt koche ich uns einen Kaffee.«

Laura brach in Gelächter aus.

»Was denn?«, fragte Sebastian, während er sich die Unterhose und das T-Shirt anzog. »Ich bin Hirnforscher. Glaubst du, ich könnte keinen Kaffee kochen?«

»Das meinte ich nicht. Mach du nur deinen Kaffee. Aber hör mal. Jetzt hätte ich das fast vergessen, weil du aufgewacht bist und geschrien hast, aber gerade ist es mir wieder eingefallen. Weißt du, warum ich dich geweckt habe? Ich wollte dir etwas zeigen. Oder nicht zeigen, aber erzählen.«

»Geht es um deine Tochter?«, fragte Sebastian. »Bitte, erzähl mir mehr von ihr. Und von deinem Mann. Erzähl mir von ihnen.«

Das wollte Laura jedoch auf keinen Fall. Und warum wollte er das hören? Versuchte er, ihr ein schlechtes Gewissen zu machen? Das wäre so unglaublich nervenaufreibend. Und so unglaublich eindeutig *nicht* das, worum es hierbei ging. Kapierte er das denn nicht? Er kapierte es nicht.

»Wir sollten das nicht mehr machen«, wiederholte er.

»Kannst du nicht einfach mal den Mund halten? Das ist genau das, was wir machen sollten, genau das, was wir machen müssen. Hör mir mal zu. Du weißt doch, wie ich dich sehen kann? So, wie ich niemanden sonst sehe?«

»Bis auf den Hamster.«

»Ja, bis auf den Hamster. Aber weißt du was? Als ich aufgewacht bin, konnte ich alles sehen. Ich meine *alles*, hier drinnen, ich konnte den Kühlschrank sehen, die Heizung, alles! Es war, als wäre ich wieder *gesund*.«

Sebastian schüttete Kaffee in einen verkalkten Perkolator und steckte ihn unter den Wasserhahn.

»Gesund?«, fragte er. »Ich verstehe nicht ganz...« Und das stimmte, er war vollkommen verwirrt. Die abrupten Wechsel zwischen verschiedenen Rollen und Gesprächsthemen, Liebhaber, Forscher, Familienzerstörer – das war mehr, als sein gerade erst erwachtes Gehirn verkraften konnte. Klar war ihm nur, dass er sich übernommen hatte und in der Flut seiner Probleme untergehen würde, und das Wasser strömte in den Perkolator, und er merkte es nicht, und im nächsten Moment lief es über, und der gemahlene Kaffee rann über seine Hand, wie das Kondenswasser des Fensters kürzlich über Lauras Hand geronnen war, aber das wusste er natürlich nicht, denn da hatte er geschlafen und von Violettas schiefem Körper geträumt, wie er im Türrahmen gebaumelt hatte, genau wie sie es gewollt hatte.

Und dennoch, zwischen Laura und Sebastian herrschte eine Symmetrie, wie sie zwischen ihm und Violetta gefehlt hatte, eine Symmetrie, die einem so blendend ausgeklügelten Muster glich, dass man weinen wollte.

»Ich verstehe das auch nicht«, flüsterte Laura, die plötzlich neben ihm stand und mit einem schmutzigen Handtuch den Kaffee von seinen Händen abwischte. »Ich verstehe auch nicht, warum oder wie. Aber ich glaube, du machst mich *gesund*. Ich glaube, das, was wir miteinander machen, macht mich wieder ganz.«

Und dann wurde alles rot und schwarz, und sie leckte mit ihrer unerwartet breiten Zunge den Schweiß von seinem Hals.

ABENDS ASSEN SIE WEIZENFLADEN MIT Sojawurst und Kartoffelbrei. Wie die meisten alleinerziehenden Väter beschränkte sich Billy beim Kochen auf simple Gerichte. Er sagte immer, sich mit gusseisernen Pfannen und vietnamesischen Frühlingsrollen und anderem Firlefanz zu beschäftigen sei den Männern mit Partnerinnen vorbehalten, »wir alleinerziehenden Väter müssen für unsere lieben Kleinen auch mal auf was Fertiges zurückgreifen«. Wenn Matilda mitunter leise, aber zugegebenermaßen biestig darauf hinwies, dass er doch jetzt eine Partnerin hätte und an den Tagen, wenn Siri bei ihrer Mutter war, außerdem genauso schlecht kochte, schnaubte er nur unverständlich und tippte ihr scherzhaft an die Stirn. Und wenn sie ehrlich war, hatte Matilda auch gar nichts gegen sein Fastfood. Es wäre viel schlimmer, wenn Billy das Gegenteil wäre, so ein Vater, der seine Kinder im Glauben erzog, ein Spinatsmoothie wäre eine Süßigkeit, und der Goji-Beeren scherzhaft in Gummi-Bären umbenannte, wie sie es einmal bei einer Mutter in der Markthalle in Lund gehört hatte, als ihr Kind misstrauisch eine Rawfood-Kugel beäugte. Aber was kümmerte sie das eigentlich. Billy durfte Siri ja erziehen, wie er es wollte, sie war schließlich nicht Matildas Kind.

Matilda nahm eine Wurst, legte sie auf ihren Brotfladen und gab am unteren Ende zwei Löffel Kartoffelbrei dazu, den sie zu zwei säuberlichen Kugeln formte. Dann nahm sie die Ketchupflasche, spritzte ein paar fröhliche Klekse ans andere Ende der Wurst und schrieb mit Ketchup »LECKER!« quer über das Brot. Als sie aufblickte, sah Billy sie an.

»Sehr erwachsen«, sagte er.

Matilda streckte sich nach der Plastikdose mit den Röstzwiebeln, nahm eine Handvoll und streute sie über die Kartoffelbällchen.

»Jetzt sieht er mehr aus wie deiner.«

»Wie Papas was? Ich will auch etwas malen. Gib mir den Ketchup!«

»Nein, Siri, das reicht. Du hast doch schon wahnsinnig viel Ketchup«, sagte Billy und warf Matilda einen bösen Blick zu.

»Aber ich habe kein Bild!«

»Du brauchst auch kein Bild. Das ist Essen. Tilda hat nur Spaß gemacht. Sie wird das jetzt aufessen.«

»Aber natürlich«, sagte Matilda und verschmierte die Breikugeln auf dem Brot, ehe sie es zusammenrollte. »Das ist eine Leckermäulchenrolle. Die gehört in den Mund. Happ!«

Billy grinste, als Matilda die halbe Rolle mit einem Bissen verschlang.

»Gut?«

Matilda nickte eifrig, kaute und schluckte. Hastig verschlang sie die zweite Hälfte und streckte sich voller Heißhunger nach einem neuen Brot. Doch als sie die zweite Rolle fertig hatte und zum Mund führte, stieg plötzlich Übelkeit in ihr auf. Sie musste sie fallen lassen und zur Toilette stürmen. Sie schaffte es nicht einmal mehr rechtzeitig, sich hinzuknien, sondern übergab sich ins Waschbecken, die Krämpfe kamen heftig und schnell, legten sich aber sofort wieder, nachdem die Wurst wieder herausgekommen war. Sie hob das Gesicht und erblickte sich selbst im Spiegel. Große, starrende Augen, blasse Wangen, kalter Schweiß auf der Stirn. Die Brüste zwei pochende Beulen. Dann hörte sie tapsende Schritte vor der halb geöffneten Badezimmertür.

»Tilda? Bist du krank?«

»Nein, Siri.«

»Aber warum kotzt du dann?«

Billy rief durch das Haus.

»Siri, komm zurück! Lass Tilda in Ruhe. Sie hat Migräne!«

Sie hatte Migräne. Wegen des ganzen bescheuerten Blaus hier.

»Soll ich dir ein Glas Wasser holen?«, fragte Siri mit ihrer fürsorglichen Stimme, die sie immer dann aufsetzte, wenn sie dafür gelobt werden wollte, wie nett sie war. Sie war eine kleine Schauspielerin, genau wie Matilda. Eigentlich war es merkwürdig, dass Siri nicht ihr Kind war, so ähnlich, wie sie sich in dieser Hinsicht waren. Matilda hatte sie auf Spielplätzen beobachtet – wie sie manchmal nobel von einer Schaukel heruntersprang, um sie einem anderen Kind anzubieten. Und was für eine beleidigte Miene sie zog, wenn das andere Kind sich nicht bedankte. Wie sie spitze Steinchen in den Schuhen des anderen Kindes versteckte, die noch im Sand standen. Aber vielleicht waren alle Kinder so? Vielleicht war der Eigenwert der Fürsorge etwas, das man erst über einen langen Zeitraum lernen musste, damit sie von selbst kam. Aber wie lange? Sechsundzwanzig Jahre waren wahrscheinlich etwas zu lange. Matilda strich sich das Haar aus der Stirn und lächelte Siri an.

»Nein, das brauchst du nicht. Geh zu Papa. Zeit fürs Bett, oder?« Matilda zog ihr Handy aus der Hosentasche. Es war kurz nach neun.

»Aber es ist immer noch hell«, murrte Siri.

»Genau wie an jedem Abend, seit wir hier sind. Das nennt sich Mitternachtssonne. Für deinen Vater war jeder Sommer so, als er klein war.«

»Das ist aber doch komisch. Ich will, dass die Welt dunkel ist, wenn ich schlafe.«

»Siri –«, sagte Matilda und zögerte, ehe sie mit jenem Genuss, der jede unaufhaltsame Grausamkeit begleitete, sagte: »Die Welt ist immer dunkel, Tag und Nacht. Sag Billy bitte, dass ich jetzt eine Runde rausgehe.«

Sie ging den Waldweg entlang Richtung Dummviken – so hieß der Ort, und wenn man ihn mit anderen norrländischen Ortsnamen verglich, waren die wenigen Ferienhausbesitzer hier noch glimpflich davongekommen. Die Sonne hing über den Tannenwipfeln wie eine blankpolierte Goldmünze und warf ein honiggelbes Licht zwischen die Bäume, die den Blaubeeren im Gestrüpp eine gnädigere, purpurblaue Farbe verlieh. Matilda war nicht mit Wald aufgewachsen, aber reife Blaubeeren waren für Ende Juni doch wohl wahnsinnig früh? Unnatürlich. Fast monströs. Apokalyptisch.

Wie immer, wenn sie im Wald unterwegs war, fing Matilda an, vom Bären zu phantasieren. Billy lachte sie aus und sagte, wenn sie den Bären treffen würde, sollte sie ihn unbedingt von den Eisbären grüßen, die auf dem Kopfsteinpflaster von Lund umherliefen. Nur die Leute aus dem Süden haben Angst vor Bären, sagte er immer. Dabei ist es ungefähr genauso wahrscheinlich, einem Bären zu begegnen wie einer Waldnymphe. Und das stimmte wohl. Leider – es war nämlich ein Missverständnis, dass sie Angst vor dem Bären hatte. Ganz im Gegenteil. Sie pflegte ihre mögliche Bärenbegegnung sogar als erotische Phantasie, die sie hervorholte, wenn ihr das Leben wieder einmal kalt den Rücken herunterlief. Kathleen sagte immer, alle Menschen hätten ein *spirit animal*. Nein, das sagte sie gar nicht, Kathleen würde etwas so Banales nie sagen. Aber Matilda gefiel der Gedanke trotzdem. Ihres wäre eine Bärin. Nein, wen versuchte sie hier eigentlich hinters Licht zu führen? Eine Bärin ist nur für eine Eigenschaft bekannt: ihren aggressiven Beschützerinstinkt gegenüber den eigenen Kindern. Matildas einzige Gemeinsamkeit mit einer Bärin waren die wuscheligen braunen Haare. Eine in freier Wildbahn zu sehen wäre trotzdem eine schöne Vorstellung. Bloß in der Nähe einer so enormen physischen Kraft zu sein. Sich nackt vor die Bärin zu stellen, auf den Tatzenhieb zu warten. In der

Eulenkurve – Siri hatte dort einmal eine Eule gesehen – beschleunigte sie ihre Schritte, ging um den großen Findling herum, der an einen Gorilla erinnerte, bog vom Weg ab, ging über die Fläche mit dem Kahlschlag und hinab zum Meer auf der anderen Seite der Landzunge. Dort gab es eine Bank, aber keine Ferienhäuser, es war einer der wenigen Orte, an dem man garantiert nicht von Leuten gesehen wurde, die man selbst nicht zuerst gesehen hatte, ob sie nun vom Meer heraufkamen oder von der kahlen Fläche. Manchmal ging sie mit Siri zum Nacktbaden hierher, heimlich, weil Billy solche Probleme mit der Nacktheit hatte – deshalb nannten Siri und sie den Ort »heimlicher Strand«.

Das Wasser wirkte so dickflüssig wie vergossenes Öl und still wie Schnee in dem merkwürdigen Licht, das weder Tag noch Nacht war. Matilda war schnell gegangen und verschwitzt und mückenumschwärmt, als sie ankam und auf die Bank sank. Sie tötete mit der Handfläche einige Mücken, die sich auf die Innenseite ihrer nackten Oberschenkel setzten, und verrieb ihr Blut so, dass es aussah, als wäre es zwischen ihren Beinen heruntergeronnen.

Das würde ihr allerdings niemand abnehmen, am allerwenigsten sie selbst.

Sie hatte schon seit Wochen nicht mehr geblutet, seit wie vielen genau, wusste sie nicht, nur dass es weit mehr als vier waren.

Was an und für sich nicht ungewöhnlich war. Sie hatte sich beinahe selbst davon überzeugt, es läge daran, dass sie so dünn geworden war, seit die Farbe wieder aufgetaucht war. Wobei sie das beim letzten Mal ja auch gedacht hatte. Das reproduktive System der Frauen ist schließlich so zerbrechlich, bei manchen empfindlicher als eine Orchidee, und ihre Periode war nie besonders regelmäßig gewesen, ein bisschen hier, ein bisschen da, man konnte sich nie darauf verlassen, und plötzlich waren drei Monate vergangen, vielleicht auch vier, und es kam nichts als durchsichtiger Schleim. Die gespannten Bänder, der angespannte Kiefer, o weh. Sie schob die Hand in die Innentasche ihrer alten Fjällrävenjacke, die sie hatte, seit sie dreizehn war, und holte die Tüte mit den drei fertig gedrehten Joints hervor. Sie hatte sie aus Berlin mitgebracht, nur für den Fall, dass. Sie hatte schon seit mindestens einem Monat nicht mehr geraucht, aber jetzt wollte sie high werden wie eine rauschende Kiefer, eine glitzernde Nymphe, eine tosende Welle.

Sie steckte sich einen an und ging zu der allerheimlichsten Stelle am ganzen heimlichen Strand, zwei alten Bootschuppen, die im rechten Winkel zueinander standen und Windschatten und Sichtschutz boten. Sie nahm eine angenehme Sitzposition ein, *Sukhasana*, atmete den Rauch durch den Mund ein, hielt inne, eins, zwei, drei, atmete ihn durch die Nase wieder aus. Kathleen sagte immer: Finde ein Schlupfloch in der Zeit und erweitere es mit deinem Atem. Ob Kathleen der Meinung wäre, das Gras sei ein unnötiger Umweg? Ganz bestimmt. Aber die Wirkung war ja dieselbe, also wen kümmerte es. Die Zeit zog sich auseinander wie eine Ziehharmonika, der Augenblick wurde zu einem GIF, einer einzigen Bewegung, die endlos vor- und zurücksprang und den Augenblick hinauszögerte, wenn sie mit Billy über alles sprechen müsste.

Wirklich alles? Ja, alles. Jedenfalls, wenn sie es behalten wollten. Dann müssten sie wohl eine Hebamme finden. Eine Hebamme mit großen warmen Händen und homöopathischen Tinkturen, so stellte Matilda sich das jedenfalls vor in Deutschland. Sie nahm einen neuen Zug, hielt die Luft an, eins, zwei, drei, atmete wieder aus. Sie hatten noch nie über Kinder gesprochen. Oder jedenfalls noch nie darüber, eins zu bekommen, gemeinsam. Eins, das nicht Siri war. Oder doch, Billy hatte es einmal beiläufig erwähnt, im

Frühjahr, als sie mit Siri auf dem Tempelhofer Feld einen Drachen steigen ließen und eine Mutter sahen, die diese Sache mit der »bindungsorientierten Erziehung« perfektioniert hatte. Sie trug ein Baby auf dem Bauch und eins auf dem Rücken (es mussten Zwillinge sein), und zusätzlich hielt sie an jeder Hand noch ein etwas älteres Kind. Als sie sich mit all ihren Kindern nebenan auf einer Picknickdecke niederließ, sahen Billy und Matilda, dass sie das Baby auf der Vorderseite auch noch direkt im Tragegurt stillte. Nach einer Weile war das eine Kind satt, und die Frau tauschte in einer Art magischem Manöver einfach die beiden Gurte und fing an, Baby Nummer zwei zu stillen. In dem Moment hatte Billy sie in die Seite gekniffen und geflüstert: »So muss das auch für deine Eltern gewesen sein, oder? Wobei drei, was für ein verdammtes Karussell! Kein Wunder, dass du so wirr im Kopf bist.« Matilda hatte ihn scherzhaft am Haar gezogen. »Ist das eigentlich erblich, mit den Drillingen?«, fragte er dann. »Ich meine, man muss schließlich wissen, worauf man sich einlässt.« Sie erinnerte sich nicht, was sie damals geantwortet hatte. Vielleicht nichts, vielleicht war sie auch vom Wecker – auch genannt Siri – gerettet worden und hatte nicht antworten müssen. So oder so war es das einzige Mal gewesen, dass dieses Thema zumindest flüchtig zur Sprache kam. Aber das war vermutlich auch nicht weiter verwunderlich. Sie kannten sich erst elf Monate und hatten auch keine Eile, sie war ja nicht einmal dreißig. Sie selbst hatte nicht daran gedacht, nicht direkt, und war davon ausgegangen, dass es Billy genauso ging. Er hatte ja auch schon Siri.

Du liebe Güte! Plötzlich wurde Matilda klar, was für ein absurder Fehlschluss das war: Unterbewusst hatte sie immer gedacht, Billy wäre nicht groß daran interessiert, mit ihr Kinder zu bekommen, weil er ja schon Siri hatte. Dabei war es ja genau umgekehrt! Die größte Garantie dafür, dass ein Mann *keine* Kinder haben wollte, war schließlich, dass er nicht längst welche hatte. Männer, die bereits Väter waren, hatten dagegen ja schon deutlich ihr Interesse an Kindern bewiesen. Leute mit Kindern wollten immer noch mehr Kinder, man denke nur an diese Mutter von vier Kindern auf dem Tempelhofer Feld. Natürlich wollte Billy auch weitere Kinder. Sicher am liebsten Drillinge. War das in Wirklichkeit einer der Gründe gewesen, warum er sich zu ihr hingezogen gefühlt hatte? Denn sie hatte ihm doch schon früh erzählt, dass sie ein Drilling war. So kam es immer, Schockschwerenot hoch zehn, jetzt wurde sie paranoid. Sie hatte zu schnell geraucht. Nach dieser langen Pause hätte sie es ruhiger angehen sollen. Eigentlich hätte sie überhaupt nicht rauchen sollen, wenn es wirklich so war, wie es zweifelsohne war. Wie es sein musste. Aber das spielte ja nur eine Rolle, wenn man es behalten wollte. Wollten sie das? Vermutlich schon. Er schien es ja zu wollen, und sie konnte das nicht noch einmal machen. Und sie konnte Billy nicht verlieren, nicht jetzt, nachdem so viel anderes verloren war, niemals.

Kathleen sagte immer, der Körper sei eine Metapher. Jede Veränderung, die vom Körper ausgehe, verändere auch den Rest des Lebens. Sie meinte das im positiven Sinne. Sie meinte, wenn man ein liebevolles und versöhnliches Verhältnis zum eigenen Körper pflege, werde man ein besserer Mensch, versöhnlicher sich und anderen gegenüber. Sie sagte auch, dass jede physische Bewegung Ringe auf dem Wasser entstehen lasse, wie wenn man die Hand benutzt, um einen Stein auf eine spiegelblanke Wasseroberfläche zu werfen.

Matilda benutzte ihre Hand, um einen Stein auf eine spiegelblanke Wasseroberfläche zu werfen. Das Geräusch war herzzerreißend, dieses lächerliche Platschen, ein Hohn gegen die feuchte Stille des schwedischen Sommerabends. Matilda fing an zu lachen, sie lachte aus vollem Hals. Drillinge! Als würden sie Drillinge bekommen! Matilda war ja gar kein Drilling, jedenfalls nicht richtig!

Was sie war – ein Fragezeichen. Auch davon wusste Billy nichts, auch das würde sie erzählen müssen. Sie drückte den Joint aus und ging nach Hause, wartete auf die Bärin, die sich nicht zeigte.

ES WURDE JULI, UND LAURA Kadinskys Zustand verbesserte sich tatsächlich. Nicht sehr, aber doch merklich. Sebastian führte ein sorgfältiges Journal, so wie es ihm Barázza beigebracht hatte – und wie er es sich selbst beigebracht hatte, als Violetta ihn immer noch brauchte. Es war eine doppelte Buchführung, mit doppeltem Zweck: die eine wissenschaftlich, die andere außerehelich, die eine intellektuell, die andere sexuell und hey, komm und hilf. Mir. Jemandem.

Er zog das Maßband hervor, das er einst von Violetta bekommen hatte, und maß damit regelmäßig den Umfang von Lauras Horn, Mund, Händen, Haut.

In ihrem Journal notierte er sämtliche Beobachtungen. Eine Auswahl:

Eines Abends tanzte sie nackt zu einer jazzigen Coverversion von »Ashes to Ashes«, stolperte aber über ihre eigenen Füße und riss im Fall die Gardine mit. Als sie wieder aufstand, hatte sie trotzdem rosige Wangen und glückliche Augen.

Eines Morgens fanden ihre Hände den Weg zu seinem Gesicht, obwohl sie die Augen geschlossen hatte.

An einem anderen Morgen bestand sie darauf, all seine Hemden zu bügeln (und lachte, als er zugab, nur drei zu besitzen), und schaffte es, die Nähte bei allen richtig zu treffen.

Nach einer Weile hörte sie sogar auf, vom Hamster ihrer Tochter zu sprechen, sie sprach nicht mehr von Philip, nicht mehr von ihrer verlorenen Arbeit. Stattdessen sprach sie von Lorca (manchmal), Frank Auerbach (hin und wieder) und Goya (oft). Über Goya sagte sie: *An Goya schätze ich, dass er keine Angst davor hatte, ein Schwarzmaler zu sein.*

Wenn sie vögelten, hörte sie auf, ihre Zähne in seinen Hals zu schlagen wie ein blutrünstiges Tier und warf stattdessen den Kopf in den Nacken und richtete die Augen zum Himmel – oder genauer gesagt, zu der rissigen, tropfenden Decke, die den Baldachin ihrer Liebe bildete, die Sternenborte des Hotelzimmers, die feuchten Wolken seiner Wohnung.

Sie wackelte weniger mit den Füßen, wenn sie auf Barhockern saß. Am siebten Juli aß sie einen Kopenhagener. Am dreizehnten erzählte sie eine lustige Geschichte ohne Pointe. Am zweiundzwanzigsten legte sie ihren Kopf auf seinen Bauch und erlaubte es ihm, ihr über das Haar zu streichen. Tags darauf rauchte sie eine Zigarette, ohne darüber nachzudenken, wie hoch die Wahrscheinlichkeit war, dass sie an Krebs starb, jedenfalls dachte sie nicht laut darüber nach – aber vielleicht im Stillen, denn wer, wenn nicht Sebastian, wusste, dass der menschliche Schädel eine unüberwindbare Barriere darstellt, eine chinesische Mauer, hoch und lang, und immer wenn er Laura in die Augen sah, wurde er an die schlichte, aber tragische Tatsache erinnert, dass ein Mensch nie richtig wissen kann, was ein anderer Mensch denkt.

Dass Sebastian immer noch nicht wusste, was Laura eigentlich fehlte, war der einzige Schmutz in einem Becher, der ansonsten nur mit Milch und Honig gefüllt schien. Niemand konnte behaupten, er würde sich nicht anstrengen. Sebastian widmete sich Laura – nicht allein als Objekt seiner Liebe, sondern auch als Versuchsobjekt – mit einer Hingabe, die selbst seinen Kollegen nicht entging.

Am neunundzwanzigsten Juli, einem Mittwoch, hatte das Team Bletchley eines seiner offiziellen Treffen. Es ging immer sehr lebhaft zu bei diesen Zusammenkünften, die oft in einem ziemlich versifften Pub direkt neben dem Royal Institute of the Blind auf der Judd Street stattfanden, laut Travis aus »offensichtlichen Gründen«, die Sebastian allerdings nicht offensichtlich schienen. Die Ausgelassenheit beruhte teilweise darauf, dass man einiges an Alkohol trank, mindestens ebenso aber darauf, dass Travis gerne einen ihrer Pumps auf den Tisch schlug wie einen Richterhammer und die anderen damit zu Diskussionen ermutigte, ja vielleicht sogar anstachelte, die ein beherztes Eingreifen erforderten. Vielleicht ließ sie Childs deshalb die Unterstellung durchgehen, Sebastian hätte eine unziemliche intime Beziehung zu einer Patientin? Ja, das war eindeutig der Grund. Dass die Behauptung wahr sein könnte, wäre Travis nämlich nie in den Sinn gekommen, die aufgrund ihres mangelnden Einblicks in das Wesen der Liebe geglaubt hätte, ein liebestoller Mann würde sich eher so benehmen wie Madame Bovary und weniger wie Sebastian Isaksson.

Jedenfalls war es Childs, der sich – nach einer fruchtlosen Einstiegsdiskussion über einen eventuellen Zusammenhang zwischen gewissen Dezimalen der Zahl Л (genauer gesagt Dezimal 37 bis 204) und dem temporalen Verlegungsschema des vergangenen Jahres – an Sebastian wandte und nonchalant fragte:

»Wer ist denn diese Frau, die du so oft triffst?«

Sebastian verschluckte sich fast und steckte sich in einem missglückten Ablenkungsmanöver den protokollführenden Stift hinters Ohr.

»Wen meinst du?«, fragte er.

»Sie ist schmal. Brünett. Reich. Kommt alle naselang in dein Büro. Und wenn sie geht, sind ihre Klamotten durcheinander.«

»Ach, das klingt wie eines meiner Studienobjekte. Kadinsky. Ein sehr komplexer Fall.«

»Kann ich mir vorstellen«, erwiderte Childs, nahm einen Schluck von seinem Ale und schmatzte. »Das sind die Reichen fast immer. Guck dir nur mal Travis an.«

»Ich bin nicht reich«, sagte Travis und wackelte mit den

Zehen ihres unbeschuhten Fußes. »Nur angemessen wohlhabend.«

»Reich, *posh, whatever*. Na jedenfalls, Sebastian, steht sie auf dich? Ich sehe sie ziemlich oft auf den Gängen des Instituts.«

»Das ist doch wohl vertraulich?«, versuchte Sebastian zu scherzen.

Travis klopfte auffordernd mit dem Absatz auf den Tisch. »Du schreibst ja gar nicht. Alles muss zu Protokoll gegeben werden.«

»Aber, Travis ... das tut doch gar nichts zur Sache.«

»Das glaubst du vielleicht. Aber wer weiß das schon?«

»Hast du gerade Kadinsky gesagt?«, fragte Childs plötzlich und betrachtete Sebastian mit einem Blick, den dieser nicht anders beschreiben konnte denn als *nachdenklich*.

»Ja?«

»Die wollte ich haben! Das ist doch die mit den Sehstörungen, oder? Beeinträchtigung des räumlichen Sehens?«

»Ich glaube, der Fall ist viel komplexer, aber theoretisch ja«, antwortete Sebastian.

»Das glaube ich auch. Deshalb wollte ich sie haben. Benedict hat mir ihr Interview gezeigt, du weißt ja, wie er ist, er kann einfach nicht dichthalten. Deshalb ist er auch immer noch da, wo er ist, in der untersten Stufe, obwohl er eigentlich kein schlechter Diagnostiker ist. Na ja. Also bin ich zu Corrigan gegangen und habe darum gebeten, dass sie in meine Gruppe kommt. Sie schien mir interessant, und ehrlich gesagt genau die Art von Case, die man knacken möchte, wenn du verstehst? Die, mit denen ich mich jetzt beschäftige, sind nicht gerade Karrieresprungbretter. Aber er hat Nein gesagt.«

»Schade.«

»Er hat Nein gesagt, weil er wollte, dass *du* sie übernimmst, Sebastian. Nicht Harvey. Nicht Travis, obwohl das logischer wäre, wenn es um die Qualifikation ginge. Nein, du. Was denkst du darüber?«

»Das ist komisch«, antwortete Sebastian und meinte es ernst. Ihm war noch nie in den Sinn gekommen, dass hinter Lauras Auftauchen in seinem Leben etwas anderes stecken könnte als Zufall. Es war unwahrscheinlich und unbehaglich, dass Corrigan gerade ihn ausgewählt hatte für einen Fall, der – wenn man Childs glaubte – unter all den anderen degenerierten Gehirnen hervorstach, die es unter den Mitarbeitern zu verteilen gab.

»Er hat ganz eindeutig einen Narren an dir gefressen«, sagte der sonst ziemlich schweigsame Charles Harvey und betrachtete Sebastian mit einem Blick, den dieser nicht anders beschreiben konnte denn als *neiderfüllt* und *ein wenig bedrohlich*. Charles Harvey erinnerte stark an seinen Namensvetter, Nachnamo Manson, und hatte angeblich mehrere Versuchstiere verloren, deren Todesursache »ungeklärt« war, was auch immer das bedeuten sollte.

»Vielleicht auch das Gegenteil«, schlug Sebastian vor. »Vielleicht will er ja, dass ich scheitere, haha!«

»Wenn es so ist, solltest du vielleicht darum bitten, dass dein Objekt neu zugeordnet wird«, sagte Childs sachlich. »Wie gesagt, ich könnte sie übernehmen.«

»Ich auch«, sagte Harvey.

»Nein!«, rief Sebastian und warf in seiner unbändigen Panik vor einem weiteren Verlust versehentlich sein Bierglas um. »Sie gehört mir.«

»Jaja, beruhige dich. Wir haben doch nur Spaß gemacht. Sie gehört dir.«

»Sie gehört mir«, murmelte Sebastian noch einmal, während er vergebens versuchte, die Flecken wegzuwischen, die niemand außer ihm sehen konnte. Travis unterbrach ihn, indem sie ihren Schuh auf den Tisch hämmerte.

»Nächster Tagesordnungspunkt: die Organisation einer

Rund-um-die-Uhr-Überwachung des Labors. Sebastian, schreibst du noch mit, oder muss ich Harvey bitten? Du weißt, dass ihm der Zeigefinger der rechten Hand fehlt.«

Anschließend traf er Laura in einem Hotel in den staubigen Trümmern der Baustelle hinter der King's Cross Station. Sebastian traf sie nicht gern im Hotel, das kam ihm schmuddelig und unhygienisch vor, und vor allem banal, aber es ließ sich nur schwer vermeiden, denn für Laura war der Weg nach Tulse Hill ganz einfach zu weit. Selbst wenn er früh am Institut ausstempelte, blieben ihnen nur wenige Stunden, bis sie wieder nach Hause zurückkehren musste, um die Fassade aufrechtzuerhalten, dass sie nach wie vor einen Job hatte und eine verantwortungsvolle Mutter war. Da Laura Philip noch nicht von ihrer Kündigung erzählt hatte, konnte sie ihre Rückkehr jedoch ab und zu, so wie heute, unter dem Vorwand, sie müsse Überstunden machen, hinauszögern. Nicht weil Philip irgendetwas bemerken würde, sondern weil es für die Beziehung zum Kindermädchen wichtig war, wie Sebastian verstanden hatte.

Auch das war zu banal für seinen empfindlichen Magen.

Er lag auf dem Bett und sah ihr dabei zu, wie sie sich anzog. Slip, BH, dünne Strümpfe. Ein Rock mit Reißverschluss, der hinten sitzen sollte, den sie jedoch vorn schloss, ehe sie den Rock einmal drehte. Ein Rückgrat wie ein Bergkamm. Dunkle Leberflecken, ein Nacken wie ein Wellenkamm, dann mit dem Kamm durchs Haar. Kleine Schnecken aus Gold; Ohrenschmalz und Puder. Sie drehte sich um und hob ihr Oberteil vom Boden auf. Ihr Blick verhakte sich in seinem, und sie lächelte. Nahm das Oberteil und drehte sich wieder zum Spiegel um.

»Bin ich dicker geworden, seit du mich zum ersten Mal nackt gesehen hast?«

Nein, dachte Sebastian. Als ich dich das erste Mal nackt

gesehen habe, warst du schon dünn und raschelnd wie das Papier in einem chinesischen Lampion. Trotzdem wolltest du noch magerer werden, und ich habe es geschehen lassen, weil ich nicht wusste, wie ich dich daran hindern sollte. Ich konnte dich nicht daran hindern.

»Du bist perfekt«, sagte er.

»Das war nicht meine Frage. Also, es wäre okay, wenn es so wäre, mir ist das egal, aber verstehst du, ich kann es nicht selbst sehen, weil ich meine Konturen nicht sehe. Ist das nicht krank?«

»Man braucht gar nicht unbedingt deine Probleme zu haben, um sein eigenes Gewicht nicht erkennen zu können.«

»Philip hat gestern gesagt, ich hätte ein runderes Gesicht bekommen. Ich weiß nicht, was das bedeuten soll. Dann hat er gesagt, ich sollte mehr Sport treiben, und sei es nur, ich zitiere ›für die Herzkranzgefäße und zur Entspannung‹. Was das bedeuten soll, weiß ich auch nicht. Er selbst macht nur Sport, wenn er von zu Hause wegkommen will. Und dann läuft er die Treppen an der U-Bahn-Station Covent Garden rauf und runter, nachdem er in seinem Studio gewesen ist. Es sind 223 Treppenstufen. Er notiert alle gelaufenen Stufen in einem Buch, und wenn er bei zehntausend angekommen ist, spendet er genauso viele Pfund an Oxfam.«

»Das ist viel Geld.«

»Er macht nichts halbherzig. Außer vielleicht, mich zu lieben.«

Es wurde still. Laura zog sich die Decke über den Kopf, hob die Kissenschokolade vom Boden auf, wo sie gelandet war, als sie den Bettüberwurf weggerissen hatte, zog das trockene Stückchen aus seinem glänzenden Papier und steckte es in den Mund. Sie war ein Vogel und eine Perle, doppelt schön, weil sie bald hässlich werden würde. Sie war lustig und bösartig und vermutlich intelligent, obwohl sie zu sehr von ihrer Selbstprojektion eingenommen war, um es zu zeigen oder auszunutzen. In vielen Aspekten war sie die Antithese von allem, was Sebastian auf dieser Welt zu schätzen gelernt hatte. Vielleicht hatte er genau deshalb in diesem Moment das Gefühl, er würde sie mehr lieben als alles andere, jemals, mehr als seine Schwestern, mehr als seinen Kindheitshund Bernada, ja sogar mehr als Violetta.

»Verletzt es dich, wenn ich von Philip erzähle?«

»Ein bisschen.«

»Gut.«

Sie ging zu ihm, wie er dort auf dem Bett lag, immer noch nackt, setzte sich auf die Bettkante und fuhr mit der Hand über seine Hüftknochen, erst den einen, dann den anderen. Dann beugte sie sich vor und flüsterte mit leiser und gebrochener Stimme auf seinen Bauch: »Ich wünschte, ich hätte zwei Leben, damit ich das eine mit dir verbringen könnte.«

»Das hast du doch. Das tust du doch«, erwiderte Sebastian. »Nicht ohne Grund nennt man es Doppelleben.«

»Das ist kein Leben. Das ist ein Ausnahmezustand.«

»Aber du bist eine andere, wenn du mit mir zusammen bist. Das sagst du doch auch selbst immer. Und wenn das kein zweites Leben ist, weiß ich auch nicht.«

»Touché«, sagte sie und klang so unsagbar traurig, dass Sebastian seine Worte sofort wieder bereute.

Sie hob das Gesicht von seinem Bauch und blickte zum Fenster, obwohl man wegen der vorgezogenen Gardinen nichts sehen konnte.

»Hast du schon einmal darüber nachgedacht, wie es wäre, wenn du aus irgendeinem Grund sterben würdest?«, fragte sie. »Ich könnte nicht zu deiner Beerdigung kommen. Oder? Die Leute würden das komisch finden. Und wenn ich weinen müsste, könnte ich es niemandem erklären. Vielleicht würde ich niemals erfahren, dass du tot bist. Denn wer sollte mich darüber benachrichtigen?«

»Das Institut, nehme ich an. Sie müssten deine Termine umbuchen. Die anderen würden sich um dich schlagen.«

»Bin ich so abnorm? Ach, antworte lieber nicht. Aber ich meine, in der Zukunft. Wenn es nichts mehr von all dem hier gibt. Wenn du nur jemand bist, den ich einmal geliebt habe. Dann könnten Monate vergehen, bis ich es erfahre, oder sogar Jahre. Vielleicht würde ich es gar nicht erfahren.«

»Glaubst du, dass es so kommen wird?«

»Nein. Ich sterbe vor dir. Es wird kein Problem sein.«

»Sag so was nicht.«

»Aber es ist wahr. Es gibt keinen Ausweg für mich. Wenn nicht heute, dann morgen, oder? Jemand löffelt ganz langsam mein Gehirn aus. Und wenn es nicht mehr da ist, werde ich sterben.«

»Nicht, wenn du zuerst gesund wirst.«

Sie stand auf, fing an, ihr Puder, den Lippenstift und das Handy zusammenzusuchen.

»Aber ich werde nicht gesund werden, Sebastian.«

»Ich mache dich gesund. Das hast du selbst gesagt. Und in den letzten Wochen ging es dir doch viel besser, oder?«

»Ich kann mein Leben nicht auf deiner Nähe aufbauen.«

»Warum denn nicht? Wenn überhaupt, ist das doch wohl das Einzige, worauf man sein Leben aufbauen sollte. Du könntest Philip für mich verlassen.«

Es war das erste Mal, dass er es laut aussprach.

»Das ist nicht das, was du willst. Oder ich. Ich liebe dich, aber ich könnte nicht mit dir zusammenleben. Das ist wirklich komisch.«

»Eigentlich nicht«, erwiderte Sebastian niedergeschlagen und fand, dass es ziemlich banal klang, das alles, aber auch ziemlich wahr.

Laura klappte ihre Puderdose mit einem lauten Knall zu, legte sie in die Handtasche und steckte ihre Füße in die Schuhe.

»Wir können uns nicht gegenseitig um unsere Trauer kümmern, Sebastian. Dazu sind wir beide nicht aufopferungsvoll genug.«

Sie ging, ohne ihn zum Abschied zu küssen, und die Leere, die sie hinterließ, hatte eine vertraute Form. Sebastian zog sich langsam im Dämmerlicht an. Als er auf die Straße trat, strahlte ihm die Sonne so grell entgegen, dass alle Menschen aussahen, als hätten sie ihr Gesicht verloren.

AUCH IN VÄSTERBOTTEN WURDE ES Juli, ein wabernd warmer Monat, die Blaubeerbüsche und Kiefernnadeln dampften, und die Beeren verschrumpelten ohne Wasser. Matilda erwachte jeden Morgen verschwitzt und atemlos, geplagt von Angst und Übelkeit.

Dieser Morgen war nicht anders. Sie war aus dem Bett gestiegen und direkt durch die Schlafzimmertür hinausgegangen, hatte sich auf die Holzterrasse gelegt und die Beine an der Wand nach oben ausgestreckt. *Viparita Karani.* Vielleicht sollte sie solche umgekehrten Stellungen gerade nicht einnehmen, aber es war verdammt noch mal das Einzige, was half, um die Übelkeit so weit zu vertreiben, dass sie frühstücken und so tun konnte, als wäre nichts. Gegen die Wut half es auch. Kathleen sagte immer, das Blut in unseren Adern könne Feuer, Wasser oder Erde sein. Bei Matilda war es fast immer Feuer.

Bei Clara Wasser.

Bei Sebastian Erde.

Als sie noch in der Vorstellung lebten, ihr Blut hätte ein und denselben Ursprung, hatte Matilda diesen Gedanken immer als befriedigend empfunden: Dass das Weltall diese drei Größen auf drei kleine Kinder verteilt und sie in ein und dieselbe Gebärmutter gestopft hatte. Eine Art kosmischer Scherz. Das hatte ihr das Gefühl gegeben, ihre Familie sei in irgendeiner Weise bedeutungsvoll. Aber haha – in Wirklichkeit war der Scherz ein ganz anderer, und das Feuer, das durch ihre Adern strömte, entstammte einer unbekannten Quelle.

Als sie sich ruhig genug fühlte, ließ sie die Beine von der

Wand gleiten, rollte sich auf die Seite und erhob sich langsam. Sie ging auf der Terrasse entlang zur Vorderseite des Hauses, wo Siri und Billy gerade den Frühstückstisch deckten.

Siri war heute noch anstrengender als sonst. Sie hatte immer viel Energie, aber jetzt hüpfte sie auf ihrem Stuhl auf und ab wie ein Gummiball und wäre fast heruntergepurzelt, als sie Matilda erblickte.

»Tilda! Tilda! Tilda, weißt du was?«, kreischte sie.

»Pssst, Kind. Dämpf dich mal ein bisschen«, sagte Billy und zog einen Stuhl für Matilda heraus. Wann hatte er angefangen, ihr den Stuhl herauszuziehen? Er war nie ein Mann gewesen, der Stühle herauszog. So ein Feigling. Matilda streckte sich nach einem Polarkaka und steckte den ganzen Fladen auf einmal in den Mund, ohne Butter darauf zu schmieren. Sie konnte sehen, dass Siri sich anstrengte, um zu warten, bis Matilda endlich fertig gekaut hatte, aber sie schaffte es nicht: »Tilda, ich bekomme einen HUND!«

Matilda verschluckte sich, sie spuckte das Brot auf ihren knallrosafarbenen Plastikteller – im Übrigen auch eine ziemlich irritierende Farbe – und richtete ihren Blick auf Billy.

»Billy? Was hat dein Kind gerade gesagt?«

»Einen Hund, Tilda! Einen richtig großen, vielleicht einen Rottweiler! Oder einen Labrador! Einen Schäferhund! Einen... einen...« Siri runzelte die Stirn und überlegte, welche großen Hunde ihr noch einfielen. Matilda starrte weiter Billy an.

Er zuckte entschuldigend die Achseln.

»Du wolltest ihr kein Zwergkaninchen erlauben, aber jetzt versprichst du ihr einen HUND?«, fragte Matilda.

»Ja«, antwortete Billy nur. »Ich fand, diese Familie könnte einen Hund vertragen.«

»Du fandest?«, wiederholte Matilda. »Diese Familie. Könnte einen Hund vertragen.«

»Magst du keine Hunde?«, piepste Siri völlig verwundert. Matilda klammerte sich am Sitz des Stuhls fest.

»Siri, mein Floh«, sagte sie. »Geh doch bitte mal spielen.«

»Werdet ihr euch streiten?«

»Ja, Siri«, antwortete Matilda finster. »Wir werden uns streiten.«

Unbekümmert sprang Siri vom Stuhl und flitzte ins Haus. Kaum dass sie verschwunden war, hob Billy entwaffnend die Hände.

»Okay, das war vielleicht überhastet«, räumte er ein. »Aber jetzt beruhige dich doch erst mal. Ein Hund. Du magst doch Hunde? Hattest du nicht sogar einen, als du klein warst?«

Oh, und wie sie ihn gehabt hatte. Bernada, Bernada. Genau das war das Problem. Eines von mehreren, jedenfalls.

»Darum geht es doch wohl nicht!«, zischte Matilda. »Es geht darum, dass du das erst mit mir hättest absprechen müssen, verdammt nochmal! Wie hast du dir das denn vorgestellt, wo soll dieser Hund wohnen? Und wer soll mit ihm Gassi gehen? Ihn baden? Ihm die Zähne putzen? Ihn füttern? Dafür sorgen, dass er sich nicht verletzt? Hä? Wirst du das übernehmen? Oder Siri?«

»Ja?«, fragte Billy verletzt. »Ich habe ein Kind großgezogen, glaubst du etwa, ich schaffe es nicht, mich um einen dämlichen Köter zu kümmern?«

»Einen *dämlichen* Köter?«, fragte Matilda. »Sprichst du so über unser zukünftiges Familienmitglied? Denn eines kann ich dir gleich sagen: Wenn du so denkst, wird sich diese Familie nicht vergrößern.«

Billy sprang so hastig auf, dass sein Stuhl nach hinten umkippte und krachend auf die Terrasse fiel. Seine braunen Augen, die immer so sanft und mild aussahen, selbst wenn er wütend war, funkelten jetzt beinahe schwarz.

»Was ist eigentlich los mit dir, Tilda? Was?«

»Mit mir? Was mit mir los ist? Ich bin doch nicht diejenige, die diese Familie wie ein Spiel behandelt. Ja klar, wir schaffen uns einen Hund an! Wir legen uns ein Baby zu! Und warum nicht noch was Drittes? Eine Liebhaberin! Huch, eins der Kinder hat den Hund umgebracht! Hoppla, und schwupps kam die Scheidung! Spielt doch keine Rolle, solange es währte, hatten wir es ja nett!«

Jetzt war Matilda auch aufgestanden. Es blitzte irgendwo direkt hinter Billys Kopf. Es war *die Farbe*. Sie konnte ihn nicht mehr deutlich erkennen. Aber sie hörte ihn, sie hörte ihn, als er sagte: »Wer hat denn von Kindern gesprochen, Tilda? Davon war doch gar nicht die Rede. Es ist nur ein Hund. Ein Hund.«

»So fängt es immer an«, sagte Matilda kalt. »Mit einem *dämlichen Köter*.«

Billy schob den Tisch beiseite. Nicht aggressiv, aber entschieden. Er trat einen Schritt in die Leere, die der Tisch hinterlassen hatte, und sagte erneut, nachdenklich, mit einer vorsichtigen, sanften Stimme: »Wer hat von Kindern gesprochen, Tilda?«

Er streckte die Hand aus, um ihre Schulter zu berühren. Sie hob den Arm, um sie wegzuschlagen, aber er hatte es kommen sehen, packte ihr Handgelenk und hielt es in der Luft fest. Sie konnte seinen Puls durch die Handfläche spüren, er klopfte bis in ihr Blut hinein.

Sie war Feuer. Billy auch.

So standen sie da, bis die Farbe verschwand und Billys Augen wieder braun waren.

ES WURDE AUGUST, UND LAURAS Zustand verschlechterte sich. Er fütterte sie mit seinem Körper, aber die Wirkung nahm immer weiter ab. In Lauras Journal vermerkte er anstelle von Fortschritten jetzt nur noch Rückschläge.
Eine Auswahl:
Sie fuhr nicht mehr mit der U-Bahn. Sie sagte, im Sommer sei es ihr zu warm in der U-Bahn, aber an einem Abend, als sie mehr getrunken hatte als sonst, gab sie zu, dass sie Angst habe, beim Aussteigen zwischen den Zug und den Bahnsteig zu stürzen und ein abgetrenntes Bein zu riskieren.
Neuerdings antwortete sie jedes Mal: »War das ironisch gemeint?«, wenn er ihr ein Kompliment machte.
Und immer wenn sie eine verblühte Rose sah: Tränen.

Die klinischen Tests lieferten nach wie vor keine Ergebnisse. Hätte Sebastian nicht gleichzeitig mit seinen übrigen Versuchspersonen Erfolge verzeichnet, darunter auch das Toilettenkind, hätte er an seinen Zukunftsaussichten gezweifelt. Jetzt zweifelte er stattdessen an Lauras. Sie wiederholte gern, sie sei eine Todgeweihte, und Sebastian dementierte es gern, aber tief in seinem Inneren glaubte er zu wissen, dass sie recht hatte. Soweit er erkennen konnte, gab es keine medizinische Ursache für ihre Wahrnehmungsstörungen. Bei den anderen Studienobjekten waren die Probleme leichter zu lokalisieren gewesen, ihre Gehirne hatten sich unter Sebastians Händen wie deutlich lesbare Karten entwickelt. Lauras blieb dagegen ein Labyrinth.

Insgeheim wusste Sebastian genau, dass er eigentlich zu Corrigan gehen und zugeben müsste, dass er keinerlei Fortschritte machte mit Versuchsobjekt 7 C: Kadinsky, L. Aber dann würde Corrigan sie ihm wegnehmen! Und außerdem würde es bedeuten, dass er einmal mehr an der einzigen Aufgabe scheitern würde, die ein Mensch eigentlich bewältigen musste, um sich seinen Platz auf Erden zu verdienen – zum Wohl eines anderen Menschen beizutragen.

Also tat er weiter das Einzige, was er für sie tun konnte: sie zu lieben, heftig und heiß, mit dem halben Herzen und dem ganzen Körper. Er teilte sich selbst als Medizin ein, in ständig steigenden Dosen, nach ihren Bedürfnissen und Wünschen.

Er sagte nie Nein.

Wenn sie tagsüber mitten unter der Woche von einem Hotelzimmer aus anrief und wollte, dass er kam, ließ er alles stehen und liegen und eilte mit heruntergelassenen Hosen zu ihr. Wenn sie nachts kryptische SMS schrieb, antwortete er so, als wäre er ohnehin wach gewesen, was er auch tatsächlich oft war – seine Schlafstörungen eskalierten im gleichen Takt wie seine Beziehung zu Laura. Er spannte sich selbst wie ein Spinnennetz über ihre Tage und verdrängte alles andere und alle anderen: seine Schwestern, seine Mutter, sogar Travis. Es war gewissermaßen ein Segen, entsagen und opfern zu dürfen, endlich eine Möglichkeit zu haben, die Verbrechen zu sühnen, die er einst begangen hatte, ohne sich dessen bewusst zu sein.

Noch ein Beispiel:

Eines Tages rief Laura an und erzählte, dass Philip und Chloe nach Island fahren und fast eine Woche weg sein würden. »Komm zu mir und sei bei mir«, sagte sie. »Komm und sei richtig bei mir.«

Und dann lachte sie laut und gellend, wie eine Hyäne, die ihre Zähne tief in totes Fleisch gegraben hatte.

IN BYGDSILJUM LIEGT DIE VIELLEICHT am wenigsten einladende Minigolfbahn Schwedens. Eine abgenutzte, schmutzig grüne Kunstrasenfläche zwischen zwei niedrigen, gelben Jugendherbergsbaracken, eine mit Filz belegte Mondlandschaft, deren topographischen Höhepunkt ein paar rissige Betonbahnen ohne jeden Schnickschnack bilden.

Billy fand das charmant.

»Echte DDR-Ästhetik«, sagte er und wirbelte seinen Minigolfschläger zwischen den Fingern herum wie einen Majorettenstab. »Monumental! Schmutzig! Rissig!«

»Schwedische Ästhetik, meinst du wohl«, sagte Matilda. »Schweden sieht auch so aus, Billy. Das ist Siris Vaterserbe.«

»Ja, ist das nicht grandios?«, fragte Billy und kniff Siri in den Bauch. »Wer zuletzt bei der Eins ankommt, fängt auch als Letzter an!«

Matilda zottelte hinter Billy und Siri her, die zur ersten Bahn auf der anderen Seite des grünen Spielfelds spurteten. Sie war dem Schmutz dankbar, der das Grün ein wenig dämpfte. Grün war zur Hälfte blau und deshalb am zweitschwierigsten für sie zu ertragen. Als sie am Morgen aufgewacht war, hatte sie für einen Moment gedacht, es wäre ein guter Tag, ein Tag für Stille und Nachdenken. Der Himmel war endlich einmal diesig und grau gewesen, das Bett schwebend und warm und ihr Körper erstaunlich weich und entspannt. Doch dann wurde die Schlafzimmertür aufgerissen, und Siri kam hereingehüpft wie ein Dreispringer und landete quer über ihrem Bauch. Matilda stieß sie instinktiv weg, um das Baby zu schützen, wobei das vielleicht eine eher wohlwollende Deutung war; vielleicht tat sie es ein-

fach nur, um sich selbst zu schützen, und die zerbrechliche kleine Blase der Ruhe, die für einen kurzen Moment vor ihren Augen getänzelt hatte.
»Wir gehen Minigolf spielen! Minigolf! MINIGOLF!«
»Hast du überhaupt schon mal Minigolf gespielt, Siri?«, hatte Matilda gefragt und sich aus dem Bett geschält, mit der ständigen Übelkeit als Kloß im Hals und einem Gespenst in der Seele.
»Nein, aber das macht total Spaß!«
»Macht es nicht, glaub mir. Es ist genauso öde wie Yatzy.«
»Aber Yatzy macht doch Spaß! Hallo! Du hast gesagt, du magst Yatzy!«
Verletzt hatte Siri ein Kissen an sich gerissen und Matilda damit beworfen. Du liebe Güte, sie war dabei ertappt worden, ein wahrheits- und geborgenheitshungriges Alkoholikerkind angelogen zu haben, und es war noch nicht einmal neun Uhr.
»Ich ergebe mich. Minigolf macht total Spaß. Und Yatzy auch. Das war nur ein Witz.«
»Papa sagt, Minigolf ist das Beste, was es gibt.«
»Na dann.«

Matilda wusste, dass Billy Minigolf mochte, aber nicht richtig, sondern auf diese ironische Weise, mit der sie selbst so wenig anfangen konnte, vor allem, seit sie Kathleen kennengelernt und beschlossen hatte, ein besserer, offenerer und nicht mehr so zynischer Mensch zu sein. Er mochte auch Bingo, *surprise*, und ging regelmäßig in Berlins vermutlich einzige Bingohalle in der Nähe vom Rathaus Schöneberg, um dort mit verzweifelten Damen mit abblätterndem blauen Nagellack zu flirten, die ihre Rente wegstempelten, als lebten sie im Jahr 1979 in einer britischen Industriestadt. Als sie frischverliebt waren, hatte Billy sie einmal dorthin mitgenommen, und sie hatte eine Szene gemacht und ihn des

Klassendenkens und Hipstertourismus angeklagt. Als Billy erklärt hatte, dass er im Unterschied zu ihr tatsächlich ein Arbeiterkind sei und früher unzählige Samstage mit seiner Mutter, einer gemäßigten Spielerin, in der Bingohalle in Sollefteå verbracht hätte und auch noch zärtliche Erinnerungen damit verbinde, war Matilda nicht überzeugt gewesen. Es war ein kurzer und heftiger Streit gewesen, und anschließend hatten sie einen Donut gegessen, waren ein paar Runden dort auf dem Rasen herumgekugelt, wo Kennedy gesagt hatte, er wäre ein Berliner, und hatten sich so heftig geküsst, dass Matilda eine Platzwunde in der Unterlippe davongetragen hatte. Heute würde es weder Streit noch Küsse geben, dachte Matilda.

Die knapp dreißig Kilometer vom Ferienhaus bis nach Bygdsiljum waren, wie immer mit Billy und Siri, von viel Lärm begleitet gewesen. Sie hatten im Auto auf voller Lautstärke die Kinderlieder von Bröderna Lindgren gehört, und als zum zweiten Mal Siris Lieblingssong »Feuer unterm Hintern« lief, hatte Matilda bereits gespürt, wie sich die Kopfschmerzen anschlichen. Sie hatte zum Fenster hinausgesehen und beschlossen, sich nicht zu beschweren. An diesem Tag ging es nicht um sie.

Aber es war schwer. Schwer, sich nicht mit Billy zu streiten, bei dessen tabakstinkenden Versuchen, sie zu küssen, Matilda vor Ekel zurückwich. Schwer zu akzeptieren, dass die graue Wolkendecke aufgerissen war und der Himmel nun wieder genauso blau schimmerte wie an allen bisherigen Tagen. Schwer, nicht von Siri genervt zu sein, die jeden Schlag mit einer Genauigkeit plante, wie sie sonst nicht einmal Weltraumphysiker anlegten, das Loch aber nichtsdestotrotz jedes Mal verfehlte und daraufhin getröstet und aufgemuntert und angefeuert werden musste, als wäre sie ein verdammtes KIND! Was sie, wie Matilda dann wieder einfiel, ja auch tatsächlich war, woraufhin ihre Wut nur umso mehr zu etwas überproportional Großem, Schwarzem und Unüberwindbarem anwuchs. Als sie endlich fertig waren – und das Kind völlig überraschend gewonnen hatte –, wollte Siri auf den angrenzenden Spielplatz gehen. Billy erlaubte es ihr, ohne Matilda zu fragen, setzte sich mit seinem Handy auf eine Bank und beschäftigte sich mit Instagram oder irgendetwas anderem Weltfremden.

Normalerweise mochte Matilda Spielplätze – die Akrobatin in ihr liebte die Herausforderung, Klettergerüste zu erklimmen, die für nur halb so große Körper erbaut worden waren, weshalb es sich so ergeben hatte, dass meistens sie diejenige war und nicht Billy, die mit Siri dort spielte. Heute irritierte es Matilda grenzenlos, dass Billy sich anscheinend längst an diese Routine gewöhnt hatte und keinerlei Anstalten machte, am Spiel teilzunehmen. Außerdem beharrte Siri darauf, die ganze Zeit in ein Rohr zu klettern, in das nicht einmal eine hypergelenkige und gertenschlanke Frau wie Matilda hineinkam, und verlangte von ihr, sie sollte von einem Ende zum anderen rennen und versuchen, Siri zu fangen.

Dieses Spiel war so sterbenslangweilig, dass die Zeit stehenblieb, bis ein plötzlicher Mittagshunger Matildas innere Stärke zerfetzte. Die Fetzen wurden zu einem Vorhang, und als er sich öffnete, sah sie ihre eigene Zukunft wie einen entlegenen Kreis am Ende eines kilometerlangen Spielplatzkletterrohrs.

Ein Tableau: sie selbst, sechs Jahre später. Mit einem kleinen, trotzigen fünfjährigen Wildfang an der Leine und der bockigen, fast jugendlichen Tochter einer anderen Frau, die wie eine viel zu schwere Kette an ihrem Hals hing.

Ein Mann, der nicht mehr in nüchternem Zustand mit ihr schlafen wollte – denn so kam es doch wohl immer? –, und eine Berliner Wohnung mit ständig steigender Miete; dank all der schneidigen Zwanzigjährigen, die ehrenhaften

Slackern wie Billy und Matilda mit Papas Geldbündeln im Nacken saßen.

Ein Gehirn wie Gras und die Farben ein einziger Brei.

Und eher früher als später – der Verfall. Die Scheidung, der Geschwisterstreit, die Einsicht, dass auch die stärksten Bande mir nichts, dir nichts gekappt werden können.

Leute mit Kindern, dachte Matilda, während Siri sich noch einmal in das Rohr stürzte, sagten immer, die Kinder würden bessere Menschen aus ihnen machen. Matilda zweifelte nicht daran, dass es bei den meisten auch wirklich zutraf. Billy war durch Siri eindeutig ein besserer Mensch geworden. Zu diesem Schluss war Matilda durch eine archäologische Ausgrabung seiner Internetpersönlichkeit gekommen. Nachdem sie sich Schicht für Schicht durch pseudopolitische Statusmeldungen und Fotos von Siri in Hertha-Berlin-Trikots gearbeitet hatte, war sie schließlich zu der Zeit vor ihrer Geburt vorgedrungen. Ein kurzer Blick auf das Posting »*How to open a door with your dick*« hatte Matilda genügt, um diesem Abgrund den Rücken zuzuwenden, fest entschlossen, nie wieder zurückzukehren.

Mit Siris Mutter verhielt es sich dagegen anders – Kinder zu bekommen hatte sie, Billys und ihren eigenen Beobachtungen zufolge, weder in die eine noch in die andere Richtung beeinflusst.

Zu guter Letzt gab es auch solche Leute wie Matilda, deren Los im Leben darin zu bestehen schien, den Hundskopf alles Bösen und Falschen im Menschen zu tragen, genau wie Judas. Solche Leute, die von YouTube-Videos mit Faultierbabys vollkommen unberührt bleiben und die kleinen Hunden, die ihnen auf dem Bürgersteig vor die Füße laufen, am liebsten einen Tritt verpassen würden. Solche, die eine Nase auf einem Ultraschallbild nicht von einem Oberschenkelknochen unterscheiden können, weil sie sich keine richtige Mühe geben. Die es nicht lassen können, die Schwäche eines anderen Menschen auszunutzen, sobald sie sie erkennen. Die niemals lügen, um nett zu sein, sondern nur zu ihrem eigenen Vorteil, denen die Allergien anderer Menschen egal sind (die ehrlich gesagt sogar an den Allergien anderer Menschen zweifeln), die aber selbst behaupten, drei Wochen im Monat PMS zu haben; die nie auf die Idee kämen, einen Orgasmus zu faken, die einem anderen nie das letzte Brötchen oder den größten Apfel überlassen würden, die neben Kinderwagen rauchen und in öffentliche Blumenbeete aschen, die ihre eigene Schwester verstoßen, ohne jeden Versuch der Versöhnung.

Solche Menschen sollten keine Kinder bekommen.

Sie sollten ihre Sünden ganz einfach auf irgendeinem anderen Weg sühnen. Das war wie mit Diäten und anderen Dingen: Nicht alle Methoden eigneten sich für alle Menschen. Sie konnte nur im Großen Gutes bewirken, nicht im Kleinen. Billy war dagegen der Mann der kleinen Wunder.

Und deshalb wollte er dieses Kind haben.

Herrjemine.

Während sie vergebens versuchte, Siris Füße zu erhaschen, wurde Matilda so eindeutig klar, als hätte sie nie etwas anderes gedacht, dass es keine Chance gab. Keine verdammte Chance, dass dieses Kind auf die Welt kommen durfte.

Anschließend gingen sie ins Café Westmans, damit Siri ein Gebäck essen konnte, das wie ein Frosch aussah. Das Westmans lockte Besucher aus ganz Västerbotten an, denn dort im Garten gab es zwei Pfauen namens Göran und Anitra.

Hatte Billy gesagt.

Doch als sie im Café ankamen, stellte sich heraus, dass nur noch Göran übrig war. Anitra hatte sich im letzten Herbst einfach hingelegt und war gestorben, wie die jugendliche Aushilfe hinter der Kuchentheke abgeklärt erzählte. Resignationssyndrom, hätte der Tierarzt gesagt, was nur ein anderer Ausdruck dafür sei, dass Anitra zu kurz gekommen war, wie die Aushilfe nicht unbedingt subtil andeutete. »Aber na ja, die Pfauenweibchen sehen ja sowieso nicht besonders spannend aus, weshalb die meisten Touristen trotzdem zufrieden sind«, fügte die Aushilfe hinzu und schenkte angebrannten Kaffee von der Wärmeplatte in zwei weiße Becher. »Außer die, die aus Sundsvall kommen. Aber ihr seid nicht aus Sundsvall, oder?« Matilda, die von den anderen zurückgelassen worden war, um zu bezahlen, bestätigte, dass sie nicht aus Sundsvall kamen, ehe sie das Tablett nahm und in den Garten ging, wo Billy und Siri schon einen Tisch unter ein paar Birken am Ufer des Bygdeträsk besetzt hatten. Die ewige Sonne ließ das Wasser in schimmernden blauen Streifen flackern. Blinzelnd erreichte Matilda den Tisch, stellte das Tablett ab und stupste Siri an, die auf dem einzigen Stuhl saß, dessen Lehne zum Wasser zeigte.

»Spring da runter, Floh. Den Stuhl hätte ich gern.«

Billy runzelte die Stirn.

»Aber Siri sitzt nun mal schon da. Nimm du doch einen anderen.«

»Bitte fang jetzt keinen Streit an«, bat Matilda. »*Sie* kann doch wohl einfach einen anderen nehmen? Sie sitzt doch sowieso nicht länger als fünf Sekunden darauf.«

»Dann ist es doch auch egal, und du kannst dich umsetzen, sobald sie aufsteht.«

»Hallo!«, rief Siri. »Redet nicht über mich, als wäre ich nicht da! SO REDUZIERT MAN KINDER, das hast du selbst mal gesagt, Tilda.«

»Was?«

»Ja, zu Mama. Aber dann hast du genau dasselbe gemacht, denn du hast zu ihr gesagt, ich wäre sehr intelligent und würde genau verstehen, dass sie eine BETRUNKENE FRAU OHNE BESCHÜTZERINSTINKTE ist, als wäre ich nicht da.«

Billy fing an zu lachen, aber es klang angestrengt, wie jemand, der etwas überspielen wollte, was zu kompliziert war, um es zu thematisieren. Matilda wusste genau, was dieses Lachen bedeutete – »darüber sprechen wir später noch, *Süße*, glaub nicht, dass du damit einfach so durchkommst«. Es gab eine stille Übereinkunft zwischen Matilda und Billy, dass sie Käthe nicht in Siris Beisein kritisieren durfte. Was auch vollkommen angemessen war, fand Matilda, aber selbst die Grenzen des Angemessenen mussten ab und zu überschritten werden.

Das Gebäck schwitzte in der Sonne. Eine schwedische Flagge wehte achtern auf einem Boot im Wasser. Wespen krabbelten auf einer Limoflasche, die neben dem leeren Nachbartisch im Gras lag. Siri drückte ihrem Frosch die Gabel in den Mund und lächelte unbekümmert, als hätte sie Matilda nicht gerade vor Billy schlecht dastehen lassen. Durchtriebenes Miststück, dachte Matilda, sie weiß genau, was sie tut. Wie lange hatte sie an diesem Bonbon gelutscht, wie lange hatte sie sich diesen von Matilda im Affekt begangenen Fehltritt aufgehoben? Und warum hatte sie sich dafür ausgerechnet diesen Tag ausgesucht?

»Judas«, brummelte Matilda und ließ sich auf den freien Stuhl fallen. Billy sagte nichts. Siri bat ihn darum, Toca Town auf seinem Handy spielen zu dürfen. Billy sagte Nein. Siri schmollte fünf Sekunden lang, dann erhellte sich ihr Gesicht:

»Da ist er! Da ist Göran!«

Matilda drehte sich um und spähte zu dem Hang vor dem Cafégebäude. Tatsächlich kam gerade ein Pfauenmännchen um die Ecke gebogen, langsam und träge, die Schwanzfedern wie einen Brautschleier hinter sich her schleifend. Er sieht verzweifelt aus, war Matildas erster Gedanke. Er sieht bescheuert aus, war ihr zweiter.

Außerdem war er, wie alle Pfauenmännchen, sehr, sehr

blau. Worte reichten nicht aus, um zu beschreiben, wie blau dieser glänzende, glatte Körper war. Hastig wendete Matilda den Blick wieder ab, aber der Schaden war bereits geschehen, die Schere hatte sich zwischen ihre Gehirnhälften gebohrt. Am liebsten hätte sie vor Angst und Schmerz aufgeschrien, doch stattdessen murmelte sie gereizt, sie müsse auf die Toilette, und erhob sich wankend von ihrem Stuhl. Das hätte sie nicht tun sollen. Siri deutete es als Zeichen, dass sie mitkommen wollte, um Göran näher zu betrachten, und griff nach ihrem Handgelenk.

»Komm!«

»Nein, mein Floh, ich wollte nur auf die Toilette.«

»Ach Quatsch, du kannst doch einhalten, das können alle Erwachsenen ewig! Komm!«

»Ich habe Nein gesagt, Siri. Billy?«

»Wie bitte?« Billy sah von seinem Handy auf.

»Dein Kind will mich nicht aufs Klo lassen.«

»Dann halt eben kurz ein. Du bist doch wohl erwachsen.«

Siri zog und zerrte. Die Übelkeit rauschte wie ein Fieber durch Matildas Arme und Beine. Matilda versuchte, den Kopf in die andere Richtung zu drehen, weg von Göran, doch dann fiel ihr Blick auf die viereckigen Felder der schwedischen Flagge, das blinkende Wasser, die strahlend blaue Himmelskuppel. Sie blickte auf ihre Füße herab, die ihr geschwollen und riesig vorkamen, blickte in ihr Inneres, fand nur Leere.

»Jetzt schlägt er ein Rad! Komm, Tilda, KOMM!«

Siri zerrte so sehr an ihrem Arm, dass er beinahe abfiel. Matilda verlor den sicheren Stand und musste hinter der eifrigen kleinen Nervensäge herstolpern.

»Er kommt hierher! Guck mal, Tilda, guck doch mal!«

Und plötzlich konnte sie nicht mehr widerstehen. Vielleicht wollte sie es nicht einmal. Vielleicht wollte sie die Grenze überschreiten. Endlich. Allen Ekel und alles Feuer in sich hochschlagen lassen.

Sie hob den Blick. Starrte direkt auf den glänzenden blauen Vogelkörper, diesen Edelstein aus Fleisch und Federn, blau und funkelnd wie der Deckel der Polly-Pocket-Schatulle, die sie Clara einmal geklaut und unter Mamas schönster Kamelie verbuddelt hatte.

»Oh, wie schön der ist. Findest du nicht?«

Sie blickte zu Siri hinab, deren große runde Augen auf Matildas Gesicht klebten. Irgendetwas war komisch an ihnen. Die Farbe war nicht mehr so, wie sie sein sollte. Nicht mehr braun wie sonst, aber auch nicht grün oder blau.

Sie hatten diese Farbe. Die Farbe, die es nicht gibt.

»Tilda, was ist? Geht es dir nicht gut? Liegt das daran, dass du ein Baby im Bauch hast? Papa hat jedenfalls gesagt, dass er das glaubt, aber ich soll dich AUF KEINEN FALL danach fragen... O NEIN, jetzt habe ich es doch gemacht!«

Dieses Miststück. Dieses miese kleine Miststück.

Sie wusste nicht, ob sie Siri meinte, oder Billy, oder beide.

Die Hand.

Das Kind.

Das Ohr.

Die tausend starrenden Pfauenaugen.

AN DEM ABEND, ALS PHILIP und Chloe aus Island zurückkamen, gab es einen U-Bahn-Streik. Er war schon lange angekündigt, aber Philip war mit seinem üblichen Optimismus davon überzeugt gewesen, er würde noch abgeblasen. Das war natürlich nicht der Fall, und als sie in Paddington ankamen, war es – selbst für Philip – unmöglich, ein Taxi zu ergattern, und alle Freunde, die ein Auto hatten, weigerten sich beharrlich, ans Telefon zu gehen (sie waren schließlich nicht dumm). Folglich hatte Philip seine Tochter gezwungen, den ganzen Weg von Paddington nach Hause zu spazieren, eine Strooke, für die Normalsterbliche eine Stunde gebraucht hätten und Philip allein eine halbe. Philip und eine Siebenjährige mit zwei großen Reisetaschen ohne Räder brauchten allerdings, wie sich herausstellte, zwei Stunden und dreizehn Minuten – Toilettenbesuche, Flüche, Süßigkeitenbestechung und, wie Philips Atem nahelegte, mindestens zwei doppelte Whisky ohne Eis nicht mit eingerechnet.

Als Vater und Tochter schließlich die Treppe zum Haus 42, Mornington Terrace heraufkamen, war Philip entsprechend gereizt. Laura sah es sofort – seine linke Augenbraue zuckte hin und wieder, das einzig sichtbare Zeichen für Irritation, das Laura je bei dem Mann hatte identifizieren können, den sie in dreizehn Jahren Ehe nie wütend erlebt hatte. Auch die ungebändigte Augenbraue war ein verhältnismäßig seltener Anblick – zuletzt hatte Laura sie vor fünf Jahren beobachtet, als ihre Kindheitsfreundin Denise zu Besuch gekommen war und in einem Nebensatz angezweifelt hatte, dass die Duchess of Cambridge überhaupt dazu in der Lage sei, ein Kind zu gebären. Laura wusste, dass Philip eine Schwäche für Kate Middleton hatte – wahrscheinlich auch der Asymmetrie wegen.

Laura hatte sich nicht wieder angezogen, seit Sebastian im Morgengrauen gegangen war. Sie hatte auch nicht in größerem Umfang geputzt. Sie hatte es zwar versucht, aber schon eine Stunde nachdem Sebastian durch die Hintertür entschlüpft war, hatte der Effekt nachgelassen, den sein Atem in ihrem Nacken auf ihre motorischen Fähigkeiten ausübte, und sie in ein physisches Unvermögen versetzt, das schlimmer war als je zuvor. Lauras Erfahrung mit Drogen beschränkte sich darauf, dass sie auf dem College ab und zu Gras geraucht und einmal Kokain ausprobiert hatte, dessen Wirkung zu ihrer großen Enttäuschung allerdings ungefähr so gewesen war, als hätte sie drei Paracetamol ohne Wasser geschluckt, ein bitterer Geschmack in der Kehle, eine laufende Nase und nur ein Fitzelchen Euphorie – aber sie vermutete dennoch, dass es sich so anfühlte, bei einem Entzug die Dosis herabzusetzen.

Sie widerstand dem Impuls, Sebastian anzurufen und ihn zu bitten, noch einmal zurückzukommen, und sei es nur, damit er ihr beim Putzen half. Denn Philips Freunde tauchten oft unangemeldet bei ihnen auf, sie statteten ihre Besuche noch in traditioneller Manier ab, ohne vorher anzurufen, ohne eine Flasche Wein mitzubringen, häufig mitten am Tag. Sie trugen gestärkte Taschentücher und Fächer und Hüte und Rimbaud im Original in ihrer Sakkotasche und nicht selten auch eine Geige unter dem Arm. Wenn man sie nicht hereinließ, waren sie verstimmt und rächten sich, aber nicht, indem sie sich nicht mehr meldeten, sondern indem sie sich doppelt so häufig meldeten. Laura entkam ihnen für gewöhnlich, weil sie sich sonntags, am bevorzugten Besuchstag, gemeinsam mit Chloe von zu Hause fernhielt, aber heute würde sie es nicht einmal schaffen, sich in weniger als fünfzehn Minuten ein Nachthemd anzuziehen und konnte sich beim besten Willen nicht vorstellen, wie es ihr gelingen sollte, Philips Bekannte daran zu hindern, ins Haus vorzudringen. Mit anderen Worten, es kam nicht in Frage, Sebastian zurückzuholen.

Unter großen Mühen gelang es ihr dann aber wenigstens, das Bett neu zu beziehen und sich den Unterleib zu waschen. Nach diesem Kraftakt für ihre Augen-Hand-Koordination war ihr so schwindelig, dass sie sich auf das Bett legen musste. Sie döste ein und schlief so lange, bis sich vor den Fenstern die Dämmerung herabsenkte. Kurz darauf hörte sie Philip und Chloe auf der Treppe, und jetzt stand sie in Nachthemd und Unterhose und mit wirrem Haar in der Tür und sah, wie die Augenbrauen ihres Mannes synkopiert zuckten.

»Bist du krank?«, fragte Philip und warf die beiden Reisetaschen in den Flur, während Chloe erschöpft auf den Stufen zusammensank und ihren Kopf an Lauras Beine schmiegte. Laura ließ ihre Hand senkrecht nach unten fallen, atmete erleichtert aus, als sie Chloes Kopf unter ihren Fingern spürte, und strich ihr leicht über das weiche Haar.

»Migräne. Zum Glück kam heute keiner deiner Adjutanten vorbei.«

»Charles war hier, aber niemand hat ihm die Tür aufgemacht. Er hat mir eine SMS geschrieben und war furchtbar aufgebracht. Warst du unterwegs?«

»Nein, ich habe geschlafen. Ich muss es überhört haben.«

»Geschlafen?«

»Ja.«

»Mitten am Tag?«

»Ja.«

»Mitten am Tag ist man wach.«

»Nicht unbedingt. Nicht, wenn man Migräne hat.«

»Aber du hast doch nie Migräne.«

»Alle Frauen haben Migräne. Was willst du mir eigentlich sagen?«

Philip antwortete nicht, stattdessen legte er Chloe über

seine Schulter und trug sie ins Haus. Laura schloss die Tür hinter den beiden und folgte ihnen, stolperte jedoch über eine der Reisetaschen und fiel auf den Flurboden.

»Was geht denn hier vor sich?«, hörte sie Philips Stimme aus der Küche.

»Das war, glaube ich, nur Mama, die wieder hingefallen ist.«

»Lass sie liegen. Jetzt machen wir uns erst mal warme Sandwiches.«

Eine Stunde später hatte Philip seiner Tochter etwas zu essen gemacht, ihr die Zähne geputzt, einen sauberen Schlafanzug aus dem Schrank herausgesucht und sie ins Bett gesteckt, wo sie im Nu eingeschlafen war, nachdem er angefangen hatte, den Erlkönig zu singen. Es hatte Laura immer gefreut – sie betrachtete es als Triumph mütterlicherseits –, dass nicht einmal Chloe Goethe im Schlafzimmer ertrug und aus reinem Selbsterhaltungsdrang einschlief, aber an diesem Abend hätte sie es gerne gesehen, wenn Philip ein bisschen länger an ihrem Bett sitzen geblieben wäre. Ein seltsames Gefühl überkam sie, als sie die gedämpfte Stimme ihres Mannes durch die Tür hörte, den Duft der Spätsommernacht roch, die weiche, zerschlissene Bettwäsche auf ihrer Haut spürte. Es war ein so ungewohntes Gefühl, dass sie im Gedächtnis nach seinem Namen kramen musste – es war *Geborgenheit.*

Doch dann hörte sie die Bodendielen knarren, und kurz darauf stand Philip in der Tür, das Extrakissen aus Memory-Schaum in der Hand, auf dem er immer saß, wenn er Chloe ihr Gutenachtlied sang, das Hemd bis zum Hals zugeknöpft – es war hellblau, ein Eton, Laura hatte es geliebt, dieses Hemd zu bügeln, als sie noch bügeln konnte, und lieben.

»Laura, es kommt mir bizarr vor, dass ich das nach dreizehn gemeinsamen Jahren fragen muss, aber –«

»Nein!«

Philip erstarrte im Türrahmen.

»Was, nein? Mit deiner kategorischen Verleugnung machst du dich höchst verdächtig.«

»Nein, was auch immer du fragen wolltest!«

»Ich wollte dich fragen, ob du Drogen nimmst, und wenn ja, welche, und was du zu deiner eigenen Rehabilitierung planst, falls du überhaupt etwas planst, was ich bezweifle.«

»Ach du liebe Güte.«

Laura, die den Kopf gehoben hatte, um endlich ihrem eigenen Betrug ins Auge zu sehen, ließ ihn frustriert wieder auf das Kissen sinken. Sollte sie gehofft haben, dass Philip sie wegen ihrer Untreue zur Rede stellen würde, und Laura war sich nicht sicher, ob sie das gehofft hatte oder nicht, trat es jedenfalls nicht ein. Wie schon so oft in ihrer Ehe hatte Philip den Kopf keineswegs in den Sand gesteckt, sondern in seinen eigenen Arsch, wo er für Laura Kadinskys zeitweilig irrationales Verhalten ein Erklärungsmodell gefunden hatte, das wie Katzengold glitzerte; so verführerisch wie wertlos. Laura hätte am liebsten gleichzeitig geweint und gelacht, und das tat sie dann auch.

»Chloe sagt, du würdest die ganze Zeit Dinge fallen lassen. Du wärst zu seltsamen Zeiten unterwegs, ohne jemandem zu sagen, wo du steckst. Giselle ruft mich alle naselang an und fragt, wann du wiederkommst, damit sie endlich zu ihren eigenen Kindern zurückgehen kann. Außerdem bist du krankhaft auf diesen Hamster fixiert. In Paddington bin ich vorhin zufällig Robertson in die Arme gelaufen, und er hat mir erzählt, du hättest bei ihnen geklingelt und nach dem Hamster gefragt, und ein paar Tage später hätte er dich dabei beobachtet, wie du versucht hättest, bei ihnen durchs Kellerfenster zu spähen. Dieses Verhalten ist alles in allem doch ziemlich merkwürdig, Laura.«

»Macht es dich nicht nachdenklich, dass du das alles nur von anderen Leuten gehört hast?«

»Streitest du es denn ab?«

»Nein. Ich sage nur, dass es ein ziemlich schlechtes Bild auf dich als Gatten wirft, all deine Behauptungen über meine Abhängigkeiten nur auf die Beobachtungen anderer Menschen stützen zu können, weil du selbst nie präsent genug bist, um deine vermeintlich drogenkonsumierende Ehefrau selbst zu beobachten.«

»Das ist mir durchaus bewusst, Laura. Aber ehrlich gesagt war ich schon seit dem ersten Tag unserer Ehe ein abwesender Gatte, weshalb ich nur schwer glauben kann, dass ich derjenige bin, der dich in die Drogensucht getrieben hat.«

»Mein Gott, ich nehme keine Drogen! Ich bin nur unglücklich!«

»Weil ich so oft weg bin?«

Laura seufzte.

»Wie du selbst gesagt hast – du warst schon immer viel unterwegs. Deine Abwesenheit ist einer der Grundpfeiler unserer Ehe. Ehrlich gesagt glaube ich nicht, dass wir noch verheiratet wären, wenn du nicht so viel unterwegs wärst. Das heißt: Nein. Es liegt nicht daran.«

»Aber was ist es dann? Wenn es nichts mit mir zu tun hat.«

Laura holte tief Luft.

»Ich bin unglücklich, weil ich entlassen wurde.«

Jetzt war es raus. Dieses Unheimliche, dieses Beschämende, dieses Versagen, das ein Mann wie Philip niemals würde nachvollziehen können, weil er noch nie in seinem Leben mit irgendetwas gescheitert war.

»Gefeuert?«, fragte Philip.

»Ja.«

»Wann denn? Und warum?«

Laura zog sich die Decke über den Kopf, um ihm zu signalisieren, dass das Gespräch beendet war. Durch die Dunkelheit hindurch konnte sie hören, dass Philip immer noch in der Tür stand.

Er weiß nicht, was er sagen soll, dachte Laura. Er, der immer zu allem etwas zu sagen hat. In gewisser Weise fühlte es sich wie ein Triumph an, aber auch ziemlich traurig.

Schließlich räusperte er sich.

»Ich habe eine Reise nach Madrid gebucht. Dort gibt es einen Mann, der ein atonales Klavier gebaut hat. Er möchte, dass ich komme und darauf spiele. Ich habe Ja gesagt, weil ich weiß, dass du das Prado-Museum magst. Und gerne Wein aus viereckigen Gläsern trinkst.«

»Das stimmt«, murmelte Laura unter der Decke.

»Und ich mag *dich*.«

Eine Träne riss sich los, und Laura drückte ihren Kopf bis zum Lattenrost und flüsterte in die Matratze, damit er es nicht hörte:

»Ich glaube auch, dass du mich liebst, Philip. Aber ich verstehe um alles in der Welt nicht, warum.«

AM SELBEN TAG, AN DEM – zu Sebastians Bestürzung und zur allgemeinen Verwirrung – die überaus moralische Äffin spurlos verschwand, wurde das Gleichgewicht wiederhergestellt, indem sich jemand anders, der gewissermaßen auch verschwunden war, nämlich Clara, schließlich doch zu erkennen gab, und zwar in Form eines echten, handgeschriebenen Briefs, den Sebastian in seinem Briefkasten fand, nachdem er einen ganzen langen Tag in allen Ecken und Winkeln des Instituts nach der Äffin gesucht hatte.

Ja, die Äffin war verschwunden, von einem Moment auf den anderen. In der einen Sekunde war sie noch da gewesen, mit ihm im Büro, in der nächsten war sie weg. Und nicht nur die Äffin – mit ihr der ganze Käfig. Gut, vielleicht war es streng genommen nicht *eine Sekunde* gewesen, sondern eher mehrere Minuten, Sebastian hatte blitzschnell das Büro verlassen, um mit Laura zu telefonieren, aber dennoch, im Prinzip: binnen eines Augenblicks.

Natürlich war Sebastian sofort zu Travis geeilt, und sie hatten gemeinsam überall gesucht, obwohl sie beide wussten, dass es sinnlos war. Die Äffin hatte sich wohl kaum selbst ihren eigenen Käfig unter den Arm geklemmt und war davonspaziert, so lange Arme hatte sie nicht.

Sie war eindeutig gestohlen worden.

Aber von wem? Und warum? Travis hatte natürlich nur eine Antwort darauf – selbstverständlich musste es Corrigan sein, wer sonst?

Ja, wer sonst. Vielleicht Childs oder Harvey, dachte Sebastian, vielleicht wollten sie, dass er bei Corrigan in Ungnade fiel, damit sie Lauras Fall übernehmen durften. Vielleicht war es auch nur ein dummer Streich, und die Äffin würde am nächsten Tag wieder auftauchen, als wäre nichts geschehen.

Aber tief in seinem Inneren wusste er, dass es nicht stimmte.

Hinter dem Verschwinden der Äffin lag eine Logik, auch wenn er sie noch nicht erkennen konnte. Alles verschwand. Früher oder später. Alles und alle, die ihm je etwas bedeutet hatten, wurden ihm genommen. Dies war ein Muster, das nur darauf wartete, wiederholt zu werden, wieder und wieder, bis in alle Ewigkeit. Es ging nicht darum, warum die Äffin verschwunden war.

Es ging darum, dass sie verschwunden war und nie mehr zurückkehren würde.

Sebastian,

ich schreibe Dir vor allem, damit Du Mama berichten kannst, dass ich nicht tot bin oder Ähnliches. Und vielleicht auch, damit Du es selbst erfährst, falls es Dich interessiert, ich weiß es nicht. Das heißt, es interessiert Dich bestimmt. Du hast Dich immer um andere gekümmert, womöglich auch zu viel, denke ich manchmal.

Wusstest Du, dass Wolken Plastik enthalten, Sebastian? Wolken. Winzige Partikel. Man sagt doch immer, die Menschen wären aus Sternenstaub gemacht. In Zukunft werden wir unseren Kindern sagen müssen, die Menschen wären aus Mikroplastik gemacht. Anstatt der Sterne am Himmel werden wir auf Plastikkonstellationen deuten und sagen: Guck mal, hast Du das gesehen? Du bist aus demselben schmutzigen Scheiß gemacht!

Entschuldige. Das klang jetzt deprimäßig. Ich bin gar nicht so schlimm drauf, ich schwöre, mach Dir keine Sorgen. Im Grunde bin ich sogar glücklich, obwohl gerade alles untergeht. Letzten Endes gibt es ein Muster, das größer ist als ich, als Du, als wir alle. Ich befinde mich an einem Ort, wo alles miteinander zusammenhängt, obwohl alle glauben, dass alles zerfällt, und obwohl die Zikaden einfach so sterben.

Aber die Leute hier haben keine Angst, einer ist sogar fast blind, aber das scheint ihm keine nennenswerten Sorgen zu bereiten, nicht richtig. Nicht mal die Pfauenfedern, die dort hingen, einfach nur hingen, schienen sie zu erschrecken. Und mich auch nicht. Ich glaube, ich komme nie wieder zurück. Ich wollte nur, dass Du das weißt.

Ich liebe Dich,
Clara

SEBASTIAN STAND VOR CORRIGANS BÜRO, und es ging ihm nicht gut. Bebend klopfte er an die Tür, denn er wusste ja, warum er dorthin bestellt worden war, jedenfalls schien das naheliegend: wegen der Äffin, die zu diesem Zeitpunkt bereits seit einer ganzen Woche verschwunden war.

»Isaksson? Herein!«, brüllte es von der anderen Seite der verschlossenen Tür. Corrigan hatte wie immer die Füße auf seinen Schreibtisch gelegt. Seine Schnurrbartenden zuckten.

»Sie wollten mich sehen?«, fragte Sebastian.

Corrigan schwang seine Füße vom Tisch und erhob sich zu voller Größe.

»Sind Sie sich darüber im Klaren, dass Ihre Äffin verschwunden ist?«

»Ja, doch«, antwortete Sebastian.

»Und Sie hielten es nicht für nötig, mich darüber in Kenntnis zu setzen?«

»Ich bin davon ausgegangen, dass diese Information Sie sowieso erreichen würde.«

»Guter Gedanke. Alle Informationen sind von Natur aus beweglich und erreichen früher oder später ihr Ziel. Aber in diesem Fall wäre es wünschenswert gewesen, die Information hätte mich eher früher erreicht als später, wenn Sie verstehen, was ich meine.«

»Ich bitte um Verzeihung. Ich hatte in letzter Zeit viel zu tun. Mit meinen Zusatzaufgaben, meine ich.«

»Ja, ja, Travis, ja. Ich muss sagen, dass ich enttäuscht bin, Sie waren auch nicht gut darin, mir Bericht zu erstatten. Ich vermute, Travis hat die Äffin entwendet?«

»Das – das kann ich nur schwer glauben, Sir.«

»Wie ist es denn dann abgelaufen?«
»Unklar.«
»Gut, fangen wir anders an: Wann ist sie verschwunden?«
»Travis?«
»Die Äffin.«
»Letzte Woche.«
»Warten Sie mal, heißt das, Travis ist auch verschwunden?«
»Nein. Aber mein Vater. Und meine Schwester Clara... Sie hat mir zwar geschrieben, aber ich weiß nicht, wo sie ist. Ich meine, rein physisch. Wissen Sie es?«
»Es entbehrt jeder Logik, was Sie da gerade sagen, Isaksson. Geht es Ihnen gut?«
»Ehrlich gesagt überhaupt nicht.«
»Nein, das merke ich. Steckt eine Frau dahinter?«
Sebastian sah keinen Sinn darin, Corrigan anzulügen.
»Teilweise. Und dann die ganze Sache mit meinen Schwestern...«
»Ach, stimmt ja, sie haben zwei. Auch Matilda... Wie geht es ihr denn zurzeit? Sie ist Synästhetikerin, nicht wahr? Interessantes Phänomen, wenn auch nicht ganz ungewöhnlich.«
Corrigan trommelte mit den Fingern auf den Tisch.
»Das ist ein schlimmes Schlamassel, das alles, Isaksson.«
»Ja.«
Sebastian wippte auf den Füßen. Der Boden gab keinerlei Geräusche von sich. Sebastian wünschte, er hätte geknarrt, wenigstens ein bisschen. Er wünschte, er hätte wieder gehen dürfen.
»Ich verstehe, dass Sie sich Sorgen machen, Isaksson, das verstehe ich wirklich. Ich meine, um Clara. Aber ich glaube, dass sie trotzdem alle Sinne beisammenhat. Dieses ganze Gerede über Zikaden und Mikroplastik und blinde Jungen und so weiter... Pfauen. Das ist kein Grund zur Sorge. Ich

verstehe, wie Sie sich fühlen müssen, es reicht ja, wenn man eine Schwester hat, die völlig gaga ist, das ist mehr, als die meisten anderen Menschen verkraften können. Aber zwei? Und obendrein noch eine Mutter, die ein bisschen am Rad dreht, und ein verschwundener Vater? Ich kann sehr gut nachvollziehen, dass Sie schlecht schlafen, mein Junge.«

Sebastian musste schlucken, dabei bestand gar kein Grund dazu. Irgendwo musste es eine vernünftige Erklärung dafür geben. Wenn Clara dasselbe auch ihrer Mutter geschrieben hatte und die Mutter... Oder über die Äffin... aber die Äffin war verschwunden. Warum verschwand alles, was er berührte, was ihn berührte, und –

»Jetzt aber Kopf hoch, Isaksson!«, sagte Corrigan. »Ich kann Ihnen versprechen, dass mit Clara alles in Ordnung ist. Sie durchleidet nur eine leichte Krise, denn es ist ja bestimmt trotz allem nicht leicht für sie, plötzlich ein Kuckuckskind zu sein? Aber das geht bestimmt vorüber. Sie hat Freunde, die sich um sie kümmern, das müssen Sie –«

Sebastian zuckte zusammen. »Was haben Sie gerade gesagt? Warum sollte es Clara sein?«

Corrigan zog die Augenbrauen hoch. »Habe ich das gesagt?«

»Ja«, sagte Sebastian. »Sie haben gesagt, Clara wäre ein Kuckuckskind.«

Corrigan antwortete nicht. Stattdessen öffnete er eine Schreibtischschublade und warf etwas auf den Tisch.

»Das hier ist für Sie gekommen. Wie Sie wissen, haben wir hier eine strenge Zensur, deshalb musste ich die Nachricht natürlich lesen. Ich konnte gar nicht anders. Wie Sie sehen, ist es eine Postkarte. Nehmen Sie sie.«

Mit zitternder Hand streckte Sebastian sich nach dem, was in der Tat wie eine Postkarte aussah. War sie von Clara? Nein. Auf der Vorderseite war der Mornington Crescent in der Dämmerung abgebildet. Von Laura! Sie musste von

Laura sein. Plötzlich fühlte er sich schwindelig, leicht, beinahe euphorisch. Dann war alles enthüllt worden, die Karriere vorbei, er würde seinen Posten räumen müssen, aber was machte das schon, Laura war vieles, aber dumm war sie nicht, sie hätte ihm diese Karte nicht geschickt, wenn sie ihm nicht etwas Besonderes damit sagen wollte, wenn sie nicht wollte, dass es entdeckt wurde, und warum wollte sie das, natürlich wollte sie es, damit dieses Versteckspiel endlich ein Ende hatte und sie beide, sie und er, für den Rest ihres Lebens zusammen sein konnten...

Sebastian strich mit dem Finger über die Vorderseite der Karte. All die seltsamen Dinge, die Corrigan gesagt hatte, schmolzen wie Schnee auf nackter Haut, es spielte keine Rolle, nichts spielte eine Rolle – er würde mit Laura durchbrennen, und sie würden bis ans Ende ihrer Tage glücklich sein. Seine Schwestern, Mutter, Travis und Corrigan mussten allein klarkommen. Sie waren nicht seine Verantwortung.

Er drehte die Karte um. Dort stand in deutscher Sprache:

Lieber Sebastian,
es gibt ein System, das so schön ist, dass es einen blendet.
Deine Schwester wird bald zurückkommen.

Einmal, am Rande des Hains,
stehn wir einsam beisammen
und sind festlich, wie Flammen –
fühlen: Alles ist eins.

Horst Herbert Jacob

DAS TELEFON KLINGELTE IM SELBEN Moment, als Sebastian, mit der mysteriösen Postkarte in der Hand und einem Kopf voller unausgesprochener Fragen, aus Corrigans Büro wankte.

Es war Laura.

Er hatte geglaubt, sie wäre gar nicht zu Hause.

Vor fünf Tagen war sie mit einer entschuldigenden Miene rückwärts aus einem Hotelzimmer hinter der Paddington Station gegangen und hatte wie beiläufig erwähnt, dass sie mit der Familie nach Madrid fahren würde, wo es jetzt, Ende August bis Anfang September, zwar furchtbar heiß sei, aber was mache das schon aus, wenn es Springbrunnen und Apfelsinen und den Schatten der Platanen im Park vor dem Prado gebe. Auf der Türschwelle war sie gestolpert, und er hatte ihr aufhelfen müssen.

»Laura? Stimmt etwas nicht? Ich dachte, du wärst verreist?«

»Morgen. Wir fahren morgen früh. Aber ich muss dich vorher treffen, ich schaffe das nicht, wenn ich dich nicht vorher treffe. Chloe und Philip gehen ins Puppentheater. Sie kommen frühestens um neun wieder nach Hause.«

Es war, als könnte sie sein Zögern hören, obwohl er es gar nicht selbst wahrnahm und erst viel später einsehen würde, dass es in seiner Stimme gelegen hatte, die ganze Zeit, in jeder Sekunde, seit er zum ersten Mal ihren Namen ausgesprochen hatte.

Also bettelte und flehte sie.

Sie sagte, sie wolle nach Hampstead Heath fahren. Sie wollte auf den höchsten Hügel gehen und Sebastian umar-

men und auf Primrose Hill blicken. Sie wollte ausprobieren, ob es ihr noch einmal gelingen würde, die gezackten Konturen der Bäume heraufzubeschwören. Dann wollte sie Bubble and squeak im Spaniards Inn essen und mit dem Taxi in ein Hotel fahren, egal welches, und bis zur Besinnungslosigkeit vögeln. Sie sagte:
»Bitte.«
Und er sagte Ja.

Sie beschlossen, sich am Camden Lock zu treffen und gemeinsam durch Camden und Belsize Park zu spazieren. Sebastian schleppte seine schweren Beine zur U-Bahn. Er kaufte zwei Mandelcroissants in der Bäckereikette Paul und trug die fettige Tüte hinab in den Untergrund. Er betrachtete das Gebäck als Liebesopfer. Der Gedanke daran, Laura mit Fett und Zucker zu mästen und seine buttrigen Finger in ihren weichen Mund zu stecken und zu spüren, wie sie daran saugte, gab ihm für einen Moment neue Kraft, und er sprintete los und konnte gerade so in die U-Bahn springen, ehe die Türen zugingen.

Die Bahn war nur halbvoll, weil der Berufsverkehr erst in frühestens zwei Stunden einsetzen würde, und er sank auf einen leeren Vierer. Irgendetwas scheuerte an seinem Herzen. Er steckte die Hand in die Brusttasche und holte es hervor – das Herz. Und auch das, was scheuerte, die Postkarte. Eigentlich brauchte er nicht genau hinzusehen, er kannte jeden einzelnen Pinselstrich dieses Bildes – Laura hatte einen Kalender mit demselben Motiv auf der Vorderseite, er hatte es gefühlt tausendmal gesehen, obwohl es eigentlich nur exakt siebzehn waren. Immer, wenn sie sich nach einem Stelldichein trennten, holte sie den Kalender aus der Handtasche, blätterte vorsichtig zur darauffolgenden Woche und suchte, den Finger in der Luft, nach passenden Lücken im Terminplan für mögliche weitere Treffen. Das war natürlich alles nur Tarnung, denn seit sie gefeuert worden war, hatte Laura sehr wenig zu tun, und die meisten Treffen entstanden so wie heute, indem sie plötzlich anrief und verlangte, dass Sebastian sich eine halbe Stunde später irgendwo einfand. Nichtsdestotrotz gefiel ihm das Ritual, und sie brauchte es offenbar. Sie schrieb nie etwas in den Kalender, nicht mal ein S oder ein Kreuz oder ein Codewort, was das anging, war sie sorgfältig, *zu* sorgfältig, wie Sebastian fand. Wie oft hatte er nicht schon gehört, dass untreue Menschen – jedenfalls jene mit leidenschaftlichen, langanhaltenden Affären – insgeheim doch erwischt werden wollten und deshalb unterbewusst kleine, aber entscheidende Fehler machten, die früher oder später dazu führen würden, dass sie erwischt wurden: Hotelrechnungen in Sakkotaschen, Lippenstiftflecken auf dem Hemdkragen, Handys, die sichtbar herumliegen und Liebessignale von sich geben. Laura passierte so etwas nicht, sie hinterließ keine dieser verräterischen Leichenteile der Liebe. Ohne Leiche kein Verbrechen, ohne Leiche kein Schweiß, keine Küsse, keine Lust. Nur ein Forscher und seine Patientin, Leuchtstoffröhren, Pathologie.

Er strich mit dem Finger über die Vorderseite der Postkarte. Der Mornington Crescent in flammendem Gelb. Lauras Hand, die in der Handtasche wühlte. Wenn sie zusammen waren, verbrachte sie mindestens die Hälfte der Zeit damit, auf dem Rücken liegend in ihrer Handtasche nach Sachen zu suchen. Lippenstift. Süßigkeiten. Manchmal auch Zigaretten, aber nur, wenn Philip verreist war. Neue Nylonstrümpfe in ungeöffneten Verpackungen. Kleine Parfümflaschen. Handcreme, ebenfalls in kleinen Tuben.

Und dann der Kalender mit seinem gelben Umschlag.

Er hatte Laura nach dem Bild gefragt, als er es zum ersten Mal sah, und sie erzählte, es sei von einem Mann namens Frank Auerbach gemalt worden. Er wurde 1931 in Deutschland geboren, hatte aber fast sein ganzes Leben in Camden verbracht, nachdem er 1939 mit einem Kindertransport nach England gekommen war. Er beschäftigte sich ein halbes Jahrhundert damit, dieselben Motive zu malen: der Mornington Crescent in unterschiedlichem Licht, die Bäume in Primrose Hill, Porträts einiger weniger Freunde und Bekannte.

Sebastian fuhr mit der Fingerspitze über das Motiv, die dunkelgelben Schatten, den umgekehrten Himmel – zitronengelb dort, wo er blau sein sollte, blau in der Ecke, in der ein Kind eine halbe Zitrone als Sonne platziert hätte. Die Gebäude, die sich zum Himmel streckten, bis auf eines, das aussah, als würde es sich neigen und bald umfallen. Zwei rote Punkte und ein Strich stellten Fenster dar, aber auch ein Gesicht – wenn man das Bild einmal auf diese Weise gesehen hatte, konnte man es sich nicht mehr abgewöhnen. Dann wurde es komisch, beinahe lächerlich, obwohl eine ganze Stadt dort zwischen den Wolken zu schweben schien. Das Sublime und das Kindliche waren vereint. Sebastian wurde bewusst, dass diese Beschreibung auch ziemlich gut auf Laura zutraf.

Aber die Karte war nicht von Laura. Er hatte sich getäuscht. Laura hatte nicht versucht, mit ihm über diese Karte zu kommunizieren, sondern jemand, der Horst Herbert Jacob hieß und auf Deutsch schrieb. War es überhaupt *eine* Person, oder waren es drei? Handelte es sich um jemanden, dem er am Institut begegnet war, ein Versuchsobjekt womöglich, oder war es nur irgendein seltsamer Scherz? Und was bedeutete dieser Text, der dort drinnen in Corrigans Büro vor seinen Augen verschwommen war? Sebastians Deutsch war eher rudimentär, aber *Schwester* verstand er. Und *zurück*.

War die Karte von Matilda? Sie wohnte ja in Deutschland. Sie war seine Schwester. Aber Matilda musste nicht mit kryptischen Karten kommunizieren, sie rief einfach ganz normal an.

Vorsichtig drehte er die Karte um und studierte den Text genauer. *Es gibt ein System.* War die Karte von Travis? Das wäre immerhin typisch. Dann wanderte sein Blick in die obere rechte Ecke, zum Poststempel. *Isla de Pascua.* Sie war von der Osterinsel abgeschickt worden. Clara. Aber es war nicht Claras Handschrift. Er las das Kleingedruckte, die Information über das Bildmotiv unten links. *Francesca Woodman: Untitled, Rome, 1977–78.* © *George & Betty Woodman.*

Er blinzelte, blinzelte, blinzelte. Das stimmte nicht. Das stimmte doch ganz und gar nicht. Er drehte die Karte um, es war der Mornington Crescent. Die Wände der U-Bahn zogen sich zusammen. Sebastians Gedanken überschlugen sich, rannen durch seine verschwitzten Finger wie Sand. Das war zu viel. Er verkraftete jetzt nicht noch mehr. Dennoch versuchte er zwanghaft – von einem animalischen Instinkt getrieben, das zu zerreißen, was nicht zusammenpasste –, an der Kante der Karte zu knibbeln. Und tatsächlich, der Mornington Crescent fiel wie vergilbtes Laub zu Boden, und darunter, klebrig vom Leim, der alles zusammengehalten hatte, sah er dieselbe Szene, die er in all seinen Träumen in all seinen Nächten gesehen hatte seit jener ersten,

in der sie dort hing,

einfach dort *hing,*

mit einem Maßband als Strick um den Hals.

Sebastian hob den Blick, sah sein von kaltem Schweiß glänzendes Gesicht in der dunklen Scheibe. Dann wurde plötzlich alles erleuchtet, sie rollten in King's Cross ein, die Menschen bewegten sich auf dem Gang und versuchten, sich mit ihren großen Koffern vorbeizuzwängen. Vor dem Fenster rauschten die Werbeplakate vorbei – auf einem war ein nackter Frauenkörper hinter einer Wand aus Papier zu sehen, das Papier war zerrissen und über ihrem Bauch hochgerollt, sodass man nur den Bauch sehen konnte, durchtrainiert und fest. Es war eine Werbung für irgendein Proteinpulver, Sebastian wusste nicht, was das war, er wusste nichts über Kraft, aber dafür alles über Francesca Woodmans Videoinstallationen, und es gab eine, die genauso aussah, die Künstlerin hinter Papier, das sie Streifen für Streifen wegzog, bis das ganze Bild davon, wer sie war, zum Vorschein kam, viel deutlicher, als wenn man ihren nackten Körper sofort gesehen hätte.

Wie in einem Puzzle.

Aus den Lautsprechern näselte die künstliche britische Frauenstimme *Next stop King's Cross St Pancras, change here for Victoria line, Metropolitan, Circle and Hammersmith & City line and for international rail services, alight for the Royal Institute of the Blind.* Er stand auf und zwängte sich aus dem Wagen, alles kam ihm dunkel und verschwommen vor, *alight for the Royal Institute of the Blind, of the blind, of the blind* –

Er sprang die Rolltreppen hinauf, rannte zum Ausgang, kollidierte jedoch mit der Ticketschranke, schaffte es mit schweißnassen Fingern, seine Plastikkarte herauszuziehen und sich nach draußen zu piepsen, er kroch die Treppe hinauf, in die Sonne, versuchte, etwas zu finden, was auch immer, an dem er seinen Blick festhalten konnte.

Travis. Er musste mit Travis sprechen, jetzt sofort. Mit unsicheren Fingern rief er sie an.

»Sebastian! Das ist KEINE sichere Verbindung.«
»Ich muss mit dir sprechen.«
»Treffpunkt 17 B in fünfundvierzig Minuten.«

JENNIFER TRAVIS STAND IN EINEM Kreis aus blauem Licht vor einer Vitrine aus Glas und weiß verputztem Beton. Ihr Gesicht wurde im Glas gespiegelt und daher auch im Objekt dahinter, sodass er gleichzeitig ihren blonden Hinterkopf, ihr ernstes Gesicht und das der Maschine sehen konnte. Die drei Bilder ließen sich nicht voneinander trennen. Über ihrem Gesicht stand in Druckbuchstaben: LOGICAL COMPUTER. Die Maschine betrachtete ihn mit rosigen Wangen und großen unschuldsvollen Augen. Sie lächelte.

»Sebastian!«

»Travis.«

Er ging zu ihr und stellte sich neben sie, las das Schild.

»Ist die nicht schön?«, fragte Travis und berührte vorsichtig das Glas. »Die schönste Maschine, die ich kenne. So rein. Rudimentär natürlich, aber genau das finde ich so ansprechend. Ich komme immer hierher und sehe sie mir an, wenn ich aufgedreht bin. Und jetzt bin ich gerade total überspannt.«

Auf Sebastian wirkte Travis eigentlich ungewohnt ruhig und harmonisch, beinahe besonnen, aber jetzt konnte er etwas in ihrem Gesicht erkennen, etwas Angestrengtes, Resigniertes, das Schatten in ihre Augenwinkel warf und ihre Zunge immer wieder über die oberen Vorderzähne fahren ließ, als könnte sie nicht stillhalten im Mund.

»Du wolltest mich treffen?«, fragte Travis und fing an, durch die Museumshalle zu gehen. Sie waren fast allein in der Dauerausstellung des Science Museum, denn es war mitten in der Woche, und das Museum würde bald schließen.

»Ja...«

Sebastian fuhr sich mit den Händen durchs Haar. Er wusste nicht, wo er anfangen sollte. Mit Travis zu sprechen war ihm wie das einzig Richtige vorgekommen, das einzig Erträgliche. Jetzt wusste er nicht, an welcher der vielen zerfransten Nervenfasern er zuerst reißen sollte.

»Also, es geht um Corrigan ... Ich weiß, dass ich dir nicht immer geglaubt habe, was ihn betrifft ... also, dass er mit all dem etwas zu tun haben sollte. Dem Puzzle und so weiter. Irgendwie klingt das alles wie der reinste Wahnsinn.«

Sebastian, der nach all den Ereignissen und Offenbarungen dieses Tages so durch den Wind war, dass er sich zunächst verirrt hatte und in der schlecht klimatisierten Abteilung für Erdbeben und Vulkanausbrüche gelandet war, erlebte den kühlen, menschenleeren Saal voller Platinen und Sextanten als sehr erholsam. Sie blieben vor einem enormen Gebilde stehen, das nicht wie ein Wunder der Mathematik aussah, sondern eher wie eines dieser Strandspielzeuge für Kinder, ein System aus Zahnrädern und Schaufeln mit einem Trichter ganz oben, in den man Wasser hineinkippte, das – theoretisch, aber nur selten praktisch – nach unten fließt und die Räder zum Laufen bringt. Diese Maschine, so entnahm Sebastian der Informationstafel, hieß »Moniac« und war 1952 von Forschern an der London School of Economics entwickelt worden, um den Wirtschaftskreislauf in Großbritannien zu veranschaulichen, sie biete, las er, »eine Möglichkeit, im Laufe von dreißig faszinierenden Minuten alles über die Wirtschaftswissenschaften zu lernen« und bestand aus hunderten Komponenten.

»Pareidolie«, sagte Travis und ließ ihren Blick von Schaufelrad zu Schaufelrad wandern.

»Bitte?«

»Der Wahnsinn, von dem du sprichst. Es gibt einen wissenschaftlichen Namen dafür. Corrigan sagt immer, ich würde daran leiden. Noch dazu an einer mutierten Variante, einer Pareidolie, die mit tausend Flügelschlägen multipliziert wurde.«

»Ich habe keine Ahnung, was das ist.«

»Rohrschachtests. Computer, die lernen, Gesichter zu erkennen. Sie bauen auf demselben Prinzip auf. Auf der Tendenz, eine bekannte Form zu erkennen, auch wenn es sie gar nicht gibt. Der Wille, ein Muster zu erkennen, ist so stark im menschlichen Gehirn verankert, dass wir nicht aufhören können, es zu sehen, wenn uns erst einmal die Augen dafür geöffnet wurden.«

Für einen Moment glaubte Sebastian, Travis wäre von einer plötzlichen Selbsterkenntnis beseelt worden und hätte nach irgendeiner Regel über kosmisches Gleichgewicht, Guthaben, Soll und Haben im Sparbuch des Wahnsinns plötzlich jene Vernunft angenommen, die er nicht länger besaß. Aber nein. Sie schnaubte verächtlich.

»Er täuscht sich natürlich. Die Welt formt sich nicht nach dem Gehirn. Das Gehirn hat sich nach der Welt geformt. Wir wollen so gerne Muster erkennen, weil es Muster gibt. Was die Mathematik anerkennt, die Geisteswissenschaften tun es dagegen nicht immer.«

Sebastian wurde ungeduldig.

»Travis, hör mir mal zu: Ich weiß nicht, was eigentlich vor sich geht und was Corrigan für eine seltsame Rolle darin einnimmt, ich meine, in meinem Leben. Ich weiß nur, dass es aufhören muss, weil ich es nicht mehr packe, verstehst du, was ich sage?«

Der Museumswärter, der neben dem Ausgang stand, warf einen Blick auf seine Uhr und räusperte sich so laut, dass es in dem menschenleeren Saal widerhallte. Travis schien es nicht zu bemerken.

»Ich weiß nicht, ob es je aufhören wird, Sebastian. Das Puzzle oder was auch immer. Das deprimiert mich ja gerade so. Guck dir diese Maschine an. Phantastisch, in vielerlei Hinsicht. Und trotzdem auch viel zu einfach. Wie auch immer: Ich bin nicht wahnsinnig. Die Welt ist einfach nur zu groß.«

»Ich weiß, dass du nicht wahnsinnig bist, Travis, ich weiß es jetzt. Glaube ich. Hör mal, ich habe einen Brief bekommen, von Clara. Einen richtigen Brief, auf Papier.«

»Aber ich bin resigniert, richtig resigniert. Diesmal glaube ich tatsächlich, dass ich falschliege. Ich glaube, du hast recht.«

»Sie hat geschrieben, dass alles untergehen wird.«

»Es hat nichts mit Corrigan zu tun. Das Puzzle. Überhaupt nichts.«

Sebastian tippte Travis irritiert an. Ihr Blick hatte sich irgendwo zwischen dem Import und Export von Kolonialwaren verloren.

»Du, ich versuche, dir gerade etwas zu erzählen. Über Clara!«

»Es tut mir leid, Sebastian, aber ich empfinde leider nichts für deine Schwester. Weil ich für niemanden etwas empfinde, wie du ja weißt. Deshalb fällt es mir schwer, ein ehrliches Interesse für sie aufzubringen. Was wird untergehen, sagtest du?«

Travis riss sich von dem mathematischen Spielzeug los und ging auf einige Maschinen zu, die aus der Ferne aussahen wie Stromkästen ohne Gehäuse.

»Alles. Aber um genauer zu sein, Corrigan, er –«

»Alles?«

»Das hat sie geschrieben. Aber ich weiß nicht, was sie meint.«

»Sie meint es wohl so, wie sie es sagt. Alles.«

Sebastian packte Travis' Arm und brachte sie zum Stehenbleiben.

»Verdammt noch mal, Travis, jetzt hör mir doch mal zu! Sie schreibt, sie würde nicht glauben, dass sie jemals zurückkommt. Sie schreibt von jemandem, der blind ist, und von einem Muster, das größer ist als sie selbst. Sie schreibt von Sternenbildern, Pfauen und Zikaden. *Zikaden!*«

»Und?«

Sebastian merkte, dass Travis gegen ihren Willen auf diese Information reagierte. Er beugte sich näher zu ihr und nahm ihr Gesicht in seine Hände, sodass sie ihm nicht mehr ausweichen konnte.

»Ich habe dann mit Corrigan gesprochen. Über die Äffin. Und er WUSSTE es. Und alles, was in dem Brief stand, wusste er auch! Ich meine, bis ins kleinste Detail, ich weiß nicht, wie. Als wäre er derjenige, der das alles lenkt. Und er hat mir eine Postkarte gegeben, und –«

Travis biss sich auf die Lippen.

»Erzähl weiter«, sagte sie zögernd.

»Sie war auf Deutsch. Die Postkarte. Ich weiß nicht, ob Corrigan überhaupt Deutsch kann, aber die Karte war auf der Osterinsel abgeschickt worden. Das hat mich allerdings am meisten gewundert. Das Komischste war, dass es zwei waren, ich meine Postkarten, sie haben sozusagen aufeinandergeklebt... Habe ich dir von Violetta erzählt? Habe ich nicht, oder? Und da ist noch eine andere Sache. Meine Schwestern, eine von ihnen zählt nicht, sozusagen, und Corrigan hat gesagt, es wäre Clara, aber woher soll er das wissen, wenn er meine Familie nicht schon seit Ewigkeiten kennt, im Grunde schon gekannt hat, als es passiert ist? Ich glaube, dass er vielleicht ihr Vater ist, aber auch das wäre total merkwürdig, er ist ja Amerikaner, allerdings interessiert er sich auffällig viel für Lund, findest du nicht? Warum hat er überhaupt dort gesucht, warum haben sie mich angeworben?«

Noch immer hielt er Travis' Gesicht, und ihm fiel auf, dass er sie so fest an den Wangen umklammerte, dass er sie fast in die Luft gehoben hätte. Der Museumswärter warf ihnen misstrauische Blicke zu und sah aus, als wollte er gleich eingreifen. Sebastian ließ die Hände sinken.

»Sebastian!« Travis legte einen Finger auf ihren Mund. »Beruhige dich. Atme. Was du sagst, ist sehr interessant, aber ich verstehe nichts. Bitte fang noch mal von vorn an. Warum in Himmels Namen denkst du, Corrigan wäre der Vater deiner Schwester? Ich weiß ja nicht wahnsinnig viel über diesen Bereich der menschlichen Biologie, aber ich dachte, das würde bedeuten, dass er auch dein Vater ist?«

Sebastian hatte Herzrasen. Er sah sein Gesicht in einer Vitrine gespiegelt, und für einen kurzen Moment konnte er erkennen, wie wahnsinnig das alles war, eine Pareidolie, die mit tausend Flügelschlägen multipliziert worden war, aber er konnte nicht anders, und es war schön, endlich loszulassen, und schön, dass Travis jetzt interessiert war, er konnte es an ihren Mundwinkeln ablesen, sie wollte es hören! Also erzählte er. Von seinem verschwundenen Vater, von der Mutter, die ihnen ihr Herz ausgeschüttet hatte, von der Verwechslung auf der Entbindungsstation und von Clara, die das alles nicht gut aufgenommen hatte, ganz und gar nicht, und von Matilda, die ihn damit bedrängte, die Schwester »zu finden«, als wäre das so leicht getan; von Corrigan, der alles wusste, und dieser Postkarte... Damit hörte er auf. Von Violetta mit den Zehen zur Unterwelt erzählte er nichts, und auch nicht von Laura und dem Mornington Crescent im goldenen Morgenlicht, denn er sah, dass Travis bereits mehr Informationen bekommen hatte, als selbst sie innerhalb der kurzen Zeit verarbeiten konnte, die ihm dafür geblieben war, weil er sich jetzt schleunigst wieder auf den Weg machen musste, denn Laura, Laura wartete ja auf ihn! Wie lange wartete sie schon? Er sah auf die Uhr, konnte dem Zifferblatt jedoch keine Bedeutung abringen –

»Hm«, sagte Travis nur kurz, und dann nichts weiter.

»Was denkst du?«, fragte Sebastian, und er hörte selbst,

wie eifrig er klang.»Ich glaube, Clara weiß, dass sie es ist, und jetzt will sie nicht mehr zurückkommen. Diese Postkarte... Ich weiß nicht, was sie zu bedeuten hat, aber ich glaube, was darauf steht, stimmt nicht, Clara ist so leicht verletzlich und –«

Irgendetwas rastete in Travis' Augen ein, wie ein Zählwerk, das bei der richtigen Ziffer stehen bleibt. Sie schwieg für einen Moment, dann sagte sie langsam:»Dabei ist es doch gar nicht Clara.«

Sebastian schritt zwischen den alten Computern hin und her, den Stromkästen, er las auf einem Schild: RECOGNISING PATTERNS: *In 1950, Alan Turing, now famed for code breaking during the Second World War, asked the question: Can machines think? Three decades later, the machine to your left debuted on national television. It seemed the answer might soon be yes.*

Sebastian drehte sich abrupt nach links um.

»Was hast du gerade gesagt?«

A critical sign of intelligence is recognising patterns. The machine had first been trained with pictures of its creators' faces. Then, one after another, the scientist sat in front of a live camera linked to the machine. It had to decide whether any of the faces it saw matched the face patterns stored in its memory.

»Ich weiß ja nicht, was deine Schwester glaubt, aber wenn man bedenkt, dass es nicht Clara ist, erscheint die Verbindung zwischen Corrigan und ihr ja in einem ganz anderen Licht. Was nicht bedeutet, dass sie nichts mit der Sache zu tun hat, natürlich hat sie das, die Frage ist nur wie... Und das Puzzle? Was will er? Ich glaube, dass all das, Sebastian, ich meine, deine ganze, sagen wir mal ›Familiensituation‹«, Travis machte eine wegwerfende Handbewegung, als wäre sie längst weiter, was sie auch war, wie immer,»wird sich nur klären, wenn wir ein für alle Mal das Puzzle lösen. Glaubst du nicht?«

»Ma'am, Mister, wir schließen jetzt.«

Der rastlose Wachmann tauchte zwischen zwei Glasvitrinen auf und tippte demonstrativ auf seine Armbanduhr. »Bitte seien Sie so freundlich und begeben Sie sich zum Ausgang.« Travis wollte ihn abwimmeln, aber er ließ nicht locker. Widerstrebend packte Sebastian sie am Arm und schleifte sie zu den Treppen. Die Niedergeschlagenheit, die Travis anzusehen gewesen war, als er sie vorhin im kalten Neonlicht des Museums erblickt hatte, und die schon in den letzten Tagen auf ihr zu lasten schien, wenn er genauer darüber nachdachte, vielleicht sogar schon seit Wochen; diese Niedergeschlagenheit, die, so verstand er irgendwo tief in seinem brausenden Gehirn, mit Selbstzweifeln zusammenhing, war jetzt wie weggeblasen, sie tänzelte geradezu die Treppen hinunter und durch die weitläufige Weltraumausstellung – die Himmelskörper erleuchteten ihr Haar, und er musste sich bremsen, um nicht stehen zu bleiben und sie zu schütteln, um eine Antwort aus ihr herauszuzwingen.

»Travis«, zischte er, während sie an der Garderobe ihre Taschen abholten, »was meinst du damit, dass es nicht Clara ist?«

Die Schiebetür spuckte sie auf die Straße. Unterhalb ihrer Füße, auf der breiten Museumspromenade, strömten die Menschenmassen in Richtung der U-Bahn-Station South Kensington. Familien, die Plüschdinosaurier und Lupen schleppten, Männer mit komischen Hüten, die Eis und Ballontiere verkauften, Paare mittleren Alters mit Tüten von V&A, die nach italienischen Delikatessen Ausschau hielten. Obwohl der Herbst kurz bevorstand, war es immer noch warm, es war den ganzen Sommer über warm gewesen, so warm, dass die Bäume ihre Blätter verloren hatten, sie lagen verbrannt auf dem Bürgersteig, reglos in der stillstehenden Luft. Sebastian zog Travis den Bürgersteig hinab und in eine Nische neben einem Pantomimekünstler.

»Warum bist du sicher, dass es nicht Clara ist? Antworte mir doch bitte einfach.«

Travis blies sich eine Haarsträhne aus dem Gesicht und verdrehte die Augen.

»Muss ich dir denn wirklich alles erklären?«, fragte sie.

»Ja, bitte.«

»Also, vorausgesetzt, deine Mutter hat nicht darüber gelogen, wie das alles bei eurer Geburt abgelaufen ist...« Travis schnipste mit den Fingern. »Ist das doch ganz einfach. Der kleinste gemeinsame Nenner und so weiter. Du hast ja selbst gesagt, dass dein Vater nicht unbedingt die hellste Leuchte ist. Aber du, jetzt müssen wir uns auf das wirklich Wichtige konzentrieren. Corrigan –«

Doch Sebastian hörte nicht mehr, was sie sagte.

Travis hatte recht.

Eigentlich war es ganz einfach.

Der kleinste gemeinsame Nenner und so weiter.

So viele Leute überall.

Er steckte die Hände in die Taschen und fing an zu gehen.

Travis rannte ihm nach und legte die Hand auf seinen Arm, aber er schüttelte sie ab.

»Wo willst du hin, Sebastian? Wir haben noch Arbeit vor uns, verstehst du das nicht? Wir sind so nah dran, so unglaublich nah. Wir lösen das alles, und wir finden deine Schwester, und dann –«

»Ich muss meine Mutter anrufen.«

Er ließ sie auf dem Bürgersteig stehen, zwängte sich in den Menschenstrom hinein und verschwand.

It recognised them all, calling out each scientist's name. Then a scientist new to the machine walked in. »INTRUDER! INTRUDER!«, it shouted. »The computer immediately spots the odd man out«, the television presenter said. »The security implications are obvious.«

STEH AUF DER BRÜCKE UND WARTE.

Sieh die Seifenblase, die ihrem Untergang entgegensinkt. Sieh die Schönheit in einer unbestimmbaren Farbe. Sieh die frühe Septembersonne im Haar deines Liebhabers, obwohl er nicht da ist, obwohl er diesmal nicht kommen wird. Sieh den Hennageruch über Camden Lock, einen Sirup, den man wie einen Schädel aufschneiden kann, um zu sehen, dass er hohl ist. Sieh die Schönheit in der Leere, in den weichen, haschduftenden Pullovern. Sieh die schmierige Konvexität, die du nicht anfassen kannst, ohne dir die Hände schmutzig zu machen. Sieh die sieben Sekunden, in der Perfektion außerhalb deines Körpers existiert. Sieh die Tatsache, dass du diesen Augenblick deiner eigenen Tochter gestohlen hast, sieh sie, wie sie dort mit ihrem Kindermädchen auf dem Sofa sitzt, sich einen Cheerio über jeden Finger gezogen hat und fernsieht, völlig im Unklaren darüber, dass ihr Seifenblasenröhrchen nicht auf seinem Platz im Büro steht und die Füße ihrer Mutter nicht die Straße entlang zurück zu ihr klappern, sondern hier festgewachsen sind, auf der Brücke bei Camden Lock, unter einem Spätsommerhimmel, der wie für Kinder gemacht ist. Sieh, dass du selbst nur eine simple Nachahmerin bist, eine Betrügerin der schlimmsten Sorte, eine Entführerin, eine Verbrecherin und Scharlatanin, eine Plagiatorin und Gewalttäterin. Sieh, dass du sämtliche Attribute von einem Kind gestohlen hast, das du nie warst und nie sein darfst, nicht jetzt, wo alles zu spät ist. Sieh Clara, die Schwester deines Geliebten, von deren Existenz du nur vage weißt, wie sie in einer anonymen Hotellobby auf der Osterinsel, Chile, von einem Sofa aufsteht und mit kühler Stimme zu einem unglaublich betrunkenen Zellstoffserviettenvertreter sagt: »Wir haben diese Erde nur von unseren Kindern geliehen, *Señor*, verstehen Sie das denn nicht?« Sieh die andere Schwester deines Geliebten, wie sie bei der Erinnerung an einen toten Vogel weint, den sie einmal im Volkspark Hasenheide sah. Sieh das flüchtige Glück im innersten Raum des Orgasmus. Sieh der Frau in die Augen, die mit einer geöffneten Zigarettenschachtel in der Hand auf der Brücke stehen bleibt, zwei Zigaretten herauszieht, beide mit einer Feuerzeugflamme anzündet und dir eine davon reicht, ehe sie schweigend weitergeht, eine Frau, deren Namen du nicht kennst und die du niemals wiedersehen wirst und deren Alter du nicht schätzen kannst. Rauch die Zigarette, kau ein Kaugummi, frag nicht, woher mein Recht kommt, dir all diese Befehle zu geben, und woher meine Stimme, denn ich weiß es nicht. Sieh mich als Evolution an, und sieh wieder weg. Sieh stattdessen dich selbst, sieh dich selbst so, wie dich dein Liebhaber sieht, ein Trauerspiel, das in die Hülle einer Frau geschlüpft ist. Sieh die nächste Seifenblase, und die nächste, wie du sie so vorsichtig auspustet, weil jede einzelne größer werden soll als die vorherige, und wie man das als Metapher auf die Konsumgesellschaft verstehen könnte, falls du eine bist, die an so etwas denkt. Sieh einen Vater, der sich mit einem kleinen Kind im Buggy neben dich stellt. Sieh, wie das Kind das Handy des Vaters hält, während der Vater mit einem Hippie redet, der vielleicht Drogen verkauft, sieh die großäugige Faszination des Kindes darüber, dass ein so kleines Ding so viel enthalten kann, all die Sachen, die auf dem Bild vorbeiflackern, wenn sich der Vater herunterbeugt und ein paar Tasten drückt.

450 Sieh, was das Kind sieht.

Sieh eine Klavier spielende Katze auf YouTube.

Sieh all die tausenden Klavier spielenden Katzen auf YouTube und sieh, dass keine einzige von ihnen um diese Aufmerksamkeit gebeten hat.

Sieh, dass er diesmal nicht kommen wird. Dass er Wichtigeres zu tun hat, dass du nicht der Nabel der Welt bist.

Sieh wieder die Seifenblase, sieh sie wie eine Kristallkugel, wie sie in Millionen Pixel zerspringt, jedes einzelne ein unbedeutender kleiner Regenbogen.

»MAMA, ICH BIN ES, ODER?«

»Sebastian...«

Sie klang müde, aber nicht verwundert. Mitfühlend, nachsichtig. Wie früher, als er ein Kind war und Fragen stellte, die eigentlich viel zu groß waren für seinen kleinen blonden Kopf. *Wie viele Vögel gibt es?* »Ich habe doch gesagt, dass ich es nicht weiß«, sagte sie. »Es hat keinen Zweck, darüber zu grübeln.«

»Hör jetzt auf! Ich weiß, dass ich es war, und ich weiß, dass du es weißt. Wenn man nur logisch darüber nachdenkt, kommt man darauf.«

Er konnte hören, wie sie umherlief. Fernes Vogelgezwitscher. Würmer, die Tunnel in den Boden gruben, Blätter, die mit einem Rascheln, so schneidend wie Blitzeinschläge, die Äste losließen. Sie war im Garten, in Schreckensglück, das wusste er so sicher, als wäre er selbst gerade dort. In seinem neuen, aufgeklärten Zustand schienen all seine Sinne übernatürlich geschärft zu sein, er konnte alles hören, alles sehen.

»Wenn es Papa war«, sagte er, »wenn es Papa war, der es gemerkt hat, dann muss der Unterschied zwischen dem Kind, das sie weggebracht haben, und dem Kind, mit dem sie wieder zurückgekommen sind, richtig auffällig gewesen sein, sonst hätte er sich niemals so sicher sein können. Und –«

»Jetzt unterschätzt du deinen Vater aber, glaube ich, Sebastian.«

»Wir sprechen hier über einen Mann, der ein Huhn nicht von einer Krähe unterscheiden kann! Erinnerst du dich nicht daran, wie wir auf Öland waren –«

»Doch, schon, mit den weltlichen Dingen hatte er schon immer seine Schwierigkeiten...«

»Und der einzige Unterschied, der mir einfällt, den nicht mal Papa übersehen würde, ist das Geschlecht, Mama. Das Geschlecht! So war es doch wohl? Sie haben ein Mädchen weggetragen und kamen mit einem Jungen zurück? Na gut, es hätte auch umgekehrt sein können, aber wenn man gründlich darüber nachdenkt... der kleinste gemeinsame Nenner und so weiter... Ich bin verdammt noch mal blond!«

»Sebastian...«

»Es ist doch so?«

Seine Mutter seufzte am anderen Ende der unsichtbaren Telefonleitung.

»Du warst schon immer intelligent, Sebastian. Zu intelligent für unsere Familie, so viel steht jedenfalls fest. Ich meine, am Verstand deiner Schwestern ist auch nichts auszusetzen, aber...«

»Es stimmt also?«

Seine Mutter seufzte noch einmal, noch tiefer. Er konnte hören, wie sie sich hinsetzte, ihr Jeanshintern auf dem feuchten Boden, die Augen auf die Entbindungsstation der Klinik von Lund gerichtet.

»Du musst verstehen, dass es schon zu spät war, als er es dann erzählt hat. Eine Woche war vergangen, Sebastian. Eine Woche. Weißt du, wie viel Liebe ein Elternteil während der ersten Woche im Leben seines Kindes entwickelt? Unendlich viel. Ich meine das genau so, wie ich es sage, *unendlich*. Wenn ich ganz ehrlich bin, hat dein Vater es nicht einmal freiwillig erzählt. Ich habe die Akte aus dem Krankenhaus mitbekommen. Ehrlich gesagt verstehe ich nicht, warum es dort niemandem aufgefallen war, wenn man bedenkt, dass es eigentlich schwarz auf weiß in den Dokumenten vermerkt ist.«

»Dass drei Mädchen geboren wurden?«

»Nein, nein, da stand schon: Zwei Mädchen und ein Junge.

Aber wenn man das Kleingedruckte las – und du weißt, dass ich es immer lese – stand dort ja auch, dass die Erstgeborene, Mädchen 1, bei der Geburt nicht geatmet hat. Darüber, wer anschließend auf die Welt kam, Mädchen 2 oder der Junge, herrscht offenbar Unklarheit, weil alles so schnell passierte und die Aufmerksamkeit der beiden diensthabenden Hebammen auf Mädchen 1 gerichtet war.«

»Hm.«

»Das habe ich auch gesagt. Aber wie auch immer die anschließende Reihenfolge aussah, war ich sicher, dass das Kind, das drei Stunden später von der Intensivstation zurückkam, ein Junge war, genauso sicher, wie ich war, dass es sich bei den Kindern an meiner Brust um zwei Mädchen handelte. Ich hatte ja gedacht, es wäre nur falsch in der Akte vermerkt worden, denn wie sie ja auch betont hatten, herrschte damals ein riesiges Durcheinander, verstehst du, und sie hatten ja auch recht damit, dass Clara und Matilda sehr dicht hintereinander kamen, ich bin mir nicht einmal selbst sicher, wer zuerst kam, aber ich glaube, es war Clara, denn das letzte Kind war das Einzige, das schrie, und Matilda hat als Säugling viel mehr geschrien, tja, als Erwachsene natürlich immer noch, da wirst du mir sicher zustimmen. Na, jedenfalls habe ich es dann deinem Vater vorgelesen. Claes, habe ich gesagt, hier steht, es wäre ein Mädchen gewesen, mit dem sie zur Intensivstation gerannt sind. Ja, hat er erwidert, das stimmt. Na aber, sie sind doch mit Sebastian zurückgekommen, habe ich da gesagt. Ja, hat er gesagt, das stimmt auch.«

Sebastian schwieg.

»Und wie erklärst du das?, habe ich dann gesagt. Das kann ich nicht, hat er gesagt. Du musst bedenken, dass er nichts von einem Irrtum erzählt hat, Sebastian. Nichts von einem Tausch oder einer Verwechslung. Für ihn war es schlichtweg kein Fehler. Ich glaube, es war ganz einfach so: Als er dich gesehen hat, hat er seinen Sohn gesehen. Und weiter hat er nicht gedacht. Er ist ein Gefühlsmensch, weißt du. Ich bin ja eher eine Grüblerin, wohingegen er sich von seinen Trieben leiten lässt. Das hat weiß Gott seine Nachteile, aber ich glaube, in dem Moment war es ein verkleideter Segen. Denn wir haben dich bekommen, nicht wahr? Unseren Sohn. Ich bin mir sicher, wir hätten dasselbe auch für die Tochter empfunden, wenn es so gekommen wäre, aber so war es nun einmal nicht. Und ich vertraue unserem Herrgott dann doch so sehr, dass ich glaube, es gab einen Sinn dahinter. Ich muss es ja glauben, alles andere würde bedeuten, dass ich meine Liebe zu dir verleugne. Und die, kann ich dir sagen, war nach sieben Tagen so intensiv, dass es nicht in Frage gekommen wäre, einen Versuch zu unternehmen, dich irgendwie wieder zurückzutauschen. Du warst, du *bist,* ja unser Sohn.«

»Mama, das ist doch vollkommen wahnsinnig. Was du mir gerade erzählt hast, ist vollkommen wahnsinnig, das musst du doch verstehen?«

»Doch, doch, es ist wohl ein bisschen tollkühn, da muss ich dir zustimmen. Aber du weißt, was man über die Wege des Herrn sagt, Sebastian.«

»Unergründlich«, murmelte er verbissen.

»Ja, das auch. Aber vor allem sind sie verschlungen. Gott ist umständlich, so wie alle Männer. Warum sollte man es sich leicht machen, wenn es auch kompliziert geht? Die Theologen brauchen ja etwas, in das sie sich verbeißen können, verstehst du?«

»Aber das Kind anderer Leute zu stehlen... das ist verdammt noch mal kein theologisches Problem, sondern ein Gesetzesbruch.«

»Wir haben kein Kind gestohlen, Sebastian. Wir haben nur angenommen, was Gott uns geschenkt hat. Moses war auch ein Findelkind, weißt du.«

Sebastian schloss die Augen.

»Aber die anderen... die anderen Eltern. Meine Eltern, meine biologischen, meine ich. Ihnen muss doch dasselbe aufgefallen sein. Dass sie ein Mädchen zurückbekommen haben anstelle eines Jungen.«

»Ja, vermutlich schon. Oder nein, ich weiß es sogar. Aber sie werden wohl dasselbe gedacht haben wie wir. Dass es nun einmal so war. Ich weiß es nicht. Jedenfalls hat es auf der Entbindungsstation offenbar niemand erwähnt, sonst wäre ja eine Riesenaufregung entstanden. Und später, tja... da war es wohl so, wie es war. Das Biologische ist wirklich nicht alles, Sebastian. Josef hat Jesus geliebt wie sein eigen Fleisch und Blut.«

»Der war ja auch Gottes Sohn. Ich würde meinen, das ist eine andere Sache.«

»Du bist auch ein Sohn Gottes, Sebastian. Das sind wir alle.«

»Ich weiß nicht, was ich mit dieser Information anfangen soll, Mama.«

»Du wirst sie verarbeiten. Da bin ich mir sicher. Lass einfach ein bisschen Zeit ins Land gehen, und du wirst sehen, dass es sich gar nicht mehr komisch anfühlt.«

»Ich meinte das ganz konkret, Mama. Soll ich es Clara und Matilda erzählen? Dem Staat? Soll ich versuchen, meine biologischen Eltern ausfindig zu machen? Werden Clara und Matilda ihre Schwester treffen wollen? Sind wir jetzt zu viert? Es ist doch schon kompliziert genug, zu dritt zu sein! Herrje.«

Plötzlich fiel ihm etwas ein.

»Wie meintest du das gerade – dass du weißt, dass es ihnen aufgefallen ist? Meinen biologischen Eltern?«

»Wie bitte?«

»Du hast gesagt: Ich weiß es sogar. Woher weißt du das? Hattet ihr Kontakt zu ihnen?«

»Ach, das meintest du. Ja, doch, hatten wir.«

»Du hast zu uns dreien gesagt, dass es nicht so gewesen

wäre. Als wir letztens darüber gesprochen haben. War das gelogen?«

»Ja, nein, also, das kam erst später. Viel später. Da wart ihr schon erwachsen.«

»Aber dann weißt du, wer es ist?«

»Ja, doch.«

»Und?«

»Was, und?«

»Wer ist es? Wo wohnen sie? Kenne ich sie?«

»Ich finde, darüber sollten wir jetzt noch nicht eingehender sprechen, Sebastian. Du musst jetzt einiges verarbeiten, weißt du. Ich meine, bist du dir überhaupt sicher, dass du es wissen willst? Das ist doch ziemlich viel auf einmal. Und es spielt keine –«

»Natürlich spielt es eine Rolle! Ich bin kein Kind mehr, ich weiß, dass Papa und du meine Eltern seid, und nicht die anderen, darum geht es nicht. Aber ich muss es doch erfahren dürfen, Herrgott noch mal!«

»Es ist nur etwas kompliziert...«

»Wie, kompliziert? Haben sie gesagt, ich dürfte es nicht erfahren? Wie ausführlich habt ihr denn darüber gesprochen? Habt ihr regelmäßig Kontakt zueinander?«

»Nein, so würde ich es nicht nennen, nein. Aber... ich weiß nicht, was ich sagen soll, Sebastian. Ich kann dich nicht mehr anlügen, das habe ich mir selbst geschworen, und gleichzeitig bin ich sicher, dass diese Information nicht gut für dich ist. Das weiß ich ganz bestimmt. Ich hätte es wirklich lieber, dass wir das in einem ruhigeren Rahmen klären, dass du nach Hause kommst, dass wir das alle zusammen machen, vielleicht könnten wir auch einen Seelsorger oder einen Psychologen hinzuziehen, wenn sich das besser anfühlt... Ich habe wirklich nicht gewollt, dass es so weit kommt. Ich wollte nur, dass ihr... voneinander wisst. Aber nicht unbedingt von ihr. Ach Gott, Sebastian...«

»Wen meinst du mit sie? Meine Schwester? Das heißt, ihre Schwester. Die Schwester meiner Schwestern.«

Er lachte laut und leer.

»Ich kann einfach nicht fassen, dass wir dieses Gespräch führen. Und ich währenddessen auf einer Bank vor William Hill sitze.«

»Wer ist William Hill?«

»Keine Person, sondern eine Ladenkette. Ein Wettbüro.«

»Spielst du etwa? Du weißt, dass ich das nicht mag.«

»Lenk jetzt nicht ab. Hast du sie getroffen?«

»Wen?«

»Deine dritte Tochter!«

»Ja, doch, das habe ich.«

»Schon oft?«

»Ja, das muss ich wohl so sagen. Aber mein Schatz, ich glaube «

»Schon oft?«

»Ja, aber ich wusste ja nicht... Wie hätte ich das wissen können? Es gab ja keine Ähnlichkeit. Finde ich jedenfalls. Das heißt, im Nachhinein kann ich es schon sehen, vielleicht, aber damals... Nicht so ähnlich, wie Clara und Matilda sich sehen. Aber natürlich kam mir irgendetwas bekannt vor, du weißt ja, dass es mir von Anfang an nicht gefiel, aber ich habe nie verstanden, warum, das nicht. Oh, Sebastian, du hasst mich doch hoffentlich nicht?«

»Nein, natürlich nicht.«

»Denn ich schwöre, dass ich nichts wusste. Und später, als sich ihre Eltern meldeten, war es ja zu spät... Oder, ich meine, wir haben ja darüber gesprochen, und sie fanden auch nicht...«

Irgendetwas zerrte an Sebastians Nervenbahnen, ein Kribbeln unter der Haut, wie Ameisen. Antennen, die sich in die Luft reckten.

»Fanden was? Wer?«

»Aber weißt du, ich habe die ganze Zeit gedacht, dass es ein bisschen unheimlich wirkte, wie ähnlich ihr euch wart, ich meine, als Menschen... und trotzdem so unterschiedlich. Ich habe es schon gedacht, bevor ich es wusste, dass ihr irgendwie zusammengehört, wie Licht und Schatten. Schattengeschwister. Das dachte ich. Und ich glaube, du hast das auch gespürt, deshalb wurdet ihr so stark voneinander angezogen. Denn es ist nicht normal, eine so enge Verbindung zu haben wie ihr, nicht in dem Alter, wirklich nicht.«

»Mama«, sagte Sebastian mit kalter Stimme. »Mama, sprich bitte direkt aus, von wem du redest.«

Das Telefon piepste dreimal. Der Akku war leer.

ER ERWACHTE MIT ZERKNITTERTEM GESICHT und verklebten Augen. In den ersten sieben Sekunden dachte er nur an eines, merkwürdigerweise aber nicht daran, dass er tags zuvor erfahren hatte, nicht der Bruder seiner Schwestern und das Kind seiner Eltern zu sein, und er dachte auch nicht an die eiskalte Erkenntnis, dass seine Zwillingsseele in mehr als nur einer Hinsicht der dunkle Schatten seines Lebens war. Nein, er dachte daran, dass er Laura Kadinskys traurige Augen im Stich gelassen hatte.

Sie hatte auf ihn gewartet, und er war nicht gekommen. Statt in die U-Bahn zu springen und zu ihr zu fahren, war er vor dem William-Hill-Wettbüro sitzen geblieben; hatte dort gesessen, bis es dämmerte und die Straßen sich leerten. Dann war er zu Fuß den ganzen Weg bis zum Russell Square gelaufen, hatte den Hintereingang genommen und sich im Dunkeln bis zu seinem Büro vorgetastet. Er hatte sich auf seinen Bürostuhl gesetzt und den Kopf auf den Schreibtisch gelegt, und so war er eingeschlafen.

Er hatte nichts gedacht, außer dass er die Äffin vermisste. Die Äffin hätte gewusst, wie man mit einer solchen Information umgehen sollte. Die Äffin hätte keinerlei Raum für Zweifel gelassen. Aber sie war weg.

Und jetzt war Laura auch weg. Hatte er sie wirklich vergebens warten lassen? Und wo war sie jetzt? Saß sie mit Chloe auf dem Schoß in Heathrow, zwei ordentlich gebrauchte Handgepäckkoffer vor den Füßen und einen doppelten Mocha Frappuccino in der Hand, für den sich Philip mit tausenden anderen müden, dichtgedrängten Touristen angestellt hatte? Nein, er korrigierte seine Phantasie, Laura mochte solchen Süßigkeitenkaffee gar nicht, das wusste er jetzt, beim Kaffee hatte sie dieselben Vorlieben wie beim Sex – kein Schickschnack. Aber wusste Philip es auch? Man stelle sich vor, dass er ihr trotzdem einen Karamell-Latte mit Kakaopulver brachte und sie genau in dem Moment dachte: *Niemand auf der Welt interessiert sich für mich, nicht einmal Sebastian.* Oder man stelle sich vor, dass sie gezwungen gewesen war, sich ihren Kaffee selbst zu kaufen und ihn verschüttete und sich ihre hübschen Hände verbrühte? Oder, und das war vermutlich am wahrscheinlichsten, dass Philip genau den richtigen Kaffee brachte, sie auf die Stirn küsste und sagte: »Ich bin so froh, dass wir zusammen verreisen, ich weiß, dass ich in letzter Zeit ein schlechter Ehemann gewesen bin, aber das wird sich jetzt ändern, ich werde mich um dich kümmern, so wie du es auch verdient hast.« Und man stelle sich vor, dass Laura dann problemlos ihren Becher zum Mund führte und lächelte und sagte: »Ich war auch eine schlechte Ehefrau, aber damit ist es jetzt vorbei. Ab sofort gibt es nur noch dich und mich.«

Sebastian gab sich für eine Weile diesem altbekannten emotionalen Paradox hin, den widerstreitenden Kräften in seinem Inneren, denn er wünschte sich einerseits nichts mehr, als dass Laura hinreichend unglücklich mit ihrem Familienleben werden würde, um sich ein neues zuzulegen (vorzugsweise mit Sebastian), andererseits ertrug er auch den Gedanken nicht, das zu zerstören, was offenbar ein wackeliges, aber nichtsdestotrotz schönes Familiengebäude war, ein Leben, das Laura selbst gewählt hatte und auch weiterhin behalten wollte, sofern ihre Hände endlich damit aufhörten, ständig ihr Ziel zu verfehlen. Konnte es sein, dachte Sebastian mit der neuen Klarheit, die er irgendwann zwischen dem Gespräch mit Corrigan, Travis' verdrehten Augen und dem nonchalanten Bekenntnis seiner Mutter gewonnen hatte; konnte es sein, dass Laura ihre Hände die ganze Zeit nach Philip ausstreckte und nur aufgrund ihrer optischen Defizite stattdessen Sebastian berührt hatte?

Dieser Gedanke verursachte dasselbe Brennen in seinem Hals, als hätte er sich erbrochen. Er sah auf die Uhr. Es war Viertel nach elf. Er musste mit Travis sprechen, und sei es nur, um sie sofort wieder von der Idee abzubringen, Corrigan wäre sein Vater, eine Idee, auf die er selbst sie versehentlich und – so schien es ihm jetzt – ziemlich übereilt gebracht hatte. Immerhin war es eine Erleichterung, dass es nicht stimmte.

Er ging auf die Toilette im Korridor, wusch sich notdürftig unter den Achseln und im Gesicht, hauchte gegen den Spiegel, damit das Gesicht verschwand. Dann ging er wieder in sein Büro, schlüpfte in den Laborkittel, der über dem Stuhl hing, und wollte gerade gehen, als er sah, dass das Lämpchen auf dem Intercom-Telefon blau leuchtete. Das war sonderbar, denn normalerweise blinkte es rot bei eingehenden externen Gesprächen, grün bei hinterlassenen Nachrichten und gelb, wenn der Anruf von der Zentrale oder einem anderen internen Anschluss kam. Noch sonderbarer war allerdings, dass das Lämpchen nicht blau blieb, sondern die Farbe wechselte, bis es plötzlich farblos wirkte, weiß blinkte, durchsichtig. Und dennoch blinkte es, ganz unverkennbar und zutiefst beunruhigend. Schwitzend sank Sebastian auf den Stuhl und drückte auf den Knopf, um das Blinken zu beenden.

»Sebastian? Hier ist Benedict. Hast du kurz Zeit? Ich habe eine Frau hier in meinem Büro, die dich unbedingt treffen will. Sie ist ziemlich beharrlich, muss ich sagen, aber ehrlich gesagt wirkt sie auch reichlich durchgeknallt, deshalb weiß ich nicht genau, was ich machen soll. Kann ich sie zu dir lassen?«

Es wäre übertrieben zu behaupten, dass Sebastians Herz stehenblieb, aber sein Herz blieb stehen (von Liebe zu sprechen, wäre trotzdem übertrieben). Also war sie doch nicht verreist! Sie war hier, sie war immer noch hier, noch immer die traurigste Frau der Welt, deren Unersättlichkeit nur er allein stillen konnte!

»Laura Kadinsky?«, fragte Sebastian in den Lautsprecher.

»Lass sie durch.«

»Also... sie sagt, sie wäre deine Schwester«, antwortete Benedict.

Sebastians Schultern sanken.

»Kadinsky? Sie ist meine Patientin.«

»Einen Moment... Nein, es ist auf keinen Fall Mrs Kadinsky. Sie sagt, sie würde Matilda heißen und wäre deine Schwester und, Augenblick...«

Sebastian ließ sich auf dem Stuhl zurückfallen.

»Matilda?«

»Ja.«

»Meine Schwester Matilda?«

»Ja, ihrer eigenen Aussage zufolge schon.«

»Hier?«

»Ja, wie ich schon sagte.«

»Ja aber, dann lass sie durch!«

»Sie sieht so durchgeknallt aus, Sebastian, da ist irgendetwas mit ihren Augen. Um ehrlich zu sein, glaube ich, es wäre doch besser, wenn du runterkommst.«

MATILDAS KRANKHEIT ZEIGTE IHRE Teufelsfratze zum ersten Mal, als die Geschwister vierzehn waren, im Konfirmandenunterricht. Ungewöhnlich früh, sagten die Ärzte, normalerweise brach sie erst im späten Jugendalter aus, aber ab und zu kam es vor.

Ganz konkret äußerte sich die Krankheit darin, dass Matilda plötzlich besessen war von ihrer eigenen moralischen Unzulänglichkeit und auch der anderer Menschen. Ihre Mutter gab dem Pfarrer die Schuld – er hätte viel zu viel über Schuld, Scham und Buße gesprochen, fand sie, und viel zu wenig über die christliche Botschaft der Liebe. Er war Mitglied bei »Ja zum Leben«, und eines Tages war Matilda nach dem Unterricht mit einer Postkarte heimgekehrt, auf der die geballte kleine Faust eines abgetriebenen Fötus zu sehen war, und hatte halb heulend, halb schreiend von ihrer Mutter eine Antwort darauf verlangt, warum Gott, wenn es ihn wirklich gab, erlaubt hatte, dass so etwas wie Abtreibungen überhaupt erfunden worden waren. Ihre Mutter hatte irgendetwas Wirres über die Theodizee-Frage und die Gleichberechtigung und Elise Ottesen-Jensen und moralische Grauzonen erzählt, über die Grenzen des Lebens und die persönliche Verantwortung, und dass es menschlich war, Fehler zu machen, auch wenn Kinder natürlich nie ein Fehler waren, aber wann ein Kind eigentlich ein Kind war, das sei eine wissenschaftliche und eine philosophische Frage, und dann erkundigte sich die Mutter, warum Matilda eigentlich gerade so viel darüber nachdachte, ob sie ihr etwas erzählen wolle? Jedenfalls hatte diese Auskunft kein bisschen weitergeholfen.

Stattdessen war anschließend alles eskaliert. Matilda

hatte sich erst in der kirchlichen Jugend engagiert, doch als ihr eines Tages eine Klassenkameradin, die ebenfalls radikale Humanistin war, erklärt hatte, für wie viel Leid die Religion auf unserer Erde verantwortlich war, beispielsweise für Kriege und Beschneidungen, hatte Matilda mit ihrem Kindheitsglauben gebrochen und die Konfirmation verweigert und sich stattdessen bei Amnesty, Greenpeace und – da sie nicht hinreichend über den christlichen Hintergrund dieser Organisation im Bilde war – auch im Jugendverband des Roten Kreuzes engagiert.

Abrupt stellte sie alle Freizeitaktivitäten ein, die Spaß machten, auch die Zirkusschule, und beschäftigte sich stattdessen außerhalb der Schule nur noch mit ihrem ehrenamtlichen Engagement. Sie besuchte einen Studienkreis über den Balkankrieg und reiste nach Bosnien und zu den weißen Grabsteinen in Srebrenica. »Wie ein Wald waren sie, ein Wald des Todes«, hatte sie zu Sebastian gesagt, und später dachte er, dass sie an dieser Stelle verloren gegangen war, auf Irrwege geraten. Damals hatte Matilda ihm viel erzählt, und das tat sie noch immer; sie konnte nicht trennen, was privat war und was nicht, und das lag nicht nur an ihrer Krankheit, Sebastian war sich ziemlich sicher, dass sie einfach so war. Grenzenlos. Ungehemmt. Redselig. Er mochte diese Seite an ihr, schon immer, auch wenn sie ihm mitunter auch Angst einjagte.

Er erinnerte sich noch daran, wie sie von ihrer Balkanreise erzählt hatte, wie groß und dunkel ihre Augen gewesen waren, zwei blauschwarze Löcher, so eindringlich, dass sie das ganze sichere Licht einsogen, das von seiner Nachttischlampe auf das Bett fiel, in dem sie lagen, mit ineinander verschränkten Beinen, er und seine verrückte Schwester. Sie erzählte, sie hätte einen Mütterverein besucht, und die Mütter hätten geweint. Sie hätten in einem Raum mit Leuchtstoffröhren gesessen und einen Film über Ratko Mladić gesehen, der eine Maschinenpistole geschwenkt hatte, und in der Stadt hätte es keine Kinder mehr gegeben, nur Zigaretten, die billiger waren als Brot, und alte Frauen mit ausgeblichenen Kopftüchern. Auf dem Weg zurück nach Sarajevo war Matilda völlig erschöpft mit dem Kopf am Busfenster eingeschlafen, und als sie wieder aufgewacht war, hatte sie gedacht, die Scheibe sei mit Blut bedeckt, dabei war sie nur von Matildas Atem beschlagen. Nicht einmal die Tatsache, dass sie am selben Abend ihre Unschuld auf einem Sarajevoer Hinterhof verloren hatte – mit einem zehn Jahre älteren Freund Palästinas, der so betrunken gewesen war, dass er die billigen serbischen Zigaretten am falschen Ende anzünden wollte –, schien dazu geführt zu haben, dass sie eine gesunde teenagertypische Ichbezogenheit annahm.

Ganz im Gegenteil, erinnerte sich Sebastian, hatten ihre hastig aufflammenden Gefühle für den Freund Palästinas stattdessen schnell den Weg für ihr Engagement in der Palästinafrage geebnet. Schließlich war der Balkankrieg ja auch vorbei, aber im Nahen Osten gab es immer noch etwas auszurichten. Als sie wieder zu Hause ankam, hatte sie sich neben ihren übrigen Aktivitäten zudem in der Palästinagruppe engagiert und noch dazu, weil der Freund Palästinas auch dort seine Finger im Spiel hatte, in der Flüchtlingshilfe und bei Aktion Westsahara.

In dieser Phase hatte Sebastian seine Schwester nicht sonderlich viel zu Gesicht bekommen, sie war fast nie zu Hause, und er auch nicht – er verbrachte ganze Nachmittage und Abende im Café Ariman und spielte Schach mit einem jungen Konservativen namens Max Friberg, hörte The Radio Dept und wartete darauf, sich endlich zu verlieben.

Es sollte noch dauern, bis es so weit war, und zu diesem Zeitpunkt war Matilda schon mehrmals in der Psychiatrie gewesen. Sie hatte eine Diagnose und Medikamente und einen differenzierteren Blick auf die Welt.

Und jetzt saß sie hier. In einem von Benedicts Besucherstühlen, magerer, als Sebastian sie in Erinnerung hatte, in einem blassgelben Strickpullover, der ihren Teint aussehen ließ, als hätte sie ihn mit Asche gepudert. Er versuchte sich zu erinnern, wann er sie zuletzt gesehen hatte, in echt, wann er sie zuletzt in allen drei Dimensionen gesehen hatte. Auf Violettas Beerdigung? Ja. Vor knapp einem Jahr. Kurz bevor sie Billy kennengelernt und mit ihm und seiner Tochter zusammengezogen war, Billy, den Sebastian nie getroffen hatte, und er war auch nicht darauf erpicht, was eigentlich weder mit ihm noch mit Matilda zusammenhing. Er hatte grundsätzlich niemanden treffen wollen, ehe er nach London kam und wohl oder übel dazu gezwungen gewesen war. Und jetzt wollte er erst recht niemanden mehr treffen, am allerwenigsten Matilda, die nicht wusste, was er wusste.

Die nicht wusste, dass sie sich zum letzten Mal auf der Beerdigung ihrer eigenen Schwester gesehen hatten.

Wäre es nicht so grotesk gewesen, hätte es beinahe lustig sein können. Wie viel er plötzlich wusste und wie wenig Matilda, obwohl sie die Einzige der Geschwister gewesen war, die tatsächlich Interesse daran gezeigt hatte, diese seltsame Familiensituation zu klären, in die sie plötzlich geraten waren. Oder wenigstens Interesse daran, dass *er* sie klärte. Ausgerechnet sie, die zwei Jahre in Bangladesch gewesen war, ohne auch nur eine Postkarte zu schicken, hatte ihn seit dem Gruppengespräch mehrmals in der Woche angerufen. Er hatte geglaubt, dass die ganze traurige Affäre ihre dramatische Seite befeuert hatte, dass sie es genoss und gar nicht genug darüber sprechen konnte, weil der manische Teil ihres Gehirns – dessen natürliches Talent, bei allen möglichen Anlässen zu überdrehen, von den Medikamenten gedämpft wurde – auf so etwas ansprang. Dass sie sich durch den Tod der Kernfamilie, den sie politisch schon immer befürwortet hatte und jetzt in der Praxis erlebte, lebendig fühlte.

Aber, dachte Sebastian, während er dort in der Tür stand und seine stärkste, zerbrechlichste Schwester betrachtete, vielleicht hatte er ihr unrecht getan. Vielleicht hatte sie sich die ganze Zeit aufrichtig Sorgen gemacht, und er hatte ihr nicht helfen können, und deshalb saß sie jetzt hier wie ein rettender Engel bereit, um sich retten zu lassen.

Die Frage war nur, ob er es konnte. Diese Familie konnte nur gerettet werden, indem alle die Wahrheit erfuhren, dachte Sebastian. Aber Matilda hatte die Wahrheit noch nie gut verkraftet, und an dieser Wahrheit, so fürchtete er, würde sie zerbrechen.

Wie mager sie war. Auf unbehagliche Weise dem dunklen Schatten ähnlich, der hinter ihrem Kopf hing, dem dunklen Schatten, den nur er sehen konnte.

»Matilda«, sagte er, »du siehst aus, als würde es dir nicht gut gehen.«

Sie nahm ihre Hände, die in die ausgeleierten Pulloverärmel gewickelt waren, vom Gesicht.

»Erinnerst du dich noch an Bernada, Sebastian?«, fragte sie. »Weißt du noch, wie Papa sie zur Tierklinik bringen musste, weil ich eine riesige Tafel Schokolade im Wohnzimmer liegen gelassen hatte und Bernada sie auffraß? Ich hatte sie nicht vergessen. Ich hatte es absichtlich getan, weil ich wollte, dass sie leidet. Und jetzt habe ich ein Kind geschlagen.«

IV

OSTERINSEL

NUR 0,01 PROZENT DER GESAMTEN Biomasse der Welt besteht aus Menschen; den Händen, Zähnen, Herzen und Füßen von Menschen. Nichtsdestotrotz haben diese Hände, Zähne, Herzen und Füße vier Fünftel aller übrigen Säugetierarten ausgerottet, haben sie eine nach der anderen zu Tode getrampelt, zerfetzt, gebissen. Haben den Vögeln die Flügel ausgerissen und mit den Daunen Kissen gestopft. Haben den Butterblumen die Blütenblätter ausgezupft und sich die Eckzähne mit ihrem Gold lackiert. Haben den größten Spettekaka, Weihnachtsstollen, Käsehobel der Welt gebaut (Sjöbo, Dubai, Ånäset). Einen Menschen auf den Mond geschickt (Mond) und Kräuter an den Wurzeln herausgerissen (überall). Mit den Zähnen Plankton gesiebt, den Elefanten die Zähne abgesägt, Kamele durch Nadelöhre gezwängt, einen Morgen Land nach dem anderen mit Rasenflächen und Eternitplatten gezähmt.

Es war einmal ein Mädchen, das glaubte, das Heckengeißblatt würde nur an ungeraden Tagen blühen. Zu dieser Zeit glaubte es unbeirrbar an die Macht des gregorianischen Kalenders über die Natur. Es besaß ein Buch über vorzeitliche Tiere. Die hatten so schöne Namen – Pferd der Morgenröte, Terrorvogel –, dass es dachte, es sei fast ein Glück, dass es sie nicht mehr gab. Sie hätten ihrem eigenen Mythos gar nicht gerecht werden können.

Man braucht sich nur den Menschen anzusehen.

13 Prozent des gesamten Lebens auf der Welt ist in Form von Bakterien in die Erdkruste eingebettet. Wir lassen sie dort liegen, vielleicht als eine Art Versicherung. In jedem

von Menschen gewärmten Bett gibt es eine Milliarde winzig kleine Wesen, die sich vom menschlichen Körper ernähren. Wir legen unsere Säuglinge dort ab, mitten in den ganzen Schmutz – ein unbewusstes Opfer. Wir betrachten eine Pusteblume und beschließen zu pusten, nur dieses eine Mal.

Es war einmal ein Mädchen, das immer bei offenem Fenster schlief, obwohl es Angst vor allem hatte, was in der Nacht lebte. Es lag in seinem Bett und sagte einen albernen Reim vor sich hin, um die Angst auszuhalten. Staubige Nacht, flammende Nacht, Äuglein zugemacht, müde Matratze, kratzende Katze, wimmelndes Wasser.

Es war einmal ein Mädchen, dem es schwerfiel, sich die Zähne zu putzen, weil das Wasser voller mikroskopisch kleiner Lebewesen war, die es nicht in seinem Körper haben wollte. Es hatte eine Schwester, die sagte, jene Bakterien, die schon auf den Zähnen säßen, seien schlimmer, denn sie würden beißen.

Also tauschte es die eine gruselige Lebensform gegen eine andere. Es war eine Art Nullsummenspiel.

83 Prozent des Lebens auf der Welt besteht aus Grün. Diese Zahl wird nicht kleiner, nur werden die Bäume weniger und die Maisfelder größer. Das Totholz in den Wäldern kann gar nicht schnell genug verrotten, aber es gibt immer noch geschliffene Planken, Wintertomaten, Orchideen in Glastöpfen auf weißen Fensterbänken. Auch das ist eine Art Nullsummenspiel, dessen Produktionsziffer genau das ist: die Ziffer Null. Nichts geht verloren, und doch geht alles verloren.

Es war einmal ein Mädchen, das ein Säugling war, das eine Täterin war, noch bevor es seinen ersten Atemzug getan hatte. Es war jedes Kind, denn die destruktive Kraft in jedem neugeborenen Kind ist genauso groß wie in einem sehr alten Uranatom. Es gab einmal einen bestimmten Säugling, der auf der Entbindungsstation mit einem anderen Säugling verwechselt worden war. Wie das Mädchen es auch drehte und wendete, gelang es ihm doch nicht, dies als unwesentlichen Austausch zweier gleicher Größen anzusehen. Gleichzeitig wollte es sich selbst als eine Ameise oder Arbeitsbiene betrachten, als ein kleines, unbedeutendes Zahnrad in einer großen Maschinerie, die eines Tages unerbittlich rasten oder rosten oder schlichtweg zusammenfallen würde, und da spielte es ja keine Rolle. Wer mit wem zusammengehörte. Wessen Augen dieselbe Farbe hatten wie der Fleck unterhalb von Grönland.

Es gab keine Dodos mehr, aber es gab Gedichte und Dohlen, was beinahe dasselbe ist. Es wird immer Dohlen geben, und möglicherweise auch Gedichte. Möglicherweise auch Musik, wenn auch keine Walgesänge. Es gibt immer noch eine praktisch unerschöpfliche Quelle von lebenstüchtigen Bakterien, die in den Gletschern der Pole eingefroren sind, und es gibt Brombeeren. Auf der ganzen nördlichen Halbkugel wird es, selbst wenn alles verbrannt und verwüstet ist, immer noch Brombeeren, Ratten und Pandemien geben.

Es war einmal ein Kind, das vor allem Angst hatte. Aus ihm wurde eine Frau, die sich an den Gedanken zu gewöhnen versuchte, dass es nun einmal so war und dass es in Ordnung war. Immerhin gibt es mehr als achthundert Sorten wilde Brombeeren. Es gibt Grassorten, die sich so sehr gegen eine menschliche Beschädigung abgehärtet haben, dass man sich schneidet, wenn man die Halme mit den Händen ausreißen will. Im Sommer wachsen ihnen Ähren mit großen Rispen, im Herbst lockern sich diese, und wenn es kräftig genug weht (die Orkane würde es weiterhin geben, wenn nicht für immer, dann zumindest noch lange), knickt die Ähre um. Wenn dann noch irgendein Mensch auf den Beinen steht, kann er sie ernten und die hohlen Stängel in Stücke schneiden. Mit etwas gutem Willen kann er sich etwas daraus basteln, das an eine Panflöte erinnert.

ER WAR DA, ALS SIE landete. Auf derselben Bank in der Halle des Terminals, wo er auch bei ihrer Abreise gesessen hatte, zwei Monate zuvor. Sie hatte ihm nicht gesagt, mit welcher Maschine sie ankommen würde, also hatte er vielleicht die ganze Zeit dort gesessen. Gewartet. Oder es stimmte, was er behauptete: dass die Zukunft für ihn wie ein Spiegel war, den er in der Hand halten konnte. Inzwischen erschien ihr gar nichts mehr unwahrscheinlich, nicht nach dem, was sie in Berlin gesehen hatte.

Im ersten Moment schien er sie nicht zu sehen. Erst als sie ihren Rucksack vor seinen Füßen abstellte, hob er seinen Blick von den gefalteten Händen.

»Jetzt bist du hier«, stellte er fest, ohne einen anderen Körperteil als seinen Mund zu bewegen.

»Ja. Es hat sich so ergeben«, sagte Clara.

»Du warst in Berlin«, sagte Horst.

»Ja, wie ich es dir geschrieben hatte.«

»Aber deine Schwester hast du nicht gefunden.«

»Nein.«

Claras Mailkorrespondenz mit Horst war sehr knapp ausgefallen. Er hatte vom Wahnsinn und vom Untergang und vom Verlust seiner Sehkraft geschrieben, die kurz bevorstehe. Er hatte geschrieben, an dem Tag, an dem er das Augenlicht ganz verliere, werde *alles enden*. Wie ein Rollladen, der heruntergelassen werde. Es sei nicht so, als würde man sterben, sondern als wäre man wieder ungeboren. Ein Mädchen werde kommen, mit durchsichtiger Haut und allem, und dann würde alles schwarz werden. Er hatte geschrieben,

Clara müsse unbedingt zurückkehren. *Du musst zurückkommen. Alles wird enden, und ich habe keine Kamera.* Clara hatte lange auf die Mail gestarrt. Letzteres war auf jeden Fall gelogen. Horst hatte doch wohl eine Kamera. Das gehörte zu den wenigen Erinnerungen, die sie von ihm hatte, neben seinen weichen blonden Locken, die aussahen wie die eines Kindes, seinem langen Haarschopf und seiner zurückhaltenden Art: Dass er eine Kamera hatte, ein schönes und teures Ding, und dass er sie immerzu und mit rücksichtsloser Aufdringlichkeit benutzte.

Er habe einmal eine Erzählung gelesen, schrieb er in seiner Mail, in der es um ein blindes Mädchen in New York gehe, das ununterbrochen fotografierte, ständig, immerzu, obwohl es nicht wusste, was. Die Erzählung endete damit, dass der Protagonist, der das Mädchen vielleicht liebte, es tot auffand, von einem Dach hängend, *als würde sie schlafen.* Aber sie schlief nicht, hatte er in seiner Mail als Letztes geschrieben.

Am selben Abend hatte Clara ihre Schwester gefunden, aber es war die falsche Schwester gewesen.

Und mehr noch.

Sie war tot.

Also antwortete sie und schrieb, sie werde zurückkommen, so schnell sie irgend konnte. Sie schrieb, sie habe gefunden, wonach sie gesucht habe, und es gebe nichts mehr, was sie mit einer bestimmten geographischen Konstante verbinde.

Sie schrieb, sie könne genauso gut auf einer Insel im Meer sein, weil auch sie eine Insel im Meer war.

Clara steuerte automatisch auf die Taxischlange zu, als sie aus dem Terminal kamen. Zu ihrer Verwunderung zog Horst sie am Arm und deutete auf den altbekannten schwarzen Defender, der ein Stück entfernt parkte.

»Ist Jordan dabei?«, fragte Clara verwirrt. Sie war nicht darauf vorbereitet, ihm zu begegnen, noch nicht.

»Nein, ich durfte mir das Auto ausleihen«, erklärte Horst.
»Vielleicht hatte er ein schlechtes Gewissen, weil er meine Kamera verschlampt hat.«

»Aber du bist doch praktisch blind!«, protestierte Clara.

»Und was hast du eben gesagt, Jordan hat deine Kamera verschlampt?«

»Aus Versehen. Vielleicht.« Horst zuckte fast unmerklich mit den Achseln – er erinnerte Clara an einen kleinen Vogel, der sich aufplusterte, einen Spatz oder einen Zaunkönig. »Oder es war jemand anderes. Ich weiß es nicht. Hier passieren komische Dinge. Schleichend.«

»Schleichend?«

»Leute, die sich anschleichen. Die Sachen wegnehmen. Und andere hervorzaubern. Ich werde es dir zeigen.«

Clara warf einen hastigen Blick zum Auto hinüber.

»Hab keine Angst«, sagte Horst. »Viele Blinde können Auto fahren. Sie haben es nur noch nie ausprobiert.«

»Ich habe keine Angst«, sagte Clara und spürte im selben Moment, dass es mehr oder weniger wahr war. »Mir macht kaum noch etwas Angst.«

Er fuhr mit ihr zu der Baumpflanzung am Hang des Cerro Terevaka. Durch das Autofenster zählte Clara die kleinen, kleinen Pferde, die ihre Köpfe senkten und am Gras rissen. Sie musste immer wieder von vorn anfangen, weil sie so gleich aussahen, braun glänzend und nur eine Handbreit hoch. Waren sie so klein, um dem Wind besser standzuhalten? Sie waren alle miteinander verwandt, eine Großfamilie aus kleinen Wetterfahnen.

»Die anderen sagen, es wäre schön«, sagte Horst, als sie an der üblichen Stelle stehen blieben. »Ich möchte, dass du mir erzählst, ob es stimmt. Ich möchte, dass du erzählst, was du siehst.«

Er machte keine Anzeichen, sich zu bewegen, sodass Clara

selbst ausstieg und auf die Bäume zuging. Aus der Ferne konnte sie keinen Unterschied erkennen. Die dünnen Stämme ragten wie Stiele aus dem Boden und bildeten dasselbe scheinbar zufällige Muster wie zuvor. Sie wusste nicht, womit sie eigentlich gerechnet hatte. Vielleicht mit einer kleinen Katastrophe, einem Waldbrand, den Resten eines heftigen Windes.

Doch stattdessen: ein neues Meer, blaues Blinken. Etwas, das dort zwischen den Ästen hing und schlenkerte und schimmerte. Das sich im Wind drehte wie Traumfänger. Wer hatte sie dort aufgehängt? Wessen Träume waren es?

Sie stand eine Weile still da, in der Entfernung. Es war tatsächlich schön, aber irgendwie auch furchteinflößend. Es ließ die Bäume aussehen wie Vögel und die Vögel wie Federn. Es hob alle Grenzen auf, noch einmal. Clara schloss die Augen. Sie sah nichts mehr, aber jetzt meinte sie, die blaue Farbe riechen zu können, als würde sie sich durch ihre Nase, den Schädel, das Rückgrat ausbreiten. Es war eine kalte und doch warme Farbe. Es war die Farbe von Wasser, wie ein Kind es malte. Es war die Farbe des Himmels, wie das Auge sie sah. Es war die Farbe, die den Menschen zu einem Menschen machte, dachte Clara und öffnete die Augen.

Es war auch die Farbe des Pfaus, denn es waren die Federn eines Pfaus, die dort hingen und blinkten, die Pfauenaugen, die starrten, glänzend, blau. Mehrere Federn in jedem Baum, wie sie anschließend sah, als sie zwischen ihnen umherging.

Aus der Nähe sah das Arrangement weniger beeindruckend aus, eher lustig. Jemand hatte mehrere Dutzend Pfauenfedern in den dünnen Ästen der dünnen Bäume festgeknotet. Jemand aus dem Zeltlager, vermutete sie. Vielleicht Vedrana, die offenbar eine ziemlich spirituelle Beziehung zu Bäumen hatte. Vielleicht Siobhan, die ein Hippie war. Vielleicht auch Horst selbst, der eventuell ein Medium war. Allerdings stutzte Clara, als ihr einfiel, dass es auf der Osterinsel gar keine Pfauen gab. Wer auch immer die Federn dort befestigt hatte, war mit einer Reisetasche voll davon auf der Insel angekommen.

Ein Wind ging durch Zweige und Gras. Die blauen Augen kreisten. Clara fühlte sich beobachtet, und das nicht nur von den Federn.

Als sie sich umdrehte, stand Horst hinter ihr. Er sah unglaublich nackt aus. Weil er seine Kamera nicht dabeihatte, wie Clara bewusst wurde. Zum ersten Mal sah er aus wie ein Blinder; ein Blinder, dem der Hund weggelaufen war.

»Was siehst du?«, fragte er.

»Federn«, antwortete Clara. »Wer –«

»Nur Federn?«

Clara drehte sich erneut zu den Bäumen um. Eins, zwei, eins, zwei, Augen, so unnatürlich blau. Ob sie sie wohl schon von Geburt an gehabt hatte, oder ob sie erst mit der Zeit so blau geworden waren? Ein Schutz und ein Schild, ein blendendes Detail, um nicht erkannt zu werden.

Keiner von ihnen hatte so blaue Augen, nicht Sebastian, nicht Matilda. Und auf keinen Fall sie selbst.

»Augen«, sagte Clara. »Ich sehe Augen.«

»Wessen Augen?«

»Einfach nur Augen«, log Clara.

Horst lächelte sanft.

»Das sehe ich auch, obwohl ich kaum etwas sehe. Sie sagen, es seien Federn, aber nichts ist nur eine Sache, oder?«

»Ich friere. Können wir jetzt wieder fahren?«

»Wenn du möchtest. Ich frage mich nur eines. Ich frage mich nur, ob du weißt, wessen Augen das sind.«

Diesmal antwortete Clara wahrheitsgemäß.

»Ja.«

»Sie hat sie dort aufgehängt.«
Clara schnaubte verächtlich.
»Sie ist tot.«
»Einerseits ja. Andererseits ist sie gerade vor Kurzem neu entstanden.«

EIN GEHIRN BRAUCHT NUR EIN paar Minuten, um die ganze Welt auszulöschen. Bis zu zwanzig Minuten, wenn die Welt dein eigenes Gesicht ist, das du in einem oder mehreren Spiegeln betrachtest. Erst wirst du zum Monster. Dann verschwindest du ganz, schmilzt wie Wachs.

Mit anderen Worten: Erst geht alles in die Binsen. Dann geht es zu Ende.

Wenn die Welt stattdessen aus pastellfarbenen Punkten besteht, reichen dreißig Sekunden, in denen man die Bildmitte fixiert, damit alles weiß wird. Das nennt sich Troxler-Effekt, was Clara jedoch nicht wusste. Für sie wurde die Welt auch nicht weiß. Sie wurde violett, mit Flecken reinsten Blaus.

All dies geschah in Berlin, wohin Clara vor zwei Monaten gereist war, nachdem sie die Osterinsel verlassen hatte. Ihr neues, verzerrtes Gesicht nahm sie wieder mit dorthin zurück. Es wunderte sie, dass niemand sonst es sehen konnte, außer womöglich Horst, der nichts sah.

Dass sie nicht mehr dieselbe war.

Dass sie nicht mehr nur sie selbst war.

Es geschah in Berlin, in einer Galerie am Kottbusser Tor. Sie war nicht absichtlich dort gelandet. Vorher hatte sie an einer Tür geklingelt, in einem anderen Stadtteil, doch niemand hatte ihr geöffnet. Es war die Tür ihrer Schwester gewesen. Sie hatte so oft an der Tür ihrer Schwester geklingelt, bis der Nachbar nebenan den Kopf zur Tür herausgesteckt und ihr mitgeteilt hatte, die Herrschaften seien im Urlaub. Urlaub, wo denn? »Schweden«, hatte der Nachbar geantwortet und eine Apfelsine in seiner Hand gedrückt. Er trug eine gestrickte Weste und erinnerte Clara an einen Maulwurf, als er langsam wieder in seinen Flur zurückwich und die Tür schloss. Sie war die Treppe hinuntergegangen, auf dem staubigen Teppich, der mit goldglänzenden Nieten auf den Stufen befestigt war, ein gewundener Weg, von dem sie zu wissen glaubte, dass er nirgends hinführte.

Es war von Anfang an eine dumme Idee gewesen, Matilda aufzusuchen. Sie wollte Matilda ja gar nicht treffen, und auch nicht ihren Vater, oder irgendwen sonst in dieser Stadt. Sie wollte nicht in Berlin sein, und dennoch war sie schon seit Wochen in Berlin, den ganzen brütend heißen Sommer, dessen Nächte sanft und feucht waren wie ein Nacktbad in dunklen Seen. Es war Claras erster Besuch in Berlin, und sie war sich sicher, dass es auch ihr letzter sein würde. Sie mochte es nicht, dass der Regen hier nasser und schwerer war als an allen anderen Orten, die sie bisher besucht hatte. Sie mochte die kahlen Flächen nicht, die sich manchmal zwischen den Stadtteilen auftaten wie Friedhöfe, unerwartet und einsam. Sie mochte das Gefühl nicht, dass sie ein Leben imitierte, das nicht ihr eigenes war, sondern Matildas.

Clara war zwischen Nesseln und fast ausgestorbenen Tieren heimisch und nicht unter gestreiften Markisen auf Plätzen mit Springbrunnen und spielenden Kindern. Sie war auf keinen Fall in trübe beleuchteten Galerien mit Videoinstallationen von Klavier spielenden Katzen heimisch, und trotzdem war sie genau dort gelandet, als sie versucht hatte, den Moment der Antiklimax vor Matildas stummer Haustür abzuschütteln, die handgeschriebenen Schilder mit den drei Namen M. ISAKSSON B. KARLSSON S. KARLSSON-NOLDE in je einer Ecke eines stilisierten Diamanten platziert, sie war so lange, wie sie konnte, in identischen Straßen mit heruntergekommenen Jugendstilhäusern und Asia-Imbissen herumgelaufen. Nur einmal war sie stehen geblieben, vor einer Fassade, an der Kletterrosen bis in den Himmel emporrankten. Erst als sie die Finger ausstreckte und die Rosen berührte, bemerkte sie, dass es ein Wandgemälde war. Anschließend hatte sie Krümel von Putz unter den Fingernägeln, die sie später, in der Galerie, vergebens mit einem Cocktailspieß herauszupulen versuchte.

Sie war von hinten in einen Mann in einem grünen Seidenjackett hineingelaufen. Er hatte sich umgedreht und ihren Arm gepackt, damit sie nicht stürzte, und so war sie schließlich in die dunkelste Ecke der Galerie geraten. Lachend hatte er sie die Treppe hinaufgezogen und ihr ein Glas Weißwein in die Hand gedrückt. Sie hatte einen Schmetterling auf einer kleinen Spange in seinem Haar erblickt und unglaublich viele Leute, die aussahen, als würden sie zu wenig essen. Er hatte sich als der Künstler vorgestellt. Er hatte es auf Englisch gesagt, aber sie konnte hören, dass er Skandinavier war. Sie hatte so getan, als würde sie es nicht merken.

Er hatte über alles gesprochen, was passieren konnte, wenn man sich selbst zu genau im Spiegel betrachtete. Er hatte gesagt, sein Werk spiegele die Besessenheit des modernen Menschen, sich selbst zu spiegeln, im konkreten und metaphysischen Sinne. Sie hatte nicht genau gewusst, ob die Wiederholung des Verbs *spiegeln* eine bewusste Ironie war oder bloß ein Versehen, das seine eigene These bestätigte.

Er hatte sie aufgefordert, in einen Raum zu gehen und sich hinzusetzen und ihren Platz zwanzig Minuten nicht mehr zu verlassen. Er werde draußen Wache stehen und aufpassen, dass sie nicht schummele. Dann hatte sie sich auf einen Stuhl gesetzt, und hinter ihr war ein Vorhang zugezogen worden. Über ihrem Kopf wurde eine einsame, rot getönte Glühbirne eingeschaltet. Auf dem Tisch vor ihr standen drei Spiegel zu einem Triptychon arrangiert. Sie konnte ihr Gesicht aus allen Winkeln sehen, nur nicht von hinten. Dennoch war ihr Blick die ganze Zeit von einem Punkt auf dem mittleren Spiegel angezogen worden. Als sie es nicht mehr schaffte, ihren Blick flackern zu lassen, hatte sie es ihren Augen erlaubt, den Punkt zu fixieren. Er saß direkt über ihrer Nase. Sie hatte ihre eigenen Augen betrachtet, ein diffuses Blau, ihre Augenbrauen, zwei dunkle Striche, in denen die einzelnen Haare immer deutlicher zu Tage traten, je länger sie sie ansah.

Es war das erste Mal, dass sie sich eingehend im Spiegel betrachtete, seit sie erfahren hatte, dass ihr Gesicht von einer anderen Erbmasse geformt worden war, als sie geglaubt hatte. Sie fühlte sich unbehaglich zumute, konnte aber weder aufstehen noch die Augen schließen. Sie war wütend auf sich selbst gewesen, als sie gemerkt hatte, dass sie trotzdem nach Spuren von Matilda in ihrem Gesicht suchte, nach Spuren von Sebastian, ihrer Mutter, ihrem Vater. Aus den Galerieräumen hinter ihr war Gemurmel gedrungen, jemand hatte auf Deutsch *Ich liebe dich* geschrien, doch es klang nicht ernst gemeint.

Dann war etwas mit der Stelle zwischen ihren Augenbrauen passiert. Plötzlich begann sie über ihren Mund und ihr Kinn zu rinnen und zu tropfen wie geschmolzenes Eis. Ihre Nase schwoll erst an, dann verschwand sie. Es war das Seltsamste, was Clara je erlebt hatte. Sie hatte ihren Blick nicht mehr abwenden können. Nach einer Weile hatte sich ihr ganzes Gesicht in ein Loch mit ausgefransten Rändern verwandelt, ihr war übel geworden, und sie hatte die Augen geschlossen, damit es endlich aufhörte.

Als sie die Augen erneut öffnete, war ihr Spiegelgesicht noch immer verzerrt. Sie hatte versucht, es zu berühren, aber festgestellt, dass ihre Arme an den Stuhl gefesselt waren. Dann hatte sie innerlich geschrien, denn jetzt war ihr Gesicht wieder ihr eigenes, aber auch das einer anderen Person – die beiden Gesichter, eins lebendig, eins tot, hatten sich dicht aneinandergeschmiegt und ineinander verflochten. Sie hatten eine Nabelschnur um den Hals, und es war nur ein einziger Hals.

Anschließend war alles zerborsten, und ihre Fingerknöchel hatten zu bluten begonnen.

Es kam zu einem wilden Tumult, einer riss den Vorhang beiseite, ein anderer wickelte einen dünnen Schal mit Pfauenmuster um ihre Hand, und ein Dritter filmte und flüsterte, das sei extrem gutes Material, extrem gut. Einer war der Meinung, man solle einen Arzt rufen, ein anderer war der Meinung, sie sollten erst einmal abwarten, und ein Dritter hatte sie nach ihrem Namen gefragt.

Sie hatten jedoch nur ein merkwürdiges, breites Lächeln zur Antwort erhalten.

In einer Vase auf einer Anrichte verlor eine Lilie ihre trockenen Blütenblätter. An der Wand klebte ein knallgelber Post-it-Zettel, und auf diesem Zettel stand: nichts

CLARA WAR FEST ENTSCHLOSSEN, die erste Begegnung mit Jordan so schnell wie möglich hinter sich zu bringen, weshalb sie sofort zu seinem Zelt ging, nachdem Horst sie an der Kreuzung zwischen dem Lager und dem Hotel abgesetzt hatte. Er sah nicht einmal verwundert aus, als sie die Plane am Eingang aufriss und den Kopf hineinsteckte. Er lag auf einen Ellenbogen gestützt und las ein Buch; dasselbe Buch von Wendell Berry, das er schon zwei Monate zuvor gelesen hatte, und jetzt schlug er es einfach nur ruhig zu, warf es in eine Ecke des Zelts und setzte sich in den Schneidersitz.

»Clara«, sagte er und klopfte neben sich auf den Schlafsack.

»Ich stehe lieber«, sagte Clara mit der einen Hälfte des Körpers im Zelt und der anderen draußen im Freien.

»Dann gehen wir raus.«

Clara bewegte sich rückwärts hinaus, und Jordan folgte ihr sogleich. Etwas an seiner Art erschien Clara neu, irgendwie milder. Sogar seine Bartstoppeln sahen sanfter aus, und das dicke Holzfällerhemd war weich geschlissen. Als er sich wie eine Katze räkelte, sah Clara, dass ein Knopf fehlte, und er war barfuß.

»Du solltest dir Schuhe anziehen«, sagte Clara und blickte zum Wasser hinab. »Wir gehen zu den Klippen runter.«

»Das geht schon, mittlerweile bin ich es gewohnt.« Er lächelte sie an, und sie musste wegsehen. Es fiel ihr schwer, diesen sanften und würdevollen Eremiten mit dem geifernden Mannsköter in Einklang zu bringen, der sie in einem Whirlpool hatte flachlegen wollen, und trotzdem wusste sie, dass es ein und dieselbe Person war – Menschen veränderten sich nicht so schnell. Tatsächlich veränderten sich Menschen überhaupt nicht, jedenfalls nicht entscheidend. Wenn Menschen glauben, Veränderungen aneinander zu erkennen, haben sie in Wirklichkeit oft nur etwas gesehen, was zuvor im Verborgenen gelegen hatte.

Als sie den Rand der Klippen erreichten, kletterte Clara zum höchsten Punkt, den sie finden konnte, und klopfte neben sich, genau wie Jordan es gerade getan hatte. Er setzte sich folgsam. Für einen kurzen Moment saßen sie schweigend da und fixierten den Horizont. Sie dachte an alle Horizonte, die hinter diesem lagen, Strich für Strich, unendlich. Der Gedanke, dass es eine unendliche Zahl von Horizonten gab, aber keine Zukunft, in der man sie erleben konnte, brachte sie den Tränen nah, und noch ehe sie überhaupt merkte, dass sie den Mund geöffnet hatte, hörte sie ihre Stimme durch die Luft gellen wie den Schrei eines Seevogels.

»Jordan, ich sitze gerade so richtig in der Scheiße. Mein Leben ist ein absurder Witz. Ich weiß nicht einmal, wer ich selbst bin, so richtig. Ist das nicht lächerlich?«

»Doch, ganz eindeutig.«

Sie starrte ihn wütend an. Er hob entschuldigend die Hände.

»War das die falsche Antwort? Ich dachte, es wäre eine rhetorische Frage gewesen.«

»War es auch, aber umgekehrt gemeint.«

Er grinste. »Du, es tut mir leid, dass ich dich damals so überfallen habe. Das war nicht schön. Ich hatte die Situation missverstanden. Aber ich muss trotzdem sagen, dass es unnötig von dir war, deswegen abzuhauen, ganz ehrlich. Ein bisschen melodramatisch.«

Clara schnaubte.

»Ich kann dich von deinem schlechten Gewissen befreien.

Ich bin nicht deinetwegen abgereist. Ich hatte wie gesagt persönliche Gründe. Familienprobleme.«

»Ach, Mist. Und jetzt hast du sie gelöst?«

»Nein«, antwortete Clara nur knapp. »Ich habe eingesehen, dass sie unlösbar sind.«

»Dann bist du immerhin an den richtigen Ort zurückgekehrt. Hat Horst dir vom Jüngsten Tag erzählt? Der steht kurz bevor, verstehst du. Was natürlich keine Neuigkeit ist. Aber jetzt ist es wirklich akut, wenn du unser junges Medium fragst.«

»Ach, wirklich.«

»Das ist der reinste Irrsinn, Clara«, sagte Jordan und schüttelte den Kopf. »Ich glaube, die meisten denken wirklich, er hätte seherische Fähigkeiten.«

»Und was, wenn es so ist? Was, wenn der Jüngste Tag wirklich bevorsteht?«

Er betrachtete sie lange und forschend.

»Sag so was nicht«, erwiderte er schließlich.

»Warum denn nicht? Ich dachte, es würde dich glücklich machen. Recht zu haben.«

»Ich habe nie an eine plötzliche, strafende, apokalyptische Katastrophe geglaubt, und das weißt du auch. Du glaubst doch auch nicht daran. Was uns beide zurzeit zu den Anwälten des Teufels auf dieser Insel macht. Zur Stimme der Vernunft. Zu den Verteidigern der Rationalität.«

»Ich glaube, du überschätzt meinen Glauben an das Rationale«, sagte Clara und nestelte an einer trockenen, helllilafarbenen Blüte herum, die zwischen den Klippen aufragte. Sie sah aus wie eine Grasnelke, aber das konnte doch eigentlich nicht sein. Dort in der Felsspalte wuchsen noch andere Pflanzen, Clara zählte vier verschiedene Sorten. Sie wusste, dass es verantwortungslos war, sie zu pflücken, konnte es aber nicht sein lassen, plötzlich wollte sie nichts lieber, als die Blumen an den Wurzeln auszureißen und einen Königinnenkranz daraus zu flechten. Sie pflückte einen ganzen Berg und legte sie auf ihren Schoß. Begann mit fahrigen Fingern zu flechten.

»Was genau soll denn Horsts Meinung nach passieren? Wir hatten keinen besonders ausführlichen Kontakt.«

»Und trotzdem bist du hergekommen?«

»Das war eine spontane Entscheidung. Ich war in Berlin. Es war schrecklich. Ich möchte nicht ins Detail gehen, aber es ist einiges kaputtgegangen, das ich nie wieder reparieren kann. Dann hat Horst gemailt und wollte, dass ich komme. Und ich dachte, na was soll's. Die Reise hat mich mein letztes Geld gekostet, also bleibe ich jetzt wohl für immer hier.«

Clara konnte nur schwer erkennen, wie Jordan auf ihre letzte Aussage reagierte, denn sie hatte es nicht gewagt, ihn währenddessen anzusehen. Er kommentierte sie jedenfalls nicht, und das fand Clara erstaunlich enttäuschend.

»Ehrlich gesagt weiß das niemand genau«, sagte er nur. »Ich meine, was Horst glaubt. Ob er überhaupt irgendetwas glaubt. Er ist ja nicht religiös. Bleiben noch Meteoriten, ein gewaltiges Erdbeben oder ein Atomkrieg. Und soweit ich weiß, ist er auch weder Seismograph noch Spion. Du verstehst. Niemand versteht. Aber alle *glauben.* Du weißt ja, dass er von irgendeiner Frau gesprochen hat, die kommen wird. Bist du das? Bist du hier, um uns alle zu vernichten? Oder nur mich?«

»Du scheinst dir ja keine großen Sorgen mehr um die Welt zu machen«, stellte Clara fest.

»Klar mache ich mir Sorgen, Clara. Ich mache mir Sorgen, seit ich zum ersten Mal ein brasilianisches Sojafeld gesehen habe. Ich saß in einem Flugzeug, in so einem kleinen Hüpfer, du weißt schon, auf dem Weg von São Paulo nach Cuibá. Ich war siebzehn Jahre alt und unterwegs zu einem internationalen Tischtennisturnier. Siebzehn Jahre jung und wahnsinnig gespannt auf den Regenwald. Ich dachte, ich würde ihn zu sehen bekommen. Habe meine Nase an der Scheibe plattgedrückt wie ein Kind. Habe ich den Regenwald zu sehen bekommen? Kaum. Ein winziges Stückchen vom Amazonas im Augenwinkel, dann kamen die Sojafelder. Ein Feld nach dem anderen, in symmetrischen Blöcken, kilometerlang. Irgendwann wurde ich ganz seekrank, es war so, als würde ich in einem Boot auf dem offenen Meer fahren, nichts, woran sich der Blick festhalten konnte. Das war während der Erntezeit, und ich weiß nicht, ob du weißt, wie reifer Soja aussieht. Er sieht aus wie der Tod. Nichts als trockene Zweige, die aus der Erde aufragen. Eines der lebendigsten Naturgebiete der Welt – in eine Wüste verwandelt.«

»Rührende Geschichte«, sagte Clara.

Sie blickte auf das Meer. Etwa hundert Meter vom Strand entfernt verlief eine Linie zwischen dunkel und hell.

»Bei mir war es der Golf.«

Jordan hob die Augenbrauen.

»Golf? Ich hätte nicht gedacht, dass du Golf spielst. Du siehst gar nicht so aus.«

»Der Golfstrom, du Idiot. Der blaue Fleck.«

»Unterhalb von Grönland.«

»Ja.«

Jordan schwieg. Clara flocht weiter. Ohne es zu bemerken, hatte sie angefangen, in ihrem Kopf diese Weise über einen Mittsommerkranz aus Schneeballblüten zu summen, im Singtanz im Springtanz auf glühenden Eisen, Ull-Stina, Kull-Lina und so weiter. Der Kranz, den sie in den Händen hielt, sah ganz und gar nicht aus wie ein Mittsommerkranz. Er sah aus wie eine Dornenkrone, stachelig und trocken, mit Farbflecken, die nicht in die Natur ihrer Heimat passten, zu dem sanften Grün, dem blassen Weiß, dem Wiesenkerbel in den Gräben, den Birken und Elsbeeren und Fliedersträuchern. Dem Goldregen im Stadtpark, den Schlüsselblumen unter den Parkbänken, *die Welt ist voller Sorgen, nicht alles, was glitzert, ist Gold,* wo kamen die ganzen Verse her, *Milch und Honig floss in diesem Lande, goldene Ähren konnte ich mähen, edle Steine aus Bergen brechen,* es war bestimmt ihre Mutter gewesen, die diese Zeilen geträllert hatte, mit Clara auf dem einen Knie und Matilda auf dem anderen. Clara versuchte, nicht darüber nachzudenken, aber sie konnte es dennoch nicht lassen: Ob ihre Mutter jemals das verschwundene Kind vermisst hatte, das sie nie kennenlernen durfte, und ob das ihre Gefühle für den Eindringling beeinflusste, den Betrüger, das falsche Kind, dessen größtes Unglück darin bestand, sich seines Betrugs nicht einmal bewusst zu sein? Wie sah ein Schneeballstrauch eigentlich aus? Sie war sich nicht sicher. Wie eine Elsbeere vielleicht, oder wie Flieder, vielleicht war der Schneeball das, was man auch falschen Flieder nannte? Betrügerflieder.

»Woran denkst du gerade?«, fragte Jordan.

»An Sachen, die nicht sind, was sie zu sein scheinen.«

»Das war jetzt nicht besonders spezifisch.«

»Also ist es Zeit für eine umfassende neue Erklärung, wie die Welt funktioniert? Lass mich raten: Nichts ist, was es scheint.«

»Wie kannst du mich so gut kennen?« Jordan tat übertrieben schockiert.

»Du bist ziemlich durchschaubar, als Persönlichkeit.« Clara hielt den Kranz in die Sonne. Die Sonne passte genau in den Kreis. Es sah aus, als hätte sie einen Kranz für die Sonne geflochten.

Jordan seufzte.

»Du hast wohl recht. Vielleicht besitze ich auch deshalb keinerlei Autorität mehr. Was völlig in Ordnung ist, danach habe ich auch nie gestrebt. Ich weiß, dass du glaubst, ich hätte es darauf abgesehen, eine Art Sektenführer zu werden, aber das stimmt nicht. Ich wollte einfach nur ein bisschen Gesellschaft haben bei meiner Trauerarbeit, ein paar zusätzliche Stimmen im langen Abgesang auf die Welt, das ist alles. Aber jetzt habe ich jeden dieser Menschen an einen halbblinden deutschen Teenie mit Wahnvorstellungen verloren. Niemand hört mehr auf mich. Nicht einmal Elif.«

Verwundert ließ Clara ihren Kranz auf die Beine sinken.

»Elif?«

»Ja?«

»Ist sie noch da?«

»Na klar. Oder, jedenfalls glaube ich das. Aber ich sehe sie nicht so oft. Ich weiß nicht genau, was sie macht, im Lager hilft sie jedenfalls nicht mit. Mal ehrlich, Clara, ich finde, du solltest mit ihr reden.«

»Worüber denn?«

»Das weiß ich doch nicht. Aber sie ist richtig ausgetickt, als du abgehauen bist. Du willst nicht wissen, wie sie dich genannt hat.«

Jordan lehnte sich zurück und legte sich flach auf den Felsen, die Arme zur Seite ausgestreckt. Clara legte den geflochtenen Kranz auf seinen Kopf. Er saß schief, und als er ihn richten wollte, riss ein Dorn eine kleine Schramme in seine Stirn. Es bildete sich ein Blutstropfen, den sie vorsichtig mit dem Daumen wegwischte.

Sie wusste, dass sie wütend sein sollte, immer noch. Er hatte eine Grenze überschritten, und sie hätte ihn dafür verachten müssen. Aber das Einzige, was sie empfinden konnte, war eine sonderbare Dankbarkeit dafür, dass er noch da war.

»Clara, Clara, Clara…«, sagte Jordan und umfasste ihr Handgelenk. »Warum hast du uns verlassen? Alles ist aus dem Ruder gelaufen, nachdem du abgehauen warst.«

»Ich musste mich um mein eigenes Leben kümmern. Oder das dachte ich jedenfalls. Aber dann hat sich herausgestellt, dass mein Leben schon die ganze Zeit woanders war.«

»Das kann ganz einfach nicht stimmen. Das Leben, das

man hat, ist das Leben, das man hat. Es ist immer das eigene. Es ist auch immer die eigene Verantwortung.«
»Warum bist du dann nicht selbst abgehauen? Wenn hier alles plötzlich so schräg lief.«
Jordan fing an zu lachen, er lachte, bis er sich krümmte.
»Was ist denn jetzt wieder so lustig?«, brummelte Clara.
»Willst du wissen, warum ich geblieben bin?«
»Ja, bitte.«
»Weil Horst die ganze Zeit gesagt hast, du würdest zurückkommen.«
»Und du hast ihm geglaubt?«
»Ja. Ist das nicht lustig?«

Sie ließ Jordan am Wasser zurück und ging zum Lager, um ihr Zelt zwischen den anderen aufzuschlagen. Diesmal war sie nicht einmal Journalistin, sondern nur sie selbst – sie war eine von ihnen, und deshalb würde sie natürlich auch zwischen ihnen wohnen. Nachdem die anderen sie kurz willkommen geheißen hatten, zogen sie sich wieder zurück. Keiner machte irgendeinen Ansatz, ihr zu helfen, was sie schön und traurig zugleich fand.

Während sie mit den Heringen kämpfte – Clara war in ihrem ganzen Leben noch nie zelten gewesen –, registrierte sie, dass sich einige Dinge im Lager verändert hatten. Das kleine Lager hatte sein Festivalflair verloren und wirkte jetzt eher wie eine dauerhafte Siedlung; was seltsam schien, wenn man bedachte, dass sich die Bewohner auf ihre eigene Auslöschung vorbereiteten. Zwischen den Palmen waren Leinen gespannt, auf denen Klamotten zum Trocknen hingen, man hatte etwas angelegt, das wie ein Komposthaufen aussah, und noch dazu eine permanente Feuerstelle zum Kochen mit primitiven, aber robusten Tischen und Bänken, die von einem etwa einen halben Meter hohen Windschutz umgeben waren. Die meisten hatten auch kleine, regengeschützte

Außenräume aus langen Ästen und Planen gebaut, die an ihre Zelte grenzten, einige sogar einfache Beete mit Blumen und Kräutern angelegt.

Auf dem Weg vom Flughafen hatte Horst erzählt, dass sie gegen eine saftige Gebühr die Erlaubnis erhalten hatten, einen Flecken Erde am Rand des Campingplatzes zu beackern. Überhaupt, so hatte Horst gesagt, seien die Campingplatzbesitzer sehr verständnisvoll und würden das Projekt voll und ganz unterstützen – ob es auf echter Sympathie für die Sache beruhte, was auch immer *die Sache* war, oder auf dem Geld, das sie einnahmen, sagte er nicht, aber Clara ahnte, dass eher Letzteres der Fall war. Schon als sie das letzte Mal hier gewesen war, hatte nicht gerade ein Andrang an anderen Campern geherrscht, und jetzt schien kein einziger hier zu sein. Entweder hatten die Weltuntergangsanhänger den ganzen Campingplatz für sich gekauft, oder der August – der relativ gesehen härteste Monat des chilenischen Winters – war die Nebensaison. Was auch immer zutraf, die Campingplatzbesitzer hatten jedenfalls allen Grund, mit ihren Bewohnern zufrieden zu sein. So oder so hatte Clara sie bislang nicht zu Gesicht bekommen. Bei ihrer Ankunft hatte die Rezeption leer ausgesehen und im Dunkeln gelegen, und sie konnte die Sorge, wie sie die Miete für zwei Monate Zeltplatz bezahlen sollte, erst einmal in die Zukunft verschieben.

Falls es überhaupt eine Zukunft gab.

CLARA WAR SEIT ZWEI WOCHEN wieder auf der Insel, als die Vorwehen des Untergangs den Boden unter ihrer Hand fast unmerklich erzittern ließen. Inzwischen war es September, der Anfang eines Herbstes ohne Laub, eines Herbstes, der kein Herbst war, sondern ein Frühling. An diese Tatsache musste sich Clara jeden Morgen selbst erinnern, wenn sie in ihrem Zelt erwachte und für einen Sekundenbruchteil glaubte, den Duft von Äpfeln riechen zu können, die auf einem Rasen verfaulen, von Butter und Zimt, den staubigen Geruch von Heizkörpern, die zum ersten Mal seit vielen Monaten wieder losrauschen. Das hier, dachte Clara mehrmals am Tag, ist nicht nur ein anderer Ort, sondern auch eine andere Zeit. Ein anderes Leben, spiegelverkehrt. Ich bin gar nicht richtig hier. Aber ich war auch nicht richtig in meinem alten Leben. Es war ein Leben, das ich nur geliehen hatte, und die, deren Leben es war, bekam im Tausch dafür den Tod.

Die Gruppe hatte Claras Wiederkehr auf ihre unaufgeregte Art als etwas Selbstverständliches akzeptiert. Vielleicht hatten die anderen, genau wie Jordan, an Horsts Prophezeiung geglaubt, dass sie die Familie nur vorübergehend verlassen hatte. Inzwischen nannte Clara sie in Gedanken so: ihre Familie. Sie hatten ihre Positionen und Rollen, ihre Routinen und Rituale. Sie hatten eine vorsichtige Liebe, einen zerbrechlichen Kelch, den sie abends am Feuer herumreichten. Jordan war der vertraueneinflößende Vater, nein Großvater – er hatte diese Familie einst gegründet, war jedoch nicht länger ihr Oberhaupt. So merkwürdig das auch scheinen mochte, war es Horst, der mit seiner zurückhaltenden, aber doch durchdringenden Nähe die Vaterrolle eingenommen hatte. Bernie und Rosie teilten sich die Rolle der Mutter, Siobhan war das Baby, Vedrana die blasierte große Schwester, eine Zuordnung, die Clara nicht mehr gefiel, als ihr klar wurde, dass Vedrana und Horst mittlerweile ein Zelt bewohnten. Über inzestuöse Beziehungen wollte Clara lieber nicht zu genau nachdenken, und deshalb versetzte sie Vedrana sofort in die Rolle der Liebhaberin – denn selbst dafür konnten weiß Gott viele Familien Platz schaffen.

Wer Clara selbst in dieser Familienkonstellation war, hatte sie noch nicht genau herausgefunden. Vielleicht war sie einfach der Hund. Da und doch nicht da, durchaus geschätzt, aber nicht unverzichtbar. Sie fühlte sich damit wohl. Man war sicherer, als wenn man sich mitten im Getümmel befand. Wenn das Zentrum ins Wanken geriet, konnte man vom Rand aus besser fliehen – dieses Prinzip hatte sich ja auch ihr Vater zunutze gemacht.

Die Tage waren lang und weich und zäh wie Karamell, geprägt von einer trägen Ruhe vor dem Sturm, und dennoch kam jeder Abend nach wie vor wie ein Schock. Das weite Meer, das Licht – und dann versank die Sonne hinter dem Horizont, als würde sie sich in einem Schlafsack verkriechen, und der Himmel wurde schwarz.

An diesem Abend war Clara nicht danach zumute, mit den anderen um das Feuer herumzusitzen. Sie war mit Vedrana bei der Pflanzung gewesen und hatte den ganzen Tag die Bäume bewässert, und ihre Muskeln summten vor Erschöpfung. Müde krabbelte sie in ihr Zelt und holte ihr Handy aus dem wasserfesten Fach im Rucksack. Sie benutzte es kaum noch, las keine Mails und hatte alles ausgestellt, was tweetete, pushte oder streamte. Nur Nachrichten las sie ab und zu, und die Wettervorhersage. Letzteres war eher eine Besessenheit als ein Bedürfnis, die Tage hier verliefen ohnehin fast immer gleich, ob es nun regnete oder die Sonne schien, und die Abweichungen von Temperatur und Luftfeuchtigkeit fielen so geringfügig aus, dass sie im Prinzip uninteressant waren. Clara war aber immer schon vom Wetterbericht besessen gewesen, schon seit sie zum ersten Mal den Begriff »Extremwetter« gehört hatte. Eigentlich war Extremwetter ein irreführender Ausdruck, dachte Clara, denn er beinhaltete ja so viel mehr als Dürre oder Hagelstürme mit faustgroßen Körnern. All die winzig kleinen Veränderungen, die Durchschnittstemperaturen, die um eine Dezimalstelle stiegen – auch das war Extremwetter.

Doch jetzt verkündete die Wettervorhersage tatsächlich: Extremwetter in seiner extremsten Erscheinungsform. Orkan.

Sie krabbelte aus ihrem Zelt, ihre Müdigkeit war wie weggeblasen, weil ihr Kopf vor Adrenalin knisterte. Sie ging zur Kochecke, wo Jordan, Horst und Bernie um das Feuer saßen und Fisch und Zucchini grillten.

»Wo sind denn die ganzen anderen?«, fragte Clara.

Jordan zuckte die Achseln.

»Wir müssen sie finden«, sagte Clara und winkte Siobhan zu, die in einem der wenigen Bäume des Lagerplatzes hockte und ein Buch las, im Schein einer Öllampe, die gewagt auf einem Ast balancierte. »Heute Nacht wird ein heftiger Sturm aufkommen. Vielleicht schon in drei Stunden.«

»Woher weißt du das?«, fragte Bernie und hielt einen Finger in die Luft. »Es weht doch kaum ein Lüftchen.«

Clara schwenkte ihr Handy. Bernie lachte glucksend.

»Ich hatte ganz vergessen, dass du immer noch von deinem täglichen Fix mit unnötigen Informationen abhängig bist.«

»Ich würde es eher als nötige Information einschätzen, dass wir in ein paar Stunden weggefegt werden, wenn wir uns nicht evakuieren.«

»Evakuieren?«, fragte Bernie. »Aber wohin?«

»Ich nehme an, wir können in eines der Hotels gehen? Sie müssen uns doch hereinlassen, wenn eine Gefahr für unser Leben besteht.«

»Es besteht keine Gefahr für unser Leben«, sagte Horst. »Nicht heute Nacht. Aber wenn du meinst.«

Clara sah Jordan an, der auffällig still geworden war. Er hatte eine Hand in den Nacken gelegt und saugte an seiner Unterlippe. Genau wie am ersten Tag, als er im Pool des Höllenhotels geschwommen war, wurde Clara von einer beinahe unbezwingbaren Lust befallen, ihre Hand auszustrecken und ihn zu berühren; diese Lippe aus seinem Mund zu ziehen, die Hand auf seine Wange zu legen, wie man es – so bildete sie sich ein – bei einem Kind tat, das nicht einschlafen konnte. Die letzten Reste der Abneigung rannen von ihr herab wie Wasser. Er hatte Angst, so große Angst vor dem Unwetter.

»Es gibt natürlich das Haus«, sagte sie. »Jordan? Was meinst du?«

»Es ist unglaublich klein«, erwiderte Bernie skeptisch.

»Ja, das Haus ist am besten«, sagte Jordan, spuckte seine Unterlippe aus und erhob sich mit einem entschlossenen Ruck. »Es ist stabil. Und wir werden da schon hineinpassen. Auf Java wohnen immerhin 124 Millionen Menschen. Nur um die Dinge ein bisschen ins Verhältnis zu setzen.«

Doch es entstand sofort ein Problem mit dem Plan, die Nacht in der verlassenen Campingrezeption zu verbringen. Wie sich herausstellte, war aus irgendeinem für Clara unerklärlichen Grund ausgerechnet die schusselige Siobhan mit der Aufbewahrung des Schlüssels beauftragt worden, und als sie sie endlich davon überzeugen konnten, von ihrem Baum herunterzuklettern und die Hand in ihre Hosentasche zu stecken, war diese leer. Sie hatte den Schlüssel verloren, wusste aber nicht wo, wahrscheinlich auf dem kleinen Feld, wo Rosa und sie früher am Tag den Boden für den Quinoa umgegraben hatten. Clara behielt das Kommando. Jordan und sie würden nach dem Schlüssel suchen, während die anderen den Rest der Gruppe zusammentrommeln und die Zelte abbauen und das Lager sturmfest machen sollten, so gut es ging. Zu ihrer Verwunderung protestierte niemand. Langsam schien ihnen aufzugehen, dass diese Bedrohung, im Unterschied zu der diffusen Weltuntergangsstimmung, die den Grundakkord des Lagers bildete, tatsächlich etwas war, auf das man sich vorbereiten und das man kontrollieren konnte. Die lahme Stimmung verwandelte sich in fieberhafte Aktivität. Sogar Siobhan verließ für einen Moment ihren eigenen Kopf und machte sich gemeinsam mit Bernie auf den Weg in die Stadt, um die entlaufenen Lämmer der Gruppe zusammenzutreiben.

Der Einzige, der kein bisschen munter wirkte, war Jordan. Er ging schweigend in sein Zelt und kam mit zwei Stirnlampen wieder heraus. Mit den beiden blassen Lichtkegeln, die vor ihren Füßen entlanghüpften, überquerten sie den stockfinsteren Campingplatz. In einigem Abstand waren die Lichter der Hotels auf der anderen Seite der Straße zu sehen, aber wie jede Nacht schienen sie Clara unendlich fern, wie jenseits eines dunklen Spiegels. Sie glaubte Gelächter zu hören, doch es verebbte so schnell wieder, dass es ebenso gut der zunehmende Wind gewesen sein konnte, oder das Glockenspiel auf der Hauptstraße, oder die sterbenden Kolibris im Schaufenster des Souvenirgeschäfts.

Kurz bevor sie das Gehölz erreichten, das ihre Pflanzung vor dem starken Westwind schützte, blieb Jordan stehen und legte die Hand auf Claras Arm, damit sie stehen blieb. Sein Gesicht sah im Licht der Stirnlampe länglich aus.

»Ich möchte dir etwas erzählen, Clara.«

»Und warum glaubst du, dass ich es hören will?« Ihre

Worte klangen schärfer, als sie es gewollt hatte. Aber sie ahnte, worüber Jordan mit ihr sprechen wollte, und sie wusste nicht, ob sie in diesem Moment für eine solche Diskussion bereit war. Es war ohnehin schon schwer genug, an Matilda zu denken.

»Du bist ein Mensch, oder? Das bedeutet, dass du neugierig bist, denn das sind alle Menschen.«

»Jetzt komm.«

Clara setzte sich in Bewegung, stolperte jedoch über eine Baumwurzel. Jordan fing sie auf. Für einen Moment blieb sie in der Luft hängen, in der Dunkelheit, und wusste nicht, wo oben und unten war. Es war ein Erlebnis von Raum und Unendlichkeit, so plötzlich und so erschreckend, dass sie einfach losschrie. Sieben Tage, dachte sie. Sieben Tage, ehe Santiago mich schreien hört.

»Schschsch«, machte Jordan und stellte sie wieder auf ihre Füße. Er nahm ihr Gesicht zwischen seine Hände, die groß und warm waren wie Topflappen. Dann ertappte er sich selbst dabei und ließ sie sofort wieder los. Die Abwesenheit seiner Hände fühlte sich an wie ein Schmerz.

Sie schluckte einen ganzen Mund voller Tränen und Rotz, kehrte ihm den Rücken zu und stapfte weiter zwischen den Bäumen hindurch.

»Komm jetzt. Wir müssen den Schlüssel finden.«

Sie suchten mindestens zwanzig Minuten lang, durchkämmten erst das Gebiet, das Siobhan ihnen genannt hatte, dann den Rest des Feldes. Es war eine trostlose Arbeit, und plötzlich wünschte Clara sich doch, Jordan würde etwas erzählen.

»Was wolltest du mir erzählen?«, fragte sie schließlich.

Barmherzig, wie er war, kommentierte Jordan ihren plötzlichen Sinneswandel nicht.

»Ich habe einmal ein Mädchen geschwängert«, sagte er nur und versteckte sein Gesicht in der Dunkelheit.

Clara blieb stehen. Sie hatte sich dieses Gespräch so viele Male vorgestellt, viel häufiger, als sie es sich selbst eingestehen wollte, aber dieses Detail war nicht dabei gewesen, nie – weil sie es nicht gekannt hatte. Unter all den Wörtern, die Matilda auf Papierflieger geschrieben und über die Meere geschickt hatte, all den Wörtern, die sie gelesen und tief in den Archivschränken ihres Gehirns verwahrt hatte, war keines gewesen, das sie darauf vorbereitet hatte.

Clara musste im Dunkeln schlucken, sie schluckte die Dunkelheit, sie schluckte den anschwellenden Sturm, der ein brutales Spiel mit den dünnen Bäumchen ringsherum trieb.

»Okay«, sagte sie. »Danke für die Information.«

»Ich wäre dazu bereit gewesen, Vater zu werden, wenn sie es gewollt hätte«, fuhr Jordan fort. Sie konnte sein Gesicht nicht sehen, nur das grelle Licht seiner Stirnlampe, das in ihren Augen stach »Aber das wollte sie anscheinend nicht. Obwohl ich es gedacht hätte. Sie ist abgereist und nie wieder zurückgekommen. Hat einfach angerufen und erzählt, dass sie eine Abtreibung hatte. Anscheinend war das Kind behindert.«

Clara grunzte anstelle einer Antwort. Sie wollte nicht mehr hören; sie wollte alles hören.

»Also, ich will das gar nicht verurteilen«, fügte Jordan schnell hinzu. »Vermutlich war sie nicht bereit dafür. Oder gar nicht bereit für ein Kind. Ich bin dafür, dass man sich entscheiden darf, keine Frage. Aber es hat mich traurig gemacht. Nicht ihretwegen, nicht einmal meiner selbst wegen, sondern des Kindes wegen. Weil es die Welt nicht sehen durfte. Trotz allem, was ich weiß. Trotz allem habe ich ein Kind beweint, das es nicht gab und das es nie geben sollte. Ich denke viel darüber nach. Was das zu bedeuten hat.«

»Warum erzählst du mir das«, sagte Clara, und es war eher ein Vorwurf als eine Frage.

»Weil ich möchte, dass du es verstehst, Clara. Weil ich

glaube, dass du es schon tust. Die anderen… für die ist es kein Ernst. Nicht mal für Horst. Deshalb können sie so gelassen sein. Es ist ein Spiel für sie, das alles, die Vorbereitungen, ›das einfache Leben‹, wie etwas aus einem Kinderbuch. Sie wissen genauso gut wie du und ich, dass das ein Robinson-Crusoe-Liverollenspiel ist, das mit einem großen Gähnen enden wird. Die meisten sind es längst leid, deshalb haben sie sich die Sache mit Horsts Visionen und allem, was bald passieren wird, ausgedacht. Denn wenn es nicht eintrifft, können sie anschließend wieder abreisen. Können ihr Leben weiterleben wie immer und vergessen, dass sie irgendwann einmal ganz nah an etwas wirklich Finsterem waren.«

»Ich glaube, du unterschätzt sie«, sagte Clara. »Ich glaube, sie sind gerne hier. Ungefähr aus demselben Grund wie du und ich.«

»Und der wäre?«, fragte Jordan. »Warum bist *du* hier, Clara?«

Sie schloss die Augen. Der so genannte Moment der Wahrheit. Wenn sie nur gewusst hätte, was die Wahrheit war. Sie konnte den Mund nicht aufmachen.

»Du bist hier, weil du diese Welt liebst«, sagte Jordan. »Du liebst sie so sehr, dass es dir innerlich wehtut. Du liebst sie so sehr, dass du wünschtest, sie wäre für immer da, so sehr, dass du tief in deinem Inneren auch daran glaubst, dass sie für immer da ist, gegen alle Widerstände, gegen alle Vernunft glaubst du es, du glaubst es so sehr, dass du dir sogar vorstellen könntest, ein Kind in diese Welt zu setzen –«

»Ich wollte noch nie Kinder haben«, erwiderte Clara. »Ich verstehe den Sinn davon nicht.«

Noch ein Grund, der dafür sprach, was für eine schlechte Idee das alles war, dachte sie.

Jordan blieb stehen.

»Aber rein theoretisch, Clara. Du verstehst, was ich rein

theoretisch meine. Wir sind nicht so unterschiedlich, du und ich. Wir lieben den Wind und fürchten den Sturm. Die anderen, die suchen nur den Kick.«

In der Dunkelheit war er näher gekommen, so nah, dass sie von seiner Stirnlampe geblendet wurde, und dann kam er noch näher, bis das Licht über ihren Kopf glitt und sie nur noch die Schatten und Konturen seines Gesichts sehen konnte, eine Berglandschaft, wie der Mond.

Also liebte er die Welt, dachte sie.

Dann kam eine starke Böe, sie rüttelte an ihnen, als wären sie nur fleischlose Knochen. Sie schwankten aufeinander zu wie Grashalme, und auf der anderen Seite der Welt schrieb jemand in genau in diesem Moment einen verzweifelten Brief, steckte ihn in eine Flasche und warf ihn ins Meer. Presste die eine Hand auf den Bauch und die andere auf den Mund, um nicht zu schreien. Blinzelte blau in die Nacht.

»Du, wir werden diesen Scheißschlüssel nicht finden«, sagte Clara und trat hastig einen Schritt zurück. »Wir müssen ein Fenster einschlagen.«

Als sie das Lager wieder erreichten, waren alle entweder von allein zurückgekehrt oder gefunden worden – alle, bis auf Elif. Das wunderte Clara nicht. Immerhin waren seit ihrer Rückkehr zwei Wochen vergangen, in denen sie nicht mit Elif gesprochen hatte, die um das Lager herumstrich wie eine Katze und nur kam, wenn Clara nicht da war. Hätte Clara sie nicht einmal aus dem Augenwinkel gesehen, hätte sie nicht gedacht, dass Elif noch auf der Insel war, egal, was die anderen sagten. Doch vor einigen Tagen war sie dann abends an einem der vielen Touristenrestaurants auf der Hauptstraße vorbeigegangen und hatte Elif entdeckt, die zusammengekauert in einem grünen Plastikstuhl saß, mit dem Rücken zur Welt und einer Flasche Quilmes, die sie auf ihrer Fingerspitze balancierte wie einen Basketball. Die Bierflasche fiel herunter, und Clara hastete schnell weiter, ehe sie hörte, wie sie auf das Kopfsteinpflaster fiel.

Trotzdem konnte sie sich jetzt ganz genau in Erinnerung rufen, wie es klang, wenn etwas kaputtging.

Keiner erwähnte Elifs Abwesenheit, und das war eigentlich auch nicht erstaunlich. Wenn man noch einmal das Bild von der Familie bemühte, war Elif wohl eher so etwas wie eine Nachbarin. Jordan zufolge wohnte sie immer noch im EcoVillage, und es war unklar, womit sie eigentlich ihre Tage verbrachte. Ob je ein Musikvideo aufgenommen worden war, wusste niemand. Dennoch hatte Clara schon seit ihrer Rückkehr vorgehabt, Elif im Hotel zu besuchen, der alten Zeiten wegen, und weil ihr der Gedanke nicht ganz behagte, dass jemand wütend auf sie war, ohne dass sie verstand, warum; aber dann waren die Tage verstrichen, und sie hatte sich nicht überwinden können. Dass sie Elif vor dem Restaurant gesehen hatte und instinktiv geflohen war, konnte man wohl als endgültigen Beweis dafür sehen, dass ihre kurze Freundschaft beendet war. Aber wenn sie an Elifs grinsendes Gesicht dachte, ihre schlackernden Arme und ihre nervenaufreibende Angewohnheit, sie Schwester zu nennen, empfand sie etwas, das verdächtig daran erinnerte, jemanden zu vermissen.

Nachdem sie sich vergewissert hatten, dass alle da waren, die Zelte abgebaut und so gut es ging verstaut, die Feuer gelöscht, und dass die Sterne nach wie vor am Himmel hingen, gingen sie in der gesammelten Gruppe mit ihren Rucksäcken und ihrer Ausrüstung zum Rezeptionsgebäude. Vedrana wickelte ein Handtuch um ihre Faust und hieb sie durch das Fenster. Nachdem sie die scharfen Kanten eingedrückt hatte, kletterte sie hinein und öffnete ihnen von innen die Tür. Sie warfen ihre Rucksäcke auf einen Haufen und richteten sich ein.

Da saßen sie nun – zwölf Menschen, die keine andere Gemeinsamkeit hatten, als dass sie zufällig hier und jetzt lebten, was, so dachte Clara, auf alle Menschen zutraf, überall, in allen möglichen Konstellationen. Der blanke Kachelboden war kalt unter dem Hintern, und durch die Ritzen in den Wänden pfiff stoßweise die eiskalte Meeresluft herein. Dieses Haus war nicht erbaut worden, um darin zu wohnen. Jordan hatte das eingeschlagene Fenster provisorisch mit ein paar Brettern zugenagelt, die jedoch bei jeder Böe unheilvoll klapperten, und Clara fürchtete, dass es nur eine Frage der Zeit war, bis sie losgerissen wurden. Um den Raum ein wenig aufzuheizen, hatten sie mehrere Campingkocher aufgestellt, und Alicia und Horst kochten darauf Matetee. Clara musste daran denken, wie sie als Kind oft davon phantasiert hatte, evakuiert zu werden. Das wirkte so gemütlich und geborgen, obwohl es wohl im Grunde das genaue Gegenteil war. Man sammelte sich in einer Turnhalle oder Kirche, lieber Letzteres, und die Erwachsenen durften sich nicht streiten, und man wurde in Wolldecken gehüllt und verschränkte seine Beine mit denen anderer Kinder und wurde sanft vom Geräusch ferner Bomben und Granaten in den Schlaf gewiegt. Es war so, als würde man im Schlafwagen eines Nachtzugs fahren, nur größer und besser.

 Vielleicht lag es daran, dass sie erwachsen und für sich selbst verantwortlich war, oder daran, dass sie sich am einsamsten Ort der Welt befand, oder auch nur daran, dass sie am Hintern fror, aber in Wirklichkeit fühlte es sich ganz und gar nicht gemütlich an, evakuiert zu sein. Es war einfach nur unbequem und traurig. Und wo steckte Elif? Obwohl der Gedanke nicht zielführend war, beschäftigte er Clara immer wieder. Aller Wahrscheinlichkeit nach war sie im Hotel, in Sicherheit, völlig unbekümmert darüber, dass die Erde bebte und das Meer alles einsog, was nicht in einer Schublade verstaut worden war. Trotzdem konnte Clara es nicht lassen, in regelmäßigen Abständen zu dem anderen Fenster zu gehen, dem unversehrten, und in der Dunkelheit über den leeren Campingplatz zu blicken, der jeder andere Platz auf der Welt hätte sein können, der ein Wald hätte sein können. Sie erwartete, Elif dort draußen herumstreunen zu sehen wie einen Wolf mit gefletschten Zähnen und pissgelben Augen. Verstoßen von der Welt, verstoßen von Gott. Oder aber: sie tot zu sehen, von der Himmelskuppel hängend, mit den Zehen zur Unterwelt. Sie blinzelte. Nein. Elif war nicht ihr Problem, hatte sie nicht schon genug andere Probleme?

Hatte sie nicht schon genug andere verlorene Schwestern?

Sie richteten sich mit ihren Schlafsäcken auf dem Boden ein Lager her, breiteten alle Decken aus, die sie hatten, legten sich darauf und lauschten der Welt. Die anderen rührten sich nach und nach nicht mehr, bis Clara den Verdacht hatte, Jordan und sie waren die Einzigen, die noch wach waren, die Einzigen, die sich weigerten zu schlafen. Er stand neben dem zugenagelten Fenster, hatte den ganzen Abend schweigend dort gestanden, geraucht und den Qualm durch einen Spalt zwischen den Ritzen hinausgeblasen. Keiner hatte den Mut gehabt, sich zu beschweren, vielleicht, weil sein Nacken so abweisend aussah und seine freie Hand so fest um den eigenen Körper geschlungen war, als müsste sie ihn stützen. Sie betrachtete ihn. Seine Hüfte war schief wie ein kaputtes Scharnier, und dort, wo sein Hemd hochgerutscht war, stach sein Hüftknochen hervor wie eine Haiflosse. Sie hievte ihren Rucksack hoch und schlurfte zum Fenster.

»Gib mir eine.«

Er zog sein Etui mit den fertigen Zigaretten hervor – Clara hatte nie gesehen, wie er sie drehte, vielleicht tat er es nachts, wenn er nicht schlafen konnte – und reichte ihr eine und steckte sie an. Zu ihrer Verwunderung nahm Clara, die seit dem Abitur nicht mehr geraucht hatte, einen tiefen Lungenzug, ohne zu husten.

Ihr wurde noch schwindeliger.

»Du. Was du vorhin erzählt hast …«, sagte Clara, ohne Jordan anzusehen.

»Ja.«

»Von … von deiner Freundin. Die schwanger war.«

»Ich hatte schon verstanden, was du meintest.« Jordan trommelte leicht mit den Fingern gegen die Wand. »Glaubst du, diese Bruchbude übersteht die Nacht?«

Clara holte tief Luft und gab sich einen Ruck.

»Also, ich habe eine Schwester …«

»Ach, wirklich? Das wusste ich nicht.«

»Nein, es war ziemlich schwierig. Zwischen uns. Also, eigentlich sind wir zu dritt … Wir haben auch einen Bruder … aber es ist so, dass ich glaube, dass sie auch, also, das, was du erzählt hast …«

»Sie hatte eine Abtreibung? Sie und Millionen andere. Ich will aber noch mal betonen, dass ich meiner Freundin überhaupt nichts vorwerfe –«

»Nein, nein, das habe ich schon begriffen. Aber du verstehst mich nicht, lass es mich erklären –«

Aber sie kam nicht dazu, denn im selben Moment ertönte ganz in der Nähe ein Donnerschlag, ganz ohne Vorwarnung, ohne ein Grollen in der Nähe, als wäre das Gewitter erst im selben Moment entstanden.

»O mein Gott, o mein Gott!«

Jordan warf sich gegen Clara, zog sie auf den Boden und presste sein Gesicht gegen ihre Schulter. Im Beben seines Körpers spürte sie eine Angst, die so rein und klar war, dass all ihre eigenen Ängste und Neurosen mit einem Mal wie weggeblasen waren.

Keiner der anderen erwachte, obwohl das Gewitter weiterhin über ihren Köpfen dröhnte – sie schliefen so friedlich, dass Clara glaubte, das Gewitter gehöre ihnen beiden allein, Jordan und ihr, und niemandem sonst. Solange das Gewitter anhielt, drückte er sich an sie, und sie hielt ihn in den Armen, nicht wie ein Erwachsener einen anderen Erwachsenen, ja nicht einmal wie ein Erwachsener ein Kind, sondern einfach nur so, wie ein sterblicher Körper einen anderen sterblichen Körper hält, ohne Trost oder Geborgenheit, aber mit einem pochenden, lebendigen Herzen.

ARCHIVE //: SUBJECT: Hallo Hoffnung

Hallo, meine nicht existente Schwester, ich bin's mal wieder. Da du nicht auf meine VÖLLIG EHRLICHEN Fragen antwortest, wie es dir nach dem Ganzen geht, da du sozusagen VERSCHWUNDEN zu sein scheinst (was ehrlich gesagt ziemlich pissig ist, ich meine, jedenfalls, wenn man es absichtlich macht, in Anbetracht dessen, in welchem Chaos sich der Rest dieser Familie gerade befindet ((habe ich schon erwähnt, dass Mama mich dreimal am Tag anruft und fragt, wo du bist? Keine Angst, ich lüge jedes Mal und behaupte, wir würden uns regelmäßig sprechen, aber es ist ZIEMLICH ANSTRENGEND, also ...)). Okay, Chaos ist vielleicht übertrieben. Sebastian scheint es mit so genannter RUHE hinzunehmen, er ist ziemlich nichtssagend, also in dem Sinne, dass er NICHTS sagt, auch nichts über irgendetwas anderes – ich habe den Verdacht, er ist a) verliebt oder b) depressiv, weil er am Telefon ziemlich komisch klingt, du weißt, so wie früher, wenn er reisekrank war. *Anyhow*, ich vermisse dich. Das war's auch schon. Ich hoffe, es geht dir gut, wo auch immer du bist, und ich hoffe, du hast jemanden, an dem du dich festhalten kannst, wenn ein Sturm aufkommt. Jetzt muss ich kotzen gehen – frag besser nicht <- toller Witz, weil du nie irgendwas fragst!!!

xxx M
PS: Bitte komm nach Hause

CLARA WURDE AM FRÜHEN MORGEN von der Sonne geweckt, die durch ein Astloch in der Wand sickerte und wie eine Nadel im Auge stach. Sie blinzelte eine Weile mit den Ohren. Es war so still. Nichts als Vogelgezwitscher und Atemzüge. Sie wandte den Kopf vom Sonnenstrahl ab und öffnete die Augen. Die anderen lagen an der Wand wie kleine Kohlrouladen, Jordan in der Mitte, die Hände über der Brust gefaltet, Horst und Vedrana ineinander verschlungen wie ein Ewigkeitssymbol, Siobhan mit einer Strähne ihres rostroten Haares über den rissigen Lippen. Clara krabbelte aus ihrem Schlafsack, streckte vorsichtig die Zehen und Arme aus und schlich zur Tür. Ihre Fußsohlen, die noch warm waren vom Schlafsack, klebten an den kalten Bodenplatten und schmatzten bei jedem Schritt leise. Sie öffnete die Tür und trat auf die Treppe.

Aus dem Stand der Sonne schloss Clara, dass es fast neun Uhr sein musste, aber ihr Körper widersprach ihr – die Luft war wie an einem sehr frühen schwedischen Frühsommermorgen, feucht, grün, frisch, voller gurrender Tauben. Sie setzte sich auf die Treppe und hielt das Gesicht in die Sonne. Man konnte nur schwer glauben, dass in der Nacht ein Sturm aufgezogen war. Die Palmen standen genauso aufrecht wie immer, das Meer war blank und türkis, irgendeines der bunten Bötchen aus dem Sporthafen war bereits wieder unterwegs. Das einzige Zeichen von Unordnung war eine leere Fantaflasche, die den Hang hinabkullerte. Clara verfolgte ihren Weg zurück, hinauf zur Straße, wo der Kies bereits getrocknet war und dieselbe staubige Konsistenz hatte wie immer, und sie sah, dass die Flasche aus einem umgewehten Mülleimer stammen musste.

In dem Moment tauchte Elif auf. Sie schlenderte beinahe unnatürlich langsam den staubigen Weg entlang, bog ab und rollte sich dann fast genauso leicht und leer den Hang hinab wie gerade eben noch die Plastikflasche. Nicht nur dieses Bewegungsmuster weckte bei Clara Assoziationen zu Müll. Elifs gesamte Erscheinung verströmte eine Aura von Abfall und Verfall; ausgerechnet sie, die sonst immer vor Impulsivität und Phantasie gesprüht hatte. Clara hob die Hand zu einem unbeholfenen Gruß. Elif winkte genauso unbeholfen zurück. Nachdem sie offenbar kurz gezögert hatte, steuerte sie auf Clara zu und setzte sich neben sie auf die Treppe. Sie zog eine Zigarette hervor, steckte sie sich an und lehnte sich mit den Ellenbogen zurück auf die oberste Treppenstufe.

»Herrlicher Morgen«, sagte sie und blies einen Rauchstrahl aus. Ihr Mund erinnerte Clara an ein Schlüsselloch.

»Lebt ihr alle noch?«, fragte sie dann und richtete ihre Sonnenbrillenaugen auf Clara.

»Wir hatten uns evakuiert. Die anderen schlafen immer noch da drinnen.«

»Gut. Gut, gut. Wir wollen ja auf keinen Fall zu früh sterben. Die richtige Show verpassen.«

Clara schnaubte.

»Du glaubst doch wohl nicht ernsthaft daran.«

»Vielleicht nicht ganz. Aber ich glaube an Dakota.«

Clara hatte keinen Schimmer, wovon Elif redete.

»An wen?«, fragte sie und ergänzte dann, wie einen Nachtrag: »Das ist alles nur Theater. Meint Jordan jedenfalls. Nur er ist ›echt‹, was auch immer das nun bedeuten soll.« Sie machte Anführungszeichen in der Luft, ärgerte sich aber im selben Moment – die Geste kam ihr albern vor und noch dazu unwahr. Jordans Angst war echt, das hatte sie immer gewusst, und hatte sich vom ersten Moment an zu ihr hingezogen gefühlt.

»Clarita«, sagte Elif und drückte die halbgerauchte Zigarette auf der Treppe aus.»Warum bist du zurückgekommen?«

»Warum fragen mich das alle?«, fragte Clara gereizt. »Wahrscheinlich aus demselben Grund, aus dem keiner von euch hier weggegangen ist. Vielleicht *mag* ich Theater.«

»Nein, tust du nicht.« Elif streckte die langen Beine vor sich aus, bis sie knackten.»Einen so unverstellten Menschen wie dich habe ich selten getroffen. Ganz ehrlich.«

»Das heißt vermutlich nicht viel. Wenn man bedenkt, dass du einen Großteil deines Lebens in Hollywood verbracht hast.«

Elif feixte.

»Bist du wütend auf mich?«, fragte Clara.

»Warum sollte ich wütend auf dich sein, Clarita?«

»Ich weiß nicht. Weil ich abgehauen bin vielleicht?«

»Ha! Du und all die anderen. Baby, ich bin abgebrüht, ein alter Hase, die Leute um mich herum sterben wie die Fliegen, nur weil sie von mir wegkommen wollen, die Leute fressen mein Essen, klauen mein Geld und hauen ab, noch bevor die Leiche erkaltet ist, die Leute –«

»Ich habe aber vor, meine Schulden zurückzuzahlen«, sagte Clara beleidigt.»Für alles. Meine Lage ist nur gerade etwas prekär, was das Geld angeht und so weiter –«

»Das Geld war eine Metapher, Clarita! Mein Gott, ich dachte, du arbeitest mit Sprache? Du schuldest mir keine Öre. Aber wo du schon fragst: Wenn du dich wirklich fragst, warum ich ein bisschen gekränkt war, als du abgereist bist, kann ich sagen, ja, ich dachte schon, wir hätten eine Art Connection, du und ich, eine Freundschaft sozusagen, und dann schickt man wenigstens mal eine Postkarte, wenn man Hals über Kopf abreist, vielleicht berichtet man auch, dass man lebt und dass es einem gut geht, solche Sachen, die sich eigentlich ganz selbstverständlich gehören. Aber vielleicht macht ihr so was in Europa ja auch gar nicht?«

Clara schwieg. Dann sagte sie leise:

»Wahrscheinlich bin eher ich diejenige... die so was nicht macht.«

Elifs hochgezogene Schultern senkten sich ein wenig. Sie setzte sich wieder neben Clara.

»*All right, all right.* Ich weiß. Ich weiß, dass du das nicht machst. Was ziemlich abgefuckt ist, wenn du mich fragst. Wenn ich jemanden hätte, der sich auch nur ein kleines bisschen für mich interessiert, würde ich jeden beschissenen Tag schreiben und anrufen, ich würde mich mit dem Fernglas vor dem Haus dieses Jemands verstecken, mich nachts wie ein Stalker benehmen, ich würde –«

»Bin ich jetzt deine Nemesis?«, fragte Clara.

»Pfft. Vergiss es. Der Platz ist schon vergeben.«

In dem Moment fiel es Clara wieder ein.

»Ach ja, Dakota Fanning?«, fragte sie. »Wie läuft die Sache denn so?«

»Sie ist keine Sache, aber danke der Nachfrage. Es ist ein Auf und Ab, könnte man wohl sagen.«

Jetzt beugte Elif sich zu Clara hinüber und senkte die Stimme. Ihr Atem roch nach Pfefferminz und Ammoniak, veilchengleich.

»Zuerst das Positive: Sie ist hier. Sie ist hier, Clara, hier auf der Insel. Ich weiß es. Sie hat mir zwar schon seit mehreren Wochen nicht geschrieben, aber das lag nur daran, dass sie jetzt wirklich gekommen ist.«

»Hier?«, fragte Clara und blickte sich reflexhaft um, als könnte die Hollywoodschauspielerin mit dem fluffigen blonden Haar jeden Moment auftauchen. »Elif...«

Elif hob die Hand.

»Du glaubst, ich würde mir das ausdenken! Das ist schon in Ordnung, du kannst denken, was du willst. Seit du abgereist bist, ist viel passiert, ziemlich seltsame Sachen. Sachen, die du lustig finden würdest. Kleine Streiche, Schabernack,

Scherze. So ist sie. Verspielt wie ein Kind. Es ist ein Versteckspiel. Aber sie ist schlau, wirklich gerissen, immer wenn ich denke, ich wüsste, wo sie sich versteckt, erweist es sich als falsche Fährte.«

Clara wusste nicht, was sie sagen sollte. Ein Bild blitzte vor ihrem inneren Auge auf, die hunderte Pfauenfedern, die auf der Baumplantage im Wind schaukelten. Es schmerzte hinter ihren Lidern.

»Wie auch immer. Und jetzt das Negative: Ich werde allmählich ungeduldig. Du weißt, dass ich eine rastlose Seele bin. Ich finde, allmählich sollte sie sich zu erkennen geben.«

»Das verstehe ich«, sagte Clara und überlegte, was sie noch sagen konnte. Nach all den Jahren mit Matildas ständigen Berg- und Talfahrten hätte man meinen sollen, dass Clara tänzerisch leicht mit den Irrungen und Wirrungen eines anderen Menschen umgehen konnte, aber in Wahrheit hatte sie sich immer vor Matilda versteckt, wenn sie zu anstrengend wurde. Denn dann war sie auch am gemeinsten. *Liebe mich am meisten, wenn ich es am wenigsten verdient habe,* war ein netter Sinnspruch, in der Praxis allerdings nur schwer umzusetzen.

»Na, egal«, sagte Elif und bewahrte Clara davor, weiter Stellung beziehen zu müssen. »Sie wird sich zeigen, sobald Horst blind ist. Das hat er selbst gesagt. Und frag mich nicht wie, aber der Typ hat magische Kräfte. Er hat zum Beispiel auch die ganze Zeit vorhergesagt, dass du zurückkommen würdest. Und *voilà!* Da bist du.«

Clara lächelte. »Ja, hier bin ich.«

Auf Gedeih und Verderb.

»Du hast immer noch nicht geantwortet. Warum?«

»Warum ich zurückgekommen bin? Deinetwegen natürlich.«

Elif schlug ihr erstaunlich brutal auf die Schulter.

»Dass ich nicht lache, du Schlampe. Wenn wir wieder

Freundinnen sein wollen, musst du aufhören, mein einsames kleines Herz zu verarschen. Keiner außer Dakota würde meinetwegen ein Meer überqueren, und schon gar nicht zwei oder drei oder *whatever*. Also warum? Wegen Jordan? Willst du doch seine Du-weißt-schon-Was werden?«

Clara spürte, wie ihr eine peinliche Röte ins Gesicht stieg, und sie beschloss, sich hinter der Wahrheit zu verstecken, oder wenigstens hinter einem Teil der Wahrheit, nämlich jenem, der am schwersten auf ihrem Körper lastete und danach schrie, für einige Zeit in den Händen eines anderen Menschen zu ruhen.

Sie holte tief Luft.

»Willst du es wirklich wissen?«

»Erzähl. Unterhalte mich.«

»Ich verstecke mich.«

Elif hob eine Augenbraue.

»Vor der Mafia?«

»Schlimmer. Du wirst es nicht glauben. Es ist wie in einem schlechten Film.«

»Ich lebe schon mein ganzes Leben in einem schlechten Film. Ich *bin* ein schlechter Film.«

»Zu wahr«, sagte Clara. »Okay. Es ist so. Als ich letztes Mal hier war ... kurz bevor ich wieder abgereist bin. Da habe ich erfahren, dass ich und meine beiden Drillingsgeschwister gar keine Geschwister sind. Oder besser gesagt, zwei von ihnen sind es schon. Das dritte Kind wurde im Krankenhaus vertauscht. Ich bin vollkommen überzeugt davon, dass ich es bin.«

Elif stieß einen Pfiff aus, und Clara hatte das Gefühl, sie tat es nicht, weil es ihre Rolle verlangte, sondern weil sie tatsächlich schockiert war.

»O *shit*.«

»Aber das ist noch nicht alles. Ich habe auch herausgefunden, dass das fehlende Kind, also das andere vertauschte

Baby, gewissermaßen trotzdem lange ein Teil unserer Familie war. Weil. Weil...« Clara war gezwungen, den Angstklumpen herunterzuschlucken, der in ihrem Hals aufstieg, damit die Worte herauskamen. »Weil sie zufällig die Freundin meines Bruders wurde.«

Diesmal war Elif zweifelsohne fassungslos.

»Also, dein Bruder... und deine Schwester, von der ihr nicht wusstet, dass sie deine Schwester war...? O *shit*.«

»Genau. Du verstehst«, sagte Clara. »Ich kann meinen Bruder nicht mehr sehen. Er darf es nie erfahren, und ich weiß nicht, wie ich ihn treffen soll, ohne... Du hast ja selbst gesagt, dass ich keine gute Schauspielerin bin. Also verstecke ich mich. Deshalb bin ich hier. Weil ich nicht weiß, wo ich sonst hinsoll.«

Clara warf einen Blick zur Tür hinter ihnen. Noch immer war kein Laut zu hören. Jordan lag drinnen und schlief. Sie fragte sich, was passieren würde, wenn er aufwachte. Würde er zugeben, dass er an ihrer Schulter geweint hatte, als das Gewitter tobte, dass er an ihrem Nacken Schutz gesucht hatte wie ein kleines Tier in seiner Höhle? Vermutlich nicht. Aber er würde wissen, dass es so gewesen war. Es konnte niemals ungeschehen gemacht werden, und es veränderte etwas zwischen ihnen, es eröffnete etwas, dachte Clara. Aber das hatte natürlich nichts zu bedeuten, dachte sie dann. Nicht, solange es Matilda gab.

Für einen kurzen Moment war es still. Nur das Zellophan knisterte, als Elif eine neue Zigarettenschachtel aufriss und das durchsichtige Plastik in die Luft streckte. Für einige Sekunden hielt sie es einfach dort fest, ließ es flattern. Clara betrachtete es und wusste, dass sie die Hand ausstrecken und es schnappen musste, bevor es zu spät war, bevor es davonflog und irgendeiner unschuldigen kleinen Möwe oder einem Sturmvogel im Hals stecken blieb. Aber sie wollte es nicht. Elif öffnete die Finger, und das Zellophan erhob sich in die Luft. Sie sahen ihm nach, bis es nicht mehr zu erkennen war.

Dann zog Elif eine Zigarette aus dem Paket und klopfte sie gegen die Treppe, ehe sie sie in den Mundwinkel schob und sagte:

»Immer diese Familien. Man sollte sie verbieten.«

»Aber dass mein Vater auch verschwunden ist, hatte ich schon erwähnt, oder? Wahrscheinlich ist er mit einer zwanzig Jahre jüngeren Deutschen durchgebrannt.«

Elif lachte.

»Ein Frauenheld, was? Genau wie meiner. Der hat jede Woche eine neue. Also wirklich, diese Generation kennt keinen Respekt vor der Kernfamilie.«

»*Hat*? Ich dachte, er wäre tot?«, fragte Clara.

»Nein, nein, der alte Bock ist nicht tot. Habe ich das gesagt? Dann war es nur eine Metapher. Er ist putzmunter.«

»Warum hast du dann gesagt, er wäre tot?«

Elif verdrehte die Augen.

»Na, weil er für mich gestorben ist, natürlich. Also, wir hatten lange keinen Kontakt mehr zueinander. Im letzten Frühjahr habe ich wieder angefangen, mit ihm zu reden, aber das ist das erste Mal, seit ich mit vierzehn von zu Hause abgehauen bin.« Elif machte eine wegwerfende Handbewegung. »Er ist schrecklich homophob und psycho. Einen Sohn im Showbiz zu haben, der die fette Kohle eingeheimst hat, war cool, aber einen Sohn zu haben, der plötzlich aussah wie ein Mädchen und mit Dudes ins Bett gehen wollte, also ... das ging gar nicht.«

Clara biss sich auf die Lippe.

»Elif, das tut mir leid.«

»Dabei hätten sie das Geld eigentlich nicht mal gebraucht. Mein Vater hat immer genug Kohle gescheffelt, verstehst du. Er war verdammt schlau. Wirklich schlau. Hirnchirurg.«

Elif kostete das letzte Wort bedeutungsvoll aus. Clara war sich nicht sicher, was es bedeuten sollte.

»Ich dachte, ihr wärt arm gewesen«, sagte sie lahm.

»Pfffft. Armenkinder werden keine Kinderstars, das kommt einfach nicht vor, das verstehst du doch wohl? Wir hatten arme Nachbarn, das stimmt. Meine beste Freundin und meine erste Nemesis, meine Ava, die war arm wie eine Kirchenmaus. Aber wir hatten eine Luxusvilla. Mein Vater hat an der UCLA gearbeitet. Ungefähr zur selben Zeit habe ich angefangen, so auszusehen.« Elif fuhr sich verführerisch durchs Haar. »Da ist er total ausgetickt. Er wollte mich erforschen. Als wäre ich sein Laborkaninchen.«

»Wie meinst du das, erforschen?«

»Also, er glaubt sozusagen, das Schwulsein würde im Gehirn sitzen. Und wenn man das Schwuchtelzentrum findet, kann man den ganzen Mist umprogrammieren.«

»O Gott, Elif –«

»Also bin ich abgehauen. Dann habe ich von meiner Mutter erfahren, dass ihm eine fette Stelle in London angeboten wurde.«

Elif grinste.

»Willst du etwas ganz Irres hören?«, sagte sie. »Du darfst nicht böse auf mich sein, ich schwöre, dass diese Information auch für mich brandneu ist. Ich glaube, er ist der Boss deines Bruders. Und wenn du mich fragst, scheint dein Bruder auf Abwegen zu sein. Du hast also recht«, fuhr sie nachdenklich fort, »es ist wohl eine gute Idee, ihm nicht zu erzählen, dass er mit seiner eigenen Schwester gevögelt hat.«

ARCHIVE //: SUBJECT: JETZT ANTWORTE DOCH

SCHWESTER SCHWESTER SCHWESTER SCHWESTER
SCHWESTER SCHWESTER SCHWESTER SCHWESTER
SCHWESTER SCHWESTER SCHWESTER SCHWESTER
SCHWESTER SCHWESTER SCHWESTER
SCHWESTER
SCHWESTER
SCHWESTER
SCHWESTER
ANTWORTE DOCH
ich bin auf dem weg nach london, bitte komm auch

/ dein böser drilling

ES HATTE EINE WEILE GEDAUERT, bis Clara die volle Bedeutung dessen bewusst geworden war, was sie in Berlin entdeckt hatte. Dort auf dem Boden der Galerie hatte sie nur an eines gedacht. Als sich die Dunkelheit und die Menschen um sie herum zurückgezogen hatten, als sie auf die Straße gestolpert war, als sich der Himmel geöffnet und einen Schauer freigegeben hatte, so nass und schwer und ekelerregend wie die Zunge eines Hundes im Gesicht, hatte sie nur an eines gedacht: sich selbst. Wie sie in dieses Bild hineinpasste, nachdem nun als bestätigt gelten konnte, dass sie nicht hineinpasste.

Erst viele Stunden später war ihr schlagartig klar geworden, dass diese Wahrheit, wenn sie denn je ans Tageslicht kommen würde, für Sebastian noch weitaus schlimmere Konsequenzen haben würde. Clara war stundenlang durch die Gegend gestreift, durch Kreuzberg und Schöneberg, zum Tiergarten, die Straßen und Kanäle entlang, sie hatte Violetta an jeder Straßenecke gesehen, in jedem Bus, als Spiegelung in jedem unbeleuchteten Schaufenster.

Am Ende war sie müde gewesen und in ein Café gegangen, hatte sich der Länge nach auf einem Sofa mit großen roten Kissen ausgestreckt und an ein anderes Café gedacht, in einer anderen Stadt und einer anderen Zeit; als sie Violetta zum ersten Mal gesehen hatte.

Es war das hinterste Zimmer im Café Ariman, das man nur wählte, wenn man vorhatte, sich sehr lange nicht zu bewegen. Damals war Violetta noch nicht mit Sebastian zusammen gewesen, es war wohl das erste Jahr in der Oberstufe, soweit Clara wusste, waren sie sich damals noch nicht einmal begegnet. Clara war allein ins Ariman gekommen, hatte sich ihr großes Glas mit halb Kaffee, halb Milch bestellt und den langen Weg bis in das letzte Zimmer auf sich genommen. Sie sollte einen Aufsatz über den Klimawandel schreiben – zu dieser Zeit, Mitte der nuller Jahre, noch ein brandneues Thema – und hatte darauf gehofft, dort ihre Ruhe zu haben. Zu Hause ging das nicht, weil Matilda gerade wieder einen Schub hatte und die ganze Zeit in Claras Zimmer stürmte, um aufgeregt etwas von der Zweiten Intifada zu plappern.

Aber Claras Plan wurde vereitelt. Im besten Sessel saß bereits ein Mädchen und las Rimbaud, es hatte die Füße unter den Hintern gezogen und balancierte eine albern große Teetasse auf der Armlehne. Clara blieb zögernd im Türrahmen stehen. Sollte sie die andere Sitzgruppe erobern, die aus altem, trockenem Rattan war und erbarmungslos Löcher in die Strumpfhosen riss, oder lieber in einen anderen Raum gehen? Das Mädchen machte einen stillen Eindruck und würde sie sicher in Ruhe lassen, aber irgendetwas an ihm bereitete Clara ein unerkläriges Unbehagen. Der sonst so vertraute Raum wirkte fremd, es roch seltsam, nach Müll und schwerem Parfüm und alten, halbvergammelten Büchern. Natürlich konnte dieser Geruch unmöglich von dem Mädchen ausgehen.

Doch so war es.

Clara erinnerte sich, wie sie dachte, so müsse der Tod riechen.

Dann hob das Mädchen den Kopf und blickte Clara direkt an. Sie konnte Violetta immer noch vor sich sehen, in diesem Moment. Die Vase mit den wippenden Pfauenfedern hinter ihrem Kopf hatte genau dieselbe strahlend blaue Farbe wie ihre Augen. Sie war sehr mager, und ziemlich niedlich, und wahnsinnig hübsch, aber dabei schrecklich verkniffen. Sie hatte einen braunen Pagenschnitt, trug einen Rollkragenpullover und einen unglaublich dunklen Lippenstift, der nicht zu diesen blauen Augen passte. In der einen Hand hielt sie das Buch, das sie auf ihren Knien ruhen ließ, mit der anderen griff sie unglaublich langsam nach der Teetasse. Sie sagte: »Komm ruhig rein, wenn du willst. Ich bin ungefährlich.« Und Clara hatte sich umgedreht und war wortlos gegangen.

Als Sebastian einige Monate später seine neue Freundin vorstellte, dauerte es eine Weile, bis Clara sie wiedererkannte. Natürlich sah sie noch ungefähr so aus wie im Café und trug sogar einen Rollkragenpullover, doch ihre Ausstrahlung war eine völlig andere. Das Mädchen, das Clara im Ariman gesehen hatte, war hundert Jahre alt gewesen. Sebastians Freundin war ein Kind. Sie kicherte, ihre Augen schimmerten golden in all dem Blau, ihre Wangen rosig – vermutlich, weil sie verliebt war. Sie ließ sich nicht anmerken, dass sie Clara wiedererkannte, falls es überhaupt so war, und Clara erwähnte es auch nicht. In den fast neun Jahren, die Sebastians Beziehung mit Violetta währte, war Clara oft versucht, Violetta zu fragen, ob sie sich an die Begegnung erinnerte, verkniff es sich aber immer in letzter Sekunde. Anfangs aus Angst, dass sie die wandelnde Leiche heraufbeschwören würde, die sich, wie sie, und nur sie, wusste, in Violetta verbarg – und später, als der Tod dann in Erscheinung trat, aus dem verzweifelten Wunsch heraus, ihn durch ihr Schweigen zurückzudrängen.

Das hatte sie nicht gekonnt. Niemand hatte es gekonnt. Violetta war gestorben, sie hatte sich in einem Türrahmen erhängt, und Sebastian hatte sie dort gefunden. Clara hatte den Tod nicht durch Schweigen zurückdrängen und Sebastian nicht vor der Trauer retten können. Aber sie konnte ihn vor dem Ekel, der Angst und der Scham retten. Darüber konnte sie schweigen, hatte Clara gedacht, als sie dort einsam und geschwisterlos in einem Berliner Café lag und sich zwischen den Kissen versteckte. Darüber konnte sie bis zu dem Tag schweigen, wo nichts anderes mehr übrig blieb als ihr Schweigen, schwer wie ein Stein auf dem Meeresgrund.

ES WAR CLARA, DIE ALS Erste Unheil witterte. Nach der Gewitternacht und der Versöhnung mit Clara besuchte Elif das Lager wieder häufiger. Tatsächlich verbrachte sie einen Großteil ihrer wachen Zeit mit ihnen, und genauso selbstverständlich, wie die Gemeinschaft Clara willkommen geheißen hatte, nahm sie jetzt auch Elif auf. Sie hatte sogar angefangen, bei der Arbeit mitzuhelfen. In erster Linie half sie Jordan mit dem Fisch, doch an diesem Tag war sie nicht aufgetaucht, sodass Clara wacker ausrücken und ihren Platz übernehmen musste.

Jordan hatte ein neues Projekt; er versuchte, Hummer zu fangen. Er sagte, der Hummer sei früher einmal eine Massenware hier auf der Insel gewesen, und obwohl das Meer inzwischen größtenteils überfischt war, sei es durchaus möglich, dass nach wie vor das ein oder andere dieser leichenfressenden Spinnentiere mit den enormen schwarzen Scheren in den hiesigen Felsspalten umherkrieche. Es sei keine Seltenheit, dass sich Arten wieder erholten, wenn sie aus dem Blickfeld der Menschen gerieten, man denke nur an den Quastenflosser. Clara hatte sich gefragt, und dann auch ihn, ob diese Hummerbesessenheit ein Zeichen von Heimweh war, denn Jordan kam immerhin aus New England, aber er hatte es entschieden abgestritten. »Ist das Volk hungrig? Dann gebt ihnen Lobster Thermidor!«, hatte er glucksend gerufen und eine seiner selbstgebauten Hummerfallen über Claras Kopf geschwenkt.

Erst gegen Nachmittag fing Clara an, sich ernsthaft um Elif zu sorgen.

Sie saß im Schneidersitz vor ihrem Zelt und pulte Erbsen aus der Schote in eine Schale. Irgendetwas an Elifs Abwesenheit beunruhigte sie, aber sie kam nicht darauf, was es war. Außerdem hatte sie Elif am Vorabend noch gesehen.

Clara schlitzte die Schote mit dem Fingernagel auf und ließ die kleinen grünen Kugeln zwischen ihren Fingern hindurchkullern wie verlorene Perlen. Elif war wie immer gewesen, dachte sie. Ganz normal. Vielleicht ein bisschen glücklicher als sonst, irgendwie ausgelassen. Eine Faust ballte sich in Claras Brustkorb. Dieses Fieber in Elifs Augen, hatte sie das nicht schon einmal gesehen? Die letzte Entladung von Ekstase. Sebastian musste sie auch gesehen haben, aber damals hatte er sie noch nicht deuten können.

Clara versuchte, ihre Unruhe zu dämpfen, denn ihr war klar, dass sie irrational war. Doch es fiel ihr schwer, denn inzwischen tigerte Horst mit einer nervösen Ausstrahlung herum und schlich hinter ihrem Zelt auf und ab wie ein Gespenst.

»Horst«, fragte Laura und warf die letzte leere Erbsenschale neben sich auf den Berg. »Was ist los? Du wirkst so nervös.«

Horst kam hinter dem Zelt hervor. Er hielt seine Kamera in den Händen. Clara deutete darauf.

»War die nicht weg gewesen?«

Horst nickte ernst.

»War sie. Aber heute Morgen ist sie zurückgekommen.«

»Wie das denn?«

»Elif hatte sie.«

»Elif? Hast du sie heute Morgen getroffen?«

»Ja, nur ganz kurz. Aber sie hatte sie nicht genommen. Sie hat gesagt, sie hätte sie gefunden. Letzte Nacht. Sie wäre zu ihrem Bungalow im Hotel zurückgekommen, und da hätte die Kamera gelegen. Auf dem Tisch.«

Clara runzelte die Stirn.

»Glaubst du das?«

Horst zuckte mit den Schultern.

»*Vielleicht.* Sie hat gesagt, sie wüsste, wer sie dorthin gelegt hat, mehr wollte sie nicht sagen. Sie hat gesagt, ich wüsste es auch, aber das tue ich nicht mehr.«

Clara konnte sich sehr genau denken, wer es in Elifs Einbildung gewesen war. Das erklärte allerdings nicht, wie die Kamera dorthin gekommen war, wenn Elif die Wahrheit sagte und nicht selbst die Schuldige war.

»Weißt du, wo sie jetzt ist? Elif?«

Horst schüttelte den Kopf. »Dasselbe wollte ich dich fragen. Ich habe ein ungutes Gefühl.«

Clara bürstete sich den Schmutz von der Jeans und stand auf, nahm die Schale mit den Erbsen und ging damit zur Kochecke. Horst folgte ihr. An der Feuerstelle saß ein einsamer Rücken.

»Jordan, hast du Elif heute schon gesehen?«, fragte Clara.

»Nein. Sie ist ja nie aufgetaucht, um mir mit den Hummerfallen zu helfen.«

Clara sah Horst an, der verbissen nickte.

Als würde sie schlafen, murmelte er, und Clara spürte, wie etwas Kaltes ihr Herz streifte.

Nicht einmal eine Stunde darauf machten sie sich auf den Weg. Clara und Jordan hatten vorgeschlagen, an Elifs üblichen Wasserstellen zu suchen – im Hotel, in den Bars an der Hauptstraße, am Strand in Hanga Roa. Doch inzwischen hatte Horst seine Selbstsicherheit wiedergefunden und voller Überzeugung darauf beharrt, dass sie sie dort nicht finden würden. Er fuchtelte mit seiner Kamera in der Luft herum, schüttelte seine blonden Locken und wiederholte ein ums andere Mal, und mit einer solchen Eindringlichkeit, dass sich Claras Nackenhaare aufstellten, dass Elif in Gefahr war, *irgendwo zwischen Steinen und Meer.* Also gaben Clara und Jordan nach. Nachdem Clara die anderen gebeten hatte, an den wahrscheinlicheren Orten zu suchen, setzten sie sich zu dritt in den Defender und begannen ihre aberwitzige Suche. Sie wollten so lange suchen, wie es ging und sie etwas sehen konnten, und wenn sie Elif bis dahin nicht fanden, würden sie die Polizei alarmieren. Sie würden die Küste gegen den Uhrzeigersinn absuchen, an Orten, wo Steine an Meer grenzten und wo man ohne eigenes Auto hingelangte; mit anderen Worten, an Orten, die als touristisches Ziel galten und deshalb mit öffentlichen Verkehrsmitteln erreichbar waren. Es war ein aussichtsloser Plan, aber immerhin ein Plan.

Eigentlich glaubte Clara nicht ernsthaft daran, dass Elif in Gefahr war. Violetta war ein Vogel gewesen, nein, weniger lebensfähig als ein Vogel, nur eine Feder, eine Daune im Wind. Elif erinnerte sie eher an eine Katze – unsterblich, unbezwingbar. Es gab keine Ähnlichkeit, keine Verbindung.

Abgesehen davon, dass es irgendwie doch eine gab, das sagte ihr Bauchgefühl.

Und außerdem, dachte sie weiter: Hatte Elif nicht selbst gesagt, sie hätte dem Tod schon sechsmal von Angesicht zu Angesicht gegenübergestanden? Was passierte mit der Katze, wenn sie zum siebten Mal von einem Dach herunterfiel? Clara war sich unsicher, wie viele Leben Katzen angeblich besaßen, aber die Zahl war auf jeden Fall begrenzt. Und hatte Elif nicht umgekehrt Clara gerettet, wieder und wieder, obwohl der Einsatz damals viel niedriger gewesen war? Hatte sie Clara nicht aus ihrer eigenen persönlichen Hölle gerettet und ihr alle Freundlichkeit der Welt erwiesen, wenn auch auf ihre eigene, impulsive Art und Weise? War Clara es ihr nicht schuldig, ihr denselben Gefallen zu erwidern? Waren nicht alle Menschen tief in ihrem Inneren ängstlich und ab und zu auf eine Rettung angewiesen, und war es nicht die Pflicht eines jeden Menschen, auf die Hilfeschreie der anderen zu horchen, auch wenn sie verzerrt und undeutlich waren, wie Schreie unter Wasser?

Sie betrachtete Jordan, der den Defender routiniert auf den Kiesweg oberhalb des Campingplatzes lenkte und das Gaspedal durchdrückte. Sie fragte sich, warum er das hier machte. Ob er auch jemanden um Hilfe rufen hörte, und wenn ja, wen.

Sie suchten einen Ort nach dem anderen ab, ohne sie zu finden. Es war fast Nacht geworden, als sie auf ihrer letzten Station in Oronga hielten, einer alten Siedlung mit kleinen runden Steinhäusern, wo die Steilwand auf der einen Seite dreihundert Meter tief ins Meer abfiel, während auf der anderen Seite ein holperiger Hang zu einer merkwürdigen geologischen Formation hinabführte, die an den Krater nach einem Bomben- oder Meteoriteneinschlag erinnerte. In Wirklichkeit war es ein Vulkankrater, das Ergebnis eines jener Ausbrüche, die einst dazu geführt hatten, dass diese Insel aus dem Wasser emporgestiegen war. Der Boden dieses Kessels bestand aus feuchtem Sumpf und einer blanken Lagune aus Süßwasser, die auch der Grund dafür war, dass auf dem Rand des Kraters die Siedlung entstanden war. Der Krater sorgte nicht nur für Wasser, sondern mit seinen zweihundert Meter hohen Wänden auch für ein angenehmes, windgeschütztes Klima. Auf den Plateaus hatte man Obst angebaut, Feigen, Bananen, Mangos und Guaven, ganz so, wie man auch an den Hängen des Vesuvs Wein anbaute. Jordan, Clara und Horst stiegen aus dem Auto, und Clara sah zum ersten Mal diese gewaltige Grube, die so viel größer war, als die Fotos es zeigten, und sie dachte, wie schön es doch eigentlich war, dass die fruchtbarste Erde oft an den ungastlichsten Orten zu finden war, in der Asche und im Schlamm.

Jetzt gab es hier keine Bäume mehr, nur Wasser und Steine, grünes, grünes Gras und dahintreibende Flecken von Schilf, eine Touristeninformation, die schon geschlossen

hatte, einen Fetzen dünnes Plastik, vielleicht von einer Zigarettenschachtel, der in der Brise über den Boden schwebte und sich wie eine zweite Haut über Claras Schuh legte. Sie hob das Plastik auf und schloss die Hand darum.
»Sie kann nicht da unten sein«, sagte sie und wandte sich an Horst, der nickte. »Sie wäre doch gesehen worden, von irgendjemandem, hier müssen heute massenhaft Menschen gewesen sein.«
»Auf der anderen Seite«, sagte Horst und richtete das, was von seinem Blick noch übrig war, auf das Meer.
»Du machst wohl Witze«, sagte Clara. »Wenn sie da runtergefallen ist, wäre sie tot.«
Was sie vielleicht auch gewollt hatte. Clara schauderte.
»Nicht unbedingt«, sagte Jordan. »Früher konnten die Leute dort herunterklettern.«
Und es stimmte. Der Steilhang führte zum Meer hinab, und weiter draußen im Wasser lag eine kleinere Felsformation, die einst ein heiliger Ort gewesen war, der Vogelberg. Dorthin seien die jungen Männer geschwommen, um das erste Sturmvogelei des Jahres zu finden und es zur Insel zurückzubringen, erklärte Jordan. Wem es gelungen sei, der sei zum Vogelmann gekrönt worden und habe künftig über die Insel und seine Bewohner geherrscht. Wer versagt hätte, sei meistens bei dem Versuch gestorben.
Clara schnaubte.
»Diejenigen, denen das gelungen ist, sind nicht am Sunset Boulevard aufgewachsen.«
Aber Jordan antwortete nicht. Er hatte bereits seinen Rucksack über die Schulter geworfen und war zwischen den Häusern verschwunden, zum Rand der Klippen. Noch ein paar Meter weiter, und die Dunkelheit würde ihn verschlucken, und auch er würde verschwinden, womöglich im Abgrund. Hastig kramte Clara ihre Taschenlampe hervor und richtete den blendenden Lichtkegel auf seinen Rücken.

»Bleib hier«, sagte sie zu Horst und deutete mit dem Kopf auf das Auto. »Wenn wir in einer halben Stunde nicht wieder da sind, rufst du den Rettungsdienst.«

In der Dunkelheit kam man nur schwer voran, ohne zu stolpern, und sie näherten sich dem Abgrund mit winzigen Schritten. Auf dem letzten Stück gingen sie auf die Knie und tasteten sich mit den Händen voran, um sicherzugehen, dass der Pfad unter ihnen nicht plötzlich endet. Schließlich endete er tatsächlich, ging jedoch in trockenes Gras über. Sie blieben stehen und ließen ihre Taschenlampen durch die Dunkelheit gleiten. Überall war es mucksmäuschenstill, ein großes, waberndes Nichts, und dann: ein scharrendes Geräusch, wie von einem panischen, eingesperrten Tier. Clara bekam Lust, Jordan davon zu erzählen, wie Matilda und sie als Kinder von einer Schulkameradin in deren Sommerhaus in Röstånga eingeladen worden waren, um im Garten zu zelten und auf rostigen Rädern ohne Bremsen steile Hügel herunterzusausen. Am letzten Tag hatte sich der Freund der Mutter ihrer Schulfreundin, ein Motorradheini namens Frans, die drei Mädchen ausgeliehen, damit sie Wache vor einer Scheune in der Nähe schoben. Er war sich sicher, dort drinnen würde ein Dachs wohnen, und den wollte er töten und aus dem Pelz Pinsel herstellen und sie der Mutter der Freundin schenken, denn sie war Künstlerin und malte wunderschöne Bilder, wie Clara fand, von heulenden Wölfen im Mondschein. Pinsel aus Dachshaaren seien die allerbesten, hatte Frans erklärt, aber sie kosteten einen Haufen Kohle. Von den drei Mädchen war Clara die Einzige, die den Dachs zu Gesicht bekam. Sie hielt an einer der Türen Wache, lediglich mit einem Besen bewaffnet und mit dem Auftrag, das Tier wieder in die Scheune zurückzuscheuchen, wenn es auftauchte. Erst jetzt sah Clara ein, wie gefährlich eine solche Situation für ein Kind war. Ein aggressiver Dachs ist extrem gefährlich, denn wenn er beißt, dann beißt er, bis der Knochen kracht. Damals hatte sie keine Angst; nicht ehe der Dachs seine hässliche Schnauze ein paar Meter entfernt durch ein Loch in den Wandbrettern steckte. Kurz bevor das Tier in einem Wäldchen verschwand, hatte Clara ihm in die Augen geschaut, und es war der böseste Blick, den sie je gesehen hatte. Damals dachte sie, so musste der Teufel aussehen, und so wie der Dachs roch, musste es in der Hölle riechen. Frans kam nie zu seinen Dachshaarpinseln, und Clara erzählte ihm nicht, dass sie das Tier gesehen hatte. Sie erzählte es nur Matilda, der Clara daraufhin versprechen musste, den Eltern nichts davon zu erzählen. Ihre Mutter würde eine Szene veranstalten, und dann dürften sie nie wieder mit dieser Freundin spielen, denn ihre Mutter war der Freundin gegenüber ohnehin schon misstrauisch, weil deren Mutter wiederum ein Faible für Traumfänger und gelbe American Blend hatte. Und Clara hatte auf Matilda gehört, aber sie war nie wieder in das Ferienhaus mitgefahren, und ab und zu träumte sie noch immer von Zähnen, die bissen und rissen und nicht mehr losließen, bis sie schweißgebadet aufwachte.

Diesmal kam das Scharren nicht von einem Dachs. Es kam eindeutig von einem Menschen, einem Menschen, der vier oder fünf Meter weiter die Steilwand hinab auf einem Felsvorsprung lag. In der Dunkelheit war es schwer zu erkennen, aber die Wand schien nicht ganz vertikal zu sein, sondern in Kaskaden nach unten abzufallen, wie ein erstarrter Wasserfall. Clara konnte verstehen, dass eine theoretische Möglichkeit bestand, den ganzen Weg bis zum Wasser zu gelangen, aber sie konnte im Leben nicht verstehen, wieso Elif es als praktische Möglichkeit in Betracht gezogen hatte. Doch es war zweifellos Elif, die dort unten mit den Armen winkte.

Clara richtete ihre Taschenlampe auf den Punkt, wo sich zwei weiße Hände in der Dunkelheit bewegten. Bei näherer Untersuchung erwies sich der Vorsprung eher als eine Spalte, eine Einkerbung im Felsen, in der sie lag wie eine besiegte Primadonna.

»Elif? Bist du das? Alles okay?«, rief Clara und klammerte sich dabei an einen Metallpfosten, weil sie eine schwindelerregende Angst hatte, selbst abzustürzen. Wie sich später herausstellte, steckte auf der Stange ein Schild, das vor allen Versuchen warnte, die Steilwand herunterzuklettern.

Zwischen Steinen und Meer hallte jubelnd ein dünnes Stimmchen wider.

»Clara! Clarita! Bist du es wirklich?«

»Mein Gott, hast du dir was gebrochen? Wie bist du denn da unten gelandet? Sollen wir einen Krankenwagen rufen?«

»Dein Name bedeutet Licht, wusstest du das? Licht und Klarheit! Bist du es wirklich, Clara?«

»Ja, und Jordan und Horst sind auch da. Wir haben ein Seil, glaube ich. Kannst du daran hochklettern? Nein, warte, das kannst du nicht. Jordan?«

Er war ihr bereits einen Schritt voraus. Wie sich herausstellte, hatte er nicht nur ein Seil dabei, sondern sogar eine ganze verdammte Strickleiter, die er anscheinend immer im Kofferraum durch die Gegend kutschierte.

»Mein Gott«, sagte Clara noch einmal, während Jordan die Leiter an dem Metallpfosten befestigte. »Das ist doch wahnsinnig. Du kannst abstürzen und sterben. Und wie willst du sie wieder hochbringen?«

»Ich trage sie auf dem Rücken«, antwortete Jordan unbekümmert. »Sie wiegt ja so gut wie nichts.«

Und mit diesen Worten ließ er die Leiter herab, zog einige Male prüfend am Knoten und verschwand hinter der Felskante. Clara blieb allein mit der Taschenlampe stehen. Ihr Herz raste, und in den nächsten Minuten erschien ihr das Leben sehr, sehr leer. Wenn Elif Jordan mit sich in den Tod riss, würde sie ihr das nie verzeihen; dann würde sie niemandem je wieder verzeihen. Kurz darauf tauchte Jordan mit Elif huckepack wieder auf.

»Verdammt noch mal«, schrie Clara, als Elif schließlich vor ihr auf dem Boden lag, ein keuchender kleiner Menschensplitter mit aufgescheuerten Knien. »Wie bist du da unten gelandet? Und was hast du dir dabei gedacht? Wolltest du dich umbringen?«

Sie sank auf die Knie und nahm Elifs Kopf zwischen ihre Hände. Elif trug keine Sonnenbrille mehr, die war wahrscheinlich ins Meer gefallen und würde im Bauch irgendeines Fisches enden und hundert Jahre dort bleiben, bis der Fisch starb und sein Fleisch vermoderte und das Einzige, was übrig blieb, die Sonnenbrille war, in einem Käfig aus Fischgräten eingeschlossen wie in einer Museumsvitrine. Elifs Augen waren groß und feucht, aber sie strahlten, sie strahlten vor Geborgenheit.

»Ach, Clara...«, murmelte Elif. »Ist das denn so wichtig? Ihr habt mich gefunden! Das werde ich dir nie vergessen, mein ganzes Leben nicht, ich schwöre... Und ich werde mich revanchieren, *promise*. Ich habe einen Plan, Baby, ich habe einen Plan.«

Sie fuhren durch die Nacht nach Hause. Clara lehnte ihre Stirn an die feuchte Scheibe und dachte an Windkraftanlagen. Sie fragte sich, ob das bei ihr so war wie mit dem Hummer, eine Art Heimweh. Sie fragte sich zum ersten Mal, ob es ihr so ging wie Siobhan – ob sie diese Insel mochte, weil sie sie an ihre Heimat erinnerte.

Sie hatten das Lager fast erreicht, als Horst abrupt an den Straßenrand fuhr und den Motor abwürgte. Er sagte nichts, saß einfach nur da, mit seinen schmalen Händen auf dem Lenkrad.

»Horst?«, fragte Jordan vorsichtig.

»Ja?«

»Warum hast du angehalten?«
»Es ist dunkel«, antwortete er.
»Wir haben Nacht«, sagte Jordan.
»Das meine ich nicht.«
Jordan hielt sich an der Rückenlehne des Vordersitzes fest und beugte sich vor. Elif wimmerte im Schlaf, ein wohliger kleiner Laut.
»Was meinst du dann?«, fragte Jordan.
»Die letzten Schatten. Weg. Jetzt ist es dunkel. Jetzt bin ich blind.«
Eine einsame Träne kullerte Horsts Wange hinab, die so zart und haarlos war wie die des Kindes, das er beinahe noch war; aber weder Clara noch Jordan sahen die Träne. In der Dunkelheit berührten sich ihre Hände, als wollten sie fragen: Was passiert jetzt, was wird passieren, wenn alles aufs Ende zugeht?

DIE FAMILIE DER ZIKADEN IST das größte Insektengeschlecht der Welt, eine Superfamilie mit zigtausend Arten. Manche leben in Bäumen und auf Rinde, andere bohren sich in den Boden, saugen den Saft aus Wurzeln und warten auf ihre Gelegenheit.

Manche warten dreizehn Jahre im Boden, manche siebzehn; verstecken sich, um nicht gefressen zu werden. Sammeln Kraft und bringen die Nahrungskette aus dem Gleichgewicht.

Und dann – ein Schauspiel.

Zu Tausenden wallen sie auf, eine geschickt koordinierte Wiedergeburt von Millionen Flügelschlägen. Die Wesen, die gedroht hatten, die Zikaden auszurotten, sind jetzt tot, verhungert, und die wenigen, die noch übrig sind, können das plötzliche Angebot nicht verkraften, sie ersticken im Überfluss.

Wer eine ruhende Zikade ausgräbt, könnte glauben, sie wäre tot.

Sie sieht ja auch tot aus, oder zumindest so, als würde sie schlafen.

Als würde sie schlafen.

Aber sie ist nicht tot. Sie wartet nur, wartet darauf, wiedergeboren zu werden, wiederzukehren in all ihrem strahlenden Glanz.

DER TAG, AN DEM DIE Welt laut einiger zweifelhafter Voraussagen untergehen sollte, begann wie alle anderen Tage auch auf der Insel. Clara erwachte einsam und verfroren in ihrem Zelt. Das Morgenlicht fiel blau zu ihr herein, weil die Zeltwände blau waren. Das Meer, dachte Clara, während sie sich unter dem Wasserhahn vor der verlassenen Campingrezeption die Zähne putzte, ist blau, weil der Himmel blau ist. Der Himmel ist blau, dachte sie, während sie in der Glut des Frühstücksfeuers der anderen zwei kalte Kartoffeln aufwärmte, weil die blauen Lichtwellen am leichtfertigsten sind, sie neigen am ehesten zur Flucht und zu ruckartigen Bewegungen. Das Licht, dachte sie, während sie ihren Blechteller spülte und in der Luft hin und her schwenkte, damit er trocknete, ist eine vereinte Kraft, deren volle Schönheit erst deutlich wird, wenn es gegen ein Hindernis stößt und in der Welt zersplittert. Die Welt, dachte sie, während sie die Batterien ihrer Taschenlampe kontrollierte und sich die Schuhe schnürte, ist ein Prisma.

Sie war sich sicher, dass man aus all dem irgendein banales Wissen ziehen könnte.

Wobei Wissen, dachte sie weiter, während sie den menschenleeren Campingplatz verließ und die knapp zehn Kilometer lange Wanderung nach Oronga begann, auch überschätzt wird. Sie hatte ihr ganzes Leben lang in einer ständigen Jagd danach gelebt, Dinge zu verstehen, weil sie sich eingebildet hatte, das wäre dasselbe wie Ordnung, Kontrolle, Überlegenheit. Was, dachte sie, während sie im diesigen Morgenlicht den ersten Vogel des Tages sah, der vom Lenker eines kaputten Fahrrads abhob, das schlampig an einer Veranda am Stadtrand lehnte, eine ziemlich schlechte Taktik gewesen war. Nie hatte sie sich so machtlos gefühlt, wie wenn sie klare Antworten auf vage formulierte Fragen erhielt. Und nie hatte sie ein so großes Gefühl der Kontrolle erlebt wie jetzt, an diesem Morgen, an dem alles so unsicher und unwahrscheinlich war und das blaue Licht hysterisch um sie herumtanzte.

Das Lager war leer gewesen, als sie aufwachte, was sie nicht überrascht hatte. Die anderen hatten gesagt, dass sie früh aufbrechen wollten, schon im Morgengrauen.

Der mittlerweile vollständig erblindete Horst sollte den vollbepackten Defender zu dem Krater fahren, und die anderen würden laufen, genau wie Clara. Sie machte sich keine großen Gedanken darüber, warum man sie nicht geweckt hatte. Schließlich gehörte sie dazu, und irgendwie doch wieder nicht. Vielleicht hatte man sie ganz einfach vergessen. Der Gedanke empörte sie nicht so, wie er es früher einmal getan hätte.

Und eigentlich war sie froh darüber, allein zu laufen. Sie mochte die Wasserflasche aus Metall, die gegen ihr Bein schlenkerte, sie mochte ihren eigenen Schatten, den Gedanken daran, dass das Sonnenlicht, das in diesem Moment ihre Waden wärmte, 147 Millionen Kilometer weit gereist war und in letzter Sekunde daran gehindert wurde, von der Erde verschluckt zu werden, indem es gegen ihren lebendigen Körper prallte. Sie mochte es, nicht zu wissen, ob ihr Körper morgen auch noch da wäre. Insgeheim wusste sie natürlich, dass er noch da sein würde, genau wie die Brombeeren, die Steine und die Meeresströme. Sie war nicht davon überzeugt, war es noch nie gewesen, dass Horst irgendetwas vorhersehen konnte, am allerwenigsten den Weltuntergang. Aber das spielte keine Rolle. Sie verstand, warum die Menschen vom Gedanken an die Endzeit fasziniert waren. Es war so wie mit Brunnen und Löchern ohne Boden. Es war unmöglich, sich einen Fall ohne Aufprall vorzustellen, unmöglich, ein abgrundtiefes Loch zu akzeptieren, solange man nicht den Boden erreicht hatte. Es war unmöglich, sich eine Welt ohne Ende vorzustellen, ehe man diesen Gedanken ernsthaft durchgespielt hatte, unmöglich, die Unendlichkeit des Weltraums zu akzeptieren, ehe man tastend seine Hand zu dessen letzter Wand ausgestreckt hatte.

Es war bereits früher Nachmittag, als sie den Platz erreichte, wo das stattfinden sollte, was Jordan »Das letzte Fest« nannte. Clara war sich ziemlich sicher, dass auch Jordan nicht ernsthaft glaubte, das Meer würde sich um sie herum erheben und sie mit Haut und Haar verschlingen, aber nicht ganz so sicher, was er eigentlich innerlich hoffte. Seit Horsts Augenlicht verschwunden war und die anderen im Lager in einem wilden Tanz den apokalyptischen Festvorbereitungen entgegenfieberten, schien auch Jordan gelöster zu sein. Clara wusste nicht, ob es der Gedanke an etwas Endgültiges war, der ihn aufmunterte, oder ob es lediglich daran lag, dass der lahme Trott des Lagers ein wenig durcheinandergerüttelt worden war.

Sie hatten angefangen, ein Lagerfeuer zu errichten. Das war das Erste, was sie sah, als sie den Kamm des Talkraters erreichte. Es war kein richtiges Lagerfeuer, denn auf einer Insel mit so knappen Holzressourcen wäre das unmöglich und geschmacklos gewesen. Eigentlich hätte das keine Rolle spielen dürfen, dachte Clara, während sie ihren Rucksack auf den Berg der anderen Rucksäcke vor den alten Steinhäusern auf dem Kamm warf, wenn sie denn wirklich *glaubten,* dass die Welt, die sie kannten, von einem gewaltigen Feuer verschlungen werden würde. Wie auch immer – sie nannten es Feuer, obwohl es in Wirklichkeit ein Baum war. Der letzte Baum und der erste Baum. Der brennende Busch. Clara war sich der Symbolik nicht bewusst, aber sie konnte sehen, dass es schön war, so schön wie der Krater selbst, der einst ein feuerspeiender Vulkan gewesen war und dann ein Garten voller Bäume, und jetzt ein Sumpf, in dem man mit seinen Gummistiefeln stecken bleiben konnte, stecken bleiben und langsam versinken.

Im Inneren der Erde, im Bauch des Wals.

Sie hatten ein Stück Boden am unteren Rand des Kraters gefunden, das halbwegs stabil war. Der Steinkreis, den sie dort gerade erbauten, war unerwartet groß, mit einem Durchmesser von etwa vier Metern, und das Loch, in dem der kleine Aitobaum versenkt werden sollte, im Vergleich dazu sehr, sehr klein.

Es sollte eine Art Opfergabe sein. Anschließend würden sie wieder auf den oberen Rand des Kraters klettern und dort warten. Sie würden etwas essen und Marsala trinken. Sie würden auf den Vogelberg blicken und spüren, wie sich die Kontinentalplatten unter ihnen verschoben.

Zunächst hatten sie geplant, den Baum direkt auf dem Vogelberg zu pflanzen, in einer Art umgekehrten Version des ursprünglichen Rituals mit dem Vogelmann. Anstatt jemanden zum König der Insel zu krönen, würden sie die Insel wieder an die Natur zurückgeben. Das war Siobhans Idee gewesen. Clara hatte sie von Anfang albern gefunden, um nicht zu sagen vermessen, hatte jedoch geschwiegen.

So oder so scheiterte die Idee an der Umsetzbarkeit. Jene Männer, die vor langer Zeit einmal gegeneinander angetreten waren, um das erste Sturmvogelei vom Vogelberg nach Oronga zurückzubringen, hatten ja ihr ganzes Leben dafür trainiert. Dass jemand mit einem Baum auf dem Rücken dorthin gelangen sollte, war der reinste Wahnsinn. Schließlich war es Horst, der ein Machtwort sprach. So würde es nicht ablaufen, sagte er mit der vollen Autorität eines blinden Teenagermediums. Die Welt würde bekanntlich nicht mit einem Knall untergehen, sondern mit einem leisen Schmatzen.

Jordan sah glücklich aus, als sie kam. Er war gerade dabei, einen größeren Stein zu dem Kreis zu hieven, und ließ sich wortlos von ihr helfen. Als das kleine Monument eine Stunde später fertig war, kletterten alle auf den Krater und verstreuten sich in alle Richtungen. Vedrana und Horst legten sich auf den Rücken und blickten in die Wolken. Horst hatte eine Hand auf Vedranas Bauch gelegt, und Clara beobachtete aus dem Augenwinkel, wie sie vorsichtig ihre Hand auf die seine legte und mit den Fingerspitzen über seine weißen Knöchel strich. Siobhan sprang barfuß zwischen den Häusern umher, als würde sie nach längst verstorbenen Lämmern rufen. Bernie und Tina verglichen die Länge ihrer Schnitzmesser.

Jordan, Elif und Clara wanderten am Rand des Kraters entlang und zum Strand hinab, um zu baden. Auf dem Weg dorthin kamen sie an der Felswand vorbei, aus der sie Elif nur wenige Tage zuvor herausgeangelt hatten. Seither dementierte sie entschieden, dass sie sich das Leben hatte nehmen wollen. Sie hätte dort unten nur etwas gesehen, sagte sie, etwas, das so verführerisch in der Felsspalte geglänzt habe wie Gold. Dann sei sie gestolpert und gerettet worden. Jemand wäre gekommen, um nach ihr zu suchen, das sei völlig unglaublich.

Jetzt blieben sie dort am Rand des Abgrunds stehen, und Clara fürchtete, Elif könnte auf die Idee kommen, erneut hinunterzupurzeln, nur um den Moment der Rettung noch einmal erleben zu dürfen. Stattdessen blinzelte Elif mit einem zufriedenen Seufzer in die Sonne.

»Ich kann echt nicht glauben, dass der Tag endlich gekommen ist.«

»Freust du dich so sehr darauf, zu sterben?«, fragte Clara. »Dann hätten wir dich ja auch einfach liegen lassen können.«

»Tsts, wer hat denn was vom Tod gesagt? Heute Nacht kommt *sie*!«

Jordan, der nicht in Elifs Nemesis-Problematik eingeweiht war, warf Clara einen fragenden Blick zu. Elif sah es und boxte ihn gegen die Schulter.

»Dakota, du Dummerchen. Sie wird sich heute Nacht offenbaren, das schwöre ich bei meiner Mutter.«

Als die Dämmerung hereinbrach, versammelten sie sich erneut. Wie immer wurde es schnell dunkel, ein Tuch über die Augen – nicht so, als würde man sterben, sondern als wäre man ungeboren. Sie entzündeten ihre Laternen und schalteten ihre Taschenlampen ein, schnürten ihre Schuhe und begannen den Abstieg in den klaffenden Krater. Horst und Vedrana schritten mit dem Baum voran – Vedrana trug die kleine Krone, Horst den Wurzelballen. Im flackernden Schein von einem Dutzend Taschenlampen konnte Clara sehen, wie vorsichtig Horst seine Füße über den Boden bewegte, als würde er aufrecht dahinkriechen. Es glitzerte unter ihnen, als das Licht in den Teichen und Pfützen des Tals reflektiert wurde. Es war kein langer Abstieg, doch im Dunkeln schien es, als würde die Zeit stillstehen oder sich sogar rückwärtsbewegen, zurück in den Mutterbauch, die Ursuppe, den Weltraum.

Clara atmete tief ein, roch den erdigen Duft von Jordan und verstand, dass er irgendwo nah bei ihr in der Dunkelheit war. Sie dachte an die Galerie am Kottbusser Tor; wie sie so lange auf ihr eigenes Gesicht gestarrt hatte, bis es zu existieren aufhörte, ein anderes wurde. Damals hatte sie das Erlebnis von etwas Übermenschlichem, Unerklärlichem panisch gemacht. Jetzt fühlte sie sich bei dem Gedanken geborgen, als würde sie die Finger in sonnenwarme Erde bohren, ihre eigene Sterblichkeit in den Fingerspitzen fühlen, nicht wie eine Drohung, sondern wie ein Versprechen. Flammende Nacht, wimmelndes Wasser. Und wer an mich glaubt, den wird nimmermehr dürsten. Ein ewiges Leben. Sie hatte sich immer gefragt, ob ihre Mutter daran glaubte, wirklich glaubte. Ich bin die Auferstehung und das Leben. Von dort wird er kommen zu richten die Lebenden und die Toten. Hatte ihr das geholfen, der Mutter, wenn die Dunkelheit hereinbrach; der Glaube daran, dass dieses Leben nicht das einzige war, dass es einen Ort gab, an dem sie die Tochter zurückbekommen würde, die ihr genommen worden war, nicht ein-, sondern sogar zweimal? Sie wird zurückkommen, hatte Horst gesagt. Das war natürlich reine Erfindung; Zufall und Phantasie. Aber streng genommen hatte er ja recht. Clara hatte sie gesehen, sie hatte ihr direkt in die Augen geblickt, dort im Spiegel in der Galerie, und in diesem Augenblick war sie da gewesen, mit blaubleichen Lippen, aber lebendig, lebendig trotz der Kälte.

Und anschließend hatte Clara sie überall gesehen, an jeder Straßenecke, in jedem Blatt, das sich dem Regen entgegenstreckte.

Sie gelangten zum Krater. Schweigend arbeiteten sie sich zwischen den Wasserlachen voran, bis sie den Rand des Steinkreises erreichten. Sie hatten noch nicht richtig besprochen, wie die Zeremonie eigentlich ablaufen sollte, und trotzdem bewegten sie sich unablässig voran, wie plätscherndes Wasser, als hätten sie das alles schon tausendmal in einem gemeinsamen Traum geprobt. Jordan kletterte in den Steinkreis und nahm den Baum von Horst und Vedrana entgegen, woraufhin er ihn vorsichtig in das Loch hinabsenkte, das sie tagsüber gegraben hatten. Die anderen verteilten sich um den Kreis und richteten vorsichtig ihre Lampenkegel auf die Mitte. Siobhan, Sytze und Elif knieten drinnen vor dem Baum und schoben vorsichtig Erde über den Wurzelballen. Als sie fertig waren, klopften sie die Erde mit den Händen fest, standen auf, kletterten aus dem Steinkreis, formten ihre Hände bei der nächsten Pfütze zur Schale, füllten sie mit Wasser, trugen es zurück zum Baum und ließen es dort zwischen ihren Fingern hindurchrinnen. Alle standen auf und taten es ihnen gleich, bis die Erde um den Baum herum feucht und vollgesogen war.

Niemand lachte und niemand weinte, und dann gingen sie wieder gemeinsam von dort weg, den Hang hinauf.

Sie schalteten ihre Campingkocher, Lampen und Lichter ein, zogen sich warme Pullover über, schlugen sich den Bauch voll mit Reis und mit seltsamen und nicht besonders guten Keksen mit Schokoladenüberzug und Apfelsinengelee, die Horst aus seinem Rucksack hervorzauberte. Clara schwieg und lauschte dem Geplauder der anderen, sie redeten über dasselbe wie immer. Irgendwie fand sie es rührend, dass diese Menschen, die doch in gewisser Weise auf das Ende von allem warteten, keinen Grund sahen, alte Muster zu durchbrechen, nur weil es sie bald nicht mehr geben würde. Das musste etwas zu bedeuten haben, dachte sie. Dass die Leben, die man lebt, tief in der eigenen Seele auch die Leben sind, die man haben will, dass sie in all ihren kleinen, trivialen Details doch etwas wert sind.

Horst saß neben ihr und schwieg ebenfalls. Clara betrachtete ihn von der Seite, und zum ersten Mal wurde ihr bewusst, dass er sie an Sebastian erinnerte. Derselbe finstere Grundakkord der Seele. Dieselbe angestrengte Ruhe. Dieselbe entzückend aufgeblähte Vorstellung von der eigenen Bedeutung für diese Welt.

»Du siehst mich an«, sagte Horst nach einer Weile.

»Weißt du, dass du mich an meinen Bruder erinnerst?«, fragte Clara.

»Sebastian«, sagte Horst.

»Ja«, sagte Clara, »so heißt er.«

»Ich habe ihm eine Postkarte geschrieben«, erklärte Horst.

»Er isst gerne Jaffa Cakes. Und streng genommen ist er gar nicht dein Bruder.«

Hastig versuchte Clara, diese drei Aussagen nach ihrer Wichtigkeit zu sortieren, um zu wissen, auf welche sie zuerst eingehen sollte, aber Horst kam ihr zuvor:

»Einerseits habe ich richtiggelegen. Andererseits falsch.«

»In Bezug auf was?«

Horst lächelte blass, aber nicht traurig.

»Nichts hat ein Ende, Clara. Alles verändert sich, aber nichts endet.«

Er ergriff ihr Handgelenk, seine Finger waren warm, er fuhr fort. »Ich muss eines bekennen: Ich wollte, dass es aufhört. Alles. Die Welt. Warum sollte sie existieren, wenn ich sie nicht sehen durfte? Wie sollte sie da existieren können? Ich habe eine bevorstehende Dunkelheit gesehen, und ich fand sie unüberwindbar.«

»Aber das war falsch?«

Horst ließ ihr Handgelenk los und antwortete, indem er fast unmerklich zu Vedrana hinübernickte, die auf der anderen Seite des Campingkochers saß. »Sie trägt ein Kind in ihrem Bauch«, sagte er und legte vorsichtig die Hand auf Claras Wange. »Mein Kind. Und du sollst wissen, dass es ein Mädchen ist. Es soll Violetta heißen.«

Clara sog den Namen in ihre Lungen ein. Schloss die Augen und atmete ein. *Das ist alles, was ein Mensch je tun muss.*

»Also ist sie es doch«, murmelte Clara voller Verwunderung und schlug die Augen wieder auf. Ihr Blick wurde von Vedranas schmächtiger Gestalt angezogen, ihren strahlend blauen Augen, den Mundwinkeln, die zu einem zufriedenen Lächeln nach oben zeigten. »Die kommen sollte. Zurückkommen sollte.«

Horst ließ die Hand von Claras Wange herabgleiten und zuckte leicht mit den Schultern.

»Vielleicht. Aber vielleicht habe ich auch an sie gedacht.«

»An wen?«

Verwirrt riss Clara ihren Blick von Vedranas Bauch los, der unter dem schwarzen Rollkragenpullover so flach aussah, dass man sich nur schwer vorstellen konnte, dass er die ganze Welt beherbergte.

Clara hörte, wie jemand ihren Namen rief.

Es war Elif.

Mit federnden Schritten sprang sie durch die Dunkelheit, wie ein Kind, das gerade sein erstes Fahrrad bekommen hat. Elif tauchte in den Lichtschein ein, und Clara sah, dass sie nicht allein war. Hinter ihr schritt ruhig und bedächtig eine Frau mit langem blondem Haar und Shorts mit Pepitakaros, und Ohrringen in Form zweier glänzend blauer Pfauenfedern, die lässig von ihren Ohrläppchen baumelten.

»Siehst du das, Clara, siehst du, dass ich recht hatte? Was sagst du jetzt, na? Was sagst du jetzt? Du siehst doch wohl, wer das ist?«

Es war Dakota Fanning.

ER STAND AM RAND DES Abgrunds, oder hinter dem Rand, in der Dunkelheit sah es aus, als würde er schweben, als würde das schwarz glänzende Wasser emporsteigen und seine Fußsohlen berühren – die harten, schmutzigen Fußsohlen, die über Erde und Stein und glühende Kohlen gegangen waren, die den Wert von moderndem Laub und ungemähtem Gras und einem Nachtlager, das feucht war von Morgentau, zu schätzen wussten. Als würden sie über Wasser gehen, über das Meer, weg von ihr.

Jordan. Es war schon fast wieder hell geworden, als Clara entdeckt hatte, dass er in dem Kreis um die sirrenden Campingkocher fehlte. Sie war so sehr ins Gespräch mit Elif vertieft gewesen, dass sie sein Verschwinden nicht bemerkt hatte. Elif, die endlich ihre Nemesis gefunden hatte, ihre bessere Hälfte, ihr flachsblondes Spiegelbild mit karierten Shorts. Ihre Schwester, ihre Ava, neugeboren, wiederauferstanden, wie aus der Luft hervorgezaubert.

Magie, hatte Clara gedacht. Shakespeare. Hollywood.

Dann hatte Elif etwas noch viel Seltsameres erzählt.

»Hör zu, Clarita. Ich habe gute Nachrichten. Du bist es nicht. *Nice*, oder?«

Magie, Shakespeare, Hollywood.

Denn es sei Sebastian, hatte Elif erklärt. Das vertauschte Kind, es war Sebastian. Schiffsbrüchig, aber nicht tot.

Elif wusste das, weil sie Kontakte hatte. Genauer gesagt den Kontakt zu ihrem Vater, der Sebastians Chef war und wiederum seine eigenen Kontakte hatte, zum Beispiel zur Mutter der Geschwister. Es hatte eine Kette von komplizierten Telefonanrufen, Drohungen und Schmeicheleien erfordert, ehe Elif zuletzt endlich die Information in ihren Händen gehalten hatte.

»Und ich dachte –«, sagte Clara, ohne den Satz zu beenden, denn sie war sich nicht sicher, was sie geglaubt hatte. Sie hatte so vieles geglaubt.

»Manchmal ist es am besten, wenn man einfach nur fragt, Baby«, sagte Elif.

Und Clara hatte den Blick gehoben. Sie hatte Dakota Fanning mit einem Katzenjungen auf dem Schoß gesehen, vollkommen wirklich und mit einem vollkommen wirklichen Schimmer, der ihren perfekten Schädel umgab. Sie hatte die Möwen gesehen, die Wolkenfetzen, die ersten Sonnenstrahlen. Die Welt, die nicht untergegangen war. Die es eines Tages tun würde. Aber nicht heute. Sie hatte Jordan gesehen, einen fernen Punkt am Horizont, und sie war zu ihm gegangen.

Doch jetzt wagte sie es kaum, sich ihm zu nähern. Wagte es nicht, stehen zu bleiben, wagte es nicht, zu schreien, ja nicht einmal zu schweigen. Das kleinste Geräusch konnte die Wolken unter seinen Füßen auflösen wie Wasserdampf.

Vielleicht gab es ihn gar nicht. Denn wenn es ihn gab, wie konnte er dann so schweben, wie in der Dunkelheit aufgehängt, am Himmel gekreuzigt?

Jede Angst ist eigentlich die Angst vor dem Verlust, dachte Clara und öffnete den Mund.

»Jordan?«

Er drehte sich um, vollkommen wirklich, mit einem vollkommen wirklichen Boden unter seinen Füßen. Er stand am Rand des Abgrundes, mit strahlenden Augen, und zeigte den Steilhang herab.

»Was?«, fragte Clara.

»Komm«, sagte Jordan und legte sich auf den Bauch an den Rand. »Komm und schau.«

Sie legte sich neben ihn. Unter ihnen stürzte der Fels ins

Meer. Es war Ebbe, das Wasser hatte sich zurückgezogen, und der Sand wehte wie aufgewirbelter Schnee über den feuchten Boden. Seesterne, Krabbenschalen, und da: ein einsamer Hummer, schwarz, groß, der langsam, ganz langsam, aus einer Felsspalte krabbelte, auf dem Weg zum Wasser.

Jede Liebe, auch die, die von Anfang an schiefläuft, hat die Chance auf eine Wiedergeburt, unschuldig und rein, und diese war Claras und Jordans.
    Er fragte: Schläfst du?
    Und sie antwortete: Es gibt da eine Sache, die ich dich fragen muss. Es geht um meine Schwester.

V

LONDON

IM SCHAUFENSTER EINES DER VIELEN Musikgeschäfte auf der Charing Cross Road stand ein selbstspielendes Klavier. Auf einem Hocker vor dem Klavier saß eine marmeladenfarbene Katzenpuppe, deren Tatzen über den Tasten schwebten. Es war widerlich, richtig widerlich, etwas derart Groteskes, wie es Matilda in ihrem Leben nur selten gesehen hatte, die glasigen Augen, glasig deshalb, weil sie aus Glas waren, das künstliche Grinsen im falschen kleinen Gesicht der falschen Katze, das Klavier, das »An der schönen blauen Donau« – blau! – spielte. Zum vierunddreißigsten Mal, seit sie hergekommen war, sehnte sie sich nach dem trüben gelben Wasser der Spree.

Dies war eine abscheuliche Stadt, eine durch und durch abscheuliche Stadt, Matilda konnte es nicht anders empfinden. Die Themse, die sich grau und brutal um ihre Beine geschlungen hatte, wie Zement, durchschnitten von den scharfen Klingen der neckenden Septembersonne – komm und fang mich, komm und fang mich, du kriegst mich ja doch nicht! Sie hatte eine Brücke nach der anderen überquert, hatte gespürt, wie sie sich an den Enden hoben und um ihren Körper zuschnappten wie ein eiserner Schlund. Das Imperium! Die Königin! Wie sie Indien versklavt hatten. Ihre Verachtung für Europa, für Deutschland, für Angela! Sie hatten so viel auf dem Kerbholz, und was taten sie? Bauten Türme aus Glas, lauter neue Türme aus Glas, verkauften sich an den Meistbietenden. Matilda rieb sich mit dem Pulloverärmel die Augen, wandte sich von dem Schaufenster mit der grotesken kleinen Blaukatze ab, überquerte die Straße und marschierte entschlossen in einen Superdrug. Am Eingang lagen Zeitungsstapel mit Nicht-Nachrichten, eine Prinzessin hatte ein Kind geboren, wie hieß sie noch... Kate? Die Prinzessin war so schmal, dass die Boulevardpresse befürchtet hatte, sie könne gar keine Kinder bekommen. Aber jetzt hatte sie also geliefert, zum dritten Mal noch dazu, braves Mädchen – auf der Krankenhaustreppe gestanden und gewunken hatte sie auch, frisch entbunden, aber so stark geschminkt, als würde sie gleich wieder zur Schlachtbank geführt. Man sollte auf diesen ganzen Mist scheißen. Auf dieses Land. Man sollte auf alle Länder scheißen. Man sollte auf sich selbst scheißen, und auf das Tröpfchen Pisse im Meer, das die eigene Existenz darstellte. Man sollte gar nicht erst existieren, streng genommen sollte man gar nicht existieren. Die Chancen waren so mikroskopisch klein. Und dass Matilda und Sebastian und Clara existieren sollten? Eine nahezu nicht existente Chance. Zwillinge waren eine Sache, aber Drillinge? Selbst wenn eines dann am falschen Ort landete: Ihre Mutter hatte drei Kinder herausgepresst, noch dazu auf einmal. Und zwar auf natürlichem Wege. Es war beinahe magisch. Manisch. Wer hatte eigentlich gesagt, *sie* wäre manisch? War es Billy gewesen? Oder seine Säuferex? Oder Bernada, die Hündin, die ihr manchmal im Traum erschien und so herzzerreißend kläffte? War es das Kind mit dem Loch zwischen den Klappen, dem spiegelverkehrten Herz, das schrie? War es ihre Mutter, die den Teufel gesehen hatte, eines Morgens in St. Månslyckan? Denn es war doch wohl nicht Kathleen, bei der Matilda nach ihrer Flucht aus Västerbotten Zuflucht gesucht hatte? Nein, es hätte jeder sein können, nur nicht Kathleen. Kathleen glaubte nicht an den Wahnsinn, das hatte sie selbst gesagt. Sie glaubte nur an den Kosmos.

Es gab so viele Regale im Superdrug, mindestens tausend. Zahnbürsten, Läusemittel, Schminke, Schminke, Schminke. Sie drehte einige Runden um die Naturheilmittel, die künstlichen Wimpern, die elektrischen Rasierapparate. Fing an, sich wie eine Verdächtige zu fühlen, eine Drogenabhängige und potentielle Ladendiebin. Anschließend ging sie zu dem Regal, das ihr eigentliches Ziel gewesen war, und hielt sich ihre Pulloverärmel unter die Nase, während ihre Augen über die Plastikschachteln glitten. Der Pullover roch nach Kathleen. Es war Kathleens Pullover. Sie hatte ihn sich leihen dürfen, als sie an Kathleens Tür geklingelt und ihr direkt ins Gesicht gelogen hatte. Wer hatte noch mal gesagt, dass sie manipulativ war? Wie auch immer, es stimmte. Sie hatte Kathleen angelogen, über Billy und Siri und die ganze Sache. Sie hatte gesagt, sie wäre freiwillig gegangen, weil er sie geschlagen hatte, und jetzt wüsste sie nicht, wo sie unterkommen sollte. Kathleen hatte nicht erkennen können, dass ihr Veilchen von der Faust einer Fünfjährigen herrührte und nicht von der eines erwachsenen Mannes. Es war natürlich eine abscheuliche Lüge, aber Kathleen hatte alles geglaubt, wie gute Menschen nun mal immer alles glauben.

In der Zeit, in der Matilda sich nach wie vor eingebildet hatte, sie könnte ein guter Mensch werden, wenn sie es wirklich wollte, hatte sie sich richtig ins Zeug gelegt, ihre Gutgläubigkeit zu hegen und zu pflegen – damals hatte sie in Taschentücher gewickelte Kristalle in ihren Taschen herumgetragen und »Ich dich auch« auf Billys »Ich liebe dich« erwidert, sie hatte sogar ein paar Mails aus Nigeria beantwortet und einem gestrandeten italienischen Gentleman, dem in Mogadischu das Portemonnaie gestohlen worden war, 30 Euro überwiesen, aber nicht einmal eine Postkarte zum Dank erhalten. Was hatte dieser Betrüger eigentlich mit ihrem Geld gemacht? Sex mit Minderjährigen gekauft? Ein internationales Drogenkartell aufgebaut? Seine fast neue Küche herausgerissen und eine noch neuere mit Induktionsherd und Eiswürfelmaschine eingebaut? Seine Teenietochter auf eine Reise nach London mitgenommen und ihre Tüten mit Klamotten von Primark gefüllt, die von anderen armen Kindern hergestellt worden waren? All das hatte sie Kathleen in einem Versuch erzählt, Farbe zu bekennen, ihre eigene falsche Güte zu zeigen. Sie hatte gesagt, sie hätte eigentlich die ganze Zeit gewusst, dass sie im Grunde mit jeder guten Tat versucht hatte, sich selbst davon zu überzeugen, dass sie reformiert worden wäre, eine andere geworden, ein so guter Mensch, dass sie sogar an das Unglaubliche glaubte, den Wert der Menschlichkeit. Aber Kathleen, die ein wahrhaft guter Mensch war, wenn auch auf die naive, amerikanische Weise, hatte nur den Kopf schief gelegt und sie einfühlsam angesehen und gesagt: »Weißt du was, ich glaube, diejenigen, die solche Mails verschicken, tun das nicht ohne Grund. Vielleicht brauchen sie das Geld nicht für das, was sie behaupten, aber Geld scheinen sie ja doch zu brauchen, denn wenn sie nicht verzweifelt wären, würden sie so was doch nicht machen, oder? Wenn du ganz tief in dich selbst hineinblickst, wirst du schon einsehen, dass du das auch weißt und dass es gut von dir war zu helfen, wo andere nur auf ›Delete‹ drücken. Das ist wie mit den Flüchtlingen aus Syrien. Sie würden nicht nach Europa kommen, wenn sie nicht dazu gezwungen wären, oder? Man sollte alles aus einer größeren Perspektive betrachten.« Und Matilda war beinahe übel geworden, denn das war doch zur Hölle noch mal nicht dasselbe, wie konnte Kathleen überhaupt so einen Vergleich ziehen, aber gleichzeitig hatte sie so schön ausgesehen, wie sie dort auf dem moosgrünen Sofa saß, im Lotossitz, das rot schimmernde Haar zu einem lässigen Knoten hochgesteckt und mit dieser goldenen Aura, die ihren ganzen superelastischen und bis zum Rand mit Empathie gefüllten Körper zu umgeben schien. Matilda hatte nicht anders gekonnt, als ihr schluchzend beizupflichten. Wie sie es schon geahnt hatte, herrschte bei Kathleen zu Hause eine völlige Farbharmonie. Nicht nur, was die Einrichtung betraf, die Stoffe und Schalen und halb ausgetrunkenen Teetassen, sondern sogar die Luft, die still in warmen Ocker- und Bernsteintönen vibrierte. Matilda hatte sich bei Kathleen geborgen gefühlt, vollkommen überzeugt, dass sie die Farbe, die keinen Namen hatte, bei ihr garantiert nicht finden würde.

Aber sie hatte natürlich nicht bleiben können, nicht für längere Zeit. Drei Tage hatte sie auf Kathleens Sofa geschlafen und an ihrem Küchentisch Pumpernickel gegessen, hatte sich mit ihren Weledacremes eingeschmiert und ihre kratzigen Pullover ausgeliehen. Dann hatte sie gespürt, dass sie gehen musste. Nicht weil Kathleen den Eindruck erweckte, sie loswerden zu wollen, ganz im Gegenteil, sondern weil es immer schwieriger wurde, ihren gut gemeinten Fragen und beharrlichen Ermahnungen auszuweichen, endlich zur Polizei zu gehen. Wie sollte sie Kathleen erklären, dass die Polizei ihr nicht bei ihren Problemen helfen konnte? Dass man einer Farbe kein Besuchsverbot erteilen konnte? Kathleen hätte es metaphorisch gedeutet. Sie hätte von Billys negativer Energie gesprochen. Aber Billy hatte gar keine negative Energie, er war die Sonne in Person. Trotz seiner Fehler und Mängel, obwohl er selbst im Schlaf Snus konsumierte und braune Ränder auf dem Kopfkissenbezug hinterließ, obwohl er ständig seine Exfrau in Schutz nahm, obwohl er jedes Mal Würgegeräusche von sich gab, wenn sie First Aid Kit hörte. All dem zum Trotz war Billy im Unterschied zu ihr selbst eine gute Kraft in der Welt. Eine gute Kraft in ihrem Leben. Und Matilda hatte sie ausgelöscht, mit ihren bloßen Händen, hatte sie gelöscht wie eine Kerze zwischen Daumen und Zeigefinger.

An allem war die Farbe schuld. Andererseits war die Farbe vielleicht ihre, Matildas, Schuld. Um das herauszufinden, war sie hergekommen, zu ihrem Bruder. Zu Sebastian, der etwas über das Gehirn wusste, und über sie. Zu Sebastian, der ihr im Unterschied zu Billy und Clara und dem Rest der

Welt nie Vorwürfe gemacht und sie nie gehasst hatte, obwohl sie einiges dafür getan hatte.

Langsam streckte Matilda die Hand aus und berührte eine der Schachteln auf dem Regalbrett, nahm sie vorsichtig in die Hand. Sie brauchte die Anleitung auf der Rückseite gar nicht zu lesen. Sie wusste schon, wie es funktionierte. Pinkeln, warten. Ein blauer Strich oder zwei. Ob parallel oder gekreuzt, spielte keine Rolle. Davon wusste Sebastian noch nichts. Sie hatte ihm alles erzählt, beinahe, dies aber nicht; nichts über das merkwürdige Gefühl von Bangen und Hoffen gleichermaßen, das in den letzten Wochen in ihrem Körper gesummt hatte, immer wilder und verzweifelter, wie ein Insekt, das unter einem umgedrehten Senfglas gefangen war, berauscht von der Süße und doch in Todesangst. Und sie hatte auch nichts davon erzählt, dass sie es schon einmal erlebt hatte, abzüglich der Süße, abzüglich der Hoffnung, abzüglich des vorsichtigen Gefühls von Zuversicht und möglichem Glück.

Jetzt drückte sie die Schachtel in ihrer Hand, drückte sie ganz fest und versuchte, ihre Füße in Richtung Kasse zu bewegen. Wenn die Schachtel nur nicht so *blau* gewesen wäre. Ein klares Blau. Die Marke hieß sogar so. *Clear blue*. Es war wie ein Hohn. Sie untersuchte die anderen Marken, sie wusste, dass es auch welche mit roten Strichen gab, wie verdünntes Blut, aber nicht in diesem Regal, alles blinkte blau, blau, blau, bis sie nicht mehr länger dort stehen konnte, außerdem wurde sie jetzt von einem Wachmann beobachtet, der sie fixierte, als wäre sie genau das, was sie war, ein hinterhältiges Miststück, eine, der man nicht trauen konnte, eine, die dazu fähig war, ihre Hand gegen ein Kind zu erheben, aber nicht dazu, anschließend zu bleiben und alles wieder in Ordnung zu bringen, eine, die das nicht verdiente, von dem sie insgeheim immer sicherer war, ganz sicher, ja, vollkommen sicher, dass sie es tatsächlich, trotz allem, haben wollte.

Und wenn sie es nicht bekam? Wenn nur ein Strich zum Vorschein kam, ohne seinen Zwilling, was würde sie dann tun? Jetzt kam der Wachmann auf sie zu, seine Aura war groß und rund und wütend blau. Sie stellte die Schachtel zurück ins Regal, drehte sich um und trat wieder hinaus, zwischen Autos und Abgase, in eine Stadt, die nicht ihre eigene war, und in eine Einsamkeit, die es war.

SEBASTIAN WOLLTE MIT JENNIFER TRAVIS sprechen. Nein, er *musste* mit ihr sprechen. Was er eigentlich wollte, war höchst unklar, aber wie immer spielte es auch keine Rolle. Drei Tage waren vergangen, seit Matilda im Institut aufgetaucht war, seit sie dort mit viel zu wenig Unterhautfett in Benedicts Wartezimmer gesessen und von einer Farbe erzählt hatte, die es nicht gab, und von einer anderen Farbe, nämlich Blau, und von einem Pfau namens Göran. Die Sache mit dem Pfau bereitete Sebastian fast mehr Sorgen als Matildas Behauptung, sie hätte ihre Stieftochter geschlagen. Letzteres konnte er sich einfach nicht ernsthaft vorstellen – Matilda neigte zu Übertreibungen, nicht zuletzt bei ihren eigenen Untaten.

Der Pfau dagegen. Irgendetwas an diesem Detail störte ihn. Warum? Er wusste es nicht sicher, er brauchte Travis' Hilfe, um es herauszufinden, doch als er ins Labor ging, war sie nicht da. Sebastian seufzte und setzte sich auf einen Stuhl, lehnte seinen Kopf an eines der Terrarien, lauschte dem schnarrenden Zirpen von vierzehn *Zammara tympanum*, einer knubbeligen smaragdgrünen Zikadenart mit Flügeln, so zart und schimmernd wie Seifenblasen. Er versuchte zu überlegen, wo Travis stecken mochte, konnte sich jedoch nicht konzentrieren. Seine Gedanken wanderten die ganze Zeit zurück zu Matilda und ihrem unzusammenhängenden Gefasel über Kindstötung und ererbte Bösartigkeit. Einiges davon hatte er schon mal gehört, wenn auch in anderen Worten – dennoch hatte er das Gefühl, diesmal wäre es kein gewöhnlicher Krankheitsschub, sondern etwas anderes. Ja, sie war überspannt gewesen, als sie auftauchte, aber bei ihm zu

Hause hatte er sie dann beruhigen können. Er hatte gefragt, ob sie ihre Medikamente nehme, und sie hatte es wütend bejaht. Also hatte er es auf sich beruhen lassen. Hatte gewartet, bis sie sich leergeredet hatte und die Chaiselongue für sie bezogen. Observation, dachte Sebastian, ist der Beginn jeder seriösen Diagnostik. Er würde Matilda beobachten, sehen, wie sie sich verhielt und ob sie ihre Medikamente wirklich nahm. Und erst wenn er ganz sicher sein konnte, dass sie tatsächlich stabil war, konnte er ihr möglicherweise von seiner schrecklichen Entdeckung erzählen.

»Sebastian! Ich habe eine *schreckliche Entdeckung* gemacht!«

Die Labortür schlug mit einem so lauten Knall von innen zu, dass Sebastian von seinem Stuhl hochfuhr. Hinter der Tür, wo sie sich versteckt hatte, stand Jennifer Travis mit feuchten Augen und kaute nervös auf ihrer Unterlippe.

»Wir können hier nicht darüber sprechen«, sagte sie. »Komm. Ich kenne einen geheimen Ausgang.«

Travis nahm Sebastian mit in eine Gaybar in Soho – der einzige Ort, an dem sie sich, möglicherweise irrtümlich, vor Corrigan sicher glaubte. Über zwei White Russian (die beide Travis gehörten) versuchte Sebastian, so gut es ging, ihre kullernden Tränen mit den Händen aufzufangen. Er hatte Travis noch nie weinen sehen, hatte immer geglaubt, sie wäre gar nicht dazu in der Lage, aber irgendwann erwachen auch die Sünder, und Sebastian war ein Sünder, weil er Corrigan nicht schnell genug in die Schranken verwiesen hatte. Jetzt war dieser verdammte Dreckskerl nämlich tatsächlich zu weit gegangen.

»Er – er«, schluchzte Travis im Stroboskoplicht.

»Was? Was hat er getan, Jennifer? Ist er ... hat er sich ... irgendwie angenähert?«

»Wenn du fragen willst, ob er mich angegrabscht hat, lautet die Antwort Nein«, sagte Travis und wischte sich die Augen, ehe sie sofort wieder in Tränen ausbrach.

»Entschuldige«, flüsterte sie, »entschuldige.«

»Das macht nichts.«

»Es ist nur ... Es geht um die Zikaden, Sebastian. Er will sie loswerden. Für immer! Diesmal hat er nicht mal damit hinter dem Berg gehalten, er hat mir direkt in die Augen gesehen und gesagt: ›Das Ungeziefer muss jetzt weg, Travis!‹«

Sebastian runzelte die Stirn.

»Warum das denn?«

»Ich weiß nicht.« Sie zuckte mit den Schultern. »Vielleicht ist es eine reine Machtdemonstration. Oder eine Bestrafung. Weil er glaubt, dass sie mir wichtig sind.«

»Sie sind dir ja auch wichtig.«

»Möglicherweise. Aber deshalb weine ich nicht, falls du das denkst.«

»Natürlich nicht«, murmelte Sebastian. Travis hob den Kopf und starrte in eine Ecke, wo ein junger Mann in Lederslip mit den Buchstaben USSR auf den Pobacken an einer Stange zur Decke geklettert war und jetzt unglaubliche Künste mit seinem Schritt vollführte, während er sich wie eine Spinne an den Wänden und der Decke festhielt.

»Was hat deine Schwester wohl damit zu tun?«, fragte Travis.

Sebastian zuckte zusammen.

»Deine Schwester Matilda. Es kann doch wohl kaum ein Zufall sein, dass sie jetzt plötzlich auftaucht.«

»Matilda? Woher weißt du das überhaupt?«

Travis verdrehte die Augen.

»Ich habe doch mit Corrigan gesprochen. Er hat gesagt, sie wäre Synästhetikerin, stimmt das?«

Sebastian spürte ein vages Unbehagen unter seiner Haut kribbeln.

»Aber woher weiß *er*, dass sie hier ist?«

Travis schnäuzte sich in den Ärmel und sah ihn beinahe verächtlich an.

»Auf welchem Planeten lebst du eigentlich, Freundchen? Hast du immer noch nicht verstanden, dass er alles weiß? Jedenfalls alles, was in diesem Gebäude vor sich geht. Mein Gott, ich dachte, diesen Punkt hätten wir längst hinter uns gebracht.«

Sebastian schloss die Augen. Er war plötzlich sehr, sehr müde. Er versuchte, an Laura zu denken, ohne richtig an Laura zu denken. Konkret gesagt versuchte er, das zu fühlen, was er empfand, wenn er an Laura dachte, ohne sie sich als wirklichen Menschen in einem wirklichen Kontext vorstellen zu müssen, weil der Kontext, der Hintergrund, das Leben in diesem Moment vermutlich die Außengastronomie an der Plaza de España war. Er genoss es schon lange nicht mehr, sich Lauras Alltag vorzustellen. *Er weiß alles, was in diesem Gebäude vor sich geht.* Das unbehagliche Kribbeln nahm zu. O mein Gott. Plötzlich hätte Sebastian am liebsten gelacht. Wie hatte er jemals glauben können, dass es ein Geheimnis war?

»Also ist sie es?«

»Wie bitte?« Sebastian schlug die Augen auf.

»Synästhetikerin? Deine Schwester?«

»Jaja, das ist sie. Hoch zehn, fürchte ich.« Sebastian wollte zwar nichts lieber, als Matildas Symptombild und die potentiellen Berührungspunkte zwischen ihrer Synästhesie und dem kaputten Familienleben mit Travis diskutieren, doch inzwischen hatte er gelernt, dass man gezwungen war, alles der Reihe nach anzugehen, wenn man im Gespräch mit ihr irgendetwas erreichen wollte. »Sie hat ein etwas kompliziertes Verhältnis zu ihren Sinnen, um es vorsichtig auszudrücken. Vor allem, wenn es um Farben geht. Aber Travis, können wir bitte bei einer Sache bleiben? Wie genau meinst du das, dass Corrigan die Zikaden loswerden will? Wie hat er es begründet?«

»Gar nicht. Rationalisierung. Sparzwänge. Solche Sachen.« Travis trank einen Schluck von ihrem zweiten White Russian, wischte sich ein wenig Milchschaum von der Oberlippe und holte ihr Handy hervor. »Ich verstehe nicht einmal, warum ich so erstaunt bin. Er hat ja sogar versucht, sie zu verbrennen.«

»Bist du dir da wirklich sicher?«, fragte Sebastian, der schon immer an Corrigans Beteiligung daran gezweifelt hatte, dass die Zikaden – und Travis selbst – fast verbrannt wären.

Travis antwortete mit einem verächtlichen Schnauben.

»Hier«, sagte sie und schob das Handy zu ihm hinüber, nachdem sie es mit ihrem Daumen entsperrt hatte. »Falls du immer noch daran zweifelst, dass es sein Werk ist. Hier ist die letzte Korrelation. Oder die zweitletzte, würde ich denken. Ich habe sie in Corrigans Büro entdeckt, als er mir gerade erzählt hatte, dass er mein Zikadenprojekt mit unmittelbarer Wirkung abwickeln will. Er ist auf die Toilette gegangen. Hat durchblicken lassen, dass er unter Verstopfung leidet und wohl mindestens zwanzig Minuten weg sein würde. Es war fast so, als *wollte* er, dass ich damit rechne. Verstehst du – was für ein Dreckskerl! Er treibt ein Spiel mit uns, Sebastian, und hat es immer getan.«

Sebastian blickte auf sein Handy herab. Es war ein Bild von einem Bild, einem Gemälde, wie es schien. Es war ein düsteres Bild, ein groteskes.

»Weißt du, was das für ein Gemälde ist?«, fragte Travis.

»Das ist Goya...«, murmelte Sebastian. Aus irgendeinem Grund, der ihm noch nicht richtig klar war, hatte er das Gefühl, er müsste sich übergeben. *An Goya schätze ich, dass er keine Angst davor hatte, ein Schwarzmaler zu sein.* Wie hatte er so blind sein können. Larkin, zum Teufel! Und

Woodman, die ganzen Fotografien; wie sie dort hing, einfach dort hing! *Alight for the Royal Institute of the Blind.* Und die Seifenblasen, wie Laura eines Abends Seifenblasen machte, die zu einem Regenbogen in seiner Hand wurden. Frank Auerbach, der sein Leben damit verbrachte, den Mornington Crescent zu malen. Irgendwo in Sebastians Innerem setzte sich ein kleiner Schneeball in Bewegung, rollte und rollte. *Hast du immer noch nicht verstanden, dass er alles weiß? Jedenfalls alles, was in diesem Gebäude vor sich geht.*

»Sebastian, hallo? Bist du noch da? Das Bild heißt ›Saturn verschlingt eines seiner Kinder‹. Weißt du, warum Saturn seine Kinder fraß? Weil er Angst vor ihnen hatte. Genau wie Corrigan Angst vor dir und mir hat. Das ist eine Drohung. Er wird uns vernichten, das will er damit sagen. Aber weißt du, was ich noch glaube? Ich glaube, dass –«

Jetzt sah er alles vollkommen klar. Jetzt sah er, was er nicht hatte sehen können, weil er es nicht vermocht und nicht gewagt hatte. Alles hing miteinander zusammen, Travis hatte recht, Matildas Auftauchen war kein Zufall, genauso wenig wie Claras Verschwinden – nicht einmal seine wahnsinnige Verliebtheit in die schönste, traurigste Frau war ein Zufall. Er war so von ihrem Lächeln geblendet gewesen, dass er nicht erkannt hatte, dass sie beide, Laura und er – nein, sie alle miteinander! – nur Figuren in einem merkwürdigen Spiel mit unbekanntem Zweck und bisher unbekanntem Ausgang waren.

»Nein. Nein, Jennifer. Hör mir zu.« Er schlug mit der Hand auf den Tisch. »Hier geht es nicht um dich oder mich. Oder deine Zikaden. Nicht einmal um meine Schwestern, jedenfalls nicht nur.«

»Wie meinst du das?«

An einem Konferenztisch in der höchsten Etage des Instituts wurde eine Schale mit Jaffa Cakes herumgereicht. An der Plaza de España fiel ein viereckiges Weinglas auf das Kopfsteinpflaster und zersprang in tausend Stücke. Ein Hund namens Bernada drehte sich im Grabe um. »Laura«, flüsterte Sebastian. »Es geht um Laura und mich. Wir sind die letzte Korrelation.«

Es dauerte einige Zeit, bis Sebastian Travis erklärt hatte, was Laura Kadinsky, am Institut besser bekannt als Frau ohne Tiefe, eigentlich mit all dem zu tun hatte. Erst als Sebastian seine Scham überwunden, sich über den Bartisch gelehnt und mit leiser Stimme bekannt hatte, dass er und Kadinsky eine *unziemliche Beziehung* gehabt hatten oder möglicherweise immer noch hatten, schien der Groschen zu fallen.

»Aha!«, rief Travis und stellte ihr leeres Glas mit einer siegesgewissen Geste auf den Kopf. »Im Zentrum eines jeden Geheimnisses, das seinen Namen verdient hat, steht eine Frau. *Cherchez la femme,* und so weiter. Dass ich das nicht früher gesehen habe ...« Und Sebastian musste ihr in diesem Moment zustimmen, denn es war durchaus merkwürdig. Wie Lauras Auftauchen in seinem Leben der Startschuss für alle möglichen Formen des Wahnsinns gewesen war. Wie so viele Details in ihrem gemeinsamen Schattenleben mit Travis' Korrelation korrespondierten. Wie sich die überaus moralische Äffin so sehr auf seine Beziehung zu Laura versteift hatte. Er hatte das als ganz normale moralische Empörung über sein mangelndes Urteilsvermögen aufgefasst, weil es ja eindeutig verwerflich war, mit einer verheirateten Frau zu schlafen, noch dazu in der Hoffnung – ja, inzwischen konnte er das zugeben –, dass sie eines Tages Mann und Kind verlassen würde, um ein neues Leben mit ihm anzufangen. Aber vielleicht hatte die Äffin schlichtweg etwas gewusst, das er selbst nicht hatte sehen wollen. Irgendwie hatte er geglaubt, Laura wäre der besungene Riss in allem, durch den das Licht hereinfällt, aber was, wenn es nicht so war, ganz gewiss war es nicht so, ganz gewiss waren nichts als Wahnsinn und Chaos durch den Riss hereingesickert, den Lauras gepflegte Fingernägel in den Vorhang seiner Depressionen gerissen hatten.

Er glaubte nicht, dass es ihre Absicht gewesen war. Oder vielleicht doch? Der Gedanke widerstrebte ihm, aber er war dennoch gezwungen, ihn zu denken: War es wirklich so unmöglich, dass seine Beziehung zu Laura eine Art *Falle* gewesen war? Ein Schauspiel, bei dem einzig und allein Corrigan Regie geführt hatte? Aber mit welchem Ziel?

»Sebastian?«, fragte Travis und beugte sich vor, tupfte ihm die Stirn mit derselben Serviette, die er ihr zuvor gereicht hatte, damit sie sich die Tränen trocknen konnte. »Hat deine Laura zufällig irgendein Verhältnis zu Pfauen? Denn ich habe auch die hier gefunden. In das Bild eingewickelt. Und ich habe gedacht, das kann kein Zufall sein.«

Nein, dachte Sebastian und ergriff mit zitternden Fingern die abgebrochene Feder, die Travis zwischen ihnen auf den Tisch gelegt hatte – die äußerste Spitze einer Pfauenfeder, das tiefblaue Auge, ekelerregend intensiv strahlend im künstlichen Licht der Bar –, nein, das konnte kein Zufall sein.

ALS SEBASTIAN AM SELBEN ABEND in seine Wohnung kam, ertrank seine Schwester gerade in einem Meer von Tränen. Ihr Anblick schockierte Sebastian. Matilda war ein Schreihals, keine Heulsuse, aber jetzt hockte sie hier in seinem winzigen Badezimmer und weinte wie ein Kind, dem man sein liebstes Spielzeug weggenommen hatte. Sebastian blieb eine Weile in der Tür des Badezimmers stehen, als stummer Zeuge von etwas, das er instinktiv als zutiefst privat einstufte. Sie kauerte auf dem Klodeckel, hatte die Beine zum Bauch gezogen und die Stirn auf die Knie gelegt.

»Tilda, Tilda, was ist denn los?«, fragte er schließlich. »Ist etwas passiert?«

Sie hob ihr verheultes Gesicht zu ihm, und es war ihr ganz normales Gesicht, nur verquollener, müder.

»Ich weiß, was du denkst, aber ich schwöre, es ist kein Schub. Es ist die Farbe, Sebastian, *die Farbe*. Sie will irgendetwas von mir. Ich dachte, ich wüsste, was, aber jetzt bin ich mir nicht mehr sicher. Weißt du, wann ich sie zum ersten Mal gesehen habe? Als sie starb. Ich meine Violetta. Auf ihrer Beerdigung. Was hat das zu bedeuten, Basse? Kannst du mir das sagen?«

Doch er konnte es nicht, er wollte es nicht.

Er machte ihr in der kleinen Küche etwas zu essen, Backkartoffeln mit Butterflocken und goldgelbem Dosenmais. Er entschuldigte sich für seine bescheidenen Kochkünste, aber Matilda aß mit gesundem Appetit. Trotz allem, was er nicht mehr über seine Schwester wusste, mochte sie anscheinend immer noch am liebsten Essen, das dieselbe Farbe hatte wie Sonnenlicht. Wenn man sich von Harz aus dem Wald ernähren könnte, dachte Sebastian, von flüssigem Bernstein, würde sie vermutlich nichts anderes essen. Er betrachtete sie beim Essen. Seine schöne, starke Schwester. Er dachte daran, wie sie ihm zum ersten Mal von der Synästhesie erzählt hatte. Es war ein Abend kurz nach ihrer Rückkehr aus Bangladesch, einige Jahre bevor sie nach Deutschland ging. Sie hatte in einem Buch von Siri Hustvedt etwas über Synästhesie gelesen und endlich verstanden, was es war, aber sie hatte es schon immer gehabt, solange sie denken konnte und vermutlich auch vorher, denn als sie ihre Mutter gefragt hatte, konnte diese bestätigen, dass Matilda schon als Baby gelbe Sachen geliebt hatte, vor allem eine Plastikschüssel in warmem Gelb, die sie über den Kopf zog, sobald sie sie zu fassen bekam, was oft geschah, denn im Unterschied zu ihren Geschwistern hatte Matilda keine Angst gehabt, der Nähe ihrer Mutter davonzukriechen. Sie hätte schon immer in Farben gedacht, hatte Matilda damals gesagt und das Wohnzimmerfenster im ehemaligen Elternhaus, jetzt Mutterhaus, geöffnet. Es war Mai gewesen, der Flieder hatte geblüht. Mama Isaksson war im Gemeindehaus, Clara in Stockholm, Violetta hatte sich hinter ihren eigenen Rippen verkrochen. Matilda kletterte auf das Fensterbrett, steckte sich eine American Spirit an und hielt Sebastian die blassblaue Schachtel hin. Schon ein Jahr später würde Violetta tot sein und Matilda gezwungen, zu den goldgelben überzugehen, obwohl sie für ihren Geschmack einen viel zu dicken Filter hatten: Zu diesem Zeitpunkt ertrug sie nicht einmal mehr Babyblau. Aber jetzt saß sie also im Fenster, ihre nackten Zehen wippten wie Wimpern im lauen Abend, und sie erzählte Sebastian von der wunderbaren Farbskala Bangladeschs und wie komisch es war, in ein Haus zurückzukehren, in dem ihr Vater nicht mehr wohnte, und dass sie sich gleichzeitig nicht über die Trennung wunderte. Ihre Eltern hätten noch nie zusammengepasst, meinte Matilda, die Farbtöne ihrer Seelen würden sich beißen. Das könne man in der Luft sehen, die sie umgab.

Sebastian hatte erst gedacht, Matilda hätte irgendetwas genommen. Das hatte sie nicht, wie sich herausstellte, denn Matilda fing erst damit an, Gras zu rauchen, als sie nach Berlin gezogen war, und Sebastian hatte bald verstanden, dass Matilda tatsächlich eine Synästhetikerin war und nicht nur ein gewöhnlicher Hippie, wie er immer gedacht hatte. Und dass ihre Synästhesie noch dazu facettenreich war, und schwer definierbar. Wie für viele Farbsynästhetiker war es für Matilda selbstverständlich, dass Ziffern, Buchstaben, Zeiteinheiten, Töne und andere Geräusche – ja sogar die kleinen Bestandteile der Sprache, Phoneme und Grapheme – Farben hatten. Doch für Matilda blieb es nicht dabei: Auch Gefühle, Menschen und physische Wahrnehmungen, ja sogar Handlungen hatten Farben und nahmen in Matildas Bewusstsein daher einen viel konkreteren Charakter an als bei Sebastian selbst. Für Matilda war ein Gefühl oder ein Gedanke etwas, das man beinahe anfassen konnte. Zwischen ihrer inneren und äußeren Welt verlief zwar eine Grenze, die aber bedeutend weniger klar war als bei anderen Menschen. Sebastian hatte das immer für schön und faszinierend gehalten und sie vielleicht sogar ein wenig um dieses Talent beneidet. Er hatte sich vorgestellt, sie würde durch ein Meer aus farbenfrohen Juwelen waten.

Doch jetzt wusste er nicht mehr, ob es wirklich beneidenswert war.

»Hast du immer noch Schwierigkeiten mit Blau?«, fragte er, nachdem Matilda das Besteck beiseitegelegt hatte. Sie antwortete mit einem verächtlichen Fauchen.

»Schwierigkeiten? Es ist verdammt noch mal unerträglich für mich, Blau zu sehen. Es tut mir weh. Ich meine, so richtig, physisch. In meinem Kopf. Als würde mir jemand ins Gehirn schneiden. Das ist dermaßen anstrengend, du kannst dir das nicht vorstellen.«

»Aber diese andere Farbe, von der du gesprochen hast«, sagte Sebastian, »die ist etwas anderes?«

»Ja, das habe ich doch gesagt. Es ist eine Farbe, die es *nicht gibt*.«

»Aber du hast sie gesehen?«

»Schon ganz oft. Seit der Beerdigung. Aber in den letzten Monaten, als der ganze Mist mit dir und mir und Clara anfing, ist sie immer öfter aufgetaucht. Und immer schlimmer geworden. Und Blau auch.«

Sie verstummte. Dann sagte sie:

»Hast du schon mal darüber nachgedacht, wie blau ihre Augen waren? Mir ist es wirklich schwergefallen, ihr in die Augen zu sehen. Aber du kannst mir glauben, dass ich es versucht habe. Ich habe es wirklich versucht, deinetwegen.«

Sebastian stand auf und ging erneut in die Küche, setzte Wasser auf, damit seine Hände etwas zu tun hatten. Ihm war schwindelig und übel. Ein neuer Gedanke war ihm gekommen – vielleicht hatte es auch da einen Zusammenhang gegeben, zwischen Violettas leuchtend blauen Augen und Matildas extremen Schwierigkeiten, mit diesem Bereich der Farbskala umzugehen.

»Tee oder Kaffee?«, fragte er.

»Tee, bitte. So wässrig wie möglich.«

Sebastian war in den letzten Tagen und Wochen gezwungen gewesen, so vieles auf den Prüfstand zu stellen, was er lange für selbstverständlich erachtet hatte. Wie beispielsweise, dass Violettas Tod nur ihn wirklich berührt hatte, dass nur er die Trauer und Last verkraften musste. Natürlich wusste er, dass Matilda sie irgendwie gemocht hatte, und Clara nicht, und dass seine Mutter Violettas schrumpfenden Körperumfang mit großer Sorge beobachtet hatte. Er wusste, dass ihr Tod auf irgendeine fundamentale Weise die ohnehin schon gestörte Dynamik in ihrer Familie aus dem Gleichgewicht gebracht hatte, sogar mehr als die Scheidung der Eltern. Er wusste, dass kurz darauf irgendetwas passiert war, was den letzten dünnen Faden zwischen Clara und Matilda zerrissen hatte. Aber all das, hatte er in seiner Einfalt gedacht – jedenfalls in dem Maße, indem er überhaupt etwas gedacht hatte in dieser vernebelten Zeit, als ihn die Trauer von innen zerfressen hatte –, wäre wahrscheinlich sowieso passiert. Der Einzige, dessen Leben tief von Violettas Tod beeinflusst worden war, von der Tatsache, dass es sie einmal gegeben hatte und jetzt nicht mehr gab, war er gewesen. Er hatte sie schließlich geliebt! Er und nur er. Er hatte sie im Stich gelassen, hatte sie nicht retten können. Er hatte die Augen vor dem Offensichtlichen verschlossen, weil er hoffte, es würde auf diese Weise verschwinden.

Er hielt in seinen Bewegungen inne und ließ das Teesieb klirrend in die Tasse fallen. Aber vielleicht, dachte er, hatte nicht nur sein Leben die Farben aus Violettas Leben geliehen. Vielleicht war nichts je so einfach oder so kompliziert, wie es auf den ersten Blick schien. Vielleicht gab es ein Band, das zwischen allen Menschen auf dieser Welt verlief, in einem so komplizierten Muster, dass die Milliarden Nervenbahnen des Gehirns dagegen wie ein einfacher Schaltplan aussahen.

»Basse?«, sagte Matilda zu seinem Rücken. »Ich möchte, dass du mich als Patientin am Institut annimmst. Du oder ein Kollege von dir. So kann ich nicht weiterleben.«

Er erstarrte. Unbewusst hatte er wohl geahnt, dass Matilda deshalb gekommen war. Er hatte es in dem Moment gewusst, als sie den Pfau erwähnte, auch wenn er da noch nicht erkennen konnte, wie alles miteinander zusammenhing. *Dass* alles miteinander zusammenhing. Clara, die in ihrem Brief etwas von Pfauenfedern geschrieben hatte. Tilda, Laura und das Institut. Corrigan. Travis.

Und dann er selbst. Derjenige, der all diese Fäden miteinander verknüpfen sollte, notfalls auch mit Gewalt.

Sebastian konnte verstehen, warum Tilda glaubte, das Institut sei die Lösung ihrer Probleme. Genau wie alle anderen, die sich an ihn wandten, wollte sie repariert werden. Wie alle, die sich an das Institut wandten, glaubte sie, das Problem hinge in irgendeiner Weise mit ihrem Gehirn zusammen, wäre etwas, das man mit der richtigen Diagnose und Behandlung wieder richten könnte. Und vielleicht war es auch so. Er wusste besser als jeder andere, dass Matildas Gehirn nicht so war wie andere Gehirne. Aber sollte er sie ins Institut lassen? Corrigan noch einen Spielstein für seine seltsame Inszenierung in die Hand geben, für die er Sebastian aus irgendeinem Grund als Hauptfigur auserkoren hatte? Nein danke.

Vielleicht war er paranoid, aber er hatte das Gefühl, in dieser Situation wäre es besser, das Sichere dem Unsicheren vorzuziehen. Erst musste er der Sache auf den Grund gehen, wie Corrigan ins große Ganze hineinpasste.

»Nein«, sagte er. »Ich kann dich nicht ins Institut mitnehmen. Das geht nicht. Nicht jetzt.«

Matilda sagte nichts. Stattdessen hörte er einen Stuhl über den Boden scharren, eine Tür zuschlagen.

Er drehte sich um. Nur ihr halbvoller Teller stand noch da, darauf eine Pfütze aus goldgelber Butter, die langsam zu etwas Ekligem, Ungenießbarem erstarrte. Er stand mit dem Tee in der Hand da, den er für sie gemacht hatte, und fühlte sich unsäglich unzulänglich.

»WAS WEISST DU ÜBER DAS Liebesleben deines Bruders?«
Jennifer Travis schlug die Beine übereinander, stellte ihre angeschlagene Teetasse mit dem Ostindiska-Muster ab und starrte Matilda entschieden in die Augen. Matilda wich instinktiv zurück. Der Blick dieser Frau hatte etwas leicht Wahnsinniges an sich, was Matilda für einen Moment glauben machte, sie würde in einen Spiegel sehen. Sie hatte diesen Blick schon einmal gesehen – auf Fotografien aus ihrer Zeit vor Bangladesch.

Sebastian war anscheinend der Meinung, sie hätte diesen Blick wieder. Er versuchte, sich die ganze Zeit herauszuwinden, aber sie wusste, was er dachte – dass sie ihre Medikamente nicht nahm, dass sie den Halt verloren und die ganze Welt hereingelassen hatte, obwohl sie ganz genau wusste, dass sie es nicht verkraften würde. Aber eigentlich, fürchtete Matilda, war es umgekehrt. Es war Sebastian, der aus der Bahn geworfen worden war. Warum vertraute er sonst einer Frau wie Jennifer Travis, die offenbar nicht einmal ihren Ellenbogen von ihrem Knie unterscheiden konnte?

Als Travis ihr, ein paar Tage nachdem Sebastian es zum ersten Mal abgelehnt hatte, seine Schwester zu untersuchen, eine SMS schickte und sie treffen wollte, dachte Matilda zunächst, Sebastian hätte doch eine Untersuchung am Institut für sie organisiert. Sebastian hatte ihr erzählt, Travis sei die beste Mitarbeiterin, die sie hätten, und Matilda war zufrieden gewesen, weil er ihr Problem offenbar doch ernst nahm. Das entpuppte sich allerdings als reines Wunschdenken, denn schon bald war ihr klar geworden, dass Jennifer Travis eigentlich eine andere Agenda verfolgte. Anstatt im Institut wollte sie sich in irgendeinem seltsamen Café in Dalston treffen und hatte Matilda strengstens verboten, Sebastian etwas von der Verabredung zu erzählen. Ihren Bruder zu hintergehen, der trotz allem der beste Mensch war, den Matilda kannte, widersprach ihren moralischen Grundsätzen so sehr, dass sie die ganze Sache fast abgeblasen hätte.

Dennoch war sie am Ende hergekommen. Aus Neugier vielleicht, oder aus Langeweile. London hasste sie, und sie hasste London. In den letzten Tagen hatte sie nicht viel anderes gemacht, als mit der U-Bahn zu fahren. Mit der gelben Linie natürlich, immer im Kreis. Im Untergrund war es leichter gewesen, den Farben zu entkommen, und auch leichter gewesen, sich vorzustellen, sie wäre zu Hause in Berlin. Wenn man die Augen zusammenkniff, sahen die Sitze fast so aus wie in der U7 zwischen Rudow und Spandau. Sie hatte Gedichte von Philip Larkin gelesen, das einzige Buch, das Sebastian abgesehen von Forschungsliteratur in seinem kargen Zuhause aufbewahrte, aber sie waren beschissen. *»They fuck you up, your mum and dad.«* Na toll, erzähl mir was Neues. An den Abenden hatte sie versucht, Sebastian zu überreden, sie doch am Institut untersuchen zu lassen. Wenn sie ehrlich mit sich war, wusste Matilda gar nicht genau, was sie an diesem Institut eigentlich machten, und bei ihren Gesprächen mit Sebastian hatte sie den beängstigenden Eindruck gewonnen, er wüsste es auch nicht. Ob Jennifer Travis es wusste? Fraglich, dachte Matilda, als sie jetzt in ihrem klebrigen Samtsessel saß, umgeben von Staub und Duftpotpourri.

»Herzlich wenig«, antwortete Matilda wahrheitsgemäß auf Travis' Frage nach ihrem Wissen über Sebastians Liebesleben. »Anscheinend hat er irgendetwas laufen, er strahlt ja richtig danach, ich meine seine Aura. Aber ich habe keine Ahnung, wer es ist. In dieser Woche habe ich jedenfalls niemanden gesehen. Ich habe ihn danach gefragt, aber er hat es abgestritten. Und in Magenta geleuchtet, wie immer, wenn er lügt. Warum interessiert dich das? Verliebt bist du ja nicht in ihn.«

»Nein«, sagte Travis und lehnte sich mit einem Seufzer zurück, der bei einer selbstbewussteren Person theatralisch gewirkt hätte. Als ihr Rücken gegen die Sessellehne prallte, wirbelte eine Staubwolke um ihren blonden Kopf wie eine Glorie. »Ich bin nicht zur Liebe fähig. Auf einer rein biologisch-strukturellen Ebene, meine ich. Aber ich bewundere deinen Bruder, und ich bin abhängig von Ordnung, und beides zusammen führt dazu, dass ich weitere Informationen über sein Sexualleben einholen muss. Sebastian hat eine Patientin, die Laura Kadinsky heißt, hat er von ihr gesprochen?«

»Nein.« Verwundert bemerkte Matilda, dass sie wünschte, irgendetwas beitragen zu können, nur ein Fitzelchen Information, das sie Jennifer Travis wie ein Geschenk überreichen konnte.

»Sie hat Probleme mit dem räumlichen Sehen«, erklärte Travis. »Sie kann nur zwei Dimensionen sehen und hat keine räumliche Orientierung. Nichtsdestotrotz ist Sebastian wahnsinnig verliebt in sie, soweit ich das herausfinden konnte.«

»Vielleicht hat sie andere Qualitäten«, bemerkte Matilda ironisch.

»Ich weiß allerdings nicht«, fuhr Travis ungerührt fort, »ob es auf Gegenseitigkeit beruht, und was das in diesem Fall bedeutet. Sie ist verheiratet.«

»Und?«

»Sebastian wirkt eigentlich nicht wie einer, der einfach so mit verheirateten Frauen ins Bett geht.«

»Da kennst du Sebastian aber schlecht. Er ist ein Sklave seiner eigenen Gefühle. Und er ist treu, treu wie ein Hund. Oder vielleicht eher wie ein Dachs. Wenn man ihm einmal die Möglichkeit gibt zuzubeißen, lässt er nicht mehr los, bis er den Knochen krachen hört. Und manchmal nicht einmal dann. Du weißt vielleicht, dass er eine Freundin hatte, die sich das Leben genommen hat?«

»Nein. Das tut mir leid.«

»Sie war magersüchtig. Als sie nicht mehr leben wollte und konnte, hat sie sich aufgehängt. Sie waren neun Jahre zusammen. Neun Jahre, verstehst du? Sebastian war noch ein Kind, als sie ein Paar wurden, und ein alter Mann, als sie endlich dafür sorgte, dass es vorbei war. Ich weiß, das klingt schrecklich, aber im ersten Moment war ich froh, als ich es hörte. Ich dachte, endlich ist er von ihr befreit, endlich. Das letzte Jahr war so grausam. Er hat alles für sie getan, aber es war nie genug, er konnte ihr nicht helfen, aber das wusste er nicht. Leute, die gesund sind, verstehen nicht, dass es nicht um sie geht, dass es Dinge gibt, die größer sind als ihre Beziehung zu anderen. Aber ich glaube, er ist immer noch nicht frei, nicht richtig. Wer ist das schon? Ich jedenfalls nicht, und du anscheinend auch nicht. Ich würde glauben, wir haben beide noch einen ziemlich weiten Weg vor uns bis ins Nirwana.«

Travis erhob sich abrupt aus ihrem Sessel und fegte einen Berg Scones-Krümel von ihren Knien. Ihre Augen waren unergründlich, als sie sich zu Matilda hinüberbeugte und ihr hastig über das Haar strich. Erst aus der Nähe bemerkte Matilda ihre wahre Augenfarbe. Mit etwas Abstand sahen Travis' Augen aus, als wären sie hellbraun, aber jetzt erkannte Matilda, dass sie eigentlich goldbraun waren, mit braunen Streifen. Wie Bernstein. Und in der Mitte jedes Auges – eine zerbrechliche schwarze Pupille in der Form eines mehrere Millionen Jahre alten Insekts. Eine Mücke? Eine Fliege? Nein. Es war eine Zikade, in jedem Auge eine. Tausend Jahre Einsamkeit mal zwei.

»Ich möchte dir etwas zeigen, im Untergeschoss«, sagte

Travis ernst. »Ich muss nur erst pinkeln. Du kannst ja schon mal vorgehen.« Matilda gehorchte, in der plötzlichen Erkenntnis, dass sie alles tun würde, worum Travis sie bat – und sei es nur, weil sie es konnte.

Was Travis ihr zeigen wollte, ließ sich schwer erahnen, so vollgestopft mit Krimskrams, wie das Untergeschoss war. Zum Glück war alles verblichen, wie Bilder in alten Zeitschriften, die jahrzehntelang auf irgendeinem Dachboden gelegen hatten, denn sonst hätte Matilda eine kleine Gehirnblutung bekommen – so ungefähr fühlte es sich an, wenn alles zu viel wurde, als würde ihr das Gehirn durch die Nase rinnen. Als wäre sie schlaff und leer, wie eine Schlangenhaut, ein altes Kondom, ein zerknautschter Hut, der von einem Kopf gefallen war und einsam die Straße entlangrollte. Meine Augen, meine Augen, morgen und morgen und morgen, ein Pferd, ein Pferd, mein Zwerchfell, alles, nur um mein Gehirn zu behalten – *smack*, sie ohrfeigte sich selbst. Reiß dich zusammen. Nicht wieder ausflippen, den Gedanken freien Lauf lassen.

Sie ließ ihren Blick wandern. Irgendwo in der Ferne hörte sie das Geräusch einer Toilettenspülung. Kein Mensch weit und breit, sie fühlte sich wie in einer Kirche, oder auf dem Scheunenflohmarkt in Ånäset, wo Billy ihr an ihrem ersten Tag in Västerbotten einen Ring gekauft hatte. Es war ein Fantomas-Ring, aber immerhin ein Ring, und er war rund und passte auf ihren knochigen, sehnigen Ringfinger, und sie verloren keine großen Worte, sondern lachten vor allem, denn ein richtiger Heiratsantrag war es ja nicht, aber wenn doch, wäre er perfekt gewesen, und in dem schäbigen Lunchrestaurant nebenan aßen sie eine Creme aus Butter und Västerbottenkäse, gelb und schmierig wie geschmolzene Sonne. Aber was sollte sie hier bloß sehen? Plastikblumen, Apothekengläser, Lampenschirme aus Glasperlen. Filmstarplakate in Mahagonirahmen. Eine rote Samtkippa auf einem Nagel. Ein Fötus in Formaldehyd. Er blinzelte. Der Fötus. Erst blinzelte der Fötus, dann Matilda, und plötzlich war er weg und das Glas leer.

Wie konnte sie wissen, dass der Fötus ein Mädchen war? Wie hatte sie es erkennen können? Weil es eine Projektion war, natürlich, sie war ja nicht dumm, sie betrachtete das leere Glas mit seiner klebrigen Staubschicht. Mein Gott. Jetzt fehlte nur noch, dass Bernada angetrottet kam. Der Fantomas-Ring scheuerte an ihrem Finger. Schritte näherten sich wie weiche, kaum vernehmbare Wellen auf dem pistaziengrünen Teppich. Eine Hand auf ihrer Schulter, die andere deutete auf etwas – da! Sie spürte, wie ihre Muskeln erstarrten, wie sich ihr Körper bog und krümmte und fast geplatzt wäre, weil er nicht mit der Berührung eines anderen Menschen gerechnet hatte. Ihre Haut war so gespannt und trocken wie das parfümierte Briefpapier, das sie früher immer Clara gestohlen hatte, nur weil sie es konnte. Alles, was ihr im Leben etwas bedeutet hatte, dachte Matilda fieberhaft, all das hatte ihren Körper gespannt wie einen Bogen, eine Mondsichel, eine Brücke zwischen Himmel und Erde. Die Liebe, die Sonne, der Tod. Der Mord? War es das gewesen, ja, vielleicht. Aber warum dachte sie jetzt daran. Ach, du Heulsuse, du selbstmitleidige kleine Schlampe, sagte das Möchtegernkind in ihrem Bauch, du weißt, warum du das denkst, du denkst das, weil Jennifer Travis mit ihrem erstaunlich fein manikürten Finger auf eine Kiste mit LPs gezeigt hat, eine Kiste, die ein Sarg ist, klein genug, um alle Trauer und Schuld dieser Welt in sich zu bergen.

»Warum wolltest du mir das zeigen?«, flüsterte Matilda.

»Erkennst du ihn wieder?«, fragte Travis, beinahe erregt.

»Was bist du eigentlich für ein Mensch?«, fragte Matilda, noch immer flüsternd. »Wie kannst du das *wissen*?«

»Sebastian hat es mir erzählt.«

Matilda schüttelte den Kopf.

»Sebastian weiß es nicht. Niemand weiß es, nur J.«

»Wer ist J?«

»Einer, der mich liebte. Der die ganze Welt liebte. Ich habe ihn immer Jesus genannt. Manchmal glaube ich, er war wirklich Jesus. Er war dreiunddreißig. Was machst du da? Schreibst du das auf?«

Travis hatte ihr Handy aus der Tasche gezogen und tippte darauf herum.

»Hast du was dagegen? Ich muss gerade so viele verschiedene Informationen verarbeiten, da will ich nichts übersehen.«

»Dann nimm es doch auf.«

»Darf ich wirklich?«

»Ja.«

SIE HATTE J NIE GELIEBT, jedenfalls glaubte sie das. Aber sie war allein gewesen, und er sexy, und sie vögelte gern in der Sonne. Sie hatten sich in Bangladesch kennengelernt. Zwei Jahre hatte sie dort bei einem Projekt mitgeholfen, einer Mädchenschule außerhalb von Jessore. Dort waren sie nur Frauen gewesen, J hatte nicht dort gearbeitet, sondern an einem von der schwedischen Entwicklungshilfebehörde finanzierten Landwirtschaftsprojekt, dessen genauen Sinn Matilda nie richtig verstanden hatte. Ihre Beziehung war kurz und intensiv und endete in Tränen, aber währenddessen lachten sie viel, sie lachten fast immer. Sie war ihm begegnet, nachdem sie schon mehr als ein Jahr in Jessore gelebt hatte, bei einem Ausbildungstag zum Thema häusliche Gewalt. Anschließend kam Matilda der Gedanke, wie absurd es war, dass sie dort in einem warmen und stickigen Raum gesessen und einer Frau zugehört hatte, die erzählte, dass sie als Dreizehnjährige vergewaltigt und gezwungen worden war, ein Kind in Steißlage zu gebären, und Matilda sich währenddessen nichts sehnlicher gewünscht hatte, als dass sie der Mann neben ihr an die Hand nehmen und hinter einen Schuppen führen und vögeln würde, bis die Sonne unterging. So kam es dann gewissermaßen auch. Er war Amerikaner, zwei Meter groß und breit wie ein Kühlschrank. Er hatte haselnussbraune Augen und einen Bart, der ihr die Oberschenkelinnenseiten aufscheuerte. Sie glaubte, er käme aus Vermont, oder vielleicht auch Maine, das sagte er nicht so genau, aber er redete viel über das Laub und seine Farbe, wie schön es bei ihm zu Hause im Herbst war. Und über Kinder mit Wollmützen, die ihre Rucksäcke in Laubhaufen warfen und auf dem Boden herumkugelten wie Tierjunge. Als sie begannen, sich regelmäßig zu treffen, war es September, und er sagte, er würde die knisternde Kälte vermissen. Aber das sei es wert, aller Verzicht sei es wert, solange man das Richtige tue. Es gebe einen Ausweg, sagte er, für die ganze Menschheit, wenn jeder Mensch die Ärmel hochkrempelte und umdachte. Neu dachte. Die Erde ist ein Paradies, pflegte er zu sagen, aber wir kümmern uns nicht um sie. Er war ein unkomplizierter Optimist und davon überzeugt, dass der Mensch im Grunde dazu fähig war, seine Profitgier zu vergessen, wenn man ihn in die richtige Richtung schubste. Für ihn ging es bei ihrer Arbeit genau darum – nicht darum, seine eigene Schuld zu sühnen, sondern mit gutem Beispiel voranzugehen. Matilda glaubte, wenn sie ehrlich war, dass er gar nicht wusste, wie sich Schuld anfühlte. Sie fand das niedlich und einfältig, aber auch sehr entspannend. Er war gut für sie, er brachte sie dazu, sich weniger schlecht zu fühlen. Außerdem liebte er Sex und Essen und sternenklare Nächte, und er glaubte an das ewige Leben. Er war zu allen nett und freundlich, und wenn nachts eine Zikade in sein Zimmer flog und zu zirpen begann, schlug er sie nicht tot, sondern fing sie zwischen seinen gewölbten Händen und ließ sie hinaus.

Sie waren seit vier Monaten zusammen, oder wie auch immer man ihr Verhältnis nennen sollte, sie definierten es nie so genau, als sie schwanger wurde. Allerdings bemerkte sie es erst weitere vier Monate später. Matildas Periode war schon seit Jahren unzuverlässig gewesen, ihr Psychiater zu Hause in Lund hatte gesagt, das sei stressbedingt, und noch dazu war sie zu beschäftigt gewesen, um zu merken, dass die Blutung ausblieb. Sie hatten auch nicht besonders gut verhütet. Kondome waren schwer zu beschaffen, und ehrlich gesagt hatte sie immer gedacht, sie wäre eine, die keine Kinder bekommen könnte, weil die Natur sozusagen dafür sorgen würde, dass solche wie sie ihre Gene gar nicht erst weitervererbten. Nach einer Weile wurden sie dann nachlässig, meistens kam er auf ihr, manchmal aber auch in ihr. Trotzdem hätte sie nie gedacht... Er war es, der es schließlich bemerkte. Sie hatten einen freien Tag, ausnahmsweise einmal gleichzeitig, und waren mit dem Bus in ein Dorf am Ufer des Bhairab-Flusses gefahren. Sie hatte sich bis auf die Unterhose ausgezogen und war in das braungelbe Wasser hinausgewatet. Er hatte am Strand gesessen und sie mit einem speziellen Blick angesehen. Sie hatte gedacht, es würde daran liegen, dass sie schön war. Sie war auch schön. Aber noch dazu hatte sie einen etwas rundlichen Bauch, und ihre Brüste waren groß und schwer, und zwischen dem Bauchnabel und dem Rand der Unterhose verlief eine dünne braune Linie, die auf ihrer sonnengebräunten Haut nahezu unsichtbar war.

Anschließend ging alles schnell, es musste schnell gehen. Sie sei schon in der fünfzehnten Woche, sagte der Arzt, zu dem sie gingen. Sie nahm sich frei und flog nach Hause. Oder nicht nach Hause, sie flog nach Stockholm, weil sie es ihrer Mutter, der Seelsorgerin, nicht erzählen wollte. Sie wollte ihre Seele nicht umsorgen lassen, sie wollte in einem weißen Raum mit piepsenden Maschinen liegen und eine Chance haben zu begreifen, dass sie selbst Mutter werden würde. Das dachte sie jedenfalls. Sie dachte, dass sie es wollte, und glaubte, dass sie es wollte.

Doch dann wollte sie es nicht mehr.

Nicht, als sie sagten, das Kind sei nicht gesund.

Sie sahen sofort, dass etwas mit seinem Herzen nicht stimmte. Die Ärztin zeichnete ein Bild davon, von den Kammern und Klappen und Wänden, die nicht dicht schlossen, aber Matilda verstand nur, dass das Herz des Kindes spiegelverkehrt war, dass beinahe alles im Kind spiegelverkehrt war, und dass es nicht gut war. Das meiste werde trotzdem funktionieren, sagte die Ärztin, aber das Herz sei kompliziert. Das Herz sei ein Problem. Es würden Operationen notwendig sein. Es werde ein Kampf werden. Der Ausgang sei ungewiss, aber es bestehe Anlass zu vorsichtigem Optimismus. Und dann bestehe natürlich auch die Möglichkeit einer Abtreibung.

Sie sagten, sie solle darüber nachdenken, aber sie verneinte es. Sie brauchte nicht darüber nachzudenken. Sie entschied sich sofort, als sie noch nicht einmal die durchsichtige Schmiere von ihrem Bauch gewischt hatten. Die Ärzte sagten, sie solle keine übereilten Entscheidungen treffen, es gebe nach wie vor Zeit zum Nachdenken, doch nein. Wenn etwas mit diesem Kind nicht stimmte, lag es daran, dass etwas mit ihr nicht stimmte. Wie sollte sie sich um ein Kind mit solchen Bedürfnissen kümmern? Und plötzlich wurde ihr klar, dass es so oder so keine Rolle spielte. Krank oder nicht, sie konnte ein Kind nicht mit sich selbst konfrontieren. Sie war bipolar, das wusste sie. Und noch dazu war sie ein bösartiger und egoistischer Mensch. Also würde sie dieses Opfer bringen, dachte sie, sie würde das Kind wegmachen lassen und ihm damit einen Gefallen tun. Zu diesem Zeitpunkt war sie in der achtzehnten Woche, sodass es gerade noch erlaubt war. Sie glaubte zu spüren, dass die Ärztin diese Entscheidung für grausam und übereilt hielt, aber sie konnte schließlich nichts sagen, Matilda hatte das Recht dazu. Die gesetzliche Erlaubnis. Also tat sie es, drei Tage darauf. Sie bekam zwei Tabletten, die sie schlucken musste, um die Schwangerschaft abzubrechen, und wankte zwei Tage lang durch Stockholm, ehe sie wiederkommen durfte.

Sie stopften ihr ein paar Zäpfchen in den Unterleib und gaben ihr eine Morphiumspritze. Fünf Stunden später setzten die Wehen ein. Sie sagten, es wäre so ähnlich wie eine Geburt, aber nicht ganz so schlimm, doch Matilda hatte ja noch nie ein Kind geboren, deshalb verstand sie nicht, wie schlimm die Schmerzen trotzdem sein würden, und wie es überhaupt noch schlimmer sein konnte. Als die Fruchtblase platzte, stand sie allein auf der Toilette und kotzte ins Waschbecken, weil ihr von dem Morphium schlecht geworden war. Sie spürte, wie das Wasser ihre Beine hinabrann, und bekam panische Angst, dass das Kind sofort herauskäme, es war ja so klein, sie dachte, es würde einfach aus ihr herausgleiten wie ein Fisch, und dann müsste sie es aufheben und anschauen, oder zumindest darüber hinwegsteigen, um wieder hinauszugelangen. Sie drückte die Klingel, aber es dauerte eine Viertelstunde, bis jemand kam, die Hebamme hatte nebenan mit einer richtigen Geburt zu tun, mit einem Kind, das leben und dabei helfen sollte, ein Paradies auf Erden zu schaffen. Die Hebamme fragte Matilda, ob sie das Gefühl habe, sie müsse pressen. Matilda antwortete, sie hätte das Gefühl, sie müsse sterben. Daraufhin fragte die Hebamme, ob sie das Gefühl habe, sie müsse kacken. Matilda starrte sie an und hasste sie. Was natürlich zutiefst ungerecht war. Und dann hatte sie das Gefühl, sie müsste kacken, und dann presste sie, und nach zehn Minuten war es, als würde sich ein Stöpsel lösen, und alle ihre Eingeweide würden aus ihr herausrutschen.

Sie starrte direkt in eine Lampe, als sie es wegtrugen. Sie glaubte, sie legten es in irgendeine Schachtel. Dann fragten sie, ob sie es sehen wolle. Sie sagte nichts. Sie fragten, ob sie es begraben wolle. Da schleuderte sie eine Bettpfanne gegen die Wand. Sie fragten, ob sie wissen wolle, was für ein Geschlecht es gehabt hatte. Sie sagte Nein. Am nächsten Tag brachten sie ihr trotzdem einen Bericht, den sie mit nach Hause nehmen sollte, und darin stand auch das Geschlecht. Es war ein Mädchen gewesen.

Anschließend dachte sie, dass sie wahnsinnig viele Fragen gestellt hatten, aber nicht, wer der Vater war, und warum sie allein kam, sogar ohne ihre Mutter, obwohl sie erst vierundzwanzig war, ohne ihre Schwester, die ihre Hand hätte halten sollen. Es war, als würden sie denken, das gehöre sich nicht. Stattdessen fragten sie, ob sie Schmerzen habe, ob sie Tabletten brauche, ob sie hungrig sei. Sie war es nicht, nur müde. Sie bekam eine Infusion, damit sich die Gebärmutter wieder zusammenzog, und Tabletten, die die Milchproduktion beendeten, und dann hatte sie endlich Ruhe. Und das Schlimmste war, das absolut Schlimmste, an das sie immer wieder dachte, wenn sie nachts aufwachte und ihre Gedanken zu diesem Zeitpunkt zurückwanderten, dem Zeitpunkt, als sie begriff, dass sie wirklich ein durch und durch verkorkster Mensch war, ein Mensch, der ein lebendes Wesen entfernen lassen konnte und sich dann einredete, er hätte es dem Kind zuliebe getan, obwohl es eigentlich, die ganze Zeit, immer nur um sie selbst gegangen war, darum, noch nicht bereit zu sein für ein Kind; das Schlimmste war, wie sie sich gefühlt hatte, als das Licht gelöscht wurde und die Infusionsmaschine piepste und sie von den letzten Resten des Morphiums in den Schlaf gewiegt wurde. Sie hatte sich glücklich gefühlt. Geborgen. Unbesiegbar.

Das Gefühl war natürlich nicht von Dauer gewesen. Es folgten Tränen und Angst und noch mehr Tränen, als sie beschloss, nicht nach Bangladesch zurückzukehren, oder zu J. Sie schickte ihm eine Mail, das war alles. Schrieb, wie es war, dass das Kind krank gewesen und jetzt nicht mehr da sei und er alles vergessen solle, sie vergessen solle. Sie fuhr wieder nach Lund und wohnte eine Weile bei ihrer Mutter in dem großen Haus im Professorenviertel. Dann starb Sebastians Freundin. Dann hatte sie einen heftigen Streit mit ihrer Schwester Clara. Dann zog sie nach Berlin und fing von vorn an. Dann schlug sie ein Kind.

Und jetzt saß sie hier.

JENNIFER TRAVIS, NEUNUNDZWANZIG Jahre alt, ein flatternder Falter, zweifellos brillant, aber verzweifelt seelenlos, war verwirrt. Sie hatte nicht darum gebeten, dass man ihr etwas anvertraute, sie wusste nicht einmal, was Vertraulichkeit war, und dennoch saß sie jetzt mit dem Schatten eines toten Kindes in ihren Händen da, und mit einer toten Freundin an der Wand, und ohne eine geeignete Strategie, damit umzugehen. Als Matilda ihre Erzählung beendet hatte und sie fast flehend ansah, als würde sie irgendeine Reaktion erwarten, war Jennifer sich bereits darüber im Klaren, dass Sebastians Schwester keinerlei Informationen über irgendetwas besaß, und am allerwenigsten über die Fotografie von Francesca Woodman, die Corrigan – denn es musste Corrigan gewesen sein! – hier hatte aufhängen lassen.

Es war beinahe komisch, dachte Jennifer und tätschelte vorsichtig Matildas Hand, wie sie es einmal bei Menschen im Fernsehen beobachtet hatte, dass man die Welt so unterschiedlich betrachten konnte. Hier saßen sie vor der Woodman-Fotografie, umgeben von Dingen, von denen jedes einzelne ein Tor zu einer ganzen Weltordnung darstellte, und Matilda hatte nichts davon bemerkt, weil ihr ein anderer Gegenstand, der kleine weiße Sarg, als Anstoß gedient hatte, ihr Herz zu erleichtern, so wie alle Menschen ständig nach Anlässen suchten, über sich selbst zu reden. Für Matilda war es offenbar bedeutungsvoll, dass der kleine weiße Sarg genau dort stand. Für Jennifer war es ein Zufall, eine Nebensächlichkeit.

Aber wie dem auch sei – es war nicht das, was Jennifer so sehr verwirrte. Wirklich nachdenklich machte es sie, was sie empfand, wenn sie Matildas Hand berührte, und was sie, wenn sie ehrlich war, schon in dem Moment empfunden hatte, als sie Matilda im Café gesehen hatte. Es war ein Gefühl, eigentlich sogar die Summe aus mehreren Gefühlen, ein Gefühl, das sie noch nie empfunden hatte.

Sie verstand, dass es *Liebe* war.

Es war ganz eindeutig Liebe – denn immerhin hatte Jennifer das Muster der Liebe schon so oft untersucht, dass sie es in all seinen unterschiedlichen Varianten, ihrer jeweiligen Matrix, aufzeichnen könnte, im Schlaf oder nach Gehör oder auf dem Kopf stehend beim Parabelflug.

Es war Liebe, und dank ihrer Spontaneität und ihrer unerwarteten, ungestümen Ankunft war die Liebe ebenso unvorhersehbar wie der Tod.

Jennifer Travis hatte einmal in einem Poesiebuch gelesen, die Liebe sei etwas »ewig Neues«, aber so etwas konnte nur denken, wer nie den Blick vom Detail hob und das große Ganze sah. Jennifer lebte für das große Ganze, hatte es immer schon getan.

»Was überlegst du gerade?«, fragte Sebastians Schwester, die Frau, die Jennifer also offenbar liebte, obwohl sie sie seit nicht einmal einer Stunde kannte.

Das war eindeutig interessant.

Das war eindeutig etwas, das Jennifers Weltbild völlig ins Wanken brachte.

»Komm«, sagte sie zu Matilda und zog sie vom Sofa hoch, führte sie die Treppe hinauf, durch den zarten Schmutz, auf die Balls Pond Road, wo die Tauben in ihrer eigenen Scheiße herumhüpften und die Menschen Schlange standen, um gesalzenen Fisch und Jerk Chicken zum Lunch zu kaufen. Matilda blieb hinter zwei Kindern stehen, um deren tausend dünne Zöpfe knallbunte Gummibänder gebunden waren, und rieb sich die Augen. Sie wirkte angestrengt, vom Licht vielleicht?

Jennifer fühlte sich selbst ziemlich benommen. Sie blieben einen Moment schweigend stehen und ließen die Welt auf sich wirken. Die Busse drüben auf der Kings Road kreischten. Die Plastiktüten von Poundland taumelten von Luft aufgebläht über den Bürgersteig wie zerknautschte türkisfarbene Bälle. Die Espressomaschinen zischten im Kanon. Zwei Regentropfen fielen aus einer einsamen Wolke auf eine Bank vor der Dalston Junction. Ein Polizist kaute Kaugummi. Eine alte Dame kaufte in der Déjà Vu Bakery einen Rührkuchen und warf ihn am Stück den Tauben hin. Eine Spinne kroch über den Sattel eines leuchtend roten Fixies, das am Kühlaggregat eines verlassenen Kühlschranks angekettet war. Es war dieselbe Welt wie immer, dachte Travis. Und dennoch war die Welt neu, weil *sie*, Travis, neu war.

Ein neuer Mensch.

Nein, ein Mensch, ganz einfach. Ein Mensch!

Jennifer hätte fast losgelacht. In den ersten Jahren, nachdem sie bemerkt hatte, dass sie kein Mensch wie alle anderen war, hatte sie sich selbst davon überzeugen wollen, dass es kein Wesensunterschied war, sondern ein Gradunterschied. Sie hatte sich eingebildet, dass ein Mensch trotz allem nicht mehr war als ein Algorithmus, eine Verschmelzung von Mathematik und Materie, eine schöne Maschine. Aber es war ein Unterschied, ob man sich etwas einredete oder wirklich daran glaubte. Insgeheim hatte Jennifer Travis immer an die Seele geglaubt, in der Theorie wie auch der Praxis.

Das Problem war nur, dass sie selbst keine abbekommen hatte.

Irgendwann hatte sie sich damit abgefunden. Sie hatte gelernt, damit zu leben, dass sie lediglich eine große – und sicherlich trotzdem ziemlich komplizierte – Gleichung war, in eine biologisch abbaubare Hülle verpackt.

Wer aber Liebe empfinden kann, dachte Jennifer jetzt und spürte, wie ihr Herz schneller schlug, der fühlt etwas, das faktisch durch und durch unlogisch ist, das sich nur durch etwas so Irrationales erklären lässt wie den Flügelschlag der Seele.

Matilda knuffte sie gegen den Arm.

»Wo gehen wir eigentlich hin?«, fragte sie.

»Ins Institut«, sagte Jennifer entschieden. Das schien Matilda glücklich zu machen. Was wiederum Jennifer glücklich machte. Wie phantastisch sie doch war, die Liebe!

»Ins Institut? Wirst du mich untersuchen?«, fragte Matilda.

»Ja«, antwortete Jennifer. »Das ist wirklich notwendig. Aber erst musst du mir mit Kadinsky helfen.«

Man darf nicht gleich den Kopf verlieren, dachte Jennifer und winkte einen Bus heran, nur weil sich plötzlich herausstellt, dass man doch eine Seele hat.

IRGENDWANN KAM EINE SMS aus Madrid. Laura schrieb: *Ich hatte einen Traum, und in diesem Traum warst du ein schöner Verbrecher.* Er schrieb zurück: *Was habe ich denn verbrochen?* Und sie antwortete: *Du hattest mich geliebt, obwohl du es nicht durftest.* Und das war alles. Anschließend schrieb sie nichts mehr. Und er wünschte, er hätte ihre Nachrichten der äußerst moralischen Äffin zeigen können. Er dachte, dass sie zum ersten Mal zufrieden ausgesehen hätte. Entspannt. Als wäre etwas, das die ganze Zeit falsch gewesen war, endlich berichtigt worden. Es lag am Plusquamperfekt, dachte Sebastian. Die Äffin hätte sich von der Grammatik beruhigen lassen. Als wäre Sebastians Verbrechen vorbei, nur weil Laura im Plusquamperfekt schrieb. Als wäre dieses ganze Schlamassel vorbei, wenn es wahr wäre, dass er sie nicht mehr liebte.

Und vielleicht war es auch so. Er wusste es nicht, genauso wenig, wie er wusste, ob es anfangs wahr gewesen war, ob das, was er für Laura Kadinsky, die traurigste Frau auf der Welt, empfunden hatte, Liebe war. Liebe. Was für ein verdammt abstrakter Begriff. Das sagte er auch zu der eingebildeten Äffin, nein, er schrie es, fuchtelte mit dem Telefon in der Luft herum wie mit einer Maraca: *Liebe ist ein verdammt abstrakter Begriff, musst du wissen, Liebe existiert nicht als Materie und kann weder gewogen noch gemessen werden, nicht einmal grob geschätzt. Wie soll man mit so etwas umgehen?*

Doch die Äffin war ja nicht mehr da, wer sollte ihm da antworten.

MADRID. HERBSTSONNE UND ORANGEN, Azaleen und Velázquez. Laura Kadinsky ging allein durch die halbleeren Säle im Prado-Museum und war beinahe glücklich. Beinahe. Aber nicht ganz. Laura Kadinsky war nie vollkommen glücklich und würde es wohl auch nie werden. Das war, dachte sie, während sie vorsichtig einen Absatz nach dem anderen auf den kühlen Marmorboden setzte, das Kreuz, das sie zu tragen hatte. Es war nicht leicht, ein Mensch zu sein, wenn man nicht einmal im Prado-Museum glücklich war.

Sie seufzte schwer und trat ins Foyer, wo Philip und Chloe in der bewachten Garderobe Verstecken spielten. Ob er die Mitarbeiter bestochen hatte? Laura konnte nur raten. Die Türen des Haupteingangs waren zu dem warmen Park hin geöffnet, und Laura spürte, dass der Abend lau und sanft werden würde.

»Mama!«

Chloe wickelte sich aus einem Kleidungsstück, das wie ein sehr teurer Trenchcoat aussah, und warf sich in Lauras Arme. Sie war aufgeheizt und aufgeregt, und Laura Kadinsky war beinahe glücklich. Beinahe.

Später am Abend. Chloe war quer über dem breiten Hotelbett eingeschlafen, und Laura und Philip saßen auf dem Balkon und tranken Wein. Die Autos summten unten auf der Straße vorbei wie Insekten.

»Philip, ich bin krank«, sagte Laura.

»Ich weiß«, sagte er.

Sie sah ihren Mann an. Sie war nicht einmal erstaunt.

»Du weißt es also. Und trotzdem hast du nichts getan, um mir zu helfen«, stellte sie fest.

»Ich dachte, du würdest schon alle Hilfe bekommen, die du brauchst«, erwiderte Philip.

»Was soll das denn heißen?«

Doch Philip antwortete nicht. Über der Glocke aus Abgasen und Stadtlichtern wurden die Sterne angezündet, einer nach dem anderen, unsichtbar. Philip schob die Hand in die Tasche und zog seine Zigarillos hervor.

»Niemand kann alles haben, Laura«, sagte er schließlich und blies einen Rauchring in die Dunkelheit. »Nicht einmal du.«

DIE ERSTE ZIKADE WURDE AUS der Begierde heraus geboren. Genauer gesagt aus dem Wunsch von Eos, der Göttin der Morgenröte, ihre Begierde bis in alle Ewigkeit zu stillen. Eos liebte Tithonos, der eines Tages sterben würde, weil er ein Mensch war und Menschen das nun einmal an sich hatten. Zu sterben. Also bat Eos Zeus, Tithonos unsterblich zu machen. Na, denn mal los, sagte Zeus, doch leider hatte Eos nicht erwähnt, dass sie sich für ihren Liebhaber außerdem ewige Jugend wünschte, weshalb Zeus dieses Detail ausließ.

Das war ein schwerer Schlag für Eos, die irgendwann einen sehr alten Mann am Hals hatte, einen alten Mann, der nicht sterben wollte. Er wurde hässlich, gebrechlich, runzelig, buckelig und immer kleiner und kleiner, er verschrumpelte wie ein Apfelkerngehäuse. Am Ende war er so klein, dass Eos ihn in ihrer Hand halten konnte.

Da geschah etwas Magisches.

Eos entdeckte, dass Tithonos wiedergeboren worden war, als kleines, schönes Insekt. Wie ein Schmuckstück. Er glänzte wie Gold, und Eos war trotz allem doch zufrieden, unter den gegebenen Umständen. Sie konnte ihren Liebhaber in der Tasche umhertragen, ihn auf eine Goldkette fädeln und ihn sich um ihren göttlich schönen Hals hängen.

Sie fuhr mit dem Finger über seinen glänzenden Panzer.

Doch in dem Moment breitete Tithonos seine Flügel aus und flog davon.

DANN STAND SIE WIEDER DA, wie ein zitterndes Ausrufezeichen. Ihr Schatten fiel auf seine Hände, die in ihrer schlafwandlerischen Bewegung über der kabellosen Tastatur innehielten. Trotz ihrer Abwesenheit konnte Sebastian die überaus moralische Äffin frustriert kreischen und ihren Kopf gegen die Gitterstäbe des verschwundenen Käfigs schlagen hören. Langsam drehte er sich auf seinem Stuhl herum und begegnete Lauras Blick.

»Ich hätte nicht gedacht, dass du zurückkommst«, sagte er und blieb sitzen. Laura betrat das Büro und schloss die Tür hinter sich.

»Ich habe doch einen Termin.«

»Trotzdem. Ich hatte schon geplant, die freie Zeit für eine Runde Squash mit Benedict zu nutzen. Wir haben einen richtigen Squashplatz in der dritten Etage.«

Sie setzte sich an seinen Schreibtisch und faltete die Hände sorgfältig auf ihren Knien. Er erinnerte sich, dass ihre Schultern zwei weiße Schnecken waren, in denen man das Meer rauschen hören konnte. Er erinnerte sich, wie er sein Ohr daran gepresst und ein Herz schlagen gehört hatte, das weder ihres noch seines gewesen war, sondern das des Mondes. Er erinnerte sich, wie er die Vertiefung betastet hatte, an der ihr Schädel in den Nacken überging, und gedacht hatte, dass es der intimste Bereich des menschlichen Körpers war, und er errötete bei dem Gedanken, wie sie es geschehen lassen hatte. Er erinnerte sich, dass Laura Geräusche machte wie ein Kaninchen, wenn sie erregt war. Er erinnerte sich, dass sie offene Kamine und Schuhe mit Absätzen mochte, und das Prado-Museum, in dem er noch nie gewesen war.

Abgesehen davon erinnerte er sich an gar nichts. Die drei Wochen, in denen Laura physisch in seinem Leben abwesend gewesen war, verschmolzen zu einer kleinen Glaskugel, die er in die Tasche stecken und vergessen konnte. Sie war hier, und sie war schön, sie war eine Miniaturwelt, ein Puppenhaus, in dem man sich verirren konnte, ein Hochglanzmagazin, in dem man sich beim Blättern verlieren konnte. Laura hob ihre Hände, sie zitterten, sie tasteten nach seinem Gesicht, er führte ihre Hände näher zu sich und half ihr, seine Wangen zu finden.

»Dein Zustand hat sich verschlechtert«, sagte er und schämte sich darüber, dass es ihn zufrieden machte. Aber warum sollte er sich eigentlich schämen? Wollten nicht alle Menschen gebraucht werden? Wollten nicht alle, dass ihre eigene Nähe für einen anderen Menschen wichtig war?

»Sag meinen Namen«, bat Laura und legte ihre Stirn an seine.

»Ich weiß nicht, ob ich dir helfen kann«, flüsterte Sebastian und spürte plötzlich, dass er kurz davor war, zu zerbrechen. »Und ich weiß nicht, ob ich es aushalte, dir nicht helfen zu können.«

»Sag einfach nur meinen Namen«, flehte Laura.

»Laura Kadinsky?«

Sie lächelte, mit ihrem Gesicht so nah an seinem, dass er nur ihre perlweißen Zähne und die traurigen Krähenfüße um ihre Augen sehen konnte. Und sie antwortete:

»Das bin ich.«

Nachdem sie sich – schnell und effektiv und ohne Firlefanz – unter seinem Schreibtisch geliebt haben, zeigte Sebastian ihr die Bilder von ihrem Gehirn, die er so ausgiebig studiert hatte.

»Es ist schön«, sagte Laura, erstaunt über die Farbpracht. »Wie eine Seifenblase.«

»Es ist unvergleichlich schön«, bestätigte Sebastian.

Laura zog ihren Rock zurecht, fuhr sich mit den Fingern durchs Haar und setzte sich mit überraschender Präzision auf einen Stuhl, den Sebastian neben seinen eigenen gezogen hatte. Sie streckte einen Finger aus und berührte voller Ehrfurcht den Bildschirm, auf dem ein Mosaik von Gehirnabbildungen ein kompliziertes Muster bildete, das alles darstellte, was sie war.

»Das Problem ist nur«, fuhr Sebastian mit einem tiefen Seufzer fort, »dass es auch unvergleichlich normal ist.«

»Du weißt, dass das nicht stimmt«, sagte Laura und zog ihre Hand zurück. »Du weißt, dass ich ein zutiefst gestörter Mensch bin.«

»Das bedeutet nicht, dass du auch ein gestörtes Gehirn hast, Laura.«

Sie lachte laut und brutal.

»Was bedeutet es denn dann? Dass ich eine gestörte... ja was? Seele habe?«

Sebastian zuckte die Achseln.

»Ich weiß es nicht. Laura, ich habe es versucht. Ich habe diese Bilder wieder und wieder angestarrt, aber ich sehe nichts. Ich erkenne nicht, was an deinem Gehirn falsch sein sollte. Rein neurologisch betrachtet bist du perfekt.«

»Rein neurologisch«, wiederholte sie beleidigt.

»Also, soweit ich das beurteilen kann. Ich bin auch nur ein Mensch, Laura, und ehrlich gesagt sind meine Erfahrungen und Kompetenzen begrenzt. Du bist mein erstes wirklich kompliziertes Forschungsobjekt, und ich... ich brauche Hilfe. Also habe ich mir gedacht, meine Kollegin Jennifer um Hilfe zu bitten. Natürlich nur, wenn du damit einverstanden bist. Sie ist brillant, verstehst du, nobelpreisverdächtig...«

»Weiß sie...«

»Nein«, log Sebastian. »Oder, sie weiß, dass du... dass

ich... dass alles in Ordnung ist, wenn du bei mir bist. Aber das ist alles.«

Laura seufzte und legte ihr Kinn in die eine Hand. Mit der anderen zupfte sie Flusen von ihrem Wollrock.

»Ich weiß nicht, Sebastian. Vielleicht bin ich einfach nur hysterisch? Das glaubt Philip. Er glaubt, es würde helfen, wenn wir noch ein Kind bekämen. Das kommt mir wie eine ziemlich schlechte Idee vor.«

»Hast du...?«

»Ob ich es ihm erzählt habe? Ja. Ich habe ihm in Madrid alles erzählt. Na ja, nicht, dass ich mit dir schlafe, aber das andere. Das war gut. Wir waren einander so nah wie schon lange nicht mehr. Dann machte er diese Bemerkung, dass ich vielleicht hysterisch wäre, und damit war natürlich alles wieder zerstört. Ich habe ihm gesagt, dass Hysterie eine ziemlich überholte Diagnose ist, und ihn gefragt, ob er ernsthaft glaubt, meine Gebärmutter würde dafür sorgen, dass das Einzige, was ich dreidimensional wahrnehmen kann, ein Hamster ist? Und weißt du, was er da gesagt hat?«

»Nein«, antwortete Sebastian tonlos.

»›Ja‹, hat er einfach gesagt. ›Das ist genauso denkbar wie alles andere, wenn es um dich geht.‹ Dann wollte er mich auf der Stelle schwängern. Ich habe ihn nicht daran erinnert, dass ich eine Spirale habe. Jetzt glaubt er vielleicht, ich wäre schwanger und glücklich und ist womöglich noch selbstzufriedener als sowieso schon. Und dann kommst du und sagst, mein Gehirn wäre ganz normal. Was soll ich nur glauben? Sebastian, was soll ich tun?«

»Wir müssen mit Jennifer sprechen«, wiederholte Sebastian und schlug mit der Faust auf den Tisch, um Tatkraft nachzuahmen.

Laura sah es, und ihr Herz blutete bis auf die Bluse. Ihr wurde klar, dass sie Sebastian als einen Menschen betrachtete, der sich bemühte, aber trotzdem scheiterte. Dass er, genau wie sie, ein Mensch war, der ein ums andere Mal auf der Ziellinie stolperte, und dem es trotzdem gelang, sich mit einer rührenden Würde wieder aufzurappeln und weiterzulaufen.

»Okay«, sagte sie und legte ihre Hände um seine geballte Faust, die sie mehr denn je an ein frischgebackenes Croissant erinnerte. »Okay, wir sprechen mit Jennifer. Aber dann musst du ihr alles erzählen. Ich halte es nicht länger aus, ohne Zeugen zu leben.«

AM TAG NACH SEBASTIANS UND Lauras fleischlicher Wiedervereinigung standen sie vor der Tür zu Travis' Büro. Sebastian drückte Lauras Hand. Sie war schrecklich kalt, als würde das Blut nicht bis in ihre Fingerspitzen gelangen.
»Bereit?«, fragte er.

Er sah sie an, sah, wie sie stumm nickte und ihr Gesicht umbaute – jemand anderes wurde, jemand Härteres.

Er ließ ihre Hand los und klopfte an die Tür.

»Sebastian! Und... Laura Kadinsky, nehme ich an?«

Laura streckte höflich ihre Hand aus, aber Travis ergriff sie nicht. Stattdessen winkte sie ihre Besucher herein und schloss die Tür hinter ihnen.

»Perfektes Timing. Ich habe gerade zu Matilda gesagt, dass es lustig wäre, die betreffende Dame zu treffen, und dann erscheint ihr wie auf Kommando.«

Sebastian hatte den Blick auf Lauras ausgestreckte Hand gerichtet, doch als er den Namen seiner Schwester hörte, blickte er sofort auf. Und in einem Stuhl neben Travis' Schreibtisch saß tatsächlich Matilda, die ihre Arme um die angezogenen Knie geschlungen hatte und an deren Händen Elektroden befestigt waren. Sie legte ihren Kopf auf die Knie und betrachtete Laura neugierig.

»Was machst du hier?«, fragte Sebastian und warf Travis einen bösen Blick zu. Sie waren sich doch einig gewesen, dass sie Matilda erst einmal aus allem heraushalten wollten.

»Ich habe mich deiner Schwester angenommen, als kleines Nebenprojekt«, sagte Travis fröhlich. »Auf ihre eigene Initiative hin, wie ich betonen möchte.«

»Weiß Corrigan davon?«

»Davon würde ich ausgehen. Ich habe es ihm nicht erzählt, aber das hat ja nichts zu bedeuten. Also, was verschafft uns die Ehre? Laura Kadinsky, hier, in meinem Büro... Die Frau ohne Tiefe!«

Laura kräuselte beleidigt die Nase. »So nennen sie dich in der Kantine«, erklärte Travis. »Deshalb musst du nicht traurig sein. Ich selbst hatte lange keine Seele, aber man kommt auch ohne zurecht.«

Sie musterte Laura von Kopf bis Fuß und ging einmal um sie herum, als wollte sie nachsehen, ob sie auch eine Rückseite hatte.

»Dafür, dass sie eine Korrelation ist, wirkt sie erstaunlich nichtssagend«, murmelte sie. »Aber ich bin trotzdem froh, dass du sie mitgebracht hast.«

»Um ehrlich zu sein«, sagte er und packte Travis unsanft am Arm, »läuft es mit Lauras Fall nicht so gut. Ich komme einfach nicht weiter. *Deshalb* sind wir hier. Ihr Symptombild ist eindeutig, genauso wie, in gewissem Maße, die, äh, Behandlungsmethode. Aber die zugrunde liegende Ursache erschließt sich mir nicht. Und die Behandlung wirkt immer weniger, mit anderen Worten, die Resistenz des Pathologischen wird immer resistenter, wenn man das sagen kann, und, ja... wir brauchen deine Hilfe, Travis. Ich brauche deine Hilfe. Alle Karten auf den Tisch, voller Zugang zu allem Aktenmaterial, alles gehört dir, solange du mir nur hilfst.«

»Alle Karten auf den Tisch? Was bedeutet das?«, fragte Travis und schüttelte Sebastians Hand ab.

»Er will sagen, dass wir Sex haben«, sagte Laura und trommelte mit den Fingern auf dem Schirm von Travis' Schreibtischlampe. »Das hätten wir also geklärt. Können wir jetzt weitermachen?«

»Ach, dieses kleine Detail ist uns natürlich schon bekannt«, sagte Travis und blickte zu Matilda hinüber. »Und das Aktenmaterial habe ich längst. Du solltest dir wirklich ein besseres Passwort zulegen, Sebastian.«

Sebastian und Laura sahen erst von Travis zu Matilda, dann sahen sie sich an, und schließlich aus dem Fenster. Es tat einen Schlag, als ein Vogel gegen die Fensterscheibe flog und wie Schnee zu Boden fiel. Laura zuckte zusammen.

»Man gewöhnt sich daran«, sagte Sebastian und fuhr sich mit seiner schweißnassen Hand durch das Haar. Bei Travis war es immer warm, was daran lag, dass sie drei ihrer wertvollsten Zikaden in einem Terrarium in einer Ecke des Büros hielt. Es summte dumpf. Sebastian blickte erneut zu Matilda hinüber, die immer noch still und aufmerksam hinter dem Schreibtisch saß.

»Travis«, sagte er langsam. »Hast du meine Schwester in diese Sache mit hineingezogen?«

»In gewisser Weise geht es dabei ja um eure Familie, Sebastian, deshalb erschien es mir nur angemessen. Außerdem liebe ich deine Schwester.«

»Was nicht auf Gegenseitigkeit beruht«, warf Matilda ein. »Nur um das klarzustellen.«

»Sind das nicht gute Nachrichten?«, fragte Travis und nahm Sebastians Gesicht zwischen ihre Hände. Laura brummelte irgendetwas Unverständliches. Matilda lachte. Sebastian wurde ganz schwindelig.

»Ich bin ein Mensch, Sebastian! Mit Gefühlen! Ist das nicht wunderbar?«, jubelte Travis, ehe sie von Sebastian abließ und zu ihrem Schreibtisch ging und sich setzte.

»Großartig«, murmelte Sebastian verwirrt. »Aber was hast du eben über Lauras Akte gesagt? Du hast sie dir schon angesehen?«

»Vom ersten Tag an, Sebastian«, antwortete Travis und fing an, die Elektroden von Matildas Händen abzuziehen. »Eigentlich habe ich mich aber erst richtig dafür interessiert, als du behauptet hast, ihr wärt die letzte Korrelation. Matilda hat mir geholfen. Ihre Beziehung zu Farben ist wirklich *einzigartig*.«

»Meine Schwester ist Synästhetikerin«, sagte Sebastian zu Laura. »Letztens hat sie sogar eine neue Farbe erfunden. Könnte man sagen. Sie sieht eine Farbe, die es nicht gibt.«

»Wie kindisch«, erwiderte Laura. »Das ist doch gar nicht möglich.«

Matilda räusperte sich. »Könntet ihr vielleicht aufhören, über mich zu reden, als wäre ich gar nicht da? Was die Farbe betrifft –«

Sie wurde von Travis' lautem glücklichen Lachen unterbrochen, das fast schon ein Trillern war. Laura hatte sich über ihren Schreibtisch gelehnt, um sich ein Bild anzusehen – natürlich eins von Francesca Woodman –, das Travis mit Tesafilm neben ihren Computerbildschirm geklebt hatte, und dabei war ein goldener Splitter aus dem Ausschnitt ihrer Bluse gefallen. Dieser Anhänger war es, der Travis so vergnügt lachen ließ wie einen Vogel, der den Schnabel voller Würmer hatte – denn von Lauras blassem Hals baumelte eine Zikade aus achtzehnkarätigem Gold, eine *Cicada orni* mit einem rundlichen, gestreiften Körper und den zartesten goldenen Flügeln. Laura zog die Kette erschrocken zu sich und fauchte: »Was ist denn?«

»Wo hast du die her?«, fragte Travis, ohne den Blick von Lauras geschlossener Faust abzuwenden, in der sie das Schmuckstück verbarg.

»Die hat mir mein Mann geschenkt. Wieso?«

»Wann?«

»Vor einer guten Woche. Er hat sie mir in Spanien gekauft. Er gehört zu den Männern, die finden, dass man Frauen in regelmäßigen Abständen Schmuck kaufen sollte. Das finde ich im Übrigen auch, deshalb habe ich das Geschenk angenommen. Trotz allem.« An dieser Stelle schielte Laura zu Sebastian hinüber, der ihre Hand ebenfalls nicht aus den

Augen lassen konnte. Es hing damit zusammen, wie sie den Anhänger hielt – als wäre es der Schädel eines Neugeborenen. Mit Stärke und Zärtlichkeit. Mit grenzenloser Zuneigung.

Travis lehnte sich auf ihrem Bürostuhl zurück und sah in Lauras halb erstauntes, halb verletztes Gesicht.

»Weißt du, dass du so eine auch in deinem Gehirn hast?«

»Eine was?«, fragte Laura und griff sich instinktiv an den Schädel.

»Eine Zikade. Wie die, die du um den Hals hast. Wie die, die ich hier im Käfig habe. Das schönste Insekt der Welt, wenn du mich fragst.«

»In ... in meinem Gehirn?« Laura wurde leichenblass. »W-wohnt sie da?«, fragte sie und presste die Hand gegen den Mund.

Jennifer Travis lachte erneut.

»Bist du verrückt? Nein, ich meine doch nicht richtig. Ein Insekt im Gehirn? Du liebe Güte, wenn du ein Insekt im Gehirn hättest, wäre das sogar Sebastian aufgefallen. Ich meine das Muster. Guck mal hier. Du auch, Sebastian.«

Sie öffnete einen Schrank hinter sich und warf einen Stoß fMRI-Aufnahmen auf den Schreibtisch. Sebastian streckte die Hand zu dem Stapel aus und ließ die Fingerspitzen über das oberste Bild gleiten.

»Die habe ich mir schon so unendlich oft angesehen, Travis. Wenn du etwas entdeckt hast, kannst du es mir auch gleich sagen, denn ich werde auf diesen Bildern garantiert nichts Neues mehr finden.«

»Da hast du sicher recht. Das Problem ist, dass du sie dir nicht zusammen angesehen hast.«

»Habe ich wohl«, brummelte Sebastian bockig.

»Okay, okay.« Travis hob beschwichtigend die Hände und nickte Matilda zu, die gehorsam aufstand, die Bilder nahm und zu der leeren Wand ging.

»Du hast sie dir angesehen, klar, vielleicht auch untereinander verglichen. Aber nicht auf die richtige Art«, sagte Travis. Sie räusperte sich und fuhr fort: »Eigentlich ist es ganz einfach, unglaublich einfach. Die möglichen Positionen für sechzehn Teile in einem Gitter aus 4 x 4 sind trotz allem begrenzt. Dann hatten wir im Grunde ja auch schon die Korrelation, was den Vorgang ein bisschen beschleunigt hat, aber trotzdem, Sebastian. Trotzdem.« Travis strich sich das Haar hinter die Ohren und richtete ihren Blick auf Matilda, die angefangen hatte, die Bilder aufzuhängen, in dem besagten Quadrat aus vier mal vier Aufnahmen.

»Matilda war diejenige, die es zuerst entdeckt hat. Sie ist gelb, versteht ihr, und Sebastian, du weißt ja, wie sie auf Gelb reagiert, stimmt's? Sie fliegt darauf wie ein Brummer auf einen Hundehaufen. Also hat sie angefangen, ein bisschen herumzupuzzeln und –«

Travis machte eine schwungvolle Armbewegung, während Matilda die letzten beiden bunten Aufnahmen von Lauras Gehirn aufhängte, und eine kurze Stille durchschnitt den Raum – nicht einmal die Zikaden zirpten. Dann ertönte ein erstauntes Piepsen von Laura, ein verblüfftes Pfeifen aus Sebastians Nasenlöchern, ein zufriedenes Glucksen von Travis. Ein Fenster öffnete sich, und die Zikaden in der Ecke zirpten lauter als je zuvor, vielleicht weil sie etwas wiedererkannten, das so subtil war, dass man es als animalischen Magnetismus bezeichnen konnte.

Denn an der Wand kristallisierte sich ein Muster heraus, das Flügel bekommen hatte. Die üblicherweise flimmernden Bilder der Gehirnwellen, die hier sechzehnmal eingefangen und festgehalten worden waren, in einem Augenblick, der so lang war wie ein Blinzeln, im Abstand von Tagen oder Wochen, bildeten jetzt ein Nordlicht aus Farben. Die rapsgelben Felder, die Teile von Lauras Gehirnaktivität darstellten, mit anderen Worten, Teile des Einzigen, was Laura von einer Pusteblume oder einer anderen, weniger seelenvollen Lebensform unterschied, bildeten zusammengenommen die Konturen einer Zikade mit ausgebreiteten Flügeln, die in jedem Detail identisch mit jener war, die sie um den Hals trug.

»Das ist völlig unglaublich«, sagte Matilda. »Cool, oder? Ich glaube, das ist ihr *Prana*. Ihre Lebenskraft.«

»Man kann es nennen, wie man will, aber jedenfalls ist es da«, sagte Travis.

»Aber was – was hat es zu bedeuten?«, fragte Sebastian und trat einen Schritt näher an die Wand heran, die jetzt beinahe zu phosphoreszieren schien.

»Weiß der Teufel«, antwortete Travis. »Aber allmählich glaube ich auch, du hast recht damit, dass Laura und du die letzte Korrelation seid.«

Die Einzige, die nichts sagte, war Laura. Ihre ausbleibende Reaktion veranlasste die anderen dazu, sich umzudrehen. Sie war zur Tür zurückgewichen, hatte die eine Hand auf die Klinke gelegt, während die andere erneut ihren Anhänger umschloss. Sie sah aus wie immer, wenn sie gleich anfing zu weinen, dachte Sebastian.

Doch stattdessen stieß sie die Tür auf und rannte hinaus.

Gerade einmal zwei Sekunden vergingen, ehe sie einen Schlag und einen Schrei hörten. Als sie auf den Flur traten, fanden sie Laura auf dem Boden sitzend vor – aus einer Platzwunde an ihrer Stirn strömte Blut, und sie hatte einen Schuh verloren. Neben ihr stand ein Käfig, und in dem Käfig saß ein kreischender Affe.

Es war die überaus moralische Äffin.

»Ich bin darüber gestolpert«, sagte Laura mit ferner Stimme und deutete vage auf den Käfig. »Warum steht der denn da?«

IM SELBEN MOMENT, IN DEM Sebastian vor Laura in die Hocke ging und ihr das Haar aus der Stirn strich, spürte sie den Schmerz und sah das Blut. Es tropfte zwischen ihren ausgestreckten Fingern hindurch wie Wasser von der Decke einer Grotte. Vorsichtig tastete sie mit den Fingern der einen Hand danach, fand die Platzwunde und presste die Finger dagegen. Als sie verstand, dass der Schmerz nicht in erster Linie dort saß, sondern in ihrem Herzen und in ihrem Selbstbild, begann sie schließlich zu weinen.

»Ach, Sebastian... Es ist vorbei. Ist es vorbei? Bitte sag, dass es nicht vorbei ist«, flüsterte sie so leise, dass die anderen es nicht hören konnten.

»Schschsch, nicht reden. Ganz ruhig. Komm mal her.«

Er zog sie an sich, legte die unbeschadete Seite ihres Gesichts an seinen weißen Kittel. Sie spürte, wie er irgendetwas, vielleicht ein Taschentuch, fest und entschieden gegen die Wunde an ihrer Stirn presste – sie spürte seinen Atem in ihrem Haar und die Wärme seiner Halsgrube. So saßen sie eine Weile da, und als sie wieder aufblickte, waren die anderen verschwunden, genau wie die Äffin im Käfig. Sebastian half ihr auf die Beine, ohne das Taschentuch loszulassen.

»Komm«, sagte er. »Wir müssen die Wunde verarzten.« Laura übernahm das Taschentuch, und er führte sie in sein Büro am anderen Ende des Ganges. Wie oft war Laura zu dieser Tür gegangen, getaumelt, gerannt, gewankt! Konnte dies wirklich das letzte Mal sein? Es kam ihr undenkbar vor, wie wenn man auf einer Reise ist und sich nicht vorstellen kann, je an einem anderen Ort gewesen zu sein. Und trotzdem weiß man natürlich, dass man eines Tages nach Hause kommen wird und die Tage, Wochen oder sogar Monate, die gerade vergangen sind, anschließend zu einer kleinen Klammer schrumpfen, zu einem bloßen Riss in der Zeit.

Sebastian setzte sie auf einen Stuhl und ging los, um einen Verbandskasten aus einem Schrank zu holen. Sie sah sich automatisch nach der Äffin um, aber hier war sie auch nicht. Die anderen mussten sie irgendwo hingebracht haben. Laura seufzte erleichtert – sie hatte die Äffin nie gemocht, die sie immer angestarrt hatte, als wäre sie eine Kriegsverbrecherin. Sebastian kam mit dem Kasten wieder, zog ein antiseptisches Tuch heraus und säuberte die Wunde, an der das Blut gerade zu trocknen begann. Es brannte, und sie klammerte sich an die Stuhlkante, um seine Hand nicht wegzuschlagen.

»Du solltest das nähen lassen«, sagte er besorgt. »Die Wunde ist ziemlich tief.«

»Kleb sie einfach mit einem Pflaster zusammen.«

»Aber so wird eine Narbe bleiben.«

»Umso besser. Dann habe ich eine Erinnerung an unser bitteres Ende.«

Sebastian hörte auf, an der Wunde zu tupfen. Seine Hand fiel langsam an der Seite seines Körpers herunter und hing dort wie ein nasser Lappen.

»Warum sagst du so etwas?«, fragte er.

Laura antwortete nicht. Stattdessen sah sie aus dem Fenster. Bald würde der Mond über den Häusern aufgehen wie ein großer gelber Käse. Vielleicht würde er auch eine andere Form haben. Vielleicht würde er Augen und eine Nase haben wie in Chloes Bilderbüchern, und der Mund wäre zu einem höhnischen Grinsen verzogen. Vielleicht würde er ihnen den Rücken zukehren, und dort gäbe es nur einen großen Krater, eine Sinkhöhle, einen Kaninchenhut. Inzwischen kam ihr nichts mehr absurd vor und nichts mehr plausibel. Vielleicht gab es Gott. Vielleicht war sie tatsächlich ein glücklicher Mensch.

Sie drehte sich zu Sebastian um, der immer noch neben ihr stand, bestürzt und wahnsinnig gutaussehend im Dämmerlicht. Plötzlich musste sie ihn etwas fragen, was sie schon seit Wochen beschäftigte.

»Hast du meine Nachrichten aufgehoben? Meine Mails?«

»Ja.«

»Gut. Ich ertrage den Gedanken nicht, dass nichts davon übrig bleibt. Das wäre so, als hätte es uns nie gegeben.«

»Warum habe ich plötzlich das Gefühl, du würdest dich verabschieden?«, fragte Sebastian. Er klang wunderbar verzweifelt. »Ist das so?«

»Hast du auch Kopien der Nachrichten, die du an mich geschickt hast? Ich habe nichts davon gespeichert, wie du sicher verstehen wirst. Wegen Philip. Es ist das A und O einer erfolgreichen Affäre, dass man nicht sentimental sein darf.«

»Ich möchte mich nicht verabschieden, Laura.«

»Ich auch nicht. Ich möchte, dass es für immer so bleibt. Du und ich und dazwischen ein ewiges Leben. Aber das liegt nicht in unserem Ermessen, verstehst du das nicht?«

Sie beugte sich vor, als wollte sie seine Hand ergreifen und erneut zu ihrer Stirn führen, doch er wich zurück. Sie konnte sein Gesicht nicht deuten, seine Körpersprache nicht lesen, sie hatte es nie gekonnt, wie sie jetzt einsah. Vielleicht hatte sie es auch nie richtig gewollt. Er war am schönsten, wenn er sich nach ihren zitternden Händen formte. Jetzt, da er vor ihr zurückwich, die Schultern hochzog, den Blick abwendete, war er wie ein bockiges Kind, das zum ersten Mal begriffen hatte, dass es nicht zu gehorchen brauchte. Es machte sie wütend, und es machte sie verzweifelt. Sie presste die Hände an die Seiten ihres Kopfes und machte ihre Stimme so klein wie möglich – aus jahrelangem Training mit Chloe wusste sie, dass das beste Mittel, um gegen jemanden zu gewinnen, der glaubt, er würde gegen etwas Übermächtiges rebellieren, eine entblößte Kehle ist. Sie flüsterte beinahe:

»Du hast es doch wohl gesehen? Was sich in meinem Gehirn befindet?«

Er drehte sich um. Sie hielt den goldenen Anhänger hoch, den sie um den Hals trug.

»Diese hier. Die befindet sich in meinem Gehirn. Verstehst du, was das bedeutet?«

»Nein«, sagte Sebastian langsam. »Verstehst du es?«

»Es bedeutet, dass ich bei Philip bleiben sollte. Oder jedenfalls, dass ich es tun werde.« An dieser Stelle brach ihre Stimme, und sie wusste selbst nicht mehr, ob es echt oder gespielt war. Vielleicht beides. Sebastian sagte nichts. Sie fuhr fort. »Du hast mich einmal gefragt, was ich auf dieser Welt am meisten fürchte, weißt du noch? Wir waren in einer Bar. Du hast ein hellblaues Hemd getragen und hattest dich meinetwegen rasiert. Wir haben Nudeln gegessen, die nach nichts schmeckten, weil wir an nichts anderes denken konnten, als unsere Handgelenke zu berühren. Du hattest dieses Maßband dabei, das du um deine Finger gewickelt hast, und dann hast du mich gefragt, was ich am meisten auf der Welt fürchte.«

Sebastian sagte nichts, aber sie konnte ihm ansehen, dass er sich erinnerte, natürlich erinnerte er sich.

»Weißt du noch, was ich geantwortet habe?«

»Die Kontrolle zu verlieren«, sagte Sebastian, aber er weigerte sich, sie weiter anzusehen.

»Es war wahr, auch damals«, sagte Laura. »Aber erst jetzt verstehe ich, dass ich sie schon da verloren hatte. Vielleicht habe ich sie noch nie gehabt, vielleicht war alles, was mir widerfahren ist, bloß die Konsequenz aus irgendeinem kranken Spiel, in dem ich nur eine Figur bin.«

Als sie das sagte, zuckte Sebastian zusammen, als hätte sie ihm einen Tritt verpasst.

»Das ist wahnsinnig«, sagte er. »Eine Wahnvorstellung. Vollkommen verrückt. Was willst du damit sagen? Dass nichts von all dem je echt gewesen ist? Willst du das sagen?«

»Ich weiß es nicht.«

Sebastian schnaubte. Warum klang er, als würde er sie hassen, wo er doch eben noch so geklungen hatte, als könnte er nicht ohne sie leben?

»Du weißt es nicht?«, fragte er dunkel.

»Ich habe eine Zikade in meinem Kopf!«, schrie Laura, aber es klang eher wie das Winseln eines Hundes. »Das ist in mein Gehirn hineingeschrieben, begreifst du? Ich kann mich nicht befreien, und wenn ich es noch so sehr will. Ich dachte, du könntest mich retten, aber du kannst mich nicht retten. Und trotzdem wünsche ich mir immer noch, dass du mich rettest!« Letzteres war ein richtiger Schrei, gefolgt von Weinen, gefolgt davon, dass sie schluchzend von ihrem Stuhl fiel und sich platt auf den Boden legte, die Hände vor den Augen. Es pochte in der Wunde an ihrer Stirn und zwischen ihren Beinen, und überall in ihrem Körper flatterte es, wie tausend schwarze Schmetterlinge. Dann spürte sie erneut Sebastians Hände an ihrer Stirn. Er pflasterte ihre Wunde zusammen. Eines Tages würde sie heilen, und auch die Narbe würde aussehen wie eine Zikade, aber das dauerte noch – bislang war sie ein Schlachtfeld, ein blutiger Matsch mit zerfledderten Trauerrändern.

»Wenn du deinen eigenen Weg gehen willst, gehe ich meinen«, sagte Sebastian. Es klang pathetisch, fast wie ein geklautes Zitat. Aber wohin sollte sie gehen, wo sie doch kaum kriechen konnte?

»Ich möchte nicht, dass du deinen eigenen Weg gehst. Ich möchte, dass du meinen Namen sagst.«

»Laura Kadinsky... Was machst du da gerade?«

Sie lächelte traurig. Sie blickte auf ihre eigenen Hände und sah, wie sie unter seinen blutbefleckten Laborkittel gekrochen waren, wie sie sich tastend zu der Achse bewegten, um die sich ihre Welt drehte.

Nur noch ein kleines bisschen länger, dachte sie. Nur noch einen kleinen Atemzug.

WÄHREND SEBASTIAN SICH UM LAURA kümmerte, kümmerten sich Matilda und Travis um die äußerst moralische Äffin. Travis war furchtbar aufgedreht und sagte, es sei von größter Wichtigkeit, dass sie »die Äffin in Sicherheit« brachten, ohne genauer darauf einzugehen, wie, wo und warum. Letztendlich beschlossen sie, die Äffin zu Travis nach Hause zu bringen. Gemeinsam trugen sie den schweren Käfig durch den Hinterausgang des Instituts, auf die Great Ormond Street, am Kinderkrankenhaus vorbei, wo alle Sorgen und Ängste der Welt noch wach waren, vorbei an der verrammelten Pracht von Bloomsbury, den Häusern, in denen niemand wohnte, den Hotels mit ihren polierten Türklopfern aus Messing und rauchenden Nachtportiers, die sich hinter Mülltonnen duckten, vorbei an der U-Bahn-Station am Russell Square, den ganzen Weg bis zu den Bushaltestellen am King's Cross, wo sie in eine Linie Richtung Crofton Park stiegen. Travis, die voranging, trug den Käfig ins Obergeschoss des Doppeldeckers, wo sie ihn gemeinsam auf einer der vordersten Sitzplätze abstellten, sodass die Äffin – die ja womöglich leicht reisekrank wurde – hinaussehen konnte, und sich selbst auf den Doppelsitz auf der anderen Seite des Ganges setzten.

Matilda durchschaute immer noch nicht genau, was es mit der Äffin auf sich hatte. Als sie erfuhr, dass dieses Wesen anscheinend einen perfekt kalibrierten moralischen Kompass besaß, war sie Feuer und Flamme. War es nicht genau das, wonach sie schon immer gesucht hatte? Nach jemandem, der ihre Handlungen endgültig bewerten konnte? Einem säkularen Beichtvater? Ein kleiner Hoffnungsstrahl erhellte Matildas finsteres Innenleben und erleuchtete sie mit einem warmen, gelben Licht bei dem Gedanken, dass es vielleicht doch nicht zu spät war, ihren inneren Engel zu erziehen.

»Wie heißt sie?«, fragte sie, streckte sich über den Gang und ließ die Äffin nach ihrem Finger greifen. Wie ein Baby, dachte sie, und spürte im selben Moment einen vertrauten Schmerz an ihrem unteren Rücken aufsteigen.

»Sie hat keinen Namen«, antwortete Travis. »Wir taufen unsere Labortiere nicht.«

»Nicht einmal inoffiziell?«

»Normalerweise haben sie eine Nummer, aber ich weiß nicht, welche. Das musst du Sebastian fragen.«

Matilda befreite ihren Finger aus dem Griff der Äffin. Es schmerzte unverkennbar an ihrem unteren Rücken. Sie schluckte den Kloß herunter, der sich binnen einer Sekunde in ihrem Hals gebildet hatte. Es war doch zum Verrücktwerden.

»Ich möchte sie Bernada nennen«, sagte sie und legte ihre Hand wieder auf ihren Oberschenkel. »Alle Lebewesen verdienen einen Namen.«

Hatte sie ihrem spiegelverkehrten Kind einen Namen gegeben? Nein. Aber vielleicht war es nicht zu spät, dachte Matilda traurig, während sich der Bus schaukelnd die Tower Bridge hinaufbewegte. Sie beschloss, dass Jennifer ein Name so gut wie jeder andere war, eigentlich sogar ein schöner Name, ein Name, der zu jemandem passte, der nicht so war wie alle anderen.

Als sie in Bermondsey ankamen, half Matilda, den Käfig in Travis' Haus zu tragen. Nach einigem Hin und Her beschlossen sie, dass Bernada mit Travis im Schlafzimmer wohnen sollte, damit sie sich nicht einsam fühlte. Matilda wusste, dass sie wieder aufbrechen sollte, es wurde allmählich Abend, und dies war nicht ihr Zuhause, aber es fiel ihr schwer, sich von der Äffin loszureißen, die Matilda, so unwahrscheinlich es auch sein mochte, zu *mögen* schien. Matilda saß mit Bernada auf dem Schoß auf Travis' Bettkante, als diese mit zwei Tassen Tee und mehreren Bananen zurückkam.

»Ich glaube, was die Moral dieser Äffin angeht, habt ihr euch getäuscht«, sagte Matilda. »Mit mir scheint sie keine Probleme zu haben, und ich bin ziemlich verdorben.«

Travis lachte oder protestierte nicht. Stattdessen schien sie ernsthaft zu grübeln.

»Vielleicht bin ich ja blind vor Liebe«, sagte sie schließlich. »Aber ich würde meinen, dass du nicht halb so verdorben bist, wie du denkst. Das ist meine Beobachtung.«

»Ich sollte jetzt gehen«, sagte Matilda und hob Bernada von ihrem Schoß. »Es wird spät.«

»Du kannst gerne bleiben, wenn du möchtest. Ich habe noch ein Zimmer.«

»Hm«, sagte Matilda. »Aber ich will dir nicht zur Last fallen.«

»Das wäre wirklich keine Last für mich. Ich möchte, dass du bleibst. Am liebsten für vierzehn Monate.«

»Warum so lange?«, fragte Matilda verwundert.

»Ich habe ausgerechnet, dass es so lange dauert, bis ich mit einer statistisch gesicherten Fehlermarge feststellen kann, dass du dich garantiert nie in mich verlieben wirst. Dann werde ich mein Leben ohne dieses lähmende ›Was wäre gewesen, wenn ...‹ weiterleben, das der Grund für so viele beliebte romantische Komödien ist und das wahrscheinlich, im Hinblick auf die Popularität dieser Phrase, in irgendeiner Weise in der Wirklichkeit verankert sein muss.«

»Ich weiß nicht, ob ich vierzehn Monate bleiben kann«, sagte Matilda.

»Das macht nichts. Jeder Tag ist wertvoll. Jetzt mache ich dein Bett, und dann können wir eine Kleinigkeit essen.«

Während Travis im zusätzlichen Zimmer das Bett bezog, ging Matilda in die Küche. Sie wollte sich nützlich machen und öffnete den Kühlschrank. Es gab Eier und Milch. In einem Schrank fand sie Mehl und Salz. Eins-eins-zwei, dachte Matilda und rührte einen Pfannkuchenteig zusammen.

Als sie die erste Butterflocke in die Pfanne gegeben und ihr beim Schmelzen zugesehen hatte, gelb und warm, vibrierte es in ihrer Tasche.

Sie zog das Handy heraus, sah die kleine Flagge mit dem Mail-Symbol, und sie wusste nicht, woher sie es wusste, aber sie wusste es.

Sie zog die Pfanne von der Herdplatte.

SUBJECT:
clara_isaksson@koolaid.com

Tilda,

die Welt ist nicht untergegangen. Jemand hat gesagt, sie würde es tun, gestern Abend schon, aber ich habe nicht daran geglaubt, noch nie. Die Welt geht einfach immer weiter und weiter. In irgendeiner Form wird es immer einen nächsten Tag geben. Ob er angenehm sein wird, weiß ich nicht. Wahrscheinlich nicht. Aber solange es Leben gibt, gibt es auch Hoffnung, wie man so sagt, und Leben gibt es. In der kleinsten Felsspalte gibt es Leben, so lautet meine Analyse. Man braucht nicht blind zu sein, um das zu sehen.

Entschuldigung. Ich sollte lieber gleich auf den Punkt kommen, aber das kann ich nicht gut, wie du inzwischen sicher längst weißt. Ich muss mich wohl entschuldigen. Zuerst einmal dafür, dass ich nie auf deine Mails geantwortet habe. Und dafür, was ich gesagt habe, du weißt wann. Du warst gemein, aber ich war schlimmer. Ich habe es nicht so gemeint, und ich habe es doch so gemeint.

Ich weiß nicht, ob du je wirst verstehen können, wie ich ihren Tod erlebt habe. Es war so, als wäre der letzte Faden gerissen, und alles, was wir waren, fiel auseinander und wurde auf dem Boden verteilt. Und es stimmte ja auch, nur dass der Boden nicht der Boden war, sondern die ganze Welt. Ich weiß nicht, ob du je an sie denkst. Ich meine nicht, was mit ihr passierte, und mit Sebastian und mit uns, sondern an sie als Mensch. Wer sie war. Warum sie das tat, was sie getan hatte.

Ich muss ehrlich zugeben, dass ich nicht an sie gedacht habe, nicht richtig. Ich hatte immer ein bisschen Angst vor ihr. Und ich hatte immer Angst vor dir, selbst wenn ich mich nach dir gesehnt habe.

Ich weiß, dass du denkst, ich wollte keinen Kontakt zu dir haben. Das stimmt nicht ganz, damit meine ich eigentlich, dass es gar nicht stimmt. Ich habe sogar nach dir gesucht. Das klingt wahrscheinlich dumm, weil du ja die ganze Zeit da warst, aber es ist trotzdem so. Ich habe in Berlin nach dir gesucht, aber du warst nicht da. Ich habe hier nach dir gesucht, am einsamsten Ort der Welt (ich bin wieder auf der Insel, falls du/ihr das nicht längst herausgefunden habt). Ich habe bei einem Mann gesucht, von dem ich geglaubt habe, er wäre dein, aber wie sich herausstellte, ist er stattdessen mein. Er heißt Jordan. Ich fürchte, du würdest ihn mögen.

Wie auch immer. Gestern habe ich einen Hummer gesehen. Er war so groß wie eine Katze, und die Klippen leuchteten rosa, und jemand wurde gerettet, und jemand kehrte zurück, und jemand tauchte wie durch ein Wunder auf. Das klingt verworren, aber es war der Moment mit dem größten Zusammenhang in meinem Leben. Ich wollte es nur sagen. Dass dies nicht nur eine Laune ist. Ich habe keine Angst mehr. Deshalb habe ich vor, zu dir zu kommen und dich zu finden, und diesmal richtig.

/C

UND AM ENDE KAM DAS Blut. Der Schmerz hatte nicht gelogen. Es kam langsam, war zäh und dickflüssig, eher ein Belag auf den Schamlippen als eine Blutung, aber so fing es immer an, das war normal. Es kam, nachdem Matilda und Travis ihre Pfannkuchen aufgegessen und sich eine gute Nacht gewünscht hatten. Sie setzte sich auf das ausgeklappte Gästebett, das dieselbe knarzende Federung hatte wie jedes Gästebett, immer und überall, und zog die Strumpfhose und die Unterhose herunter. Sie spürte den feuchten Fleck auf der Baumwolle, roch das muffige Blut.

Natürlich hätte es auch eine Fehlgeburt sein können, aber schon in dem Moment, als sie das dachte, wusste sie, dass es nicht so war. Sie hatte keine schlimmen Schmerzen. Sie hatte keine Angst. Sie war nur traurig. Und... enttäuscht? Sie nahm ihre Gefühle in die Hand und betastete sie, wie sie es von Kathleen gelernt hatte. Ja, sie war enttäuscht. Sie weinte. Ihre Tränen tropften in die Unterhose. Was für ein Murks. Zum zweiten Mal in ihrem Leben verlor sie ein Kind, das es nie gegeben hatte. Und noch dazu hatte sie Billy und Siri verloren, ihr Leben in Berlin.

Sie weinte, bis ihre Unterhose durchnässt war. Dann zog sie sie aus und rollte sie zu einem kleinen Ball zusammen. Sie wollte sie irgendwo verstecken, wo das dritte Auge sie nicht sehen konnte, aber sie wusste, dass es unmöglich war. Sie legte sie auf die Bettkante.

Dann lag sie eine Weile wach und wartete auf mehr Blut. Es kam, und diesmal war es ganz normales Blut, keine Klumpen, keine Krämpfe, nichts, was sich auch nur annähernd so anfühlte wie die Schmerzen, als sie damals das Kind gebar, um das sie sich nicht hatte kümmern können, nein, *wollen*. Das Mädchen, das krank gewesen war. Jennifer. Aber Hand aufs Herz – und an dieser Stelle legte sie tatsächlich die Hand aufs Herz, weil sie ihren Körper immer als Textmarker benutzte: Es hatte keine Rolle gespielt, dass es krank gewesen war. Matilda hatte einen Ausweg gesucht, und sie hatte ihn in den Sorgenfalten auf der Stirn der Ärztin gefunden.

Sie hatte kein Kind gewollt, nicht damals, nicht mit J, auf der anderen Seite der Welt. Das war die ganze Wahrheit.

Aber jetzt! Jetzt war es eine ganz andere Sache. Sie hatte gedacht, es wäre dieselbe Sache, aber es war eine ganz andere Sache. Sie wollte ja ein Kind mit Billy! Sie wollte einen Jungen oder ein Mädchen haben, oder auch ein kleines Ponyfohlen, das auf dem Spielplatz auf dem Weichselplatz Seifenblasen machen würde und auf dem Tempelhofer Feld einen Drachen steigen lassen und in die Kita gehen und Apfelmus in sich hineinlöffeln und »Lecker!« rufen und eine große Schwester haben, die Delphine liebte. Sie würde zum pränatalen Yoga bei Kathleen gehen und ihr Kind in einer Wanne gebären, ein lebendiges Kind, das schrie, wenn es geboren wurde, und nicht in eine Schachtel verbannt und zu Asche verbrannt werden würde. Und sie hätte es bekommen können, nicht jetzt anscheinend, aber später, im nächsten Monat, nächsten Jahr, wann auch immer. Stattdessen hatte sie sich der körperlichen Züchtigung eines Kindes strafbar gemacht und war davongerannt. Wie der Teufel persönlich.

Bevor der Morgen dämmerte, nahm sie ihr Handy ganze dreizehnmal in die Hand; mit dem Gedanken, Impuls, Drang, Billy anzurufen und ihn um Verzeihung zu bitten. Ihm alles zu erzählen, von der Abtreibung, der Farbe und der Angst. Von Bernada, der Hündin, und Bernada, der Äffin. Von der Bösartigkeit, die sie in sich trug, dem Teufelsmal der Gefühle, das ihr aus irgendeinem Grund in dem Moment eingebrannt worden war, als sie von einer unbekannten Frau geboren worden war und das letzte, vollkommen überflüssige Anhängsel ihres Bruders und ihrer Schwester wurde. Den Platz eines anderen Kindes einnahm. Ob sie eine andere geworden wäre, wenn die Verwechslung nie stattgefunden hätte? Oder war ihre Finsternis ererbt? Billy hätte über eine solche Frage gelacht. Reiß dich mal am Riemen, hätte er gesagt. Sie wollte hören, wie er das sagte. Jetzt!

Aber sie konnte es nicht. Nicht, weil sie es nicht wollte oder wagte, sondern weil sie nicht das Recht dazu hatte. Sie hatte nicht das Recht dazu, sich wieder in Billys und Siris Leben zurückzudrängen. Es war erst ein paar Wochen her, dass sie abgehauen war, aber es fühlte sich an wie Jahre. Der Impuls, ihn anzurufen, wurde mit jedem Mal, das sie das Handy nahm, schwächer, es war wie eine Art Konfrontationstherapie, und am Ende konnte sie es neben den Unterhosenball legen und einschlafen. Es war möglich, nicht wahrscheinlich, aber möglich, dass sie eines Tages ein besserer Mensch sein würde. Vielleicht war sie es bereits. Aber bis sie das wusste, bis sie sicher war, würde sie keinen Mucks von sich geben. Clara, ihre geliebte verhasste Schwester, hatte sich ja endlich, endlich gemeldet. Clara hatte gesagt, dass sie kommen würde, Clara würde sie finden. Sie würde auf Clara warten. Sie würde in London bleiben, würde Jennifer bei allem helfen, worum sie Matilda bat, sie würde der Farbe auf den Grund gehen, die in ihrem Gehirn flackerte.

Vor allem würde sie Billy und Siri in Ruhe lassen.

Wenn sie all das machte, wenn sie es richtig machte, würde sie vielleicht eines Tages, ehe die Uhr zu ticken aufhörte, eines Kindes würdig sein.

JENNIFER TRAVIS WOHNTE IN EINER großzügigen Dreizimmerwohnung in einem gepflegten georgianischen Haus in Bermondsey. Die Tür war nicht abgeschlossen, und Sebastian schlüpfte hinein, ohne anzuklopfen. Eine Woche war vergangen, seit die überaus moralische Äffin wieder aufgetaucht war und – genau wie Matilda – ein neues Zuhause bei Travis gefunden hatte, und Sebastian war gekommen, um sie zu besuchen, die Schwester und die Äffin.

Auch von innen war die Wohnung sauber und aufgeräumt, an der Grenze zum Pedantischen, was Sebastian erstaunte, der sich Travis' heimische Umgebung immer eher als einzige Zumutung vorgestellt hatte. Aber vielleicht, dachte er und hängte seine Jacke an einen glänzenden silbernen Haken, konnte sie nur so funktionieren, mit ihrem Zuhause als einem geordneten Zentrum, um das ihr Gehirn in seinen launischen Bahnen kreisen konnte. Die einzige Unordnung hier wurde durch die Sachen seiner Schwester verursacht, die leicht zu identifizieren waren, weil sie am falschen Ort lagen. Ein schmutziger Rucksack lag nachlässig hingeworfen unter einem Stuhl. Ein senfgelber Pullover mit ausgeleierten Ärmeln baumelte von einem *Ficus benjamini* herab. In der Wohnung roch es nach Kamille und etwas Strengem, Animalischem, das Sebastian sofort als den Geruch der überaus moralischen Äffin identifizierte. Er zog die Tür hinter sich zu, stellte die Schuhe in das dafür vorgesehene Regal und ging hinein.

Im hellen Wohnzimmer übten Travis und Matilda gerade Yoga. Sie saßen sich im Lotossitz gegenüber wie Yin und Yang, die eine dunkelhaarig und dürr, die andere blond und füllig, zwei glatte Stirnen und vier Hände, die auf ebenso vielen Knien ruhten. Es war ein Anblick, der Sebastian glücklich und traurig zugleich stimmte. Er hatte diese Szene schon einmal gesehen, im Haus im Professorenviertel in Lund. Es war einige Monate nach Matildas erstem Zusammenbruch gewesen, sie hatte gerade angefangen, Medikamente zu nehmen, aber sie war noch zerbrechlich, so unglaublich zerbrechlich. Damals hatte Clara sich um sie gekümmert, so, wie Matilda sich nie um Clara gekümmert hatte. Sie hatte es getan, obwohl sie Angst gehabt hatte, er wusste, dass sie Angst gehabt hatte. Vor Matildas Launen, ihren Wutausbrüchen, vor den Nächten, in denen sie Clara weckte, um ihr beispielsweise zu erzählen, dass sie gerade im Internet gelesen hatte, wie ungesund es sei, mit zu vielen Milben im Bett zu schlafen, ob sie nicht sofort alle Laken im Haus waschen sollten, jetzt sofort, das wäre doch eine Wohltat für alle Beteiligten?

Erst jetzt fiel ihm wieder ein, dass Clara ihre Schwester dazu gebracht hatte, mit dem Yoga anzufangen. Die gefleht und gefrotzelt und gedroht und gedrängelt hatte, bis Matilda sich darauf einließ, mit verschränkten Beinen dazusitzen und ihre Atemzüge zu zählen. Die Matilda alberne Mantras beigebracht hatte, die sie so zum Lachen brachten, bis sie nicht mehr konnte und am Ende ganz ruhig wurde.

Wo war Clara jetzt?

Genau wie Matilda hatte Sebastian eine Mail bekommen. Sie hatte geschrieben, sie würde zu ihnen kommen. Aber wann? Das hatte sie nicht geschrieben. Und wie sicher war es überhaupt, dass die Mail tatsächlich von Clara stammte? Er wusste genau, was Travis sagen würde, wenn er es ihr erzählen würde.

Er räusperte sich vorsichtig im Türrahmen. Travis und Matilda schlugen synchron die Augen auf.

»Sebastian!«, flötete Travis. »Was verschafft uns die Ehre?«

»Wir hatten doch verabredet, dass ich heute komme. Um die Äffin zu besuchen.«

»Bernada«, sagte Matilda. »Sie hat jetzt einen Namen.«

»Bernada«, wiederholte Sebastian. »Wie unser Hund.«

»Wie unser Hund, ja. Aber ich werde sie nicht umbringen, falls du das befürchtest.«

Travis verpasste Matilda einen leichten Schlag auf den Arm. »Was redest du für einen Quatsch. Ist sie nicht albern? Ich finde, sie ist albern. Und ein ganz wunderbarer Mensch. Deine Schwester. Weißt du das eigentlich?«

»Reißt euch am Riemen«, sagte Matilda.

Sebastian durfte Bernada nicht sofort sehen, denn Travis musste erst von der neuesten Entwicklung im Krieg gegen Corrigan berichten. Indem sie diverse Dokumente gewälzt und sich auf irgendeine Vertragsklausel zu den Sonderrechten, Pflichten und Befugnissen von Multibegabungen bezogen hatte, die offenbar tatsächlich existierte – als sich Sebastian skeptisch zeigte, zog Travis die entsprechenden Papiere aus der Schublade, die zweifellos echt aussahen, obwohl die Unterschriften ganz unten erschreckenderweise mit Blut geschrieben zu sein schienen –, war es ihr gelungen, die drohende Beseitigung der Zikaden aufzuhalten, doch jetzt waren alle Möglichkeiten für einen weiteren Aufschub erschöpft, und Corrigan hatte ein exaktes Datum festgelegt, wann die Zwangsräumung erfolgen sollte, am vierundzwanzigsten Oktober, in drei Wochen. Was dann mit den Zikaden geschehen würde, war sehr ungewiss, aber Travis machte sich keine großen Hoffnungen. Sie fürchtete einen Massenmord. Möglicherweise würden die seltenen Exemplare konserviert und dem Natural History Museum gestiftet (dessen Sammlungen Travis' Meinung nach nur spärlich mit Zikaden bestückt waren), aber im Großen und Ganzen: ein Blutbad.

Ihre Stimme zitterte ein wenig, als sie das sagte, und Sebastian sah, wie Matilda eine tröstende Hand auf ihr Bein legte. Aber, so fuhr Travis tapfer fort, Matilda und sie hätten einen Plan. Zur Befreiung. Sie zeigte ihm Skizzen und Berechnungen, Zeittabellen und Karten.

»Aber was willst du dann mit ihnen machen?«, fragte Sebastian vorsichtig. »Ich meine, wo willst du sie halten?«

Travis zuckte mit den Schultern.

»Hier zu Hause, denke ich. Jedenfalls am Anfang. Dann sehen wir weiter. Ich überlege sowieso, ob ich meine eigene Forschungseinrichtung aufbauen soll. Diese Wohnung ist einen Haufen Kohle wert. Ich kann sie verkaufen und mir irgendwo ein Labor kaufen. In Wales vielleicht. Es gibt unglaublich billige Häuser in Wales. Und Schafe. Ich mag Schafe, du auch?«

»Ich werde dich besuchen«, sagte Sebastian und dachte, dass das bei allen praktischen Problemen wie eine der besten Ideen klang, die Travis bislang gehabt hatte. Sie musste vom Institut wegkommen – das mussten sie alle.

Für einen kurzen Moment verloren sie sich alle in Tagträumen über Travis' neues Leben als Schafshirtin und freie Forscherin der angewandten Neurowissenschaften, dann suchte Travis die Papiere zusammen, die über ihren Wohnzimmertisch verteilt lagen, und wechselte das Thema.

»Kadinsky«, sagte sie.

Sebastian zuckte zusammen. »Was ist mit Laura?«

»Sie ist verheiratet.«

»Ja«, sagte Sebastian mürrisch. »Das weiß ich zu gut.«

»Und ihr Mann heißt Philip Kadinsky?«

»Ja, warum?«

Doch Travis antwortete nicht, stieß nur ein kleines nachdenkliches *Hmpf* aus.

»Sprich Klartext«, bat Sebastian, aber Travis winkte nur ab.

»Er ist berühmt, oder? Ein großes Talent. Vielleicht könnte

man ihn sogar als Multibegabung bezeichnen. Das hatte ich nur gedacht. Nicht weiter wichtig. Aber ich muss sagen, dass ich es ein bisschen frustrierend finde. Dass wir zur letzten Korrelation gekommen sind, mit anderen Worten zu Laura und eurer kleinen *liaison dangereuse*, und trotzdem scheinen wir noch nicht am Ende unseres Spiels angelangt. Das stört mich. Wo ist zum Beispiel eure Schwester? Immer noch verschwunden!«

Sebastian warf Matilda einen Blick zu. Offenbar hatte sie Travis auch nicht erzählt, dass Clara sich zu erkennen gegeben hatte. Das war auch besser so, dachte Sebastian und signalisierte es Matilda mit einem leichten Kopfschütteln – Travis war so schon überspannt genug.

»Wie auch immer«, fuhr Travis fort. »Mach weiter so mit Kadinsky, was auch immer ihr eigentlich macht. Sie ist ein Schlüssel, so viel ist sicher.«

»Und ich dachte, sie wäre ein Mensch«, sagte Sebastian. »Wie konnte ich mich nur so täuschen. Wo ist denn jetzt die Äffin? Ich will sie sehen.«

»Ach, sei doch nicht gleich beleidigt. Natürlich sollst du machen, was du willst. Aber es wäre gut, wenn du nicht gleich in nächster Zeit mit ihr Schluss machen würdest. Wir sind so kurz davor, das alles zu knacken, ich schwöre! Bernada ist im Schlafzimmer. In den Flur hinaus und dann rechts.«

Die Tür zum Käfig stand offen, und die Äffin saß auf dem Fensterbrett in der Ecke, halb versteckt hinter einer Gardine. Sebastian überkam eine unerwartete Zärtlichkeit, als er sie sah – er hatte ihre stumme Gesellschaft vermisst. Vielleicht bildete er es sich nur ein, aber er hatte das Gefühl, sie freute sich auch, ihn zu sehen. Ihre Mundwinkel glitten ein wenig nach oben, und sie zog mehrmals an der Gardine.

»Hallo«, sagte Sebastian und betrat das Zimmer. Er setzte

sich auf Travis' ordentlich gemachtes Bett und streckte die Hand aus. Die Äffin sprang sofort vom Fenster herunter und kletterte auf seinen Schoß. Er gab ihr ein paar Bananenchips aus seiner Tasche.

»Wo hast du eigentlich gesteckt?«, fragte Sebastian, obwohl er wusste, dass sie ihm nicht antworten würde. »Als du weg warst. Bei wem warst du? Bei Corrigan?«

Die Äffin sah weg. Sebastian wusste nicht, ob das Ja oder Nein hieß.

»Ich hab dich jedenfalls vermisst«, sagte er, und die Äffin lächelte erneut. Sebastian warf einen Blick zur Tür und versuchte zu horchen, was Matilda und Travis gerade machten. Aus dem Wohnzimmer hörte er Matildas Stimme, die sanft und folgsam sagte: *Das Licht in mir verneigt sich vor dem Licht in dir.* Es klang so, als hätten sie ihre Yogastunde wieder aufgenommen, aber Sebastian senkte trotzdem seine Stimme. »Ich wollte dich eine Sache fragen«, flüsterte er. »Ich brauche deinen Rat. Es geht um Laura.«

Diesmal reagierte die Äffin nicht mit ihrem üblichen Missfallen, als sie Lauras Namen hörte. Stattdessen kletterte sie auf den Boden und setzte sich vor Sebastian, als würde sie sich bereit machen, ihm zuzuhören. Sebastian sagte:

»Ich weiß nicht, was ich machen soll. Ich liebe sie, in gewisser Weise. Und ich glaube, sie liebt mich, auf ihre Art. Es kann sein, dass alles als Spiel begann, es kann sein, dass Corrigan irgendwie darin verwickelt ist – ich weiß es nicht. Ich weiß nicht einmal, ob das irgendeine Rolle spielt, solange sie mich braucht.«

Er sah die Äffin an, die keine Miene verzog.

»Aber wir können nicht...«, fuhr er zögernd fort. »Ich meine, ich weiß, dass es auch noch andere Dinge gibt, die man berücksichtigen sollte. Die dir nicht gefallen. Und dass es vielleicht ein Fehler ist. Weil sie verheiratet ist. Ein Kind hat. Ich weiß, dass es ein Fehler ist, in mancher Hinsicht.

Und selbst wenn ich davon absehe, dann ... ist es trotzdem zutiefst problematisch, was wir miteinander tun, verstehst du?«

Die Äffin nickte, bedächtig, abwartend.

»Ich glaube, ich habe ihr gutgetan, aber ich weiß nicht, ob es noch stimmt. Und sie hat mir wohl auch gutgetan, eine Weile, aber jetzt ... wir können uns nicht gegenseitig um unsere Trauer kümmern, verstehst du?«

Die Äffin nickte erneut.

»Also sollte ich sie wohl verlassen. Aber was wird dann mit ihr passieren?«

Jetzt sah die Äffin nicht mehr ganz so zufrieden aus. Sie bewegte sich unruhig über den Schlafzimmerboden, sprang wieder auf das Fensterbrett, spähte hinaus. Sebastian folgte ihrem Blick, sah aber nur Autos, Himmel, Vögel.

»Soll ich sie nicht verlassen? Ist es das, was du mir sagen willst? Dass es meine Verantwortung ist, bei ihr zu bleiben? Sie sagt, sie könnte nicht ohne mich leben. Aber ich glaube, sie kann auch nicht mit mir leben, nicht so.«

Sebastian sank rücklings auf den Bettüberwurf. Er hätte dort einschlafen können. Er wollte einschlafen. Vater, nimm diesen Kelch von mir! Da hörte er die Äffin durch das Zimmer springen, ein langer, geschmeidiger Satz. Er hob den Blick zur Tür. Dort hing die Äffin, am Türrahmen festgekrallt, mit den Zehen zur Unterwelt.

Er sah sie an. Sie war eine Äffin, sie war eine Frau, sie war schön, sie war seine größte Liebe und eine eiternde Wunde, sie war seine beiden Schwestern, sie war seine Verantwortung, sie war sein Verhängnis, seine Geliebte, sein Wahnsinn, sie war eine Frau, sie war eine Äffin.

Und zum ersten Mal öffnete die Äffin ihren Mund und sprach.

Sie sprach tatsächlich, jedenfalls würde Sebastian es später so in Erinnerung behalten, dass die Äffin ihren Mund

öffnete und die Wörter hinauskullerten wie Sonnenstrahlen durch einen Riss in dicken Herbstwolken, das, was ihre Mutter *Engelslicht* nannte, ein plötzliches, unverhofftes Geschenk von oben. Er wusste, dass es nicht möglich war, und dennoch war es so. Die Äffin öffnete ihren Mund, sie sprach zu Sebastian und sagte:
Es war nie deine Schuld.

ER BRAUCHTE FAST ZWEI STUNDEN, um zum Café in der Balls Pond Road zu gelangen. Er ging wie im Schlaf, brauchte nicht einmal die Navigationsfunktion seines Handys, und vielleicht bog er zwischendurch falsch ab, vielleicht war er einfach nur langsam, auf einem Auge blind. Am Ende stand er trotzdem dort, vor der blauen Holztür mit der schmutzigen Scheibe, der Türglocke, die dröhnte wie eine Kirchenglocke, wenn sie gegen den Türrahmen schlug. Im Café war es leer bis auf den Kellner, der mit geschlossenen Augen und Ohren voller Musik über dem Tresen hing. Sebastian ging geradewegs vorbei, ohne ein Wort zu sagen.

Im Keller war alles wie in einem Museum ausgestellt. Es war still – zu still. Das Blubbern des Aquariums fehlte. Davon abgesehen schien alles weitgehend unverändert. Ja, bis auf den Hocker natürlich – ein Klapphocker mit geschnitzten Holzbeinen und einer dreieckigen Sitzfläche aus zerschlissenem, braunem Leder, es war weich, ohne es zu berühren, wusste er, dass es weich war. Er wusste es, weil Violettas Vater in seinem Arbeitszimmer einen solchen Hocker gehabt hatte, der an Stapeln von Zeitungen und literarischen Fachzeitschriften lehnte, ganzen Jahrgängen von *Res Publica*, dem *Månadsjournalen* und *Bonniers Litterära Magasin*.

Der Hocker stand direkt vor dem Bild.

Er setzte sich darauf.

Er rückte den Hocker näher an das Bild heran.

Er berührte das Bild mit den Fingern, legte die Stirn auf seine kalte Oberfläche.

Er presste die Handflächen an die Wand, weil seine Beine so zitterten.

Er biss sich auf die Lippen, bis sein Mund voller Blut war. Bis seine Erinnerung voller Blut war.

Er hatte ihr einen Ring gekauft. Aus Silber, weil er wusste, dass sie sich mit Gold wie ein Zirkusäffchen vorkam. Er war zu ihrer Wohnung auf der Grönegatan gegangen, nur ein Zimmer mit Küche, aber mit Parkettboden, breiter Fensterbank, einer alten Badewanne mit Löwenfüßen – sie hatte den Parkettboden mit Sandpapier abgeschliffen, damit das Holz hässlicher wurde, sie hatte Fotos in der Badewanne entwickelt, bis die Chemikalien Löcher in das Emaille gefressen hatten, sie hatte sich so oft über der herzförmigen Kloschüssel übergeben, bis das Erbrochene Löcher in das Emaille gefressen hatte, und auch in ihre Zähne, Nägel und Finger. Sie liebte diese Wohnung, sie fand sie schön. Er fand die Wohnung krank, er wollte sie dort herausholen, er wollte, dass sie heirateten, vielleicht; zusammenzogen, definitiv; er wollte sie retten, wollte sie beide retten.

Er hatte die Tür zur Wohnung mit dem Schlüssel geöffnet, den sie ihm höchst widerwillig gegeben hatte. Es erschien ihm wie eine Grenzüberschreitung, aber sie war seit drei Tagen nicht mehr ans Telefon gegangen, nicht, seit sie ihm auf der Treppe der Wrangelbibliothek das abgewetzte Maßband in die Hand gedrückt hatte.

Er hatte ihren Namen gerufen und keine Antwort erhalten, er hatte den Vorhang beiseitegezogen, der den kleinen Flur vom einzigen Zimmer der Wohnung trennte, und er hatte nicht geschrien. Er hatte nicht geschrien und auch nicht den dünnen Silberring in seiner Hand fallen lassen, kein Laut war zu hören gewesen.

Jetzt schrie er. Leise und gedämpft, aber es war ein Schrei.

Er hatte einfach nur dort gestanden und geschaut. Die Doppelbelichtung, der Körper eines Mädchens im Körper eines anderen, das eine auf eine gewisse Weise so schön, das andere auf eine gewisse Weise so hässlich. Die Nachahmung eines Todes, der nicht der ihre war, aber doch zu ihrem wurde. Wie sie dort hing, einfach nur hing, wie die blinde Fotografin in einer Erzählung, die sie nicht gelesen hatte, als würde sie schlafen, als schliefe sie mit offenen Augen. *Als würde sie schlafen.* Anschließend, als er das Foto genau studierte, konnte er im Detail erkennen, was für eine Mühe sie sich gegeben hatte.

Die nackten Beine unter dem Nachthemd.

Der Hocker und der Schatten, den dieser warf.

Das Lampenkabel, das sie hatte verlegen müssen, vom Rand des Bildes in dessen Zentrum. Die verschlossene Tür. An der Tür hing ein Post-it-Zettel, und auf diesem Zettel stand: nichts.

Am meisten schmerzte es zu sehen, dass sie gescheitert war.

Denn es war keine schöne Szene.

Sie war ekelhaft.

Wer noch nie einen toten Körper gesehen hat, kann sich nicht vorstellen, wie groß der Unterschied zwischen diesem toten Körper ist und jenem, dessen Glieder noch Leben in sich tragen. Es ist gar nicht wahr, dass sie aussah, als würde sie schlafen, dachte er jetzt – ihre Arme und Beine waren so steif, wie er es noch nie bei ihr gesehen hatte, nicht einmal, als sie am magersten war. Wenn sie schlief, wirkte ihr Körper immer weich, mit verwischten Konturen, auf eine einnehmende Weise verletzlich. Als Tote war sie knochenhart, starr wie Stahl.

Und dennoch so schwach.

Der Mensch, der im Türrahmen zwischen der Küche und dem einzigen Zimmer einer Wohnung in der Grönegatan hing, war nicht länger ein Mensch, sondern eine Sache, ein toter Fetzen. Die weit aufgerissenen Augen waren blutunterlaufen und aufgequollen, der Mund geöffnet wie bei einem Fisch, das Kabel schnitt tief in den Hals und ließ die schlaffe Haut unter ihrem Kinn zur Seite fallen wie japsende Kiemen. Das Hemd, das sie trug – es war eines von seinen, hellblau und fadenscheinig –, hatte alte Schweißflecken unter den Ärmeln. Im Todesaugenblick hatten sich Blase und Darm entleert, alles war ihre Beine heruntergeronnen und in der beinahe fellartigen Behaarung an ihren Oberschenkeln und Waden erstarrt.

Doch das Schlimmste waren die Arme.

Das Foto, das sie geliebt hatte, das sie imitieren wollte, stellte eine lebendige Frau dar, eine Frau, die stark genug war, um mit den bloßen Fingern am Türrahmen zu hängen.

Was für eine physische Kraft es erfordert, um sich mit den bloßen Händen an einen Türrahmen zu hängen. Violetta hätte das nie geschafft, nicht einmal bei lebendigem Leib, und noch weniger als Tote, und sie hatte es gewusst. Um die richtige Y-Form zu erlangen, hatte sie Tücher um ihre Handgelenke gebunden, die lang genug waren, um den Fall vom Hocker zu erlauben, und sie dann am Rahmen festgenagelt. Oder umgekehrt, sie musste sie erst festgenagelt und dann verknotet haben, vielleicht hatte sie als Allererstes die Länge der Tücher mit dem Maßband gemessen, das schließlich zu ihrer Schlinge wurde. Sie war immer sorgfältig, und trotzdem entglitt ihr alles. Darin, genau wie in so vielem anderen, glichen sie sich. Licht und Dunkel. Sie konnte nicht damit umgehen.

Er schon. Das war der ganze Unterschied.

Er konnte damit umgehen, durch das Leben zu stolpern, als wäre alles nur ein unglücklicher Zufall. Er konnte damit umgehen, keine Kontrolle zu haben, eigentlich gefiel es ihm sogar. Es gefiel ihm, ein Spiegel für die Wünsche und Begierden der anderen zu sein, denn darin lag eine Freiheit – keinen Plan zu haben, sich mit den anderen treiben zu lassen, ihr Glück und Elend zu seinem eigenen zu machen. Für Violetta war es anders gewesen.

Ob sie es gewusst hatte? Vielleicht. Sie hatte manches gesagt, das er damals nicht verstanden hatte und das ihm im Nachhinein seltsam scharfsinnig vorkam. Ihre Fixierung auf ihren gemeinsamen Geburtstag, die er lediglich als romantische Idee von Schicksal aufgefasst hatte. Ihr reserviertes, beinahe hasserfülltes Verhältnis zu seinen Schwestern. Ihr vollkommen unangemessener Zorn, als er sich einmal ungefragt den Regenmantel und die Mütze ihres Vaters ausgeliehen hatte, um in den Garten zu gehen, wie sie vollkommen weiß im Gesicht geworden war, als er zurückkam, und geschrien hatte, er solle nie wieder so tun, als wäre er jemand, der er nicht sei. Er hatte gedacht, es wäre die Doppelbelichtung an sich, die sie so erschrocken hatte – dass sie ihn in diesem Moment für jemand anderen gehalten hatte –, aber vielleicht war es von einer tieferen Bedeutung gewesen, dass er ausgerechnet die Sachen des Vaters getragen hatte.

Wie sie verächtlich geschnaubt hatte, als sie ein altes Fotoalbum durchblätterten und er sagte, wie sehr sie ihrer Mutter ähnelte, als diese jung war. »Das ist eher erlernt als ererbt«, hatte sie gesagt.

Das Arbeitszimmer ihres Vaters, wie er dort an verregneten Tagen gelesen und Ausgabe für Ausgabe der *National Geographic* gelesen hatte, die gestochen scharfe Erinnerung an einen solchen Nachmittag, als er sich beobachtet fühlte und aufsah und sie mit traurig hängenden Schultern in der Tür stehen sah. »Lass dich nicht stören«, sagte sie, »du passt so gut dorthin.« Und dann hob sie die Hände zu einer Kamerageste und drückte auf den imaginären Auslöser.

Doch das konnte eine Überinterpretation sein. Sie war ein fremder Vogel gewesen, in vielerlei Hinsicht, so vieles, was sie getan hatte, war irrational und sonderbar gewesen. Vielleicht erinnerte er sich nur deshalb genau jetzt so deutlich an all diese Details, weil sie zufällig ins neue Narrativ seines Lebens passten. Vielleicht gab es andere Augenblicke, andere Punkte, die sich zu einem ganz anderen Muster zusammenfügen ließen.

Wie dem auch sei; jedenfalls war Violetta zutiefst unglücklich gewesen. Sie war unglücklich gewesen, als sie sich kennengelernt hatten, und mit den Jahren immer unglücklicher geworden.

Es war nie deine Schuld.

Es war nie seine Schuld gewesen.

Er hatte geglaubt, es wäre so, hätte geglaubt, die Verantwortung für ihr Glück läge in seinen Händen, weil sie es dort hineingelegt hatte. Sie hatte so oft gesagt, sie könne nicht ohne ihn leben, und er hatte ihr geglaubt. Am Ende hatte es nicht gereicht. Sie konnte nicht ohne ihn leben, aber offensichtlich auch nicht mit ihm. Sie nahm sich das Leben. Und nichts, was er je für sich oder andere tun konnte, würde etwas an der Tatsache ändern, dass sie einen Teil von ihm mit ins Grab genommen hatte. Er hätte sie dafür hassen können, wenn es nicht dasselbe gewesen wäre, wie einen Teil seiner selbst zu hassen.

Zum letzten Mal betrachtete er das Bild von Francesca Woodmans lebendigem Körper, die Fotografie, die Violetta aus irgendeinem unerklärlichen Grund zu Tode geliebt hatte.

Seine erste Liebe, seine große Liebe.

Die Schwester seiner Schwestern, sein Schattenzwilling.

DU HAST EINEN TRAUM, UND im Traum geht die Welt unter. Du stehst vor der Baustelle neben der Paddington Station und siehst die Bauarbeiter mit ihren Helmen aus Glas. Über ihren Köpfen schwebt ein Banner, auf dem steht: *All harm is preventable.* Sie drehen sich um und mimen lautlos: Du weißt, dass es nicht wahr ist, und du weißt, dass es wahr ist.

Du hast einen Traum, und im Traum reitet ihr auf Pferden durch ein üppiges grünes Tal in Osteuropa. Es erinnert an den Traum eines anderen Menschen, den du einmal auf einer Theaterbühne gesehen hast.

Du hast einen Traum, und im Traum spielt eine Katze auf einem Keyboard. Sie trägt eine türkisfarbene Bluse und klimpert »Näher, mein Gott, zu dir«. Du hast einen Traum, und in diesem Traum bist du die Katze, und alle sehen dich an.

DIE BLÄTTER KLAMMERTEN SICH BEINAHE verzweifelt an die Äste. Es war Oktober, der Monat des fallenden Laubs, *the fall* – Laura Kadinsky bestand schon seit ihrer frühen Jugend darauf, das amerikanische Wort für Herbst dem britischen *autumn* vorzuziehen, der Klang des Wortes war für sie nicht eine Frage der Kultur, sondern eine der Weltanschauung und Gemütsverfassung. *Autumn* war eine schöne Zeit, Goldtöne und Kinder in neuen Gummistiefeln, *fall* eine Zeit von Kummer, Leid und Langeweile. Eine Zeit, um sich zu verstecken, eine Zeit des Untergangs. Laura wollte natürlich nicht *unter*gehen, sie war viel zu entzückt von sich, als dass sie sich eine Welt ohne sich hätte vorstellen können, aber sie wollte, dass es vor*über*ging. Der Herbst. Das Leid. Die Lust und die Langeweile. Unter, über (sie dachte an Sebastian), unten, oben (sie dachte an Gott), es gab immer ein Wunder, einen Weg aus diesem Limbus, sie musste ihn nur finden. Aber wie sollte sie einen Ausweg finden, wenn sie nie hinausging, wenn sie nicht einmal aus ihrer eigenen Küche hinausfand, ohne die Hände an den Flurwänden abzustützen? Das war die Frage.

Philip glaubte die Lösung in einer Schweizer Klinik gefunden zu haben. Im Anschluss an ihre Reise nach Madrid, wo Laura am Ende alles über ihre Probleme (aber nichts über ihre Affäre) erzählt hatte, war Philip mit seiner üblichen Tatkraft ans Werk geschritten. Für Philip gab es kein Problem, das man nicht lösen konnte, kein Geld, das man nicht zum Fenster herauswerfen sollte, wenn es zu etwas Gutem führen konnte, und er hatte sowohl Zeit als auch Kraft und schlaflose Nächte investiert, um einen Experten zu finden, der Laura helfen konnte. Der betreffende Fachmann war ein angesehener Neurochirurg namens Stockhausen (ja, wie der Komponist, sagte Philip zufrieden) mit einer Klinik in Schaffhausen (welch wundervolle Symmetrie, sagte Philip zufrieden), der sich bereit erklärt hatte, Laura und Philip Anfang November zu empfangen. Philip hatte alles genau geplant – sie würden mit dem Zug fahren, er würde Thomas Mann lesen, Laura sollte mit einer Hutschachtel reisen. Sie würden drei Wochen im Sanatorium, wie er es nannte, verbringen, Stockhausen würde ein Pendel vor ihren Augen hin- und herschwingen und mit zwei Fingern ihren Puls am Handgelenk messen. Dann würde er Laura operieren, und sie wäre wieder gesund.

Sie hatte ihm zum wiederholten Male gesagt, dass sie es für nicht ganz so einfach halte. Immerhin sei sie mehrere Monate Gegenstand von äußerst genauen Untersuchungen an einem der führenden neurobiologischen Institute der Welt gewesen, und das Einzige, was man dort gefunden habe, sei eine Zikade in Lauras Gehirn. »Natürlich sind die Forscher am LICS gut«, sagte Philip jedes Mal und nahm einen großen Bissen von seiner Chili. »Aber die Schweizer sind besser. Die Schweizer sind immer besser.« Darauf hatte Laura keine Antwort. Sie wusste viel zu wenig über die Schweiz.

Bis zur Reise waren es immer noch drei Wochen. Unterdessen hielt sich Laura möglichst viel drinnen auf. Seit sie zwei Wochen zuvor von Sebastian aufgebrochen war, hatte sich ihr Zustand weiter verschlechtert. So deutete sie es für sich, sie war aufgebrochen und nicht aufgegeben worden, oder preisgegeben, und ihr gefiel der Gleichklang von *aufbrechen* und *verbrechen*, denn so sah sie es, etwas war verbrochen worden, es war ein Verbrechen gegen Laura, gegen sie beide, ein Verbrechen gegen die Naturgesetze, die besagten, dass Körper, die voneinander angezogen wurden, auch zusammengehörten. Ein Aufbruch geschieht dagegen meistens in gegenseitigem Einvernehmen. Zwei Menschen sitzen spät in der Nacht in einer Bar, mit zunehmenden Kopfschmerzen, das Bier ist lauwarm und abgestanden, einer von beiden zieht die Augenbrauen hoch und sagt, *tja, vielleicht sollten wir langsam aufbrechen?*, und das Gegenüber nickt, denkt, *gut, dass er es gesagt hat, allmählich werde ich wirklich müde.*

Ganz so war es nicht abgelaufen. Sebastian war aufgestanden und gegangen, und sie hatte es nicht kommen sehen. Sie hatte ihn einen ganzen Nachmittag zu erreichen versucht, und er war nicht ans Telefon gegangen. Schließlich war sie zu ihm nach Hause gegangen, hatte draußen auf der Straße gestanden und sich die Handtasche als Schutz gegen den Regen über den Kopf gehalten. Sie hatte so lange Steinchen gegen sein Fenster geworfen, bis er sie hereinließ. Und dann sagte er es. *Wir können uns nicht gegenseitig um unsere Trauer kümmern. Es war nie meine Schuld. Geh nach Hause, Laura, geh nach Hause.* Sie war nicht nach Hause gegangen, sie hatte sich zum letzten Mal in sein Bett gelegt. *Geh nach Hause, Laura, geh nach Hause,* hatte er anschließend gesagt.

Und dann hatte sie es getan.

Sie hatte nicht geglaubt, dass es endgültig war. Auch diesmal nicht. Aber so war es. Sie hatte ihn zweiundfünfzigmal vergeblich zu erreichen versucht. Dann hatte sie aufgehört, nicht weil sie es wollte, sondern weil sie ihr Handy verfehlte, wenn sie danach greifen wollte.

Es half nur mäßig, dass Essie the Escapist etwa zur selben Zeit wie durch ein Wunder zurückkehrte. Eines Abends war der ausnahmsweise einmal anwesende Philip plötzlich beim Essen erstarrt und hatte einen irren Ausdruck in seinen Augen gehabt, diese spezielle, wahnsinnige Glut, die fast immer bedeutete, dass seine Trommelfelle irgendwelche Dissonanzen im Klangbild aufgeschnappt hatten. Wortlos war er vom Tisch aufgestanden und in den Flur gegangen, und bei seiner Rückkehr hatte er eine nasse und magere Essie in seinen gewölbten Händen gehalten. Oder jedenfalls einen Hamster, der ihr sehr ähnlich sah. Die Flecken saßen an den richtigen Stellen, die Schnurrhaare hatten die richtige Länge. Laura war jedoch nicht überzeugt – sie wusste, dass Philip durchaus in der Lage gewesen wäre, einen Hamster zu finden, der mit dem entflohenen Exemplar seiner Tochter identisch war, ihn auf eine Abmagerungskur zu schicken, ins Wasser zu tauchen und dann im großen Stil eine Rückkehr zu inszenieren, nur um Chloe zu erfreuen. Das Problem mit phantastischen Männern war, hatte Laura gedacht, als sie mit ihrer überglücklichen Tochter auf dem Sofa gesessen hatte, die ihren in ein sehr teures Handtuch gewickelten Hamster knuddelte und mit Cheerios fütterte, dass man zwischendurch vergisst, zu welch großen Taten sie fähig sind. Man wird sozusagen betriebsblind.

Der Verdacht, dass es sich bei Essie nicht um die wahre Essie handelte, sondern eine Betrügerin, wurde dadurch erhärtet, dass sie, genau wie alles andere in Lauras derzeitigem Leben, durch und durch zweidimensional war. Andererseits traf das auch auf alles andere zu, vielleicht war also nicht die Hamsterdame eine andere, sondern Laura selbst. Abgesehen von Essie war Sebastian ja bisher ihre einzige zuverlässige Verbindung zur dritten Dimension gewesen, und der Zugang zu ihm blieb ihr jetzt verwehrt.

Einige Tage nach dem Aufbruch war das letzte Bindeglied gekappt worden. Sie hatte einen Anruf aus der Rezeption des Instituts erhalten. Eine Frau namens Tiffany Temple hatte sie darüber informiert, dass es Veränderungen innerhalb der Forschungsgruppen gegeben hätte, weshalb sie künftig anstelle von Mr Isaksson von einem Wissenschaftler namens Mr Childs betreut werde. Dieser Mr Childs ließ mehrere Terminanfragen an sie richten, doch Laura ging nie darauf ein.

Was hatte das schon für einen Sinn.

Stattdessen blieb sie zu Hause und sah sich Sebastian auf YouTube an. Das Internet bot nur zwei Filme mit Sebastian. Im ersten war er nur ein Detail, ein Gesicht in der Menge. Es war ein Rekrutierungsfilm vom LICS, einer in einer ganzen Reihe von Filmen, die auch schon zu der Zeit im Internet kursierten, als Laura auf das Institut aufmerksam geworden war. Ausgerechnet diesen hatte sie aber nicht gesehen. Oder doch? Konnte es sein, dass ihre Augen einmal vollkommen ungerührt über Sebastians Gesicht hinweggeglitten waren? Kaum vorstellbar. Er hatte einen so wahnsinnig schönen Mund, dass es fast nicht auszuhalten war. Und dennoch war es nicht Sebastians Gesicht, das sich durch die Wirklichkeit geschnitten hatte wie ein Messer und einen Raum eröffnet hatte, in dem sie sich ausruhen konnte. Es war seine Stimme gewesen, als er zum ersten Mal ihren Namen gesagt hatte, den Namen, der nur zur Hälfte ihr eigener war.

Sie war als Laura Violet Barnes geboren worden. Erst als es längst zu spät war, wurde ihr bewusst, dass sie Sebastian nie davon erzählt hatte. Von ihrem zweiten Vornamen – vielleicht wäre alles anders ausgegangen, wenn er gewusst hätte, dass sie ihren Namen gewissermaßen mit dieser Frau teilte, von der er im Schlaf redete und die er unsterblich geliebt haben musste. Sie hatte auch nicht erzählt, dass sie einmal einen Goldfisch besessen und ihn zu Tode gefüttert hatte. Dass der erste Mensch, den sie geküsst hatte, ein Mädchen aus der Nachbarschaft gewesen war, dessen Vater bei Laura schmutzige Phantasien auslöste, wenn sie ihn beim Rasenmähen beobachtete; ein Kuss, bei dem es um Projektion und Verfügbarkeit gegangen war, wie sie im Nachhinein erkannte, der sich in dem Moment aber wie Liebe angefühlt hatte. Dass sie, wie alle Kinder, eine Geborgenheit beim Duft frisch gewaschener Bettwäsche empfunden hatte und heute noch zu viel Geld für Weichspüler ausgab. Dass sie keine Geschwister hatte und Laura, obwohl die Mutter ihr erzählt hatte, wie sich kurz nach der Geburt Polypen in ihren Eierstöcken gebildet hatte, nie in dem Glauben erschüttert worden war, dass sie keine Geschwister hätte, weil sie ein so wunderbares Kind war, und niemand mit ihr um die Liebe der Eltern hätte konkurrieren können.

Es gab so vieles, was sie Sebastian nie erzählt hatte, so vieles, was er nie gefragt hatte. Er war nie daran interessiert gewesen, wer sie war, ehe sie die wurde, in die er sich verliebte. Er hatte sie so geliebt, wie sie war, aber nicht gewusst, was es war, das er liebte. Vielleicht hatte er es deshalb nie geschafft, ihr Gehirn zu dechiffrieren, vielleicht verstand er deshalb nicht, was er verlor.

Und Philip? Er wusste, woher sie kam, aber nie, wo sie gerade war. Als könnte er sie nur als vollendete Tatsache sehen, ihre Seele als eine Silhouette im Rückspiegel betrachten. Laura fiel auf, wie unbehaglich, ja beinahe schwindelerregend es war, dass man von zwei Menschen gleichzeitig geliebt werden konnte, aber aus ganz unterschiedlichen Gründen.

Den ersten Film sah sie nicht ganz so oft an, er war nicht genussvoll genug, nicht hinreichend quälend. Selbst wenn sie genau in dem Moment auf Pause drückte, in dem sein Gesicht vorbeiflatterte, wenn sie ihre Verlegenheit vor dem impliziten Betrachter schluckte, der sie die ganze Zeit begleitet hatte, dem Einmannpublikum, vor dem sich ihr Leben abspielte, und es sich erlaubte, einfach nur dazusitzen und seine Lippen anzustarren und seine hohen skandinavischen Wangenknochen und das Gefühl in sich hervorzurufen, wenn er ihren Namen aussprach, mit viel zu runden Vokalen, selbst dann reichte der Film nicht aus, um ihren inneren Masochisten länger als eine Viertelstunde zufriedenzustellen, plus minus ein paar Minuten. Denn er sprach ja doch nicht. Und außerdem hatte Laura die platten Standbilder verständlicherweise ziemlich satt, nachdem sie seit fast einem Jahr beinahe durchgehend auf ihr räumliches Sehen verzichten musste. Der andere Film war bedeutend schlimmer. Darin war er unglaublich jung, fast noch ein Kind. Sie hatte mehrere Tage gebraucht, um die Aufnahme zu finden, denn sein Name tauchte in der Information zum Video nirgends auf, dafür aber der seiner toten Freundin, Violetta, und so war sie schließlich darauf gestoßen. Er saß auf einem Hocker in der Küche, mit einer Gitarre auf dem Schoß, die langen Beine übereinandergeschlagen wie ein Mädchen. Damals trug er einen langen Pony, der ihm die ganze Zeit in die Augen fiel. Hinter ihm auf dem Fensterbrett standen Blumentöpfe mit Geranien in einem Blassrosa, wie Laura sie noch nie gesehen hatte. Ein Mädchen filmte ihn, es sprach Schwedisch, durfte man annehmen, es war wohl Violetta, durfte man annehmen, in einer Einstellung sah man ihre Hand vorbeihuschen – wenn man das Bild stoppte, konnte man erkennen, dass sie schmale Finger und türkisfarben lackierte Nägel hatte. Sie lachte viel. Der ganze Film basierte darauf, dass Sebastian ein Lied auf der Gitarre spielen sollte. Erst wollte er nicht, jedenfalls zierte er sich. Das Mädchen ermutigte ihn mal flehend, mal neckend. Am Ende begann er zu singen, mit derselben Stimme, die er immer noch hatte, nur zarter, kindlicher:

If you walk away I walk away
First tell me which road you will take
I don't want to risk our paths crossing one day
So you walk that way, I'll walk this way ...

In der zweiten Strophe stieß die Stimme des Mädchens hinzu und verwandelte das Lied in ein Duett, es klang heiser und melodisch und ein wenig fern, obwohl es näher am Mikrophon war:

And the future hangs over our heads
And it moves with each current event
Until it falls all around like a cold steady rain
Just stay in when it's looking this way ...

Als sie den Film zum ersten Mal sah, verstand sie zum ersten Mal, dass Sebastian Gitarre spielen konnte. Sogar ziemlich gut, jedenfalls zu der Zeit, als er ein kaum ausgewachsenes Jungenkalb mit staksigen langen Beinen gewesen war, blass um die Nase und in einen Engel verliebt. Sebastians offenkundige Musikalität störte Laura, weil dies eine Verbindung zwischen ihm und Philip darstellte – die nicht *sie selbst* war –, und sie wollte nicht, dass es eine solche Verbindung gab, sie wollte, dass die beiden weiterhin in parallelen, aber scharf voneinander abgegrenzten Universen existierten.

Sie konnte nicht länger in Philips kleines Heimarbeitszimmer gehen, weil dort zwei Gitarren der Marke Alhambra standen, dieselbe Marke, auf der Sebastian auch in dem Film spielte. Sie dachte viel an diese Gitarre. Es war eine Konzertgitarre, keine Popgitarre, was also hatte sie in den Händen eines jugendlichen Troubadours zu suchen? Hatte sie seiner Freundin gehört? Konnte sie Flamenco spielen, wie Philip es manchmal tat, wenn er scharf auf sie war und sie nicht mit ihm vögeln wollte?

Aber es war ja gar nicht Sebastian, der darauf spielte. Je häufiger sie den Film ansah, desto überzeugter war sie, dass es die Gitarre eigentlich nicht gab, oder es sie jedenfalls nicht an dem Tag gegeben hatte, als Sebastian und seine Freundin beschlossen hatten, ein wehmütiges Duett zu spielen, sondern dass dieses Instrument irgendeine Projektion ihres eigenen Unterbewusstseins war, ein Detail, das von der Zikade in ihrem Gehirn geformt worden war und die Vergangenheit verändert hatte; wie eine falsche Erinnerung. So musste es einfach sein, egal wie unwahrscheinlich es schien, denn wie sollte sie sonst die vierte schmachtende Strophe erklären, bei der sie immer einen ganzen Schwall von Tränen ausspucken musste:

And Laura's asleep in my bed
As I'm leaving she wakes up and says
I dreamed you were carried away on the crest of a wave
Baby don't go away, come here ...

MATILDA WURDE ALLMÄHLICH UNGEDULDIG. Immerhin waren schon Wochen vergangen, mehrere Wochen, seit Clara versprochen hatte, Matilda zu finden, und noch war sie nicht gefunden worden. Trotzdem ließ es sich eigentlich ziemlich gut leben; leben und warten.

Zum Beispiel hatte sie nicht mehr so große Probleme mit der Farbe, obwohl sie derzeit wirklich überall auftauchte. Sie hatte sich im gefallenen Laub festgesetzt, in den Fugen der Gehwegplatten, in der festen Schale der Äpfel und in den dicken Amaryllisknospen auf Jennifer Travis' Fensterbank – aber sie erschreckte Matilda nicht mehr, nicht richtig, sie schmerzte nicht mehr so in den Augen. Natürlich war sie ziemlich anstrengend. Manchmal weckte die Farbe sie nachts, schwebte wie eine Erdkugel im dunklen Raum, als wollte sie Matilda irgendetwas mitteilen. Sie saß neben ihr am Frühstückstisch und pikste sie in die Taille. Sie war ein aufdringliches Miststück, ein Mückenstich, der nicht aufhören wollte zu jucken – aber sie trieb Matilda nicht in den Wahnsinn. Travis hatte mit ihren Fragebogen, fMRI-Bildern und schicken Diagrammen bisher nicht viel erreicht, aber das war nicht weiter schlimm. Matilda wusste, was diese Farbe war, hatte es wohl schon immer gewusst. Sie wusste, dass sie ihr etwas sagen wollte und es früher oder später auch tun würde.

Jetzt kam es nur darauf an, zu warten; die Rastlosigkeit in ihrer Seele zu stillen.

Eines Tages im Oktober begleitete die Farbe Matilda und Sebastian ins Museum. Sebastian wollte eine Ausstellung mit

Goyas Porträtmalerei in der Tate sehen. »Warum das denn?«, fragte Matilda. »Kunst war dir doch immer schnuppe.« Er hatte geantwortet, die Menschen würden sich eben verändern, und sie hatte nichts erwidert, denn sie wollte ja selbst daran glauben.

Sie mochte die Bilder nicht. Es war, als hätte er, also dieser Goya, den Pinsel vor jedem Strich in Dunkelheit getaucht, alle Farben mit Schwarz gemischt. Ihre eigene Farbe mochte die Bilder auch nicht. Die Farbe hetzte durch die Ausstellungssäle, und Matilda folgte ihr bereitwillig. Dann trank sie Kaffee und aß Torte im Museumscafé, während Sebastian weiter die Bilder ansah.

Es war eine Schwarzwälder Kirschtorte, und sie sehnte sich nach Hause.

Anschließend gingen sie am Fluss entlang (der immer noch unglaublich hässlich war, von dieser Meinung würde Matilda sich auch nicht abbringen lassen). Auf Höhe der Westminster Abbey blieb Sebastian stehen und kletterte auf die Mauer neben dem abgasgrauen Fluss, setzte sich mit dem Rücken zum Wasser und ließ die Beine baumeln. Matilda war sich ziemlich sicher, dass das nicht erlaubt war. In diesem Land war alles verboten. Sie hatte verdammt noch mal keine Lust, gegen irgendwelche Gesetze zu verstoßen. Der alten Matilda, die sie so hartnäckig loszuwerden versuchte, wäre das schnuppe gewesen. Aber sie gab sich Mühe, jetzt eine andere zu sein, eine, die Regeln und Gesetze befolgte, eine, die keine Hunde ermordete und keine unschuldigen Kinder schlug.

Wobei – dieses eine Mal, dachte sie dann. Was spielt das schon für eine Rolle? Menschen verändern sich vielleicht, aber nicht in einem solchen Maße, dass sie sich nicht hin und wieder einen Rückfall erlauben dürfen. Sie wollte neben ihrem Bruder sitzen und die Beine baumeln lassen. Das Einzige, was sie noch mehr wollte, war, dass Clara auch hier wäre, dass sie auf Sebastians anderer Seite sitzen und kreischen würde: »PASS DOCH AUF!«, wenn sein Hintern zu nah an die Kante rutschte.

Sie stieß sich mit den Füßen ab und stemmte sich hoch.

»Ich vermisse sie«, sagte Matilda und betrachtete ihre Füße. Ehrlich zu sein war gut. Zu sagen, was man fühlte, war gut. Zu *kommunizieren*. Das waren alles löbliche Sachen, moralisch richtig, Bernada hatte das auch bestätigt, also Bernada, die Äffin, nicht der Geisterhund. Sie hatte immer geglaubt, sie wäre gut auf diesem Gebiet – der Kommunikation –, weil sie so unglaublich viel redete, sie hatte geglaubt, ein offenes Buch zu sein. Doch dann wäre sie wohl nicht in die Situationen geraten, in die sie geraten war. Sie hatte nicht mit Clara kommuniziert, nicht richtig. Nicht mit J. Nicht mal mit Billy. Der Einzige, mit dem sie je ernsthaft hatte reden können, war Sebastian. In dieser Hinsicht war er besonders, er war in vielerlei Hinsicht besonders.

Sebastian schwieg eine Weile, hob eine Kastanie von der Mauer auf und warf sie über seine Schulter, in die Themse. Es ging so tief hinunter, dass Matilda es nie platschen hörte, als würde die Kastanie für immer weiterfallen.

»Clara?«, fragte er schließlich.

»Ja, du Idiot. Wer denn sonst?«

Sebastian zuckte die Achseln.

»Ich glaube, sie vermisst uns auch«, sagte er. »Ich glaube, es ist einfach nur schwer für sie. Es nicht zu wissen, meine ich. Wer von uns es ist.«

»Das ist aber nicht der einzige Grund«, sagte Matilda.

»Nein. Aber ein Teil davon. Glaube ich.«

»Mal ganz ehrlich«, sagte Matilda und wickelte sich ihren Pulloverärmel um die Hand. »Was glaubst du, wer es ist? Ich bin auch nicht traurig, wenn du es sagst.«

»Warum solltest du traurig sein?«

Matilda fauchte.

»Hör doch auf. Alle wissen, dass ich es bin. Das ist okay, ich habe mich damit abgefunden. Ehrlich. Aber es wäre schön, wenn Mama es einfach sagen würde, damit die Sache ein für alle Mal aus der Welt ist. Ich habe versucht, sie unter Druck zu setzen, aber sie streitet es beharrlich ab.«

»Wenn es dir nichts ausmachst, warum bist du dann so sehr auf eine Bestätigung aus?«

»Weil ich beschlossen habe, ein ehrliches und aufrichtiges Leben zu führen, Basse. Aber allein kann ich das nicht. Ehrlichkeit ist völlig wertlos, wenn sie nur in eine Richtung geht. Billy war zum Beispiel mir gegenüber immer ehrlich und aufrichtig, er war wahrhaftig. Aber was zum Teufel hat mir das genutzt, wenn ich die ganze Zeit Dinge vor ihm verheimlicht habe?«

»Was denn für Dinge?«

»Die ganzen Dummheiten, die ich angestellt habe.«

»So viel ist das doch wohl nicht.«

»Du weißt ja nicht mal die Hälfte.«

Sebastian fingerte an seinen Mantelknöpfen herum.

»Also, wenn du es wirklich wissen willst... Ich glaube nicht, dass du es bist, Tilda.«

Sie lachte.

»Was denn, glaubst du, du bist es? Mamas Goldjunge? Wohl kaum.«

»Warum denn nicht?«, fragte Sebastian.

»Weil du als Einziger von uns normal bist!«

»Vielleicht komme ich im Unterschied zu euch aus einem normalen Genpool. Nein, aber mal ehrlich. Wenn ich es wäre. Würde das etwas verändern? Würde es deine Gefühle für mich verändern?«

Sie zögerte nicht eine Sekunde.

»Niemals. Du bist mein Bruder, und ich liebe dich.«

Es war wie ein Jubel, das auszusprechen. Das Wort »lieben« zu sagen. Kathleen sagte immer: *Das Wort ist der Bote des Herzens.*

Sie richtete ihren Blick auf Sebastian, der in die Sonne blinzelte. Jetzt sah sie, dass er kleine Falten in den Augenwinkeln bekommen hatte. Sie sah, wie groß er war, einen Kopf größer als sie. Als Clara. Sie sah, wie blond er war. Wie weich seine Konturen waren, bis auf die scharfen Wangenknochen. Sie sah die Farbe um seinen Kopf kreisen, sah seine Hände, die gefaltet in seinem Schoß lagen, seine langen platten Füße. Sie selbst hatte schöne, gewölbte Hohlfüße. Clara auch.

»Sebastian«, sagte sie langsam. »Antworte mir ehrlich: Glaubst du ernsthaft, du bist es?«

Doch Sebastian antwortete nicht. »Hast du schon genug von der Kunst?«, fragte er nur. »Ansonsten könntest du mich morgen Abend begleiten. Eine meiner Patientinnen stellt aus, und ich habe ihr versprochen hinzugehen. Travis kommt auch.«

Die Farbe schwebte über seinem Kopf, ein Ring um einen anderen Ring in Magenta, jener Farbe, die seine Aura annahm, wenn er log oder sich aus etwas herausreden wollte.

Aber sie konnte nicht sicher sein. Vielleicht war es auch nur die Herbstsonne, die sein Haar aussehen ließ, als würde es brennen.

NICHTS ENDET JE, UND DOCH endet alles.
Deshalb ist die Seifenoper das einzig wahre Erzählformat, und die Seifenblase das einzig wahre Kunstobjekt.
Nichts geht unter, alles ist ein Wunder.

AUF DEN TAG GENAU, EINEN Monat nachdem die Welt nicht untergegangen war, feierte Objekt 3A16:1, genannt »Toilettenkind«, mit bürgerlichem Namen Esmeralda Lundy, eine Vernissage zu ihrer ersten Soloausstellung »Mirror Images« in der Whitechapel Gallery. Sebastian kam früh und in Begleitung von Matilda und Jennifer Travis. Sie planten, die Vernissage wieder zu verlassen, ehe es zu voll wurde, und vor allem, ehe der Raum von anderen Institutsmitarbeitern überschwemmt wurde. Weder Sebastian noch Travis hatten große Lust, Corrigans rotem Gesicht über einem Tablett mit Käsehäppchen zu begegnen.

Es war einer dieser Londoner Abende, an denen der Abgasnebel und die Straßenlaternen und die feuchtwarmen Dünste, die durch die Gitter der U-Bahn in die Straßen und Gassen entwichen, die Stadt wie ein Pastiche des neunzehnten Jahrhunderts wirken ließen. Für Mitte Oktober war es außergewöhnlich heiß, und der Weihnachtsschmuck, der bereits in den Fenstern einiger Cafés hing, unterstrich das surrealistische Gefühl, in Zeit und Raum verloren zu sein.

Ihre frühe Ankunft hatte kaum einen Unterschied gemacht. Die Galerie war bereits zum Bersten mit Menschen gefüllt, die sich mit offenen Mündern und Proseccogläsern zwischen Daumen und Zeigefinger vor den Kunstwerken drängten. Das Einzige, was diese Vernissage von allen anderen unterschied, die in diesem Moment in Whitechapel und dem Rest der Welt stattfanden, war die betäubende Stille, die anstelle des üblichen Stimmengewirrs im Raum hing. Selbst Matilda, die kaum Erfahrung mit Kunst hatte, und noch viel weniger Interesse daran, verstand den Grund.

Die drei mal drei Meter großen Ölgemälde, die die Wände bedeckten, waren *reines Licht* – und gleichzeitig reine Dunkelheit, beide Extreme auf einmal. Das Seltsamste an diesen Bildern war nicht, dass sie großartig waren (sie waren großartig) oder technisch wahnsinnig ausgefeilt (sie waren technisch wahnsinnig ausgefeilt) oder unzeitgemäß (sie waren unzeitgemäß, nicht zuletzt durch die Wahl ihrer Motive: Es gab viele steigende Pferde und fromme Männer in Kutten und füllige nackte Frauen mit kleinen Stofffetzen, die schlaff von ihren Armbeugen herunterhingen), sondern die Tatsache, dass man, wenn man sie betrachtete, auf der Stelle *weinen* wollte, Tränen, so groß und funkelnd wie Diamanten.

Jennifer Travis stieß einen Pfiff aus. »Das ist ja genau wie in der Tate«, sagte sie und schnappte sich ein Proseccoglas von einem vorbeischwebenden Tablett.

»Oder im Prado-Museum«, brummelte Sebastian, der Lauras Vorliebe für die spanischen Barockmaler und ihre Schüler nicht vergessen hatte.

Nicht einmal Matilda wirkte unberührt.

»Herrliche Farbskala« war alles, was sie hervorbrachte.

Immer mehr Besucher drängten sich durch die Tür hinein, und sie waren gezwungen, tiefer in den Raum vorzudringen. Sebastian – der trotz allem eine gewisse Rolle in dieser Erfolgsgeschichte gespielt hatte – suchte mit dem Blick nach Esmeraldas grell geschminktem Gesicht. Zu den wenigen, wenn auch großen Enttäuschungen seines bisherigen Berufslebens gehörte, dass er nie den vollständigen Zugang zu ihrem Gehirn erlangt hatte – kurz nachdem er seine Untersuchung begonnen hatte, war sie von einem Agenten unter die Fittiche genommen worden, hatte ein großes Atelier in South Bank mit Blick auf die Themse bekommen und nach eigener Aussage keine Zeit mehr gehabt, darüber zu grübeln, wo ihr plötzliches Talent herkomme. Sebastian hegte jedoch den Verdacht, dass Esmeraldas Widerwille gegen eine eingehende Untersuchung eher mit Angst denn mit Zeitnot zusammenhing. Er hatte es in ihren Augen gesehen; dieser flackernde Blick, als er anfing, über Genmutationen und kurzgeschlossene Synapsen zu sprechen. »Sie meinen, das ist wie ein Bug im Computer, oder?«, hatte sie gefragt. »Ja, so könnte man es vielleicht beschreiben«, hatte er geantwortet und gesehen, wie sie ihren knallrosafarbenen Mund verzog, dass sich ihr Lippenstift kräuselte. »Und wenn Sie diese ganzen Tests mit mir durchführen und den Fehler finden, was passiert dann?« Er hatte gefragt, was sie meinte, obwohl er es eigentlich genau verstand – wer die schadhafte Stelle findet, will sie früher oder später reparieren, das wusste niemand besser als Sebastian, und Esmeralda Lundy wollte nicht repariert werden. Sie hatte eine unverdiente Gabe erhalten, und sie würde alles tun, um sie nicht wieder zurückgeben zu müssen.

Also hatte Sebastian das Toilettenkind aufgegeben, obwohl Corrigan schrecklich wütend geworden war und etwas vom »Preis der Wissenschaft« gebrüllt hatte. Doch letztendlich interessierte sich Sebastian – wie er einsah, als er Esmeralda erblickte, die in einem Meer von Kamerablitzen und Kanapees stand –, gar nicht groß für die Wissenschaft. Er interessierte sich für die Gnade; in welcher Form sie sich offenbarte.

Er wollte sich gerade zu Esmeralda durchzwängen, um ihr zu gratulieren, als er spürte, wie sich etwas Kaltes, Nasses in seinem Schritt ausbreitete. Für einen kurzen, verwirrten Moment verschwamm die Welt vor seinen Augen – er bildete sich ein, er würde schlafen und hätte wieder ins Bett gemacht, obwohl diese peinlichen Malheure nicht wieder vorgekommen waren, seit er sich von Laura Kadinsky getrennt hatte. Doch dann spürte er, wie jemand mit einer Serviette an seinen Hosenbeinen herumtupfte. Vor ihm kniete ein Mann mit vollem Haar und langen, graziösen Fingern, der fieberhaft versuchte, einen Proseccofleck von seinem Hosenbein zu entfernen. Klavierfinger, dachte Sebastian, ehe er plötzlich zurückwich, weil ihm auffiel, wie absurd die Situation war. Der Mann stand auf, strich sich die Haarmähne aus dem Gesicht und grinste breit.

Sebastian erkannte ihn sofort, er erkannte ihn von den tausenden Bildern, die er sich ergoogelt hatte, wenn die Eifersucht sein Gehirn und seinen Körper befallen hatte.

Es war Philip Kadinsky.

Sebastian sah sich nach Travis und Matilda um, oder nach irgendjemand anderem, der ihn aus diesem doppelt unangenehmen Gespräch retten konnte, aber sie waren spurlos verschwunden.

LAURA UND PHILIP ERREICHTEN DIE Whitechapel Gallery in Begleitung von Emma, die zu Lauras großer Verwunderung tatsächlich ihren Fernsehproduzenten verlassen hatte und jetzt mit einem tschechischen Konzeptkünstler zusammen war, den sie auf der Biennale in Kassel kennengelernt hatte. Darüber hatte Emma während der ganzen Taxifahrt geredet, *was für ein Zufall,* hatte sie gezwitschert, *könnt ihr euch das vorstellen, was für ein glücklicher Zufall!* Dazu zähle auch, dass die documenta eigentlich gar keine Biennale sei, sondern eine Quinquennale, die nur alle fünf Jahre stattfinde, und sei es nicht ein enormer Zufall, sich unter diesen Bedingungen in Kassel in die Arme zu laufen und Hals über Kopf zu verlieben? Wirklich enorm!

Laura wollte schon protestieren – der Zufall war doch wohl nicht größer, als sich im Regent's Park oder auf Teneriffa oder sonst wo in die Arme zu laufen und Hals über Kopf zu verlieben, im Unterschied zur Anziehung war die Liebe immer ein Zufall, doch weil sie keine Ahnung hatte, welches von beidem zutraf, schwieg sie lieber. Überhaupt hatte sie sich nur darauf eingelassen, mit Emma ein Taxi zu teilen und zur Debütausstellung ihres Zöglings zu fahren, weil Philip so untypisch enthusiastisch gewesen war. Er, der sich normalerweise nie dazu herabließ, jemanden zu überreden, nicht einmal Chloe, hatte sie geradezu angefleht, mit ihm dorthin zu gehen – ein bisschen rauszukommen, etwas Prickelndes zu trinken, eine schöne Zeit zu haben! Natürlich hatte er es nicht so ausgedrückt, aber so gemeint. Und Laura hatte nicht anders gekonnt, als vor diesem plötzlichen Eifer zu kapitulieren. Irgendwo tief in ihrer ausgedörrten Seele hatte auch sie eine gewisse Sehnsucht nach Kunst verspürt, und sei sie noch so beliebig, nach was auch immer, das sowieso schon platt war und in dem man verschwinden und vielleicht nie wieder auftauchen konnte, und gleichzeitig klang das, was Emma von ihrem Wunderkind erzählt hatte, tatsächlich vielversprechend.

Jetzt ging sie langsam durch den einzigen Raum der Galerie. Sie war allein. Dass sie sich ohne Philips stützenden Arm voranbewegen konnte, lag nur an den vielen anderen Menschen um sie herum. Laura dachte, gemeinsam waren sie wie ein Wald. In einem populären Sachbuch über das Gefühlsleben der Bäume hatte sie gelesen, dass sich die Bäume, genau wie die Menschen, gegenseitig brauchen. Man könnte glauben, einem einsamen Baum ginge es besser als einem, der gezwungen war, Wasser, Nahrung und Sonne mit anderen zu teilen, aber so war es nicht. Einzelne Bäume dürfen nicht zu groß werden, sonst werden sie beim kleinsten Herbststurm umgeweht. Bäume, die zusammenstehen, halten fast jedem noch so heftigen Sturm stand. Wenn ein Baum kränkelt, helfen die umstehenden Bäume ihm, indem sie Nahrung und Wasser zu ihm kanalisieren. Nicht weil sie ein moralisches Bewusstsein haben, sondern weil sie selbst überleben wollen. Jede Lücke zwischen den Baumkronen ist eine Gefahr, die sie vermeiden wollen. Massenunglücke unter Menschen entstehen auf ähnliche Weise – solange alle im Gedränge aufrecht stehen, sind sie geschützt, doch sobald einer fällt, fallen alle ringsherum, wie blutige Ringe auf dem Wasser, wie die Kinder, die 1976 in der U-Bahn-Station Bethnal Green totgetrampelt wurden. Laura wollte eine solche Verantwortung nicht auf ihren Schultern tragen, deshalb hielt sie sich auf den Beinen, bewegte sich langsam durch die Menge und stützte sich an den Schultern der anderen ab. Es war nicht einfach, sie zu treffen, aber wenn sie die eine Schulter verpasste, landete ihre Hand immer auf irgendeiner anderen. Darin lag eine Geborgenheit und Schönheit, die Laura nur erahnen konnte, irgendwo in der Peripherie ihres begrenzten Gefühlsspektrums.

Laura wollte sich in die Menschenmenge begeben, weil sie etwas gesehen hatte, als Philip und sie die Galerie betraten, ein Gemälde, das sie vage an etwas erinnerte, was einmal wichtig für sie gewesen war. Es war eher ein Gefühl als ein ausgewachsener Gedanke, ein kurzes Aufblitzen, ehe ihr Gesichtsfeld wieder vollkommen von Menschen, Proseccobläschen und Philips kratzigen Bartstoppeln erfüllt wurde, als sie von dem sicheren Platz hinter seiner Wange vorsichtig in die Welt hinausspähte. Jetzt hatte Philip sie verlassen, und mit entschlossener Unsicherheit suchte sie allein den Weg zurück zu diesem Gemälde. Es zu sehen war ein Gefühl gewesen, wie wenn man eine weiche Kinderwange streichelte, ihre perfekte Rundung, die Schutzlosigkeit des schlafenden Wesens. Laura konnte es sich selbst nicht erklären – ihr größtes Problem war trotz allem ihr Unvermögen, die eigenen gefühlsmäßigen Beweggründe zu verstehen –, aber sie empfand irgendeine Verantwortung gegenüber diesem Bild.

Als würde es nur dort hängen, damit sie es sah.

Als Laura direkt vor dem Gemälde stand, erkannte sie es wieder. Sie brauchte das Schild nicht einmal zu lesen, um die Bestätigung zu erhalten, dass dies kein Original war, sondern die geschickte Fälschung eines Gemäldes, das sie schon dutzende Male in Kunstbüchern und Ausstellungskatalogen gesehen hatte – und doch nie richtig *gesehen*. Genau wie so viele andere romantisch veranlagte Kunstschwärmer vertrat auch Laura die Ansicht, dass jedes bedeutende Werk eine Qualität besaß, die sich nicht in Worte fassen ließ, dass es etwas Essentielles gab, das nur vom Blick des Einzelnen erfasst und niemals beschrieben werden konnte. Das galt nicht zuletzt für die nur scheinbar banale Kunstform des Porträts. »Was hat es eigentlich für einen Sinn, einen einzelnen Menschen abzubilden, wenn es sechs Milliarden gibt?« Diese Frage hatte ein herablassender Kommilitone mit viel zu großen Vorderzähnen und Ansprüchen einst gestellt, als Laura Kunstwissenschaften studiert hatte.

Ohne die Hand zu heben, hatte Laura geantwortet: *Weil sich hinter jedem Gesicht der Schatten eines anderen und wieder anderen und wieder anderen verbirgt.*

Clara Serena Rubens war die erstgeborene Tochter des Malers Peter Paul Rubens. Im Jahr 1616 malte er ihr Porträt – Clara war damals fünf Jahre alt, und ihre Haare hatten dieselbe Farbe wie geschmolzene Butter.

Runde Wangen, einen markanten Amorbogen, mollige Finger, über die sie zum Ärger ihrer Mutter gerne Cheerios zog.

»KENNEN SIE DIE KÜNSTLERIN?«, FRAGTE der Mann, der eindeutig Philip Kadinsky war, und zog eine Augenbraue zur Decke.
»Ja, gewissermaßen schon«, murmelte Sebastian angestrengt.
»Ich nicht«, sagte Philip. »Ich kenne ihre Agentin. Sie ist eine Freundin meiner Frau.«
»Aha.«
»Meine Frau steht da drüben. Vor dem Gemälde mit dem Kind.«
»Ach ja.«
»Ziemlich hübsch, oder was meinen Sie?«
»Das Gemälde? Ja, doch.«
»Laura. So heißt sie. Meine Frau.«
»Aha.«
»Erkennen Sie sie denn nicht wieder?«
Sebastian füllte seinen Mund mit Prosecco, verschluckte sich aber sofort daran und fing an zu husten.
»Ich meine, sie ist doch Ihre Patientin«, bohrte Philip weiter. »Oder war. Ziemlich lange sogar, wenn ich es richtig verstanden habe.«
Sebastian gab vor, in seinem Gedächtnis zu kramen.
»Laura, Laura ... Kadinsky? Ach ja, natürlich, jetzt sehe ich es auch. Dass es Laura Kadinsky ist. Wie geht es ihr?«
»Nicht besonders gut«, sagte Philip und leerte sein Glas.
»Man könnte wohl sagen, dass Sie versagt haben.«
Ja, dachte Sebastian. Ich habe versagt. *Aber es war nie meine Schuld.*
»Ich finde es ein bisschen komisch«, fuhr Philip fort.

»Dass Sie meine Frau nicht wiedererkannt haben. Soweit ich es verstanden habe, war die Behandlung doch ziemlich... intensiv.«

Sebastian hustete erneut. »Ja, ich meine, nein, also, natürlich habe ich sie wiedererkannt«, sagte er und spürte, wie sich seine Wangen röteten. »Aber die Schweigepflicht, verstehen Sie, die ist wichtig. Also, man muss die Informationen dort lassen, wo sie hingehören. Ich kann nicht einfach mit jedem über meine Freiwilligen reden.«

»Aber ich bin immerhin ihr Ehemann. Kein besonders guter Ehemann, das hat Ihnen Laura sicher schon erzählt, aber dennoch.«

Philip beugte sich vor.

»Ich möchte wissen, wie Sie das gemacht haben, Isaksson.«

»Jetzt verstehe ich nicht ganz...«, Sebastian wand sich.

»Was Sie getan haben, um sie glücklich zu machen!«

»Ich... also...«

»Nun gucken Sie nicht so ängstlich, Sie brauchen keine Details zu nennen, ich bin kein Masochist. Sie haben ihr keine Medikamente gegeben, so viel habe ich verstanden, und hätte es gereicht, sie zu .. ach, vergessen Sie es.«

Philip lehnte sich wieder zurück und blickte zu Laura hinüber. Sebastian sah widerwillig in dieselbe Richtung. Sie stand vor einer Reproduktion von Rubens »Clara« – sie streckte die Finger danach aus, und in diesem Moment sah Sebastian etwas sehr Merkwürdiges: Ihre Hand war ruhig, ihr Blick zärtlich, und als die Hand das Gemälde erreichte, landete sie genau dort, wo es beabsichtigt gewesen war, und strich an der runden Wange des Kindes entlang.

»Sie müssen verstehen, dass ich sie schrecklich liebe«, fuhr Philip fort. »Es ist wahnsinnig schwierig, mit ihr zusammenzuleben. Aber mit mir auch. Ich will einfach nur wissen, wie ich sie glücklich machen kann.«

»Ich habe nichts getan«, murmelte Sebastian, ohne den Blick von Laura abzuwenden.

»Hm.«

Sebastian drehte sich um und sah Philip direkt in die Augen.

»Ich habe nichts getan. Ich habe sie bestimmen lassen. Das war alles.«

»Hm«, sagte Philip Kadinsky erneut und wirkte mit einem Mal richtig enthusiastisch. »Dass ich da nicht selbst draufgekommen bin.«

LAURA SCHOB SICH DURCH DAS Gedränge. Sie wollte zurück. Heim in ihr Haus, zu ihren schönen Sachen, ihrer Magnolie, ihrem Bett und der Bettwäsche, die immer nach Weichspüler duftete. Heim zu Chloes runden Wangen, dem Muttermal hinter ihrem linken Ohr. Ob sie es überhaupt noch hatte? Was, wenn es verschwunden war? Wann hatte sie ihrer Tochter zum letzten Mal auf den Bauch geprustet? Wann hatte Laura das letzte Mal die Augen geöffnet und gesehen, wirklich gesehen, was sie um sich hatte?

Laura Kadinsky war selbstsüchtig, verwöhnt und oberflächlich. Das wusste sie ganz zweifellos. Aber sie war weder besser noch schlechter als andere. Sie war, wer sie war – Frau, Ehefrau, Mutter, Bühnenbildnerin. Beinahe glücklich, und das war, wenn man darüber nachdachte, wirklich darüber nachdachte, gar nicht so übel. Überhaupt nicht übel, wenn man sich bewusst machte, dass wirklich glückliche Menschen oft einen Dachschaden hatten.

Laura hatte es so eilig, wieder aus der Galerie wegzukommen, dass ihr kaum auffiel, wie mühelos sie sich plötzlich fortbewegen konnte. Kein Vorantasten, kein Stolpern, keine Sturzflüge auf den Boden. Sie gelangte zur Tür, ohne ein einziges Unglück zu verursachen.

Als sie gerade hinausgehen wollte, erblickte sie ein Gesicht in der Menge, eine Spiegelung in der Glastür. Sie zuckte zusammen und drehte sich um – es sah aus wie Sebastians Gesicht, weil es Sebastians Gesicht war.

Und doch nicht. Was machte er hier? Und warum stand er dort neben ihrem Mann, wie ein Gespenst in Philips Schatten? Warum war er nicht schöner?

Vielleicht war er nicht besser oder schlechter als andere. Vielleicht war er einfach nur der, der er war – Seifenblase, Eintagsfliege, jemand, den sie einmal geliebt hatte.

Laura stieß die Tür auf und ging zur U-Bahn, ohne ein einziges Mal zu schwanken.

NACH SEINER BEGEGNUNG mit Philip Kadinsky stand Sebastian noch immer der kalte Schweiß auf der Stirn. Als Philip ihn für einen Moment aus den Augen gelassen hatte, war er sofort geflüchtet, und jetzt musste er Travis und Matilda finden, er musste sie auf der Stelle finden. Lauras Mann zu treffen war schlimm genug gewesen – mit Laura selbst zu sprechen hätte er nicht ausgehalten. Vielleicht liebte er sie nicht mehr, vielleicht hatte er es nie getan, aber ein einziger Blick hatte gereicht, um die alte Lust in ihm zu wecken, mit seinem Finger von ihrem Hals den Körper hinabzufahren, sich von ihr in die Arme beißen zu lassen, als wäre er ein frischgebackenes Brot.

Das Gehirn ist plastisch und in der Lage umzulernen, aber der Körper will, was er will. Dagegen lässt sich nicht viel ausrichten.

Er fand Matilda in einer der hintersten Ecken der Galerie. Sie stand mit dem Rücken zum Raum, das Gesicht zu einem Gemälde gehoben. Sebastian legte die Hand auf ihre Schulter. Sie rührte sich nicht.

»Hast du Travis gesehen? Wir müssen los.«

Matilda rührte sich immer noch nicht. Er packte ihre knochige Schulter fester und drehte sie zu sich um. Ihr Gesicht war fleckig von Tränen, aber sie sah nicht traurig aus. Eher ruhig.

»Was ist?«, fragte er. »Tilda, warum weinst du?«

»Guck doch mal« war alles, was sie sagte.

Sebastian blickte zu dem Bild hinauf. Zunächst fiel es ihm schwer, irgendetwas darauf zu fixieren, das Bild war chaotisch, wie eine Höllenszene bei Bruegel oder Bosch – *Bauernkitsch,* wie er Laura einmal verächtlich hatte sagen hören. Es erinnerte Sebastian an eines der großen Puzzles seiner Mutter. Sie hatte sich durch seine ganze Kindheit hindurchgepuzzelt, ein detailliertes Motiv nach dem anderen, nie weniger als 2000 Teile. Sie besaß sogar einen speziellen Tisch dafür, in einer Ecke ihres Arbeitszimmers. Sebastian hatte sie eigentlich nie dort sitzen sehen – wann hätte sie das auch schaffen sollen, mit drei Kindern und dreißigtausend Seelen in ihrer Gemeinde? –, und trotzdem wuchs ein Motiv daraus hervor, Teil für Teil. Im Nachhinein wurde ihm klar, dass sie abends gepuzzelt haben musste, wenn sie schon ins Bett gegangen waren, aber er hatte es jahrelang als reine Magie empfunden, wie das Bild scheinbar einfach so wuchs, von innen nach außen (denn im Unterschied zu den meisten anderen Menschen begann die Mutter nicht mit dem Rahmen, sondern mit dem Zentrum des Motivs). Sie puzzelte ausschließlich Kunstmotive, nie so vulgäre Bilder wie die Golden Gate Bridge bei Nacht oder Alpengipfel und Edelweiß, und sie klebte und hängte und hob sie nie auf, als Beweis für ihre eigene Ausdauer. Den einen Tag war das Puzzle fertig, den nächsten verschwunden. Die Schachteln wurden gestapelt und auf den Dachboden getragen.

Ein Motiv, das ihm besonders in Erinnerung blieb, war der »Turmbau zu Babel« von Bruegel dem Älteren, vielleicht, weil sie nur selten biblische Motive wählte. An dieses Bild musste er denken, als er Matildas Finger durch die Luft folgte. Das Gemälde vor ihnen stellte ein enormes Gebäude im Querschnitt dar. Ein Krankenhaus? Es war ein Krankenhaus, *higher than the handsomest hotel,* wo es Taschenbücher und Tee zu kaufen gab, und eitle, blasse, besänftigende Blumen. Die Masse der Gesichter auf dem Bild – Sterbende, Neugeborene – war überwältigend, und dennoch entdeckte er bald, an welchem Detail sich Matilda aufhielt. In einer

Ecke der Entbindungsstation saßen drei Kinder und ein Hund – genauer gesagt drei Mädchen und ein Neufundländer. Das eine Mädchen hatte die Arme um den Hals des Hundes geschlungen, die anderen beiden saßen daneben und hielten sich an den Händen. Sie trugen Festtagskleider mit Spitzenkragen und rote Strumpfhosen, denn es war Weihnachten. Ansonsten deutete nichts auf dem Gemälde darauf hin, dass Weihnachten war, aber das war auch nicht nötig. Sebastian wusste es, weil er genau diesen Ausschnitt des Bildes schon einmal gesehen hatte. Mit dem Unterschied, dass auf der Fotografie, die auf dem Klavier im Wohnzimmer des Professorenviertels gestanden hatte, er derjenige war, der Bernada umarmte.

»Drei Mädchen«, flüsterte Matilda. »Du bist es, oder? Der verwechselt wurde.«

»Ja.«

»Ich wurde sofort von diesem Bild angezogen... *Die Farbe*, Sebastian, kannst du sie sehen?«

»Nein.«

»Die ist so verdammt magisch! Und sie ist überall, sogar im Fell«, sagte Matilda und berührte den gemalten Hund flüchtig. »Bis jetzt hatte ich immer gedacht, die Farbe würde mir Böses wollen, aber so war es nicht. Sie wollte mich befreien. Kathleen sagt immer, *der Weg der Freiheit führt über die Sinne*. Vorher hatte ich nie ernsthaft verstanden, was sie eigentlich damit meint.«

»Wer ist Kathleen?«

»Meine Yogalehrerin. Wie lange weißt du es schon?«

»Ein paar Wochen.«

»Warum hast du nichts gesagt?«

»Weil... weil ich mich nicht getraut habe.«

»Du hast geglaubt, ich würde nicht damit klarkommen, oder?«

»Nein«, antwortete Sebastian ehrlich.

Matilda streckte erneut einen Finger aus, diesmal berührte sie das blasse Mädchengesicht, die leuchtend blauen Augen, die kleine gerade Nase.

»Wer ist sie?«

»Du weißt, wer sie ist.«

»Sie sieht so traurig aus. Wie ein Schatten.«

Er legte behutsam die Hand auf ihre Schulter.

»Tilda, wir müssen gehen. Wir unterhalten uns später weiter, versprochen. Aber ich kann hier nicht bleiben.«

Matilda zuckte zusammen, als wäre ihr gerade etwas Wichtiges eingefallen. Als sie Sebastian erneut ansah, war ihr Blick bekümmert.

»Jennifer ist weg«, sagte sie. »Sie hat sich aus dem Staub gemacht.«

»Warum das denn? Wohin?«

»Sie hat mit eurem Chef geredet, wie heißt der noch… Corrigan. Und dann ist sie völlig durchgedreht. Anscheinend hat er das Datum geändert.«

»Das Datum?«

»Für die Räumung der Zikaden. Es scheint so, als sollte das morgen passieren. Hat Travis gesagt. Und dann ist sie abgehauen. Ich wollte ihr eigentlich hinterherlaufen, aber dann…« Matilda machte eine Geste in Richtung des Gemäldes.

Das war nicht gut, ganz und gar nicht gut. Sebastian ging im Kopf alle Möglichkeiten durch. Am wahrscheinlichsten erschien ihm, dass sich Travis auf den Weg ins Institut gemacht hatte – so war die Mechanik der Liebe und Besessenheit.

»Das Institut«, sagte Sebastian. »Sie plant doch bestimmt, euren Befreiungsplan vorzeitig umzusetzen.«

»Aber das geht doch gar nicht«, protestierte Matilda. »Nicht in einer Nacht. Wir wollten sie im Laufe einer Woche hinausschmuggeln. Außerdem ist sie allein. Und hat kein Auto. Wir wollten ein Auto mieten. Und ich sollte es fahren. Ich sollte ihr *helfen*.«

Sebastian schüttelte resigniert den Kopf.

»Wenn du ihr helfen willst, müssen wir sie erst einmal finden. Falls es stimmt, dass Corrigan sie auf dem Kieker hat, weiß man nie, was alles passieren kann. Hast du eine bessere Idee, wo sie stecken könnte?«

Matilda atmete aus. Ihr Blick war wieder zum Gemälde zurückgewandert.

»Nein«, sagte sie. »Habe ich nicht.«

Und genau in dem Moment.

Eine Stimme. Von der anderen Seite der Welt, ganz nah.

»Tilda? Sebastian?«

Noch ehe sie sich umdrehen, wussten sie, dass Clara gekommen war. Clara hatte sie endlich gefunden.

SIE NAHMEN EIN TAXI ZUM INSTITUT, die Geschwister saßen hinten und Jordan vorn, und Clara in der Mitte, wie früher, als Familie, in ihrem alten V70. Sebastian links, Matilda rechts, Violetta ein Gespenst im Rückspiegel. Wenn Leute sich wiedersahen, dachte Clara, behaupteten sie oft, *es war so, als wäre gar keine Zeit vergangen.* Wie fast alles, was die Leute behaupteten, war das wahr und falsch. Dass sie und ihre Geschwister hier sitzen konnten, derart eng beisammen, als wäre gar keine Zeit vergangen, beruhte nur auf einer Tatsache: dass Zeit vergangen war.

Dass sie sich verändert hatten und sie selbst geblieben waren oder mehr sie selbst geworden waren.

Während der Fahrt zu Sebastians Arbeitsplatz hatten sie kaum miteinander geredet. Clara verstand nicht genau, warum sie dorthin mussten oder warum sie es so eilig hatten, diese Frau namens Jennifer Travis zu finden. Aber es war nicht schlimm, sie hatten jetzt Zeit, Zeit genug, um es eilig zu haben. Reden konnten sie auch später noch, oder gar nicht. In diesem Moment reichte es, einfach nur die Augen zu schließen und einzuatmen – den vertrauten Geruch von Auto und Dunkelheit, den vertrauten Geruch von Sebastian (Milch) und Matilda (Honig).

Sie hielten vor dem Haupteingang des Instituts. Sebastian bezahlte den Taxifahrer, führte die anderen zur Rückseite des Gebäudes und sagte, sie sollten warten, während er sich beim Wachmann auswies. Der Plan war, dass Sebastian allein hineinging und die anderen dann durch einen Notausgang hereinließ. Es war kalt, Clara fröstelte in ihrer dünnen

Windjacke. Jordan bot an, sie in den Arm zu nehmen und zu wärmen, aber sie winkte ab.

Stattdessen schloss Matilda sie ungefragt in ihre knochigen Arme. Es war ungewohnt – Clara konnte sich nicht erinnern, dass Matilda sie je von sich aus umarmt hatte.

»Entschuldigung«, flüsterte sie in Claras Haar.

»Wofür?«

»Entschuldigung, dass ich deine Schwester bin.«

Clara spürte, wie ihre angespannten Muskeln weich wurden.

»Schon in Ordnung. Entschuldigung, dass ich deine bin.«

»Ich kann echt nicht fassen, dass du bis ans andere Ende der Welt gereist bist, um von mir wegzukommen.«

Eines Tages, vielleicht, würde Clara es erzählen. Dass es eigentlich genau umgekehrt gewesen war. Eines Tages würden sie vielleicht darüber lachen. *Ich? Und er? Mein Gott, Clara, es wäre doch wohl einfacher gewesen, einfach nur auf meine Mails zu antworten.*

Aber das Einfache war nicht immer dasselbe wie das Mögliche, jedenfalls nicht für Clara. Vielleicht würde Matilda es nie verstehen, aber das war okay. Man konnte auch etwas lieben, das man nicht verstand. Das Meer. Das Weltall. Einen anderen Menschen.

»Du hast mich zuerst verlassen«, sagte Clara. »Bangladesch, Berlin.«

»Aber dabei ging es ja darum, die Welt zu retten. Na ja, jedenfalls beim ersten Mal.«

»Und ich bin weggereist, um die Welt untergehen zu sehen.«

Clara verkroch sich tiefer in Matildas Armen. »Egal«, murmelte sie an Matildas hervorstechender Schulter. »Jetzt sind wir jedenfalls hier. An ein und demselben Ort.«

»Mama wäre so unglaublich zufrieden, wenn sie es wüsste.«

»Alle Lämmer versammelt.«

»Aber wer ist dann der Hirte?«

In diesem Moment wurde die Tür geöffnet, und Sebastian streckte den Kopf heraus.

»Wir teilen uns auf«, sagte er, nachdem er die anderen ins Gebäude gescheucht hatte. »Wir beide müssen uns aufteilen, Tilda, weil wir uns auskennen. Clara und ich fangen von oben an zu suchen, Jordan und du von unten. Geht zuerst zu den Laboren, hier, nehmt meine Schlüsselkarte, der Code ist 11 77 27 92. Kannst du dir das merken?«

»Nein.«

Sebastian holte einen Zettel aus der Tasche, kritzelte den Code darauf und drückte ihn Matilda in die Hand.

»Wir sehen uns in meinem Büro, das findest du, oder?«

»Glaub schon. Aber du, ist es denn wirklich nötig, dass wir uns aufteilen? Wir werden sie doch bestimmt sowieso finden.«

Sebastian schüttelte den Kopf.

»Du hast ja erst einen Bruchteil von diesem Gebäude gesehen, du ahnst nicht, wie groß es ist. Und verwirrend. Und unlogisch. Die Einzige, die sich hier wirklich auskennt, ist Travis, und das auch nur, weil ihr Kopf vermutlich eine noch komplexere Struktur hat. Also ja, es ist notwendig. Und jetzt geh. Wir fangen da oben an. Und nehmt immer die Treppen. Travis mag Treppen.«

Matilda seufzte entnervt und nickte Jordan zu, dass sie jetzt gehen sollten. Sebastian und Clara entfernten sich in die andere Richtung, zu einer Tür, die in eines der äußeren Treppenhäuser führte.

Schweigend begannen sie den Aufstieg. Anscheinend hatte sich Clara auf der Osterinsel viel im Gelände bewegt, dachte Sebastian, denn sie nahm zwei Treppenstufen auf einmal, während er mühsam hinterherhechelte. Nach dreizehn oder vierzehn Treppen gelangten sie zu einem Absatz mit vier Türen und einem leeren Aufzugschacht.

»Und jetzt?«, fragte Clara.

Sebastian stützte sich an der Wand ab und japste nach Luft.

»Ich weiß nicht, wir müssen uns wohl auf gut Glück entscheiden.«

»Jedenfalls nicht nach da unten«, sagte Clara und starrte in das leere Loch hinab. »Das ist ja ein echtes Sicherheitsrisiko. Habt ihr denn hier keinen Arbeitsschutzbeauftragten?«

Sebastian lachte laut. »Dieser Arbeitsplatz ist das reinste Irrenhaus, Clara.«

Seine Schwester lächelte still.

Clara, dachte Sebastian und war für einen Moment dankbar. Wieder da. Clara, die nach Violettas Beerdigung so fürsorglich zu ihm gewesen war, obwohl er ihre Hilfe abgewiesen hatte, so wie er alle abgewiesen hatte, die nichts von ihm verlangten. Irgendwie war es mit Matilda leichter gewesen – sie hatte geweint und geschrien und eine Antwort von ihm verlangt: Wieso hatte er nicht begriffen, dass seine Freundin sterben wollte? Warum hatte er sie nicht zwangseinweisen lassen? Stimmte es, dass sie nur vierundvierzig Kilo gewogen hatte? Und was war das für eine komische Farbe, die wie eine böse Aura über ihrem Sarg schwebte? Clara hatte Sebastian in Schutz genommen, aber er hatte nicht auf sie hören wollen. Matilda hatte auch Clara schlimme Sachen an den Kopf geworfen, was genau, wusste er nicht mehr, er war wohl zu sehr mit seinem eigenen inneren Aufruhr beschäftigt gewesen.

»Was hat Matilda eigentlich zu dir gesagt? Damals, nach der Beerdigung?«, fragte er jetzt. Er sah Clara an, die am Rand des Aufzugschachts saß und ihre Beine herunterbaumeln ließ.

»Erinnerst du dich nicht daran?«, fragte sie und wirkte aufrichtig erstaunt.

»Ich erinnere mich nur noch dunkel an diese Zeit.«

»Sie hat gesagt, ich wäre jämmerlich. Ein Schisser und eine kleine graue Maus und eine Menge anderer Sachen, die alle zutreffen.«

»Aber warum hat sie das gesagt?«

»Weil sie traurig war, glaube ich. Wegen Violetta, wegen dem, was Violetta getan hat. Was sie dir angetan hat. Matilda hat dich immer am meisten geliebt.«

»Das kann ich nur schwer glauben.«

»Aber warum? Es gibt doch keine Regel, die besagt, dass man seine Geschwister gleich lieben muss. Man hat sie sich schließlich nicht ausgesucht.«

»Aber gerade deswegen«, protestierte Sebastian. »Gerade deswegen muss man sie doch wohl gleich lieben. Weil es das ist, was man gemein hat – Geschwister zu sein. Weil es etwas Besonderes ist.«

»Inwiefern besonders? Wir sind einfach nur drei Menschen, die zufällig miteinander aufgewachsen sind.«

Sebastian schwieg.

»Das habe ich nicht so gemeint ...«, sagte Clara. »Ich meine nur, dass eine Familie etwas anderes ist. Als reine Blutsverwandtschaft. Das meinte ich nur. Ich hätte nicht gedacht, dass das heute noch eine kontroverse Meinung sein könnte. Ich hatte vergessen, dass du ein bisschen konservativ bist.«

Sie wollte ihn ärgern. Das machte ihn glücklich, ja; aber er wollte das Thema nicht so leicht wieder ziehen lassen.

»Hast du deshalb seitdem nicht mehr mit ihr gesprochen?«, fragte er. »Mit Tilda? Wegen dem, was sie gesagt hat?«

Clara lachte, ein kurzes Lachen, das genauso schnell wieder verklungen war, wie es begonnen hatte.

»Nein, o Gott, nein«, sagte sie dann. »Es war nicht Tildas Schuld.«

»Nicht? Sie scheint das aber zu glauben.«

»Ich weiß«, sagte Clara. »Aber sie war gar nicht so gemein. Das war *ich*. Damals warst du nicht da, es war spät am Abend, du hast geschlafen, Mama auch. Ich bin in die Küche gegangen, und da hat Tilda gehockt und ein Kreuzworträtsel gelöst. Ein beschissenes *Kreuzworträtsel*! Ich weiß nicht, warum ich mich ausgerechnet darüber so aufgeregt habe, aber so war es. Es kam mir einfach nur so schäbig vor. Irgendwie ungerecht. Du weißt ja, was für einen Kopf sie sich immer um die Welt und die Ungerechtigkeit und über Völkermorde und was weiß ich nicht alles gemacht hat. Aber sobald bei uns zu Hause eine Krise herrschte, kam es mir so vor, als würde ihr das völlig am Arsch vorbeigehen. Als wäre sie selbst nicht Teil der Krise, obwohl sie ja ehrlich gesagt meistens sogar der Grund dafür war.«

»Du weißt, dass das nicht stimmt«, sagte Sebastian. »Du weißt, dass es sie beschäftigt hat.«

»Ja, jetzt weiß ich es. Und damals habe ich es wahrscheinlich auch gewusst. Aber es spielte irgendwie keine Rolle, es gab so vieles, was ich ihr sagen wollte und was ich ihr nie gesagt hatte, und in dem Moment fand ich plötzlich, es gäbe einen passenden Anlass, verstehst du?«

»Was hast du denn nun gesagt?«

»Alles Mögliche. Vieles davon stimmte. Vieles aber auch nicht. Ich habe gesagt... ich habe zum Beispiel gesagt...« Clara holte tief Luft. »Ich habe gesagt, es wäre besser gewesen. Für alle, für die Familie, meine ich, für dich. Und für mich. Wenn sie sich stattdessen das Leben genommen hätte. Ich habe sie gefragt, wie es denn sein kann, dass sie seit einem Jahrzehnt psychisch krank ist und es nie auch nur versucht hat.«

Sebastian verstummte. Dass solche Worte aus Matildas Mund kamen, konnte er sich vielleicht noch vorstellen. Aber aus Claras? Das war kaum zu glauben.

»Du verstehst bestimmt, warum ich ihr anschließend nicht mehr in die Augen sehen konnte?«, fragte Clara. »Ich meine, ich wollte es, aber es... es ging einfach nicht. Ich dachte, es ginge schon irgendwie, solange ich nur warten würde. Also habe ich gewartet. Aber sie ist umgezogen. Und dann... Ich weiß nicht.«

Clara zuckte die Achseln.

»Es war nie leicht, ihre Schwester zu sein. Wie du sicher auch selbst bestätigen kannst. Aber wie sich herausstellte, war es noch viel schwieriger, es nicht zu sein. Und gleichzeitig war ich immer noch so wütend auf sie. Weil sie mich dazu gebracht hatte, all das zu sagen. Weil sie mich in all den Jahren auf so viele kleine Arten verletzt hatte, die zusammengenommen doch eigentlich schwerer wiegen müssten als ein paar unüberlegte Sätze und die es doch nicht taten, und deshalb war plötzlich *ich* die Böse. Es war, als... Ich habe immer gedacht, wir wären so verschieden. Und plötzlich waren wir es doch nicht.«

»Bist du immer noch wütend?«, fragte Sebastian.

»Nein. Jedenfalls nicht auf sie. Und nicht auf dich, aber das war ich noch nie. Ich bin nicht einmal wütend auf Violetta, obwohl ich es vielleicht sein sollte. Ich hatte immer solche Angst vor ihr, die ganze Zeit, als ihr zusammen wart. Ich hatte das Gefühl, sie wäre ein riesiger dunkler Abgrund, der meine ganze Familie verschlucken würde, aber ich habe nie verstanden warum. Als hätte sie meinen Platz eingenommen, bevor sie überhaupt in unser Leben gekommen war.«

»Clara, da ist etwas, das du wissen musst...«

Clara unterbrach ihn, indem sie ihre Hand hob, ein dunkler Schatten hinter ihr an der Wand, die durch das Fenster von gedämpftem Laternenlicht erhellt wurde.

»Sebastian, ich weiß es. Du brauchst es nicht zu sagen. Dass Violetta das fehlende Bindeglied in unserer Familie ist, habe ich mir schon lange gedacht. Lange bevor Mama uns diese Mail geschickt hat.«

»Was meinst du? Willst du mir sagen, dass Violetta und ich auf der Entbindungsstation verwechselt wurden?«

Clara lachte, ein kurzes Lachen, das in dem leeren Aufzugschacht widerhallte.

»Natürlich nicht, das wäre ja absurd. Ich meine nur, dass sie eine Leere in unserer Familie ausfüllte, und als sie starb, ging die Familie kaputt. Papa und Mama ließen sich scheiden, wir sind an unterschiedliche Orte gezogen. Wir brauchten sie. Oder ihr brauchtet sie. Als Mama mir dann diese Mail geschickt und diese ganze Verwechslungsgeschichte erzählt hat, da ... also, damit hatte ich nicht gerechnet. Wirklich nicht.«

Sie lachte wieder; dieses schnelle, schwerelose Lachen.

»Ich dachte, ich wäre es. Verstehst du? Wie egozentrisch kann man sein? Ich habe wohl gedacht, das würde das ein oder andere erklären. Warum Matilda und ich es so schwer miteinander hatten.«

»Ich habe nie gedacht, dass ich es wäre«, sagte Sebastian.

»Nicht richtig. Wie blind kann man sein? Travis hat es gesehen. Nicht ich.«

Clara streckte ihre Hand zu Sebastian aus und berührte seine Wange.

»Verstehst du, wie hysterisch ich wurde, als ich verstanden habe, dass es Violetta war? Also –«

Sie hob die Augenbrauen und verzog das Gesicht, und ihm wurde klar, was sie meinte.

»Clara, um Himmels willen! Nein! O Gott!«

Nach einer Weile sagte er: »Aber woher wusstest du es eigentlich? Dass sie es war?«

»Hast du dich schon mal im Spiegel angestarrt, ich meine, richtig lange? Einfach nur gestarrt?«

»Nein, wieso?«

»Mach es lieber nicht. Man weiß nie, was es auslöst. Weiß Tilda es?«

»Ja.«

Sie schwiegen. Dann sagte Sebastian: »Wir sollten weiter nach Travis suchen.«

Clara schwang ihre Beine wieder zurück auf den Boden, stand auf und klopfte den Staub von ihrer Hose.

»Eine Familie ist auch nur ein System wie jedes andere, Sebastian. Es existiert, um uns ein Gefühl der Geborgenheit und Stabilität zu geben. Aber es ist ein System, das keine Bedeutung hat, wenn es nicht mit etwas Wertvollem bestückt wird. Liebe. Vertrauen. Solche Sachen. Solange es das gibt, kann man mit allen möglichen Menschen eine Familie bilden.«

»Du klingst wie Tilda, als sie noch polyamourös war.«

»Ist sie das nicht immer noch?«

»Ich glaube nicht. Sie scheint ziemlich auf Billy fixiert zu sein, aber ich glaube, es ist aus.«

»Wie schade. Er schien ein guter Typ zu sein.«

Clara stand vor einer der Türen und legte die Hand auf die Klinke. Drückte sie herunter.

»Kommst du?«, fragte sie.

Er betrachtete ihren Rücken. Irgendwie sah er aufrechter auf als sonst.

»Du bist anders, als ich dich in Erinnerung habe, Clara.«

Ohne sich umzudrehen, sagte sie: »Ich habe den einsamsten Ort der Welt gesehen, Sebastian. Und er ist gar nicht einsam.«

Dann öffnete sie die Tür, und gemeinsam gingen sie weiter nach oben.

Währenddessen tasteten sich Matilda und Jordan durch den Untergrund. Matilda war zwar mehrmals zusammen mit Jennifer im Labor gewesen, aber es war dennoch schwer, in der Dunkelheit den Weg zu finden. Sie hätte eine verdammte

Stirnlampe gebraucht, oder jedenfalls ein inneres Licht, hätte ein mächtigeres drittes Auge gebraucht. Die Anwesenheit dieses Jordan störte sie, wie ein Grashalm unter dem Fuß, eine trockene Stelle an der Ferse, die genau in dem Moment juckt, in dem man einschlafen will. Warum sagte er nichts? Und was wollte er bloß mit Clara? Er wirkte eigentlich in Ordnung, ein ziemlich annehmbarer Schwagerkandidat, aber was wusste sie schon? Wenn er Clara irgendwie wehtat, würde sie ihn umbringen. Autsch, verdammter Mist! Matilda lief geradewegs gegen eine Wand, spürte, wie ihre Nase geknautscht wurde, das Kinn gegen Steine und Putz schrammte.

»Alles okay?«, flüsterte Jordan.

»Warum flüsterst du, Idiot?«

»Ich dachte, wir müssten leise sein.«

Matilda rieb sich mit dem Pulloverärmel das Kinn ab und schnaubte.

»Die Einzige, die eventuell hier sein könnte, ist Jennifer, und die *möchte* gefunden werden, glaube mir.«

»Du scheinst sie ja gut zu kennen.«

Matilda schnaubte erneut.

»Nicht richtig. Aber sie ist hilflos wie ein Säugling.«

Sie wühlte in ihrer Tasche und holte ihr Telefon hervor, aktivierte die Taschenlampenfunktion und hielt die flache, leuchtende Scheibe unter Jordans Kinn. Das Licht strahlte wie eine Glorie um seinen Kopf, die Schatten seiner Wimpern liefen wie Tränen über seine Wangen. Es sah makaber aus, als würde er lachen.

»Du erinnerst mich an jemanden, den ich einmal kannte«, sagte sie.

Jordan grinste.

»Ach ja?«

»Er hieß J und war wahnsinnig gut im Bett.«

»Tja, dann bin ich es auf keinen Fall. Ich bin höchstens mittelmäßig.«

»Wie die meisten.«

Matilda schaltete die Lampe wieder aus, und sie standen schweigend in der Dunkelheit.

»Ich wäre wahnsinnig gern diejenige, die sie findet«, sagte Matilda schließlich leise.

»Dann sollten wir weitersuchen.«

Die Tür, die Clara gewählt hatte, führte in ein neues Treppenhaus. Nach abermals zweiundzwanzig Stockwerken erreichten sie eine Tür, die wiederum zu einer Dachterrasse führte, von deren Existenz Sebastian nichts geahnt hatte. Verwirrt sahen sie sich auf der leeren, schwarzen Fläche um – es schien keinen anderen Weg zurück in das Gebäude zu geben als den, den sie gerade gekommen waren.

Clara ging zum Rand und beugte sich über die hüfthohe Mauer. Vom Russell Square drang das einsame Jaulen einer Autoalarmanlage herauf, das ferne Sprudeln der Fontänen, das sanfte Rauschen des Blutkreislaufs einer Mutter im Ohr eines Säuglings. Clara schloss die Augen und lauschte weiter. Das weiche Schlappen von Turnschuhen, die Tatzen eines Hundes auf dem Parkett am ersten sonnigen Sonntag vor Ostern, das Zirpen einer Zikade in den Azaleen vor Pablo Nerudas Haus La Chascona. Ein Eimer voller Sterne, die ins Meer gekippt wurden und einer nach dem anderen zischend auf dem Wasser aufkamen. Wunderkerzen, die an den Silvesterabenden 96, 97, 98, 02 und zum letzten Mal 07 in großzügig bemessene Portionen Glace au Four gesteckt worden waren. Sie blickte auf die dunklen Hausfassaden, die sich auf der anderen Seite des Abgrunds wie Klippen erhoben, uneinnehmbare Trutzburgen der Reichen, sie hörte das gedämpfte Weinen einer Diplomatenehefrau, die sich in die Fingerknöchel biss, hinter der verschlossenen Tür eines Badezimmers mit doppelten Waschbecken und Seife, die nach Zedernholz und Zitronenmelisse roch. Sie dachte an Elif, die am Rande des Abgrunds gestanden und nicht geträumt hatte, sie wäre ein Vogel, sondern ein Mensch, der es wert war, gesucht zu werden. Sie dachte an Jordan, an alle seine Fehler und Mängel und all seine Liebe. Sie dachte an Violetta, die gestorben und wiederauferstanden war. An Horst, der Sinn gegen Wahnsinn getauscht und dennoch siegreich aus seinem Kampf hervorgegangen war. Was er jetzt wohl machte? Sie wusste es nicht, und es war in Ordnung. Sie war jetzt hier, ihr Leben war jetzt hier. Sie dachte an die Welt, die immer weiter bestehen würde, noch lange nachdem der letzte Mensch seine letzte Flasche Mineralwasser auf dem letzten Flughafen vor dem letzten Flug zum letzten weißen Sandstrand gekauft hatte. Sie hörte ein Grollen aus dem Boden, es war die U-Bahn, es waren Lava und Magma, der Aufruhr, der Erkältungsschnupfen, es war die Gnade.

Und dann, plötzlich, wie Schlachtenlärm: die Vibrationen und das fröhlich perlende Geräusch eines Handys.

»Clara!«, flüsterte Sebastian, der sich weiter entfernt auf dem Dach befand. »Hier gibt es eine Tür, ich glaube, dort geht es zur Führungsetage. Komm.«

Clara winkte mit dem Handy, das sie aus ihrer hinteren Hosentasche gezogen hatte.

»Es ist Mama!«, rief sie.

»Mama?«

»Die anruft. Ich muss rangehen.«

»Ruf später zurück!«

»Aber was ist, wenn sie unglücklich oder sterbenskrank ist? Ich komme nach.«

»Du wirst mich nicht finden.«

»Ich finde dich, Sebastian. Geh.«

Hinter der Tür lag eine tote Ecke, ein Quadratmeter vergeudeten Platzes voller Staub und Vogelfedern und vergessener Telefonnummern und Geburtstage und verdrängter Traumata, mit dem ein oder anderen bösen Trieb, der gedämpft und in eine Schublade ohne Schlüssel gestopft worden war. Am anderen Ende befand sich noch eine Tür, und dahinter ein Gang, und hinter dem Gang ein weiterer Gang; tatsächlich war es jener Gang, in dem Sebastian einmal vor vielen Monaten vor seiner ersten Begegnung mit Corrigan gestanden hatte. Diesmal lag die Führungsetage im Dunkeln, das einzige Licht, das es dort gab, fiel durch das Fenster herein und kroch in schrägen Streifen über den Boden und die Wände – sie sahen aus wie die Fußabdrücke eines riesigen, plumpen Vogels, vielleicht eines Raben, vielleicht eines Pfaus oder Eissturmvogels.

Sebastian ging vorsichtig durch den langen, elegant eingerichteten Gang, den Blick auf die Türen am anderen Ende gerichtet. Er versuchte, die Namen neben den Türen zu lesen, an denen er vorbeikam, aber wenn er sie erkannte, sagten sie ihm nichts. Erst als er fast am Ende angekommen war, sah er die angelehnte Tür, die dichte, beinahe fluoreszierende Dunkelheit, die durch den Spalt hinaussickerte. Sebastian zählte die Türen, verglich sie mit seiner inneren Karte und kam zu dem Schluss, dass es Corrigans Tür war.

Er fluchte leise über Travis' Nachlässigkeit. In seinen eigenen Arbeitsplatz einzubrechen war eine Sache; in das Büro des höchsten Chefs einzubrechen war ein Kündigungsgrund, wenn nicht sogar eine Straftat. Travis würde im Gefängnis problemlos zurechtkommen, daran zweifelte er nicht, er selbst hatte aber keine Lust, wegen Beihilfe dort zu landen. Vorsichtig schlich er zur Tür, horchte in die Dunkelheit, flüsterte durch den Spalt:

»Travis? Was machst du?«

Ein Bürostuhl rollte über den Boden. Eine Äffin kreischte. Eine Lampe wurde eingeschaltet.

»Isaksson? Kommen Sie doch herein. Ich habe auf Sie gewartet«, sagte Corrigan, während er die Tür weit öffnete.

MATILDA UND JORDAN TASTETEN SICH weiter durch die unterirdischen Gänge, an einem Labor nach dem anderen vorbei. Matilda lauschte aufmerksam, ob sie das Zirpen der Zikaden hören konnte – diesen dumpfen, vibrierenden Laut, den Jennifer so beharrlich als Gesang bezeichnete, obwohl es in Matildas Ohren eher wie Motorengebrumm klang. Einmal hatte sie es Jennifer gesagt, die sich wie immer geweigert hatte, beleidigt zu sein und die Aussage stattdessen lieber metaphorisch deutete. *Der Motor der Welt, ja.* Matilda spitzte die Ohren, hörte kein Summen, aber ein unbeholfenes Klimpern, einige einsame Töne, die durch die Luft trillerten, jeder davon wie ein Tropfen farbigen Lichts, gelb, grün, lila. Blau. Sie betrachtete den blauen Ton, der davonflog, ehe er sich in der Luft auflöste und verschwand. Er tat nicht weh.

»Ist das ein Klavier?«

»Klingt so.«

»Kann diese Travis Klavier spielen?«

»Schwer vorstellbar. Aber ich weiß es nicht genau.«

Sie bewegten sich auf die Musik zu.

»Es klingt wie ›Nearer, My God, to Thee‹«, sagte Jordan.

Matilda antwortete nicht, denn sie hatte die Quelle der Musik erblickt. Durch die Glasscheibe eines Labors leuchtete ein schwaches, bläuliches Licht. Sie legten ihre Stirnen gegen das Glas und spähten hinein, und dort, auf einem Hocker mitten im Raum, saß eine Katze an einem Keyboard und drückte auf die Tasten, ein linkischer Tatzenabdruck nach dem anderen. Jordan stieß einen Pfiff aus.

»Was genau treiben die hier eigentlich?«

»Ich glaube, das weiß kein Schwein«, sagte Matilda und hob langsam wieder ihre Stirn vom Glas. In dem Moment ertönte ein Krachen, und ein Lachen, gefolgt von einem Krachen und Lachen und Krachen und Lachen, in einem so simplen und perfekten Muster, dass nicht einmal Philip Kadinsky eine Unregelmäßigkeit herausgehört hätte, und über diesem symmetrischen Grundakkord schwebte ein anschwellendes Sausen und Summen, ein brummender Motor, das Meeresrauschen in der Schnecke, die Jordan den ganzen Weg von der Osterinsel in der Tasche hierhergebracht hatte und die jetzt, mit einem Klirren, das wie eine explodierende Glühbirne klang, auf den Zementboden fiel.

Matilda zerrte Jordan am Arm, und sie rannten durch die Dunkelheit, dem Geräusch entgegen.

Sie fanden Travis im Schneidersitz auf dem Boden ihres Labors sitzend, ihre Hände ruhten mit den Handflächen nach oben auf den Knien. *Sukhasana*, dachte Matilda und spürte plötzlich eine Sehnsucht, die so stark war wie ein Schmerz; nach dieser Einfachheit, nach dem selbstverständlichen Platz des Körpers in der Welt, selbst wenn beide – die Welt, der Körper – kurz davor waren, zu kollabieren oder wiederaufzuerstehen, was auch immer. Tod und Wiedergeburt, dachte Matilda, und was zum Teufel macht sie da eigentlich gerade, was macht dieser schöne, irre Mensch?

An und für sich war es ganz offensichtlich, das wurde ihr klar, als sie sich umsah. An allen Wänden, auf allen Tischen und Bänken, standen die Terrarien, die Jennifer Travis' Zikadensammlung enthalten hatten, sperrangelweit offen – leere, klaffende Glaskuben. Auf dem Boden lagen die schwarzen Plastikdeckel wild durcheinander, einige gesprungen, andere unbeschädigt, alle schimmernd wie schwarze Schieferplatten im Licht von hunderten flimmernden Neonleuchten. Die

Luft schwirrte von Flügeln, Schicht um Schicht aus Regenbogen, Fischschuppen.

Jennifer schlug die Augen auf, strich sich das Haar aus dem Gesicht und lächelte mit ihren runden Hamsterbacken. »Das Licht in mir verneigt sich vor dem Licht in dir«, sagte sie, faltete ihre Hände über der Brust, führte sie zur Stirn und nickte leicht. »Wie gut, dass ihr gekommen seid. Ich brauche Hilfe mit den Fenstern.«

Jordan und Matilda sahen sich verwirrt um – sie waren schließlich im Keller. Doch Travis hatte sich nicht geirrt. Direkt unter der Decke befand sich an jeder Wand eine Reihe mit schmalen Oberlichtern, die Jordan, der ja ziemlich groß war, mit etwas Mühe öffnen konnte. Eine entzückte Jennifer Travis begann, ein umherschwirrendes Insekt nach dem anderen mit ihren gewölbten Händen einzufangen und zu den schmalen Fenstern hochzuwerfen. Sie flogen aus ihren Händen wie Konfetti. Jedes von ihnen gelangte hinaus.

»Bist du sicher, dass das eine gute Idee ist?«, fragte Matilda. »Glaubst du wirklich, sie überleben?«

Travis hielt inne, die eine Hand noch zur Nacht vor dem Fenster gestreckt, und schwieg, als würde sie darüber nachdenken. Dann sagte sie:

»Weißt du was? Man kann nicht alles mit absoluter Sicherheit entscheiden. Manchmal muss man ganz einfach auf sein Gefühl vertrauen.«

SEBASTIAN WURDE SO SEHR VOM plötzlichen Lichtschein geblendet, dass er sich an der Wand abstützen musste, um nicht umzufallen. Corrigan packte ihn lachend am Arm und führte ihn ins Büro, wo er ihn in einen schwarzen Ledersessel setzte.

»Bernada...«, sagte Sebastian, denn da saß sie, im Bücherregal zusammengekauert. Als Sebastian ihren Namen sagte, schwang sie sich sofort herab und kletterte auf seinen Schoß.

»Wer?«, fragte Corrigan.

»Die Äffin. Wie ist die denn hergekommen? Sie sollte in Bermondsey sein.«

Corrigan zuckte die Achseln. »Weiß der Teufel, Isaksson. Wahrscheinlich hat sie den Bus genommen.« Er ging zu einem Aktenschrank und holte eine Flasche Cognac, zwei Gläser und zwei Zigarren heraus. Sebastian hätte sich traditionsgemäß lieber mit Tee und Jaffa Cakes verwöhnen lassen, aber er spürte, dass dies nicht der richtige Zeitpunkt war, um zu protestieren.

»Streng genommen sollten auch Sie nicht hier sein, Isaksson. Das verstößt gegen die Regeln.«

»Verzeihung«, sagte er und nahm das Glas, das Corrigan ihm entgegenstreckte, »aber ich suche nach Travis...«

Corrigan steckte sich eine Zigarre an, setzte sich hinter seinen Schreibtisch und schwang die Füße darauf. »Ich weiß, ich habe sie erst vor kurzem gesehen. Sie ist ins Labor geschlichen. Wenn sie es gefunden hat, versteht sich – der Verlegungsplan, Sie wissen schon. Aber nehmen Sie doch einen Zug!«

Sebastian fing die Zigarre in der Luft und unternahm

einen tapferen Versuch, sie zu entzünden, obwohl Bernada ein gewisses Missfallen signalisierte. Die Zigarre schwelte, ging aus, bis sie schließlich mit einem schmutzigen, fleischigen Schein zu glühen begann. Er paffte vorsichtig, musste husten. Es war etwas ganz anderes als Zigaretten.

»Ich... Warum haben Sie auf mich gewartet? Und wie... wie konnten Sie wissen, dass ich komme?«, fragte er zwischen seinen Hustenanfällen.

»Wie gesagt habe ich Travis gesehen. Ihr bewegt euch doch fast immer im Duo. Also habe ich angenommen, dass auch Sie auftauchen würden. Ich habe mindestens drei Minuten auf Sie gewartet, vielleicht sollten wir also besser gleich zur Sache kommen?«

»Ja, jaja, in Ordnung.«

»Also?«

»Ich bin mir nicht sicher, was die Sache ist, Sir«, musste Sebastian zugeben und legte die Zigarre in einem riesigen, gläsernen Aschenbecher ab, den Corrigan ihm über den Tisch geschoben hatte.

»Natürlich wissen Sie es nicht«, erwiderte Corrigan. »Das ist ja gerade das Problem, nicht wahr? Sie glauben, es gäbe eine Frage, auf die Sie eine Antwort bräuchten, aber Sie kennen die Frage nicht. Was sagt Ihnen das, Sebastian?«

»Worüber?«

»Über die Frage.«

»Sie fragen nach der Frage?«

»Sie fragen, ob ich nach der Frage frage? Die Antwort lautet Ja.«

»Jetzt komme ich nicht ganz mit, Sir.«

»Es ist so, Sebastian: Wenn man eine Frage hat, aber nicht weiß, was die Frage ist – hat man dann eine Frage?«

»Vielleicht schon? Man fragt sich ja, was die Frage ist, was an und für sich auch schon eine Frage wäre.«

»Natürlich. Aber ist es eine wichtige Frage?«

»Wie bitte?«

»Einfach ausgedrückt, Isaksson: Eine Frage, die nicht formuliert werden kann, darf nicht als Frage bezeichnet werden, weil es sie streng genommen gar nicht gibt. Das versuche ich Ihnen verständlich zu machen. Aber Sie sind vielleicht nicht so philosophisch veranlagt.«

»Das bin ich wohl nicht, nein.«

»Travis und Sie, Sie führen irgendetwas im Schilde.«

»Ja, aber ich bin nicht sicher, was genau.«

Corrigan lachte laut auf.

»Travis vermutlich genauso wenig!«

Hier sah sich Sebastian gezwungen zu protestieren.

»Also, Travis hat irgendeine Idee zur ... Forschung hier am Institut. Welchem Zweck sie eigentlich dient. Wessen Agenda dahintersteht. Ich glaube, das war die Frage, für sie. Und für mich vielleicht auch. Jedenfalls teilweise.«

»Welchem Zweck die Forschung dient?«

»Ja?«

»Das ist doch vollkommen offensichtlich, Sebastian!«

»Nein, das würde ich nicht unbedingt behaupten.«

»Sie dient natürlich überhaupt keinem Zweck!«

»Jetzt verstehe ich nicht ganz –«

»Anfangs schon, durchaus. Anfangs gab es hochtrabende Pläne, Ambitionen, das ganze Paket. Sie wissen, dass ich zu den Gründern des Instituts gehöre? Nein, wissen Sie natürlich nicht, das ist vertraulich. Es geschah im Auftrag der alten Dame höchstpersönlich. Sie hat so einiges erlebt, wissen Sie. Zwei Weltkriege. Hat all das aus der Nähe gesehen, die Intrigen, die Spiele hinter den Kulissen. Den menschlichen Faktor, der immer einen viel größeren Einfluss auf die Entwicklung der Dinge hat, als wir glauben wollen. Man könnte wohl sagen, dass im Laufe der Jahre ein gewisses Interesse für die menschliche Psyche entstanden ist. Für ihre Mechanismen, sozusagen.«

»Entschuldigen Sie, aber sprechen Sie von –«
»Von der Königin, Isaksson, natürlich spreche ich von der Königin. *Her Majesty the Queen.* Wir sind alte Bekannte, verstehen Sie, und sie hat sich an mich gewandt. Ihr Brief war sehr kurz: Corrigan, schrieb sie, ich möchte, dass Sie das jetzt lösen.«
»Was lösen?«
»Den ganzen Mist. Was ist der Sinn der menschlichen Existenz, gibt es eine Seele, hat das Universum ein Ende, ist der Mensch von Geburt an gut oder böse, all das.«
»Sie sollten das lösen?«
»Ein Typ namens Kadinsky war auch dabei. Damals noch ein ziemlicher Grünschnabel, hatte vielleicht gerade mal das Schutzalter erreicht. Von Haus aus Literaturwissenschaftler, glaube ich, aber ein wahnsinnig begabter Mann. Es gibt nichts, was er nicht kann. Kennen Sie ihn – Philip Kadinsky? Er hat auch ein paar nette Opern geschrieben, wenn ich mich recht entsinne.«
»Ja, ich weiß, wer das ist. Seine Frau ist... war... ja hier Patientin. Aber das wissen Sie bestimmt.«
»Kadinskys Frau? Das gibt's doch nicht. Was fehlt ihr denn?«
»Wenn ich ganz ehrlich sein soll, ich weiß es nicht. Ich wurde nie schlau daraus.«
»Nein, natürlich nicht. Die allermeisten Menschen sind nicht ganz richtig im Kopf, das ist sozusagen der menschliche Normalzustand, und Tatsache ist, dass nur äußerst selten eine pathologische Ursache dahintersteckt. Ich will darauf hinaus, Isaksson, dass ich in den letzten Jahren gewisse Schlüsse gezogen habe, die das ganze Projekt hinfällig machen. Im Gegensatz zu Ihnen war ich mir die ganze Zeit bewusst, was die Frage ist, und jetzt, da ich gewissermaßen zu einer Antwort gekommen bin, gibt es keinen Grund mehr, überhaupt noch weiterzumachen, wirklich keinerlei Grund, so wie ich es sehe.«

»Was war die Frage?«
»Ob hinter dem Wahnsinn ein System steckt.«
»Und, ist es so?«
»Natürlich nicht. Dann wäre es ja kein Wahnsinn. Allerdings steckt ein Wahnsinn im Glauben an das System, Isaksson. Sie dürfen mich gerne zitieren. Sehen Sie sich nur mal Travis an.«
»Also... ich wollte tatsächlich fragen... Travis glaubt, dass... Sie wissen schon, dieses Zikadenpuzzle?«
»Travis' kleines Hobby, jaja.«
»Sie glaubt, dass Sie etwas damit zu tun hätten. Sind Sie derjenige, der, tja, das alles ausgeheckt hat?«
»Warum sollte ich?«
»Um sie... in den Wahnsinn zu treiben?«
Corrigan lachte erneut.
»Als bräuchte sie dabei Hilfe! Ach, Sebastian, Zikade hier, Zikade da... Wussten Sie eigentlich, dass eine Zikade erst ab einer Temperatur von 25 Grad zirpen kann? Was das angeht, sind sie ziemlich menschlich.«
Corrigan nahm einen großen Schluck Cognac und sah aus dem Fenster.
»Aber Sie haben meine Frage nicht beantwortet«, beharrte Sebastian. »Ob Sie etwas mit dem Puzzle zu tun hatten?«
»Haben Sie sich jemals gefragt, ob dieses Puzzle überhaupt existiert, Sebastian?«
»Ob... nein.«
»Was ich sagen will, Isaksson, und – touché – ein ziemlich sprechendes Beispiel dafür hatten wir ja gerade erst, mit Kadinsky und seiner Frau, die vermutlich vollkommen ahnungslos darüber, wie sie beide mit uns hier am Institut verbunden waren, Seite an Seite gelebt haben, Bett und Körperflüssigkeiten geteilt und so intim waren, wie es zwei Menschen nur sein können. Ein Zufall? Die meisten würden es verneinen. Das ist zu unwahrscheinlich. In dieser Mil-

lionenstadt, in dieser Milliardenwelt, das kann doch kein Zufall sein?«

»Ich glaube, er weiß schon, dass sie …«

»Vielleicht weiß er es, vielleicht hat er es immer gewusst oder auch nicht. Ich will darauf hinaus, dass wir Menschen rationale Wesen sind, oder es zumindest sein wollen. Man will daran glauben, dass es eine Ordnung gibt, nicht wahr? In der Welt? Das Gegenteil wäre zu erschreckend.«

Sebastian erschauderte.

»Aber jetzt hören Sie mir genau zu, Isaksson: Es gibt keine Ordnung. Es gibt nur ein riesiges Chaos. Wenn man in so viele Gehirne geschaut hat wie ich, versteht man das. Hier drinnen befindet sich nichts als Matsch«, sagte er und klopfte auf seinen Kopf. »Ein verdammter Matsch in jedem verdammten Schädel, der auf dieser Erde herumspaziert. Synapsen bilden sich und brennen schneller wieder durch, als man eine Kerze auspusten kann. Die kleine Glühbirne wird eingeschaltet und peng, schon explodiert sie. Und der Rest der Welt ist nur eine Spiegelung davon.«

»Aber …«, sagte Sebastian. »Die Korrelation? Travis' Korrelation, die sie gefunden hat … Und Laura …«

Er biss sich auf die Zunge, aber das war eigentlich gar nicht nötig. Corrigan war von etwas anderem abgelenkt worden. Mit einem Knall ließ er seinen Bürostuhl, auf dem er gekippelt hatte, wieder auf den Boden sinken. Er stand auf und trat mit ausholenden Schritten ans Fenster.

»Teufel auch, Isaksson. Teufel, ist das schön!«, sagte er und drückte das glimmende Ende der Zigarre gegen die Scheibe.

ES SPIELTE KEINE ROLLE, DASS es eigentlich nicht besonders schön war. Die schimmernden Insekten, die zum Himmel aufstiegen wie eine kaputte Gardine, ein rasselndes Rollo, das die Straßenlaternen und die von Fernsehern erleuchteten Fenster flimmern ließ. Es war ein groteskes Schauspiel, furchteinflößend, ein dunkles Feuerwerk aus Fleisch und Panzern.

Und dennoch. Sie brummten wie ein Motor.

Es spielte keine Rolle, dass es nicht schön war oder hässlich, dass man es weder als das eine noch das andere beschreiben konnte, dass man es nicht einkreisen und einordnen konnte, in Fächer stecken, in Reihen sortieren, dass Sebastian nicht zu sagen vermochte, was er dachte, als er sie betrachtete – schierer Schreck oder größtes Glück. Es war wie ein Gemälde von Goya, grotesk und gleichzeitig leuchtend.

Sebastian ließ Bernada von seinem Schoß rutschen und stellte sich schweigend neben Corrigan. Die Einsicht, dass sie nichts als zwei Fremde waren, die zufällig auf dieselbe magische Aussicht starrten, sorgte dafür, dass sich Sebastian mit einem Mal sehr, sehr einsam fühlte.

Aber auch glücklich.

Denn in Wirklichkeit war er ja gar nicht einsam. Er hatte Schwestern. Er hatte eine Äffin, die Bananenchips und Gedichte von Harriet Löwenhjelm mochte und die genau in diesem Moment herbeisprang und sich an sein Bein klammerte. Er hatte zwei unglückliche Liebesgeschichten hinter sich, und wer weiß wie viele vor sich. Er hatte ein Talent, anderen Menschen das Gefühl zu geben, sie würden gesehen, er hatte ein Herz, er hatte hundertzwanzigtausend Kilometer Nervenfasern in seinem Gehirn, das umlernen konnte, ein Leben lang.

Und er hatte eine Freundin, die in diesem Moment durch die Pforten des Instituts hinausrannte, die Arme zum Himmel streckte und in einer Wolke aus Flügeln und rasselnden Beinchen zu tanzen begann.

»Travis, Travis, Travis...«, gluckste Corrigan. »Was hat sie denn jetzt wieder vor?«

Doch Sebastian konnte nicht mehr antworten, denn aus dem Gang waren Schritte zu hören, und kurz darauf standen Matilda und Jordan im Raum.

ES WAR NICHT ZU FASSEN, dachte Matilda. Sogar die listige kleine Äffin hatte hergefunden. Sebastian stand am Fenster, Bernada hing an seinem Bein, er beugte sich herab und hob sie auf seine Hüfte.

»Wir haben sie gefunden«, sagte Matilda atemlos. »Jennifer. Wir haben das Labor gefunden. Sie hat sie rausgelassen.«

Sebastian deutete mit dem Kopf in Richtung Fenster.

»Ich weiß. Guck mal.«

Sie ging zum Fenster. Dort stand auch ein rothaariger Mann, neben Sebastian. Er drehte sich um, stellte sich jedoch nicht vor. Das war auch nicht nötig, sie wusste, dass es Sebastians Chef war.

»Dachssommer«, sagte er.

»Wie bitte?«, fragte Matilda.

»Nennt man das nicht so bei euch? Ein Sommer, der scheinbar niemals endet. Ein *Indian Summer.*«

»Nie gehört«, sagte Matilda ein wenig gereizt. Sie wollte sich in Ruhe Jennifers Vorstellung ansehen. Es war so schön. Sie hätte nie gedacht, dass Insekten so schön sein konnten, aber das waren sie.

Corrigan deutete auf die Zikaden. »Jetzt singen sie, aber morgen kommt der Regen. Dann sterben sie.«

»*All right*«, sagte Matilda und setzte sich an den Schreibtisch. »Können Sie jetzt vielleicht mal still sein? Ich möchte mit meinem Bruder sprechen.«

Corrigan hob die Hände zu einer entwaffnenden Geste.

»Kein Problem, kein Problem! *My work here is done.*«

Er wackelte auf eine Weise mit den Augenbrauen, die Matilda nur schwer zu deuten wusste. Dann warf er sich auf das schwarze Ledersofa und zog sich ein Kissen über den Kopf.

Matilda und Jordan hatten gerade erst erzählt, wie sie Travis gefunden hatten, als die Tür erneut aufging und Clara hereinkam. Sie drehten ihre Köpfe zu ihr um – alle bis auf Corrigan, der anscheinend eingeschlafen war. Clara sah aufgeregt aus, sie schwenkte ihr Handy und strahlte Matilda an.

»Papa!«, rief sie. »Ich meine Mama, Mama hat angerufen. Um von Papa zu berichten. Papa ist wiedergekommen!«

Bernada schlug einen Purzelbaum. Sebastian musste dreimal schnell blinzeln. Matilda runzelte die Stirn.

»Papa?«, fragte sie. »Ist das denn wirklich ein Grund zum Feiern?«

»Du verstehst es nicht«, fuhr Clara aufgeregt fort. »Er hat Billy mitgebracht.«

Bernada schlug noch einen Purzelbaum. Matilda musste dreimal schnell blinzeln. Sebastian runzelte die Stirn.

»Meinen Billy?«, fragte Matilda langsam.

»Ja! Und Siri. Sie sind alle bei Mama.«

Clara schloss die Tür hinter sich und setzte sich neben Matilda auf den Schreibtisch. Sie nahm Matildas Hand und streichelte mit dem Daumen über ihre Fingerknöchel.

»Aber, also ... wie meinst du das? Warum ist Papa mit Billy bei Mama?«, rief Sebastian. »Ich verstehe das alles nicht.«

Clara wand sich ein wenig.

»Also, ich weiß nicht genau, *wie* ... aber irgendwie lief das über Billys Exfrau. Käthe, heißt sie so? Papa kennt sie anscheinend, und ...«

Matilda lachte aus vollem Hals.

»Papa und Käthe? Aber das ist doch irrwitzig.«

»Wie auch immer, Billy ist bei Mama, weil er dachte, du wärst vielleicht auch da, und weil er dich sehen wollte, deshalb ist er dorthin gefahren. So ist das jedenfalls.«

»Er ist mit seiner Exfrau dorthin gefahren, die zufällig Papas neue Flamme ist?«

»Ich weiß nicht, ob es ganz genau so ist, aber im Prinzip ... ja.«

Matilda lachte erneut, sie lachte, weil es so absurd war, aber sie lachte, so musste sie feststellen, auch aus purem Glück. Billy hatte nach ihr gesucht! Und er hatte sie gefunden, über Umwege hatte er sie gefunden, und er wartete auf sie, in Mamas Haus im Professorenviertel. Und Siri wartete auf sie; Siri, die sie liebte, obwohl sie kein Recht dazu hatte.

»Weine nicht, Tilda«, sagte Clara.

»Ich weine nicht.«

»Doch, du weinst.«

»Nein.«

»Doch.«

»Halt die Klappe«, sagte sie, aber sie hörte, dass sie nicht besonders überzeugend klang. Als sie fertig geweint hatte, wischte sie sich die Augen mit dem Pulloverärmel ab und schnaubte.

»Mann, wie ich flenne. Man könnte ja fast meinen, es wäre jemand gestorben.«

Sie schlug die Hand vor den Mund. Denn es war ja jemand gestorben, jemand, der in der Erinnerung immer noch im Türrahmen hing und seinen Schatten auf Sebastians Gesicht warf.

Aber Sebastian lachte einfach nur. Er lachte, Clara lachte, Matilda lachte, die überaus moralische Äffin, die jetzt Bernada hieß, lachte.

Sie lachten fast bis zum nächsten Morgen. Dann öffnete Matilda das Fenster, kletterte auf das Fensterbrett und zog eine Schachtel gelber American Spirit aus der Tasche.

»Jetzt bräuchten wir ein bisschen Eis«, sagte sie und warf Sebastian die Schachtel zu. Er kletterte neben sie. Clara und Jordan setzten sich auf den Boden.

»Weißt du was«, sagte Matilda zu Clara. »Unser Bruder hat was mit einer verheirateten Frau. Eine richtige Affäre, mit Hotel und Heimlichtuerei und all dem. Das hätte man doch nie gedacht, oder?«

»Hatte«, korrigierte Sebastian und aschte über die Dächer. »Es ist aus.«

Matilda legte den Kopf auf seine Schulter.

»Entschuldige«, sagte sie. »Das wusste ich nicht. Bist du traurig?«

Er zuckte mit seiner freien Schulter.

»Nein«, sagte er. »Nur müde.«

»Um ehrlich zu sein, wirkte sie auch ziemlich ermüdend«, sagte Matilda. »*High maintenance*, sozusagen.«

Sebastian lachte ein letztes Mal prustend, müde, aber glücklich.

Sie sah Claras Kopf auf Jordans Schoß, sah, dass sie sich geborgen fühlte.

Matilda sah einen neun Wochen alten Embryo am anderen Ende der Welt, der gerade beschlossen hatte, zu einem Mädchen namens Violetta zu wachsen.

Sie sah Violetta, die endlich den Türrahmen losließ, ihren Schatten zusammensuchte und aus dem Raum schlich.

Matilda sah die Farbe; sie war eine Feuerwerksrakete am Himmel, sie war ein Stern, der noch einmal aufblinkte, ein letztes Lebewohl, und dann verschwand.

Und unten auf der Straße sah sie Jennifer Travis, die immer noch über den Bürgersteig rannte, sie hatte die Arme dem leuchtenden Himmel entgegengestreckt, und der Laborkittel flatterte hinter ihr her wie goldene Flügel.

SIE HATTEN SICH SO VIELE Male hier getroffen. Er in der Tür, sie auf dem Sofa, die Nacht wie ein Rollo vor dem Fenster.

»Du bist einfach verschwunden«, sagte Philip und warf seinen Mantel neben ihre Füße auf das Sofa.
»Vor drei Stunden«, erwiderte Laura. »Wo bist du gewesen?«
»Es hat eine Weile gedauert, bis es mir auffiel.«
»Vier Stunden.«
»Na gut. Es hat nicht vier Stunden gedauert. Sondern vielleicht eine. Aber ich habe mich nicht getraut, nach Hause zu gehen.«
»Warum nicht?«, fragte sie und tat so, als wäre sie nicht auf Bestätigung aus.
»Ich hatte Angst, dass du nicht da wärst.«
»Was hättest du dann gemacht?«
Philip zuckte mit den Schultern und grinste.
»Wahrscheinlich Giselle geheiratet.«
Sie nahm eines der Sofakissen und bewarf ihn damit.
»Was denn?«, fragte Philip lachend. »Chloe kennt sie immerhin schon. Es wäre doch wohl besser, als wenn ich irgendeine dreiundzwanzigjährige Balletttänzerin heiraten würde.«
Sie ließ ihren Kopf wieder auf die Sofalehne sinken.
»Mir wurde ein Job angeboten«, sagte sie. »In Madrid.«
»Madrid?«
»Ja. Nur eine Inszenierung, aber immerhin etwas. Lorca. *Bernada Albas Haus*. Im Teatro de la Zarzuelo. Ich möchte, dass wir dort hingehen.«
»Und was ist mit der Schweiz?«
Philip setzte sich auf den Couchtisch, legte das eine Bein

auf das andere und begann, die Schnürsenkel seiner italienischen Lederschuhe aufzuknoten. Sie waren extrem sorgfältig geputzt. Laura liebte extrem sorgfältig geputzte italienische Lederschuhe.

»Scheiß auf die Schweiz«, sagte sie. »Ich muss nicht in die Schweiz, wenn ich arbeiten darf.«

Philip zog sich den einen Schuh aus und warf ihn über die Schulter.

»Gut«, sagte er.

»Gut?«

»Gut. Wenn es das ist, was du willst, ziehen wir um.«

»Aber was ist mit deinem Kram? Du solltest doch geadelt werden und alles.«

»Ach«, sagte Philip und warf auch den anderen Schuh über die Schulter. »Die Königin kann warten. Wenn du es willst, ziehen wir um.«

Er beugte sich vor und küsste sie auf die Stirn. Dann stand er auf und ging in die Küche.

»Drink?«, rief er.

Laura schwieg einen Moment. Anschließend rief sie zurück:

»Ich habe gelogen. Mir wurde gar kein Job in Madrid angeboten.«

»Okay.«

»Ich wollte nur mal testen, was du sagst.«

Er steckte den Kopf zur Tür herein.

»Ich habe Ja gesagt.«

»Sagst du immer noch Ja?«

»Ja.«

Er kam mit zwei Gin Tonics zurück und reichte ihr den einen. Laura sah sich in der Wohnung um, die ganzen Sachen, die sich plötzlich von den Wänden vorzuwölben schienen, sie mit ihrer dreidimensionalen Heimeligkeit umarmten.

»Wir müssen etwas Möbliertes mieten«, stellte sie fest.
»Wir können nicht mit den ganzen Sachen umziehen.«
»Wenn du das sagst.«
»Und Chloe in einer Privatschule anmelden. Die Schulen in Spanien sollen schrecklich sein, habe ich gehört.«
»Was für ein Glück, dass wir reich sind«, sagte Philip.
»Ein Riesenglück«, sagte Laura und nahm einen Schluck von ihrem Drink.
»Wollen wir vögeln?«, fragte Philip.
»Ja bitte«, antwortete Laura.

Und im Schlafzimmer, zwischen den frisch gewaschenen Laken, vom Duft des Weichspülers umhüllt, legte Laura Kadinsky die Beine auf die Schultern ihres Mannes und sah, wie sich ihre Füße vor der Wand abzeichneten – knochig, stark, vollkommen wahrhaftig.

DU HAST EINEN TRAUM.

Im Traum bist du ein atonales Klavier.

Du siehst eine Farbe. Sie schwebt auf deiner Nase. Es ist eine Farbe, die es nicht gibt. Es ist eine Farbe, die es gibt.

Du erwachst, siehst die Seifenblase.
 Siehst, wie sie platzt und sofort eine neue gebiert.

Alles geht unter, doch alles ist ein Wunder.

DANKE

Johan & Harriet
Mama & Papa
Håkan, Elise & Linda

Die schwedische Originalausgabe erschien 2019
unter dem Titel »Ett system så magnifikt att det bländar«
bei Norstedts, Stockholm.

Sollte diese Publikation Links auf Webseiten Dritter enthalten,
so übernehmen wir für deren Inhalte keine Haftung,
da wir uns diese nicht zu eigen machen, sondern lediglich auf
deren Stand zum Zeitpunkt der Erstveröffentlichung verweisen.

S. 433: Auszug aus: Rainer Maria Rilke, »Einmal, am Rande des
Hains«, in: Dir zur Feier. Reclam, Stuttgart 2021, S. 44.

Penguin Random House Verlagsgruppe FSC® N001967

1. Auflage
Deutsche Erstausgabe September 2022
by btb Verlag in der Penguin Random House Verlagsgruppe GmbH,
Neumarkter Str. 28, 81673 München
Copyright © der Originalausgabe 2019 by Amanda Svensson
Published by agreement with Norstedts Agency
Copyright © der deutschsprachigen Ausgabe 2022
by btb Verlag, München
Umschlaggestaltung: semper smile, München
nach einem Entwurf von Johan Hillebjörk
unter Verwendung eines Motivs von © Painting by Susan Herbert
© Thames & Hudson Ltd., London.
From »Pre-Raphaelite Cats« by Susan Herbert, Thames & Hudson
Satz: Uhl+Massopust, Aalen
Druck und Einband: CPI books GmbH, Leck
mb · Herstellung: sc
Printed in the Czech Republic
ISBN 978-3-442-71995-2

www.btb-verlag.de
www.facebook.com/btbverlag

Nathan Englander
kaddish.com

Roman

240 Seiten, btb 77154
Aus dem Amerikanischen von Werner Löcher-Lawrence

Eine aberwitzige, quirlige Satire, zugleich absolut respektlos und sehr liebevoll.

Larry, ein atheistischer Jude aus Brooklyn, ist nach dem Tod seines geliebten Vaters ein einziges Nervenbündel. Nach dem jüdischen Gesetz muss er elf Monate lang das Kaddisch für ihn beten. Fieberhaft sucht er nach einem Ausweg – und findet ihn, wie so vieles, im Internet, bei der Website kaddish.com. Larry füllt ein Formular aus, zahlt die Gebühr und vertraut darauf, dass ein frommer Jeschiwa-Schüler in Jerusalem das Trauergebet für seinen Vater sprechen wird. Doch bald ergeben sich einige heillose Komplikationen …

»Der witzigste amerikanisch-jüdische Schriftsteller der Gegenwart.«
The Times

btb